Jason Starr

PANIK

Roman

Aus dem Amerikanischen von
Ulla Kösters

Eder & Bach

MIX
Papier aus verantwortungsvollen Quellen
FSC
www.fsc.org
FSC® C083411

Lizenzausgabe des Verlags Eder & Bach GmbH, Grünwald
1. Auflage, März 2021
Genehmigte Lizenzausgabe für Eder & Bach GmbH,
Nördliche Münchner Str. 20c, 82031 Grünwald
Titel der 2009 bei
Minotaur Books, New York,
erschienenen Originalausgabe: ›Panic Attack‹

Umschlaggestaltung: Stefan Hilden, www.hildendesign.de
Umschlagabbildung: © HildenDesign unter Verwendung
mehrerer Motive von Shutterstock.com
Satz: Satzkasten, Stuttgart
Druck und Verarbeitung: CPI – Ebner & Spiegel, Ulm
ISBN: 978-3-945386-86-6

Für Chynna und Sandy

Das Ich ist nicht Herr im eigenen Haus.
Sigmund Freud

1

Adam Bloom hatte einen Alptraum, einen, den er schon kannte. Er befand sich in seiner Praxis in Midtown und behandelte gerade eine Patientin, Kathy Stappini oder Jodi Roth, die beide bezeichnenderweise an Agoraphobie litten, als die Praxis urplötzlich auf einen weißen, quadratischen Raum zusammenschrumpfte, kaum größer als eine Gefängniszelle, und Kathy beziehungsweise Jodi sich in eine große, schwarze Ratte mit langen Fangzähnen verwandelte. Sie jagte ihn durch den Raum, sprang laut fauchend an ihm hoch. Dann kamen die Wände auf ihn zu. Er wollte schreien, brachte aber keinen Ton heraus. Eine lange, schmale Treppe tauchte aus dem Nichts vor ihm auf. Er nahm Stufe um Stufe, kam aber nicht von der Stelle, als versuchte er, eine nach unten fahrende Rolltreppe hinaufzulaufen. Als er zurückblickte, war die Ratte riesig geworden, fast so groß wie ein Rottweiler. Sie hatte es auf ihn abgesehen, bleckte die langen Fangzähne, wollte ihm an die Gurgel.

Jemand zerrte an seinem Oberarm. Verwirrt versuchte er, sich auf die andere Seite zu drehen. »Mum, Dad, wacht auf, schnell!«

Er öffnete die Augen, vollkommen desorientiert, noch immer in panischer Angst vor der Riesenratte, bis er begriff, dass er zu Hause in Forest Hills Gardens war, in seinem Bett, und dass seine Frau Dana direkt neben ihm lag. Wie immer, wenn er aus einem Alptraum erwachte, durchflutete ihn eine Woge der Erleichterung bei der plötzlichen Erkenntnis, dass alles in Ordnung war, dass die Welt Gott sei Dank doch kein so schrecklicher Ort war.

Doch da hörte er seine Tochter flüstern: »Da unten ist jemand!«

Marissa hatte letztes Jahr am Vassar-College ihr Kunstgeschichtsstudium abgeschlossen – Adam und Dana waren über die Wahl ihres Hauptfachs nicht gerade begeistert gewesen – und wohnte jetzt wieder zu Hause in ihrem alten Kinderzimmer. In letzter Zeit legte sie ein ziemlich auffälliges Verhalten an den Tag, wollte Aufmerksamkeit um jeden Preis. Sie hatte sich gleich mehrere Tattoos stechen lassen, eines davon, unten am Rücken, zeigte einen Engel, den sie gern zur Schau stellte, indem sie kurze Tops und Hüftjeans trug. Kürzlich hatte sie sich grelle pinkfarbene Strähnen ins hellbraune Haar gefärbt. Ihre Tage verbrachte sie damit, stundenlang grässliche Musik zu hören, haufenweise E-Mails, Blog-Einträge oder SMS-Nachrichten zu schreiben, fernzusehen oder mit ihren Freunden auf irgendwelchen Partys abzuhängen. Oft kam sie erst gegen drei oder vier Uhr morgens nach Hause, manchmal auch gar nicht, und ›vergaß‹ dann gern, Bescheid zu sagen. Sie war keine schlechte Tochter, aber Adam und Dana versuchten nun schon seit geraumer Zeit, sie von der Notwendigkeit zu überzeugen, endlich die Kurve zu kriegen und sich auf eigene Füße zu stellen.

»Was ist?« Adam war noch ganz schlaftrunken, seine Gedanken kreisten um den Traum. Was für eine Bedeutung hatte die Ratte? Warum war sie schwarz? Warum begann es jedes Mal mit einer Patientin in seiner Praxis? Hatte es etwas zu bedeuten, dass es immer eine Frau war?

»Ich hab was gehört«, sagte Marissa. »Da unten ist jemand.«

Adam blinzelte ein paarmal und wurde allmählich wach. »Ach, das war bestimmt nur das Gebälk oder der Wind oder …«

»Nein, wenn ich's dir doch sage. Ich habe Schritte gehört, da unten schleicht jemand herum.«

Dana war nun auch wach geworden. »Was ist los?«

Dana war siebenundvierzig, genauso alt wie Adam, aber sie hatte sich besser gehalten als er. Seine Haare wurden grau, fielen aus, und am Bauch hatte er einen unübersehbaren Rettungsring angesetzt. Dana verbrachte viel Zeit im Fitness-Studio, in den letzten zwölf Monaten ganz besonders, und das Resultat war eine Topfigur. Es hatte ein paar Turbulenzen in ihrer Ehe gegeben – als Marissa die Highschool besuchte, hätten sie sich fast auf Probe getrennt, aber in letzter Zeit lief es wieder besser.

»Unten ist jemand, Mum«, flüsterte Marissa.

Adam war müde und wollte einfach nur wieder einschlafen. »Das bildest du dir bestimmt bloß ein.«

»Aber ich bin mir sicher, dass ich was gehört habe.«

»Vielleicht solltest du besser nachsehen«, schlug Dana besorgt vor.

»Ich hab echt Angst, Daddy.«

Das Wort »Daddy« stimmte ihn schlagartig um. Er konnte sich gar nicht erinnern, wann sie ihn das letzte Mal so genannt hatte. Sie musste wirklich Angst haben. Da er nun schon einmal wach war und sowieso pinkeln musste, konnte er ebenso gut kurz nachsehen.

Adam atmete tief durch und setzte sich auf. »Okay, okay, ich geh ja schon.«

Als er aus dem Bett stieg, zuckte er zusammen. Seit ein paar Jahren litt er immer wieder unter Rückenschmerzen und fühlte sich steif und unbeweglich, die Quittung für Überbeanspruchung durch zu viel Sport, in seinem Fall Joggen und Golf. Der Physiotherapeut hatte ihm eine Liste mit Übungen für zu Hause mitgegeben, aber in seiner Praxis hatten ihn in letzter Zeit ein paar komplizierte Fälle auf Trab gehalten, und so hatte er die Übungen vernachlässigt. Außerdem sollte er den Rücken eigentlich vor dem Schlafengehen und nach jeglicher sportlicher Betätigung mit Eis kühlen, und auch an diesen Rat hatte er sich nicht gehalten.

Während er zur Tür ging, massierte Adam mit einer Hand seinen unteren Rücken, um die Steifheit herauszukneten. Er öffnete die Tür und blieb lauschend stehen. Nichts. Nur ein leiser Wind, der ums Haus strich.

»Ich kann nichts hören«, konstatierte er.

»Ich habe aber Schritte gehört«, flüsterte Marissa. »Warte noch.«

Dana war nun auch aufgestanden und hatte sich im Nachthemd zu Marissa gesellt.

Adam lauschte weitere fünf Sekunden. »Da ist niemand«, sagte er schließlich. »Am besten, ihr geht zurück ins Bett und versucht …«

Da hörte er es. Das Haus war groß, zweistöckig, fünf Schlafzimmer, dreieinhalb Bäder, aber selbst von seinem Standort im ersten Stock am Ende des Flurs konnte er es klar und deutlich hören. Ein Geräusch, das aus der Küche oder dem Esszimmer kam, es klang wie klapperndes Geschirr, oder wie eine Vase, die verschoben wird.

Dana und Marissa hatten es ebenfalls gehört.

»Siehst du?«, sagte Marissa, und Dana rief aus: »Mein Gott, Adam, was sollen wir bloß tun?«

Die beiden Frauen klangen völlig verängstigt.

Adam versuchte, vernünftig zu überlegen, doch nun war er selbst besorgt und durcheinander. Gleich nach dem Aufwachen konnte er sowieso nie klar denken. Er brauchte mindestens drei Tassen Kaffee, bis er in die Gänge kam.

»Ich rufe die Polizei«, entschied Dana.

»Warte.«

»Warum?« Dana hatte den Hörer schon in der Hand.

Adam fiel kein stichhaltiges Argument ein. Da unten war jemand, daran bestand kein Zweifel, aber ein Teil von ihm wollte das nicht wahrhaben; er wollte weiter daran glauben, dass sein Haus ihm Sicherheit und Schutz bot.

»Keine Ahnung.« Er versuchte Ruhe zu bewahren und logisch zu argumentieren. »Da kann niemand sein, das ist unmöglich. Wir haben eine Alarmanlage.«

»Komm schon, Dad, du hast es doch selbst gehört!«

»Vielleicht ist nur etwas umgefallen«, sagte Adam.

»Da ist nichts umgefallen«, insistierte Marissa. »Das waren eindeutig Schritte. Du musst die Polizei rufen.«

Plötzlich drang von unten ein Husten oder Räuspern klar und deutlich an ihre Ohren. Von einem Mann. Das Geräusch klang näher, als dasjenige, das Adam zuvor gehört hatte. Der Eindringling musste sich in ihrem Wohnzimmer befinden.

»Okay, Dana«, flüsterte Adam. »Ruf die Polizei.«

Während Dana das Telefon wieder in die Hand nahm, ging Adam in den begehbaren Kleiderschrank, schaltete das Licht ein und tastete auf dem obersten Regal nach der Glock .45. Dann bückte er sich, räumte ein paar Schachteln aus dem Weg und öffnete schließlich den Schuhkarton, in dem er die Munition aufbewahrte.

»Was suchst du da?«, wollte Marissa wissen.

Adam blieb über die Schachtel gebückt, lud das Magazin und antwortete nicht. Er hatte die Pistole vor etwa vier Jahren gekauft, nachdem in der Nachbarschaft in mehreren Häusern eingebrochen worden war. Hin und wieder ging er zum Schießtraining in den Westside Pistol Range Club. Das Schießen machte ihm Spaß und war ein gutes Mittel, um Stress abzubauen und aufgestauter Wut gefahrlos Luft zu machen.

Mit der Pistole in der Hand trat er ins Zimmer. »Bist du jetzt total durchgeknallt?«, sagte Marissa.

Dana sprach noch immer mit der Notrufzentrale: »Ja, wir glauben, dass er im Haus ist«, flüsterte sie. »Das weiß ich nicht … Bitte kommen Sie schnell … Ja … Bitte beeilen Sie sich.« Dann legte sie auf. »Sie sind unterwegs«, erklärte sie und legte beschützend einen Arm um Marissa. Da fiel ihr Blick auf die Pistole in Adams Hand. »Um Himmels willen, was willst du denn damit?«

Sie hatte sich nie mit dem Gedanken anfreunden können, eine Pistole im Haus zu haben, und hatte Adam oft gebeten, das Ding wieder loszuwerden.

»Nichts«, sagte Adam.

»Und warum hast du sie dann geholt?«

Er antwortete nicht.

»Leg sie wieder zurück. Die Polizei wird jeden Augenblick hier sein.«

»Sei leise!«

»Adam, die Polizei ist unterwegs, es gibt keinen Grund, dass du …«

Sie hielt inne, weil sie wieder ein Geräusch hörten. Kein Zweifel, Schritte auf der Treppe.

»O mein Gott«, stöhnte Marissa, presste die Hand auf den Mund und begann zu weinen.

Adam versuchte sich zu konzentrieren, einen klaren Kopf zu bewahren, aber seine Gedanken liefen wirr durcheinander. »Versteckt euch im Schrank«, befahl er schließlich.

Dana sagte: »Was willst du …?«

»Nichts. Jetzt macht schon, geht, verdammt noch mal.«

»Komm mit uns.«

»Versteckt euch - sofort.«

Dana schien noch immer unentschlossen. Marissa weinte ein wenig lauter.

»Er wird sie noch hören«, drängte Adam seine Frau.

Dana und Marissa verschanzten sich im Schrank. Adam ging zur Tür. Die Pistole hielt er auf Ohrhöhe, den Lauf zur Decke gerichtet. Er lauschte ein paar Sekunden in die Dunkelheit, konnte aber nichts hören und hoffte schon, der Mann hätte es sich anders überlegt und ginge wieder runter. Vielleicht hatte er Marissa weinen hören und machte sich aus dem Staub.

Doch da knarrte wieder die Treppe – dieser Mistkerl kam tatsächlich nach oben. Erst jetzt wurde es Adam so richtig klar: Ein Fremder war in sein Haus eingedrungen.

In das Haus, in dem er aufgewachsen war, das seine Eltern ihm geschenkt hatten, als sie nach Florida gezogen waren. Marissa war damals noch ein Baby gewesen. Er hatte Forest Hills Gardens geliebt als Kind, all seine Freunde wohnten in der Nähe, und die meisten Häuser besaßen nach hinten raus herrlich große Gärten. Verglichen mit früher war die Gegend wesentlich sicherer geworden. Als er zehn Jahre alt war, hatte ihm ein älterer Junge das Fahrrad gestohlen – hatte ihn mit einem Messer bedroht und gesagt: »Her damit.« Als Teenager war er gleich zwei Mal auf dem Queens Boulevard überfallen und ausgeraubt worden, und später, als er mit Mitte zwanzig in Manhattan an der New School seinen Doktor machte, hatte man ihn im Village in der Lobby des Apartmenthauses eines Freundes mit vorgehaltener Waffe ausgeraubt.

Adam blieb stehen, die Pistole schussbereit in der Hand. Er konnte hören, wie der Einbrecher eine weitere Stufe nach oben kam, und musste daran denken, wie hilflos er sich als Opfer von Überfällen jedes Mal gefühlt hatte. Nie wieder wollte er ein Opfer sein. Seine Gedanken rasten, aber er bemühte sich um einen klaren Kopf. ›Was ist, wenn der Kerl eine Waffe hat? Wenn er verrückt ist? Und wenn er einfach die Treppe hochgerannt kommt und wild um sich ballert? Was, wenn er mich erschießt?‹

Adam sah sich bereits mit einer Kugel in der Brust tot im Flur liegen, stellte sich vor, wie der Kerl Dana und Marissa im Schlafzimmer entdeckte. Der Typ konnte ein durchgeknallter Frauenschänder sein. So was kam immer wieder in den Nachrichten, dass ein Mann in ein Haus oder eine Wohnung einbrach und Frauen vergewaltigte. Doch Adam hätte nie gedacht, dass so etwas in seinem eigenen Haus geschehen könnte.

Aber vielleicht geschah es jetzt gleich.

Der Mann war bereits auf der Treppe, kam immer näher. In wenigen Sekunden konnte er oben sein, dann war es zu spät.

All das schoss ihm blitzartig durch den Kopf, ihm blieb keine Zeit zum Nachdenken. Wenn er mehr Zeit gehabt hätte, wenn er ruhiger und weniger durcheinander gewesen wäre, dann wäre ihm vielleicht klargeworden, dass die Polizei jeden Augenblick eintreffen musste. Für Forest Hills Gardens war eine private Sicherheitsfirma zuständig, die garantierte, bei einem Notruf in maximal fünf Minuten vor Ort zu sein. Wenn er sich mit Dana und Marissa im Schlafzimmer verschanzt hätte, wäre es dem Einbrecher wohl kaum gelungen, in dieser kurzen Zeit an sie heranzukommen. Vielleicht hätte er versucht, die verschlossene Tür aufzubrechen, aber mit der Polizei im Anmarsch hätte er bestimmt bald aufgeben müssen.

Aber so weit dachte Adam nicht. Seine Gedanken kreisten einzig und allein darum, dass er seine Familie beschützen musste, dass er nicht wieder Opfer sein wollte, dass so ein Mistkerl einfach in sein Haus eingebrochen war, in das Haus, in dem er aufgewachsen war, das Haus, das sein Vater 1956 gekauft hatte.

Er hörte den Mann eine Stufe höher kommen, dann noch eine … Bildete sich Adam das nur ein, oder wurde der Kerl jetzt schneller? Das Treppenhaus lag im Dunkeln, es gab nur ein Nachtlicht im Gang, eine kleine, orangefarbene Leuchte in Kerzenform, an einer Steckdose über der Fußleiste. Adams Augen hatten sich an die Dunkelheit gewöhnt, aber er konnte noch immer wenig erkennen. Der Typ musste jeden Moment auftauchen. Wenn er noch eine oder zwei Stufen hochkam, würde Adam seinen Kopf sehen können. Vielleicht würde sich der Kerl auf ihn stürzen, ihn angreifen.

Im einen Augenblick stand Adam an der Tür zum Schlafzimmer, im nächsten rannte er mit gezückter Pistole in den Flur und schrie: »Hau ab! Mach, dass du hier wegkommst!«

Im Treppenhaus war es dunkler als vor dem Schlafzimmer. Adam sah, dass der Kerl doch noch nicht so weit oben stand, wie er angenommen hatte.

Er befand sich erst auf halber Höhe der Treppe, und Adam konnte nur erkennen, dass es ein großer, kräftiger Mann sein musste.

Dann sah er, wie der Mann nach etwas griff. Es war eine plötzliche Bewegung, und Adam wusste sofort, dass er eine Knarre rausholen wollte. Er glaubte sogar, dunkel schimmerndes Metall in der Hand des Einbrechers aufblitzen zu sehen. Wenn er noch länger zögerte, würde der Mann ihn über den Haufen schießen. Er würde sich den Weg ins Schlafzimmer freischießen, Dana und Marissa finden und auch die beiden Frauen töten.

Der Mann sagte etwas. Später, als Adam darüber nachdachte, begriff er, dass er etwas wie »Bitte, nicht ...« gehört hatte. Aber in jenem Augenblick ging alles rasend schnell, Adam hatte gar nicht mitbekommen, dass der Eindringling gesprochen hatte. Er konnte an nichts anderes denken als an die Gefahr, in der er und seine Familie schwebten, und schoss. Er wusste nicht, ob er den Kerl bereits mit der ersten Kugel erwischt hatte, aber die zweite traf in den Hals oder in den Kopf. Der Mann wurde nach hinten geworfen, taumelte. Adam fiel die Anweisung seines Trainers im Schießklub wieder ein: Immer auf die Brust zielen, nicht auf den Kopf – und so schoss er das Magazin leer, zielte auf Brust- und Bauchraum. Der Kerl stürzte in die Dunkelheit, verschwand aus seinem Sichtfeld. Adam hörte seinen Körper mit einem dumpfen Schlag am Fuß der Treppe aufprallen.

Totenstille, dann ein Geräusch. Es kam von unten, aber nicht von dem Einbrecher, auf den Adam geschossen hatte.

Da war noch jemand im Haus.

Adam hörte Schritte, dann ein lautes Keuchen. Er hatte keine Munition mehr. Wenn der Typ nach oben kam oder zu schießen begann, war er verloren.

»Raus hier, sofort, oder ich schieße!«, schrie Adam.

Ganz schön clever, fast schon genial. Der Fremde würde glauben, dass er noch Munition hatte. Wieso auch nicht? Adam hatte so schnell geschossen, dass er unmöglich mitgezählt haben konnte. Und selbst wenn er mitgezählt hatte und wusste, dass es zehn Schuss gewesen waren, woher sollte er wissen, dass Adam keine Ersatzmunition hatte?

Sein Plan funktionierte, oder vielleicht war der Fremde auch einfach nur in Panik geraten. Auf jeden Fall hörte Adam, wie er losrannte, irgendwas dabei umwarf, wahrscheinlich den kleinen Beistelltisch, dann flog die Haustür auf und fiel wieder ins Schloss. Der Typ hatte sich verpisst.

»Adam?«

Mit einem Ruck fuhr Adam herum. Dana und Marissa waren aus dem Schlafzimmer gekommen.

»Ist dir was passiert?«, fragte Dana.

»Zurück ins Schlafzimmer!«, bellte Adam.

»Ist dir was passiert?«, wiederholte Dana.

»Rein mit euch!«

Die beiden Frauen kehrten ins Schlafzimmer zurück, Dana schloss die Tür hinter sich. Adam machte sich Sorgen wegen des Kerls unten an der Treppe. Und wenn er noch lebte?

Er streckte die Hand aus und legte den Daumen auf den Lichtschalter an der Flurwand gegenüber, zögerte dann aber. Vielleicht war das ja doch keine so gute Idee. Vielleicht zielte der Kerl mit seiner Waffe bereits auf ihn und wartete nur darauf, ihn richtig ins Visier zu bekommen.

Adam schaltete das Licht ein. Erleichtert stellte er fest, dass der Kerl, der eine schwarze Skimaske übers Gesicht gezogen hatte, noch immer zusammengerollt am Fuß der Treppe lag und sich nicht rührte. Adam ging langsam die Stufen hinunter, ließ den Mann nicht aus den Augen.

Aus der Nähe sah er, dass der Mann etwas dunklere Haut hatte, ein Latino, vielleicht ein Puerto-Ricaner. Brust und Gesicht waren ein blutiger Wust, und wo das linke Auge gewesen war, klaffte nun ein großes Loch, aus dem Blut und eine graue Masse quollen. Von seinem Unterkiefer fehlte ein ziemliches Stück.

Adam starrte die Leiche eine Weile an, versuchte zu begreifen, was er getan hatte.

Er hatte auf einen Menschen geschossen, geschossen und ihn getötet. Einen Menschen.

Dann wanderte sein Blick zur rechten Hand des Toten. Zwei Stufen oberhalb des Kopfes lag eine Taschenlampe. Adam konnte keine Waffe entdecken, weder auf der Treppe noch auf dem Boden. Vielleicht war der Kerl ja draufgefallen und verdeckte sie.

Wie betäubt blieb Adam vor dem Mann stehen, den er getötet hatte, bis schließlich die Polizei gegen die Tür hämmerte.

2

Obwohl es schon auf vier Uhr zuging und seit der Schießerei zwei Stunden vergangen waren, wimmelte es im Haus der Blooms von Polizisten. Dana und Marissa hatten sich mit Sharon und Jennifer ins Wohnzimmer zurückgezogen, zwei Freundinnen von Dana, die herbeigeeilt waren, um ihnen in dem Chaos beizustehen. Adam saß am Esszimmertisch Detective Clements gegenüber. Clements war ein wettergegerbter, grauhaariger Mann, der nach Zigaretten stank. »Sie haben Sanchez also auf der Treppe gesehen«, wiederholte er.

Die Polizei hatte in der Brieftasche des Toten einen Führerschein und weitere Ausweispapiere gefunden. Beim Opfer handelte es sich um den sechsunddreißigjährigen Carlos Sanchez aus Bayside, Queens. Sie hatten Sanchez bereits überprüft: ein Krimineller mit einem langen Strafregister, vor sechs Monaten erst aus Fishkill entlassen, wo er eine Strafe wegen mehrfachen Drogenhandels abgesessen hatte. Adam hatte schon genau berichtet, was sich vor den Schüssen abgespielt hatte, aber Clements wollte immer noch mehr Einzelheiten hören.

»Nun ja, ich habe ihn nicht richtig erkennen können«, sagte Adam, »was ich gesehen habe, war eine Gestalt, ein Schatten, Sie wissen schon.«

Adam war erschöpft und konnte sich nicht mehr konzentrieren. Die Nacht kam ihm so surreal vor – erst der Alptraum von der Riesenratte, dann sein Erwachen, die Schüsse und jetzt auch noch dieser Detective, der da vor ihm saß. Es würde eine Weile dauern, bis er verarbeiten könnte, was er getan hatte. Aber im Moment peinigten ihn grässliche Kopfschmerzen, und die drei Advils, die er genommen hatte, zeigten keinerlei Wirkung.

»Aber Sie wussten, dass es ein Mann ist«, stellte Clements fest.

»Ja, ich hatte Geräusche von unten gehört, und er hat gehustet oder sich geräuspert oder so. Es bestand kein Zweifel, dass es sich um einen Mann handelt. Meine Frau und meine Tochter haben es ebenfalls gehört.«

»Und dann haben Sie ihn erschossen.«

»Nein, nicht sofort. Das heißt …« Er musste nachdenken. Einen Moment lang konnte Adam sich tatsächlich nicht mehr an die genaue Abfolge der Ereignisse erinnern. Es war alles verschwommen, durcheinander. »Ich habe ihn nicht einfach so erschossen«, sagte er dann mit fester Stimme. »Ich habe eine Bewegung gesehen, so als greife er nach einer Waffe.«

»Haben Sie die Waffe gesehen?«

»Ich habe geglaubt, eine zu sehen, ja.« Adam fühlte sich unbehaglich, es kam ihm vor, als wolle Clements ihn einer Lüge überführen. »Ich konnte seinen Arm erkennen. Er kam die Treppe hoch, und ich hatte Angst, dass er auf mich schießen würde. Was sollte ich tun? Da war ein Einbrecher in meinem Haus, der die Treppe hochkam. Meine Frau und meine Tochter hatten sich im Schlafzimmer versteckt. Ich hatte keine Wahl.«

»Haben Sie ihn gewarnt?«

»Wie bitte?«

Adam hatte die Frage sehr wohl verstanden, wusste aber nicht, wie er darauf antworten sollte. Und langsam aber sicher ging ihm dieses Gespräch auf die Nerven.

»Haben Sie ihm gesagt, dass Sie eine Waffe haben und dass er seine fallen lassen soll?«, fragte Clements.

»Nein, aber ich habe ihm gesagt, dass er abhauen soll, dass er aus meinem Haus verschwinden soll oder so was Ähnliches.«

»Und was hat er gesagt?«

Adam erinnerte sich, dass der Typ etwas hatte sagen wollen, vielleicht so etwas wie: »Bitte, nicht …«, aber Clements hatte er nichts davon erzählt. Was für einen Sinn hätte das gehabt? Es machte keinen Unterschied.

»Ich glaube nicht, dass er irgendwas gesagt hat. Aber das ist alles wahnsinnig schnell gegangen. Ich dachte, er würde gleich auf mich schießen, in meinem Haus! Was wollen Sie eigentlich? Ich habe doch wohl das Recht, mich zu verteidigen, oder etwa nicht?«

»Ja, natürlich«, bestätigte Clements.

»Und warum habe ich dann den Eindruck, dass Sie mich verhören?«

»Das ist kein Verhör, ich befrage Sie nur.«

»Was ist da der Unterschied?«

Clements' Mundwinkel hoben sich, es sah beinahe aus wie ein Lächeln. »Hören Sie, ich glaube nicht, dass Sie sich rechtlich gesehen Sorgen machen müssen, Dr. Bloom. Sie waren in einer Extremsituation und haben gehandelt, wie Sie handeln mussten. Jemand ist in Ihr Haus eingedrungen. Ja, das gibt Ihnen das Recht, sich zu verteidigen. Sofern mit Ihrem Waffenschein alles in Ordnung ist, werden Sie deswegen wohl keine Probleme bekommen. Aber eines muss ich sagen: ein Glück, dass Sie kein Polizist sind.« Er blätterte eine Seite in seinem Block um. »Was ist mit dem anderen Einbrecher?«

»Was soll mit dem sein?«

»Ja, das ist mir vorhin schon aufgefallen: Wie kommen Sie eigentlich darauf, dass es ein Mann war?«

Adam dachte darüber nach, es fiel ihm noch immer schwer, sich zu konzentrieren. »Ich glaube, dafür gibt es keinen besonderen Grund. Ich bin einfach davon ausgegangen, dass es zwei Männer waren.«

»Aber als Sie geschossen haben, hatten Sie keine Ahnung, dass da noch ein zweiter Einbrecher war, richtig?«

»Richtig.«

»Deshalb haben Sie auch das ganze Magazin verballert. Sie haben nicht daran gedacht, Munition für einen möglichen zweiten Einbrecher aufzusparen.«

Clements hatte ihn schon mehrmals gefragt, warum er gleich zehn Mal geschossen hatte, und Adam hatte ihm erklärt, dass er nicht gewusst hatte, ob er tatsächlich getroffen hatte, dass er sich nur schützen wollte. Es gefiel ihm gar nicht, dass Clements jetzt schon wieder darauf zurückkam, als wolle er ihm etwas unterstellen.

»Ich wollte doch nur sichergehen, dass ich ihn …«, ›umgebracht habe‹, wollte Adam sagen, konnte das aber noch umformulieren in »ihn traf, bevor er mich erwischte.«

Kopfschüttelnd betrachtete Clements seine Notizen. »Ein Glück, dass Sie kein Polizist sind, Doktor. Wirklich ein Glück.«

Adam hatte die Nase voll. »Können wir das nicht auf später verschieben? Oder auf morgen früh? Ich bin total fertig, habe fürchterliche Kopfschmerzen, und Sie werden verstehen, dass das alles ein bisschen viel war heute Nacht.«

»Das ist mir bewusst, aber da gibt es ein paar Punkte, die ich gerne noch klären würde.«

Adam holte tief Luft. »Und welche Punkte wären das bitte?«

»Nun, zum Beispiel wie die Einbrecher ins Haus gekommen sind.«

Auch das hatten sie bereits diskutiert, und zwar mehr als ein Mal. Die Polizei hatte keine Spuren eines gewaltsamen Eindringens feststellen können. Aber beide Türen, die Hintertür in der Küche und die Haustür, waren nicht abgeschlossen und die Alarmanlage war deaktiviert gewesen. Adam hatte Clements versichert, dass er die Anlage scharf gestellt hatte, bevor er zu Bett gegangen war, so wie er das jeden Abend tat.

»Haben wir das nicht schon alles durchgekaut?«

Clements tat, als hätte er Adam nicht gehört. »Sind Sie wirklich sicher, dass Sie die Haustür verschlossen und die Kette vorgehängt haben, bevor Sie ins Bett gegangen sind?«

»Ja«, sagte Adam.

»Sind Sie oder Ihre Frau oder Ihre Tochter später vielleicht noch einmal nach draußen, um den Müll rauszubringen oder so, und haben dann vergessen …?«

»Nein, ich bin gestern als Letzter ins Bett, und ich habe die Kette vorgehängt. Ich schließe immer ab und hänge die Kette vor, wenn ich als Letzter ins Bett gehe, das ist Routine. Ich kontrolliere, ob das Gas in der Küche abgedreht ist, schließe alle Türen ab, stelle die Alarmanlage scharf und gehe dann zu Bett.«

»Wenn das stimmt, dann muss der andere Einbrecher die Kette an der Haustür geöffnet haben, als er vorne raus flüchtete.«

»Das muss wohl so gewesen sein«, stimmte Adam zu. »Ich habe definitiv die Haustür zuschlagen hören.«

»Dann sind die Einbrecher also zur Hintertür hereingekommen.«

»Ja.« Adam massierte sich den verspannten Nacken.

»Sind Sie hundertprozentig sicher, dass Sie die Alarmanlage scharf gestellt haben und dass sie danach niemand mehr abgeschaltet hat?«

»Ich bin mir sicher.«

»Aber die Alarmanlage war nicht scharf, als wir eingetroffen sind, richtig?«

»Wenn die Alarmanlage scharf gewesen wäre, dann hätte der Kerl« … Adam korrigierte sich … »ich meine die Person sie auf ihrer Flucht hinaus auch ausgelöst.«

»Das hört sich vernünftig an«, sagte Clements. »Wer also –«

»Ich habe keine Ahnung«, fiel Adam dem Detective ins Wort.

Clements funkelte Adam irritiert an. »Wer also kennt den Sicherheitscode – außer Ihnen und Ihrer Familie natürlich?«, fuhr er dann mit erhobener Stimme fort.

»Niemand.«

»Haben Sie den Code jemals weitergegeben?«

»Nein.«

»Haben Sie Ihre Frau und Ihre Tochter auch schon danach gefragt?«

»Sie haben den beiden diese Frage doch bereits gestellt, und sie haben nein gesagt, oder täusche ich mich?«

»Schon, aber jetzt frage ich Sie.«

»Was fragen Sie mich? Ob meine Frau oder meine Tochter gelogen haben?«

»Oder vielleicht nicht ganz ehrlich waren.«

»Wo ist da der Unterschied?«

Clements grinste süffisant, als genieße er den Schlagabtausch, aber Adam zuckte nicht mit der Wimper.

»Sie haben den Code nicht weitergegeben«, bekräftigte er. »Niemand von uns hat den Code weitergegeben.«

»Tut mir leid, dass ich den Advocatus Diaboli spiele, Dr. Bloom, aber wenn es sich bei dem flüchtigen Einbrecher nicht um Houdini höchstpersönlich handelt, dann muss er irgendwie an den Sicherheitscode gekommen sein.«

»Vielleicht hat ihn jemand gestohlen«, mutmaßte Adam. »Von der Sicherheitsfirma. Vielleicht hat sich jemand in deren Computer gehackt oder so.«

»Wir werden dieser Möglichkeit nachgehen«, sagte Clements. »Aber wir wissen bereits, dass der Sicherheitsfirma keine Schlüssel abhanden gekommen sind. Haben Sie oder ein anderes Mitglied der Familie vielleicht jemandem die Hausschlüssel gegeben?«

»Ich habe Ihnen bereits gesagt, dass jeder von uns nur einen Satz Schlüssel besitzt, dazu gibt es noch einen Satz Ersatzschlüssel, und der ist nach wie vor an seinem angestammten Platz.«

»Vielleicht hatte ja jemand anders Zugang zu den Schlüsseln. Hatten Sie in letzter Zeit Handwerker im Haus?«

Adam dachte nach. »Wir hatten vor ein paar Wochen die Maler hier, aber die Leute haben ganz bestimmt nichts damit zu tun.«

»Ihre Frau hat uns bereits die Namen der Maler, des Elektrikers, Ihrer Haushaltshilfe und Ihres Gärtners gegeben. Gibt es sonst noch jemanden, den wir Ihrer Meinung nach überprüfen sollten?«

»Nein.«

»Ich habe gesehen, dass die Schlüssel für die Hintertür leicht nachzumachen sind«, fuhr Clements fort. »Will sagen, dort haben Sie keine Sicherheitsschlösser, richtig?«

»Ja. Und?« Adams Lider wurden schwer, er konnte die Augen kaum noch offen halten.

»Also ist es nicht unmöglich, dass sich jemand Nachschlüssel besorgt hat, oder?«

»Schon«, räumte Adam ein. »Aber niemand weiß, wo wir die Ersatzschlüssel aufbewahren.«

Clements blätterte eine Seite seines Blocks um. »Ihre Frau hat mir erzählt, dass Sie vorhatten, für ein paar Tage nach Florida zu fliegen, ist das richtig?«

»Ja, wir wollten meine Mutter besuchen.«

»Aber wegen einer Sturmwarnung haben Sie die Reise kurzfristig abgesagt?«

»Ja, das stimmt. Wir haben gehört, dass ein heftiger Sturm vor der Küste tobt. Es hieß, dass er sich möglicherweise zu einem Hurrikan auswächst und auf Florida zusteuert. Deshalb haben wir unseren Besuch lieber auf ein andermal verschoben.«

»Wann genau haben Sie sich entschieden, nicht zu fliegen?«

Nachdenklich massierte Adam wieder seinen Nacken. »Das war vor zwei Tagen.«

»Wer hat von der Änderung Ihrer Pläne gewusst?«

»Niemand. Das heißt, ich musste natürlich ein paar Patienten informieren, neue Termine vereinbaren und so. Und ich schätze mal, dass Dana und Marissa es auch ein paar Leuten erzählt haben, aber wir haben die Neuigkeit nicht in die Zeitung gesetzt.«

Clements grinste nicht einmal. »Haben Sie Patienten, die zu Gewalttätigkeit neigen?«

Adam musste sofort an Vincent denken, einen Patienten, der ihn seit einem Monat regelmäßig aufsuchte und der ihm erzählt hatte, dass er vor ein paar Wochen bei einer Kneipenschlägerei jemanden zusammengeschlagen hatte. Dann war da noch Delano, um die vierzig, der als Kind seinen Bruder mit einem Messer schwer verletzt hatte.

»Ja, da gibt es schon ein paar.«

»Haben Sie in letzter Zeit Drohungen erhalten?«

»Nein. So etwas kommt höchst selten vor. Ich bin Psychologe, kein Psychiater. Wenn ich bei einem Patienten Anzeichen für diese Art von Labilität feststelle, schicke ich ihn zu einem Spezialisten.«

»Dann können Sie also auf Anhieb diagnostizieren, ob jemand labil ist?«

Adam hatte keine Ahnung, was diese Frage sollte, ob Clements damit etwas Bestimmtes bezweckte oder einfach nur den Klugscheißer herauskehren wollte.

»Ja, ich denke schon«, sagte Adam.

»Dann sollten Sie vielleicht den Job wechseln«, schlug Clements vor. »Vielleicht sollten Sie es mal mit meinem probieren.« Der Detective grinste selbstgefällig. »Übernachten manchmal Freunde Ihrer Tochter hier?«

»Natürlich. Sie wohnt hier.«

»Werden hier im Haus Drogen konsumiert?«

»Wie bitte?«

Adam ahnte, worauf Clements hinauswollte, und es gefiel ihm ganz und gar nicht.

»Sanchez hatte mehrere Vorstrafen wegen Drogendelikten. Vielleicht war er ja ein Bekannter Ihrer Tochter oder sogar ihr Dealer?«

»Sie kannte den Kerl nicht, nie im Leben.«

»Dann hat sie vielleicht einen Freund oder den Freund eines Freundes oder sonst irgendjemanden einmal mit nach Hause genommen, jemanden, der sich deshalb hier auskannte, der vielleicht –«

»Meine Tochter hat mit dieser Sache nichts zu tun.«

»Dr. Bloom, ich versuche doch nur –«

»Und ihre Freunde stehlen keine Schlüssel und brechen nicht in Häuser ein. Es sind ganz normale, nette junge Leute, genau wie sie.«

»Dr. Bloom, in ihrem Zimmer steht eine Bong.«

Wieder beschlich Adam das Gefühl, dass dieses Gespräch mehr als nur eine Routinebefragung war.

»Was wollen Sie damit sagen?«

»Ich versuche nur herauszufinden, wie die beiden Einbrecher ins Haus gelangt sind.«

»Ach, tatsächlich? Für mich hört sich das eher so an, als wollten Sie uns was ganz anderes unterstellen. Meine Tochter hat mit dieser Sache nicht das Geringste zu tun, also lassen Sie sie bitte aus dem Spiel.«

Clements schien nicht überzeugt, lenkte aber ein: »Und was ist mit Ihren Verwandten?«

»Was soll mit denen sein?«

»Irgendwelche Streitigkeiten, Eifersüchteleien, Feindschaften?«

Adam musste an Dana und ihren Bruder Mark denken, der manisch-depressiv war. Sie verstanden sich nicht besonders und hatten seit Jahren keinen Kontakt mehr. Aber Mark lebte in Milwaukee und hatte mit dem Einbruch bestimmt nichts zu tun, also beschloss Adam, ihn nicht zu erwähnen.

»Nein«, sagte er. »Das hier hat ganz sicher nichts mit meiner Familie zu tun, absolut nichts, null, nada, niente.«

Clements klappte – endlich – seinen Block zu. »Das sollte fürs Erste reichen. Aber ich möchte, dass Sie weiter darüber nachdenken, wer sich die Schlüssel und den Code für die Alarmanlage besorgt haben könnte. Im Moment sieht das hier verdammt nach einem Insider-Job aus. Die Person, *die Personen* hatten nicht nur Zugang zum Haus, sie schienen sich auch recht gut auszukennen. Sie wussten, dass sie durch die Hintertür konnten, weil es dort keine Kette gibt. Deshalb liegt die Vermutung nahe, dass zumindest einer von denen schon einmal im Haus war. Vielleicht ein Handwerker oder ein Lieferant, der einen Teppich gebracht hat oder so. Falls Ihnen also jemand einfällt, der möglicherweise Zugang zu beidem hatte, zu den Schlüsseln und dem Code, lassen Sie es mich bitte sofort wissen.«

»Alles klar, kein Problem«, sagte Adam und stand auf.

»Jetzt muss ich noch mal mit Ihrer Frau und Ihrer Tochter sprechen.«

»Das ist doch nicht Ihr Ernst?«

»Es wird nicht lange dauern, aber ich muss mit den beiden sprechen.«

»Warum hat das nicht Zeit bis –?«

»Weil es nicht warten kann, darum.« Clements' Ton verbot jede weitere Diskussion.

Adam begleitete den Detective ins Wohnzimmer, wo Dana und Marissa auf der Couch saßen. Sharon und Jennifer hatten es sich ihnen gegenüber bequem gemacht.

Adam fühlte sich ausgesprochen unbehaglich in Sharons Gesellschaft, ganz besonders aber, wenn Dana sich im selben Raum befand.

Vor etwa fünf Jahren, als Adam und Dana eine schwere Ehekrise durchmachten, kriselte es bei Sharon und Mike ebenfalls. Sharon hatte Adam in der Praxis angerufen und gefragt, ob sie sich bei ihm Rat holen könne. Adam hatte eingewilligt und mit ihr einen Termin um sieben Uhr vereinbart, sein letzter Termin an diesem Tag. Alle anderen Kollegen hatten die Praxis bereits verlassen. Bei dieser informellen Eheberatung deutete Adam an, dass es auch in seiner Ehe nicht allzu gut lief. Er wusste genau, was er da tat – ihr seine Verletzlichkeit zeigen, um ihr auf diese Weise sein Interesse zu signalisieren. Er wusste, dass sie ihn attraktiv fand, denn sie flirtete schon seit Jahren mit ihm. Eine Weile lang bemitleideten sie sich gegenseitig, dann gestand Sharon, dass sie sich in ihrer Phantasie oft ausgemalt hatte, wie ›es‹ zwischen ihnen passierte. Adam, der praktisch jeden Tag Patienten mit Liebesaffären beriet, war sich des Risikos nur allzu bewusst. Es wäre ein Riesenfehler, mit Sharon etwas anzufangen. Das konnte zu einem tiefen Riss in der Beziehung zu seiner Frau führen, einem Riss, der möglicherweise nie mehr gekittet werden konnte. Aber zu wissen, was richtig und falsch war, und das Richtige zu tun, waren zwei völlig verschiedene Dinge. Er war auch nur ein Mensch, so wie alle anderen. Dass eine andere Frau so großes Interesse an ihm zeigte, schmeichelte ihm, und er konnte ihr einfach nicht widerstehen.

Sie hatten nur einmal Sex, auf der Therapiecouch. In ethischer Hinsicht hatte er keine Bedenken, schließlich war Sharon keine richtige Patientin. Dennoch wollte er sich nicht auf eine ausgewachsene Affäre mit ihr einlassen, schon gar nicht, wenn er an all die Tränen und den ganzen Ärger dachte, die unweigerlich folgen würden. Deshalb erklärte er ihr – und Sharon pflichtete ihm bei –, dass dies ein einmaliger Ausrutscher gewesen sei und sie beide mit ihrem Leben weitermachen müssten wie bisher. Sharon vertrug sich schließlich wieder mit ihrem Mann. Dana und Adam gingen zur Paartherapie, und es gelang ihnen, ihre Beziehung in vielerlei Hinsicht zu verbessern. Dennoch fand Adam, dass es noch immer ernstzunehmende Probleme zwischen ihnen gab, eines davon war fehlende Nähe. Er spielte mit dem Gedanken, Dana diesen Fehltritt zu gestehen. Normalerweise riet er seinen Patienten, Seitensprünge zu beichten, denn er glaubte fest daran, dass dies der einzige Weg war, Wunden zu heilen und Nähe und Vertrauen in der Beziehung wiederherzustellen. Da er in seinem Fall aber keinerlei emotionale Bindung zu Sharon aufgebaut hatte, würde ein Geständnis Dana nur verletzen und somit mehr schaden als nützen. Also konzentrierte er sich darauf, die Gründe für diesen Seitensprung zu verstehen, und entwickelte Strategien, um ein besserer Ehemann zu werden. Er bereute, was er getan hatte, aber er wollte dafür weder Dana noch sich selbst die Schuld geben. In jeder Ehe gab es Höhen und Tiefen, und sein kleiner Fehltritt war nun wirklich nichts Atypisches. Er hatte unter den gegebenen Umständen sein Bestes getan, und wenn er noch einmal in eine solche Situation geriete, würde er sich bemühen, eine bessere Entscheidung zu treffen.

Am liebsten hätte er jeglichen Kontakt zu Sharon abgebrochen, aber das war natürlich unmöglich. Abgesehen davon, dass man sich immer mal wieder in der Nachbarschaft oder auf Partys traf, waren Dana und Sharon

Freundinnen, ebenso wie Marissa und Hillary, Sharons Tochter. Adam und Mike kamen ebenfalls recht gut miteinander aus und spielten gelegentlich zusammen Golf in Adams Club. Sharon und Adam hatten inzwischen ein freundschaftliches Verhältnis, doch obwohl sie es vermieden, den Seitensprung zu thematisieren, gab es da immer noch diese schwelende Anziehung zwischen ihnen, die wohl nie nachlassen würde.

Detective Clements bat Marissa, mit ihm ins Esszimmer zu gehen.

»Schon wieder?«, fragte Marissa. Sie sah todmüde aus.

»Ist schon okay«, beschwichtigte Adam sie und starrte Clements böse an. »Es dauert nicht lange.«

»Ihr beide solltet jetzt nach Hause gehen, es ist spät geworden«, sagte Dana zu Sharon und Jennifer, kaum dass Marissa und Clements den Raum verlassen hatten.

»Bist du sicher?«, fragte Sharon. »Wenn du willst, dass wir noch bleiben, dann …«

»Nein, nein, danke, wirklich nicht. Wir sehen uns morgen.«

»Ich habe eine Idee«, meinte Jennifer. »Wir kommen gleich morgen früh rüber und bringen Bagels und Kaffee mit.«

»Das ist wirklich nicht nötig«, sagte Dana.

»Aber das machen wir doch gerne«, insistierte Sharon.

Sharon und Jennifer umarmten Dana und Adam zum Abschied. Adam versuchte den vertrauten Duft von Sharons Parfum zu ignorieren, und die Erektion, die er prompt bei ihm auslöste. »Es ist wirklich nett, dass du rübergekommen bist«, sagte er zu ihr.

Das fand er tatsächlich. Dass sie mitten in der Nacht zu ihnen gekommen war, um ihnen beizustehen, zeugte wirklich von Feingefühl. Das hätte sie nicht tun müssen.

»Aber das ist doch selbstverständlich«, antwortete Sharon. »Dafür sind Freunde doch da.«

Sharon und Jennifer waren gegangen, und Dana und Adam blieben allein im Wohnzimmer zurück. »Warum will er denn noch einmal mit Marissa sprechen?«, erkundigte sich Dana.

Adam wollte ihr nicht sagen, dass Clements die Bong in Marissas Zimmer gesehen hatte, weil sie sich nur wieder aufregen würde. Er würde es ihr morgen sagen.

»Ich schätze, er muss noch ein paar Routinefragen klären. Er weiß, wie müde wir sind, und wird sich kurz fassen.«

Adam wusste, dass Dana wusste, dass er ihr etwas verschwieg; Frauen hatten eine Antenne für so etwas, meistens jedenfalls. Aber diesmal ließ Dana es ihm durchgehen.

»Wie geht es dir?«, erkundigte sie sich stattdessen.

»Ganz okay, wenn man die Umstände bedenkt.«

»Vielleicht solltest du mit jemandem reden.«

Detective Clements hatte Adam bereits gefragt, ob er mit einem Psychologen sprechen wolle. Adam fand es ziemlich seltsam, einen Psychologen zu fragen, ob er einen Psychologen brauche.

»Ich werde Carol um einen Termin bitten«, erklärte Adam.

Carol Levinson war eine Kollegin in Adams Praxisgemeinschaft. Sie war zwar nicht wirklich seine Therapeutin, aber immer wenn er sich danach fühlte, buchte er eine Sitzung bei ihr.

»Mach dir keine Sorgen, mir geht es gut. Aber was ist mit dir?«

»Ich fühle mich ganz okay, glaube ich.«

Bestimmt war die Pistole der Grund für diesen kalten, distanzierten Unterton in Danas Stimme. Sie war schon immer dagegen gewesen, sie im Haus zu haben, und hatte ihn mehrmals gebeten, sie wegzuschaffen. Er hatte versucht, ihr klarzumachen, dass er diese Pistole brauchte, dass er sich ohne sie verwundbar und verletzlich fühlte, und schließlich hatte sie eingewilligt, dass er die Pistole behielt, sofern er sie versteckte. Jetzt aber erkannte er, dass sie die Pistole nie wirklich gebilligt hatte, dass sie ihm insgeheim vorwarf, einen Menschen erschossen zu haben. Natürlich würde sie keinen Ton sagen, nicht jetzt gleich jedenfalls, das war nicht ihr Stil. In Situationen wie dieser vermied sie die Konfrontation, entwickelte Ausweichstrategien, legte passiv-aggressives Verhalten an den Tag. Sie würde die Suppe am Köcheln halten, um die Dramatik zu steigern, und das Thema erst ein paar Tage später aufs Tapet bringen.

»Ich würde dich ja gerne ins Bett schicken«, sagte Adam, »aber ich fürchte, Clements will auch mit dir noch einmal sprechen.«

»Ich wünschte, die Polizei würde endlich verschwinden.«

»Das wär mir auch am liebsten, aber es kann jetzt wirklich nicht mehr lange dauern.«

»Ist die Leiche noch im Haus?«

»Keine Ahnung, ich hab nicht nachgesehen.«

»Stehen die Reporter noch vor der Tür?«

»Wahrscheinlich ja.«

»Ich will nicht in die Zeitung kommen«, sagte sie. »Ich will nicht meinen Namen, deinen Namen und auch ganz bestimmt nicht Marissas Namen in der Zeitung lesen.«

»Das wird sich nicht vermeiden lassen.«

»Mein Gott, glaubst du, sie bringen es auf der Titelseite?«

Adam glaubte sehr wohl, dass die Nachricht es auf die Titelseiten sämtlicher größerer Zeitungen schaffen würde; eine Schießerei in einer der wohlhabenden Gegenden New Yorks wäre bestimmt eine Schlagzeile wert, aber er wollte sie beruhigen. »Das bezweifle ich.«

»Bestimmt bringen sie es auch im Fernsehen«, sorgte sich Dana weiter. »Ich habe die vielen Kameras da draußen gesehen. Ganz bestimmt bringen sie es auf New York 1 und auch in allen Lokalnachrichten.«

»Da bin ich mir nicht so sicher, wer weiß, bis morgen gibt es vielleicht eine neue, sensationellere Nachricht, und die Sache gerät in Vergessenheit.«

Er wusste, dass Dana ihm kein Wort glaubte. Aber wenigstens hatte er es versucht.

»Was ist mit dem anderen Kerl? Hat der Detective was gesagt? Werden sie ihn kriegen?«

»Den werden sie bald schnappen, ganz bestimmt, wahrscheinlich noch heute Nacht«, behauptete Adam. Da er sah, wie durcheinander sie noch immer war, nahm er sie fest in die Arme und küsste sie. »Das Ganze tut mir schrecklich leid, wirklich.« Er hielt sie noch ein Weilchen, wohl wissend, dass ihr eine Bemerkung zu der Pistole auf den Lippen lag und sie sich schwer zusammennahm, um nicht auf der Stelle einen Streit vom Zaun zu brechen.

Er entließ sie sanft aus seinen Armen, und Dana sagte: »Ich wünschte, die ganze Sache würde sich in Luft auflösen. Ich wünschte, ich könnte jetzt schlafen gehen und morgen, wenn ich aufwache, wäre all das hier nicht passiert.«

Kurz darauf kehrte Marissa von dem Gespräch mit dem Detective zurück, und Dana musste nun mit ihm ins Esszimmer, um weitere Fragen zu beantworten. Marissa wirkte verstört, und Adam fühlte sich vollkommen hilflos. Erst vor ein paar Stunden hatte sie Daddy zu ihm gesagt, und das hatte ihn daran erinnert, dass sie trotz ihres großspurigen Auftretens noch immer sein kleines Mädchen war. Er nahm sie fest in die Arme und küsste sie auf die Stirn. »Mach dir keine Sorgen, mein Schatz. Alles kommt wieder in Ordnung, schon ganz bald.«

Noch immer schwirrten Polizisten im Haus herum, in der Küche, im Wohnzimmer und natürlich auch bei der Treppe. Sie suchten nach Fingerabdrücken und anderen Spuren und Beweisen. Er warf einen Blick aus dem Fenster. Die Übertragungswagen der Fernsehsender standen noch immer in der Straße, und die Journalisten liefen auf dem Rasen hin und her; ein paar der Nachbarn waren auch da. Die Reporter warteten darauf, jemanden von der Familie interviewen zu können, ein paar Sekunden O-Ton zu kriegen. Am besten, er brachte es gleich hinter sich.

Er ging nach draußen; alles wirkte so surreal – vor dem eigenen Haus zu stehen, um vier in der Früh, das grelle Scheinwerferlicht, das ihm ins Gesicht schien, und all die Reporter, die ihm Fragen zuriefen. Er erkannte ein paar von ihnen, diese Olsen von Fox News und den jungen Schwarzen von Channel 11. Jemand balancierte ein Mikro an einer langen Stange über seinem Kopf, und plötzlich tauchten zahllose Mikros von ABC, WINS, NY1 und anderen Sendern vor seiner Nase auf. Er war es nicht gewohnt, derart im Mittelpunkt zu stehen, ganz im Gegenteil: Normalerweise gab er sich alle Mühe, nicht ins Rampenlicht zu geraten. Jahrelang hatte er unter Glossophobie gelitten, der Angst, öffentlich zu sprechen, und so hielt er sich normalerweise lieber als Beobachter im Hintergrund. Wenn irgend möglich, drückte er sich bei Fachkonferenzen vor Vorträgen, und wenn er doch in den sauren Apfel beißen musste, setzte er diverse kognitive Verhaltensstrategien ein, um seine Ängste in den Griff zu kriegen.

»Warum haben Sie ihn erschossen?«, wollte der Reporter von Channel 11 wissen.

»Ich hatte keine andere Wahl«, erklärte Adam, dem bereits der Schweiß ausbrach. »Er kam die Treppe hoch, mitten in der Nacht, und als ich ihm zurief, er solle abhauen, reagierte er nicht. Ich glaube, jeder hätte an meiner Stelle das Gleiche getan.«

»Wussten Sie, dass er unbewaffnet war?« Die Frage kam von dieser Olsen-Tante, deren Vornamen er vergessen hatte.

»Nein, das habe ich nicht gewusst.«

»Würden Sie es wieder tun?«, rief ein Typ aus den hinteren Reihen.

»Ja«, antwortete Adam. »Wenn ich noch einmal in solch eine Situation geriete, wenn jemand in mein Haus einbrechen würde und meine Familie in Gefahr wäre, würde ich es wieder tun. Ganz bestimmt.«

Die Reporter stellten noch jede Menge Fragen, und alle hatten sie diesen vage vorwurfsvollen Unterton. Das überraschte Adam. Er hatte mit mehr

Wohlwollen vonseiten der Reporter gerechnet. Doch nun fühlte er sich plötzlich ähnlich bedrängt wie bei der Befragung durch Clements, hatte das Gefühl, die Reporter wollten ihn bloßstellen, ihm eine verborgene Wahrheit entlocken, die es nicht gab.

Dennoch hielt er über eine halbe Stunde lang die Stellung, beantwortete alle Fragen ruhig und höflich. Er griff auf die Techniken zurück, die er auch seinen Patienten empfahl, konzentrierte sich auf seine Atmung, sprach aus dem Bauch, nicht aus der Brust heraus – und spürte, wie er sich langsam entspannte, sich fast wieder normal fühlte. Als die Reporter schließlich keine Fragen mehr hatten, dankte er ihnen für ihre Aufmerksamkeit und kehrte ins Haus zurück.

3

ALS MARISSA DIE SCHÜSSE HÖRTE, war sie fest davon überzeugt, dass ihr Vater tot war. Mein Gott, wie hirnrissig war das denn, sich da draußen mit einer Pistole hinzustellen und wild draufloszuballern. Was zum Teufel hat er sich dabei gedacht? Aber das war typisch für ihren Vater – wenn der sich erst mal was in den Kopf gesetzt hatte, dann zog er das durch, ohne Rücksicht auf Verluste.

Marissa, die sich noch immer mit ihrer Mutter im begehbaren Kleiderschrank versteckt hielt, hatte laut losgeschrien, aber ihre Mum hielt ihr rasch den Mund zu. »Schschscht!«

Ihre Mutter war auch sauer wegen der Pistole, aber alles war so schnell gegangen, dass keine von ihnen hatte eingreifen können.

Die Schießerei hatte nur wenige Sekunden gedauert, danach war es totenstill im Haus.

»Warte hier«, befahl ihre Mutter und ging nachsehen, was passiert war. Marissa hatte Angst, dass ihre Mutter auch noch erschossen würde, und wollte sie aufhalten, aber dann sah sie ihren Vater mit der Pistole in der Hand oben an der Treppe stehen. Er wirkte verängstigt und erschrocken, und gleich darauf verlor er die Nerven und schrie, sie sollten beide ins Schlafzimmer zurückgehen.

Kurze Zeit später kam er zu ihnen.

»Hast du ihn erwischt?«, fragte ihre Mutter.

»Ja.«

»Ist er tot?«

Ihr Vater schluckte schwer und räusperte sich: »Ja, er ist tot.«

Als die Polizei eintraf, ging ihr Dad nach unten, um zu erklären, was passiert war. Dann hörten sie wieder Polizeisirenen, und noch mehr Polizisten kreuzten auf. Marissa blieb mit ihrer Mutter im ersten Stock, sie sprachen mit einem der Beamten. Es widerte Marissa ziemlich an, wie er sie angrinste und auf ihre Brüste glotzte. Als sie schließlich nach unten gingen, über die Hintertreppe, wandte sich Marissa im Flur kurz um und warf einen raschen Blick die Haupttreppe hinunter. Sie konnte die Blutlache am Fuß der Stufen sehen und ein Bein des Einbrechers, Jeans und hohe schwarze Turnschuhe. So eine Scheiße!

Ein anderer Cop nahm die beiden unten in Empfang und führte sie ins Esszimmer, wo er ihnen jede Menge Fragen stellte. Ihre Mum war viel gefasster als sie, zumindest vermittelte sie diesen Eindruck. Sie schaffte es, ziemlich genau zu beschreiben, was passiert war, während Marissa kaum in der Lage war, einen Gedanken zu Ende zu verfolgen, so dass sich ihr Bericht ziemlich konfus anhörte.

Eine halbe Ewigkeit schien vergangen, als ihr Dad endlich ins Esszimmer kam. »Wie geht es euch beiden? Alles in Ordnung mit euch?«, erkundigte er sich sogleich.

Sie wusste, dass das Show war, der Versuch, Stärke zu demonstrieren, so zu tun, als habe er alles im Griff. Nun ja, sein Gefühlsleben hatte er längst nicht so gut im Griff, wie er dachte. Nur weil er Seelenklempner war, hieß das noch lange nicht, dass er nicht ebenso verkorkst war wie alle anderen. Marissa konnte er nichts vormachen, sie wusste, dass er völlig durch den Wind war. Sie empfand Mitleid mit ihm, aber das hier hatte er sich selbst eingebrockt. Niemand hatte ihn gezwungen, die Pistole zu holen. Niemand hatte ihm gesagt, er solle abdrücken.

»Der Detective ist da. Er wird vermutlich mit uns reden wollen«, erklärte ihr Vater mit steinerner Miene und abwesendem Blick.

»Alles in Ordnung mit dir?«, erkundigte sich ihre Mum. Sie hatte offenkundig eine Stinkwut im Bauch, gab sich aber Mühe, sich nichts anmerken zu lassen.

»Mir geht's gut, mach dir wegen mir keine Sorgen«, sagte ihr Dad und fügte sachlich hinzu: »Sie haben keine Waffe gefunden.«

Jetzt kochte ihre Mutter vor Wut. An ihrem Dad schien das völlig vorbeizugehen, dabei war es nicht zu übersehen.

»Haben sie auch wirklich alles abgesucht?«, vergewisserte sich ihre Mum.

»Ja«, bestätigte ihr Vater. »Aber ich hab nichts falsch gemacht, er hat nach etwas gegriffen. Was hätte ich denn sonst tun sollen?«

Ganz offensichtlich wollte er von ihrer Mutter die Absolution, aber darauf konnte er lange warten.

»Ich muss mich setzen«, sagte ihre Mum.

Als ihr Vater schließlich hinüber ins Esszimmer gegangen war, um mit dem Detective zu reden, brach es aus ihrer Mutter heraus: »Verdammte Scheiße, was zum Teufel hat er sich dabei gedacht?«

Normalerweise fluchte ihre Mutter nicht. Es jagte Marissa einen ziemlichen Schrecken ein.

»Keine Ahnung, ich hab geglaubt, ich seh nicht recht, als er plötzlich die Pistole ausgepackt hat. Ich hab ihm auch gesagt, was zum Teufel willst du damit?«

»Ich bin so wütend, so wütend, ich könnte ihn mit bloßen Händen erwürgen.«

Das Gesicht ihrer Mutter war ganz rot angelaufen. Marissa hatte sie noch nie so außer sich gesehen.

Marissa war zwar auch stinksauer auf ihren Vater, aber im Moment schien es ihr wichtiger, ihre Mutter zu beschwichtigen. »Er hat doch nur getan, was er glaubte, tun zu müssen.«

»Er hat also geglaubt, er müsse jemanden erschießen? Wem willst du hier was vormachen? Ich hatte die Polizei schon an der Strippe! Wie lang hat es gedauert, bis sie hier waren? Fünf Minuten? Wir hätten uns im Schlafzimmer einschließen, uns im Schrank verstecken können. Er musste die Pistole nicht holen, und ganz bestimmt musste er niemanden erschießen!«

»Vielleicht war es ja so, wie er gesagt hat. Vielleicht hat er geglaubt, es sei Notwehr.«

»Es ist mir schnurzegal, was er gedacht hat. Wie oft habe ich ihm gesagt, dass er diese verdammte Pistole wegschaffen soll? Erst vor ein paar Wochen habe ich ihm noch mal gesagt, dass ich das Ding nicht im Haus haben will, und er ist nur wieder mit den üblichen Ausreden gekommen.« Sie senkte die Stimme, ahmte Adam nach: »Das ist doch nur zu unserem Schutz. Ich werde sie ja nie benutzen.« Dann sprach sie in normaler Tonlage weiter: »Ich wusste, dass so etwas passieren würde. Es war nur eine Frage der Zeit.«

Detective Clements trat ins Wohnzimmer, um mit Dana und Marissa zu sprechen. Sie erzählten ihm so ziemlich das Gleiche wie dem ersten Polizisten, wobei Dana die meisten Fragen beantwortete. Dann zogen sich Clements und Adam zu einer weiteren Befragung ins Esszimmer zurück. Sharon Wasserman und Jennifer Berg waren herübergekommen. Hillary, Sharons Tochter, war Marissas beste Freundin. Sie hatte letztes Jahr ihr Studium an der Northwestern University abgeschlossen und war dann nach Hause zurückgekehrt. Jennifers Sohn Josh, der an der George Washington University Jura studierte und kurz vor dem Abschluss stand, war Marissas erster Freund gewesen, in der siebten Klasse.

Es dauerte ewig, bis Clements und Adam ins Esszimmer zurückkehrten.

Clements verlangte, mit Marissa unter vier Augen zu sprechen. Marissa war todmüde und sehnte sich nach ihrem Bett. Sie sah überhaupt keinen Sinn darin, die gleichen Fragen wieder und wieder durchzukauen.

Sie ging mit Clements ins Esszimmer und setzte sich ihm gegenüber an den Tisch.

»Ich weiß, es ist spät, aber es gibt noch ein paar Punkte, die ich mit Ihnen klären muss.«

»In Ordnung«, sagte Marissa und verschränkte die Arme über der Brust.

»Ihre Freunde … hat einer von denen irgendwelche Vorstrafen?«

»Nein.«

»Sie müssen nicht unbedingt im Knast gewesen sein. Wissen Sie vielleicht, ob einer schon mal etwas gestohlen hat oder gesagt hat, dass er irgendwo einbrechen will oder –«

»Wenn Sie glauben, einer meiner Freunde wäre hier mit diesem Typen eingebrochen, dann sind Sie nicht mehr ganz dicht.«

»Was ist mit Drogen? Nimmt irgendeiner Ihrer Freunde Drogen?«

Natürlich warfen ein paar ihrer Freunde hin und wieder was ein, sie war schließlich zweiundzwanzig – erwartete der Bulle etwa, dass sie ihre Freunde verpfiff?

»Nein«, sagte sie.

Er wirkte nicht überzeugt. »Es tut mir leid, aber ich muss darauf bestehen, dass Sie die Frage wahrheitsgemäß beantworten.«

›Klar muss ich das, ich stehe ja vor Gericht und unter Eid‹, dachte sie. »Was haben meine Freunde mit dem Einbruch zu tun?«

»Wo kaufen Sie Ihr Gras, Marissa?«

Die Frage traf sie völlig unvorbereitet und versetzte sie in Panik. In ihrem Zimmer stand eine Bong, und sie hatte eine Tüte Gras hinten in der Schublade mit ihrer Unterwäsche versteckt. Sie hatte keine Ahnung, ob Clements in ihrem Zimmer gewesen war, aber es sah ganz danach aus. Trotzdem war sie nicht so dämlich, vor einem Polizeibeamten zuzugeben, dass sie kiffte.

»Wovon reden Sie überhaupt«, antwortete sie deshalb.

»Ich war in Ihrem Zimmer.«

Ihr Herz schlug so laut und schnell, dass sie glaubte, ihr ganzer Körper schwinge mit.

»Ich habe Ihnen doch schon gesagt, dass keiner meiner Freunde was mit dem Einbruch zu tun hat. Das ist vollkommen hirnrissig.«

»Ich frage Sie jetzt ein letztes Mal, Marissa: Wo kaufen Sie Ihre Drogen?«

Am liebsten hätte sie angefangen zu heulen, aber sie riss sich am Riemen. »Ich nehme keine Drogen.«

»Ich habe die Bong in Ihrem …«

»Die gehört einer Freundin. Ich passe nur darauf auf.«

»Aha, Sie passen auf eine Bong auf, soso.« Er grinste.

Sie war eine schlechte Lügnerin, und diese dämliche Ausrede würde sie nicht lange aufrechterhalten können. »Na gut, sie gehört mir. Was wollen Sie jetzt machen? Mich festnehmen, weil ich eine Bong habe?«

»Der Besitz von Marihuana ist strafbar.«

»Es gehört mir nicht«, sagte sie verzweifelt.

»Ich frage Sie zum letzten Mal: Von wem beziehen Sie Ihr Gras?«

»Darren, ein Freund.«

»Wie kann ich ihn kontaktieren?«

So ein Arschloch!

»Warum wollen Sie –«

»Geben Sie mir seine Telefonnummer.«

Darren kannte sie vom College. Sie war immer mal wieder mit ihm zusammen gewesen, ein ziemliches Hin und Her. Jetzt wohnte er wieder bei seinen Eltern auf der Upper West Side. Wenn sie ihn auffliegen ließ, würde er sie fertigmachen.

Sie gab Clements Darrens Telefonnummer. »Aber bitte rufen Sie ihn nicht an. Ich bin mir sicher, dass er nichts mit dem Einbruch zu tun hat.«

Clements ignorierte sie. »Hat einer Ihrer Freunde irgendwelche Straftaten begangen oder welche geplant oder mal im Knast gesessen?«

Sofort musste sie wieder an Darren denken, der in Poughkeepsie eine Nacht hinter Gittern verbracht hatte, weil die Bullen bei einer Verkehrskontrolle einen Joint in seinem Wagen gefunden hatten. Aber sie konnte ihn nicht noch tiefer reinreiten.

»Nein«, sagte Marissa, »nicht dass ich wüsste.«

»Ich weiß, ich habe Sie schon mal gefragt, aber kennen Sie einen Carlos Sanchez?«

»Nein.«

»Woher wollen Sie das wissen?«

»Weil ich das eben weiß, darum.«

Er legte eine kleine Plastiktüte auf den Tisch, in der sich ein Führerschein befand. »Und? Kommt er Ihnen bekannt vor?«

Sie betrachtete das Foto – ein ziemlich ungepflegter, hässlicher Kerl mit einem kalten, starren Blick. Den hatte sie noch nie zuvor gesehen.

»Den Typen kenne ich nicht.«

Clements schien noch immer nicht zufrieden. »Haben Sie jemals irgendwem Ihren Hausschlüssel geliehen oder …«

»Nein, nie.«

»Stimmt das auch?«

»Glauben Sie etwa, ich gebe irgendjemandem meinen Schlüssel, damit er bei uns einbrechen kann?«

»War es so?«

»Natürlich nicht!«

War das noch zu fassen?

Clements erhob sich. »Okay. Sie müssen jetzt mit mir kommen.«

»Wohin?«

»Zur Treppe. Ich möchte, dass Sie sich Sanchez ansehen.«

Bei der Vorstellung wurde ihr schlagartig übel. »Ich soll mir die Leiche ansehen?«

»Das Foto auf dem Führerschein ist mehrere Jahre alt. Er hat ziemlich zugenommen. Ich muss sichergehen, dass Sie ihn nicht vielleicht doch kennen.«

»Hab ich eine Wahl?«

»Nein.«

Sie hatte noch nie eine Leiche gesehen – das heißt, abgesehen von ein oder zwei Beerdigungen, wo die Toten aufgebahrt waren –, dennoch war ihr das alles im Moment ziemlich egal, sie wollte einfach nur auf dem schnellsten Wege in ihr Bett.

Marissa ging mit Clements in die Eingangsdiele. Der Tote lag immer noch am Fuß der Treppe, genau wie zuvor, nur konnte sie jetzt den ganzen Körper sehen. Die Spezialisten von der Spurensicherung schwirrten nach wie vor um die Leiche herum, suchten wohl nach DNA-Spuren, Fingerabdrücken und so was. Da war Blut, jede Menge Blut, dunkelrot, auf den unteren Stufen und auf dem Boden darunter. Darauf war Marissa nicht gefasst. Ihr wurde ganz flau im Magen, trotzdem trat sie näher, sah dem Toten ins Gesicht. Die Augen standen halb offen, und Blut lief aus seiner Nase. Der Mund sah komisch aus, und als sie genauer hinsah, erkannte sie, dass der Unterkiefer fast vollständig fehlte.

»O mein Gott«, stöhnte sie, was Clements offenbar falsch verstand.

»Erkennen Sie ihn?«, fragte er.

»Nein, nein, ich habe keine Ahnung, wer das ist.« Sie wich zurück, weg von der Leiche. »Kann ich jetzt gehen? Kann ich jetzt endlich gehen?«

Clements brachte sie wieder ins Wohnzimmer und holte ihre Mutter zu einem Gespräch unter vier Augen, so dass sie allein mit ihrem Vater zurückblieb.

Zuerst schloss er sie in seine Arme und versicherte ihr immer wieder, dass alles wieder in Ordnung kommen würde – ja, klar, bestimmt –, und dann wollte er wissen, wie das Gespräch mit Clements gelaufen war.

Sie antwortete nicht sofort, sagte dann schließlich: »Er hat mich gezwungen, die Leiche anzuschauen.«

»Wie bitte?« Offensichtlich regte ihn das gewaltig auf. »Warum zum Teufel hat er das getan?«

Sie hatte keine Lust, weiter mit ihm darüber zu reden. Seit Jahren schon war ihre Beziehung angespannt und verkrampft, und seit sie vom College nach Hause zurückgekommen war, hatte sich die Lage nicht gerade verbessert. Wie auch, wenn er ständig herumnörgelte, dass sie sich einen Job suchen und ausziehen sollte. Dabei hatte sie nur vorübergehend wieder bei ihren Eltern wohnen wollen, eben so lange, bis sie ein eigenes Auskommen hatte. Über die Empfehlung eines ihrer Kunstgeschichtsprofessoren hatte sie einen Teilzeitjob im Metropolitan Museum of Art ergattert, aber ihr Boss dort war ein Ekelpaket, und außerdem hatte ihr Job mit Kunst nichts am Hut. Ihre Hauptaufgabe bestand darin, die Audioguide-Kopfhörer an die Besucher zu verleihen. Nach einem Monat hatte sie die Schnauze voll gehabt und den Job hingeschmissen. Seitdem hatte sie zahllose Bewerbungen verschickt und auch einige Vorstellungsgespräche gehabt, aber ihr Vater warf ihr immer wieder vor, so eine Chance leichtfertig aufgegeben zu haben. Manchmal hielt sie es kaum noch im selben Zimmer mit ihm aus.

»Er wollte sicherstellen, dass ich ihn wirklich nicht kenne. Egal.« Sie war erschöpft und hatte keinen Bock, zu reden.

Aber ihr Vater konnte sich nicht beruhigen. »Das ist ja nicht zu fassen, einfach nicht zu fassen. Er hätte dich nicht dazu zwingen dürfen, niemals! Warum auch? Was will er damit erreichen?« Nachdenklich schüttelte er den Kopf. »Hat er auch nach deiner Bong gefragt?«

Marissa hatte keine Lust, sich auf ein solches Gespräch einzulassen, erst recht nicht um diese Uhrzeit und in diesem Zustand.

»Ja«, antwortete sie. »Aber er hat keine große Sache daraus gemacht.«

»Wie oft habe ich dir gesagt, dass du das Ding aus dem Haus schaffen sollst?«

»Nie, das hast du mir nie gesagt.«

»Ich hab dir verboten, unter meinem Dach zu kiffen.«

»Seit ich vom College zurück bin, habe ich vielleicht zwei Mal hier zu Hause was geraucht, aber wenn es dich so sehr stört, lass ich es eben, kein Problem.«

»Und ich will auch nicht, dass du in meinem Haus trinkst.«

»Wann habe ich denn hier was getrunken?«

»Neulich, als Hillary mit diesem Kerl da war.«

»Der Kerl ist Medizinstudent und heißt Jared, er ist ein Freund von Hillary. Wir haben Wein getrunken, jeder ein Glas, mehr nicht.«

»Egal, ich will trotzdem nicht, dass du hier im Haus trinkst, hast du mich verstanden?«

»Das ist lächerlich. Ich habe nichts getan, du reagierst nur wieder deinen Frust an mir ab.«

»Wie bitte?«, sagte er mit leicht erhobener Stimme.

»Als ob die ganze Sache hier mit meiner Bong oder meinem Alkoholkonsum zu tun hätte. Das hier hat einzig und allein was mit dir zu tun, mit dir und deiner Pistole.«

Ihr Vater warf ihr einen Blick zu, den sie in letzter Zeit ziemlich oft zu sehen bekommen hatte, ein Blick, als würde er sie hassen.

»Geh ins Bett«, befahl er.

»Na toll! Ich habe nichts getan, und du behandelst mich wie eine Zehnjährige.«

»Wenn du dich wie eine Zehnjährige aufführst, dann behandle ich dich auch wie eine. Ab ins Bett!«

Es war zwecklos, mit ihrem Vater zu streiten, wenn er einmal dieses Stadium erreicht hatte, und so verließ Marissa das Zimmer. Beim Eingang trieben sich noch immer jede Menge Bullen herum, aber es sah ganz so aus, als hätten sie den Toten inzwischen weggebracht. Sie entschied sich trotzdem für die Hintertreppe, so konnte sie ihnen und ganz besonders diesem Arschloch Clements aus dem Weg gehen.

Als sie endlich im Bett lag und einzuschlafen versuchte, fiel ihr wieder ein, dass sie Detective Clements Darrens Telefonnummer gegeben hatte. Marissa setzte sich auf und rief Darren an, konnte ihm aber nur eine Nachricht hinterlassen, die wohl ziemlich wirr klang. Sie sagte ihm, dass die Bullen in ihrem Zimmer Gras gefunden hatten und dass er sämtliches Dope aus seiner Wohnung schaffen müsse, und zwar SOFORT.

Dann legte sie sich wieder ins Bett, stöpselte sich die Kopfhörer ihres iPods in die Ohren und hörte Tone Def, diese neue Alternative/Punk/Post-Grunge-Band, auf die sie seit neuestem stand. Sie war noch immer stinkig, dass ihr Vater ihr dermaßen die Hölle heiß machte. Blieb nur zu hoffen, dass sich die Lage so rasch wie möglich wieder beruhigte. Es war auch so schon schwer genug, wieder zu Hause wohnen zu müssen. Zusätzlichen Stress konnte sie wirklich nicht gebrauchen.

4

ALS ADAM AUFWACHTE, fühlte er sich schon viel besser. Er hatte ein paar Stunden tief und fest geschlafen, und es sah ganz nach einem strahlend schönen Tag aus; helle Sonnenstrahlen drangen durch die Jalousien ins Zimmer. Er sah auf den Wecker: 09:27 Uhr. Seine Patiententermine wollte er heute absagen, ansonsten aber fühlte er sich in der Lage zu arbeiten und beschloss, ein paar Sitzungen per Telefon abzuhalten.

Bis er nach unten ging und an der Stelle vorbeimusste, an der die Leiche gelegen hatte, hatte er nicht eine Sekunde an den Einbruch und den Toten gedacht. Er vermied es, genauer hinzuschauen, aber offenbar hatten die Leute von der Spurensicherung oder die Sanitäter oder sonst wer gründlich saubergemacht; auf den ersten Blick konnte er keine Blutspuren entdecken. Sie hatten sogar die Schäden in der Wand ausgebessert. Es sah fast aus, als ob das Ganze nie passiert wäre.

Dana war nicht in der Küche, aber augenscheinlich war sie schon vor ihm da gewesen: Die Kaffeetasse in der Spüle, ein paar Krümel auf der Arbeitsplatte, wahrscheinlich von einem Bagel, und die *Times* mit dem aufgeschlagenen Kreuzworträtsel auf dem Küchentisch verrieten es. Von Marissa war nichts zu sehen oder zu hören, aber das hatte er auch nicht erwartet. Meist schlief sie bis elf Uhr, manchmal sogar bis weit nach Mittag. Heute würde sie bestimmt bis eins oder zwei im Bett bleiben.

Er schenkte sich eine Tasse Kaffee ein und blätterte dann in der Zeitung. Obwohl er in der Nacht noch mit den Reportern der *Times*, der *News* und der *Post* gesprochen hatte, konnte von dem Einbruch noch nichts in den Zeitungen stehen. Aber ganz bestimmt würden morgen alle wichtigen Tageszeitungen darüber berichten.

Er überflog die erste Seite, las von den neuesten Bombenattentaten in Israel und im Irak und konzentrierte sich dann auf den Sportteil. Die Jets spielten am Sonntag gegen die Patriots, und er vertiefte sich in einen Artikel über das bevorstehende Spiel. Nachdem er seinen Kaffee ausgetrunken und einen Beitrag über ein vielversprechendes neues Medikament zur Behandlung von Schizophrenie quergelesen hatte, schaltete er sein BlackBerry ein und schickte eine E-Mail an Jane Heller, eine Patientin, der er eine Telefonsitzung um vier Uhr vorschlug. Dann schickte er Carol, seiner

Kollegin, eine E-Mail und fragte sie, ob sie irgendwann die Woche Zeit für eine Sitzung mit ihm habe.

Von draußen drang überhaupt kein Lärm mehr herein, und er fragte sich, ob die Nachbarn inzwischen gegangen waren oder ob noch jemand vor der Haustür ausharrte. Er ging ins Wohnzimmer und drückte vorsichtig eine Lamelle der Jalousie herunter. Auf der anderen Seite parkte noch ein Ü-Wagen von Fox News, aber das war auch schon alles.

Adam wollte nach oben, um sich zu duschen und anzuziehen, und musste wieder an der Stelle vorbei, wo der Tote gelegen hatte. Was hatte Clements noch mal gesagt, wie hatte der geheißen? Sanchez? Ja, das war's, Sanchez, Carlos Sanchez. Mit so etwas wie Reue starrte Adam auf die Stelle, aber dann rief er sich ins Gedächtnis, dass Sanchez selbst schuld war. Sanchez hatte die Entscheidung getroffen, die letztlich zu seinem Tod geführt hatte, nicht Adam. Wenn er jemanden ohne Anlass umgebracht hätte, wenn er jemanden *ermordet* hätte oder wenn jemand gestorben wäre, weil ihm ein Fehler unterlaufen war, dann hätte er allen Grund, sich schuldig zu fühlen. Wenn er beispielsweise einen Unfall verursacht hätte und jemand dabei umgekommen wäre, würde er selbstverständlich die Verantwortung übernehmen. Aber diese Sache hier war etwas ganz anderes. Das war kein Unfall gewesen, sondern Notwehr.

Adam stellte sich unter die Dusche. Der warme Wasserstrahl half ihm zu entspannen. Er erinnerte sich wieder an den Traum mit der schwarzen Ratte und überlegte, warum dieser Traum immer in der Praxis seinen Anfang nahm. Hatte das vielleicht etwas mit seiner Arbeit zu tun, oder symbolisierte die Praxis nur eine vertraute Umgebung, in der er sich wohl fühlte? Und was hatte es zu bedeuten, dass es immer Jodi Roth oder Kathy Stappini waren, die sich plötzlich in diese furchteinflößende Ratte verwandelten? Jodi und Kathy hatten nun wirklich nichts Furchteinflößendes an sich. Vielleicht hatte es ja mit der Therapeut-Patient-Beziehung im Allgemeinen zu tun. Als Therapeut war er derjenige, der das Ruder in der Hand hielt, aber wenn die Ratte angriff, verlor er die Kontrolle. Vielleicht ging es in dem Traum um Kontrollverlust oder um Angriffe auf seine Person? Wann hatte er sich angegriffen gefühlt? Er dachte an seine dominante Mutter, an seinen distanzierten Vater, an die Jungs, die ihn während der Schulzeit drangsaliert hatten, und an Dana – wie oft hatte er sich in ihrer Ehe von ihr angegriffen gefühlt? Vielleicht symbolisierte die Ratte Dana, führte ihm vor Augen, wie sehr sie ihn erdrückte.

Adam nahm sich vor, all diese Gedanken in der Sitzung mit Carol zu besprechen.

Er trat aus der Dusche, schlang sich ein Handtuch um die Hüfte und ging ins Schlafzimmer. Dana war bereits vollständig angekleidet, trug Jeans und ein schwarzes Langarm-T-Shirt mit rundem Halsausschnitt. Sie kramte in der obersten Schublade ihrer Kommode.

»Guten Morgen«, sagte er.

Sie ließ ein paar Sekunden verstreichen. »Guten Morgen«, antwortete sie schließlich. Sie grollte ihm also noch wegen der Pistole. Er merkte es sofort, wenn sie sauer auf ihn war, und immer kannte er den Grund, obwohl sie sich höchst selten die Mühe machte, ihre Wut auf angemessene und produktive Weise zum Ausdruck zu bringen.

Doch im Augenblick hatte er keine Lust, sich auf eine Auseinandersetzung einzulassen. »Sieht ganz so aus, als seien die Journalisten wieder abgezogen«, meinte er.

»Ich habe heute Morgen mit ein paar gesprochen«, erklärte Dana. Ihre Stimme klang gepresst vor unterdrückter Wut.

»Ach ja? Von welcher Zeitung?«

»Keine Ahnung.« Sie durchwühlte noch immer die Schublade. »Fernsehen, Zeitung, was weiß ich.«

Adam warf das Handtuch in den Wäschekorb. Als er sich nackt im Spiegel betrachtete, zog er wie jedes Mal den Bauch ein wenig ein. Für sein Alter konnte er ganz zufrieden sein mit seiner Figur, kaum mehr als zehn, na gut, eher fünfzehn Pfund Übergewicht. Der Rettungsring auf den Hüften störte ihn allerdings schon. Er musste unbedingt wieder anfangen zu laufen, oder sich wieder regelmäßig zum Tennis verabreden. Er ging häufig Golf spielen, aber mit dem kleinen Golfcart durchs Gelände zu fahren half nicht sonderlich beim Abbau des Speckgürtels. Mit dem Bauchtraining sollte er auch wieder anfangen, dieses Mal aber richtig. In drei Jahren wurde er fünfzig, und das neue Jahrzehnt wollte er rank und schlank beginnen.

»Nun, es scheint, dass sich der Wirbel wieder gelegt hat«, bemerkte er schließlich, mit den Gedanken schon wieder ganz woanders.

Sie schloss die Schublade und drehte sich zu Adam um, vermied es aber weiterhin, ihn direkt anzusehen.

»Er ist nicht mehr da.«

»Wer ist nicht mehr da?« Adam schaute nicht mehr in den Spiegel, war aber noch immer in Gedanken versunken.

»Der Zettel, auf dem ich den Sicherheitscode für die Alarmanlage aufgeschrieben habe.«

»Was sagst du da?« Nun hatte sie Adams volle Aufmerksamkeit.

»Heute Morgen ist es mir wieder eingefallen. Ich habe die Nummer, diesen Code meine ich, auf einen Zettel notiert. Weißt du nicht mehr? Als die Anlage eingebaut wurde, hast du eine Karte mit dem Code bekommen, aber für mich hatten sie keine.«

»Ah ja«, sagte Adam, damit sie weitersprach, obwohl er sich an nichts dergleichen erinnerte.

»Ich dachte, er wäre im Schreibtisch im Wohnzimmer, in der Schublade mit den alten Rechnungen. Doch als ich heute Morgen nachgesehen habe, war er nicht da. Ich habe überall gesucht, aber ich kann den Zettel nirgends finden.«

»Vielleicht hast du ihn weggeworfen.«

»Vielleicht, aber ich könnte schwören, ich hätte ihn da unten in die Schublade gelegt.«

Im Gegensatz zu Adam war Dana ein sehr ordentlicher Mensch und verlegte nur selten etwas.

»Hast du richtig nachgesehen?«

»Natürlich! Der Zettel ist nicht da!«

»Schon gut, beruhige dich bitte.«

»Ich bin ja ruhig«, behauptete sie, obwohl ganz offensichtlich das Gegenteil der Fall war. Zum ersten Mal an diesem Morgen sah sie ihn nun direkt an, ausgesprochen kühl und sehr distanziert.

»Wo könnte er denn sonst sein?«

»Nun ja, wie du siehst, dachte ich, dass er hier oben in der Schublade sein könnte.«

»Hast du in der Küche nachgesehen?«

»Dort habe ich ihn ganz bestimmt nicht hingetan.«

»Vielleicht ist er ja im Schreibtisch unter die Schublade gerutscht. So was kommt öfter vor, besonders wenn die Schubladen ziemlich voll sind, und –«

»Ich habe nachgesehen. Der Zettel war nicht da. Soll ich Detective Clements anrufen?«

»Das finde ich übertrieben.«

»Warum? Er glaubt, dass jemand den Sicherheitscode hatte, und jetzt fehlt ein Zettel, auf dem der Code stand.«

»Schon gut, in Ordnung. Wenn du den Detective anrufen willst, ruf ihn an, aber ich an deiner Stelle würde erst noch einmal gründlich nachsehen, bevor du seine Zeit vergeudest.«

Adam schlüpfte in die Jeans. Sein Rücken machte ihm schon wieder zu schaffen. Er konnte Dana zwar nicht mehr sehen, aber er wusste, dass sie sich noch im Raum befand. Wahrscheinlich funkelte sie ihn mit über der Brust verschränkten Armen wütend an. Er drehte sich kurz zu ihr um. Bingo, genau so war's.

»Hast du heute schon mit Marissa gesprochen?«, erkundigte sie sich.

»Ich glaube, sie schläft noch. Schätze mal, dass sie heute Morgen kein Vorstellungsgespräch hat«, sagte Adam mit einem süffisanten Grinsen.

»Glaubst du, dass vielleicht doch einer ihrer Freunde etwas mit dem Einbruch zu tun haben könnte?«

»Das ist lächerlich«, sagte Adam.

»Das finde ich auch, aber der Detective ist gestern Abend die ganze Zeit darauf herumgeritten. Das würde er ja wohl kaum tun, wenn er nicht zumindest die Möglichkeit in –«

»Jetzt mach mal halblang«, bremste Adam sie. »Der Typ hieß Carlos Sanchez. Mir gegenüber hat sie nie etwas von einem Carlos Sanchez erwähnt. Vor dir etwa? Außerdem war der Kerl viel älter als sie. Nein, der Einbruch hat bestimmt nichts mit ihr zu tun.«

»Vielleicht war er ihr Dealer«, wandte Dana ein.

»Das glaub ich nicht.«

»Warum nicht? Sie hat in ihrem Zimmer gekifft, und von irgendwem muss sie das Zeug ja wohl haben.«

Adam dachte darüber nach, während er die Schublade seiner Kommode aufzog und einen Stapel sorgfältig gefalteter Hemden betrachtete. Es war nicht völlig ausgeschlossen, dass der Einbruch doch etwas mit Marissa zu tun hatte. Seit sie vom College nach Hause zurückgekehrt war, gingen ihre Freunde bei ihnen ein und aus, manchmal auch Leute, die Adam noch nie zuvor gesehen hatte. Dieser Typ letzte Woche zum Beispiel hatte einen äußerst dubiosen Eindruck auf ihn gemacht mit seinen langen Haaren und den über und über tätowierten Armen.

Auch wenn der Einbruch nichts mit Drogen zu tun hatte – vielleicht mit einem der Typen, mit denen Marissa ausging?

»Gestern Abend habe ich ihr mit sofortiger Wirkung verboten, unter meinem Dach Alkohol zu trinken oder zu kiffen. Ganz egal, was mit dem

Einbruch ist, ich finde, wir sollten ihr klarmachen, dass sie auf der Stelle ausziehen muss, wenn sie sich nicht an diese Regel hält. Alkohol und Dope sind ab sofort tabu, ausnahmslos.«

»Ist das nicht ein bisschen scheinheilig?«

Sie hatten schon einmal darüber diskutiert, und Adam wusste genau, worauf sie anspielte. Wie konnte er seiner zweiundzwanzigjährigen Tochter verbieten, in ihrem Haus Gras zu rauchen oder Männerbesuch zu empfangen, wo er als Teenager regelmäßig high gewesen war und jede einzelne seiner Freundinnen in ebendiesem Haus übernachtet hatte, und das seit seinem sechzehnten Lebensjahr.

»Das war in den siebziger Jahren, das waren ganz andere Zeiten«, sagte er.

›Heute sind wir schlauer als damals‹, hätte er gerne noch hinzugefügt, verkniff sich die Bemerkung aber, weil der Gaul nun wirklich schon zu Tode geritten war.

»Wenn sie ein Junge wäre, hättest du bestimmt kein Problem damit.«

»Das stimmt nicht«, stritt Adam ab. Er zog ein blaues, langärmliges Poloshirt mit dem Logo seines Country-Clubs aus der Schublade, was ihn daran erinnerte, dass er am Sonntagmorgen mit seinem Freund Jeff zu einer Partie Golf verabredet war. »Ich würde nicht wollen, dass mein Sohn die gleichen Fehler macht wie ich.«

»Wie du meinst, ich werd trotzdem das Gefühl nicht los, dass du in diesem Fall mit zweierlei Maß misst«, beharrte Dana.

In ihrer Stimme schwang schon wieder dieser Unterton. Dabei – das wusste Adam genau – regte sie dieses Gespräch keineswegs so auf, wie sie vorgab. Sie suchte bloß einen Vorwand, um endlich all ihre Vorwürfe und Anschuldigungen wegen der Schüsse loszuwerden.

»Wolltest du nicht Clements anrufen?«, erkundigte er sich, womit er sie zwar nicht gerade fortschickte, es ihr aber nahelegte. Bis auf Socken und Schuhe fertig angezogen, nahm er sein BlackBerry zur Hand und überflog die E-Mails. Er hatte zwei neue bekommen, eine von Carol, die ihm am Freitag um vier Uhr eine Sitzung anbot, und eine von Lauren, der Sekretärin der Gemeinschaftspraxis, die ihm Bescheid gab, dass Jane Heller heute um vier keine Zeit hatte und den Telefontermin gern auf drei Uhr vorverlegen würde.

Dana stand noch immer mit über der Brust verschränkten Armen vor ihm.

»Machst du dir denn überhaupt keine Sorgen?«

»Sorgen? Weshalb?« Verdammt, Lauren hatte ihm außerdem noch geschrieben, dass sie für die Sitzung mit Dave Kellerman noch keinen Ersatztermin gefunden hatte. Dave war ein relativ neuer Patient, der gerade große Fortschritte erzielte. Eine zweiwöchige Unterbrechung wäre da höchst ungünstig.

»Wegen dieses anderen Kerls. Der zweite Einbrecher, du weißt schon«, erklärte Dana. »Der, der entwischt ist.«

»Warum sollte ich mir seinetwegen Sorgen machen?«

Er begann, eine Antwort an Lauren einzutippen: *Hallo Lauren, bitte sagen Sie Kellerman, dass ich ihn persönlich anrufen werde, um einen anderen Termin zu ver* … und hielt erst inne, als Dana ihn wütend anfuhr: »Könntest du wohl für einen winzigen Moment bitte deine Aufmerksamkeit mir statt diesem blöden Ding da schenken?!«

»Das hier ist wichtig«, sagte Adam.

»Und was letzte Nacht passiert ist, ist unwichtig?«

Adam verdrehte die Augen. »Ich weiß wirklich nicht, was du hast!«

»Du hast jemanden erschossen, und sein Komplize, Kumpel, oder wie auch immer du ihn nennen willst, weiß, wo wir wohnen. Mich beunruhigt das im höchsten Maße.«

Adam starrte sie einen Augenblick an. Sie gab ihm zwar nicht die Schuld an den Schüssen, aber es war verdammt, verdammt nah dran.

»Mach dir deswegen keine Sorgen.«

»Wie kannst du so was sagen? Woher willst du –«

»Weil die Bullen den Toten bereits identifiziert haben. Diese Verbrecher sind doch alle Wiederholungstäter. Wahrscheinlich stehen der und seine Helfershelfer ohnehin wegen Einbruchs auf den Fahndungslisten. Die Bullen brauchen nur ihre Liste durchzugehen, um den Typen dingfest zu machen, das heißt, wenn sie ihn nicht schon längst haben. Alles nur eine Frage der Zeit.«

»Ich habe Clements nichts von Helfershelfern sagen hören. Ich hatte eher den Eindruck, dass er keine Ahnung hatte, wo er mit der Fahndung anfangen soll.«

»So sind die Bullen eben.« Adam war mit seinen Gedanken schon wieder bei der E-Mail, die er nun weiterschrieb: …*einbaren. Ich versuche später, ihn im Büro zu erwischen.*

»Ich hoffe sehr, dass du recht hast, aber mein Eindruck war ein ganz anderer. Wenn er wirklich jemanden in Verdacht hätte, dann hätte er doch … Würdest du mir wohl bitte zuhören, verdammt noch mal?«

»Tut mir leid«, sagte Adam, wandte den Blick aber noch immer nicht vom BlackBerry. »Ich muss mich um ein paar wichtige Dinge kümmern.«

»Ich fasse es nicht! Wie kannst du in dieser Situation auch nur einen Gedanken an deine Arbeit verschwenden?«

»Was soll ich denn sonst tun? Das Leben geht schließlich weiter.«

»Du benimmst dich, als … keine Ahnung … als sei es dir völlig egal. Ich habe dir gesagt, dass ich mir Sorgen mache. Ich habe Angst, dass der andere Kerl heute Nacht zurückkommt und …«

»Der kommt nicht zurück.«

»Woher willst du das wissen?«

»Warum sollte er? Das Risiko ist viel zu hoch, dass er geschnappt wird, wenn er an den Tatort zurückkehrt.«

»Ach ja? Und wieso gehst du davon aus, dass der Typ den IQ eines Oxford-Studenten hat? Wir reden hier von einem Verbrecher, verdammt noch mal. Woher willst du wissen, wie so einer tickt?«

Adam dachte kurz darüber nach. »Selbst wenn er es tatsächlich versucht, kommt er nicht ins Haus. In etwa einer Stunde werden die Schlösser ausgetauscht, und der Mann von der Alarmanlagenfirma kommt später vorbei und ändert den Code. Unmöglich, dass hier noch einmal jemand reinkommt.«

»Man kann nie wissen, ob … Kannst du vielleicht endlich aufhören, auf dieses Ding zu starren?« Ihre Stimme überschlug sich fast. »Das ist eine bodenlose Unverschämtheit.«

Adam hob den Blick und sah sie an. »Was ist denn los? Was soll ich deiner Meinung nach tun?«

»Ich habe Angst. Ich glaube nicht, dass neue Schlösser und ein anderer Code ausreichen.«

»Die Alarmanlage ist auf dem neuesten Stand der Technik.«

»Gestern Nacht hat uns das nicht geholfen.«

»Okay, ich habe eine Idee. Wir schaffen uns einen Wachhund an.«

Er grinste. Sie war allergisch gegen Hunde, und natürlich würde sie sich nicht für den Rest ihres Lebens einer Immuntherapie unterziehen wollen.

»Vielleicht sollten wir umziehen«, sagte sie.

»Wie bitte?« Wie konnte sie überhaupt so etwas in Erwägung ziehen, sie wusste doch, wie sehr er dieses Haus liebte, was es ihm bedeutete.

»Das Haus hat gerade einen ziemlich hohen Marktwert, Marissa ist mit ihrem Studium fertig und wird früher oder später ausziehen, und ich hab schon lange Lust auf einen Tapetenwechsel. Wir könnten uns eine kleine Eigentumswohnung kaufen, in der Stadt zum Beispiel oder –«

»Bist du verrückt geworden?«

»Warum sollte ich verrückt sein, nur weil ich umziehen möchte?«

»Bei uns ist eingebrochen worden, mehr nicht. Das Haus ist nicht radioaktiv verseucht oder so! Bei wie vielen Nachbarn ist in den letzten paar Jahren eingebrochen worden? Hat einer von denen etwa seine Sachen gepackt und ist fortgezogen?«

»Keiner von denen hat einen Einbrecher umgebracht.«

Adam funkelte sie kalt an. »Gut, wunderbar, endlich ist es raus. Ich hab gewusst, dass so was kommt. Ich wäre dir wirklich dankbar, wenn du dir deine unterschwelligen Vorwürfe und deine passive Aggressivität schenken könntest. Wenn du was zu sagen hast, bitte sehr, spuck's aus.«

»Du weißt sehr genau, was ich zu sagen habe.«

»Worauf wartest du dann noch? Komm schon, raus damit. Ich will es hören.«

Ihre Lippen bewegten sich, ihr Mund öffnete sich ein paarmal, als wolle sie gleich sprechen, aber sie beherrschte sich. »Das ist lächerlich«, erklärte sie schließlich mit einem Stoßseufzer und marschierte erhobenen Hauptes aus dem Zimmer.

»Na super«, sagte Adam und warf eines der Sofakissen quer durchs Zimmer. Dann klingelte das BlackBerry. Es war Lauren. Blitzschnell schaltete er auf ›jovialer Chef‹-Modus um. »Hallo Lauren, welch ein Zufall, ich war gerade dabei, Ihnen eine E-Mail zu schreiben.«

5

Die Blooms waren von Anfang an äußerst nett zu Gabriela gewesen. Als sie vor zwölf Jahren aus Ecuador nach New York gekommen war, sprach sie mit ihren gerade mal neunzehn Jahren nur ein paar Brocken Englisch und war sehr schüchtern. Sie hatte wenig Hoffnung, in den USA eine ordentliche Arbeit zu finden, aber die Blooms hatten sie eingestellt, weil Gabrielas Schwester, die für eine andere Familie in Forest Hills Gardens arbeitete, den Blooms versichert hatte, dass sie eine ausgezeichnete Haushaltshilfe sei, und sie beschworen hatte, es doch wenigstens einmal mit Gabriela zu probieren. Gabriela war den Blooms sehr dankbar, sie hatten ihr Arbeit gegeben, als niemand sonst dazu bereit gewesen war. Sie sagte ihnen immer wieder, wie sehr sie hoffe, sich einmal bei ihnen revanchieren zu können.

Zuvor hatte Gabriela zu Hause in Quito bereits zwei Jahre als Haushaltshilfe gearbeitet, aber noch nie in einem so großen Haus wie dem der Blooms. Am ersten Tag fühlte sie sich einfach nur unfähig. Sie wusste noch nicht einmal, wie man den Staubsauger einschaltete. Eine andere Familie hätte vielleicht keine Geduld mit ihr gehabt und sie auf der Stelle gefeuert, aber die Blooms blieben ausgesprochen freundlich und zeigten Verständnis. In den ersten Tagen putzte Mrs. Bloom das gesamte Haus mit ihr, erklärte ihr genau, wie sie alles machen sollte, wo alles hingehörte, und bewies eine Engelsgeduld, denn Gabriela verstand nur recht wenig von dem, was sie ihr sagte.

Als Gabriela bei den Blooms anfing, war Marissa zehn Jahre alt und ging in die vierte Klasse. Marissa hatte ein Kindermädchen, das bei Bedarf stundenweise auf sie aufpasste. Doch manchmal, wenn das Mädchen krank war, bat Mrs. Bloom Gabriela, einzuspringen und Marissa von der Schule abzuholen oder sie zum Spielen zu ihren Freundinnen zu bringen. Gabriela mochte Marissa sehr, sie war so ein süßes Mädchen, und Mr. Bloom mochte sie ebenfalls. Manchmal setzte er sich zu ihr in die Küche und half ihr beim Englischlernen, brachte ihr neue Wörter bei. Er war ein guter Mann, der hart arbeitete und seine Familie über alles liebte. Gabriela hoffte, dass sie eines Tages auch so einen Mann kennenlernen und eine ebenso nette Familie haben würde.

Während der ersten paar Monate in New York lebte Gabriela bei ihrer Schwester Beatrice in Jackson Heights, Queens. Sie teilte sich ein Zimmer mit Beatrices Tochter. Dann lernte sie auf einer Party Angel kennen, einen

Mexikaner. Er sah sehr gut aus und war Kellner in einem Diner in Manhattan. Er arbeitete hart, denn er hatte große Pläne: Eines Tages wollte er ein eigenes Restaurant eröffnen. Angel ging ein paarmal mit ihr ins Village tanzen, und was für ein Tänzer er war! Den Mambo machte ihm so schnell keiner nach. Schon bald verbrachten sie ihre gesamte Freizeit zusammen, gingen abends aus, fuhren an den Strand oder blieben zu Hause in seiner Wohnung. In jenem Sommer wurde sie schwanger von ihm. Angel wollte nicht heiraten, was sie verstehen konnte. Er war jung, gerade mal zwanzig, und sie wusste, wie leicht junge Männer bei dem Gedanken in Panik gerieten. Erst einmal würden sie das Baby kriegen, dachte sie sich, und ein paar Jahre später dann heiraten.

Aber als Gabriela hochschwanger war, verschwand Angel. Zuerst befürchtete sie, ihm sei etwas Schlimmes zugestoßen, ein Unfall oder so. Im Restaurant wusste man auch nicht, wo Angel abgeblieben war, er sei von heute auf morgen nicht mehr zur Arbeit erschienen. Gabriela überredete Manny, Beatrices Mann, nach Angel zu suchen, aber auch der konnte ihn nirgends finden. In ihrer Not rief sie die Polizei an. Die meinten, Angel sei wahrscheinlich einfach abgehauen. Gabriela wollte nicht glauben, dass Angel zu so etwas imstande war, doch dann, ein paar Tage vor dem Entbindungstermin, erfuhr Manny von einem Kumpel von Angel die Wahrheit: Angel war in die Bronx gezogen und lebte dort mit einer neuen Freundin zusammen.

Gabriela brachte das Baby zur Welt, ein bildhübsches Mädchen, das sie Manuela nannte, nach ihrer Großmutter. Sie machte sich große Sorgen, ihre Arbeit und das Baby nicht unter einen Hut bringen zu können, aber die Blooms waren irrsinnig nett und erlaubten ihr, Manuela jeden Tag mitzubringen. Außerdem vermittelten sie ihr noch ein paar andere Jobs in der Nachbarschaft, und schon bald arbeitete Gabriela fünf Tage in der Woche und konnte sich ein eigenes Apartment in Jackson Heights leisten. Gabriela arbeitete hart und verdiente Geld, aber das Leben war schwer ohne einen Mann an ihrer Seite und ohne einen Vater für Manuela.

Als Manuela fünf Jahre alt war, lernte Gabriela Juan kennen. Er war zweiundvierzig, seine Frau, mit der er zwei Söhne hatte, war an Krebs gestorben. Gut sah er nicht gerade aus, er war ziemlich dick, mit einem großen, krummen Zinken im Gesicht, aber er war ein guter Mann, und er liebte Gabriela, schenkte ihr Blumen und sagte ihr, wie schön sie sei. Als er ihr einen Heiratsantrag machte, sagte sie ja.

Alles schien sich zum Guten zu wenden. Endlich hatte sie einen Mann, der sich um sie und ihre Tochter kümmerte. Doch dann, eines Morgens, sie war gerade bei den Blooms, rief ihre Schwester an: »*Dios mio, Dios mio, Dios mio!*«, schrie sie hysterisch in den Hörer und erklärte Gabriela stockend, dass Juan von einem Taxi angefahren worden sei, als er in Manhattan eine Straße überqueren wollte. Mrs. Bloom fuhr Gabriela ins Krankenhaus, aber als sie dort ankamen, war Juan bereits tot.

Juan war Gabrielas große Liebe gewesen. Niemals würde sie wieder einen so guten Mann finden. Sie trauerte lange um ihn, und obwohl die Ärzte ihr Medikamente verschrieben, damit sie sich ein wenig besser fühlte, fiel es ihr unheimlich schwer, jeden Morgen aufzustehen. Früher war sie so lebenslustig gewesen, hatte viel gelacht und andere mit ihrer Fröhlichkeit angesteckt, aber seit Juans Unfall gab es, so kam es ihr vor, nichts mehr, worüber man sich freuen konnte. Manchmal hatte sie einfach keine Lust, arbeiten zu gehen, und dann ging sie nicht hin. Andere Familien hätten sie gefeuert, aber die Blooms zeigten viel Verständnis. Sie schickten ihr Blumen, riefen täglich an, um sich nach ihr zu erkundigen, und versuchten, sie davon zu überzeugen, in die Therapie zu gehen und ihre Medikamente regelmäßig zu nehmen.

Etwa einen Monat nach Juans Tod war Gabriela wieder in der Lage, jeden Tag aufzustehen und arbeiten zu gehen. Aber sie war eine andere geworden; sie achtete nicht mehr auf sich, es war ihr egal, was sie anzog, wie ihr Haar aussah, sie schminkte sich nicht mehr und wurde fett. Wenn sie nicht so unglücklich und einsam gewesen wäre, hätte ein Mann wie Carlos nicht den Hauch einer Chance bei ihr gehabt.

Sie lernte ihn in der U-Bahn kennen. Er saß neben ihr und bot ihr einen Kaugummi an. Sie lehnte dankend ab, aber er ließ sich dadurch nicht entmutigen. »Wie wär's, wenn wir zwei Hübschen mal zusammen ausgehen?« Sie fand ihn nicht sonderlich attraktiv, aber immerhin hatte er sie zum Lächeln gebracht, und so gab sie ihm ihre Telefonnummer.

Am nächsten Abend lud er sie in ein sehr nettes chinesisches Lokal ein. Beim Essen hielt er ihre Hand und machte ihr Komplimente, sagte ihr, wie hübsch und wie sexy sie sei. Sie trafen sich noch ein paarmal, und schließlich ging sie mit in seine Wohnung. Im Bett schlug er ihr vor, sich mit ihm zusammen eine Linie reinzuziehen. Sie hatte Drogen noch nie angerührt, aber sie war leicht angetrunken, und so beschloss sie, es mal zu probieren. Es fühlte sich toll an – zumindest für eine kurze Weile –, als hätten sich all ihre Probleme in Luft aufgelöst.

Sie ging nun zwei-, dreimal pro Woche mit Carlos aus. Er hatte keinen Job, und ihr war klar, dass er irgendwelche krummen Dinger drehte, aber sie wollte lieber nicht so genau wissen, wo die ganze Kohle herkam. Sie war einfach nur froh, nicht mehr allein zu sein, freute sich über seine vielen Geschenke, meist Schmuck und Klamotten, und genoss es, wieder einen Mann an ihrer Seite zu haben. Ab und zu zogen sie sich eine Linie Koks rein, und eines Abends fragte Carlos, ob sie auch mal Heroin probieren wolle. Gabriela hatte die Einstiche an seinen Armen und Beinen gesehen und wusste, dass er sich hin und wieder einen Schuss setzte, aber sie hatte Angst vor der Nadel. Doch er ließ nicht locker, versuchte immer wieder, sie zu überreden: »Du hast ja keine Ahnung, wie gut das Zeug ist. Es beamt dich in den siebten Himmel.« Also probierte Gabriela es, nur einmal, weil sie wissen wollte, wie das war – ein paar Wochen später hing sie an der Nadel.

Zunächst lief alles super. Sie trafen sich oft, zogen sich was rein, und sie konnte all die traurigen Sachen vergessen, die sie erlebt hatte. Aber schon bald zeigte sich Carlos von einer ganz neuen Seite. Gabriela kam es vor, als hätte sie die ganze Zeit geschlafen, und nun, da sie erwacht war, erblickte sie einen fremden Mann. Es begann in jener Nacht, als sie high waren und sich wegen irgendwas stritten. Plötzlich schlug er ihr mit voller Kraft ins Gesicht. Noch nie hatte ein Mann die Hand gegen sie erhoben, und sie konnte es nicht fassen. Reden konnte sie mit niemandem darüber, dafür schämte sie sich zu sehr, und sie hatte Angst, dass Carlos beim nächsten Mal nur umso heftiger zuschlagen würde. Also erfand sie eine Geschichte, erzählte, dass Manuela ihr versehentlich die Badezimmertür ins Gesicht geschlagen hätte. Sie konnte Carlos nicht verlassen, obwohl sie es wollte, dazu brauchte sie viel zu dringend Stoff. Immer häufiger schrie er sie an, schlug sie, und eines Abends brach er ihr den Arm. Sie musste sich wieder eine plausible Erklärung für die Blooms und ihre anderen Arbeitgeber ausdenken und behauptete, sie sei auf der Straße gestürzt. Natürlich konnte sie nicht ewig so weitermachen. Sie musste sich von Carlos trennen, aber sie kam einfach nicht los von ihm, sosehr sie es auch versuchte.

Dann wurde sie krank, bekam hohes Fieber und einen hässlichen Ausschlag auf dem Rücken und auf der Brust. Sie wusste, dass etwas ganz und gar nicht in Ordnung war mit ihr, aber sie wollte es nicht wahrhaben. Sie ging in die Kirche und flehte Gott an, ihr das nicht anzutun. »Das habe ich nicht verdient, lieber Gott. Das habe ich einfach nicht verdient!« Dann ging sie ins Krankenhaus, wo man ihr mitteilte, dass sie HIV-positiv war. Tagelang fehlte ihr die Kraft aufzustehen, und so blieb sie einfach im Bett und weinte. Sie hatte Angst davor, dass die Krankheit ausbrach, dass sie sterben musste. Aber sie war auch wütend auf ihre eigene Dummheit. Wie hatte sie sich nur auf Carlos verlassen können. Als sie es Carlos erzählte, stritt er die Wahrheit weiterhin ab, behauptete, er sei nicht krank und dass sie sich den Virus bei einem anderen Mann eingefangen haben müsse. Dann schlug er sie wieder, und sie brüllte, er solle aus ihrem Leben verschwinden, und zwar für immer.

Gabriela wusste, dass sie nicht nur ihr eigenes Leben, sondern auch das ihrer Tochter ruiniert hatte. Am liebsten hätte sie sich umgebracht. Eines Abends hätte sie es fast getan. Sie hatte sich eine Schachtel Tabletten besorgt und einen Abschiedsbrief geschrieben, in dem sie Manuela erklärte, wie leid ihr alles tat, und Beatrice und Manny bat, ihre Tochter in ihre Obhut zu nehmen. Dann nahm sie die Tabletten, schob sie in den Mund und wollte sie gerade runterschlucken, als sie begriff, dass sie das ihrer Tochter nicht antun konnte. Sich jetzt umzubringen hätte alles nur noch schlimmer gemacht. Sie war jung, und die Krankheit war noch nicht ausgebrochen. Wenn sie ihre Medikamente regelmäßig nahm, konnte sie noch lange leben.

Am nächsten Tag ging sie zur Polizei und zeigte Carlos wegen Misshandlung an. Der Richter erließ eine einstweilige Verfügung. Carlos durfte ihr und ihrer Tochter nie wieder nahe kommen. Dann brachte sie Manuela bei Beatrice unter und machte in einer Klinik auf Long Island einen Entzug. Es war verdammt hart, besonders am Anfang, aber sie befolgte die Anweisungen und schaffte es schließlich, ganz von den Drogen loszukommen. Gabriela kehrte in ihr normales Leben zurück, arbeitete hart, half Manuela bei den Hausaufgaben und hatte nur noch ein Ziel im Leben: eine gute Mutter für Manuela sein. Sie verriet niemandem, dass sie HIV-infiziert war, nicht einmal ihrer Tochter. Manuela sollte glauben, dass ihre Mutter stark sei, durfte keine Angst haben, dass sie irgendwann nicht mehr für sie da sein würde. Wenn ihre Arbeitgeber von der Krankheit erfuhren, würden sie sie aus Angst vor einer möglichen Ansteckung bestimmt entlassen. Es gelang Gabriela, die Wahrheit zu verbergen, selbst vor ihrer Familie, auch wenn es ihr manchmal schwerfiel, etwa, wenn Beatrice zu bohren anfing: »Was ist los mit dir, Gabriela? Warum hockst du jeden Abend allein zu Haus? Wie willst du da einen netten Mann kennenlernen?« Gabriela sagte dann, dass sie im Augenblick keinen Mann in ihrem Leben wolle, dass sie mit ihrer Tochter auch so glücklich sei.

Aber manchmal, wenn sie die Einsamkeit nicht mehr aushielt, rief sie Carlos an und bat ihn zu sich. Sie waren beide krank, und auch wenn sie ihn hasste, weil er sie angesteckt und geschlagen hatte, war er in ihren Augen der einzige Mann auf der Welt, den sie noch haben konnte.

Aber dann behandelte er sie wieder schlecht, begann sie wieder zu schlagen, schlug sogar Manuela ein paarmal. Da sagte sie ihm, er solle verschwinden, und zwar sofort, sonst würde sie die Polizei rufen. Ein oder zwei Jahre hielt sie sich von ihm fern, bis sie sich wieder so einsam und verlassen fühlte, dass sie alles vergaß, was er ihr angetan hatte. Sie rief ihn wieder an, und die Geschichte ging von vorn los.

Gabriela war einunddreißig Jahre alt. Sie erwartete keine große Veränderung mehr in ihrem Leben, glaubte nicht, jemals wieder richtig glücklich sein zu können, auch wenn die Ärzte ihr versichert hatten, dass das HI-Virus unter Kontrolle sei und sie noch viele, viele Jahre zu leben hatte. Manuela war elf und ging in die sechste Klasse. Sie entwickelte sich zu einer hübschen jungen Dame. Gabriela erklärte ihrer Tochter, dass sie sich von Drogen und den schlimmen Jungs fernhalten, dass sie warten solle, bis sie den Richtigen traf, der sie gut behandelte, so wie sie es verdient hatte. Ihre Tochter sollte einmal ein anständiges Leben führen und glücklich werden. Das war das Einzige, was für Gabriela noch zählte.

Eines Abends, Gabriela fuhr gerade mit dem Bus von der Arbeit nach Hause, rief Beatrice an und brachte vor lauter Weinen und Schluchzen kein Wort heraus. Sofort musste Gabriela an den schrecklichen Tag denken, als Juan gestorben war, und sie hatte fürchterliche Angst, dass Manuela etwas zugestoßen sein könnte.

»No mi hija!«, schrie Gabriela. *»No mi hija! No mi hija!«* Sie schrie so laut, dass alle sie anstarrten und der Fahrer sogar rechts ranfuhr und anhielt.

Gott sei Dank ging es nicht um Manuela, dennoch war es eine schlimme Nachricht, die Beatrice ihr überbrachte: Ihr Vater, der in Quito lebte, war sehr krank, und wenn er nicht bald eine neue Niere bekam, würde er sterben. Die Ärzte hatten gesagt, dass er zu krank sei, um in die Transplantationsliste aufgenommen zu werden. Er hatte nur noch eine Chance, wenn sie ihm eine Niere auf dem Schwarzmarkt besorgen konnten.

»Wie viel kostet so was?«, fragte Gabriela schluchzend.

»Zwölftausend Dollar«, sagte Beatrice. »Das ist Wahnsinn. Was sollen wir nur machen?«

Gabriela konnte ihm kein Geld schicken. Das bisschen, was sie mit dem

Putzen verdiente, reichte gerade für die Miete, die Rechnungen und das Essen. Manchmal hatte sie nicht einmal genug Geld, um Manuela neue Kleider zu kaufen.

»Wie viel Geld habt ihr?«, fragte sie ihre Schwester.

»Wir haben zweitausend auf dem Konto, aber die brauchen wir für die Miete und die Rechnungen.«

Gabriela hatte keine Ahnung, was sie tun sollten. Zwölftausend Dollar! So viel Geld hatte sie noch nie in der Hand gehabt.

Als sie zu Hause ankam, rief sie gleich ihre Eltern an. Es war schrecklich: Ihre Mutter weinte, und ihr Vater hörte sich furchtbar traurig an. Gabriela fühlte sich elend, weil sie nichts tun konnte, um ihm zu helfen. Sie würde hilflos mit ansehen müssen, wie er starb.

»Wie viel Zeit hat *papi* noch?«, fragte sie ihre Mutter.

»Wenn er keine Niere bekommt, noch einen, höchstens zwei Monate. Das wissen sie nicht genau.«

Während der nächsten Tage weinte Gabriela viel. Sie wollte mit Beatrice nach Ecuador fliegen, um ihren Vater ein letztes Mal zu besuchen, am liebsten hätten sie die ganze Familie mitgenommen, aber sie hatten kein Geld für die Flugtickets.

Es sah wirklich nicht gut aus, und sie wusste nicht mehr ein noch aus. Dann fand sie eines Morgens, als sie bei den Blooms putzte, einen kleinen Zettel in der Schublade im Esszimmer. Auf dem Zettel waren Zahlen, und darüber stand CODE ALARMANLAGE.

Mrs. Bloom war irgendwo oben im Haus. Gabriela hörte jemanden im Flur und steckte, ohne weiter darüber nachzudenken, den Zettel in die Schürzentasche.

Zu Hause bekam sie Gewissensbisse. Sie hatte keine Ahnung, warum sie den Zettel überhaupt hatte mitgehen lassen. Die Blooms waren immer so gut zu ihr gewesen, nie im Leben würde sie diese Menschen bestehlen.

Mitten in der Nacht schreckte sie auf: Und wenn sie Carlos den Code gab? Sie hatte ihn nie gefragt, wo er sein Geld herhatte, aber ziemlich sicher kannte er sich mit Einbrüchen aus. Wenn er die Blooms bestahl, war das etwas anderes, als wenn sie es tat. Sie wollte den Blooms nichts Böses, aber sie wollte auch nicht, dass ihr *papi* starb. Sie hatte keine Wahl.

Sie rief Carlos an und bat ihn vorbeizukommen.

Als sie ihm den Sicherheitscode gab, fragte er gleich nach einem Schlüssel fürs Haus.

So weit hatte Gabriela nicht gedacht. Sie machte sich solche Sorgen um ihren *papi*, dass sie an nichts anderes mehr denken konnte.

»Ich hab keinen, aber ich kann einen besorgen.«

Am nächsten Tag arbeitete sie wieder bei den Blooms. Bevor sie in die Mittagspause ging, nahm sie rasch die Schlüssel aus der Schublade in der Küche und brachte sie zu einem Schlüsseldienst. Dort sagte man ihr, dass der Haustürschlüssel zu einem Sicherheitsschloss gehörte und darum nur nachgemacht werden könne, wenn sie eine bestimmte Karte mitbrachte.

Sie glaubte schon, das sei das endgültige Aus, ihr *papi* müsse nun sterben, aber dann erklärte ihr der Mann vom Schlüsseldienst, dass er den Schlüssel für die Hintertür problemlos nachmachen könne. Das ging auch, war vielleicht sogar besser, denn hinter dem Haus war es dunkler, und niemand würde etwas bemerken.

Es sah also recht gut aus, aber nur für kurze Zeit. Als sie in das Haus der Blooms zurückkehrte, fiel Gabriela wieder ein, dass Carlos den Zettel mit dem Sicherheitscode noch hatte. Sie hatte mit Carlos so lange über die Schlüssel diskutiert, dass sie ganz vergessen hatte, den Zettel zurückzufordern.

Als Mrs. Bloom das Haus verließ, rief Gabriela Carlos an und bat ihn, ihr den Zettel nach Feierabend vorbeizubringen.

»Zu spät«, sagte Carlos, »den hab ich längst weggeschmissen.«

»Warum das denn? Ich muss ihn doch wieder in die Schublade legen.«

Wieder sah Gabriela den ganzen Plan in sich zusammenstürzen. Sie würden nicht in das Haus einbrechen können, und ihr Vater würde sterben.

»Ich hab gedacht, es sei dein Zettel«, erklärte Carlos. »Ich hab gedacht, du hättest den Code abgeschrieben und dass du den Zettel nicht mehr brauchst.«

Gabriela brach in Tränen aus. »Warum musstest du ihn wegwerfen? Warum?«

»Ich wollte nicht mit dem Code für die Alarmanlage eines Hauses herumlaufen, in das ich einbrechen will. Darum habe ich ihn auswendig gelernt, den habe ich jetzt im Kopf.«

»Wo hast du ihn weggeworfen? Vielleicht ist er ja noch da?«

»Keine Ahnung. Irgendwo bei der U-Bahn. Der Müll ist bestimmt schon abgeholt worden.«

»Das war's«, jammerte Gabriela. »Jetzt können wir die ganze Sache vergessen.«

Carlos lachte. »Scheiß drauf. Hör auf, dir wegen jedem Mist 'nen Kopf zu machen. Überlass das Denken mir, okay, Baby?«

»Aber wenn sie merken, dass der Zettel weg ist, wissen sie sofort, dass ich ihn genommen habe.«

»Woher sollen sie das wissen? Denk nach, Baby! Hast du 'ne Ahnung, wie viele Leute sich bei denen die Klinke in die Hand geben? In so einem großen Haus gehen doch ständig jede Menge Leute ein und aus.«

Das stimmte. Im Moment wurde das untere Bad renoviert, und die Maler waren den ganzen Tag im Haus; der Klempner war auch ein paarmal da gewesen und auch der Elektriker. Und Marissas Freunde erst. Warum sollten die Blooms da auf die Idee kommen, dass sie den Zettel gestohlen hatte? Sie arbeitete schon so lange für sie, und die ganze Familie vertraute ihr blind. Vielleicht war es ja sogar besonders clever, den Zettel nicht zurückzulegen, denn dann dachten sie bestimmt, dass eine fremde Person ihn an sich genommen haben musste.

Gabriela hatte keine Ahnung, ob sie noch vernünftig denken konnte oder ob das reines Wunschdenken war, aber sie fühlte sich schon wieder viel besser.

Noch am selben Abend besprach sie mit Carlos die Einzelheiten des Plans. Die Blooms wollten am kommenden Dienstag nach Florida fliegen, die ganze Familie. Das war der perfekte Zeitpunkt für den Einbruch. Gabriela wusste, wo die Blooms ihre Wertsachen aufbewahrten, die Ringe und den restlichen Schmuck. Wenn Carlos das Zeug erst einmal hatte, würde er es gleich an einen Hehler verhökern.

»Ist der Typ in Ordnung?«, wollte Gabriela wissen.

»Klar doch. Mein Kumpel Freddy ist cool, den kenn ich seit Ewigkeiten. Der macht uns einen guten Preis, ich schätze, wir kriegen ein Drittel von dem, was das Zeug wert ist.«

»Und wir teilen fifty-fifty, richtig?«

»Nein, wir teilen durch drei«, sagte Carlos.

»Drei?« Gabriela hatte keine Ahnung, was das sollte. »Wieso drei? Du und ich, das macht zwei und nicht drei.«

»Hältst du mich für völlig bescheuert? Ich geh da doch nicht ohne Rückendeckung rein! Genau so wird man geschnappt. Ich hab null Bock, wieder in den Bau zu wandern. Ohne zweiten Mann läuft das nicht.«

Gabriela war nicht gerade begeistert. Sie fühlte sich sowieso schon mies bei dem Gedanken, die Blooms auszurauben, wo die Familie doch immer so nett zu ihr gewesen war. Irgendwie fand sie es weniger schlimm, wenn nur sie und Carlos damit zu tun hatten. Sie kannte Carlos, und auch wenn er sie angesteckt hatte, so vertraute sie ihm doch. Einen vollkommen Fremden ins Vertrauen zu ziehen passte ihr überhaupt nicht in den Kram.

»Wer ist es?«, wollte sie wissen.

»Das hat dich nicht zu interessieren, ist besser so, glaub mir, gerade wenn die Bullen aufkreuzen. Was du nicht weißt, kannst du nicht ausplappern.«

Das Ganze gefiel ihr nicht, aber sie wusste, sie würde Carlos nicht umstimmen können.

»Ist mir egal, wie du das durchziehst, Hauptsache ich bekomme das Geld für meinen *papi*.«

An dem Tag, an dem der Einbruch stattfinden sollte, musste Gabriela bei den Seidlers arbeiten, die ebenfalls in Forest Hills wohnten. Carlos wollte nicht, dass sie ihn anrief, weder tagsüber noch später. »Mach bloß keinen Scheiß«, befahl er ihr. »Bleib beim Telefon und warte, bis ich mich melde. Die Bullen können Anrufe zurückverfolgen, und ich will nicht, dass sie uns fragen, warum wir am Tag des Einbruchs miteinander telefoniert haben. *Comprendes*?«

Das hatte sich alles vernünftig angehört, aber es fiel ihr verdammt schwer, während des langen Arbeitstages mit niemandem über ihre Gedanken und Sorgen zu reden.

Als sie von der Arbeit nach Hause kam, aß sie mit Manuela zu Abend und rief dann ihre Eltern im Krankenhaus in Ecuador an. Ihre Mutter berichtete ihr, dass es ihrem Vater nicht gut ging, dann reichte sie das Telefon an ihn weiter. Seine Stimme verriet ihr, wie schlecht er dran war, er hörte sich überhaupt nicht mehr nach ihrem *papi* an. Sie beschwor ihn durchzuhalten, sagte ihm, dass sie ihm schon bald das Geld schicken könnte. Er sagte, sie solle sich keine Sorgen machen, es ginge ihm gut, aber sie wusste es besser. So war ihr *papi* schon immer gewesen, nur keine Schwäche zeigen.

Manuela sprach auch mit ihm und brach danach in Tränen aus. »Wie kannst du ihm sagen, dass wir das Geld auftreiben? Wo sollen wir das herbekommen?«

Gabriela nahm ihre Tochter in den Arm. »Gott wird uns helfen und uns das Geld geben, ganz bestimmt.«

Gegen elf schlief Manuela ein. Gabriela war nun allein und wartete auf den Anruf von Carlos, obwohl der Einbruch erst mitten in der Nacht, gegen zwei Uhr morgens stattfinden sollte. Sie hatte keine Ahnung, wie viel Zeit man brauchte, um ein Haus auszurauben, aber sie nahm an, dass es relativ schnell gehen musste. Vielleicht waren sie gegen drei schon fertig. Wie lange würde es dann dauern, bis Carlos anrief? Sie kannte ihn gut genug, um zu wissen, dass er sich anschließend bestimmt erst mal einen Schuss setzen würde. Wenn sie doch auch nur etwas Heroin im Haus hätte, das Zeug hatte sie immer wahnsinnig gut beruhigt.

Sie versuchte fernzusehen, aber das funktionierte nicht, und so verbrachte sie die ganze Nacht damit, im Wohnzimmer auf und ab zu gehen. Noch nie war die Zeit so langsam vorangekrochen. Es dauerte Ewigkeiten, bis es endlich Mitternacht war, und die Stunden bis ein Uhr und schließlich auch zwei Uhr zogen sich noch viel länger hin. Endlich war es so weit, sie mussten jetzt im Haus sein, und mit ein bisschen Glück würde sie schon morgen das Geld für die Operation ihres Vaters in Händen halten. Alles würde gut werden.

Allerdings war da noch immer dieses grässlich dumpfe Gefühl in ihrer Magengegend. Irgendwas würde schiefgehen. Sie redete sich gut zu: ›Hör auf damit, denk nicht mehr dran. Das ist nur dummes Zeug. Nichts geht schief. Sie schnappen sich den Ring und die Kette und den ganzen anderen Schmuck, verkaufen das Zeug, und in null Komma nichts kannst du deinem *papi* das Geld schicken.‹ Doch je öfter sie sich das einzureden versuchte, umso weniger glaubte sie es. Das dumpfe Gefühl war immer noch da, wollte einfach nicht verschwinden.

Es wurde halb vier. Jetzt musste alles vorbei sein, sie mussten das Haus bereits verlassen haben und wieder bei Carlos oder wo auch immer angekommen sein. Aber warum rief er nicht an? Er hatte versprochen, dass er sie nach dem Einbruch von einer öffentlichen Telefonzelle aus anrufen würde, damit die Polizei den Anrufer nicht identifizieren konnte. Vielleicht hatte er ja noch keine Gelegenheit gehabt, vielleicht wollte er sich erst vergewissern, dass alles gut gelaufen und sie in Sicherheit waren. Er würde schon noch anrufen.

Um vier Uhr glaubte Gabriela nicht mehr daran. Er hatte sie hereingelegt, zusammen mit seinem Freund, so war das. Sie würden das Geld nicht durch drei teilen. Carlos hatte sie wieder mal belogen. Die würden halbe-halbe machen, und sie würde leer ausgehen. Wie hatte sie nur so dumm sein können, einem Mann zu vertrauen, der ihr so oft schon die wildesten Lügengeschichten aufgetischt hatte, der sie mit HIV infiziert und ihr ganzes Leben ruiniert hatte?

Ein paar Mal war sie kurz davor, ihn auf dem Handy anzurufen, ließ es dann aber im letzten Augenblick sein. Wenn er sie um ihren Anteil betrügen wollte, würde er sowieso nicht drangehen. Außerdem hoffte sie immer noch, dass sie sich irrte, dass irgendwas dazwischengekommen war, dass er einfach noch keine Möglichkeit gefunden hatte, sie anzurufen, dass am Ende doch noch alles gut ausgehen würde.

Um fünf Uhr, sie hockte noch immer im Wohnzimmer und wartete darauf, dass das Telefon endlich klingelte, kam Manuela aus ihrem Zimmer. »Mami, was ist los?«

»Ich mache mir Sorgen um deinen *abuelo.*«

»Du hast doch gesagt, dass Gott ihn retten wird.«

»Da bin ich mir nicht mehr so sicher, Liebes. Vielleicht hat Gott zu viele andere Sachen zu tun.«

Gabriela bereitete für Manuela das Frühstück und Brote für mittags zu und gab ihr einen Kuss. Sie war glücklich, eine so wundervolle Tochter zu haben. Ohne sie hätte sie ihrem Leben schon vor langer, langer Zeit ein Ende gesetzt.

Manuela legte sich noch einmal hin, und Gabriela stellte den Fernseher an, um sich ein wenig abzulenken. Sie schaute ein bisschen *Cada Día* auf Telemundo und schaltete dann auf einen der englischsprachigen Nachrichtensender, in der Hoffnung, etwas über den Einbruch zu erfahren, obwohl sie nicht wirklich glaubte, dass sie im Fernsehen darüber berichten würden. Wahrscheinlich drehte sie einfach nur durch. Gabriela traute ihren Augen nicht, als sie plötzlich auf dem Bildschirm eine Reporterin vor dem Haus der Blooms stehen sah.

Sie verstand kaum, was sie sagte, nicht weil ihre Englischkenntnisse nicht ausreichten – sie sprach zwar nicht perfekt, aber normalerweise bekam sie bei den TV-Nachrichten das meiste mit –, sondern weil sie einfach nicht begreifen konnte, dass ein simpler Einbruch in ein Wohnhaus eine so große Sache sein sollte und im Fernsehen kam. Das ergab doch keinen Sinn. Aber dann hörte sie die Frau sagen, dass Adam Bloom einen der Einbrecher erschossen hatte. Mr. Bloom erschien ebenfalls auf dem Bildschirm und erklärte, warum er geschossen hatte. Gabriela wollte es nicht wahrhaben – sie musste wohl eingeschlafen sein, das war doch nur ein schlechter Traum. Dann hörte sie wieder die Reporterin: »Die Polizei hat den Toten bereits identifiziert. Es handelt sich um Carlos Sanchez, einen sechsunddreißigjährigen Mann aus Queens.«

Gabriela saß auf der Couch und starrte auf den Fernseher – sekunden-, minuten-, vielleicht sogar stundenlang. Sie hatte jegliches Zeitgefühl verloren. Schließlich fing ihr Gehirn wieder an zu arbeiten. Wie hatte das passieren können? Die Blooms wollten doch verreisen, und das Haus hätte leer sein müssen. Warum hatte Mr. Bloom Carlos erschossen? Sie wusste, dass er eine Pistole besaß. Sie hatte sie beim Putzen im Schlafzimmerschrank entdeckt. Manchmal ließ er sie sogar auf seinem Nachttisch liegen. Aber sie konnte sich nicht vorstellen, dass dieser freundliche, gutmütige Mann auf jemanden geschossen haben sollte, selbst wenn in sein Haus eingebrochen worden war. Es ergab einfach keinen Sinn.

Dann erst begriff sie, welche Konsequenzen das hatte, und sie begann zu weinen wie bei einer Beerdigung. Sie weinte aber nicht um Carlos. Auch wenn sie in letzter Zeit nicht gerade häufig in der Kirche gewesen war, glaubte sie an Gott und daran, dass selbst so schlechte Menschen wie Carlos einen guten Kern hatten. Trotzdem tat es ihr nicht leid, dass Carlos tot war, nicht nach allem, was er ihr angetan hatte. Nein, sie weinte um ihren *papi*. Mr. Bloom hatte mit seiner Pistole nicht nur Carlos getötet, sondern auch ihren *papi*. Jetzt würde auch er sterben.

Gabriela saß noch immer auf dem Sofa, als Beatrice anrief. »Hast du schon gehört, was gestern Nacht bei den Blooms passiert ist?« Sie erzählte ihr, dass sie bei der Arbeit sei, bei einer anderen Familie in Forest Hills, und alle nur noch über den Einbruch redeten.

»Ja, ich habe es in den Nachrichten gesehen«, bestätigte Gabriela.

»Der Tote, sie sagen, er heißt Carlos, Carlos Sanchez. Das ist doch nicht dein Ex, oder etwa doch?«

»Verrat das bloß keinem, bitte!«, beschwor Gabriela sie.

»Warum? Was ist denn los?«

»Nichts. Ich will nur nicht, dass die Polizei mir tausend Fragen stellt, wo ich doch schon verrückt werde vor lauter Sorge um *papi*.«

»Alles in Ordnung bei dir? Du hörst dich gar nicht gut an. Ich mache mir Sorgen.«

»Mir geht es gut«, sagte Gabriela. Sie weinte. »Bitte, bitte, verrat der *policía* nichts. Ich flehe dich an.«

Gabriela hatte Angst, noch mehr Angst als damals, als man ihr mitgeteilt hatte, dass sie HIV-positiv war. Dagegen gab es wenigstens Medikamente! So sehr sie sich auch den Kopf zerbrach, sie sah keine Möglichkeit, aus dieser Sache heil herauszukommen. Viele Leute wussten, dass Carlos ihr Exfreund war. Den Blooms und den anderen Familien, für die sie arbeitete, hatte sie nie von Carlos erzählt, weil sie nicht wollte, dass sie von ihrer Krankheit oder von den Drogen erfuhren. Aber Beatrice und ihre Familie wusste von Carlos, Manuela ebenfalls und auch ihre Nachbarn. Und was war mit den Anrufen? In den letzten beiden Wochen hatte sie Carlos ziemlich oft auf dem Handy angerufen. Sie hatte keine Chance, die *policía* würde alles herausfinden.

Gabriela sah keinen anderen Ausweg, als sich umzubringen – sie konnte von einer Brücke springen oder Tabletten nehmen. Tabletten wären das Einfachste. Sie hatte noch jede Menge Schlaftabletten, und wenn sie alle auf einmal nahm, würde sie schnell sterben. Auch für Manuela war es das Beste, wenn sie tot war. Wie sollte sie zurechtkommen in dieser Welt mit einer Mutter, die im Knast saß? Beatrice würde Manuela großziehen und ihr ein gutes Leben ermöglichen.

Um halb acht, als Manuela zur Schule gegangen war, holte Gabriela die Schlaftabletten aus dem Schrank. Sie wollte Beatrice eine SMS schreiben, damit sie diejenige war, die ihre Leiche fand, und nicht Manuela. Blieb nur zu hoffen, dass sie schon tot war, bevor Beatrice die Wohnung erreichte. Sie konnte sich nichts Schlimmeres vorstellen, als in einem Krankenhausbett wieder aufzuwachen.

Sie wollte gerade die SMS schreiben, als es an der Tür klingelte. Durch den Spion sah sie einen schwarzhaarigen Mann vor der Tür.

»Wer ist da?«

»Polizei.«

Das überraschte sie. Sie hatte damit gerechnet, dass die Polizei zu ihr kommen würde, aber doch nicht so schnell. Am liebsten hätte sie die Tür abgeschlossen und die Tabletten genommen, aber sie befürchtete, dass die Bullen die Tür aufbrechen, einen Krankenwagen rufen und sie retten würden.

Darum machte sie auf, in der Hoffnung, dass sie den Beamten möglichst rasch wieder loswerden und anschließend die Tabletten schlucken konnte.

»Ja?«

»Sind Sie Gabriela?«

Er hatte eine Lederjacke an und eine dunkle Sonnenbrille auf. Eigentlich sah er gar nicht aus wie ein Polizist.

»Ja«, sagte sie. Noch nie hatte sie solche Angst gehabt.

Der Mann griff in seine Jacke. Sie dachte, er wolle ihr seinen Ausweis zeigen, aber er zog eine Pistole heraus. Sie blickte in die dunkle Mündung und hatte das Gesicht ihres armen *papi* vor Augen.

6

Marissa stand gegen Mittag auf. Sie war die Treppe schon zur Hälfte hinunter, als sie stehenblieb und keinen Schritt weiterkonnte. Obwohl kein Blut zu sehen war, hatte sie noch immer das Bild des Einbrechers mit dem klaffenden Loch am Kiefer vor Augen. Ekel stieg in ihr auf und das Gefühl, sich übergeben zu müssen. Sie machte kehrt, nahm die Hintertreppe und marschierte in die Küche. Sie hatte sich vorgenommen, ihren Vater wegen der Auseinandersetzung in der Nacht zu ignorieren, ihn mit Schweigen zu strafen. Doch er war gar nicht unten. Ihre Mutter auch nicht.

»Mum?«

Keine Antwort. Normalerweise genoss Marissa es, das Haus für sich zu haben, aber nach der vergangenen Nacht war die Vorstellung, allein zu sein, einfach unerträglich.

»Mum! Dad!«

Ihr Vater kam aus dem Wohnzimmer, sprach in sein BlackBerry. »Alles klar, Lauren, ich ruf Sie später wieder an. Bis dann, also. Wiederhören.«

Marissa wunderte sich, dass ihr Vater sich verhielt, als sei nichts geschehen, dass er trotz der traumatischen Erlebnisse der vergangenen Nacht offenbar gleich wieder zum Alltag überging. Doch eigentlich passte sein Verhalten ins Bild, schließlich konnte er mit seinen Gefühlen nicht sonderlich gut umgehen. Bei der Beerdigung seines Vaters zum Beispiel hatte er nicht eine Träne vergossen. Selbst auf dem Friedhof, als sie den Sarg ins Grab hinunterließen, hatte er keine Miene verzogen. Ein paar Monate später dann war er ein Nervenbündel, schrie jeden wegen Kleinigkeiten an und trank zu viel. Wahrscheinlich würde es auch dieses Mal ein paar Wochen dauern, bis er sich seinen Gefühlen stellen konnte, und bis dahin würde er sein Unbehagen an ihr und ihrer Mutter auslassen.

Marissa stand an der Arbeitsplatte und schenkte sich eine Tasse lauwarmen Kaffee ein, als ihr Vater in die Küche kam.

»Hallo, guten Morgen«, grüßte er in einem unangebracht munteren Ton. »Wie hast du geschlafen?«

Sie ließ ein paar Sekunden verstreichen. »Beschissen«, murmelte sie dann.

»Oh, tut mir leid. Vielleicht kannst du ja später noch ein Nickerchen machen. Ach, und wegen gestern Nacht möchte ich mich bei dir entschuldigen.

Ich war total fertig mit den Nerven, aber ich hätte es nicht an dir auslassen dürfen.«

»Ist doch egal«, sagte sie, nicht bereit, ihm so einfach zu verzeihen.

»Nein, das ist nicht egal«, ahmte er ihren Ton nach. »Ich habe einen Fehler gemacht, und das tut mir leid. Sei mir bitte nicht mehr böse!«

Er streckte die Arme aus, wollte sie drücken.

»Na gut«, meinte Marissa widerstrebend. Sie umarmten sich kurz, dann trank sie einen Schluck Kaffee. Er schmeckte alt und abgestanden.

»Weißt du, was ich mir überlegt habe? Vielleicht könnten wir Grandma einfach hierherholen, anstatt alle nach Florida zu fliegen.«

»Kann sie denn reisen?«

»Sie hat gesagt, dass es ihr schon wieder viel besser geht und dass der Flug kein Problem für sie ist. Sie könnte unten auf der Ausziehcouch schlafen und auch das Bad im Erdgeschoss benutzen, dann müssen wir uns wegen der Treppe keine Gedanken machen.«

»Hört sich gut an«, sagte Marissa.

Sie war immer dabei, wenn es darum ging, eine Reise nach Florida ausfallen zu lassen. Früher, als kleines Mädchen, war sie gerne dorthin gegangen, hauptsächlich weil auf dem Rückweg immer ein Abstecher zu Disney World auf dem Programm stand. Aber in den letzten zehn Jahren waren die Besuche bei Großmutter Ann im Norden von Miami eine einzige Qual gewesen. Marissa freute sich zwar, ihre Großmutter wiederzusehen, fühlte sich aber in ihrer Wohnung wie eine Gefangene. Den ganzen Tag hing sie dort herum, spielte Rommé, guckte irgendwelche Spiel-Shows und wartete auf die Hauptattraktion des Tages: das frühe ›Abendessen‹ um vier Uhr nachmittags.

»Ja, ich glaub, ich ruf sie gleich an und schlag es ihr vor, für nächstes Wochenende oder das Wochenende drauf.«

»Und? Gibt's schon was Neues?«

»Über was?«

Nahm er sie auf den Arm?

»Über gestern Abend natürlich.«

»Nein, nein. Wie auch? Es ist doch erst ein paar Stunden her. Kurz nachdem du zu Bett gegangen bist, haben sie den Leichnam weggeschafft. Ich war dann noch etwa eine Stunde wach. Habe jede Menge Anrufe und E-Mails bekommen. Ganz erstaunlich, wie rasch sich Neuigkeiten herumsprechen. Erinnerst du dich noch an meinen alten Freund Steve Lerner?

So ein großer, kräftiger Mann mit dunklen Locken? Du hast ihn kennengelernt, als du ungefähr acht warst, wenn ich mich nicht irre. Ich selbst habe ihn das letzte Mal vor gut zehn Jahren auf einer Hochzeit gesehen. Ist ja auch egal, jedenfalls hat er angerufen und gefragt, ob alles in Ordnung sei.«

»Wissen sie schon, wie die Einbrecher reingekommen sind?«

»Nein, ich glaube nicht.« Er gab sich locker, als sei ihm das egal. »Aber der Schlosser war schon da und hat brandneue Medeco-Schlösser an der Hintertür eingebaut. Hier sind die Schlüssel. Der Fachmann für die Alarmanlage müsste auch jeden Augenblick eintrudeln.« Er sah auf seinem Handy-Display nach der Uhr. »Hmm, eigentlich hätte er schon vor einer halben Stunde hier sein sollen.«

Marissa nippte ein letztes Mal an dem ekligen Kaffee. »Wir reden später«, verabschiedete sie sich dann und wollte rasch aus der Küche verschwinden.

»Ich hab mir überlegt«, sagte ihr Vater, »was hältst du davon, wenn wir heute Abend zusammen essen gehen, so als Familie?«

»Ich habe schon eine Verabredung, will mit ein paar Freunden abhängen.«

Das war gelogen. Sie hatte noch nichts ausgemacht, aber den ganzen Abend mit ihren Eltern zu verbringen, darauf hatte sie einfach keinen Bock.

»Na ja, dann können wir ja vielleicht am Wochenende etwas zusammen unternehmen, nur wir drei. Vielleicht gönnen wir uns mal wieder einen Film oder eine Show in der Stadt. Wann haben wir das letzte Mal eine Broadway-Show gesehen? Das ist Ewigkeiten her.«

»Dad? Ist wirklich alles in Ordnung mit dir? Geht es dir gut?«

»Ja, klar«, erklärte er mit einem ungewohnt breiten Grinsen. »Warum fragst du?«

»Du benimmst dich so merkwürdig, keine Ahnung … auf jeden Fall nicht normal.«

»Wieso? Ich hatte gerade eine Telefonsitzung mit einem Patienten, und jetzt kümmere ich mich noch kurz um ein paar Dinge hier zu Hause … ich finde, ich benehme mich völlig normal.«

»Ja, aber es ist nicht normal, sich normal zu benehmen. Ich mein, du darfst ruhig durcheinander sein.«

»Durcheinander? Wieso?«

»Du hast einen Menschen erschossen! Wenn mir so etwas passiert wäre, ich meine, wenn ich ihn erschossen hätte, dann wäre ich jetzt ein Wrack. Ich würde mich nicht mal mit dir unterhalten können.«

»Jeder Mensch geht mit schwierigen Situationen anders um.«

»Jeder, absolut jeder Mensch wäre heute durcheinander.«

»Hör mal, gestern war ich ziemlich fertig. Das hast du ja auch zu spüren bekommen, oder? Ich habe meiner Wut Luft gemacht, aber jetzt geht es mir wieder gut, wirklich. Ich werd mich jetzt nicht mit Gewissensbissen quälen. Es war eine schwierige Situation, und ich habe unter den gegebenen Umständen mein Bestes getan. Ich wünschte, es wäre nicht geschehen, aber es ist nun einmal, wie es ist. Das hätte jedem passieren können – das allein zählt. Hast du eine Ahnung, wer von unseren Nachbarn alles eine Pistole im Haus hat? Die Zimmermans haben eine, die Stenatos, die Silvermans und die Coles auch. Ich wette, dass es hier in unserem Viertel in jedem zweiten Haus eine Pistole gibt, wenn nicht sogar in jedem, und ich bin davon überzeugt, dass jeder andere Familienvater genauso gehandelt hätte wie ich. Ich habe meine Familie beschützt, das ist alles. Ich habe mir nichts vorzuwerfen, ganz im Gegenteil, ich kann stolz auf mich sein.«

O Gott, er verleugnete die Realität mit einer solchen Hartnäckigkeit, dass jede weitere Diskussion zwecklos war.

»Also Dad, ich an deiner Stelle würde mit jemandem darüber reden, mit deiner Therapeutin oder einem anderen Psychologen. Ich habe das Gefühl, dass du gar nicht merkst, wie sehr du noch unter Schock stehst.«

»Unter Schock?«, wiederholte er, als ob er diesen Begriff das erste Mal hörte. »Wieso glaubst du –«

»Hallo?«, hörte Marissa da ihre Mutter. Sie musste gerade zur Tür hereingekommen sein, und ihre Stimme klang panisch, als sei etwas Schlimmes passiert.

»Ist jemand zu Hause?«

Marissa und ihr Vater blickten sich beunruhigt an und eilten dann zu ihrer Mutter ins Wohnzimmer. Sie sah schrecklich mitgenommen aus, schloss Marissa sogleich in die Arme und wollte sie gar nicht mehr loslassen.

»Was hast du, Mum? Was ist passiert?«

Ihre Mutter brach in Tränen aus, weinte noch heftiger als am Abend zuvor. Gestern war sie aufgebracht gewesen. Nun wirkte sie zutiefst erschüttert.

»Erzähl uns, was passiert ist«, bat nun auch ihr Dad in einem besorgten, aber ruhigen Ton.

Dana ließ ihre Tochter wieder los, Tränen liefen ihr über die Wangen, die Wimperntusche war verlaufen, und ihre Lippen zitterten.

»Ich … ich habe gerade mit D-D-Detective Clements ge-ge-gesprochen.« Sie musste tief Luft holen. »Ich … ich habe ihn wegen des Z-Z-Zettels an-angerufen … Er hat zu-zu-zurückgerufen und … und … sie ist tot!«

Marissa verstand nur Bahnhof. »Wer ist tot?«

»G-G-Gabriela«, stotterte ihre Mutter. »Jemand hat sie erschossen. Sie ist tot.«

Das verwirrte Marissa nur noch mehr. Sie kannte nur eine Gabriela, ihre Haushaltshilfe, und das war unmöglich. Sie musste etwas missverstanden haben. Ihre Mutter musste eine andere Gabriela meinen. Vielleicht jemanden aus der Nachbarschaft oder die Bekannte einer Freundin oder so.

»Gabriela? Welche Gabriela?«, fragte sie.

Es dauerte einen Augenblick, bis ihre Mutter wieder sprechen konnte. »Unsere Gabriela«, stieß sie dann hervor.

Der Raum begann sich zu drehen, und Marissa schwankte der Boden unter den Füßen. Ihr Vater musste sie stützen, damit sie nicht fiel. Irgendwie landeten sie alle auf der Wohnzimmercouch, Marissa zwischen den Eltern.

Ihre Mutter fragte sie, ob alles okay sei. Marissa weinte. »Das ist nicht wahr, bitte sag, dass das nicht wahr ist.«

»Es ist aber wahr«, schluchzte ihre Mutter. »O mein Gott, es ist wirklich wahr.«

»Wieso bist du dir da so sicher?«, warf ihr Vater ein. »Vielleicht ist es eine Verwechslung.«

Ihr Vater weinte nicht, er wirkte gänzlich unberührt, seine Stimme klang ruhig und merkwürdig gefasst.

»Er hat's mir gesagt, der Detective. Er hat gesagt, dass sie heute Morgen erschossen worden ist … in ihrer Wohnung.«

»Könnte immer noch eine Verwechslung sein«, sagte ihr Dad. »Vielleicht war es eine andere Gabriela.«

»Nein, ich hab nachgefragt. Es ist Gabriela Moreno, hat er gesagt, und er hat mir die Adresse in Jackson Heights genannt. Das ist keine Verwechslung. Sie ist tot, jemand hat sie erschossen.«

Marissa schluchzte noch immer. Die vergangene Nacht war schon furchtbar gewesen, aber das hier war der blanke Horror. Gabriela war doch noch so jung, so glücklich, so voller Leben. Wie konnte sie da tot sein? Unmöglich, ganz und gar unmöglich.

Da schoss ihr plötzlich ein Gedanke durch den Kopf. »O mein Gott! Ihr glaubt doch nicht, dass das was mit letzter Nacht zu tun hat, oder?«

»Da besteht keinerlei Zusammenhang«, sagte ihr Vater rasch. »Wir müssen Ruhe bewahren und dürfen keine voreiligen Schlüsse ziehen, bevor wir alle Fakten kennen. Ich werde Clements anrufen und ihn fragen, was genau passiert ist.«

Er gab sich solche Mühe, souverän zu wirken. Als ob es für ihn keine große Sache wäre, wenn um ihn herum die Menschen abgeknallt wurden und starben wie die Fliegen.

»Clements will nachher vorbeikommen«, sagte ihre Mutter.

»Das ist gut. Dann werden wir bestimmt mehr erfahren.«

»Hat Clements nicht gesagt, dass er mit Gabriela sprechen wollte?«, fragte Marissa. »Das hat er letzte Nacht doch gesagt, oder?«

»Er hatte keine Gelegenheit mehr, mit ihr zu sprechen«, erklärte ihre Mutter. »Er wollte heute zu ihr, aber da war sie schon …«

»Dann gibt es einen Zusammenhang«, meinte Marissa. »Das kann doch kein Zufall sein.«

Ihr Vater stand auf und wählte eine Nummer auf seinem BlackBerry. »Ich will nur was ausprobieren«, sagte er.

»Was denn?«, wollte ihre Mutter wissen.

»Mal sehen, ob sie ans Telefon geht.«

»Was ist los mit dir? Ich habe dir doch gesagt, dass sie tot ist!«

Ihr Vater ignorierte die Bemerkung, lauschte ins Telefon und legte nach ein paar Sekunden wieder auf. »Anrufbeantworter«, informierte er sie.

»Natürlich ist der Anrufbeantworter angegangen, was denn sonst!«, schrie ihre Mutter ihn an. »Hast du sie nicht mehr alle?«

»Könntet ihr beide wohl aufhören, euch zu streiten?«, intervenierte Marissa.

»Wie ist Gabrielas Handynummer?«, wollte ihr Vater wissen. Ihre Mutter ließ den Kopf auf die Knie sinken und raufte sich die Haare, als wolle sie sie büschelweise ausreißen. Sie stöhnte laut, ein heiseres, wütendes Stöhnen, das tief aus ihrer Kehle kam.

»Was hat es eigentlich mit diesem Zettel auf sich?«, fragte Marissa.

Ihre Mutter hielt noch immer den Kopf gesenkt. »Ich hatte den Sicherheitscode für die Alarmanlage auf einen Zettel geschrieben. Heute Morgen habe ich gemerkt, dass er nicht mehr da ist, darum habe ich Clements angerufen.«

»Okay, Dana, denk doch bitte mal darüber nach, was du da sagst«, wandte ihr Dad ein. Er hatte sich vor ihnen aufgebaut und blickte auf sie herunter. »Denkt beide erst mal nach, bevor ihr hysterisch werdet. Ihr kennt doch Gabriela. Ihr wisst, was für eine wunderbare Frau sie ist, absolut loyal und zuverlässig. Wie oft ist sie allein in diesem Haus gewesen? Wie oft ist sie als Babysitter eingesprungen? Wie oft hat sie Marissa von der Schule abgeholt? Wie lange arbeitet sie schon für uns? Zwölf, dreizehn Jahre? Und in all diesen Jahren hat sie nicht ein einziges Mal etwas mitgehen lassen, nicht mal einen Dollar von dem Kleingeld, das ich immer auf der Kommode liegen lasse. Diese Frau hatte mindestens hundert Mal meine Brieftasche in der Hand, deine Handtasche ebenfalls und auch deinen Schmuck. Sie hat nie etwas gestohlen. Und auf einmal zweifelt ihr nicht daran, dass sie sich mit diesem Sanchez, einem richtigen Verbrecher, zusammengetan hat, um uns auszurauben! Wieso? Nur weil sie zufällig beide Latinos sind? Überlegt doch mal, wie abstrus diese Theorie ist, bevor ihr mich anschreit, ja?«

Ihr Vater hatte seine Ansprache beendet und blickte sie beifallheischend an, als habe er gerade einen Monolog von Shakespeare rezitiert. Zugegeben: Die Vorstellung, Gabriela habe etwas mit dem Einbruch zu tun, war tatsächlich ziemlich abgedreht. Marissa fiel beim besten Willen kein Grund ein, warum Gabriela ihrer Familie hätte schaden wollen.

»Er hat recht, das hört sich wirklich ziemlich verrückt an«, sagte Marissa. »Aber Dad, glaubst du wirklich, das alles ist nur ein Riesenzufall? Gabriela wird am Morgen nach dem Einbruch erschossen, noch bevor die Polizei Gelegenheit hat, mit ihr zu sprechen?«

»Wir wissen doch noch längst nicht alles«, gab ihr Dad zu bedenken. »Vielleicht hat es etwas mit ihrer Tochter zu tun oder mit deren Freund.«

»Manuela ist gerade mal elf«, wandte Marissa ein.

»Ich sage doch nur, dass wir abwarten sollten, bis wir wirklich wissen, dass sie tot ist.«

»Aber wir wissen es doch!«, schrie ihre Mutter plötzlich. Sie war puterrot geworden, und ihre Augen schienen aus den Höhlen springen zu wollen. »Wie oft muss ich das denn noch sagen, bis es endlich auch in deinen Dickschädel dringt? Sie ist tot, mausetot!«

Ihr Vater schüttelte unwillig den Kopf und marschierte in die Küche.

»Du bist unmöglich!«, schrie ihre Mutter ihm hinterher und stapfte in die entgegengesetzte Richtung davon.

»Mum«, rief Marissa und folgte ihr.

Sie sah ihre Mutter an der Treppe zögern, als fiele ihr erst jetzt wieder ein, was dort passiert war. Dann aber eilte sie entschlossen hinauf.

Fassungslos konstatierte Marissa, dass alles mit einem Schlag völlig aus den Fugen geraten war. Gabriela war immer freundlich und liebevoll zu ihr gewesen und gehörte zu den nettesten Menschen, die Marissa kannte. Wie oft hatte Gabriela früher mit ihr gespielt oder Ausflüge mit ihr unternommen. Als sie zur Highschool ging und erste Probleme mit den Jungs auftauchten, da hatte sie sich bei Gabriela Rat geholt, nicht bei ihren Eltern, mit denen konnte sie über solche Dinge nicht reden. Marissa hatte Gabriela mit ihrem Englisch geholfen, und Gabriela hatte ihr geholfen, Spanisch zu lernen. Gabriela war für sie eine Kombination aus großer Schwester und guter Freundin, und Marissa fiel es schwer zu begreifen, dass sie nicht mehr da war, dass sie genauso tot war wie der Fremde am Fuß der Treppe letzte Nacht, dass sie ihr Gesicht nie wieder sehen, ihre Stimme nie wieder hören würde.

Marissa stand vor der Treppe und brach erneut in Tränen aus. Ihr Vater trat zu ihr und legte einen Arm um sie. »Es wird alles wieder gut, Liebes, versprochen«, erklärte er in diesem pseudoberuhigenden Ton.

Das war ja nicht auszuhalten. Vorher hatte er die Realität verleugnet, aber jetzt war er jenseits von Gut und Böse.

Sie machte sich los. »Bitte, Dad, lass das.« Sie floh nach oben. Erst in ihrem Zimmer fiel ihr auf, dass sie über die Stelle gegangen war, an der die Leiche gelegen hatte.

Marissa checkte ihr Handy, sie hatte jede Menge E-Mails und SMS von ihren Freunden erhalten. Die Nachricht von dem Einbruch hatte sich offensichtlich wie ein Lauffeuer verbreitet. Da sie sich unbedingt Luft machen musste, antwortete sie nicht auf jede einzelne Nachricht, sondern schaltete den Computer ein und schrieb einen ausführlichen Eintrag in ihr Blog, das die meisten ihrer Freunde – ihre engsten Freunde zumindest – täglich lasen. Sie malte den Einbruch aufs dramatischste aus, beschrieb vor allem ihre Angst, als sie aufwachte und hörte, dass Einbrecher im Haus waren, und erzählte anschließend von den Schüssen und von der Befragung durch die Polizei, die fast die ganze Nacht gedauert hatte. Dass Clements sich nach ihrem Drogenkonsum erkundigt hatte, erwähnte sie allerdings mit keinem Wort, damit das später nicht gegen sie verwendet werden konnte. Auch von

Gabrielas Ermordung sagte sie nichts direkt, machte aber im letzten Satz eine Andeutung: ›Sieht ganz so aus, als würde es noch schlimmer kommen. Dies ist der furchtbarste Tag meines Lebens.‹

Nachdem sie den Eintrag gepostet hatte, suchte sie auf Google News nach ›Gabriela Moreno‹, in der stillen Hoffnung, nichts zu finden, doch sie stieß sofort auf zwei Artikel über den Mord. Niedergeschmettert vertiefte sich Marissa in die Berichte. Sie fühlte sich taub und gefühllos. In den beiden Artikeln stand nicht mehr als das, was ihre Mutter bereits erzählt hatte: Gabriela war am Morgen in ihrer Wohnung in Jackson Heights von einem unbekannten Täter erschossen worden. Das Motiv war noch unklar.

»Verdammte Scheiße«, sagte Marissa und knallte die Tastatur auf den Tisch. Es schepperte, als sei was kaputtgegangen, aber das war ihr egal.

Hoffentlich musste Gabrielas Mörder für seine Tat in der Hölle schmoren. Marissa wollte noch immer nicht glauben, dass Gabriela etwas mit dem Einbruch zu tun hatte. Vielleicht hatte ihr Dad doch recht, und das war alles nur ein verrückter Zufall. Vielleicht war Gabriela aus einem anderen, schwachsinnigen Grund erschossen worden. Das schien zwar ziemlich weit hergeholt, aber nicht viel weiter als der Gedanke, dass sie mit diesem toten Einbrecher, diesem Sanchez, gemeinsame Sache gemacht habe.

»Marissa?« Ihr Vater klopfte an ihrer Tür. »Marissa, kannst du bitte kurz nach unten kommen? Detective Clements ist da.«

Super, genau das, was sie jetzt brauchte.

»Komme schon«, antwortete sie leise.

»Was?«

»Bin gleich da«, rief sie.

Sie ließ sich Zeit, beantwortete erst noch ein paar E-Mails, ehe sie nach unten ging. Ihre Mutter saß – das Gesicht noch immer fleckig von der verlaufenen Wimperntusche – mit Clements am Esszimmertisch. Ihr Vater blickte sie ernst an, viel ernster als zuvor.

»Was ist los?«

»Bitte … setzen Sie sich doch zu uns«, bat Clements.

Marissa setzte sich auf einen freien Stuhl. Ihre Eltern vermieden jeglichen Blickkontakt.

»Wahrscheinlich haben Sie die Neuigkeiten schon gehört«, begann Clements.

»Das mit Gabriela? Ja. Warum? Es ist doch wohl nicht noch jemand gestorben, oder?« Das war nur halb im Scherz gesagt.

»Nein, sonst ist niemand gestorben«, sagte ihr Dad tonlos.

»Ich habe Ihre Eltern gerade über den neuesten Stand der Ermittlungen informiert«, erklärte Clements.

»Oh, nein, was kommt denn jetzt?«

»Sie war in den Einbruch verwickelt«, erklärte ihre Mutter.

»Sind Sie sicher?«

»Es ist sehr wahrscheinlich, dass sie etwas damit zu tun hat«, bestätigte Clements. »Es gibt da eine Verbindung, eine handfeste Verbindung zwischen ihr und Carlos Sanchez.«

»Und was für eine Verbindung?«, wollte Marissa wissen.

»Sie haben eine gemeinsame Vergangenheit. Sie waren mehrere Jahre lang ein Paar. Er muss sie wohl geschlagen haben, denn sie hat eine einstweilige Verfügung erwirkt, dass er nicht in ihre Nähe darf.«

Marissa starrte ihre Eltern verblüfft an, glaubte, nicht richtig gehört zu haben. »Habt ihr davon gewusst?«

Ihre Mutter schüttelte den Kopf. Ihr Vater reagierte überhaupt nicht.

»Sie hat ihn kurz vor dem Einbruch ziemlich oft auf dem Handy angerufen«, erzählte Clements weiter. »Ein Nachbar glaubt, Sanchez letzte Woche im Haus gesehen zu haben, aber das ist noch nicht bestätigt.«

»Warten Sie, das ergibt doch keinen Sinn. Wenn sie einen Gerichtsbeschluss gegen ihn hatte, um ihn sich vom Hals zu halten, wieso war er dann bei ihr zu Hause?«

»Das wissen wir nicht, noch nicht. Ihre Schwester hat uns erzählt, dass ihr Vater in Ecuador schwerkrank ist und dringend Geld für eine Operation braucht, was ein mögliches Motiv wäre.«

»Erzählen Sie ihr von der HIV-Infektion.«

»Gabrielas Vater hat Aids?«

»Nicht ihr Vater. Sanchez. Die Krankheit war zwar noch nicht ausgebrochen, aber er war HIV-positiv.«

»Ich verstehe nicht, was das mit dem Einbruch zu tun hat«, wandte ihr Vater ein.

»Wir müssen alle einen Test machen«, verlangte ihre Mutter.

»Das ist doch lachhaft«, sagte ihr Vater.

»Sein Blut war überall auf der Treppe!« Stimme und Blick ihrer Mutter wirkten auf einmal hysterisch. »Du könntest was abbekommen haben.«

»Ach, hör doch auf damit.« Ihr Dad machte eine wegwerfende Geste.

Marissa traute ihren Ohren nicht, in einem solchen Augenblick brachten ihre Eltern es tatsächlich fertig, sich über die Übertragung von HIV zu streiten. Konnte man noch tiefer sinken?

»Das Risiko, sich auf diese Weise mit dem Virus anzustecken, ist äußerst gering, tendiert gegen null«, griff Clements nun ein. »Das Virus stirbt, sobald es der Luft ausgesetzt ist.«

»Siehst du?«, triumphierte ihr Vater, als hätte er Grund, stolz auf sich zu sein.

»Das ist mir egal. Sein Blut war überall. Ich will einen Test.«

»Wenn du dich testen lassen willst, bitte sehr, ich werde dich nicht davon abhalten.«

»Okay, lassen Sie mich noch mal rekapitulieren«, sagte Marissa zu Clements. »Sie glauben, dass Gabriela den Sicherheitscode für die Alarmanlage gestohlen hat, um zusammen mit ihrem Exfreund bei uns einzubrechen, richtig?«

»Sieht ganz danach aus, zumal Ihre Mutter glaubt, dass Gabriela wusste, wo sie den Zettel aufbewahrte.«

»Und was ist mit den Schlüsseln?«

»Die hätte sie jederzeit nachmachen lassen können«, erklärte Clements. »Wir überprüfen sämtliche Schlüsseldienste in der Umgebung. Vermutlich hat sie bei einem von ihnen die Schlüssel für die Hintertür nachmachen lassen.«

»Das passt trotzdem nicht zusammen«, wandte Marissas Mutter ein. »Wenn Gabriela die zweite Person bei dem Einbruch war, wer hat sie dann ermordet? Haben Sie dafür eine Erklärung?«

»Es ist zu früh, darüber Vermutungen anzustellen«, antwortete Clements.

Marissas Mutter verdrehte die Augen.

»Ich dachte, du hättest einen zweiten Mann gehört«, erkundigte sich Marissa bei ihrem Vater.

»Ich bin mir nicht sicher. Könnte auch eine Frau gewesen sein.«

»Laut Aussage Ihrer Eltern wusste Gabriela nicht, dass Sie die Reise nach Florida abgeblasen hatten. Also hat sie geglaubt, das Haus stehe leer. Haben Sie ihr gesagt, dass Sie nicht nach Florida fliegen?«

Marissa schwieg, schüttelte nur den Kopf.

So langsam dämmerte es ihr: Gabriela hatte tatsächlich etwas mit dem Einbruch zu tun. O Gott, sie war wirklich darin verwickelt!

»Ich halte das hier nicht länger aus!«

»Wenn Sie keine weiteren Fragen haben, kann meine Tochter doch sicher gehen?« Ganz unvermutet kehrte ihr Vater den Beschützer heraus.

Doch Clements ignorierte ihn. »Soweit ich weiß, standen Sie sich ziemlich nahe, Sie und Gabriela meine ich.«

»Ja«, bestätigte Marissa. Nur mit Mühe konnte sie die Tränen zurückhalten. »Das stimmt.«

»Haben Sie in den letzten Tagen mit ihr gesprochen?«

»Montag. Ich habe sie am Montag gesehen.«

»Hat sie da irgendwas von Geldsorgen gesagt oder dass sie wieder mit ihrem Ex zusammen ist?«

»Ich hatte keine Ahnung, dass sie überhaupt einen Freund hatte.«

»Also hat sie sich ganz normal verhalten, oder ist Ihnen etwas an ihr aufgefallen?«

»Nein, gar nichts. Sie war so wie immer, glücklich und zufrieden.«

»Nun ja, offenbar konnte sie Geheimnisse ganz gut für sich behalten. Haben Sie gewusst, dass sie drogenabhängig war?«

»Gabriela?« Marissa war schockiert. »Machen Sie Witze? Sie war total gegen Drogen.«

»Sanchez war heroinsüchtig. Es ist ziemlich wahrscheinlich, dass Gabriela sich auch den einen oder anderen Schuss gesetzt hat, zumindest als sie mit ihm zusammen war.«

»Das glaube ich nicht«, sagte Marissas Vater.

»Ich auch nicht«, unterstützte ihn ihre Mutter. »Das mit dem Geld ist eine Sache. Jeder kann in eine verzweifelte Lage geraten und einen Fehler machen. Aber Drogen? Ich glaube nicht, dass sie das vor uns hätte verbergen können.«

»Sie wären erstaunt, was Menschen alles vor anderen verbergen können, wenn sie dazu entschlossen sind«, entgegnete Clements.

Einen Augenblick lang schwiegen alle peinlich berührt. Marissa registrierte, dass ihre Eltern sich plötzlich ausgesprochen unwohl in ihrer Haut fühlten.

»War das dann alles?«, fragte ihr Dad schließlich.

»Ja, zumindest für den Augenblick.« Clements erhob sich.

Marissa und ihr Vater standen ebenfalls auf.

»Macht ihr Witze?« Ihre Mutter war sitzen geblieben. »Das soll alles gewesen sein? Da draußen läuft ein Mörder frei herum, ein Mörder, der höchstwahrscheinlich letzte Nacht bei uns im Haus war, und ihr sagt: Das war's?«

Marissas Vater seufzte: »Woher willst du wissen –«, doch ihre Mutter unterbrach ihn laut: »Wir wissen es! Was glaubst du denn, warum sie heute ermordet worden ist? Weil jemand verhindern wollte, dass sie redet, darum! Und du hast den anderen Kerl erschossen! Du hast ihn erschossen, und trotzdem glaubst du, dass er nicht hierher zurückkommen wird!?«

»Schon gut, beruhigen Sie sich doch«, sagte Clements.

»Beruhigen? Warum zum Teufel soll ich mich beruhigen? Haben Sie irgendwelche Spuren? Irgendeinen Hinweis darauf, wer Gabriela erschossen hat?«

»Wir arbeiten daran.«

»Ach so, super, Sie arbeiten daran! Wie beruhigend! Hören Sie auf, Ihre Zeit auf mich und die Beruhigung meiner Nerven zu verschwenden! Sie hätten sie retten können! Wenn Sie sich letzte Nacht nicht so sehr für die Bong meiner Tochter interessiert hätten, hätten Sie früher mit Gabriela sprechen und ihren Tod verhindern können. Dann wüssten Sie vielleicht schon, wer der andere Kerl ist. Jetzt werden Sie ihn nie finden! Aber er weiß, wer wir sind, er weiß, wo wir leben, er war in unserem Haus!«

»Es tut mir leid«, sagte Marissas Vater zu Clements.

»Du musst dich nicht für mich entschuldigen, du Scheißkerl«, schrie ihre Mutter ihn an. »Du bist schuld, du und deine verdammte Pistole! Wie oft habe ich dir gesagt, dass du das Scheißding loswerden sollst?«

»Jetzt ist die Katze endlich aus dem Sack. Ich wusste doch, dass du mir die Schuld gibst«, stellte ihr Dad fest.

»Ja, ich gebe dir die Schuld«, schrie ihre Mutter weiter. »Wem denn sonst?«

»Aber ja, keine Frage, über kurz oder lang musstest du damit herausplatzen. Es hat dir die ganze Zeit schon auf der Seele gebrannt. Mach ruhig weiter, schrei deine Wut nur heraus.«

»Ich habe immer gesagt, dass etwas Schreckliches passieren wird, wenn du diese verdammte Pistole behältst. Ich habe es gesagt, aber du hast nicht auf mich gehört. Und stell dir vor, es ist etwas Schreckliches passiert! Zu aller Erstaunen!«

»Etwas Schreckliches ist passiert?«, schrie nun ihr Dad zurück. »Das ist ja wohl ein Witz, ha, allerdings ein schlechter! Wenn sie dich und Marissa umgebracht hätten, das wäre schrecklich. Du solltest mir dankbar sein, statt mich anzuschreien!«

»Ich soll dir dankbar sein? Gut! Herzlichen Dank auch, dass du mit einem Schlag mein ganzes Leben ruiniert hast!«

»Hört auf ihr beiden, sofort!«, brüllte Marissa, so laut sie konnte.

Endlich kehrte wieder Ruhe ein. Marissas Eltern funkelten sich schwer atmend an. »Ich werde Sie auf dem Laufenden halten«, unterbrach Clements schließlich die Stille. »Bitte setzen Sie sich unverzüglich mit mir in Verbindung, falls Ihnen noch etwas einfallen sollte.« Dann sah er Marissas Mutter an. »Ich weiß, was Sie von uns halten, Mrs. Bloom, aber ich kann Ihnen versichern, dass wir sehr wohl wissen, was wir tun, und unseren Job verdammt gut machen.« Er steckte den Block in die Tasche. »Nochmals mein herzliches Beileid.« Damit ging er.

Marissa blieb bei ihren Eltern im Esszimmer sitzen, die sich nach wie vor feindselig anstarrten. »Das war ja ein toller Schachzug von dir, die gesamte New Yorker Polizei zu beleidigen«, sagte ihr Vater schließlich und gab damit den Startschuss für die nächste Runde. Marissa hielt das nicht mehr aus und floh auf ihr Zimmer, während ihre Mutter schreiend konterte: »Du glaubst noch immer, dass alles in Ordnung ist? Du glaubst, dass sich alles wie durch ein Wunder in Wohlgefallen auflöst?« Dann drehte sie ihre Anlage auf – Tone Def –, um ihre Eltern zu übertönen.

Hoffentlich war das nicht der Anfang einer neuen Ehekrise. Als sie auf der Highschool war, hatten ihre Eltern kurz vor der Scheidung gestanden. Vierundzwanzig Stunden am Tag, sieben Tage die Woche waren sie aufeinander losgegangen, und immer nur wegen Belanglosigkeiten. Ihre Mutter machte ihrem Vater die Hölle heiß, weil er schmutziges Geschirr auf der Spüle stehen ließ oder weil er auf die Klobrille gepinkelt hatte. Ihr Vater brach einen Riesenstreit vom Zaun, weil ihm ein Blick von ihrer Mutter oder ihr Ton nicht passte. Und immer verfielen sie – ihr Vater als Psychologe sowieso und ihre Mutter geschult durch zahlreiche Paartherapie-Sitzungen – auch noch in diesen furchtbaren Therapeuten-Slang, der ihnen nur wieder neue Munition lieferte. Ihre Mutter sagte zum Beispiel »Du nervst«, worauf ihr Vater konterte: »Du flüchtest in unspezifische Allgemeinplätze« oder »Du artikulierst doch nur deine Wut«, und schon flogen wieder die Fetzen. »Glaubst du wirklich, du kommst mit deiner defensiven Haltung weiter«, war ein Lieblingsargument ihrer Mutter, und ihr Vater schoss dann zurück: »Und du projizierst mal wieder«, und dann schrien sie sich weiter in diesem lächerlichen Kauderwelsch an, stritten darüber, wer defensiv war und wer projizierte. Natürlich fanden sie keine Lösung, keiner gewann, keiner gab nach. Marissa hatte den Eindruck, dass sie ständig den gleichen Streit wiederholten, eine Platte, die sie wieder und wieder abspielten.

Marissa hatte nie begriffen, warum die beiden dennoch zusammenblieben. Wenn sie nicht miteinander auskamen, warum machten sie sich dann weiter das Leben zur Hölle? Warum ließen sie sich nicht einfach scheiden? Sie hoffte, dass ihre Eltern nicht ihr zuliebe zusammenblieben, denn sie hätte es bei weitem vorgezogen, wenn die beiden sich getrennt hätten und jeder ein eigenes Leben angefangen hätte. Welches Kind wünschte sich schon unglückliche Eltern?

Marissa drehte die Musik leiser. Ihre Eltern waren noch immer zugange, hatten sich offenbar ins Schlafzimmer zurückgezogen. Sie sprang rasch unter die Dusche und trocknete sich gerade ab, als sie ihre Mutter schreien hörte: »Was willst du dann tun? Wieder die Pistole holen? Ihn erschießen?«

Mein Gott, sie stritten noch immer wegen der Pistole.

Auf dem Weg zurück in ihr Zimmer traf sie ihren Vater auf dem Flur. Wortlos marschierte er an ihr vorbei, in Trainingsanzug und Turnschuhen, bestimmt wollte er ins Sportstudio.

Marissa setzte sich aufs Bett und schickte Hillary, die in Midtown Manhattan arbeitete, eine SMS. Sie verabredeten sich auf einen Drink um halb sechs, und Marissa verabschiedete sich mit: *kann es kaum erwarten muss raus aus diesem irrenhaus.*

Sie zog sich rasch an, enge Röhrenjeans, ein schwarzes Spitzentop und die tolle, kurze Lederjacke, die sie letzte Woche bei Uniqlo in SoHo gekauft hatte. Vor dem Haus sah sie ihren Vater auf dem Bürgersteig mit ein paar Reportern reden. Wahrscheinlich waren sie zurückgekommen, um Fragen zu Gabriela zu stellen. Marissa sah ihm an, dass es ihm Spaß machte, so wie er die Stirn in Falten legte und seine Worte mit zahlreichen Gesten unterstrich, wie ein Filmstar auf einer Pressekonferenz.

Marissa ging mehrere Blocks zu Fuß, passierte eines der Tore von Forest Hills Gardens und kam zur U-Bahn-Station am Queens Boulevard. Während der Fahrt mit der R-Linie behielt sie die Sonnenbrille auf, damit niemand sie weinen sah. Unfassbar, dass Gabriela tatsächlich tot war.

Als sie in Manhattan ausstieg, hatte sie noch ein wenig Zeit, deshalb ging sie ins Whitney-Museum, um sich die Man-Ray-Ausstellung anzusehen. Auch diesem Museum hatte sie ihre Bewerbungsunterlagen geschickt, wie fast allen Museen in der Stadt, hatte aber noch keine Antwort erhalten. Sie hatte sich auch bei vielen Galerien beworben, hatte sogar ein Vorstellungsgespräch für eine Stelle als ›Event-Koordinatorin‹ bei einer der Galerien in Downtown gehabt, aber bislang hatte sie noch keine Zusage bekommen. Wahrscheinlich hatte ihr Vater recht, sie hätte den Job im Metropolitan Museum nicht so schnell hinschmeißen dürfen. Sie hätte wenigstens sechs Monate durchhalten sollen, um ihn als Referenz angeben zu können, oder zumindest so lange, bis sie eine andere Zusage hatte. Sie hoffte sehr, dass sie bald etwas finden würde. Sie brauchte unbedingt ein regelmäßiges Einkommen, damit sie sich eine eigene Wohnung oder wenigstens ein Zimmer in einer Wohngemeinschaft leisten konnte. Es war so demütigend, kein eigenes Geld zu haben und von den Eltern abhängig zu sein.

Nach dem Museumsbesuch ging sie in Richtung Midtown, fühlte sich aber ziemlich fehl am Platz inmitten der beklemmend hohen Bürosilos und der gestressten Lohnsklaven. Downtown war lässiger, obwohl eigentlich ganz Manhattan ziemlich versnobt und arrogant daherkam und Marissa sich dort nie richtig wohl fühlte. Brooklyn gefiel ihr viel besser, besonders Williamsburg und die sogenannten DUMBO- und RAMBO-Viertel, aber da die meisten ihrer Freunde in Manhattan arbeiteten, wollten sie sich immer in Midtown oder Murray Hill treffen oder, wenn sie Pech hatte, sogar irgendwo auf der Upper East Side.

Um halb sechs betrat Marissa das McFadden, ein Lokal an der Kreuzung Zweiundvierzigste Straße und Second Avenue. Es war eine typische Feierabendkneipe – jede Menge Krawatten und Anzüge, jede Menge verklemmte Typen, die sich Mühe gaben, locker zu wirken, Geschäftsleute, die sich ›Kumpel‹ oder ›Alter‹ nannten. Marissa hatte das Gefühl, auf einem anderen Planeten gelandet zu sein, aber Hillary, die einen Einstiegsjob als Marketingassistentin bei einer Werbeagentur hatte, fühlte sich pudelwohl, lächelte, winkte und grüßte, als sie hereinkam, und umarmte sogar den einen oder anderen Gast. Marissa und Hillary waren seit Jahren beste Freundinnen, aber in letzter Zeit waren sie etwas auseinandergedriftet. Marissa hoffte, dass dies nur eine Phase war, dass Hillary irgendwann von diesem Möchtegern-Yuppie-Gehabe genug hätte und wieder in die Normalität zurückkehrte.

Nachdem Hillary sie zur Begrüßung umarmt hatte, sagte Marissa: »Ich brauche unbedingt einen Drink – aber was Hochprozentiges.«

Sie fanden einen Platz an der Theke und bestellten sich einen Cosmopolitan, »mit ordentlich Wodka«. Hillary hatte bereits in Marissas Blog über den Einbruch gelesen, aber Marissa musste ihr trotzdem die ganze Geschichte in allen Einzelheiten erzählen.

»O Gott, das muss ja furchtbar für dich gewesen sein«, sagte Hillary.

»Es kommt noch schlimmer.« Marissas Stimme zitterte.

Wie alle ihre Freunde hatte auch Hillary Gabriela gekannt. Gabriela war schließlich fast so etwas wie ein Familienmitglied gewesen.

Als Marissa ihrer Freundin erzählte, dass Gabriela nicht nur höchstwahrscheinlich in den Einbruch verwickelt, sondern auch noch ermordet worden war, und Hillary darauf zu weinen begann, konnte auch Marissa die Tränen nicht mehr zurückhalten. Hillary gab all die Bemerkungen von sich, die man in einer solchen Situation erwarten durfte: »Ich kann es nicht fassen!«, »Das ist doch nicht möglich!«, »Sie war doch noch so jung!« Sie schluchzten beide immer noch.

»Vielleicht sollten wir so langsam aufhören zu heulen, schließlich ist Happy Hour«, sagte Marissa irgendwann, aber Hillary quittierte diesen Versuch, die Stimmung zu heben, nicht einmal mit einem halben Grinsen.

»Furchtbar, was du da durchmachen musst«, meinte sie nur.

»Ja, ich fühl mich echt beschissen. Meine Mutter hat Angst, weil der Kerl, der Gabriela erschossen hat, noch immer frei herumläuft, aber ich mach mich deswegen nicht verrückt. Die Bullen schnappen den bestimmt schon bald.«

»Das hoffe ich, wirklich.«

Marissa nippte an ihrem Drink. »Ich bin ja so froh, dass du heute Zeit hattest. Zu Hause ist es nicht auszuhalten. Meine Mutter ist wütend und schreit meinen Vater an, und mein Vater lässt es natürlich an mir aus. Er hat mir doch tatsächlich verboten, zu Hause zu kiffen oder Alkohol zu trinken, als ob ich nichts anderes als Partymachen im Kopf hätte. Dabei kiffe ich zur Zeit fast nie, und trinken tu ich auch kaum. Aber was mit Abstand am meisten nervt, ist ihre ständige Streiterei. Es ist wieder genauso schlimm wie früher. Ich hab echt keine Ahnung, was mit den beiden los ist. Wenn sie nicht miteinander klarkommen, wenn sie einander nicht ertragen, warum lassen sie sich dann nicht einfach scheiden?«

Hillary sah sie auf einmal ganz merkwürdig an. Da steckte irgendwas im Busch.

»Was hast du denn?«

»Nichts, gar nichts«, winkte Hillary ab und nippte an ihrem Drink.

»Komm schon, irgendwas ist doch. Hat es mit Gabriela zu tun?«

»Nein.«

»Was ist es dann? Rück schon raus mit der Sprache.«

»Es ist nicht wichtig.«

»Dann kannst du es mir ja erzählen.«

»Es ist wirklich nichts, ich hätte gar nicht erst davon anfangen sollen.«

»Du hast doch noch kein Wort gesagt. Jetzt zier dich nicht so.«

Hillary nahm einen weiteren Schluck und holte dann tief Luft. »Es ist … Es hat was mit deiner Mutter zu tun.«

»Mit meiner Mutter?«

»Siehst du? Ich hätte lieber die Klappe halten sollen.«

»Was ist mit ihr?«

»Du machst doch schon genug durch, und da …«

»Jetzt sag schon.«

Hillary ließ ein paar Sekunden verstreichen, als müsse sie ihre Gedanken ordnen. »Ich habe sie neulich abends mit meiner Mutter reden hören. Sie wussten nicht, dass ich zu Hause war, und ich hab von oben alles mitgekriegt.«

»Und worüber haben sie geredet?«

»Es tut mir echt leid. Ich wollte es dir nicht sagen, aber …«

»Ist es etwas Schlimmes?«

»Nein, ich meine, nichts richtig Schlimmes.«

»Ist meine Mutter krank?«

»Nein, um Gottes willen, nichts dergleichen.«

»Was ist es dann?«

»Es ist … nun ja … sie betrügt deinen Vater.«

Marissa blieb der Mund offen stehen. »Meine Mutter?«

»Tut mir wirklich leid, ich wollte es dir nicht sagen, schon gar nicht unter solchen Umständen …«

»Du bist sicher, dass du dich nicht verhört hast?«

»Völlig sicher, sie hat gesagt, dass das schon seit Monaten so geht, dass sie eigentlich Schluss machen will, aber dass sie es nicht schafft.«

Seit Monaten?

»Mit wem?«

»Du kennst ihn.«

»Nun sag schon, wer ist es?«

»Tony.«

»Tony? Welcher Tony?«

»Ach, du weißt schon, Tony, der Trainer aus dem Fitness-Studio.«

Es dauerte einen Augenblick, bevor bei Marissa der Groschen fiel. »Du meinst den riesigen Typen mit dem furchtbaren Bronx-Slang?«

Hillary nickte betreten.

»Du nimmst mich auf den Arm.«

»Nein, ich schwöre es. Mensch, hätte ich doch bloß nichts gesagt.«

Marissa sah plötzlich ihre Mutter und Tony vor sich, beide nackt. Das hatte schon was Komisches.

»Wer hätte das gedacht«, sagte sie. »Meine Mutter angelt sich einen Bodybuilder. Schön für sie.«

»Wie bitte? Bist du denn nicht wütend auf sie?«

»Wütend? Wieso? Ich an ihrer Stelle hätte mir schon vor Jahren einen Liebhaber gesucht. Vielleicht lassen sich meine Eltern ja doch noch scheiden, dann kehrt endlich wieder Ruhe ein.« Sie leerte ihren Cosmo mit einem großen Schluck. »Ehrlich gesagt, das war die beste Nachricht des Tages.«

7

JOHNNY LONG SPAZIERTE die Eighth Avenue hinunter in Richtung Times Square. In einer der Touri-Kneipen sollte sich doch wohl eine halbwegs annehmbare Frau finden lassen, die er vögeln und anschließend ausrauben konnte. Er kam gerade aus dem Slate, einer Pool-Billard-Spielhalle in Chelsea, wo er einem besoffenen Börsenmakler satte hundert Kröten abgenommen hatte. Als es plötzlich zu regnen anfing – in Strömen, es blitzte und donnerte –, stellte sich Johnny eine Weile unter eine Markise, dann rannte er über die Eighth Avenue zum Molly Wee Pub an der Ecke Dreißigste Straße, um dort in Ruhe das Ende des Gewitters abzuwarten.

Als er das irische Lokal betrat, registrierte er insgesamt fünf Frauen, die interessiert aufschauten. Daran war er gewöhnt. Wo er auch auftauchte, musterten ihn die Frauen interessiert. Sein gutes Aussehen war schon immer sein wichtigstes Kapital gewesen, aber auch sein größtes Handicap. Wenn er eine Frau aufreißen wollte, war es natürlich toll, aber während der siebeneinhalb Monate auf Rikers Island war er deswegen durch die Hölle gegangen; sie hatten ihn den ›schönen Johnny‹, ›JLo‹ oder auch ›Jenny from the Block‹ genannt.

Johnny wurde häufig mit Johnny Depp verwechselt, und das nicht nur, weil sie den gleichen Vornamen hatten. Er war größer als Depp, muskulöser, aber im Gesicht ähnelte er ihm sehr. Er hatte den gleichen lässig trägen Ausdruck, ganz besonders dann, wenn ein paar Strähnen seines dunklen, halblangen Haars über seine blauen Augen ins Gesicht fielen. Hin und wieder hielt man ihn auch für Jared Leto oder ein anderes Bandmitglied von 30 Seconds to Mars.

Er setzte sich an den Tresen, bestellte ein Mineralwasser mit einer Scheibe Zitrone – er trank keinen Alkohol – und checkte die weiblichen Gäste rasch durch. Zwei der Frauen waren mit Typen da, nicht unmöglich, aber eine Herausforderung, und im Augenblick war ihm nicht nach einer Herausforderung. Also blieben noch das schlanke, braunhaarige Mädchen, das mit ein paar Freunden an einem Tisch saß, das Mädchen mit den dunklen Locken oder deren blonde Freundin am Ende des Tresens, und die ältere Blondine, die allein an einem Tisch in der Nähe der Tür saß. Keine der Frauen turnte ihn an, aber das war unwichtig.

Er nippte an seinem Wasser, schaute zum Fernseher hoch, wo gerade ein Basketballspiel lief, und beschloss, das Schicksal entscheiden zu lassen. Das ersparte ihm langwierige Überlegungen, und außerdem standen die Chancen, eine Frau abzuschleppen, deutlich besser, wenn sie den ersten Schritt tat. Natürlich waren die Erfolgsaussichten, wenn er eine der Frauen anbaggerte, auch nicht schlecht, aber er würde sich ins Zeug legen und seinen Charme spielen lassen müssen, und falls die Frau verheiratet war oder einen festen Freund hatte, konnte es durchaus passieren, dass Johnny Long sie nicht rumkriegte. Wenn er nichts tat, einfach nur dasaß und wartete, bis eine der Frauen die Initiative ergriff, dann hatte er leichtes Spiel.

Obwohl er nicht hinsah, spürte er die Blicke der Frauen. Sie begehrten ihn, waren scharf darauf, so einen coolen Typen, der aussah wie Johnny Depp, ins Bett zu kriegen. Als er scheinbar zufällig einen Blick in den Spiegel hinter dem Barkeeper warf, sah er, dass die Blondine und die Dunkelhaarige mit den Locken noch immer zu ihm rüberstarrten und über ihn redeten. Bestimmt sagte die Dunkelhaarige so was wie: ›Mein Gott, ist der süüüß‹, worauf ihre Freundin ihr Mut machte: ›Los, geh schon, sprich ihn an. Worauf wartest du noch?‹ So lief das immer, es war so vorhersehbar, dass es ihn fast schon langweilte.

Und wie erwartet hörte Johnny kaum eine Minute später eine weibliche Stimme: »Entschuldigung?«

Er blickte auf und sah das Mädchen mit den dunklen Locken vor sich stehen. Sie war ein bisschen zu dick, und auch ihr Gesicht war nicht besonders hübsch. Auf der Straße wäre Johnny an ihr vorbeigegangen, ohne sie überhaupt wahrzunehmen.

»Hat dir schon mal jemand gesagt, dass du aussiehst wie Johnny Depp?«

Sie wurde knallrot, und aus der Nähe betrachtet, in dem hellen Licht, wirkte sie noch um einiges unattraktiver. Ihr Make-up sah aus wie ins Gesicht gekleistert, besonders um die Augen, die weder richtig blau noch richtig grün waren, und sie war schrecklich nervös. Ganz offensichtlich hatte sie all ihren Mut zusammengenommen, um einen so attraktiven Kerl wie ihn überhaupt anzusprechen. Johnny wusste, dass seine erste Reaktion entscheidend war. Das hier war nicht nur ein harmloser Flirt, sondern bereits ein unbewusstes Liebesspiel. Er musste ihr sofort zeigen, dass er sie attraktiv fand und – noch viel wichtiger – dass er ein ehrlicher, sympathischer Kerl war, dem sie vertrauen konnte.

Er schenkte ihr ein strahlendes Lächeln, ließ sie seine makellos weißen

Zähne bewundern und sah ihr direkt in die Augen, als sei er völlig verzaubert von ihr. Den Bescheidenen spielen kam immer gut, und so mimte er Erstaunen, als er ihr antwortete: »Findest du wirklich?«

»Ja. Hat dir das noch niemand gesagt?«

»Bis jetzt noch nicht. Wow, ich fühl mich echt geschmeichelt.«

Er hielt Augenkontakt, damit seine hellen blauen Augen richtig zur Geltung kamen, die ihm so oft Komplimente eintrugen. Erst am Abend zuvor hatte ihm eine Frau, die er in Brooklyn aufgegabelt hatte, gesagt, sie habe noch nie so schöne blaue Augen gesehen. Er hatte sie am Ende flachgelegt, aber nur knapp hundert Dollar abgesahnt und überhaupt keinen Schmuck. Hoffentlich kam bei der Frau hier mehr rum.

»Ach übrigens, ich bin Gregory«, stellte er sich vor und reichte ihr die Hand.

Sie war so hin und weg, dass sie einen Moment brauchte, um sich zu fassen: »Oh, ääh, ich heiße Theresa.«

Er hielt ihre Hand ein paar Sekunden länger als notwendig, ließ sie spüren, dass er sie anziehend fand, dass er interessiert war. Es war so einfach, eine Frau abzuschleppen, zumindest für ihn. Er hatte es nicht nötig, den Macker rauszuhängen, sie mit einem tollen Job zu beeindrucken oder mit seinem Humor. Frauen wollten als Person wahrgenommen werden, sie wollten respektiert werden. Man musste ihnen nur aufmerksam zuhören, ihnen zeigen, dass man sich für das interessierte, was sie sagten, das war schon die halbe Miete. Johnny kapierte nicht, warum so viele Jungs einen todsicheren Fick vermasselten, indem sie stundenlang nur über sich schwadronierten. Was wollten sie damit erreichen? Die Frau vergraulen? Klar, Johnny wusste, dass sein gutes Aussehen ein großes Plus war, ihn einfach unwiderstehlich machte, aber auch ein hässlicher Kerl konnte so gut wie jede Frau rumkriegen, sofern er ihr das Gefühl vermittelte, dass sie etwas ganz Besonderes war, dass auf der ganzen Welt in diesem Moment nur sie für ihn zählte.

Johnny unterhielt sich mit Theresa, bloß ein bisschen Small Talk: Wo kommst du her? Wohnst du hier in der Nähe? Was machst du beruflich? Aber statt wie die meisten Männer blind eine Frage nach der anderen abzufeuern, hörte er ihr aufmerksam zu und hielt – natürlich – ständig Augenkontakt. Sie erzählte ihm, dass sie einen Administrativposten bei einer Public-Relations-Agentur habe. Daraus schloss er, dass sie nicht Unmengen verdiente, eine kleine Enttäuschung. Aber sie schien doch ein bisschen

Kohle zu haben – gute Mittelklasse –, und als sie in einem Nebensatz erwähnte, dass sie eine eigene Wohnung hatte, war die Entscheidung gefallen. Mitbewohner stellten meist ein Problem dar.

Erst als sie ihm Fragen stellte, sprach er von sich. Und auch da gab er sich alle Mühe, ihr das zu erzählen, was sie hören wollte: Da sie in Queens wohnte, behauptete er, dass er in Queens geboren sei und dass ein Großteil seiner Familie noch dort lebe. In Wahrheit stammte er aus Brooklyn und war Vollwaise, aber er wollte Gemeinsamkeiten aufbauen, und die Strategie schien zu funktionieren. Er erzählte ihr, er arbeite als »Berater für einen Finanzdienstleister«. Hätte sie einen schlechteren oder einen besseren Job gehabt, hätte er ihr eine andere Geschichte aufgetischt, denn es war besser, auf einer ähnlichen Karrierestufe zu stehen. Niemals würde er einen Beruf angeben, der deutlich über oder unter dem der Frau stand. Außerdem erzählte er Frauen mit Bürojobs gern, dass er als »Berater für einen Finanzdienstleister« tätig sei, eine so wundervoll nebulöse Bezeichnung, dass es ihm leichtfiel, irgendeinen Quatsch über seinen Berufsalltag zu erzählen, falls die Frauen danach fragten. Aber die Frauen stellten ihm nur selten Fragen zu seinem Job, zumindest nicht gleich zu Anfang, und normalerweise blieb es bei einem One-Night-Stand.

Ein weiterer brillanter Schachzug sicherte ihm praktisch den Durchbruch. Er hatte gesehen, dass sie eine Kette mit einem kleinen Kreuz trug, und so brachte er kurzerhand die katholische Kirche ins Spiel, ließ ganz nebenbei fallen, dass er am vergangenen Sonntag in der Kirche gewesen sei. Ihre Augen leuchteten auf. »Wow, ich gehe regelmäßig zur Messe.« Er tischte ihr einen Haufen Mist darüber auf, welchen Stellenwert Spiritualität in seinem Leben hätte und wie traurig er es fände, dass sich die Menschen in diesem Land so weit vom »Glauben« entfernt hätten. »Es tut so gut, mal einen Mann kennenzulernen, der auch in die Kirche geht«, strahlte sie ihn an. Glaubte sie tatsächlich, an einem verregneten Abend in einem Irish Pub bei der Penn Station ihren katholischen Märchenprinzen getroffen zu haben? Es gab Augenblicke, und dies war einer davon, da fand Johnny seine Lügengeschichten plötzlich so unglaublich komisch, dass er am liebsten laut losgelacht hätte, aber wie immer gelang es ihm auch dieses Mal, sich zusammenzureißen.

Theresa war so was von scharf auf ihn, am liebsten hätte sie ihn auf der Stelle vernascht, für sie war er der tollste Mann der Welt, und sie konnte es kaum erwarten, ihn ihren Eltern und all ihren Freunden vorzustellen. Er rechnete zwar damit, dass ihm noch ein wenig Arbeit bevorstand, wenn er sie noch am selben Abend flachlegen wollte, da sie bestimmt zu der So-eine-bin-ich-nicht/lass-es-uns-langsam-angehen-Sorte gehörte. Aber mit ein bisschen Überzeugungsarbeit und einer Extraportion Charme – und an diesem Punkt kamen ihm sein Aussehen und sein treuherziger Blick wirklich zugute – würde sie ihm nicht widerstehen können.

Da kam ihre Freundin, die Blondine, zu ihnen rüber und sagte, sie müsse heim. Das war die letzte Hürde, die er nehmen musste, und eine durchaus ernstzunehmende. Wenn Theresa ihre Freundin im Auto mitgenommen hatte (eher unwahrscheinlich, denn sie hatte erzählt, dass sie gleich nach der Arbeit gekommen war) oder die Blondine bei Theresa übernachtete (ebenfalls unwahrscheinlich, denn das hätte sie schon längst erwähnt), wäre das Spiel aus. Auch nicht weiter schlimm. Dann schleppte er eben eine andere ab – oder besser gesagt, ließ er sich von einer anderen abschleppen, in dieser Kneipe hier oder, da der Regen endlich aufgehört hatte, in einer der Touri-Kneipen am Times Square. Ein anderes, attraktiveres Opfer zu finden wäre kein Problem, aber schade wäre es schon, denn Theresa hatte er schon fast so weit.

»Gregory, darf ich dir meine Freundin Donna vorstellen?«

»Schön, dich kennenzulernen«, grüßte Johnny höflich. »Wow, das ist aber eine echt coole Jacke. Wo hast du die her?«

Dabei war es bloß eine billige Jeansjacke, die nach Secondhand aussah.

»Oh, vielen Dank«, erwiderte Donna und lief knallrot an, genau wie Theresa zuvor. »Die ist von Daffy.«

»Wirklich? Steht dir echt super.«

Das war perfekt: die Freundin mit harmlosen Komplimenten auf seine Seite ziehen. Donna wiederholte, dass sie nach Hause wolle. Sie müsse am nächsten Morgen früh raus, was sich nach einer faulen Ausrede anhörte, wer musste denn samstags arbeiten? Wahrscheinlich fühlte sie sich unwohl so allein am Tresen, niemand hatte sie in der Zwischenzeit angesprochen, und wollte darum gehen, auch wenn sie damit ihrer Freundin die Tour vermasselte und womöglich eine Liebesgeschichte im Keim erstickte.

Theresa blickte sie enttäuscht an, war hin- und hergerissen. Johnny wusste genau, was sie dachte: ›Werde ich seinen Respekt verlieren, wenn ich jetzt bleibe?‹ Aber da sie keine Anstalten machte, sich ihrer Freundin anzuschließen, wollte sie wohl auf keinen Fall gehen. Sie brauchte nur noch eine passende Rechtfertigung vor sich selbst.

»He, Theresa, wenn du noch ein wenig bleiben möchtest, bringe ich dich später gerne nach Hause«, bot er ihr an. Bei jedem anderen wäre das als eindeutig zweideutiger Vorschlag rübergekommen, aber nicht bei Johnny. Bei ihm klang es bloß aufrichtig und fürsorglich.

»Oh, das ist echt lieb von dir«, sagte Theresa.

Wieder musste Johnny sich zusammenreißen, um nicht laut loszulachen.

Die Mädchen diskutierten noch einen Augenblick. Johnny hatte sich ein wenig weggedreht und nippte an seinem Wasser, damit sie sich ungestört fühlten. »Dann mach ich mich mal auf den Weg. War nett, dich kennenzulernen«, verabschiedete sich Donna endlich.

»Das Vergnügen lag ganz auf meiner Seite. Wer weiß, vielleicht sehen wir uns ja bald einmal wieder«, sagte Johnny und dachte: ›Von wegen.‹

Damit war das letzte Hindernis aus dem Weg geräumt, der Rest war ein Kinderspiel.

Er verschwendete keine Zeit mehr. Nachdem er sie mit einer witzigen Bemerkung zum Lachen gebracht hatte, beugte er sich zu ihr rüber und küsste sie. Kein schlabbriger, feuchter Kuss mit offenem Mund, sondern schlicht und dezent. Er drückte seine Lippen mehrere Sekunden lang auf die ihren und zog sich dann zurück. Sanft, aber doch mit einer Spur Leidenschaft schlug er vor: »Sollen wir von hier verschwinden?«

Kurz darauf saßen sie im Taxi. Er machte einen auf Gentleman, küsste sie ausgiebig, ging ihr aber nicht an die Wäsche. Die Taxifahrt raus nach Astoria würde ihn um die vierzig Dollar kosten, und er hoffte sehr, dass sich die Nacht mit dieser Frau lohnen würde und er seine Zeit und sein Geld nicht vergeudete.

Während der Taxifahrt sagte sie genau das, was er erwartet hatte. »Normalerweise mache ich so etwas nicht«, »Bist du wirklich sicher, dass wir das Richtige tun?«, »Vielleicht sollten wir doch lieber warten.«

Er spielte brav mit, sagte: »Hey, wenn es für dich nicht okay ist, gehe ich nach Hause, kein Problem.« Er ließ ihr die Wahl, gab ihr die Möglichkeit, einen Rückzieher zu machen. Bingo.

Als das Taxi in Astoria vor einem nichtssagenden Zweifamilienhaus hielt, war er enttäuscht. Er hatte gehofft, dass sie in einem dieser neumodischen Yuppie-Apartments wohnte, von denen es in dieser Gegend jede Menge gab. Das hätte ihn in der Hoffnung bestärkt, dass das Ganze die Mühe wert war. Doch er blieb optimistisch und ließ sich die Enttäuschung in keiner Weise anmerken.

In ihrem Apartment schaltete er sofort auf Leidenschaft und startete das Johnny-Long-Verwöhnprogramm. Zärtlich küsste er ihre Lippen, strich ihr das Haar sanft aus dem Gesicht, sagte ihr immer wieder, wie schön sie sei. Sie gingen ins Schlafzimmer und begannen sich auszuziehen. Er fragte sie, ob sie Kerzen und Räucherstäbchen habe, denn Frauen standen auf so was. Räucherstäbchen hatte sie nicht, holte aber Kerzen.

Als sie die Kerzen angezündet hatte und zu ihm ins Bett zurückgekehrt war, begann er sie zu verwöhnen, wie nur Johnny Long Frauen verwöhnen konnte. Er wusste, dass er der beste Liebhaber der Welt war, und das nicht nur, weil die Frauen es ihm immer wieder sagten. Einmal war er in eine Bibliothek gegangen und hatte die Bücher der sogenannten Casanovas gelesen. Die Typen hatten nichts auf Lager, was er nicht schon längst wusste. In einem der Bücher behauptete ein Franzose, er habe mit über tausend Frauen geschlafen, und jede einzelne davon glücklich gemacht. Johnny musste lachen, als er das las – keiner konnte eine Frau glücklicher machen als Johnny Long. Als er das letzte Mal nachgerechnet hatte, kam er auf über 450 Frauen, dabei war er gerade mal einunddreißig. Die Tausender-Marke würde er mit fünfunddreißig erreichen, wenn alles nach Plan lief.

Leider würde er kein Buch über die Johnny-Long-Sex-Techniken schreiben können, weil er keine spezielle Technik hatte. Er konnte niemandem raten, dies oder jenes zu tun, um es einer Frau so richtig zu besorgen, denn es gab nicht ›die eine Technik‹, die jedes Mal und bei jeder Frau wirkte. Frauen waren so verschieden wie Bäume. Man brauchte Instinkt, musste sich in die Frau hineinversetzen, fühlen, was sie fühlte.

Er küsste Theresa sanft und gefühlvoll auf den Mund und den Hals, wanderte hinunter zu ihren Brüsten, dem Bauch, den Innenseiten ihrer Schenkel, arbeitete sich stetig weiter vor. Die ganze Zeit achtete er aufmerksam auf sie – wie in der Bar, als sie miteinander geredet hatten –, beobachtete jede ihrer Reaktionen und ging auf sie ein. Wie ein Super-Sex-Computer verarbeitete er jede Information und verwandelte sich so in den idealen Liebhaber, den Mann ihrer Träume. Er verwöhnte sie endlos, mit genau der richtigen Intensität, und als er schließlich in sie eindrang, fand er genau den richtigen Rhythmus, den sie wollte. Sie kam schnell, stöhnte »Oh, Gregory, oh, Gregory«. Einen Augenblick lang hatte er vergessen, dass er Gregory hieß, und glaubte schon, sie verwechsle ihn.

Er brachte sie vier Mal zum Höhepunkt. Keine Frau konnte ihm einen Orgasmus vorspielen, er wusste ganz genau, ob eine kam, immer. Danach hielt er sie im Arm, strich ihr zärtlich übers Haar, küsste ihr Ohr und saugte sanft an ihrem Ohrläppchen.

Als sie endlich tief und fest schlief, stand er auf, zog sich leise an und machte sich an die Arbeit.

Er begann mit ihrem Portemonnaie, 237 Dollar, nicht schlecht für den Anfang. Damit waren seine Ausgaben – die Fahrt mit dem Taxi – mehr als gedeckt. Insofern war der Abend also schon ein voller Erfolg. Ohne lange suchen zu müssen, fand er ihr Schmuckkästchen in der obersten Schublade der Kommode. Er räumte es aus, zwei Ketten aus Silber und ein paar Goldringe. Allein das Gold würde ihm mit ein bisschen Glück mehrere hundert Dollar einbringen. Ein richtiger Volltreffer also, und wenn ihm ein sauberer Abgang gelang, würde er keine Probleme bekommen. Theresa wusste nichts über ihn, und höchstwahrscheinlich würde sie nicht einmal zur Polizei gehen. Johnny konnte nicht genau sagen, warum die Frauen, die er verführt und ausgeraubt hatte, fast nie Anzeige erstatteten. Zum einen lag es bestimmt daran, dass sie sich schämten. Es war ihnen viel zu peinlich, sie wollten nicht, dass ihre Familie und Freunde davon erfuhren. Johnny aber stellte sich gerne vor, dass sie ihn hauptsächlich deswegen nicht anzeigten, weil er so gut im Bett gewesen war, weil er ihnen die tollste Nacht ihres Lebens geschenkt hatte. Am nächsten Morgen ärgerten sie sich zwar darüber, dass sie Geld und einige Wertgegenstände verloren hatten, aber dann sagten sie sich, dass sie in Wahrheit keinen Grund zur Klage hatten.

Er wollte gerade abhauen, als sein Blick auf die Kette mit dem Goldkreuz fiel, die Theresa in der Kneipe getragen hatte. Er schnappte sie sich grinsend vom Nachttisch. Nun würde er wohl in die Kirche gehen und den Diebstahl beichten müssen. Draußen, auf dem Weg zur U-Bahn-Station, musste er bei dieser Vorstellung immer noch kichern.

8

»JOHNNY? JOHNNY LONG?! Bist du das?«

Johnny wollte gerade in die U-Bahn-Station am Astoria Boulevard rein, da hörte er hinter sich jemanden seinen Namen rufen, was ihn ziemlich überraschte, um drei Uhr morgens in Astoria. In dieser Gegend kannte er niemanden.

Einen Augenblick lang befürchtete er, es sei ein Bulle. Vorsorglich griff er in die Jackentasche nach seiner KelTec .380.

Als er sich aber umwandte, traute er seinen Augen nicht.

»Carlos?«

Er hatte Carlos Sanchez, seinen alten Freund aus dem St. John's Waisenhaus, seit Ewigkeiten nicht mehr gesehen. Wie lange war das her? Acht, neun Jahre? Es waren neun, aber Carlos schien in der kurzen Zeit um zwanzig Jahre gealtert zu sein. Er war gerade mal vier oder fünf Jahre älter als Johnny, sah aber aus wie fünfzig mit seinen grauen Haaren und dem verlebten, zerfurchten Gesicht. Johnny hatte von Rayo, einem anderen Bekannten aus St. John's, gehört, dass Carlos wieder mal gesessen hatte, weil er das Dealen nicht lassen konnte.

Carlos kam rüber, umarmte Johnny und wollte ihn gar nicht mehr loslassen. Er stank so widerlich nach Schnaps und Hasch, dass es kaum auszuhalten war.

»Verdammt lange her, Bruder«, sagte Carlos schließlich, »verdammt lange. Was treibst du in dieser Gegend?«

»Das würde ich gern von dir wissen«, gab Johnny zurück. »Ich hab gedacht, du wärst noch im Bau.«

»Nee, Mann, das is vorbei, Geschichte. Bin vor sechs Monaten raus. Ich wohn hier in der Gegend, Bruder. Na ja, nicht direkt hier, aber in Queens, Bayside. Hier in Astoria hab ich geschäftlich was am Laufen, verstehste.«

Es überraschte Johnny nicht, dass Carlos wieder dealte. Der Typ vertickte seit seinem dreizehnten Lebensjahr Stoff. Johnny hatte in seinem Leben nie Drogen angefasst, nicht einmal Pot. Darum war er auch nur einmal im Knast gewesen. Wenn man nicht zugedröhnt war und seine Sinne beisammen hatte, war es nicht sonderlich schwer, den Bullen immer einen Schritt voraus zu sein.

»Wo wohnste jetzt?«, wollte Carlos wissen.

»Immer noch in Brooklyn, hab eine kleine Wohnung drüben in Red Hook.«

»Und wie läuft's?«

»Ganz okay.«

»Ja, bist immer noch ein hübscher Junge, wette, die Frauen stehen Schlange bei dir.«

»Kann mich nicht beklagen.«

»Kannst dich nicht beklagen? Scheiße Mann, wie oft haben wir im Schulhof auf irgendein Mädchen gezeigt und zwanzig Kröten oder so gewettet, dass du die Kleine nicht rumkriegst … aber du hast jedes Mal abkassiert.«

»Nicht jedes Mal«, sagte Johnny.

»Nicht jedes Mal? Sieh dir diesen Kerl hier an. Ganz der alte Witzbold, bringst mich immer noch zum Lachen!«

Johnny hörte eine Bahn auf dem höher gelegenen Gleis einfahren. »He, das ist mein Zug«, rief er. »War schön, dich wieder mal zu sehen, Alter.«

»He, was soll das, bleib da. Wo musste denn um drei Uhr morgens so dringend hin?«

»Das war ein verdammt langer Tag, muss mich aufs Ohr legen.«

»Komm schon, Bruder, wir haben uns 'ne Ewigkeit nicht mehr gesehen, und jetzt willste nicht mal mit mir einen trinken gehen?«

Johnny wollte nach Hause, weg von Astoria. Es war zwar ziemlich unwahrscheinlich, dass Theresa die Bullen rief, aber wenn er eine Frau ausgenommen hatte, machte er sich lieber schnell vom Acker.

»Ich trinke nicht.«

»Ja klar, immer noch der alte Johnny Clean. Weiß noch, dass dich alle so genannt haben. Kein Alkohol, kein Dope, kein gar nichts. So hast es also geschafft, so'n hübscher Junge zu bleiben.«

Mit kreischenden Bremsen fuhr die Bahn ein.

»He, ich hab eine Idee. Gib mir deine Handynummer, und ich ruf dich an. Dann können wir bald mal zusammen was machen.«

»Nee, komm schon, wir gehen jetzt irgendwohin, meinetwegen auch auf 'nen Kaffee. Wollte sowieso was mit dir bequatschen, was, wo richtig viel Kohle drinliegt, weißte?«

Johnny hatte keine Lust auf Carlos' Geschwätz, aber er konnte ihn nicht einfach stehenlassen. So was machte man nicht mit einem Kumpel aus St.

John's. Als er noch dort lebte, waren die Jungs seine Familie, alles, was er hatte. Jedes Weihnachtsfest und jedes Thanksgiving hatte er mit ihnen gefeiert.

»Na gut, dann los«, sagte Johnny. »Aber ich kann nicht lange bleiben.«

Sie gingen zum Neptune Diner an der Straßenecke und setzten sich an einen Fenstertisch mit Blick auf den Grand Central Parkway, wo trotz der späten Stunde noch ordentlich Verkehr herrschte. Johnny starb vor Hunger – seine Aufrisstour und der Sex hatten ihm Riesenappetit gemacht – und bestellte einen Cheeseburger mit allem, was dazugehört. Nach ein paar Bissen merkte er, dass er davon nicht satt werden würde, und bestellte gleich einen zweiten.

Carlos erzählte Johnny das Neueste von den anderen Jungs aus dem Heim. Alle schienen irgendwie in Schwierigkeiten geraten zu sein. Pedro musste fünfzehn Jahre wegen fahrlässiger Tötung absitzen, Delano war beim Dealen aufgeflogen und saß in Attica. DeShawn war bei einer Messerstecherei vor einer Kneipe in Philly draufgegangen, und Eddie hatte sich den goldenen Schuss gesetzt.

»Hört sich an, als hätten wir das große Los gezogen, was«, stellte Johnny lächelnd fest.

»Ja, ich kann nicht meckern, bin nicht im Knast, und die HIV-Scheiße hab ich auch einigermaßen im Griff.«

»Oh, tut mir leid, das zu hören.«

»Schon gut, zum Teufel damit. Mit den neuen Pillen werde ich dich bestimmt noch überleben.«

Carlos wurde langsam nüchtern, und inzwischen machte es Johnny direkt Spaß, mit ihm über die alten Zeiten in St. John's zu quatschen. Er hatte ganz vergessen, wie sehr ihm Carlos damals geholfen hatte. Johnny war gerade mal neun gewesen, als seine Mutter ermordet wurde und er per Gerichtsbeschluss nach St. John's kam. Sie hatten ihm gesagt, seine Mutter sei bei einem Autounfall umgekommen, was er seltsam fand, denn sie hatte gar kein Auto. Ein paar Jahre später fand er dann heraus, dass seine Mutter gar nicht als Sekretärin gearbeitet hatte. Sie war eine Nutte gewesen und von einem Freier erstochen worden. Johnny war in St. John's ein Außenseiter, die anderen Kinder waren viel tougher und kannten sich schon ihr ganzes Leben. Sie machten ihn zu ihrer Zielscheibe, und jeden Tag wollte ihm irgendwer ans Leder. Carlos war der Einzige gewesen, der ihm geholfen hatte.

Als Carlos Johnny dann ernst ansah und sagte: »Also, die Sache, die ich da am Laufen habe …«, konnte Johnny darum nicht einfach nein sagen, obwohl er wusste, dass da nichts Gutes bei rauskommen würde. Er musste seinem alten Kumpel wenigstens zuhören, abwarten, was er zu sagen hatte, ihm Respekt zollen.

Überraschenderweise hörte sich Carlos' Plan gar nicht so schlecht an – eine schicke Hütte in Forest Hills ausräumen, deren Bewohner in Florida waren. Carlos' Exfreundin, die dort als Haushaltshilfe arbeitete, hatte die Schlüssel und den Sicherheitscode für die Alarmanlage.

»Das wird ein Kinderspiel«, grinste Carlos. »Das Haus steht leer, wir spazieren da einfach rein und gleich wieder raus. Gabriela, meine Freundin, hat gesagt, dass die Frau einen Diamantring hat, der so wertvoll ist, dass sie ihn nie trägt, aber sie bewahrt ihn im Schlafzimmer auf. Mein Mädchen verrät uns, wo das ganze Zeug ist, wir gehen einfach rein, und wenn wir wieder rauskommen, sind wir um fünfzigtausend reicher, fünfundzwanzigtausend pro Nase.«

»Was ist mit deiner Freundin?«

»Das ist das Beste.« Carlos lachte. »Hat mich gestern total genervt, wollte, dass wir die Kohle durch drei teilen, gleiche Anteile, wollte mir sonst nicht die Schlüssel geben. Also habe ich ihr natürlich versprochen, dass es so läuft, dass wir gerecht teilen, damit sie die Klappe hält. Aber wenn wir erst mal die Kohle haben, machen wir uns aus dem Staub, auf Nimmerwiedersehen.«

Carlos lachte noch immer, wischte sich mit dem Finger die Tränen aus den Augenwinkeln.

Johnny musste zugeben, dass sich der Plan verdammt gut anhörte, aber genau das machte ihn nervös. Die Erfahrung hatte ihn gelehrt: Was sich zu gut anhörte, endete meist schlecht.

»Woher weißt du, dass die Familie in Florida ist?«

»Weil meine Freundin da arbeitet. Sie weiß alles.«

»Und wird sie uns nicht verpfeifen, wenn wir ihr ihren Anteil nicht geben?«

»Da würde sie sich selbst ganz schön tief in die Scheiße reiten und in den Knast wandern. Die Bullen würden rauskriegen, dass wir die Schlüssel und den Sicherheitscode von ihr haben, und das weiß sie. Nee, nee, verlass dich drauf, die Alte hält die Klappe.«

Johnny hatte noch mehr Fragen, aber er konnte keine Schwachstelle in dem Plan entdecken. Wie sollte er da ablehnen? Fünfundzwanzig Riesen waren eine hübsche Summe – ein warmer Regen verglichen mit dem bisschen Taschengeld, das in letzter Zeit hereingetröpfelt war, wenn's gut lief, brachte er es am Tag auf ein paar Hunderter. Der Sommer war nicht mehr weit, und eine Erholungspause konnte er gut gebrauchen. Wäre ganz nett, ein paar Monate freizumachen, an die Küste zu fahren und schön braun zu werden. Das würde ihm bestimmt gut stehen, die Frauen würden total drauf abfahren. So würde er die Tausender-Marke in vier Jahren locker schaffen, keine Frage.

»Also?«, wollte Carlos wissen. »Biste jetzt dabei oder nicht?«

Johnny schaute über den Tisch hinweg seinen alten Kumpel an und grinste.

In der Nacht des Einbruchs trafen sich Johnny und Carlos mit ihren Rucksäcken vor einem Pizzaladen in der Austin Street in Forest Hills, wo Carlos auch seinen Wagen geparkt hatte. Johnny war mit der U-Bahn gekommen, aber Carlos bestand darauf, sein Auto zu nehmen, einen heruntergekommenen Impala. Nicht gerade der optimale Fluchtwagen, aber wenn alles nach Plan lief, würden sie nicht in Eile sein, sondern in aller Ruhe ins Auto steigen und davonfahren.

»Können wir?«, fragte Carlos.

»Warte.« Johnny blickte sich prüfend um. Ihm gefiel das alles nicht. Klar, es war besser, sich hier zu treffen als direkt vor dem Haus, dennoch fühlte er sich wie auf dem Präsentierteller. Es war halb zwei Uhr in der Früh, und fast alle Geschäfte hatten geschlossen. Aber es gab immer noch Verkehr, und etwas weiter auf der anderen Straßenseite hing ein Penner rum.

»Was is?«, wollte Carlos wissen.

»Vielleicht hätten wir uns doch besser beim Haus treffen sollen«, erklärte Johnny.

»Du hast doch gesagt, dass ich hier parken soll.«

»Das mit dem Wagen ist okay. Ich rede von uns. Besser, man sieht uns nicht zusammen.«

»Das is doch Bullshit. Was sollen die denn sehen? Zwei Männer, die die Straße langgehen, sonst nix.«

»Ich mein ja nur, es könnte sein, dass sich jemand an uns erinnert, später.«

»Wann später? Die sind in Florida. Wahrscheinlich dauert's 'ne Woche oder so, bis die überhaupt merken, dass sie Besuch hatten.«

Doch auch dieses Argument beruhigte Johnny nicht, er fühlte sich noch immer unwohl in seiner Haut. Der Penner starrte geradewegs zu ihnen rüber. Johnny hatte ein schlechtes Gefühl bei dieser Sache. Er hatte in letzter Zeit eine ziemliche Glückssträhne gehabt, hatte sich mit Taschendiebstählen, ein bisschen Billard und dem Abschleppen und Ausrauben von Frauen recht gut über Wasser halten können. Kein Vermögen, aber er hatte ein regelmäßiges und sicheres Auskommen. Warum ließ er sich da auf einen Einbruch mit einem Junkie ein?

Am liebsten hätte er einen Rückzieher gemacht. ›He Alter, tut mir echt leid, aber das hier stinkt zum Himmel‹, hätte er zu Carlos gesagt und wäre auf der Stelle nach Brooklyn zurückgekehrt. Aber hatte er einen echten Grund, Carlos, seinen alten Kumpel, seinen Bruder, so hängenzulassen? Vielleicht dachte er einfach zu viel nach, machte alles komplizierter, als es war. Vielleicht hatte Carlos recht und er konnte locker fünfundzwanzig Riesen abstauben. Johnny beschloss weiterzumachen, abzuwarten, wie es lief. Wenn er dann im Haus ein schlechtes Gefühl hatte, konnte er immer noch die Fliege machen.

Sie verließen die Austin Street, gingen durch eine Bahnunterführung und durch die großen Tore nach Forest Hills Gardens hinein. Johnny war bislang nur ein oder zwei Mal in der Gegend gewesen, mit dem Auto vorbeigefahren, und hatte völlig vergessen, was für ein Schickimicki-Viertel das war. Lauter kleine Villen mit Vorgärten, Einfahrten und großem Garten hinter dem Haus, drei, vier Millionen Dollar wert, heutzutage vielleicht sogar noch mehr. Die Gegend erinnerte ihn an das Rockaway-Viertel in Brooklyn. Im Sommer, als Johnny elf oder zwölf Jahre alt war, hatte er ein Fahrrad geklaut und war jeden Tag den weiten Weg zum Strand geradelt. Die Strecke führte an all den schicken Häusern dort vorbei, und er konnte die Familien beobachten, Väter, die mit ihren Kindern auf der Straße Fangen spielten, Kinder, die in Vorgärten herumtollten oder hinter dem Haus ein paar Körbe warfen. Er hatte sich ausgemalt, wie es wohl wäre, eines dieser Kinder zu sein, nur einen Tag lang alles zu haben, statt überhaupt nichts.

Unterwegs sprachen sie kein Wort. Johnny hatte diese Regel aufgestellt, kein Gequatsche. Sie folgten der Straße etwa drei Blocks lang, bogen dann links ab und standen vor dem Haus. Donnerwetter, es war eines der schönsten im ganzen Viertel, zweistöckig, Backstein, mit Rasen im Vorgarten. Als Johnny noch ein kleiner Junge war, hätte er alles gegeben, um in einem solchen Haus aufwachsen zu können. Hoffentlich wussten die Leute hier zu schätzen, was sie hatten, und hielten das alles nicht für selbstverständlich.

Johnny und Carlos sahen sich um, die Luft war rein. Dann nickten sie sich zu und gingen die Einfahrt entlang zur Hintertür. Eine Sache fand Johnny sofort seltsam, und später hätte er sich deshalb am liebsten in den Hintern getreten. Ein auf Hochglanz polierter schwarzer Mercedes stand in der Einfahrt. Dabei gab es weiter hinten eine Garage. Leute, die verreisten, parkten so ein Auto doch bestimmt in der Garage! Oder sie fuhren damit zum Flughafen und stellten es dort ab. Johnny wollte schon etwas sagen, wollte Carlos sogar vorschlagen, umzukehren, aber dann dachte er, dass es vielleicht doch gar nicht so seltsam war. Viele reiche Leute besaßen zwei oder sogar drei Autos. Vielleicht standen die anderen Autos in der Garage, so dass kein Platz mehr war und sie den Mercedes in der Auffahrt stehen lassen mussten. Vielleicht waren sie mit dem Taxi zum Flughafen gefahren. Es gab viele Erklärungen dafür, warum ein Benz vor dem Haus stand.

Am Ende der Einfahrt war es stockdunkel, wie Carlos vorausgesagt hatte. Sie öffneten die Rucksäcke, zogen die Skimasken und die Handschuhe an und holten die Taschenlampen raus. Dann gingen sie zur Hintertür. Carlos knipste seine Taschenlampe an und schloss die Tür mit dem Schlüssel auf. So weit, so gut, aber jetzt mussten sie die Alarmanlage entschärfen. Carlos ging geradewegs zu dem Ziffernblock und gab die Nummer ein. Das rote Lämpchen blinkte weiter. Mist, in einer Minute oder so würde der Alarm losgehen. Dann blieb ihnen nichts anderes übrig, als so schnell wie möglich zum Auto zurückzurennen und aus Forest Hills zu verschwinden.

»Komm, lass uns abhauen«, flüsterte Johnny. Er hielt die Tür auf, bereit zum Abflug.

»Warte«, sagte Carlos und gab die Zahlen ein zweites Mal ein.

Scheiße, er hätte Carlos überreden sollen, den Code aufzuschreiben, aber der hatte Stein und Bein geschworen, dass er ihn auswendig wusste. Carlos drückte ein paar Ziffern, zögerte dann, als müsse er nachdenken, sich mit aller Gewalt konzentrieren, und gab schließlich die letzten beiden Ziffern ein.

Das rote Licht verlosch, und ein grünes leuchtete auf.

Carlos grinste breit, und Johnny fragte sich, ob der Kerl ihn bloß auf den Arm genommen hatte. In St. John's waren diese Art Streiche so was wie Carlos' Markenzeichen gewesen. Anderen einen Schrecken einjagen, dass sie sich vor Schiss fast in die Hose machten, bereitete ihm einen Heidenspaß.

Sie hatten es geschafft, sie waren im Haus, das war das Einzige, was zählte. Jetzt mussten sie nur noch rasch das Zeug zusammensuchen und sich dann so schnell wie möglich vom Acker machen.

Im Schein der Taschenlampen gingen sie durch die Küche – die war riesig, alles brandneu und in Edelstahl – und gelangten in eine Art Vorratsraum. Dann gingen sie ins Wohnzimmer – Mann, die hatten es wirklich dicke, ein riesiger Plasmabildschirm hing da an der Wand, mindestens ein 60-Zöller – und weiter ins Esszimmer. Dort musste Carlos plötzlich husten. Er beugte sich ein paar Sekunden lang vornüber, als wolle er einen richtigen Hustenanfall unterdrücken. »Scheiße, Mann, sollte wohl doch besser mit dem Rauchen aufhören«, erklärte er mit fast normaler Lautstärke, als er sich wieder aufrichtete.

»Schschscht«, sagte Johnny und lenkte den Strahl seiner Taschenlampe auf sein Gesicht, damit Carlos sah, dass es ihm ernst war.

Carlos grinste, und Johnny fragte sich, ob das Husten auch nur eine seiner Showeinlagen war.

Wie Carlos sich aufführte, ging Johnny inzwischen gewaltig auf den Sack. Auf dem Weg hierher war er ganz okay gewesen, aber seit sie das Haus betreten hatten, tat er so, als sei dies alles nur ein Spiel.

Sie gingen weiter, standen im Eingang vor der Treppe. Carlos sollte nun nach oben gehen und den Schmuck und das Bargeld einsacken, Johnny sollte aufpassen. Er setzte also eine Menge Vertrauen in Carlos. Der konnte nachher einfach runterkommen und behaupten, er hätte oben nichts gefunden, und alles für sich behalten. Aber Johnny wollte nicht glauben, dass Carlos ihn dermaßen verarschen würde. Sie waren Kumpel, Brüder, und zwar fürs Leben, die legten sich nicht gegenseitig rein. Das Band zwischen ihnen war unzerstörbar.

Oder etwa nicht?

Carlos ging nach oben. Die Stufen knarrten lauter, als Johnny lieb war. Dann hörten sie ein Geräusch. Carlos hatte es auch gehört, denn er blieb plötzlich stehen und schaltete die Taschenlampe aus. Johnny tat es ihm gleich und tastete nach der Pistole in seiner Tasche.

Johnny versuchte sich einzureden, dass es der Wind war oder das Gebälk. Doch er wusste, was er eben gehört hatte: Schritte. Da oben war jemand.

Carlos war unbewaffnet. Johnny hatte ihn zu einer Knarre zu überreden versucht, aber Carlos hatte abgelehnt: »Was soll ich mit ’ner Kanone, wenn keiner da is, auf den ich schießen kann?«

Johnny zielte mit seiner Pistole aufs obere Ende der Treppe. Seine Augen hatten sich noch nicht an die Dunkelheit gewöhnt, und er konnte so gut wie nichts erkennen. Wenn da oben jemand auftauchte und er freie Schussbahn hatte, würde er nicht zögern.

Das schummrige bisschen Licht, das in den Eingang drang, kam von einer Straßenlaterne. Im ersten Stock gab es wohl noch ein Nachtlicht oder so. Inzwischen konnte Johnny die Haustür, die Fenster und die Umrisse der Treppe erkennen. Oben an der Treppe sah er immer noch nichts, aber er sah Carlos, der ungefähr auf halber Höhe stehen geblieben war.

Dann ging Carlos weiter.

›Was zum Teufel tust du?‹, hätte Johnny am liebsten laut hinausgeschrien. Der Kerl war unbewaffnet, und da oben war jemand. Er musste doch wissen, dass da oben jemand war.

Dann hörte Johnny wieder etwas, klang nach einer knarrenden Diele. So eine Scheiße.

»Bitte, nicht schießen!«, rief Carlos, und dann krachten auch schon Schüsse. Erst zwei, dann eine ganze Salve. Verdammt, der Typ ballerte einfach auf Carlos! Was zum Teufel war da los? Johnny sah, wie Carlos zurückwankte, wie er versuchte, sich am Geländer festzuhalten. Dann verlor er das Gleichgewicht und stürzte die Treppe herunter.

Das Ganze war so schnell passiert, in drei Sekunden höchstens, dass Johnny keine Zeit zum Nachdenken blieb. Er wollte zurückfeuern – jetzt konnte er immerhin jemanden erkennen, einen Mann in T-Shirt und Boxershorts –, aber wollte er wirklich eine Schießerei riskieren?

Er ging ein paar Schritte in Richtung Tür. »Raus hier, sofort, oder ich schieße!«, gellte es ihm da von der Treppe entgegen.

Hörte sich nach einem alten, reichen, weißen Sack an, der den Helden spielte. Jede Wette, dass der Kerl die Hosen gestrichen voll hatte; wahrscheinlich hatte der seine gesamte Munition verballert und schlotterte nun vor Schiss, weil das Stück Metall in seiner Hand ihm nichts mehr nützte. Hätte Johnny Zeit zum Nachdenken gehabt, er hätte den Kerl einfach weggepustet, aber sein Instinkt sagte ihm, dass er besser ganz schnell verschwand, bevor er noch tiefer in die Scheiße geriet.

Statt quer durchs Haus zurück zur Hintertür zu laufen und dann wieder durch den Garten und die Einfahrt auf die Straße, stürzte er direkt zur Vordertür. Seine Augen hatten sich inzwischen an die Dunkelheit gewöhnt, und das Licht von der Straßenlaterne reichte ihm, um die zweifach gesicherte Tür zu entriegeln und die Kette auszuhängen. Er hatte keine Angst, dass der Kerl ihm in den Rücken schießen würde, denn er war sich sicher, hundertprozentig sicher, dass der Typ geblufft hatte.

Ein paar Sekunden später rannte Johnny die Straße hinunter, bog dann ab in die Hauptstraße und rannte in Richtung der Tore von Forest Hills weiter. Als er Sirenen hörte, verlangsamte er sofort den Schritt, zog Skimaske und Handschuhe aus und ging mit normaler Geschwindigkeit weiter. Gleich darauf raste ein Polizeiauto in entgegengesetzter Richtung an ihm vorbei.

Johnny fühlte sich beschissen, er hatte Carlos im Stich gelassen. Es hatte zwar so ausgesehen, als sei er tödlich getroffen worden, wahrscheinlich am Kopf, so wie er die Treppe heruntergestürzt war, aber was, wenn er sich irrte und Carlos nur einen Streifschuss abbekommen hatte, am Arm oder so? Wenn er nicht so schnell abgehauen wäre, sondern den Typen unter Beschuss genommen hätte, hätte er Carlos vielleicht aus dem Haus schaffen können. Er hatte nicht einmal versucht, seinem Kumpel zu helfen, seinem Bruder, der ihn so oft aus der Scheiße gezogen hatte. Er hatte an nichts anderes mehr gedacht, als den eigenen Arsch zu retten.

Johnny ging zur U-Bahn-Station. Der Bahnsteig war menschenleer, bis auf einen Penner, der auf einer Bank die Nacht verbrachte. Immerhin war es nicht derselbe, den sie auf dem Hinweg gesehen hatten. Johnny beschloss, den erstbesten Zug zu nehmen, aber er hatte keine Ahnung, wie lange er um diese Zeit würde warten müssen, es war immerhin schon nach zwei Uhr. Er lauschte, hoffte, ein Grummeln im Tunnel zu hören, das einen Zug ankündigte, aber da war nur Stille. Er musste unbedingt aus Forest Hills verschwinden. Die Bullen waren inzwischen bestimmt beim Haus. Wie lange würde es wohl dauern, bis sie auf die Idee kamen, die U-Bahn-Station zu überprüfen? Fünf, höchstens zehn Minuten.

Johnny beschloss, kein Risiko einzugehen. Er joggte zum Ende des Bahnsteigs, sprang auf die Gleise und lief in den Tunnel hinein. Seit Jahren war er nicht mehr in den U-Bahn-Tunneln gewesen, aber als Kind war er mit seinen Freunden oft die Gleise entlanggelaufen. Einmal, an Silvester, war er mit Carlos und ein paar anderen Jungs aus St. John's die Sechser-Linie von der Grand Central Station zum Union Square abgelaufen. Wenn Züge kamen, hatten sie sich einfach an die Tunnelwand gedrückt.

Johnny lief die Gleise entlang, so rasch er konnte. Obwohl er genug Licht hatte, schaltete er die Taschenlampe ein, um den Weg besser zu erkennen. Hier und da scheuchte er Ratten auf.

In nur knapp zehn Minuten erreichte er die Station an der Siebenundsechzigsten Straße. Eigentlich wollte er weiter die Gleise entlang bis zur nächsten Station, aber da hörte er hinter sich einen Zug kommen und kletterte rasch auf den Bahnsteig. Es war die R-Linie, die in Richtung Manhattan und Brooklyn fuhr. Johnny stieg ein und ließ sich in der hinteren Ecke des Waggons auf einen Sitz fallen. Er rang nach Luft.

In weniger als einer Stunde war er in seinem winzigen Apartment, in einem Mietshaus ohne Aufzug in der Van-Brunt-Straße in Red Hook nahe beim Fluss. Er hatte noch immer ein schlechtes Gewissen wegen Carlos, obwohl er sich einzureden versuchte, dass er das Richtige getan hatte. Selbst wenn Carlos noch lebte, war er bestimmt schwer verletzt und hatte viel Blut verloren. Er hätte ihn unmöglich aus dem Haus schaffen können. Aber egal wie viele Argumente ihm auch einfielen, er hatte noch immer das Gefühl, ein Riesenfeigling zu sein.

Während er ausgiebig duschte, dachte er über all das ›Wenn‹, ›Hätte‹ und ›Könnte‹ nach. Wenn es nicht geregnet hätte an jenem Abend in der Stadt, wenn er nicht in das irische Pub gegangen wäre, wenn er nicht diese Theresa abgeschleppt hätte, wenn er mit Carlos nicht in diesen Diner gegangen wäre, wenn er einfach zu irgendeinem Zeitpunkt ›Nein danke‹ gesagt hätte. Er kam sich vor wie ein Vollidiot, aber seine größte Sorge war, wie er aus dieser Scheiße wieder heil rauskam. Bei seinem Aussehen würde er es nicht überleben, wenn er wieder in den Knast musste, schon gar nicht, wenn das ein längerer Zwangsaufenthalt wurde. Wieder für alle die Tunte spielen, eher würde er sich umbringen.

Johnny glaubte nicht, dass die Bullen einen Zusammenhang zwischen ihm und Carlos finden würden. Bevor sie sich in Astoria über den Weg gelaufen waren, hatten sie jahrelang keinerlei Kontakt gehabt. Außerdem war er sehr vorsichtig gewesen, hatte Carlos nie auf dem Handy angerufen oder auf einem anderen Weg kontaktiert, den die Bullen nachvollziehen konnten. Wenn Carlos das Maul gehalten und nicht mit dem geplanten Einbruch herumgeprahlt hatte – und davon ging er mal aus –, dann musste er sich nur um diese Gabriela Gedanken machen, Carlos' Freundin. Wie war noch ihr Nachname, was hatte Carlos gesagt? Er hatte ihn erwähnt, als sie sich in der Stadt getroffen hatten, auf einer Bank im Battery Park, um die letzten Details zu besprechen. War es Madena? Madano? Madeno? Er zermarterte sich das Hirn, während das heiße Wasser auf seinen Kopf prasselte. Dann fiel es ihm ein: Moreno! Ja genau, Moreno, so hieß sie.

Wahrscheinlich gab es tausend Möglichkeiten für die Bullen, zwischen Carlos und Gabriela einen Zusammenhang herzustellen. Carlos hatte Johnny geschworen, dass er Gabriela nichts über ihn verraten hatte, dass sie nicht einmal seinen Namen kannte, aber vielleicht hatte Carlos ihn ja belogen, damit Johnny bei dem Coup mitmachte. Sollte er seinen Kumpel tatsächlich noch beim Wort nehmen, jetzt wo er wusste, dass Carlos falschgelegen hatte und doch jemand im Haus gewesen war? Jetzt, wo er seinen Arsch riskierte? Und wenn Gabriela über Johnny Bescheid wusste, was sollte sie davon abhalten, ihn den Bullen auszuliefern, irgendeinen Deal mit denen auszuhandeln?

Johnny stellte die Dusche ab, schlang sich ein Handtuch um die Hüften und rief die Auskunft an, die ihm die Adresse von Gabriela Moreno in Jackson Heights mitteilte. Das war nicht schwer gewesen. Er zog das übliche Johnny-Long-Outfit an: dunkle Jeans, ein enges, schwarzes T-Shirt und eine abgetragene schwarze Lederjacke. Die Pistole klemmte er in die Jeans, gesichert natürlich, er wollte seinen besten Freund ja nicht in Gefahr bringen, was würde er ohne ihn tun? Dann machte er sich auf den Weg.

Die Sonne ging gerade auf, als Johnny auf dem Bahnsteig stand und auf die F-Linie wartete. Um nach Jackson Heights in Queens zu gelangen, musste er zweimal umsteigen. Es wäre einfacher gewesen, ein Auto zu klauen oder ein Taxi zu nehmen, aber Johnny musste die Risiken abwägen. So dämlich war er nun auch wieder nicht, dass er alles aufs Spiel setzte und wegen eines Autodiebstahls aufflog oder weil ein Taxifahrer im Gerichtssaal mit dem Finger auf ihn zeigte. Wahrscheinlich lag er sowieso ziemlich gut in der Zeit. Die Bullen mussten erst einmal herausfinden, wer Carlos war, und dann die Verbindung zu Gabriela herstellen. Johnny hatte Carlos eingeschärft, dass er vorsichtig sein müsse, Gabriela nicht mit dem Handy anrufen dürfe und so weiter, und er hoffte, dass Carlos seinen Rat befolgt hatte.

Johnny stieg an der Zweiundachtzigsten Straße in Jackson Heights aus. Er hatte Gabrielas Adresse, kannte aber den Weg nicht. Auf dem Handy hatte er GPS, aber so was konnten die Bullen nachverfolgen. Deswegen fragte er einen Mann an der U-Bahn-Station nach dem Weg. Der Kerl – er war ziemlich alt und trug eine Brille mit dicken Gläsern, also würde er ihn später hoffentlich nicht identifizieren können – erklärte es ihm. Es war weiter, als er gedacht hatte, er würde mindestens zehn Minuten brauchen.

Nach zwanzig Minuten hatte er sein Ziel noch immer nicht erreicht. Da stimmte was nicht. Deshalb fragte Johnny einen Teenager, einen schwarzen Jungen unterwegs zur Schule, noch einmal nach dem Weg. Der Junge erklärte Johnny feixend, dass er in die falsche Richtung gegangen war. Er musste fast zehn Blocks zurücklaufen und dann noch einmal nach dem Weg fragen, bis er endlich vor dem Haus stand, in dem Gabriela wohnte.

Es war kurz nach halb acht – gut fünf Stunden waren seit dem Einbruch vergangen. Möglich, dass die Bullen sie sich schon geschnappt hatten, wenn sie fix waren. Johnny blickte sich um – sah nicht schlecht aus, weit und breit kein Polizeiauto, auch keines ›in Zivil‹. Johnny musste grinsen. Die Bullen fühlten sich ja so unauffällig in ihren Zivilfahrzeugen, dabei waren das immer schwarze Impalas oder Charger, die jedem von weitem entgegenschrien: ›Achtung! Bullen!‹ Wenn sie wirklich verdeckt ermitteln wollten, warum fuhren sie dann nicht heruntergekommene Chevys voll mit puertoricanischen Flaggenaufklebern? Manchmal dachte Johnny, die Bullen wären ein großer Haufen Vollidioten.

Johnny drückte auf die Klingel, auf der G. Moreno stand – hatte ihr denn niemand gesagt, dass sie ihren Namen besser nicht auf die Klingel schrieb? Sie meldete sich über die Gegensprechanlage, und als er »Polizei« sagte, ließ sie ihn hinein.

Auf der Treppe blieb er kurz stehen, um den Schalldämpfer auf die Pistole zu schrauben, dann steckte er sie in die Jackentasche und ging zu ihr hoch. Er klingelte an der Wohnungstür. Sie machte gleich auf, guckte ganz verängstigt, denn offensichtlich dachte sie, sie wäre erwischt worden. Nun ja, erwischen würde es sie, wenn auch ein wenig anders, als sie es sich in diesem Moment vorstellte.

Johnny war überrascht, wie hübsch die Frau aussah, die ihm die Tür geöffnet hatte. Okay, ein bisschen zu dick, aber sie hatte ein attraktives südamerikanisches Gesicht und wunderschöne, große braune Augen. Wie war Carlos nur an so eine heiße Braut gekommen?

»Sind Sie Gabriela?«, fragte er.

Sie nickte, und er schoss ihr geradewegs ins Gesicht. Sie wankte zurück und brach dann zusammen. Blut strömte aus ihrem Mund. Er vergewisserte sich, dass er keine Spritzer abbekommen hatte, trat dann zurück und schoss ihr ein paar Mal in die Brust, um sicherzugehen, dass sie auch wirklich tot war.

Er sah sich rasch um, sein Blick fiel auf ihre Brieftasche. Er nahm die dreiundzwanzig Dollar, warf die Brieftasche dann auf den Boden und machte, dass er wegkam.

Johnny fuhr mit der Linie 7 zurück in die Stadt, die Bahn war voll mit Pendlern. Er stand ganz hinten, und während er sein Spiegelbild in der Tür betrachtete, ging er den Mord noch einmal in Gedanken durch. Eigentlich war es ganz gut gelaufen. Er glaubte nicht, dass ihn jemand gesehen hatte, nicht beim Reingehen und auch nicht beim Rausgehen, und er hatte darauf geachtet, keinerlei Spuren zu hinterlassen. Da Gabriela als Haushaltshilfe in Forest Hills gearbeitet hatte, würden die Cops mit Sicherheit gleich einen Zusammenhang zwischen dem Mord und dem Einbruch herstellen. Aber die Bullen würden dabei niemals auf ihn stoßen. Gabriela und Carlos hatten mit niemandem über den Einbruch geredet, und wenn er Glück hatte, führte die leere Brieftasche die dämlichen Bullen auf eine falsche Fährte.

Es war herrlich, endlich wieder durchzuatmen. Seit er sich mit Carlos in Forest Hills getroffen hatte, war er verdammt angespannt und nervös gewesen. Johnny freute sich auf zu Hause. Vielleicht ging er vorher noch ordentlich frühstücken, dann aber nichts wie ab in die Falle und so richtig ausgiebig schlafen.

Als er an der Vierunddreißigsten Straße in die F-Linie umstieg, fühlte er erneut Nervosität aufsteigen. Was, wenn Carlos noch lebte? Vielleicht war er im Krankenhaus, hing an irgendwelchen Apparaten, und die Bullen löcherten ihn mit Fragen, genau in diesem Augenblick. Johnny glaubte nicht, dass Carlos den Bullen was sagen würde, die Jungs von St. John's verpfiffen sich nicht gegenseitig. Andererseits konnte man nie wissen, was passierte, wenn die Bullen einen in der Mache hatten und lebenslänglich auf dem Spiel stand.

Als Johnny in Brooklyn ausstieg, war ihm der Appetit vergangen. Er strich das Frühstück und ging direkt nach Hause. Dort schaltete er den Fernseher ein und suchte einen Sender mit Lokalnachrichten. Da, sie brachten es schon, als Hauptnachricht, berichteten über den Einbruch in Forest Hills und die anschließenden Schüsse. Der Reporter sagte, dass Carlos Sanchez von dem Hausbesitzer erschossen worden sei.

»Gott sei Dank, verdammt noch mal«, seufzte Johnny, lehnte sich ins Sofa zurück und entspannte sich.

Er war in Sicherheit. Die Bullen würden ihn niemals finden. Er musste sich nur für ein Weilchen ruhig verhalten, und alles war in Butter.

Im Fernsehen zeigten sie jetzt diesen Kerl, diesen Dr. Adam Bloom. Was der wohl für ein Doktor war? Es widerte Johnny an, wie der sich aufführte, so großspurig und eingebildet, wie er sagte, es sei richtig gewesen, Carlos zu erschießen, und dass er es wieder tun würde, und: »Ich glaube, jeder andere an meiner Stelle hätte das Gleiche getan.« Mann, hätte er dem Kerl vergangene Nacht doch bloß eine Ladung Blei verpasst.

Als der Bericht zu Ende war, schaltete Johnny den Fernseher aus und ging ins Bett. Er versuchte einzuschlafen, aber er musste an die Zeit zurückdenken, als er fünfzehn war und diese Jungs von der Gang ihn auf dem Schulhof in die Mangel genommen hatten. Die anderen standen bloß da und guckten zu, nur Carlos nicht. Carlos kam rüber, zog ein Messer und hielt es dem größten der Kerle vors Gesicht: »Wenn ihr meinem Kumpel noch einmal zu nahe kommt, dann kriegt ihr es mit dem hier zu tun.« Das war nicht das erste und auch nicht das letzte Mal, dass Carlos ihm den Arsch gerettet hatte – wahrscheinlich hätte Johnny ohne Carlos' Hilfe die Zeit in St. John's nicht überlebt. Es war ungerecht, dass Carlos jetzt in einer Holzkiste unter die Erde kam, wahrscheinlich in Potter's Field, wo die Stadt Leute ohne Angehörige beerdigte, und dieser eingebildete Bastard, dieser Dr. Bloom, konnte weitermachen wie bisher, mit seiner Familie in seinem schicken Haus ein glückliches Leben führen.

Johnny wusste jetzt, was er zu tun hatte, das Gleiche hätte Carlos auch für ihn getan.

Heimzahlen würde er es diesem arroganten Arschloch.

9

NOCH KURZ VOR DEM EINBRUCH hatte Dana Bloom geglaubt, sie hätte ihr Leben wieder einigermaßen in den Griff bekommen. Sie hatte mit Tony Schluss gemacht, und obwohl er es nicht gerade gut aufgenommen hatte und es auch ihr nicht leichtgefallen war, hatte sie es immerhin geschafft, ihn volle drei Tage lang nicht anzurufen oder sonst wie zu kontaktieren. Sie hatte das Gefühl, damit das Schlimmste überstanden und die vier Monate währende Affäre mit Tony abgeschlossen zu haben. Sie war wieder bereit, sich voll und ganz ihrer Ehe zu widmen.

Doch nun brach ihr Leben wie ein Kartenhaus zusammen, und das alles bloß wegen dieser blöden Pistole. Warum musste Adam auch das verdammte Ding holen und auf den Einbrecher schießen? Hätte er nicht wenigstens das eine Mal auf sie hören können? Jetzt war Gabriela auch noch tot, und sie konnte sich des Gedankens nicht erwehren, dass Adam an ihrem Tod nicht ganz schuldlos war. Dass er sich darüber hinaus weigerte, die Verantwortung zu übernehmen oder wenigstens zuzugeben, dass er einen Fehler gemacht hatte, trieb sie schier in den Wahnsinn. Warum konnte er nicht einfach sagen: ›Es tut mir leid‹?

Dana fühlte sich furchtbar hilflos, als Detective Clements das Haus verließ. Es gelang ihr nicht, zu ihrem Ehemann durchzudringen, die Polizei gewährte ihnen keinen ausreichenden Schutz, und sie fühlte sich in ihrem eigenen Haus nicht mehr sicher.

Auf dem Flur dröhnte ihnen aus Marissas Zimmer grässliche Musik entgegen. Sie musste ihre Anlage fast bis zum Anschlag aufgedreht haben.

»Lass uns nach Florida fliegen, für ein paar Tage, eine Woche oder so, damit wir ein bisschen Abstand gewinnen«, sagte Dana zu Adam.

»Mach dich nicht lächerlich. Ich laufe doch nicht weg«, erklärte Adam und ging weiter ins Schlafzimmer.

»Ich mache mich lächerlich?«

»Das habe ich nicht gesagt. Weglaufen ist lächerlich, finde ich.«

»Wer sagt denn, dass wir weglaufen? Ich würde mich nur viel sicherer fühlen, wenn wir nicht hier im Haus sind, solange dieser Killer frei herumläuft.«

»Welcher Killer denn? Merkst du eigentlich, was für einen Unfug du da redest? Das ergibt doch keinen Sinn.«

»Was ergibt keinen Sinn? In welcher Welt lebst du eigentlich? Gabriela ist ermordet worden, und –«

»Und das hat nichts mit uns zu tun.« Er hatte die Stimme erhoben, um sie zu übertönen. Sie konnte das nicht ausstehen. Es war nicht nur respektlos, sondern auch erniedrigend. »Du hast einfach eine zu lebhafte Phantasie, du steigerst dich da selbst in was rein«, fügte er noch hinzu, drehte sich um und schlüpfte in die Jogginghosen. Auch das konnte sie auf den Tod nicht ausstehen – wenn er ihr den Rücken zudrehte und sie stehenließ wie eine Idiotin.

»Du glaubst doch selbst nicht, was du da sagst. Nicht einmal du kannst dermaßen mit Blindheit geschlagen sein. Du willst mich doch bloß ärgern.«

»Ach ja? Und wieso sollte ich das wollen?«

»Weil es dir Spaß macht, mich zu provozieren. Du fühlst dich gut dabei.«

»Alles klar, du hast mich durchschaut, wie immer. Ich bin heute Morgen aufgewacht und hab gedacht, he, heute provoziere ich meine Frau ein bisschen. Das wird bestimmt lustig.«

»Genauso ist es.«

»Mein Gott, hör auf damit. Du siehst alles immer nur aus deiner Warte und lässt keine andere Meinung gelten. Du weißt alles, hast auf alles eine Antwort. Offenbar weißt du sogar mehr als die Polizei. Ich fand es sehr beeindruckend, wie du die gesamte New Yorker Polizei beleidigt hast. Das war wirklich ein brillanter Schachzug von dir.«

»Du tust es schon wieder!«

»Was?«

»Mir das Wort im Munde umdrehen, statt mir zuzuhören.«

»Sobald du wieder Vernunft annimmst, werde ich dir mit Freuden zuhören.«

Dana war so wütend auf ihren Mann, dass sie den Anlass ihres Streits fast vergessen hätte. Sie sammelte sich einen Augenblick. »Aber was ist, wenn ich recht habe? Wenn das alles irgendwie zusammenhängt? Was ist, wenn Gabrielas Mörder zurückkommt und wieder hier einbricht?«

»Er wird hier erst gar nicht reinkommen.«

»Und wenn doch? Was willst du dann tun? Wieder deine Pistole holen und ihn erschießen?«

»Wenn er bei uns einbricht und im Dunkeln die Treppe hinaufkommt, ja, dann werde ich ihn erschießen.«

Dana starrte ihren Mann mit offenem Mund an, die Hände in die Hüfte gestützt. »Wer bist du eigentlich? Ich habe das Gefühl, ich kenne dich gar nicht mehr.«

»Ich bitte dich, jetzt werd nicht auch noch theatralisch!«

»Ach so, verstehe, du hast einen Menschen erschossen und glaubst nun, du bist ein harter Knochen, ein Mafia-Killer oder so was Ähnliches? Ja, ich finde auch, du hast absolut kaltblütig und überlegt gehandelt, du hattest die Situation jederzeit voll unter Kontrolle. Selbstverständlich hast du keine Angst, und weglaufen kommt für dich nicht in Frage, lieber erschießt du noch ein paar Menschen – dank deiner Pistole können wir uns alle sicher und geborgen fühlen.«

Adam schüttelte den Kopf. »Ich geh ins Fitness-Studio«, verabschiedete er sich.

Typisch Adam – haute mitten im Streit ab, ohne nach einer Lösung zu suchen, und sie konnte sehen, wo sie blieb mit ihrer Wut und dem ganzen Frust. Hauptsache, er behielt das Heft in der Hand. Und das Schlimmste war, dass er sie ganz bewusst manipulierte, sie zu seiner Marionette machte. In der Paartherapie hatte sie dieses Verhalten immer wieder moniert, aber er trieb seine Spielchen unbekümmert weiter. Konnte er ihr noch deutlicher zeigen, wie schnurzegal sie ihm war?

Kurz nachdem Adam das Haus verlassen hatte, hörte Dana Marissa die Treppe hinuntergehen, gleich darauf fiel die Haustür ins Schloss. Jetzt war nur noch sie im Haus, und sie fühlte sich mutterseelenallein. Was verlangte sie denn schon? Ein bisschen seelische Unterstützung in einer schwierigen Situation. War das wirklich zu viel erwartet? Alles würde schlimmer werden, viel schlimmer, und weit und breit war niemand, der ihr zur Seite stand, nicht die Polizei und ihr eigener Ehemann erst recht nicht.

Dana holte das Handy aus der Handtasche und rief Tony an, obwohl sie genau wusste, dass sie es später bereuen würde.

Er ging sofort ran: »Hey, Baby, toll, endlich wieder deine Stimme zu hören. Ich vermisse dich so sehr.«

Was zum Teufel tat sie da? Am liebsten hätte sie gleich wieder aufgelegt, das war das einzig Vernünftige. Tony würde ihr auch nicht weiterhelfen, ganz im Gegenteil, mit ihm wurde alles nur noch viel komplizierter. »Ich vermisse dich auch«, hörte sie sich ins Telefon flüstern.

»Ich habe nur auf deinen Anruf gewartet. Wo bist du?«

Sie wollte ihn fühlen, Haut an Haut, wollte ihn in sich spüren.

»Wann kannst du kommen?«

»Jederzeit, Baby, für dich jederzeit.«

Bei jedem anderen Mann wäre sie davon ausgegangen, dass das ein geschmackloses Wortspiel war, aber nicht bei Tony. Selbst geschmacklose Wortspiele gingen über seinen Horizont. Es war schwierig, sich mit ihm über irgendein anderes Thema als Bodybuilding, Eiweißdrinks oder Sex zu unterhalten. Dana hatte kein Problem damit, schon gar nicht, was den Sex betraf. Sex war das Einzige, was sie von Tony wollte, und das hatte sie ihm auch in aller Deutlichkeit gesagt.

Sie verabredeten sich um vier Uhr bei ihm. Dana wollte Adam nicht sehen, wenn er vom Fitness-Studio zurückkehrte, deshalb verließ sie das Haus ein wenig früher und schlug die Zeit in einem Starbucks-Café in der Nähe von Tonys Wohnung tot. Sie hatte nichts Besonderes angezogen, Jeans und einen schwarzen Rolli, aber darunter trug sie einen sexy rosafarbenen Satin-BH von Victoria's Secret. Adam machte sich nichts aus Dessous. Einmal hatte sie ihn mit ein paar neckischen Spitzenteilen im Bett überraschen wollen, doch er hatte gemeint, sie sähe albern darin aus. Da fühlte sich eine Frau doch gleich großartig. Tony hingegen fuhr auf sexy Dessous total ab.

Auf dem Weg zu seiner Wohnung versuchte sie, sich zur Umkehr zu bewegen. Zweifellos gefährdete sie damit ihre Ehe. Wollte sie Tony wirklich neue Hoffnungen machen? Obwohl sie immer wieder betont hatte, dass es keine gemeinsame Zukunft für sie gab, dass sie nicht im Traum daran dachte, sich seinetwegen von Adam scheiden zu lassen, hatte sie nicht das Gefühl, dass die Botschaft angekommen war, denn er sagte ständig Dinge wie ›Wäre es nicht toll, wenn wir zusammenleben könnten?‹ oder ›Stell dir vor, es könnte immer so sein‹.

Sie konnte es immer noch nicht recht glauben, dass sie sich auf so was eingelassen hatte. Jahrelang, selbst als es mit Adam nicht gut lief, hatte sie nicht einmal daran gedacht, fremdzugehen. Bei Nachbarn und Bekannten hatte sie gesehen, wie Affären ganze Familien zerstörten. Sie wollte mit Adam alt werden, in guten wie in schlechten Zeiten.

Dabei hatte es ihr nicht an Gelegenheiten gemangelt: Mr. Sorrentino zum Beispiel, Marissas Naturkundelehrer in der fünften Klasse, hatte bei den Elternsprechtagen auf Teufel komm raus mit ihr geflirtet, und vor ein paar Jahren hatte Scott Goldberg, ihr Jugendfreund aus der Collegezeit in Albany, wieder Kontakt zu ihr aufgenommen. Er sei seit kurzem geschieden und habe geschäftlich in New York zu tun, hatte er gesagt. Ob sie nicht Lust hätte, sich mit ihm auf einen Drink in seinem Hotel zu treffen. Sie hatte sich eine Ausrede einfallen lassen und war nicht gegangen. Hier und da hatte es noch einige andere Gelegenheiten gegeben, aber jedes Mal, wenn ein Mann bei ihr landen wollte, hatte sie ihn abgewiesen, gesagt, dass sie verheiratet sei und kein Interesse habe.

Doch in den letzten Jahren hatte sich ihre Einstellung nach und nach geändert. Zum Teil hatte es wohl mit dem *Empty-Nest*-Syndrom zu tun. Als Marissa aufs College ging, hätten Adam und Dana eigentlich wieder mehr Zeit füreinander gehabt, aber es fiel ihr schwer, in den neuen Modus umzuschalten, plötzlich nur noch Ehefrau zu sein statt Ehefrau und Mutter. Sie konnte sich nicht mehr recht daran erinnern, was ihr an Adam einmal so gut gefallen hatte, worüber sie sich früher unterhalten hatten, und im Endeffekt verbrachten sie nach Marissas Auszug weniger Zeit miteinander als je zuvor. Adam arbeitete von morgens früh bis abends spät, und sie fühlte sich schrecklich einsam. Jahrelang hatte sie ihr Leben als ›Vollzeit-Mutter‹ verteidigt – den Begriff ›Hausfrau‹ fand sie unpassend – und ihren Freundinnen erklärt, wie sehr sie es genieße, nicht arbeiten zu müssen. Aber insgeheim bedauerte sie es sehr, nicht schon vor Jahren in den Beruf zurückgekehrt zu sein, und beneidete ihre Freundinnen, die einen Job hatten und Karriere machten. Sie langweilte sich zu Hause, und es fiel ihr immer schwerer, sich Beschäftigungen auszudenken. Vor einem Jahr war sie dann auch noch in die Wechseljahre gekommen und hatte mit Hormonschwankungen zu kämpfen. Ihr Psychiater hatte eine leichte Depression diagnostiziert und ihr Prozac verschrieben. Als Marissa schließlich ihren Abschluss in der Tasche hatte und verkündete, dass sie wieder nach Hause käme, war Dana überglücklich. Ihr Verhältnis zu Adam war in letzter Zeit recht angespannt gewesen, und sie freute sich darauf, ihre Tochter wieder täglich um sich zu haben.

Etwa zeitgleich mit der Rückkehr ihrer Tochter trat Tony die Stelle als Trainer in ihrem Fitness-Studio an. Er war Dana gegenüber von Anfang an sehr aufmerksam, flirtete mit ihr, lächelte ihr zu, grüßte sie, sobald er sie sah, und wenn sie an den Geräten trainierte, kam er und gab ihr Tipps: »Du musst hier noch ein bisschen intensiver dehnen.« Oder er ging einfach nur lächelnd an ihr vorbei und sagte: »Du siehst heute mal wieder hinreißend aus.« Sie maß dem Ganzen keinerlei Bedeutung bei, er wollte wahrscheinlich einfach nur nett sein, aber seine Komplimente waren Balsam für ihre

Seele, zumal sie von einem Mann kamen, der noch keine dreißig Jahre alt war. Sie sah gut aus für eine siebenundvierzigjährige Frau, bei der noch kein Schönheitschirurg Hand angelegt hatte. Sie war schlank, hatte noch immer sehr schöne Beine, und auch wenn die Fältchen um Augen und Mund sie ein wenig nervös machten, schätzten die meisten Leute sie auf Anfang vierzig, manche sogar auf Ende dreißig. Seit Jahren schon hatte kein Mann ihr besondere Aufmerksamkeit geschenkt. Früher, wenn sie an einer Baustelle vorbeiging, hatten die Arbeiter hinter ihr hergepfiffen und ihr rüde Bemerkungen nachgerufen; damals war ihr das unangenehm gewesen, sie hatte das fast schon als sexuelle Belästigung empfunden, aber nun vermisste sie die Beachtung der Männer, selbst die unerwünschte. Sie genoss es, wenn sie auf dem StairMaster war und vor sich im Spiegel sah, wie Tony ihr Hinterteil anstarrte und verlegen wegschaute, wenn sich ihre Blicke trafen.

Was Tony so anziehend machte, war die Tatsache, dass er sie so anziehend fand. Er sah nicht schlecht aus, hatte das schnuckelige Gesicht eines typischen Italieners, aber unwiderstehlich machte ihn erst das Gefühl, das er ihr vermittelte, das Gefühl, jung und sexy zu sein. Sie wusste gar nicht mehr, wann Adam ihr das letzte Mal ein Kompliment gemacht hatte, ihr gesagt hatte, dass sie gut aussah. Für Adam gehörte sie zum Alltag, war zu einer Selbstverständlichkeit geworden. Die Hälfte der Zeit hörte er ihr nicht einmal zu. Wenn sie Adam von ihrem Tag erzählte oder von etwas Interessantem, was sie in der Zeitung gelesen oder im Fernsehen gesehen hatte, dann konnte sie sehen, wie sein Blick plötzlich abschweifte. Und obwohl es ihm meist gelang, an den richtigen Stellen ein ›Tatsächlich?‹ oder ›Okay‹ einzuflechten, wusste sie, dass er an etwas anderes dachte und ihn das, was sie sagte, einen Scheißdreck interessierte. Sie begann, sich auf das Training im Studio zu freuen, auf Tony und seine Komplimente und auf das Gefühl, wenn er sie anlächelte.

Eines Tages schließlich, sie machte gerade Dehnübungen auf der Matte, kam Tony zu ihr rüber und erkundigte sich, ob sie abgenommen habe. »Nein, ich bin noch ganz dieselbe«, sagte sie, obwohl sie ein paar Pfund zugelegt hatte. »Du siehst einfach phantastisch aus.« Sie sah, wie sein Blick zu ihren Brüsten wanderte – sie genoss es –, und war froh, dass sie einen guten Sport-BH trug. »Ich mach um sieben Schluss, hast du vielleicht Lust auf einen Kaffee oder so?«, fragte er sie. Sie hatte nichts Besonderes vor – Adam hatte gesagt, dass er noch ein paar Abendtermine habe und erst spät heimkäme –, lehnte aber trotzdem ab. »Tut mir leid, ich habe keine Zeit.«

Das war nur vernünftig. Tony war eine nette Bereicherung für ihre Phantasie, und genau dabei wollte sie es auch belassen.

Aber als Tony sie ein paar Tage später wieder auf eine Tasse Kaffee einlud, sagte sie ja.

Aus dem Kaffee wurde ein Drink in einer Kneipe um die Ecke. Wie erwartet hatten sie sich nicht viel zu sagen, aber sie schmolz dahin, wenn er sie mit einem Blick anschmachtete, als sei sie die schönste Frau der Welt. Und dann sagte er es tatsächlich: »Du bist die schönste Frau der Welt für mich.« Sie sehnte sich danach, von ihm geküsst zu werden. Bei der zweiten Runde Margaritas fragte er, ob sie mit ihrem Mann glücklich sei. Sie antwortete, dass es Probleme gegeben habe, ließ die Tür absichtlich einen Spalt offen. Sie wollte den Flirt oder was auch immer da zwischen ihnen lief, nicht gleich wieder beenden, wollte sich noch ein wenig länger so gut fühlen, wollte nicht, dass es aufhörte. Einen endlosen Moment lang sahen sie sich in die Augen. Dann registrierte sie, wie er seinen Blick zu ihren Lippen senkte. Sie schaute rasch auf ihr Handy: »Ich sollte jetzt aber wirklich …« Da griff er nach ihrer Hand, hielt sie fest – wann hatte ein Mann, von ihrem Ehemann abgesehen, das letzte Mal so ihre Hand gehalten? – und sagte: »Komm mit zu mir.« Sie sagte ihm, dass sie sich sehr geschmeichelt fühle, aber leider nicht könne, bestand darauf, die Drinks zu bezahlen, und ging.

In dieser Nacht konnte sie nicht schlafen. Erst jetzt wurde ihr klar, wie unglücklich sie zu Hause war. Sie konnte nicht aufhören, an Tony zu denken, und wünschte, sie wäre mit ihm gegangen. Sie malte sich aus, was er mit ihr anstellen würde, bis sie es schließlich nicht mehr aushielt und ins Gästezimmer flüchtete, um sich mit ihrem Vibrator Erleichterung zu verschaffen.

Am nächsten Tag kündigte Adam wiederum an, dass es bei ihm spät werden würde. Tony hatte ihr am Abend zuvor erzählt, dass er um fünf Uhr Feierabend habe, deshalb tauchte Dana gegen Viertel nach drei im Studio auf. Sie ging auf den StairMaster, schaute in den Spiegel und beobachtete Tony, der sich plötzlich gar nicht mehr auf die Trainingsstunde konzentrieren konnte, die er gerade gab, sondern ständig auf ihren Hintern schaute.

Um fünf vor fünf ging sie zu Tony: »Steht dein Angebot von gestern noch?«

Zehn Minuten später waren sie in seiner Wohnung, vögelten im Stehen an der Wand und danach auf dem Wohnzimmerboden. Das war der heißeste, wildeste Sex, den Dana je erlebt hatte. Gott, seit zwanzig Jahren hatte sich Sex bei ihr aufs Bett beschränkt. Noch nie war sie mit einem so starken, potenten Mann zusammen gewesen. Sie liebte es, wenn seine kräftigen Hände sie festnagelten oder ihren Hintern kneteten. Die Tatsache, dass er nicht gerade der Hellste war und sie keinerlei Gemeinsamkeiten hatten, machte ihn nur noch attraktiver, reduzierte ihn auf ein reines Sexobjekt. Er war nur ein Mann – jung und simpel gestrickt, der ihr jede Menge Freude bereitete. In ihrer Ehe haperte es an vielen Dingen, sie hatten tiefgreifende Probleme, aber unter dem keuchenden Bodybuilder hatte sie plötzlich das Gefühl, dass ihr die ganze Zeit nichts weiter gefehlt hatte als ein ordentlicher Fick.

In ein paar Stunden hatte sie mehr Sex gehabt als in den vergangenen zwei Jahren mit Adam. Traurig, aber wahr.

Danach bekam sie Gewissensbisse, fühlte sich hin- und hergerissen. Solange sie mit Tony zusammen war, hatte sie sich großartig gefühlt, aber nun hasste sie sich dafür, sie war eine Lügnerin, eine Schlampe. Wenn sie sich früher einen Film ansah und eine Frau darin ihren Mann betrog, hatte sie gedacht: ›Was für eine dämliche Ziege‹, und nun war sie selbst so eine dämliche Ziege geworden. Siebenundzwanzig Jahre lang war sie Adam treu gewesen, inklusive der Zeit vor ihrer Heirat, und von nun an würde sie mit dem Wissen leben müssen, dass sie ihn betrogen hatte. Das Schlimmste daran war, dass dieser Fehltritt ganz und gar einseitig war. Nie im Leben würde Adam sie betrügen. Sie hatte nicht vor, Adam ihren Seitensprung zu beichten, aber woher sollte sie wissen, dass Tony nicht mit seiner neuesten Eroberung im Studio herumprahlte? Bestimmt schlief er noch mit einem halben Dutzend anderer unglücklich verheirateter Frauen im sogenannten besten Alter. Tony und Adam trafen im Studio immer mal wieder aufeinander, da war keine besondere Sympathie, aber sie grüßten sich. Wenn Adam je dahinterkam, würde er ihr nie verzeihen. Sie war wütend auf sich selbst, dass sie es hatte so weit kommen lassen. Ein hirnloser, muskelbepackter Trainer aus dem Sportstudio hatte nun die Macht, ihr ganzes Leben mit einem einzigen Telefonanruf zu ruinieren.

Aber das hielt Dana nicht davon ab, sich weiter mit Tony zu treffen. Sie sahen sich ein paar Tage später wieder, und von da an trafen sie sich regelmäßig, drei bis vier Mal die Woche. Sie konnte nicht aufhören, an ihn zu denken, wenn sie nicht zusammen waren, daran, wie gut es ihr tat, mit ihm in diese neue, fremde Welt einzutauchen. Verglichen damit fühlte sich ihr Leben zu Hause schal und langweilig an. Manchmal schickten sie sich SMS-Nachrichten oder telefonierten miteinander. Auch wenn sie sich kaum etwas zu sagen hatten, tanzten jedes Mal die Schmetterlinge in ihrem

Bauch, wenn sie seine Nummer auf dem Display sah oder seine Stimme hörte. Sie fühlte sich wie ein junges Mädchen, das zum ersten Mal verliebt war, alles war neu und wundervoll aufregend. Um ihr Gewissen zu beruhigen, redete sie sich ein, dass es nur ein kurzes Abenteuer sei, viel harmloser als eine ausgewachsene Affäre. Ein Abenteuer konnte sie in kleinen Dosen genießen, das schadete niemandem. Ein Abenteuer, das war wie ein Stern, der für kurze Zeit hell erstrahlte und dann langsam wieder erlosch. Es würde ihr helfen, diese schwierige Phase ihrer Ehe durchzustehen, und danach würde sie wieder zu ihrem normalen Leben zurückkehren.

An manchen Tagen war sie so wund vom Sex mit Tony, dass sie eine Ausrede hätte erfinden müssen, wenn Adam mit ihr hätte schlafen wollen. ›Ich bin total kaputt, ich glaube, ich brüte was aus.‹ Das ständige Lügen fiel ihr ausgesprochen schwer, und so langsam begann es, die angenehmen Seiten ihres Abenteuers zu überschatten. Dann machte Tony etwas, das ihr in aller Deutlichkeit zeigte: Es war höchste Zeit, die Sache zu beenden.

Eines Nachmittags, als sie vom Einkaufen nach Hause zurückkehrte, sagte ihr Gabriela: »Ich glaube, Sie haben einen Verehrer, Mrs. Bloom.« Seit sie sich mit Tony eingelassen hatte, befürchtete sie immer gleich das Schlimmste. »Red doch nicht solch einen Unsinn«, fauchte sie Gabriela an. Sie war instinktiv sofort in die Angriffsposition gegangen.

»Schauen Sie doch mal ins Esszimmer.«

Mist, war Tony etwa hergekommen?

Dana eilte durch die Schwingtür, innerlich bereit, Tony gründlich den Kopf zu waschen, mit ihm Schluss zu machen … dann sah sie den riesigen, geschmacklosen Blumenstrauß auf dem Esszimmertisch. Das war zwar nicht ganz so schlimm, wie selbst bei ihr zu Hause aufzutauchen, aber nur knapp.

Sie las den gedruckten Zettel, der dabei lag:

Hey, Baby, du warst der Hammer letzte Nacht
Du hast einen wundervollen Körper.
In Liebe T-Bone!!!!

Wutentbrannt rief sie ihn an. Er fand, er habe nichts falsch gemacht, schließlich habe er dafür gesorgt, dass die Blumen tagsüber geliefert wurden, während ihr Mann auf der Arbeit war.

»Woher willst du wissen, dass er heute in der Praxis ist? Er hätte genauso gut zu Hause sein können.«

Er räumte ein, dass es vielleicht doch keine so gute Idee gewesen sei, und versprach hoch und heilig, so etwas nie wieder zu tun. Dennoch beschloss sie, diesen Schuss vor den Bug ernst zu nehmen. Er war in letzter Zeit ziemlich leichtsinnig geworden, schickte ihr zu jeder Tages- und Nachtzeit SMS und rief sie sogar an, wenn Adam zu Hause war. Sie wollte ihre Ehe nicht in Gefahr bringen, er dagegen war ein ungebundener Mann, der nichts riskierte, und so langsam machte sich dieses Ungleichgewicht bemerkbar. Außerdem wurde er zu anhänglich, hatte sogar kürzlich, als sie im Bett lagen, behauptet, er wäre dabei, sich in sie zu verlieben. Keine Frage, sie musste dieses Abenteuer umgehend beenden, sonst kochte das Ganze noch hoch und geriet völlig außer Kontrolle.

»Versprich mir, dass du Adam nichts verrätst«, sagte sie zu Gabriela.

»Sie wissen doch, dass Sie sich auf mich verlassen können, Mrs. Bloom.«

Am nächsten Tag ging Dana ins Studio, sagte Tony, dass sie etwas Wichtiges mit ihm zu besprechen habe, und zog sich mit ihm ins Büro zurück. Sie wusste, dass es ein schwerer Schlag für ihn sein würde, und hatte gehofft, dass er ihr im Studio keine große Szene machen würde. Er wurde pathetisch, sagte, dass sie einen Fehler mache, dass er ohne sie nicht leben könne, aber immerhin gelang es ihr zu verschwinden, bevor er sich völlig vergaß.

Die Trennung fiel ihr ebenfalls schwer, erstaunlich schwer. Dabei vermisste sie ihn als Person nicht einmal so sehr, es waren vielmehr der Gedanke, dass es ihn gab, die Aufregung und die Überraschungen, die er in ihr Leben gebracht hatte. Der Alltag mit Adam erschien ihr plötzlich unsäglich langweilig, sie fühlte sich wie eine Gefangene, die lebenslänglich bekommen hatte, ohne Hoffnung auf Bewährung. Sie war zurück auf dem alten Gleis, zurück in einem bedeutungslosen, leeren, einsamen Leben, in dem ein Tag dem anderen glich, in dem es nichts gab, worauf sie sich freuen konnte.

Tony hatte ihr zweimal auf die Mailbox gesprochen und sechs SMS geschickt. Er verkraftete die Trennung nicht, und am liebsten hätte sie ihn angerufen, ihm gesagt, dass sie einen Fehler gemacht habe, aber sie widerstand der Versuchung, löschte die Nachrichten, ohne sie zu lesen oder abzuhören. Mein Gott, das war noch schwieriger, als mit dem Rauchen aufzuhören, aber sie wusste, dass es nur so ging, dass sie genauso vorgehen musste, als wolle sie sich von einer Sucht befreien. Die ersten Tage des Entzugs waren immer die schlimmsten, sie musste stark bleiben, durfte nicht nachgeben.

Welch ein Glück, dass sie nach Florida flogen, um Adams Mutter zu besuchen. Ein paar Tage weg von New York würden vieles leichter machen.

Am nächsten Tag, als sie wieder allein zu Hause war, spürte sie wieder das vertraute, intensive Verlangen, Tony anzurufen und sich mit ihm auf einen Quickie in der Mittagspause zu verabreden. Sie kämpfte dagegen an, rief stattdessen Sharon an und ging auf einen Kaffee zu ihr rüber. Sie hatte das Abenteuer mit Tony so lange geheim gehalten, aber nun hatte sie das dringende Bedürfnis, mit jemand darüber zu reden.

Es half, Sharon ihr Herz auszuschütten. Sie war nun überzeugt davon, dass es richtig war, das Abenteuer zu beenden, bevor sie eine Lawine auslöste, die nicht mehr aufzuhalten war.

»Du und Adam, ihr habt so viel in eure Beziehung investiert, das darfst du nicht einfach fortwerfen, schon gar nicht für einen Mann, den du nicht wirklich liebst«, bestärkte Sharon sie in ihrem Entschluss.

Sharons Worte waren erfrischend realistisch. Dana löschte auch weiterhin sämtliche Nachrichten von Tony und schaffte es, die ersten Tage, die die schwierigsten sind, zu überstehen. Sie verbrachte mehr Zeit mit Adam, traf sich an einem Abend mit ihm bei ihrem Lieblingsspanier im West Village und kuschelte sich am nächsten Abend vor einem Film zu ihm auf die Couch.

Sie mussten die Reise nach Florida wegen eines aufziehenden Sturms absagen, aber Gott sei Dank verspürte Dana schon gar nicht mehr dieses dringende Bedürfnis, aus der Stadt rauszumüssen. Ein ganzer Tag war vergangen, und Tony hatte sie nicht ein Mal zu erreichen versucht. Sie begann bereits, in der Vergangenheitsform an ihr Abenteuer zu denken. Es hatte Spaß gemacht, aber nun war es vorbei, höchste Zeit, sich auf ihre Ehe zu konzentrieren.

Dann passierte die Sache mit dem Einbruch, und schon wurde sie rückfällig, eilte zurück zu Tony, brachte ihr Leben wieder durcheinander.

Sie wusste, welch einen Fehler sie machte, besonders weil ihr das Schlussmachen so schwergefallen war. Es war falsch, auf diese Weise ihre Wut an Adam auszulassen, und ganz bestimmt würde sie auf diesem Wege nichts erreichen. Trotz allem, was passiert war, trotz ihres Zorns, liebte sie Adam noch immer, sie wollte ihre Ehe retten und sich den Problemen stellen. Wenn sie es nicht schaffte, sofort umzudrehen, ruinierte sie womöglich ihr Leben, aber es trieb sie unwiderstehlich zu Tony, sie musste ihn sehen, koste es, was es wolle. Sie hatte das Gefühl, etwas oder jemand anderes habe

Besitz von ihr ergriffen und treffe die Entscheidungen. Sie konnte es nur noch tatenlos geschehen lassen.

Auf der Treppe zu seiner Wohnung haderte sie noch immer, versuchte, sich zum Umkehren zu bewegen, rief sich in Erinnerung, wie viel Adam ihr bedeutete, dass Tony nicht die Lösung ihrer Probleme war, sondern im Gegenteil alles nur noch schlimmer machte, viel schlimmer … und dann stand er vor ihr – in engen, schwarzen Shorts und sonst nichts –, und Sekunden später waren sie in seiner Wohnung, er küsste ihren Nacken, drückte sie gegen die Wohnungstür. Ihr Shirt und die Hose lagen auf dem Boden, seine Hand glitt in ihren rosa Spitzenslip, streichelte ihren Po. »Ich liebe dieses Spitzenzeugs«, flüsterte er ihr ins Ohr.

»O mein Gott, Baby, o Gott«, stöhnte sie.

Danach, als sie auf dem Boden lag, mit seinem Gewicht auf ihr, dachte sie: ›Was hab ich bloß getan?‹

Tony sah ihr in die Augen und lächelte. »Willst du was zu trinken, ein Gatorade oder so?«

»Ich … ich muss gehen«, sagte sie und griff nach den Jeans.

»Wieso hast du es so eilig? Wir haben doch noch die ganze Nacht.«

»Das war ein Fehler«, rutschten ihr ihre Gedanken laut heraus, »ein Riesenfehler.«

»Wieso?« Er klang ernsthaft verwirrt. »Du hast doch gesagt, dass ich dir auch gefehlt habe.«

Sie schlüpfte in die Jeans, machte sich nicht die Mühe, den Reißverschluss hochzuziehen oder den Knopf zu schließen. »Ich muss nach Hause, ich muss nach Hause, ich muss nach Hause …«, flüsterte sie wie ein Mantra leise vor sich hin.

Als sie nach ihrem T-Shirt griff, hielt Tony sie am Handgelenk fest. »Komm schon, was soll das?«

»Bitte, lass mich los.«

»Warum? Ich kapier's nicht.«

Er ließ sie los, und sie zog sich fertig an.

»War ich zu wild? Ich dachte, du magst es so.«

Als sie aus seiner Wohnung flüchtete, rief er ihr ins Treppenhaus hinterher: »Wann sehen wir uns wieder? Tu mir das nicht an, Baby! Ich liebe dich, das weißt du doch!«

Sie lief eilig weiter. »Idiot, verdammter Idiot«, schimpfte sie vor sich hin, war sich aber nicht sicher, ob sie damit Tony oder sich meinte. Unfassbar, dass sie eine solche Dummheit begangen hatte. Was sollte das? Sie war siebenundvierzig und benahm sich wie eine dumme, impulsive Siebzehnjährige. Kein Wunder, dass Marissa in letzter Zeit so viel Ärger machte – bei dem Vorbild!

Als sie nach Hause kam, hatte sie sich einigermaßen beruhigt, auf jeden Fall hatte sie ihre Gefühle wieder halbwegs im Griff. Gut, sie hatte einen kleinen Fehler gemacht, aber sie konnte einfach vergessen, was passiert war, dem Ganzen keinerlei Bedeutung beimessen. Allerdings machte sie sich Sorgen wegen Tony. Da war so eine verhaltene Wut in seiner Stimme gewesen, die sie an ihm nicht kannte. Er hatte ihr schon Blumen nach Hause geschickt. Was würde er als Nächstes tun?

Verdammter Mist, normalerweise duschte sie nach dem Sex mit Tony, jetzt stank sie nach seinem Aftershave.

Sie schloss leise die Tür auf, hoffte, dass Adam noch nicht zu Hause war.

»Bist du das, Liebling?«

»Scheiße!«, murmelte sie.

10

›NICHT SCHON WIEDER!‹, dachte Adam beim Anblick der Ü-Wagen und der Reporter draußen vor seinem Haus. Er wollte einfach von zu Hause weg, sich abreagieren, einer weiteren sinnlosen Auseinandersetzung mit Dana entkommen. Und erst recht hatte er keine Lust, sich vor all diesen Reportern zum zweiten Mal rechtfertigen zu müssen.

Er würde ein oder zwei Fragen kurz beantworten, sich dann mit ›Tut mir leid, ich hab's eilig‹ entschuldigen und einfach weitergehen. Erstaunt stellte er dann aber fest, dass die Fragen längst nicht mehr so vorwurfsvoll klangen wie noch am Abend zuvor, sondern nun fast schon ein entschuldigender Ton mitschwang, selbst als sie ihn wegen Gabriela befragten: »Glauben Sie, dass es einen Zusammenhang gibt zwischen dem Mord an Ihrer Haushaltshilfe und dem Einbruch?«, »Wer hat Ihrer Meinung nach Ihre Haushaltshilfe ermordet?«, oder: »Glauben Sie, dass Ihre Haushaltshilfe zu den Einbrechern gehörte?«

»Fühlen Sie sich jetzt rehabilitiert, nach den Schüssen von Jackson Heights, Dr. Bloom?«, wollte einer der Reporter wissen.

»Nein, wieso? Wie ich gestern Abend schon gesagt habe: Ich halte mein Handeln für gerechtfertigt. Das ist nach wie vor so, daran hat sich nichts geändert.«

Adam fühlte sich bei weitem nicht so befangen wie bei den Interviews am Abend zuvor. Zum Abschluss blickte er direkt in die Kameras und ließ sich sogar aus dem Stegreif zu einer kleinen Ansprache hinreißen: »Meine Familie ist tief betroffen über den Tod von Gabriela Moreno. Ich weiß nicht, ob sie etwas mit dem Einbruch in unserem Haus zu tun hatte oder nicht, aber ich weiß, dass sie ein wundervoller Mensch war, und hoffe sehr, dass ihr Mörder so schnell wie möglich gefasst und vor Gericht gestellt wird.«

Stolz machte er sich auf den Weg ins Fitness-Studio. Diese Fragen hatte er souverän gemeistert. Ein Gutes hatte die ganze Sache wenigstens: Offenbar war er auf dem besten Wege, seine Glossophobie zu überwinden. Er fand, er war überzeugend und redegewandt rübergekommen, und seine kleine Ansprache war der perfekte Schlusspunkt gewesen. Er hatte Gabriela keine Schuld gegeben, sondern den Zuschauern gezeigt, dass er trotz allem, was passiert war, Mitgefühl und Verständnis empfand. Nun ja, vielleicht ließ er seinem Ego etwas zu sehr die Zügel schießen und genoss es ein wenig zu sehr, im Mittelpunkt der Aufmerksamkeit zu stehen, aber war das wirklich so verwerflich?

Als er die Austin Street entlanglief, die Haupteinkaufsstraße von Forest Hills, musterte er unwillkürlich die Passanten. Vielleicht erkannte ihn der eine oder andere ja. Aber nein, niemand schenkte ihm besondere Beachtung. Nun ja, im Fitness-Studio würden sie ihn bestimmt auf die Ereignisse ansprechen. Er hatte zwar nur zu wenigen Mitgliedern persönlichen Kontakt, die meisten waren zwischen zwanzig und vierzig, aber man kannte sich vom Sehen, und bestimmt hatten sie ihn im Fernsehen erkannt.

Das Mädchen, das am Eingang die Mitgliedskarten scannte, behandelte ihn wie immer, und auch die Leute an den Trainingsgeräten schienen ganz in ihre eigene Welt versunken, sahen fern, lasen Zeitschriften, hörten Musik auf ihren iPods oder konzentrierten sich auf ihre Übungen.

Adam wärmte sich eine halbe Stunde auf dem Rad auf und ging dann rüber in den Raum mit den Gewichten. Dabei kam er an Tony vorbei, einem der Trainer. Tony war ein netter Kerl, fachsimpelte gelegentlich mit ihm über die Knicks, die Mets und die Jets. Deshalb war er fest davon überzeugt, dass Tony ihn auf die Schüsse ansprechen würde. Aber nein, wieder nichts, und besonders freundlich war Tony auch nicht. Er starrte Adam kurz an, sah dann weg und ging weiter. Merkwürdig. Wahrscheinlich hatte er nur schlechte Laune.

Adam beendete sein Training, zufrieden mit sich selbst. Auf dem Laufband war er ordentlich ins Schwitzen geraten. Er hatte zwar nur sechzehn Minuten durchgehalten, aber beim nächsten Mal würde er vielleicht zwanzig oder sogar fünfundzwanzig Minuten schaffen. Er freute sich schon auf die Dusche zu Hause. Da waren noch ein paar Anrufe, die er erledigen musste, aber danach konnte er sich vielleicht mit Dana einen Film ansehen. Er hatte ein schlechtes Gewissen wegen ihres Streits, besonders weil er sie einfach hatte stehenlassen. Er hatte sich wieder mal manipulativ verhalten, obwohl er genau wusste, wie sehr sie es hasste, wenn er sie von oben herab behandelte. Es war falsch, sie auf diese Art zu provozieren.

Als er nach Hause kam, fand er nur einen Zettel vor:

Bin bei Sharon, bis später. D

Adam war sauer. Sie hatte nur mit ›D‹ statt mit ›Kuss, D‹ oder ›xx, D‹ unterschrieben. Offensichtlich wollte sie signalisieren, wie wütend sie auf ihn war.

Das konnte er zwar nachvollziehen, aber er fand ihre Reaktion doch ziemlich übertrieben, kurzerhand wegzugehen und ihm diese unverschämt lieblose Nachricht zu hinterlassen. Was hatte er denn so Schlimmes verbrochen? Gut, er hatte sie mitten in einer Auseinandersetzung stehenlassen, und oh ja, er weigerte sich, die Pistole wegzuschaffen, die ihnen in der vergangenen Nacht das Leben gerettet hatte. Dabei hatte sie damals zugestimmt, sie im Haus zu behalten. Eine solche Behandlung hatte er nicht verdient. Außerdem hatte ihm nicht sonderlich gefallen, was sie ihm im Streit an den Kopf geworfen hatte, dass er ihr Leben ruiniere. Was sollte das überhaupt heißen? Bislang hatte er angenommen, dass sie sich wieder einigermaßen zusammengerauft hatten. Sie sollten zwar mehr Zeit miteinander verbringen, aber bei welchem Paar war das nicht so? Immerhin war es ihnen gelungen, ihren Ärger und ihre Wut auf vernünftige Weise zu verbalisieren. In letzter Zeit hatten sie sich längst nicht mehr so viel gestritten wie früher. Doch mit einem Schlag, nur weil sie vergangene Nacht etwas Furchtbares durchgemacht hatten, weil eine Tragödie passiert war, machte sie aus ihm einen verabscheuungswürdigen Menschen, einen Sadisten, der sich einen Spaß daraus machte, ihr Leben zu ruinieren.

Je länger Adam darüber nachdachte, umso mehr regte er sich auf. Wieso war er auf dem Heimweg vom Sportstudio überhaupt auf die Idee gekommen, sich bei Dana entschuldigen zu wollen? Wenn überhaupt, dann musste sie sich bei ihm entschuldigen! Er war es, der ein Trauma erlebt hatte, und von ihr kamen nichts als Vorwürfe und Schuldzuweisungen. Wo blieb ihre Unterstützung? Wo ihre Liebe? Wieso hatte er von ihr nicht so was wie ›Keine Sorge, Liebling, alles wird wieder gut‹ gehört? Wenn sie ihn wenigstens einmal in die Arme genommen hätte. Das zeigte doch nur, wie Dana es immer wieder schaffte, die Tatsachen so zu verdrehen, dass er das Gefühl hatte, an allem schuld zu sein, obwohl er überhaupt nichts falsch gemacht hatte.

Er zerknüllte Danas Zettel und warf ihn in Richtung des Papierkorbs bei der Haustür. Natürlich traf er nicht, machte sich aber nicht die Mühe, ihn aufzuheben.

Er stellte sich rasch unter die Dusche und warf dann einen Blick aufs Handy. Jen hatte angerufen, eine vierunddreißigjährige Patientin mit einer klinischen Depression, die in ihrer Beziehung Opfer von emotionalem Missbrauch war. Sie hatte ihm auch eine SMS geschickt: *Bitte dringend um Rückruf!* Adam meldete sich sofort bei ihr. Jen war ganz aufgelöst, weinte haltlos und brachte kaum ein Wort heraus. Schließlich erzählte sie ihm, dass Victor, ihr Freund, sie verlassen hatte. Adam sprach lange mit ihr, das heißt, hauptsächlich hörte er ihr zu, damit sie sich alles von der Seele reden konnte, wies sie zwischendurch aber auch darauf hin, welche Vorteile das Ende dieser Beziehung für sie haben könnte, und erinnerte sie daran, wie unglücklich sie mit Victor gewesen war. Unterdessen versuchte er festzustellen, ob und inwieweit sich ihre Depression verstärkt hatte. Auf dem College hatte sie versucht sich umzubringen, und deswegen konzentrierte er sich in ihrem Gespräch auf mögliche Anzeichen einer Suizidgefährdung, etwa extreme Selbstverachtung, Minderwertigkeitsgefühle oder Hoffnungslosigkeit, diagnostizierte dann eine akute reaktive Depression ohne unmittelbare Gefährdung. Am Ende des Gesprächs hörte sie sich bereits viel gefasster an, schien ihre Gefühle unter Kontrolle zu haben und versprach, ihn am nächsten Morgen gleich als Erstes anzurufen.

Anderen in schwierigen Zeiten zu helfen hob Adams Laune und erinnerte ihn an den eigentlichen Sinn seines Lebens. Was hatte Jackie Robinson noch mal gesagt: ›Die Bedeutung eines Lebens ist seine Wirkung auf das Leben anderer‹, oder so ähnlich. Auf jeden Fall freute sich Adam auf seine Arbeit, darauf, dass das Leben wieder in seine gewohnten Bahnen zurückkehrte. Er setzte sich eine Weile an den Laptop und beantwortete seine E-Mails. Die meisten waren beruflich, aber ein paar kamen von Freunden, die von dem Einbruch und den Schüssen gehört hatten und sich erkundigten, wie es ihnen ging beziehungsweise ob sie irgendwie helfen konnten.

Gegen vier erschien der Mann von der Alarmanlage und programmierte einen neuen Sicherheitscode ein. Adam ließ ihn das korrekte Funktionieren der Anlage noch zwei Mal zusätzlich überprüfen.

»Machen Sie sich keine Sorgen«, beruhigte ihn der Mann, »wenn die Anlage scharf gestellt ist, kommt hier keiner rein.«

Adam machte sich keine Sorgen. Sie hatten die Alarmanlage und die neuen Medeco-Schlösser an der Hintertür, und natürlich hatte er noch immer die Pistole. Er und seine Familie waren in Sicherheit, selbst wenn – aller Wahrscheinlichkeit zum Trotz – Sanchez' Komplize tatsächlich auftauchte, um dem Haus einen zweiten Besuch abzustatten, was er aber sehr bezweifelte. Kein Einbrecher würde es riskieren, egal wie dumm oder wütend er sein mochte, ein zweites Mal in ein Haus einzubrechen, in dem geschossen worden war und wo es von Polizisten und Journalisten nur so wimmelte. Warum sich nicht ein anderes Haus in der Gegend vornehmen oder noch viel besser, in einem anderen Viertel, möglichst weit weg? Außerdem bestand noch immer die Möglichkeit, dass der Mord an Gabriela überhaupt nichts mit dem Einbruch zu tun hatte. Vielleicht war Gabriela bei dem Einbruch dabei gewesen und war dann völlig zufällig überfallen worden. Auch bei gründlichem Nachdenken gab es keinen logischen Grund, warum er oder seine Familie in Gefahr schweben sollten. Dennoch war es klug, auf das Schlimmste vorbereitet zu sein.

Adam stellte den Rest vom Hühnchen mit den grünen Bohnen in die Mikrowelle und las beim Essen noch einmal den Sportteil der *Times*, als das Telefon klingelte. Ein Anruf von FOX BROADCASTING. Bestimmt war es bloß ein weiterer Reporter, der ihn noch rasch etwas fragen wollte. Aber nein, es war Karen Owens, die Produzentin von *Good Day New York*. Sie fragte Adam, ob er bereit wäre, am nächsten Morgen als Gast in ihrer Show aufzutreten.

»Sie wollen mich wohl auf den Arm nehmen. Warum soll ausgerechnet ich in Ihre Show kommen?«

»Na, warum wohl? Sie sind heute das Topthema in allen Lokalnachrichten, Dr. Bloom.«

Adam sah keinen Grund abzusagen, also pfiff er auf alle Vorbehalte und erklärte sich einverstanden. Sie sagte ihm, wie sehr sie sich darauf freue, ihn kennenzulernen, und dass sie ihm morgen früh um sechs einen Fahrer schicken würde, der ihn direkt zu den Studios auf der Upper East Side bringen würde.

Er hatte das Gespräch mit der Fox-Produzentin kaum beendet, da hörte er die Haustür aufgehen. Er war noch immer wie vom Donner gerührt – würde er tatsächlich in *Good Day New York* auftreten? –, so dass er ganz vergaß, wie sauer er eigentlich auf Dana war. »Liebling, bist du das?«

Er ging in die Eingangsdiele. Offenbar war sie nicht gerade erfreut, ihn zu sehen. Erst da fiel ihm wieder ein, dass sie im Streit auseinandergegangen waren und wie sauer er immer noch auf sie war. »Du bist früh dran«, stellte er fest, seinen Enthusiasmus dämpfend.

»Wieso früh?«, gab sie zurück, vermied es aber, ihn beim Ablegen des Mantels anzusehen.

»Keine Ahnung. Normalerweise kommst du nicht vor zehn oder elf Uhr zurück, wenn du bei Sharon bist.«

»Ich war bloß auf einen Kaffee drüben«, erklärte sie kurz angebunden und hängte den Mantel in den Schrank.

»Ach so. Du wirst es nicht glauben, aber *Good Day New York* will mich morgen in der Show haben.«

»Na super.« Danas Stimme klang tonlos.

Adam hatte keine Begeisterungsstürme erwartet, aber er hatte auch keine Lust auf ihr gewohntes Ich-halte-es-länger-durch-als-du-beleidigt-zu-sein-Spielchen.

»Ich denke, wir sollten reden.«

»Später, okay?«

»Warte!«

Sie blieb stehen und starrte ihn an. Ihre Miene war so ausdruckslos, als betrachte sie ein Stück Holz.

»Ich glaube, was du mir vorgeworfen hast, war nicht ganz richtig«, sagte er.

»Was habe ich denn gesagt?«

Eine Sekunde lang war es auch ihm entfallen. »Dass ich dein Leben versaut habe oder wie du das ausgedrückt hast. Wie hab ich denn bitte dein Leben versaut?«

Sie seufzte schwer und sagte mit gesenktem Blick: »Du hast recht, tut mir leid. Ich hab's nicht so gemeint.«

Lenkte sie tatsächlich ein? Dana räumte bei einem Streit sozusagen nie Fehler ein, zumindest nicht, bevor sie sich nicht stundenlang angeschwiegen hatten.

»Ich nehme deine Entschuldigung an«, sagte er, »und ich entschuldige mich auch bei dir. Ich hätte dich nicht einfach so stehenlassen dürfen. Ich weiß, wie sehr du das hasst.«

»Schon gut«, sagte sie und ging zur Treppe.

»Nein, es ist nicht gut«, beharrte er. »Ich habe einen Fehler gemacht, und das tut mir leid. Verzeihst du mir?«

Sie nickte kaum merklich, offenbar war sie den Tränen nahe. Normalerweise reagierte sie bei ihren Auseinandersetzungen nicht so emotional; wahrscheinlich hatte das mehr mit Gabriela zu tun als mit ihm.

»He, komm mal her«, forderte er sie auf.

Da sie wie angewurzelt stehen blieb, ging er zu ihr hin, küsste sie flüchtig auf die Lippen und nahm sie in die Arme. Sie zuckte zurück, ihr war offenbar unbehaglich zumute.

»Hast du ein neues Parfüm?«, fragte er.

»Wie bitte?« Sie schaute ihn verwirrt an. »Nein … eigentlich nicht.«

»Ich mag es«, sagte er. Da klingelte sein Handy. Er holte es aus der Tasche und warf einen Blick auf das Display, aber die Nummer war ihm unbekannt.

»Ja, bitte«, meldete er sich. Dana eilte nach oben.

»Mr. Bloom?«, fragte eine Frauenstimme.

»Wer ist da?«, wollte Adam wissen.

»Grace Williams. Ich bin vom *New York Magazine*. Haben Sie einen Augenblick Zeit für mich?«

Die Reporterin wollte ein Porträt über ihn bringen und ihn dafür interviewen. Adam konnte es nicht glauben – was war da auf einmal los? Er verabredete sich mit ihr für morgen in Midtown. Dann verabschiedete er sich und ging nach oben, um Dana die Neuigkeit mitzuteilen. Sie duschte, er hörte das Wasser rauschen, aber als er zu ihr ins Bad wollte, stand er vor verschlossener Tür. Das war sonderbar, Dana schloss fast nie ab, wenn sie duschte.

Er klopfte an. »Dana, ist alles in Ordnung mit dir?«

Keine Antwort.

Er hämmerte gegen die Tür. »Dana!«

»Was ist?«, rief sie zurück.

»Nichts. Wir reden, wenn du fertig bist.«

»Was?«

»Schon gut!«

Adam schrieb Lauren, der Praxissekretärin, eine E-Mail und bat sie, seinen Mittagstermin auf einen anderen Tag zu verlegen. Dann durchforstete er den Schrank nach einem passenden Outfit für den großen Fernsehauftritt. Normalerweise bevorzugte er einen eher lockeren Kleidungsstil, Hemd, Stoffhose und Jackett, aber in der Sendung *Good Day New York* wollte er nicht wie ein spießiger Psychologe daherkommen. Er wollte lässig wirken, locker, hip. Vielleicht sollte er Jeans und einen Pulli anziehen, oder war das zu lässig? Er legte eine dunkle Jeans und einen schwarzen Pullover mit rundem Halsausschnitt aufs Bett, konnte sich aber nicht so recht dafür erwärmen. Vielleicht nahm er doch besser das schwarze Button-down-Hemd und dazu ein schwarzes Jackett, so was trugen auch die Filmstars. Er wollte den Leuten vermitteln, dass er ein erfolgreicher Psychotherapeut war, der es nicht nötig hatte, damit anzugeben.

Dana kam im Bademantel aus dem Bad, ein Handtuch wie einen Turban um den Kopf gewickelt.

»Stell dir vor, wer gerade angerufen hat. Jetzt will auch noch das *New York Magazine* ein Interview mit mir.«

»Hat Clements angerufen?«, erkundigte sie sich, als hätte sie ihn nicht gehört.

»Nein.«

»Das ist kein gutes Zeichen.«

»Das ist weder ein gutes noch ein schlechtes Zeichen«, sagte Adam. »Aber ist das nicht verrückt? Erst das Fernsehen und jetzt auch noch ein Magazin!«

»Tut mir leid.« Dana drehte sich um. »Ich fürchte, ich kann deine Begeisterung über deine fünfzehn Minuten Ruhm nicht so ganz nachvollziehen.«

»Ich bin nicht begeistert.« Ihre nicht gerade subtile Spitze ignorierte er. »Ich bin einfach nur überrascht. Ich hätte wirklich nicht gedacht, dass das Ganze so viel Aufsehen erregen würde.«

»Ist es das, was du willst? Aufsehen erregen?«

»Nein, natürlich nicht.«

Dana blickte auf die Klamotten, die er sich auf dem Bett zurechtgelegt hatte.

»Na und, ich möchte im Fernsehen gut aussehen«, verteidigte er sich. »Was ist falsch daran?«

»Nichts, gar nichts. Ich verstehe nur nicht, warum du überhaupt da hinwillst.«

»Wieso denn nicht? Sie haben mich gefragt. Es hilft mir, meine Glossophobie zu überwinden. Und vielleicht gibt das ein bisschen Publicity. Vielleicht bekomme ich auf diese Art ein paar neue Patienten.«

»Du hättest nein sagen können. Ich verstehe nicht, warum du uns noch mehr ins Rampenlicht rücken musst, und ich glaube nicht, dass uns das auch nur das Geringste hilft.«

Adam war frustriert. Sie hatte ja recht, aber er wollte es nicht hören. »Ich dachte, wir hätten uns eben unten wieder vertragen. Können wir nicht einfach mit diesem Unsinn aufhören?«

»Das ist eine gute Idee. Lass uns mit diesem Unsinn aufhören. Dieser Tag war wirklich hart für mich, und ich habe keine Lust, schon wieder zu streiten.«

›Und was soll das bitte heißen?‹, dachte Adam. ›Dass das alles für mich nicht hart ist?‹ Typisch für sie, ihm mal wieder den Schwarzen Peter zuzuschieben! Doch da auch er keine Lust auf einen erneuten Streit hatte, entschied er, großzügig über ihre Bemerkung hinwegzusehen. Er holte tief Luft: »Ich verstehe ja, wie du dich fühlst. Du hast Angst, und ich gebe zu, ich habe auch Angst. Ich glaube zwar, dass es höchst unwahrscheinlich ist, dass etwas passiert, aber auch ich fühle mich nicht hundertprozentig sicher, solange der Fall nicht richtig abgeschlossen ist. Aber wenn ich ehrlich bin, glaube ich trotzdem nicht, dass es notwendig ist, nach Florida zu fliehen, ich bin nicht einmal sicher, ob wir das überhaupt dürfen, wo die Ermittlungen der Polizei auf vollen Touren laufen. Außerdem sind wir in unserem Haus jetzt sicher, davon bin ich überzeugt.«

»Was ist mit der Pistole?«

Er holte wieder tief Luft. »Okay, einigen wir uns auf einen Kompromiss: Im Augenblick möchte ich sie noch im Haus behalten, zur Sicherheit, bis der Fall abgeschlossen ist. Aber sobald die Polizei den zweiten Einbrecher verhaftet, schaffe ich sie weg.«

»Das meinst du ernst?«

»Versprochen.« Er hob die rechte Hand wie zum Eid. »Ich glaube wirklich, dass uns die Pistole das Leben gerettet hat letzte Nacht, aber wenn du sie nicht im Haus haben willst, wenn dich das nervös macht, dann schaffe ich sie wieder weg. In Ordnung?«

In ihren Augen standen schon wieder Tränen.

»Danke.«

»Na, komm schon.« Er nahm sie in die Arme.

Und schon fing sie an zu weinen. Er hatte keine Ahnung, warum. Wahrscheinlich der Stress.

»Komm schon, sei nicht traurig. Alles wird gut. Zusammen schaffen wir das, ganz bestimmt.«

Sie weinte nur noch heftiger. Er ließ seine Hände nach unten zu ihren Hüften wandern. Sie hatte abgenommen, fühlte sich viel straffer an. Er konnte sich schon gar nicht mehr daran erinnern, wann sie das letzte Mal miteinander geschlafen hatten. War das wirklich schon einen Monat her oder sogar zwei?

Er öffnete ihren Bademantel mit der einen Hand und glitt mit der anderen hinauf zu ihren Brüsten.

»Nicht heute Abend«, sagte sie schnell und zog sich ein wenig von ihm zurück. »Ich bin total geschafft, das war ein langer Tag und überhaupt, das versteht du doch, oder?«

»Klar, kein Problem.« Er zog seine Hand wieder weg. »Aber dann auf jeden Fall morgen Abend, ja? Ist schon viel zu lange her, findest du nicht auch?«

Er blieb noch ein Weilchen bei ihr, hielt sie fest und ging dann nach unten, damit sie sich ausruhen konnte.

Adam war zwar auch müde, wollte aber auf keinen Fall die Spätnachrichten verpassen. Er programmierte den Festplattenrekorder im Schlafzimmer auf die Zehn-Uhr-Nachrichten von Channel 5 und die Elf-Uhr-Nachrichten von Channel 4 und den Festplattenrekorder im Wohnzimmer auf die Channel-11-Nachrichten um zehn und die Channel-2-Nachrichten um elf Uhr. Die Channel-9-Nachrichten und die Channel-7-Nachrichten wollte er sich dann auf dem Fernseher unten direkt ansehen.

Gegen halb zehn kam Marissa nach Hause.

»Ich wollte dich gerade anrufen und fragen, wann du nach Hause kommst«, sagte Adam. »Wir haben einen neuen Sicherheitscode für die Alarmanlage, ich gebe ihn dir morgen.«

»Cool«, sagte sie. Offenbar hatte sie einen sitzen.

»Na, habt ihr ein paar Drinks gehabt heute Abend?« Er gab sich alle Mühe, nicht wieder wütend auf sie zu werden und die Auseinandersetzung vom letzten Abend zu wiederholen.

»Ich habe mich mit Hillary getroffen, es war Happy Hour«, erklärte sie knapp.

»Na, das scheint ja dann eine fünfstündige Happy Hour geworden zu sein.«

»Ich bin alt genug, um mit einer Freundin auszugehen und ein Gläschen oder zwei zu trinken, Dad.«

»Ich möchte, dass du in Zukunft weniger trinkst, hast du mich verstanden?«

Sie schüttelte den Kopf und verzog sich nach oben.

»He, ich rede mit dir«, rief er ihr hinterher, aber sie blieb nicht stehen. »Und gekifft wird heute Abend auch nicht, ist das klar?«

Kurz darauf hörte er ihre Zimmertür zuknallen. Es kümmerte ihn nicht, wenn sie wieder sauer auf ihn war. Er würde liebevoll, aber hart bleiben, durchgreifen, bis der Groschen bei ihr endlich fiel und sie ihr Leben in die Hand nahm.

Um zehn sah er sich die Nachrichten auf Channel 9 an. Er hatte angenommen, sie würden den Einbruch als Aufmacher bringen, aber er kam erst an dritter Stelle, nach der Meldung über einen Wasserrohrbruch in Manhattan und einen Großbrand auf Staten Island, bei dem drei Bewohner und ein Feuerwehrmann ums Leben gekommen waren. Es war eine Reporterin zu sehen, die vor seinem Haus stand. Wahrscheinlich war das heute Morgen aufgenommen worden. Die Reporterin berichtete, dass der unbewaffnete Carlos Sanchez versucht habe, in ein Haus einzubrechen, und dabei von dem Hausbesitzer, dem »siebenundvierzigjährigen Adam Bloom«, erschossen worden sei. Bloom behaupte, er sei davon ausgegangen, dass der Einbrecher bewaffnet sei, als er auf ihn schoss, fuhr sie dann fort. Adam war nicht gerade glücklich, dass sie seine Aussage als Behauptung hinstellte, doch es war ihm dann eine Genugtuung, als ausgerechnet Detective Clements, den sie vor der Polizeiwache gefilmt hatten, ihm die Stange hielt: »Ich glaube, dass Mr. Bloom in dieser Situation angemessen reagiert hat. Er besitzt eine Lizenz für die Waffe, mit der er geschossen hat, und Carlos Sanchez, der getötete Einbrecher, war ein notorischer Gewaltverbrecher.« Adam hoffte, dass sie noch einen Ausschnitt aus dem gelungenen Interview vom Nachmittag bringen würden, aber stattdessen berichtete die Reporterin, dass Gabriela Moreno, die bei den Blooms als Haushaltshilfe gearbeitet habe, am frühen Morgen in ihrer Wohnung in Jackson Heights erschossen aufgefunden worden sei. Die Polizei ermittle noch, ob es zwischen diesem Fall und dem Einbruch in Forest Hills einen Zusammenhang gebe. Die Kamera zeigte die Reporterin noch einmal vor Adams Haus, und dann endlich brachten sie einen kurzen Ausschnitt vom Nachmittag. Adam war trotzdem enttäuscht. Sie hatten seine kleine Ansprache nicht gebracht, sondern nur einen kurzen Schnipsel, in dem er »ich halte mein Handeln für gerechtfertigt« sagte, und hatten dann zurück ins Nachrichtenstudio geschaltet. Es enttäuschte Adam auch, wie er auf dem Bildschirm aussah. Die Haare waren ganz okay, in der Kameraeinstellung war die kahle Stelle nicht zu sehen, und die grauen Haare fielen nicht allzu sehr auf, aber dennoch wirkte er auf dem Schirm mindestens fünf Jahre älter als in Wirklichkeit, und die dunklen Ringe unter den Augen standen ihm nicht gerade gut zu Gesicht. Man sagte ja, dass die Kamera einen fülliger aussehen ließ, aber doch nicht älter.

Die ganze nächste Stunde guckte er Nachrichten, auch die aufgenommenen Sendungen. Alle brachten mit nur unwesentlichen Variationen ziemlich das Gleiche. Bei Channel 4 fehlte der Kommentar von Detective

Clements, und leider kam Adams kleine Ansprache nirgends vor. Channel 5 und Channel 11 zeigten Adam überhaupt nicht. Auf Channel 7 und Channel 2 zitierten ihn die Reporter nur mit der – völlig aus dem Kontext gerissenen – Aussage, er habe zu Recht geschossen. Adam verstand nicht, warum die Reporter so sehr auf diesen einen Satz abfuhren, warum sie ausgerechnet den immer wieder brachten, wo er doch auch noch andere Statements abgegeben hatte, die ebenso gut klangen. Außerdem überraschte es ihn, dass kein Sender ihn als den großen Helden dargestellt hatte. Eigentlich hatte er fest damit gerechnet, nachdem die Reporter am Nachmittag auf einmal so anders zu ihm gewesen waren und er dann diese Anfragen gekriegt hatte. Nun gut, die Nachricht von Gabrielas Ermordung war noch relativ frisch, so dass er vielleicht erst in den Morgenzeitungen zum Helden ausgerufen werden würde. Spätestens aber nach den Interviews in *Good Day New York* und dem *New York Magazine* würde die Welt wissen, was in der vergangenen Nacht wirklich geschehen war.

Während er den Beitrag auf Channel 9 ein zweites und drittes Mal abspielte, überlegte Adam, wer von seinen alten Freunden und Bekannten wohl die Nachrichten gesehen hatte. Bestimmt hatten ein paar Leute erstaunt gerufen: ›Adam Bloom, halt, Mensch, den kenn ich doch.‹ Insbesondere hoffte er, dass Abby Fine die Nachrichten nicht verpasst hatte. Während seines ersten Jahres in Albany war er mit Abby zusammen gewesen, bis er herausgefunden hatte, dass sie ihn mit Jon, seinem Mitbewohner, betrog. Aus dem Newsletter für die Ehemaligen wusste er, dass Abby jetzt mit ihrer Familie in Manhattan lebte, also standen die Chancen gar nicht so schlecht, dass sie die Sendung mitgekriegt hatte. Adam fand, dass er für sein Alter recht gut aussah, vermutlich besser als damals mit Anfang zwanzig, als Abby ihn das letzte Mal gesehen hatte. Womöglich schaute sie sich die Nachrichten zusammen mit ihrem Mann an – der hoffentlich langweilig und vorzeitig ergraut war – und merkte nun, was sie sich damals durch die Lappen hatte gehen lassen.

Während Adam seinen Rundgang durchs Haus machte, überprüfte, ob alle Türen verschlossen waren, und sich doppelt und dreifach vergewisserte, dass die Alarmanlage scharf gestellt war, malte er sich den kommenden Tag aus. Nach all den Fernsehberichten und den Zeitungsartikeln, die er für den Morgen erwartete, würde er bestimmt auf der Straße erkannt werden. Mal sehen, vielleicht würde er zum Spaß zu Fuß vom Fernsehstudio zur Praxis gehen, nur um zu sehen, wie die Leute reagierten.

Dana hatte schon ein bisschen recht – er genoss tatsächlich die Aufmerksamkeit, die ihm plötzlich zuteil wurde. Wie oft hatte er seinen Patienten gesagt, dass es kindisch sei, sich mehr Aufmerksamkeit zu wünschen. »Kinder wollen Aufmerksamkeit, Erwachsene wollen Respekt.« Er wusste also, wie kindisch er sich benahm, war sich andererseits aber auch im Klaren darüber, dass der plötzliche Medienrummel ein in den Tiefen seiner Psyche verborgenes Bedürfnis befriedigte. Obwohl er sich als Psychotherapeut eine gutgehende Praxis aufgebaut hatte – er verdiente gut und hatte darüber hinaus Dutzenden Menschen in schweren Lebenskrisen geholfen –, machte ihm doch das Gefühl zu schaffen, nicht genug Anerkennung für seine Arbeit zu bekommen. Die Urkunde für seinen Doktortitel an der New School hing zwar eingerahmt in der Praxis, aber ansonsten waren ihm keinerlei Auszeichnungen oder Ehrungen verliehen worden. Hin und wieder schrieb er einen Artikel für eine Fachzeitschrift, aber im Gegensatz zu vielen Kollegen hatte er nie ein Buch geschrieben. Carol zum Beispiel hatte schon mehrere Bücher publiziert, und es fiel ihm manchmal schwer, ihr den Erfolg neidlos zu gönnen. Adam hatte sich mehr oder weniger damit abgefunden, dass er nach seinem Tod kein Vermächtnis hinterlassen würde, dennoch verspürte er ein Gefühl der Leere, ein starkes Bedürfnis nach Aufmerksamkeit, das diese ganze Situation nun befriedigte.

Er ging ins Bett, kuschelte sich von hinten an Dana, die schon schlief, drehte sich nach einer Weile aber wieder von ihr weg, weil er keinen Schlaf fand. Die Berichte der verschiedenen Nachrichtensender gingen ihm immer wieder durch den Kopf, und was ihn am nächsten Tag erwartete, so dass er nach einer Stunde noch immer hellwach dalag. Gerade als er beschlossen hatte, eine Schlaftablette zu nehmen, hörte er unten ein Geräusch.

Adam setzte sich auf und lauschte. Stille. Es konnte niemand im Haus sein, dennoch wollte er lieber nachsehen, damit er beruhigt war.

Er war schon fast an der Tür, da wachte Dana auf. »Was ist los?«

Er drehte sich um und sah sie aufrecht im Bett sitzen. Obwohl er keine Lampe angemacht hatte, drang durch die halb offene Schlafzimmertür genug Licht vom Flur herein, dass er sie klar und deutlich sehen konnte.

»Nichts«, sagte er leise. »Alles in Ordnung, schlaf weiter.« Er wollte nicht, dass sie sich unnötig aufregte, deshalb sprach er mit der übertrieben besänftigenden Stimme eines Flugzeugpiloten, der die Passagiere über schwere Turbulenzen informiert.

Aber Dana kannte ihn viel zu gut. »Was ist los?« Panik schwang in ihrer Stimme mit.

»Nichts, gar nichts … ich hab nur gedacht, ich hätte etwas gehört«, teilte er ihr so unbekümmert wie möglich mit.

»O mein Gott!« Ihre Stimme zitterte, und sie hielt sich die Hand vor den Mund.

»Entspann dich. Ich bin sicher, dass da nichts war, aber sicherheitshalber gehe ich rasch nachsehen.«

»Geh nicht!«, sagte Dana und griff nach dem Telefon.

»Warte, ruf noch nicht die Polizei. Ich bin sicher, dass es ein falscher Alarm ist.«

»Wie hat es sich angehört?«

Wie Schritte, aber das würde er ihr ganz bestimmt nicht auf die Nase binden, zumal er nicht sicher war, ob er sich das Geräusch nicht doch eingebildet hatte.

»Wahrscheinlich war es bloß das Gebälk. Es dauert nur einen Augenblick, okay?«

Er ging zur Tür und horchte mehrere Sekunden lang, konnte aber nichts hören. Er blickte zu Dana, legte den Zeigefinger an den Mund und formte ein tonloses: »Warte!« Dann schlich er zur Treppe.

Im Gegensatz zur vergangenen Nacht, als es im Flur fast stockdunkel war, lag die Treppe nun hell erleuchtet vor ihm. Er hatte das Licht im Flur und im Erdgeschoss absichtlich brennen lassen. Plötzlich hatte er einen regelrechten Flashback, sah sich an der Treppe stehen und schießen. Es war so intensiv, dass er die Pistole in der Hand spürte, die Schüsse hörte und Sanchez die Treppe hinabstürzen sah. Als passiere alles ein zweites Mal. Was aber, wenn sich das alles tatsächlich wiederholte? Wie sollte er sich ohne die Pistole schützen? Er fühlte sich so schrecklich wehrlos und verletzlich, dass es ihm völlig egal war, was er Dana versprochen hatte. Nie im Leben würde er die Pistole freiwillig hergeben. Wenn er weggeben sollte, was ihn schützte, warum entfernte er dann nicht auch die Türschlösser und die Alarmanlage? Warum ließen sie nicht gleich ihre Türen weit offen stehen?

Oben an der Treppe beugte sich Adam weit vor, um einen Blick auf die Haustür werfen zu können. Die Kette war vorgelegt, so, wie er sie zurückgelassen hatte.

»Dad?«, hörte er da.

Es war nur ein Wort, aber ebenso gut hätte jemand direkt neben seinem Kopf ein Gewehr abfeuern können. Er erschrak so sehr, dass er zusammenfuhr und fast die Treppe hinuntergestürzt wäre. Im letzten Moment konnte er sich an dem Holzgeländer festhalten.

»Alles in Ordnung, Dad?«

Es gelang ihm, sich wieder aufzurichten und umzudrehen. Sein Puls raste.

Er sah seine Tochter mit einem Glas in der Hand an der Tür zu ihrem Zimmer stehen. »Um Gottes willen, Marissa!«

»Alles in Ordnung?«, erkundigte sich Dana, die nun auch in den Flur gekommen war.

»Was ist denn los mit euch? Ich habe mir nur rasch in der Küche was zu essen geholt.«

Adam versuchte, sich zu beruhigen, tief durchzuatmen, doch der Frust ging mit ihm durch: »Mach, dass du ins Bett kommst«, fauchte er seine Tochter an.

»Was habe ich denn getan?«

»Verschwinde!«, befahl Adam.

Marissa drehte sich um und schlug die Tür hinter sich zu. Frustriert und empört schüttelte Adam den Kopf und marschierte an Dana vorbei zurück ins Bett.

»Alles in Ordnung?«, erkundigte sich Dana, als sie sich zu ihm legte.

»Alles klar«, sagte Adam. »Lass uns morgen darüber reden.«

Ein paar Minuten lang lagen sie schweigend nebeneinander in der Dunkelheit.

»Gott sei Dank hattest du deine Pistole nicht mit«, sagte Dana dann. »Sonst hättest du sie vielleicht noch erschossen.«

Irgendwann schlief Adam schließlich ein.

11

Um fünf Uhr stand Adam wieder auf, er war hellwach. Kurz entschlossen wählte er das ›Hollywood-Outfit‹, schwarzes Button-down-Hemd, schwarzes Jackett und Jeans. Ein prüfender Blick in den Badezimmerspiegel verriet ihm, dass er toll aussah, obwohl er gerne noch kurz beim Friseur vorbeigegangen wäre, für den letzten Schliff. Aber auch so sahen seine Haare immer noch schön voll und gesund aus. Als Tüpfelchen auf dem i steckte er schließlich die Sonnenbrille, die er für acht Dollar auf der Straße erstanden hatte, in die Jackentasche. Draußen war es bewölkt, und bestimmt würde er die Brille auch im Studio nicht brauchen, aber er fand, es wirke lässig, wie sie aus der Tasche herauslugte.

Im Esszimmer wartete er auf die Ankunft des Wagens, spähte immer wieder durch die Jalousien. Die Frau vom Sender hatte gesagt, dass er um sechs Uhr abgeholt werden würde, und inzwischen war es schon fünf nach. Sie hatte von einer Limousine gesprochen, und er wusste gar nicht mehr, wann er das letzte Mal mit so einer schicken Stretchlimo gefahren war. Bestimmt gab es auch einen Breitbild-LCD und eine voll ausgestattete Bar. Er fuhr immer mit der U-Bahn zur Arbeit, das wäre ein Spaß – und eine nette Abwechslung –, einmal richtig stilvoll in die Stadt kutschiert zu werden, sich als VIP zu fühlen. Nach seinem Fernsehauftritt würde das Telefon nicht mehr stillstehen, alte Freunde würden sich melden – wär das nicht ein Ding, wenn auch Abby Fine darunter wäre? Und bestimmt kamen dann noch ein paar Interviewanfragen. Doch zunächst einmal stand für heute Mittag das Interview mit dem *New York Magazine* auf dem Programm. So richtig war es noch nicht in sein Hirn gedrungen: Das *New York Magazine* wollte ihn interviewen. Beruhte *Saturday Night Fever* nicht auf einem Artikel im *New York Magazine*? Nun ja, offenbar ging seine Phantasie mit ihm durch, aber was schadete das schon? Es machte Spaß, seinen Gedanken freien Lauf zu lassen. Wer würde wohl seinen Part in dem Film übernehmen? Tom Hanks oder Russell Crowe? Hanks war vielleicht doch zu ernst, zu rührselig, aber Crowe? Ja, Crowe besaß genau die richtige Mischung aus Verletzlichkeit und Härte. Er konnte ihn bereits vor sich sehen: Russell Crowe als Adam Bloom, ein Mensch, der einfach seinen Job macht und sein Leben lebt. Aber dann, als eines Nachts bei ihm eingebrochen wird, kommt für Bloom der Augenblick der Wahrheit. Sein Leben steht auf dem Spiel, aber er tut, was nötig ist, beschützt seine Familie und wird so zu einem gefeierten Helden. Der Film würde bestimmt ein paar Millionen einspielen. Jeder mochte Geschichten über wahren Heldenmut.

Wenn er schon dabei war, warum sollte er nicht auch eine Talkshow moderieren, der nächste Dr. Phil werden? Dr. Phil war ja noch nicht einmal ein richtiger Psychologe, oder zumindest hatte er seine Zulassung verloren oder so. Dr. Adam könnte jederzeit für ihn einspringen, gar kein Problem. Aber auch wenn er keine eigene Fernsehshow bekam, am Radio wäre er ein Naturtalent. Er war redegewandt, hatte eine gute Aussprache, konnte zu jedem Thema etwas sagen, und natürlich hätte er ein ganz besonderes Händchen für seine Gäste, er würde mit ihnen in die Tiefe gehen, über sehr persönliche Dinge reden. Seine Show wäre nicht bloß triviales Geplänkel. Nein, Dr. Adam würde sich mit wichtigen Themen auseinandersetzen.

Adam freute sich auf die Stretchlimo. Während der Fahrt würde er Gelegenheit haben, sich ein wenig zu entspannen, einen Kaffee zu trinken und an einem Croissant zu knabbern. Vielleicht gönnte er sich ja auch eine Bloody Mary, um sich ein wenig locker zu machen, bevor es ins Studio ging. Er war so in Gedanken, dass er den blauen Pkw, der vor dem Haus bremste, beinahe nicht bemerkt hätte.

Zuerst dachte Adam, der Fahrer, ein untersetzter Schwarzer, suche eine Parklücke, aber dann stieg er aus dem Wagen aus.

Adam trat vors Haus. »Kann ich Ihnen helfen?«

Der Typ hatte sich bestimmt verfahren.

»Haben Sie einen Wagen bestellt?«

»Ja, aber ich erwarte eigentlich eine Limo.«

Der Typ lachte, als hätte Adam einen guten Witz gemacht. Was für eine Enttäuschung. Aber so leicht würde er sich die gute Laune nicht vermiesen lassen. Gut, dann eben keine Stretchlimo. Die waren eh überschätzt, zu angeberisch, zu Donald Trump. Er freute sich noch immer auf seinen großen Augenblick, er würde sein Bestes geben.

Als er im Studio ankam, nahm ihn eine Produzentin, ein Mädchen in Marissas Alter, in Empfang und sagte ihm, wie froh sie seien, ihn in der Show zu haben. Sie brachte ihn in einen Raum, wo eine Visagistin ihm das Gesicht puderte. Gut, endlich wurde er wie ein richtiger Star behandelt. Adam betrachtete sich im Spiegel. Er sah aus wie fünfunddreißig, allerhöchstens. Hoffentlich guckte sich Abby Fine die Show an.

Die Produzentin kam zurück, erklärte ihm, dass er in etwa einer halben Stunde drankäme, und brachte ihn in die Garderobe. Adam war kein bisschen nervös. Ein anderer Gast der Show, eine langbeinige Blondine, wartete bereits.

»Hi, ich bin Annie«, stellte sie sich lächelnd vor und erklärte ihm, dass sie der Star eines neuen Musicals am Broadway war. »Und warum sind Sie hier?«

»Oh, ich bin wohl so was wie ein Held«, sagte Adam und versuchte, möglichst bescheiden zu klingen, als mache ihn der ganze Rummel verlegen.

»Wirklich?« Sie war beeindruckt und strahlte ihn an. »Was haben Sie getan?«

»Oh, das war keine große Sache. Bei uns ist eingebrochen worden und ich … ich habe einen der Einbrecher erschossen.«

Sie schauderte. »Sie haben jemanden umgebracht?«

Das war nicht ganz die Reaktion, die er erwartet hatte.

»Ja, leider, ich hatte keine andere Wahl. Es war mitten in der Nacht, und er war in mein Haus eingedrungen. Er kam die Treppe hoch.«

Sie guckte noch immer, als sei er ein Aussätziger. »O mein Gott, war er bewaffnet?«

»Nein. Aber ich dachte, er hätte eine Pistole. Es sah so aus, als wolle er sie aus seiner Tasche ziehen.«

Er wartete, dass sie sich endlich beeindruckt zeigte, aber der Ausdruck in ihrem Gesicht änderte sich nicht. Wahrscheinlich hatte sie noch immer nicht begriffen, in welcher Gefahr er geschwebt hatte.

»Meine Tochter hat uns mitten in der Nacht geweckt«, erklärte er weiter. »Ach, und übrigens, der Mann, den ich erschossen habe, war ein Schwerverbrecher, der hat bereits zehn oder fünfzehn Jahre gesessen.«

Letzteres war eine wilde Übertreibung, aber zumindest schien er damit ein wenig Mitgefühl bei ihr geweckt zu haben. »Wow, Sie müssen ja schreckliche Angst gehabt haben.«

»Ja«, bestätigte Adam. »Ich bin immer noch ganz erschüttert. Wahrscheinlich wird es Monate dauern, bis ich richtig darüber hinweg bin.«

Die Produzentin kam herein und sagte Annie, dass sie nun an der Reihe sei und Adam gleich nach ihr drankäme.

Adam blieb in der Garderobe und ging in Gedanken noch einmal durch, was er sagen wollte. Er konnte es kaum erwarten, endlich draußen im Rampenlicht zu stehen.

Annies Auftritt zog sich ganz schön in die Länge. Sie sprach über das neue Musical und dann nahtlos über ihre Arbeit für die Tierrechtsorganisation PETA, für die sie sich schon lange einsetzte.

Während der Werbepause kam die Produzentin erneut in die Garderobe und blickte Adam verlegen an. »Tut mir leid, Mr. Bloom, wir haben furchtbar überzogen und können Sie leider nicht mehr reinnehmen.«

»Wie bitte?« Adam hatte zwar gehört, was sie gesagt hatte, aber die Botschaft war noch nicht bei ihm angekommen. Vielleicht meinte sie ja, dass er erst später an die Reihe kam.

»Wir haben leider keine Zeit mehr für das Interview mit Ihnen«, wiederholte sie. »Es tut mir sehr leid, dass Sie Unannehmlichkeiten hatten. Wenn Sie irgendwohin müssen, kann ich Ihnen gerne einen Wagen kommen lassen.«

»Warten Sie. Wollen Sie damit sagen, dass ich überhaupt nicht mehr drankomme? Gar nicht mehr?«

»Ja, tut mir wirklich leid.«

»Das ist ja wohl ein schlechter Scherz. Ich stehe vor Tagesanbruch auf, komme hierher, habe alle meine Termine umgeworfen ...«

»Ich weiß, es ist wirklich ärgerlich, aber so was kommt immer wieder vor. Es ist nichts gegen Sie persönlich, es passiert halt einfach.«

»Kann ich bitte mit dem Produzenten sprechen?«

»Ich bin die Produzentin.«

»Ich meine den leitenden Produzenten.«

»Ich bin die leitende Produzentin«, kam es nun schon deutlich schnippischer und auch ein wenig beleidigt zurück. »Tut mir wirklich leid, Mr. Bloom, aber daran lässt sich nichts ändern.«

Sie verließ den Raum. Adam war empört und wollte ihr schon hinterherlaufen, als ihm klar wurde, dass er eigentlich gar keinen Grund hatte, sich zu beschweren. Gut, er hatte sich auf den Auftritt in der Show gefreut, und es hätte ihm Spaß gemacht, noch ein wenig länger im Mittelpunkt der Aufmerksamkeit zu stehen, aber es war ja nun nicht so, dass er irgendein Anrecht darauf hatte.

Er verließ das Studio und kaufte sich am Zeitungskiosk an der Lexington Avenue die *Post*, die *News* und die *Times*. Er zog sich in den Eingang eines Schuhgeschäfts zurück, das noch geschlossen hatte, und blätterte sie rasch im Stehen durch. Seine Geschichte hatte es bei den beiden Boulevardblättern – *Post* und *News* – nicht auf die Titelseite geschafft, aber ein paar Seiten weiter berichteten sie über den Einbruch.

Allerdings nicht ganz so, wie Adam es erwartet hatte. Die *Post* titelte SCHIESSWÜTIGER HAUSHERR TRIFFT UNBEWAFFNETEN EINDRINGLING und die *News* WAFFENNARR BALLERT LOS.

Was zum Teufel sollte das? Adam überflog die Artikel mit wachsender Empörung und überlegte, seinen Anwalt einzuschalten und den beiden Blättern mit einer Verleumdungsklage zu drohen. Die Berichterstattung war total verdreht und irreführend, sie stellten es so dar, als hätte Adam aus einer Laune heraus einen wehrlosen Mann erschossen, der keinerlei Gefahr darstellte. Die *News* behauptete, Adam hätte Sanchez auf der Treppe entdeckt und ohne Vorwarnung gleich mehrfach auf den unbewaffneten Mann geschossen. Die *Post* nannte Adam den ›neuen Bernie Goetz‹ und stellte ihn auf eine Stufe mit dem Selbstjustizler, der in den achtziger Jahren in der U-Bahn auf vier unbewaffnete Jugendliche geschossen hatte. Keines der beiden Blätter brachte Zitate von Adam. Zwar erwähnten sie Sanchez' Vorstrafen, behandelten diese aber als unwichtige Nebensache im Vergleich mit Adams Tat. Auch die Aussage von Detective Clements aus den TV-Nachrichten, dass Adams Reaktion gerechtfertigt und angemessen war, kam nicht vor. Die *Post* schrieb sogar, dass die Polizei nichts in der Hand habe, um gegen Adam vorzugehen, und deutete damit an, dass sie das liebend gern getan hätte, es aber keine rechtliche Grundlage gebe.

Selbst die *Times* hatte es nicht vernünftig hinbekommen. Zwar war der Artikel nicht ganz so sensationslüstern, aber auch sie klammerten aus, dass Adam in Notwehr gehandelt hatte, auch sie werteten seine Tat als impulsiv und irrational und erwähnten mit keinem Wort das Statement von Clements.

Wie vom Donner gerührt stand Adam im Eingang des Schuhgeschäfts, nachdem er alle drei Artikel zwei Mal gelesen hatte. Das konnte ja wohl nicht wahr sein. Reichte es denn nicht, dass in sein Haus eingebrochen worden war und er einen Menschen hatte erschießen müssen? Jetzt fühlte er sich schon wieder als Opfer, als Opfer einer Diffamierungskampagne. Hatte die *Post* es wirklich gewagt, ihn mit Bernie Goetz zu vergleichen? Was für eine Unverschämtheit! Adam hatte sich nicht als selbsternannter Vollstrecker von Recht und Ordnung aufgespielt, war nicht mit einer Pistole in der Hand durch die Gegend gelaufen, um mit dem Abschaum New Yorks aufzuräumen. Er hatte in seinem Bett gelegen und geschlafen, verdammt noch mal!

Adam schlug wieder die Artikel auf, als wolle er sich vergewissern, dass das wirklich alles dort stand, dass er keine alptraumartigen Halluzinationen hatte. Schließlich machte er sich, noch immer ganz benommen, auf den Weg in die Praxis.

Im Gegensatz zu gestern und noch zum Morgen hoffte er, dass niemand ihn erkannte. Es war ihm peinlich, und er schämte sich. Hatte er sich tatsächlich auf diesen Tag gefreut und sich weisgemacht, dass man ihn als Helden feiern würde in seinem schicken Jackett mit der lässig eingesteckten Sonnenbrille? Ha, er war nichts weiter als die Pointe in einem schlechten Witz.

Am liebsten hätte er sich in Luft aufgelöst, wollte in der anonymen Masse von New York aufgehen wie sonst auch. Bildete er es sich etwa nur ein oder starrten ihn die Leute an? Dieser Typ im Anzug mit dem Kopfhörer im Ohr, sah er nicht aus, als dächte er: ›Kenne ich dich nicht von irgendwoher?‹ Auch die beiden Frauen, Mutter und Tochter, die auf der anderen Straßenseite auf Grün warteten, musterten ihn mit einem wissenden, vernichtenden Blick. Adam schaute stur geradeaus, versuchte, die aufdringlichen Blicke zu übersehen, aber das war unmöglich. Der junge Schwarze da vorn starrte ihn an, die alte Frau, die einen Einkaufswagen voller Lebensmittel vor sich herschob, und der Araber am Brezelstand ebenfalls. Sie alle schienen genau zu wissen, wer er war, was er getan hatte und warum er es getan hatte. Er hatte keine Chance.

Als er das Hochhaus in der Madison Avenue, Ecke Achtundfünfzigste Straße betrat, erwartete er, dass Benny, der Sicherheitsbeamte des Gebäudes, ihn wie immer mit einem freundlichen »Guten Morgen, Mr. Bloom« begrüßte oder zumindest eine banale Bemerkung zum Wetter von sich gab, etwa: »Ganz schön kalt geworden da draußen, nicht?« Aber Benny schaute ihn nicht einmal an, als Adam vorbeiging. Adam wusste, warum: Ein Exemplar der *Post* lag auf seinem Tisch.

Oben in den Praxisräumen traf er auf Lauren, die bei seinem Anblick erst einmal schlucken musste. »Hallo Adam, wie geht's?«, erkundigte sie sich, aber es lag keine Wärme in ihrer Stimme, kein Mitgefühl. Der kühle Empfang überraschte Adam. Wenigstens von seinen Kollegen hatte er Anteilnahme und Verständnis erwartet. Wer blieb denn noch, wenn nicht einmal die Menschen, die einen am besten kannten, in Krisenzeiten zu einem hielten?

»Ganz gut, den Umständen entsprechend.«

»Das freut mich«, antwortete sie, vermied es aber noch immer, ihn anzusehen. Sie wirkte angespannt und nervös. »Alexandra Hoffman hat angerufen, ich habe sie an Ihre Mailbox weitergeleitet, und Lena Perez wollte ihren Termin nächste Woche verlegen.« Als das Telefon klingelte, stürzte sie sich gleich darauf, froh darüber, das Gespräch beenden zu können.

Auf dem Weg in sein Büro traf Adam Robert Sloan, einen der anderen Therapeuten der Praxisgemeinschaft. Auch Robert erwies sich nicht gerade als große Stütze. Er erkundigte sich zwar nach der Schießerei, aber wie diese Annie in der Garderobe des Fernsehsenders schien auch er nicht zu begreifen, wie heldenhaft Adam gehandelt hatte. Er wirkte voreingenommen, als habe er bereits beschlossen, dass Adam einen Fehler gemacht hatte, und als würde nichts seine Meinung ändern können.

Den ganzen Morgen über gingen ihm seine Kollegen aus dem Weg. Selbst Carol, seine Therapeutin und Mentorin, ignorierte ihn. Adam ging ein paar Mal an ihrem Büro vorbei, in der Hoffnung, kurz mit ihr reden und auf diese Weise das Geschehene ein wenig verarbeiten zu können, aber ihre Tür war den ganzen Morgen geschlossen, selbst dann, wenn sie, wie Adam wusste, keine Patiententermine hatte.

Auch die erwarteten Anrufe und E-Mails von alten Freunden oder Patienten blieben aus. Allerdings war er nun froh darüber und hoffte, dass sie die Nachrichten nicht gesehen und auch die Morgenzeitungen nicht gelesen hatten. O Gott, hoffentlich hatte Abby Fine heute keine Zeitung gekauft.

Als Lauren in sein Büro kam, um ihm ein paar Unterlagen über die Krankenversicherungsansprüche eines Patienten zu bringen, hatte Adam das Gefühl, sich rechtfertigen zu müssen. »Was in den Zeitungen steht, ist totaler Müll«, erklärte er. »So war es nicht, klar? Der Kerl ist bei mir eingebrochen. Die Polizei geht davon aus, dass da ein zweiter Einbrecher mit einer Pistole war und dass dieser Einbrecher wahrscheinlich meine Haushaltshilfe ermordet hat. Es war Notwehr, okay?«

»Ich glaube Ihnen ja«, behauptete Lauren, aber ganz offensichtlich sagte sie das nur, um das Gespräch so rasch wie möglich zu beenden.

Am liebsten hätte sich Adam für den Rest des Tages in seinem Büro verbarrikadiert, aber um elf Uhr hatte er einen Termin mit Martin Harrison. Martin war ein ›Professioneller‹, wie Adam und seine Kollegen das nannten. Seit fast zwei Jahren suchte er Adam regelmäßig auf, aber abgesehen von ein paar Symptomen, die auf eine leichte Zwangsstörung und eine generalisierte Angststörung schließen ließen, war mit dem Mann alles in Ordnung. Er war glücklich verheiratet, hatte zwei Kinder und war höchst erfolgreich als Führungskraft in der Werbebranche tätig. Aus welchem Grund auch immer – vielleicht eine in seinem Unterbewusstsein verankerte emotionale Abhängigkeit, da sein Vater seine Mutter verlassen hatte, als er fünf Jahre alt war – bezahlte er die zwei Sitzungstermine pro Woche mit Adam aus eigener Tasche. In den meisten Sitzungen käuten sie Themen wieder, die sie bereits durchgesprochen hatten, und manchmal war es ganz schön mühsam, ein Thema für die Sitzung zu finden. Aber was sollte Adam machen? Martin vorschlagen, die Behandlung zu beenden? Mit der Gesundheitsreform übernahmen die Krankenkassen nur noch eine begrenzte Anzahl an Gesprächsterminen pro Patient und Jahr, und ohne Patienten wie Martin, die bar bezahlten, konnte Adams Praxis nicht überleben.

Martins größter Schwachpunkt war seine direkte Art, oft war er sogar so direkt, dass er die Grenzen des Anstands verletzte. Als er in Adams Büro trat, nahm er sich nicht einmal die Zeit, ihn zu begrüßen, sondern ging gleich *in medias res*: »Ich habe heute Morgen im Internet ein paar Artikel über Sie gelesen.«

O Gott, daran hatte Adam noch überhaupt nicht gedacht. Die Sache stand ja nicht nur in den Zeitungen, sondern auch im Internet. Sie würde ewig an ihm hängenbleiben. Die Zeitungen würden bald schon im Altpapier landen, aber über das Internet waren diese völlig verdrehten und falschen Berichte in alle Ewigkeit abrufbar.

»Was haben Sie denn da gelesen?« Adam gab sich Mühe, nicht allzu besorgt zu klingen, aber wahrscheinlich scheiterte er kläglich.

»Nur, wie Sie diesen Kerl erschießen mussten. Das war bestimmt nicht leicht für Sie, tut mir echt leid, was Sie da durchgemacht haben.«

Das klang nicht nach tief empfundenem Mitgefühl. Adam dachte kurz darüber nach, ob er Martin darauf ansprechen, es vielleicht sogar zum Thema der heutigen Sitzung machen sollte, sagte dann aber bloß: »Nur zu Ihrer Information, es war ganz anders. Mein Leben war in Gefahr, und ich musste den Kerl erschießen, das war Notwehr, aber natürlich versucht die Presse, die Sache möglichst reißerisch aufzuziehen.«

»Verstehe, verstehe«, sagte Martin. »Freut mich, dass Sie das alles gut überstanden haben.«

Dennoch hatte Adam das Gefühl, dass es Martin völlig egal war, wie es ihm ging. Er hatte Adam bereits verurteilt, als den typischen Täter, der nie aufhören würde, seine Unschuld zu beteuern. Adam versuchte, professionell zu bleiben – schließlich war dies eine Therapiesitzung –, und spielte die ganze Sache herunter: »Na, immerhin kann ich mich die letzten paar Tage nicht über Langeweile beklagen.«

Adam lachte, in der Hoffnung, dass Martin einstimmte, aber Martin blieb ungewohnt ernst. Während der gesamten Sitzung wirkte er ziemlich aufgeregt, zappelte unruhig hin und her und vermied es, ihn anzusehen. Adam sprach ihn mehrmals auf sein Verhalten an, aber Martin versicherte ihm, dass alles in Ordnung sei. Dann aber, als er sich verabschiedete, sagte er die beiden Termine für die nächste Woche ab. Adam erkundigte sich, ob er in Urlaub fahre. Martin verneinte, gab aber keine weitere Erklärung.

Adam fragte sich, ob das erst der Anfang war, ob auch andere seiner langjährigen, selbst seiner bedürftigsten Patienten bereits darüber nachdachten, die Therapie abzubrechen? Vielleicht stand eine Massenflucht aus seiner Praxis bevor. Ob er etwas zur Schadensbegrenzung unternehmen sollte, oder zur Schadensprävention? Vielleicht konnte er Lauren bitten, bei ein paar seiner Stammpatienten anzurufen und nachzufragen, ob alles in Ordnung war. Da fiel ihm das Interview mit der Reporterin vom *New York Magazine* wieder ein.

Eilig lief er rüber zu dem Starbucks-Café an der Ecke Madison Avenue und Neunundvierzigste Straße. Er freute sich auf die Gelegenheit, ein paar Dinge geradezubiegen und der Öffentlichkeit mitzuteilen, was in jener Nacht tatsächlich geschehen war. Als er das Café betrat, kam eine junge, attraktive Schwarze auf ihn zu.

»Dr. Bloom?«

»Ja, das bin ich.«

»Freut mich. Ich bin Grace Williams, ich sitze gleich da vorn«, sie deutete auf einen Tisch in ihrem Rücken. »Möchten Sie sich einen Kaffee holen?«

Wow, obwohl es Mittagszeit war, wollte sie sich mit ihm nur ›auf einen Kaffee‹ treffen, und ganz offensichtlich war sie nicht einmal bereit, ihm diesen Kaffee zu spendieren.

»Danke nein, lieber nicht. Ich habe mein Quantum Koffein für heute bereits intus.«

Er setzte sich ihr gegenüber. Sie holte einen Block und ein Aufnahmegerät hervor. »Das dauert nicht lange«, erklärte sie.

»Ehrlich gesagt, ich bin sehr froh, dass ich mit Ihnen sprechen kann, denn ich bin ziemlich entsetzt darüber, wie verzerrt und falsch die Medien die ganze Geschichte dargestellt haben.«

»Wirklich?«

Sie schien völlig desinteressiert.

»Ja, man stellt mich als eine Art Selbstjustizler hin oder so, lächerlich, einfach lächerlich.«

»Ich möchte Ihnen bloß ein paar Fragen stellen, Dr. Bloom, ist das in Ordnung?«

»Ja, schon, aber …«

»Hatten Sie jemals Phantasievorstellungen davon, jemanden zu erschießen?«

Meinte sie das ernst? Offensichtlich.

»Nein, natürlich nicht.«

»Auch nicht jemanden, den Sie aus tiefstem Herzen hassen, Ihren Boss zum Beispiel oder eine Exfreundin?«

»Einmal, auf dem Schießstand, hat einer nur so zum Spaß ein Bild von Osama bin Laden auf die Zielscheibe geheftet, aber …«

»Hatten Sie jemals den Wunsch, in dieser Stadt so richtig aufzuräumen und das ganze Gesindel auszurotten?«

»Nein, ganz bestimmt nicht. Aber sehen Sie, das ist genau das, was ich vorhin gemeint habe, ich bin da in ein vollkommen falsches Licht geraten. Natürlich habe ich nie auch nur im Entferntesten an so etwas gedacht.«

»Sie verurteilen den Mann also nicht, der in Ihr Haus eingebrochen ist?«

»Doch, selbstverständlich verurteile ich ihn. Er wollte mich bestehlen.«

»Warum haben Sie zehn Mal auf ihn geschossen? Hätte einmal nicht völlig ausgereicht?«

Wie er diesen sensationslüsternen Unterton in ihrer Stimme hasste.

»Wollen Sie die Tatsachen, oder wollen Sie nur eine möglichst reißerische Story?«

»Ich will die Tatsachen, was denn sonst«, behauptete sie und schaute ihm dabei direkt in die Augen.

»Es war dunkel«, begann Adam. »Ich wusste nicht, ob ich ihn getroffen hatte, deshalb schoss ich weiter. Ich musste sichergehen, dass es ihn auch wirklich erwischt hatte.« Er wusste nicht mehr so genau, ob das stimmte, denn er erinnerte sich vage daran, dass er Sanchez bereits mit dem ersten Schuss getroffen hatte. »Alles passierte blitzschnell. In so einer Situation denkt man nicht groß nach, man reagiert einfach, wie ein Soldat in der Schlacht. Entweder man stellt sich dem Kampf, oder man ergreift die Flucht, man muss seinem Instinkt folgen, auf sein Bauchgefühl hören. Oh, und da meine Haushaltshilfe, die gestern Morgen ermordet wurde, offenbar in den Einbruch verwickelt war, denke ich nach wie vor, dass ich richtig gehandelt habe.«

»Wie bitte?«

»Sie haben doch bestimmt schon gehört, dass meine Haushaltshilfe erschossen worden ist, oder?«

»Sie haben Ihre Haushaltshilfe erschossen?«

»Nein, natürlich nicht! Um Gottes willen, schreiben Sie das bloß nicht. Nein, das war jemand anders.«

»Ist es in Ihrem Haus passiert?«

»Nein, nicht bei uns. Aber bei dem Einbruch war definitiv eine zweite Person bei uns im Haus, und diese Person war höchstwahrscheinlich im Besitz einer Pistole. Die Polizei hat festgestellt, dass der Kerl, den ich umgebracht habe, dieser Sanchez, mit meiner Haushaltshilfe liiert war. Sie waren ein Liebespaar oder so. Entweder war meine Haushaltshilfe diese zweite Person mit der Pistole, oder es war jemand, den meine Haushaltshilfe kannte. Es war also reiner Zufall, dass Sanchez unbewaffnet war. Verstehen Sie?«

Sie hatte es offensichtlich nicht kapiert, schien es auch gar nicht zu wollen. »Stört es Sie denn gar nicht, dass Sie einen Mann getötet haben, einen unbewaffneten Mann?«

Adam brauchte einen Moment, um seine Gedanken zu sortieren. Er wählte seine Worte mit Bedacht: »Natürlich bin ich sehr betroffen. Ich habe nicht darum gebeten, in eine solche Lage zu geraten, ich habe mir das nicht ausgesucht. Ich werde das für den Rest meines Lebens mit mir herumtragen müssen. Aber das macht mich noch lange nicht zu einem schießwütigen Revolverhelden oder zu einem Killer.«

»Sie haben gesagt, dass Sie ihn wieder töten würden.«

»Töten ist wohl ein bisschen stark. Wissen Sie, ich finde wirklich, Sie …«

»Würden Sie ihn wieder erschießen?«

»Ja«, sagte er. »Ich würde nichts anders machen, außer …«

Sie schaltete das Aufnahmegerät ab.

»Das sollte genügen, Dr. Bloom.« Sie reichte ihm die Hand zum Abschied. »Hat mich wirklich gefreut.«

»Das war alles?«

»Ja, tut mir leid, aber ich muss zurück ins Büro und den Artikel schreiben, damit wir ihn gleich heute Nachmittag aufschalten können.«

»Aufschalten?« Adam blickte sie verwirrt an. »Ich dachte, das kommt ins Magazin?«

»Nein, das hier kommt auf *Daily Intel,* unser Online-Blog. Ich habe alles, was ich brauche, das wird großartig. Vielen Dank noch mal, Dr. Bloom.«

Auf dem Weg in die Praxis überlegte Adam, dass es wahrscheinlich sogar besser war, wenn dieses Interview online erschien. Er wollte all die Unwahrheiten so schnell wie möglich richtigstellen, damit er alles hinter sich lassen und so bald wie möglich wieder sein gewohntes Leben aufnehmen konnte.

Später am Nachmittag ging er auf die Seite von *Daily Intel* und sah die Schlagzeile:

REVOLVERHELD ADAM BLOOM WILL DAS GESINDEL VON NEW YORK AUSROTTEN

»Diese verdammte Hexe!«, schrie Adam auf.

Der Artikel war bei weitem schlimmer als alles, was er in den Morgenzeitungen gelesen hatte. Sie hatte aus ihm einen intellektuellen, rachedurstigen Soziopathen gemacht, der seit Jahren auf die Gelegenheit gewartet hatte, jemandem ein Loch in die Birne zu schießen. Alles, was er in dem Interview gesagt hatte, hatte sie aus dem Zusammenhang gerissen oder falsch zitiert. Sie hatte geschrieben, dass er in seiner Phantasie schon oft andere Menschen erschossen hatte, dass er sein Leben lang Verbrecher und deren Welt verabscheut habe. Weiter behauptete sie, dass er auf ›sein Bauchgefühl gehört habe‹, als er volle zehn Mal auf den unbewaffneten Eindringling geschossen hatte, und sie betonte, dass Adam Bloom nichts bereue. Sie beendete den Artikel mit einem frei erfundenen Zitat: »›Am liebsten würde ich ihn gleich noch einmal erschießen‹, brüstete sich Bloom.«

Adam wählte die Nummer von Grace Williams, er wollte ihr die Hölle heiß machen. Aber natürlich geriet er an ihre Mailbox. Er hinterließ ihr eine Nachricht: »Hier spricht Adam Bloom. Wenn Sie diesen Scheiß nicht sofort wieder aus dem Netz nehmen, werde ich Sie und Ihre ganze Zeitung vor Gericht zerren!«

Er musste ziemlich laut geworden sein, denn Lauren kam in sein Büro geeilt und erkundigte sich, ob alles in Ordnung sei.

»Lassen Sie mich in Ruhe, verdammt noch mal!«, schrie er sie an. Sie machte auf dem Absatz kehrt, und er warf das Telefon, das er noch immer in der Hand hielt, wutentbrannt durch den Raum. Es prallte gegen den Aktenschrank, ein Stück splitterte ab.

Was für ein Höllentag! Adam durfte gar nicht daran denken, dass er am Morgen noch davon geträumt hatte, der neue Tony Manero in *Saturday Night Fever* zu werden.

Natürlich rief Grace nicht zurück, und der Artikel stand auch noch im Netz. Das überraschte ihn nicht. Wer von denen interessierte sich schon für seine Meinung?

Er fuhr zur Stoßzeit mit der U-Bahn nach Hause. In dem überfüllten Zug hatte er das Gefühl, dass die Leute von ihren Zeitungen aufblickten und ihn wissend anstarrten. Am Northern Boulevard stieg eine Gruppe herumalbernder Teenager zu. Adam war sich nicht sicher, ob sie sich über ihn lustig machten, aber es kam ihm ganz so vor.

Adam musste einsehen, dass er nicht beeinflussen konnte, was seine Mitmenschen über ihn dachten. Wenn die Medien weiter auf ihm herumhacken wollten, wenn die Öffentlichkeit ihn weiter verurteilen wollte, dann war daran eben nichts zu ändern.

Als er in Forest Hills ausstieg, ging er rasch in die Drogerie und besorgte ein paar Sachen für den Haushalt, Toilettenpapier, Küchenrolle und Geschirrspülmittel. Dann ging er noch in den Weinladen an der Ecke und kaufte eine Flasche Merlot für zwölf Dollar neunundneunzig. Warum sich nicht mal was gönnen? Er hatte ein schlechtes Gewissen, weil er in den letzten beiden Tagen so viel mit Dana gestritten hatte, und freute sich nun auf einen schönen, entspannten Abend zu Hause. Vielleicht bestellten sie sich was beim Chinesen, tranken ein paar Gläser Wein und schliefen mal wieder miteinander. Es gab so viel Schönes in seinem Leben, von nun an wollte er sich darauf konzentrieren, sich an dem zu freuen, was er hatte, statt immerzu mehr zu wollen. Er musste weder als Held gefeiert werden noch als Vorlage für einen Film mit Russell Crowe dienen, um glücklich zu sein.

Als Adam in seine Straße in Forest Hills Gardens einbog, dunkelte es bereits. Ein paar Jungs spielten auf der Straße Football. Als Adam näher kam, erkannte er ein paar, Jeremy Ross, Justin Green und Brian Zimmerman. Sie erinnerten ihn an seine eigene Jugend, als er mit seinen Freunden auf der Straße gespielt hatte und erst nach Hause ging, wenn es stockdunkel war.

»Hey, hierher«, rief Adam, und Jeremy schoss ihm den Ball vor die Füße. »Okay, lauf los«, sagte Adam zu Brian. Brian sprintete die Straße hinunter, und Adam nahm Anlauf: »Holt euch den Super Bowl«, rief er und setzte an zu einem Bombenschuss – zumindest sollte es einer werden. Der weiche Ball prallte von der Windschutzscheibe eines Autos ab, das gut zwanzig Meter vor Brian geparkt war.

»Das nächste Mal vielleicht«, verabschiedete sich Adam mit einem Lächeln und ging durch den Vorgarten zur Haustür. »Ich bin wieder daha!«, rief er, als er hineinging. Da lag ein Zettel auf dem Boden, ein einfaches, weißes A4-Blatt, einmal gefaltet.

Er öffnete es, darauf stand mit Filzstift in Großbuchstaben:

DU GLAUBST, DU BIST EIN HELD, WAS?
DU GLAUBST, DU BIST EIN TOLLER HECHT?
ICH WERDE DAFÜR SORGEN, DASS DU DIR WÜNSCHST,
NIE GEBOREN WORDEN ZU SEIN, DU KLEINER WICHSER

Er ging zu Dana, die im Wohnzimmer fernsah. Sie lag auf der Couch, eine Decke wärmte ihre Beine, sie sah müde aus, vielleicht sogar niedergeschlagen.

»Hast du den Zettel auf dem Boden gesehen?«

Sie antwortete nicht sofort. »Welchen Zettel?«, fragte sie dann tonlos.

Er reichte ihr das Stück Papier und sah, wie sie erschrak.

»Ich glaube, wir haben ein Problem«, stellte er fest.

12

Marissas Ziel für die unmittelbare Zukunft war es, möglichst wenig Zeit mit ihren Eltern zu verbringen. Sie hatte so langsam den Punkt erreicht, an dem es ihr schwerfiel, ihre Anwesenheit zu ertragen, mit ihnen im selben Haus zu wohnen. Die andauernde Streiterei war schon schlimm genug, aber nun meinte ihr Vater auch noch, sie ›erziehen‹ zu müssen, nur weil sie mit Hillary was trinken war. Durfte sie sich jetzt nicht einmal mehr mit Freunden treffen? Was hatte er als Nächstes vor? Sie in einen Turm einsperren wie Rapunzel? Und dann musste ihre Mutter ausgerechnet mit diesem Tony eine Affäre anfangen. Immerhin erklärte das, warum sie in letzter Zeit so angespannt und unkonzentriert gewesen war. Es war schon lustig, eigentlich zum Totlachen - wenn es nicht so unendlich nerven würde –, dass ihre Eltern ihr ständig damit in den Ohren lagen, was sie zu tun und zu lassen habe, dass sie erwachsen werden solle, wo doch ganz offensichtlich sie die einzige Erwachsene in diesem Haus war und ihre Eltern die Kinder.

Am Morgen hatte Marissa zuerst die Blogs ihrer Freunde gelesen, war auf MySpace und Facebook gesurft und hatte dann einen Eintrag für ihr eigenes Blog geschrieben mit dem Titel: ICH DACHTE, ES KÖNNTE NICHT MEHR SCHLIMMER KOMMEN. Sie hatte von Gabrielas Ermordung berichtet und schließlich den gestrigen Tag zum furchtbarsten Tag ihres Lebens erklärt. Sie war in nihilistischer Stimmung und schloss mit: *Ich habe diese verdammte Scheiß-Welt so satt, ich scheiß drauf, ich scheiß auf alles, ist doch sowieso scheißegal.* Sie las den Eintrag noch zweimal durch und war sehr zufrieden mit sich, einer ihrer besten überhaupt. Vielleicht hätte sie doch ›Kreatives Schreiben‹ als Hauptfach nehmen sollen. Dann stellte sie den Eintrag ins Netz und ging nach unten Kaffee kochen. Gerade als sie sich eine Tasse einschenkte, kam ihre Mutter in die Küche. »Sie haben deinen Vater wieder ausgeladen.«

»Hääh?« Sie hatte keine Ahnung, was ihre Mutter meinte. Warum lief sie eigentlich mittags um eins noch ungeschminkt und im Bademantel im Haus herum?

»Er hätte heute Morgen in *Good Day New York* auftreten sollen, aber ich habe mir die Sendung im Schnelldurchlauf angesehen, er war nicht da. Sie müssen ihn wieder ausgeladen haben oder so.«

»Oh.« Marissa wunderte sich, dass ihre Mutter sich trotz des furchtbaren Streits gestern um ihren Vater Gedanken machte.

»Ich an deiner Stelle würde die *Daily News* heute lieber nicht lesen. Dein Vater kommt nicht gerade gut weg. Das war zwar zu erwarten, aber dennoch ist es keine Freude, es schwarz auf weiß zu lesen.«

»Haben sie auch schlecht über mich geschrieben?«, wollte Marissa wissen. Sie konnte es sich nicht wirklich vorstellen. Es war nur eine instinktive Unsicherheit, die da aus ihr sprach.

»Wir werden namentlich erwähnt, aber nein, da steht nichts Negatives über uns.«

»Gott sei Dank«, sagte Marissa. »Aber für Dad ist es Scheiße«, fügte sie dann hinzu. Sie schlürfte den Kaffee an der Theke, wartete darauf, dass ihre Lebensgeister zurückkehrten. Ihre Mutter begann, den Herd zu schrubben. »Und wie fühlst du dich heute?«, erkundigte sich Marissa.

»Gut, warum fragst du?«

»Du bist nicht angezogen.«

Ihre Mum schrubbte weiter am Herd herum. »Ich muss heute nirgendwohin«, sagte sie schließlich.

Was war denn nun schon wieder los? Wurde ihre Mutter etwa depressiv? ›Was hast du, Mum? Ärger mit dem Lover?‹, hätte sie beinahe gesagt. Sie behielt den Kommentar für sich, musste aber unwillkürlich grinsen.

»Was ist denn da so lustig?«, wollte ihre Mutter sogleich wissen.

»Nichts, wieso?«

Ihre Mum musterte sie kurz von oben bis unten und schrubbte dann den Herd weiter, viel zu heftig, als wolle sie ein Stück Holz glattschmirgeln. »Wir müssen eine neue Haushaltshilfe einstellen«, sagte sie schließlich, wie zu sich selbst.

Marissa hatte versucht, nicht mehr an Gabriela zu denken, das machte sie einfach zu traurig. »Gibt es was Neues?«

»Nein.« Endlich hörte ihre Mutter mit der Schrubberei auf und warf den Putzschwamm in den Müll. »Stell dir vor, ihre Schwester hat angerufen und gefragt, ob wir die Kosten für Gabrielas Überführung nach Südamerika übernehmen würden.«

»Und? Was hast du gesagt?«

»Sie war so mit den Nerven runter, dass ich nicht unhöflich sein wollte. Ich habe ihr gesagt, dass ich das zuerst mit meinem Mann besprechen müsse.«

»Das war echt nett. Schließlich wissen wir noch nicht genau, ob sie was mit dem Einbruch zu tun hatte, oder?«

»Jetzt hör aber auf, du klingst schon wie dein Vater. Sie war mit diesem Sanchez zusammen!«

Was war in letzter Zeit bloß mit ihrer Mutter los, warum brauste sie immer gleich so auf? Ob das mit ihrer Affäre zu tun hatte? Vielleicht hatte sie ja Gewissensbisse oder so.

»Ich kann nicht recht glauben, dass sie wirklich mit diesem Typen zusammen war. Ich hab so oft mit ihr über Jungs und Beziehungen gequatscht und so, und ich hatte nicht den Eindruck, dass sie jemanden kennengelernt hatte nach dem Tod ihres Verlobten. Einen Carlos hat sie auf jeden Fall ganz bestimmt nie erwähnt.«

»Offenbar hatte sie eine ganze Menge Geheimnisse.« Ihre Mutter biss sich auf die Lippen, als sei ihr da etwas herausgerutscht. ›Was könnte das wohl sein …‹, dachte Marissa bei sich. »Wie auch immer, für ihre Überführung werde ich ganz bestimmt nicht aufkommen«, sagte ihre Mutter rasch.

»Wie viel kostet das denn?«

»Keine Ahnung, ist doch egal.«

»Ich meine, wenn es nur tausend Dollar kostet oder so …«

»Ich werde ihnen keine tausend Dollar geben, ich werde ihnen nicht einen Dollar geben, nicht mal einen Penny. Diese Frau hat uns geschadet, und das mit voller Absicht, kapierst du das nicht?«

Nun ja, so viel zu dem Versuch, sich mit ihrer Mutter zu unterhalten. Marissa nahm ihren Kaffee und zog sich in ihr Zimmer an den Computer zurück. Vielleicht sollte sie von nun an einfach in ihrem Zimmer bleiben und nicht einmal mehr mit ihren Eltern reden. Wäre keine schlechte Idee, wenn sich ihre Eltern in Zukunft auch immer in getrennten Räumen aufhielten. Wenn sie sich nicht sähen, würde sich das Zusammenleben für alle Beteiligten bestimmt viel einfacher gestalten.

Sie öffnete ihr Blog, sechzehn Kommentare hatte sie schon erhalten, die meisten von Freunden, aber auch ein paar von losen Web-Bekanntschaften. Alle waren sehr mitfühlend und schrieben, wie leid es ihnen täte, und dass sie an sie denken würden und so weiter und so fort. Marissa schrieb einen weiteren Kommentar, bedankte sich bei allen und teilte ihnen mit, dass es ihr schon wieder ein wenig besser ginge. Dann schaute sie auf dem Yahoo-Messenger und auf MySpace nach, welche ihrer Freunde online waren, und schickte Sarah, einer Freundin aus Vassar, eine Nachricht über den Instant-

Messenger. Sarah, die mit ihrem Freund in Boston lebte, sagte, dass sie noch heute Abend nach New York komme und ein paar Tage bei ihrem Bruder in Hell's Kitchen bleiben werde. Marissa freute sich wahnsinnig. Mit Sarah um die Häuser zu ziehen würde sie von dem ganzen Mist um sie herum ein wenig ablenken.

Gehst du auch zu Ds Party heute Abend?, schrieb Sarah.

D stand für Darren, aber Marissa wusste nichts von einer Party. Seltsam, was ging denn da ab? Jetzt fiel ihr auch auf, dass sie die letzten Tage nichts von Darren gehört hatte. Er hatte noch nicht einmal auf ihre SOS-Nachricht auf der Mailbox reagiert, er solle bloß alles Dope aus seiner Wohnung schaffen, bevor Clements bei ihm aufkreuzte. Jetzt, wo feststand, dass der Einbruch nichts mit ihren Freunden zu tun hatte, bezweifelte Marissa sehr, dass Clements seine Zeit mit einem so kleinen Fisch wie Darren verschwendet hatte. Woraus sie folgerte, dass Darren sie verprellte, weil er (a) sauer auf sie war, dass sie ihn bei den Bullen angeschwärzt hatte, oder (b) sie glauben machen wollte, dass er sauer auf sie war, weil sie ihn bei den Bullen angeschwärzt hatte. Darren hatte schon früher gerne diese kindischen Heiß-oder-kalt-Spielchen mit ihr gespielt, deshalb tippte sie auf (b). Wahrscheinlich wollte er sie auf den Knien bei ihm ankriechen sehen.

Marissa dachte einen Augenblick nach und fragte dann:

Was für eine Party?

Hat er dich etwa nicht eingeladen???, wollte Sarah wissen.

Nö.

Was für ein Scheißspiel läuft denn da? Warte mal kurz, schrieb Sarah zurück.

Super. Sarah war groß darin, Krach zu schlagen, sie liebte es, für Aufregung zu sorgen. Wenn sie ihr eine Einladung verschaffte, dann sah es wenigstens nicht so aus, als wäre Marissa einsam und verzweifelt.

Während sie auf Nachricht von Sarah wartete, suchte sich Marissa im Netz den *Daily News*-Artikel über den Einbruch heraus, den sie laut ihrer Mutter besser nicht lesen sollte. Der Artikel war eine einzige Katastrophe. Jeder, der das las, musste ihren Vater für einen durchgeknallten Irren halten. Sie hatte Mitleid mit ihrem Dad, war aber auch sauer, weil er sie und ihre Mutter da mit hineingezogen hatte. Ihre Namen standen auch da, und die ganze Welt konnte sie lesen. Ob die Geschichte wohl irgendwann in Vergessenheit geriet? Oder würde ihr für den Rest ihres Lebens Hass entgegenschlagen, wenn die Leute erfuhren, dass sie Adam Blooms Tochter war, würde man sie ansehen wie die Tochter von Charles Manson? Marissa war so fertig, dass sie herauszufinden versuchte, wie man seinen Namen ändern konnte. Offenbar war das wegen der neuen Sicherheitsvorschriften nach dem elften September schwieriger geworden, aber möglich war's. Ihr zweiter Name war Suzanne, sie konnte sich also Marissa Suzanne nennen. Falls sich die Lage weiter zuspitzte, würde sie das ernsthaft in Erwägung ziehen.

Sie war noch immer mit dem Artikel beschäftigt, als ein ›Pling‹ ertönte, das Zeichen für eine neue IM-Nachricht. Sie sah nach, Sarah hatte Darren zu ihrer IM-Unterhaltung dazugeschaltet. Darren spielte den Dummen, schrieb, dass Marissa selbstverständlich auch zu der Party eingeladen sei und dass es ihm sehr leid tue, dass er vergessen habe, ihr Bescheid zu sagen. Dabei war es mehr als offensichtlich, dass er sie mit Absicht nicht eingeladen hatte, um sie zu ärgern. Der Typ benahm sich wie ein Kleinkind, einfach lächerlich.

Kommst du also?, fragte Sarah.

Klar, wir sehen uns dort, antwortete Marissa, und Darren schrieb: *Super.*

Marissa war speiübel.

Den Rest des Tages durchsuchte Marissa sämtliche Jobbörsen im Internet und schickte noch ein paar Bewerbungen raus, aber sie machte sich keine großen Hoffnungen. Sie hatte ein ziemlich gutes Anschreiben entworfen, das sie für jede Bewerbung individuell anpasste, aber niemand wollte sie, und so langsam hatte sie sich schon überall beworben. Vor lauter Sorge, dass sie niemals Arbeit finden und für immer bei ihren Eltern würde leben müssen, lud sie sich die Bewerbungsformulare für die Master-Studiengänge in Kunstgeschichte in Yale, Bard und Brown herunter. Sie glaubte zwar nicht, dass sie sich bewerben würde, weil sie eigentlich gar nicht weiterstudieren wollte, schon gar kein volles Jahr oder sogar zwei, aber zumindest hatte sie nun das Gefühl, eine Art Plan B zu haben.

Als ihre Mutter vom Einkaufen zurückkehrte, schloss Marissa rasch ihre Zimmertür ab, um einer weiteren deprimierenden Unterhaltung zu entgehen. Sie hatte eine E-Mail von ihrer Freundin Jen bekommen: *Keine Ahnung, ob du das schon gesehen hast, ist echt scheiße, aber ich dachte, dass du es trotzdem lesen willst. Tut mir echt leid.* Marissa klickte auf den Link zum *Daily Intel*-Blog und fand einen weiteren vernichtenden Artikel über ihren Vater. Er musste ein Interview gegeben haben, und es hörte sich so an, als prahle er damit, auf den Einbrecher geschossen zu haben, als sei er auch noch stolz darauf. Verdammt noch mal, was war denn in den gefahren? War denn nicht alles schon schlimm genug? Musste er auch noch losziehen und sich öffentlich als größtes Arschloch des Jahrhunderts outen? Dieses Blog lasen viele Leute, auch viele Leute, die Marissa kannte. So langsam wurde es echt peinlich. Jen, die alte Klatschtante, hatte den Artikel gelesen und ihn wahrscheinlich längst an all ihre Freunde und Bekannten weitergeleitet, und Marissas und ihr Bekanntenkreis waren fast deckungsgleich.

Gegen sieben verließ Marissa das Haus, um sich mit Sarah auf einen Drink in einer neuen Kneipe in Midtown zu treffen. Sarah schwärmte so sehr davon, wie glücklich sie mit ihrem Freund in Boston war und was für eine tolle Wohnung sie dort hatten, dass Marissa ziemlich neidisch wurde. Sie war ein paar Mal mit Darren im Bett gewesen und auch ein Mal mit dem Bassisten von Tone Def, aber seit der Zwischenprüfung auf dem College hatte sie keinen richtigen Freund mehr gehabt. Gott, das war jetzt fast zwei Jahre her!

Im Taxi auf dem Weg zur Party fühlte sich Marissa so einsam, dass sie ernsthaft in Erwägung zog, an diesem Abend mit Darren zu schlafen. Aber als sie das Für und Wider erwog, fiel ihr nur eine ziemlich lange Liste mit Gegenargumenten ein. Auf dem College hatte sie sich immer wieder mit Darren eingelassen, weil ihr keine andere Wahl geblieben war. Von Anfang an gab es viel mehr Mädchen als Jungs in Vassar, und das Zahlenverhältnis Mädchen zu Hetero-Jungs war noch viel schlechter. Die Lage für die Mädchen war so schlimm, dass viele von Marissas Freundinnen während ihrer Collegezeit lesbisch wurden, oder zumindest bi, aber die Vorstellung, eine LbB – Lesbierin bis zum Bachelor – zu werden, hatte Marissa nicht gefallen, so dass sie immer wieder auf Darren zurückgriff, wenn sie es nicht mehr aushielt. Nicht, dass er schlecht ausgesehen hätte, eigentlich war er ziemlich süß, groß und schlaksig mit kurzen Locken und großen, braunen Augen, leicht verpeilt, aber auf eine coole Art, so ein bisschen wie Josh Groban. Das Problem war, dass sie einfach keinen Draht zu ihm hatte. Sie hatten nicht sonderlich viel gemein, und wenn sie sich mit ihm zu unterhalten versuchte, über Filme oder über Kunst oder was sie sonst gerade interessierte, dann merkte sie sofort, dass er abschaltete. Sie hatte ihm wiederholt erklärt, dass sie nur Sex von ihm wollte, und er war damit einverstanden gewesen, aber wenn sie dann ein paarmal miteinander geschlafen hatten, wurde er besitzergreifend, rief sie ständig an und wurde eifersüchtig, wenn sie den

Namen eines anderen Jungen auch nur erwähnte. Dann musste sie ihn wieder in die Wüste schicken. Wenn sie jetzt mit ihm ins Bett stieg, würde der ganze Kreislauf von vorn beginnen, und dafür hatte sie im Moment nun wirklich keinen Kopf.

Als das Taxi vor Darrens Haus hielt, war sie entschlossen, an diesem Abend nicht mit ihm zu schlafen. Sie würde einfach nur ein bisschen auf der Party abhängen und dann die Fliege machen.

Marissa war schon öfter in der Wohnung von Darrens Eltern gewesen. Es war der Wahnsinn, drei Schlafzimmer, hohe, stuckverzierte Decken, Parkettböden und eine tolle Einrichtung. Sie mochte sogar die grenzwertig kitschigen Ölgemälde im Esszimmer mit Ansichten aus Venedig, wie man sie oft in einfachen Pizzerien sah. Marissa hatte keine Ahnung, wo Darrens Eltern steckten, aber höchstwahrscheinlich wussten sie nicht, dass in ihrer Wohnung eine Party stieg.

Wie erwartet, wimmelte es dort von Vassar-Absolventen, mit anderen Worten von Leuten, die sie nach dem College nie hatte wiedersehen wollen. Doch in den viereinhalb Monaten seit ihrem Abschluss war sie ihnen immer wieder über den Weg gelaufen. Wie war das möglich? Immerhin lebten und arbeiteten in New York zirka zwölf Millionen Menschen. Manchmal beschlich sie das Gefühl, noch immer in einem Studentenstädtchen zu wohnen, wo man niemand Neues kennenlernen konnte.

Sie gesellte sich eine Weile zu Megan und Kathleen, die im ersten Studienjahr im selben Studentenwohnheim wie sie gewohnt hatten. Sie kamen aus Scarsdale – das sagte schon alles. Dann kam dieser Zach Harrison herüber und begann, sie doof anzubaggern. Zach war früher mit einer von Marissas Mitbewohnerinnen zusammen gewesen und war einer dieser massigen, angeberischen Kerle, die gerne laut loslachten und eine feuchte Aussprache hatten, besonders wenn sie einen sitzen hatten, so wie jetzt. Er drängte Marissa in eine Ecke des Esszimmers, versperrte ihr mit seinem dicken Bauch jede Möglichkeit zur Flucht und laberte sie mit Geschichten über ehemalige Mitschüler voll, die sie entweder nicht kannte oder die sie nicht interessierten. Natürlich fand er seine Geschichten wahnsinnig witzig, schüttelte sich vor Lachen und spuckte ihr dabei regelrecht ins Gesicht. Als schließlich Drew McPhearson rüberkam und kurz mit Zach sprach, nutzte Marissa die Gelegenheit zur Flucht. Eilig drängte sie sich an einem Pulk Ex-Vassar-Studenten und ein paar Normalos vorbei durch den Flur zu Darrens Zimmer.

Darren saß mit ein paar anderen herum, sie hörten Daughtry und knallten sich die Birne zu. Abgesehen von Darren war nur noch Alison Kutcher (leider nicht verwandt mit Ashton Kutcher) aus Vassar. Die Nicht-Vassar-Leute wirkten ziemlich schmuddelig, darunter eine Frau von mindestens dreißig, die total abgefuckt aussah. Marissa nahm an, dass sie zu Darrens Dope-Kunden gehörten.

»Da ist sie ja endlich«, sagte Darren und erhob sich, seine Augen waren gerötet und ganz glasig. Er küsste sie voll auf den Mund, ließ ihr keine Chance, den Kopf rasch wegzudrehen, was sie sonst mit Sicherheit getan hätte.

Marissa setzte sich ganz bewusst nicht neben Darren. Jemand reichte ihr die Bong.

»Northern Lights«, erklärte Darren stolz.

Marissa nahm einen langen, tiefen Zug und schloss genießerisch die Augen. Dann stieß sie den Rauch wieder aus, während ihr Hirn leise ›Danke‹ wisperte.

»Wahninns-Dope, was?«, fragte Darren.

Sie antwortete nicht, lehnte sich lächelnd zurück und genoss das einsetzende Gefühl von Leichtigkeit.

Die Bong machte noch ein paarmal die Runde. Marissa musste pinkeln und ging ins Bad. Als sie zurückkam, war nur noch Darren da, alle anderen waren verschwunden. Glaubte er etwa, sie hielte es für puren Zufall, dass sie plötzlich allein waren?

Er saß mit der Bong auf dem Bett, winkte sie zu sich und sagte tatsächlich: »Komm, komm her, ich beiß schon nicht.«

Sie wollte unbedingt noch einen Zug, also setzte sie sich neben ihn, zündete die Bong an, inhalierte tief und behielt den Rauch in der Lunge, bis ihr schwindlig wurde, dann ließ sie ihn ganz langsam durch Mund und Nase entweichen.

Erst da bemerkte sie, dass Darren sie am Hals küsste, direkt unter dem Kinn.

Sie rückte von ihm ab. »Das ist keine gute Idee. Können wir nicht einfach nur Freunde sein?«

Sie sprach extrem langsam, zumindest kam es ihr so vor.

Darren hatte ihre Bemerkung wohl lustig gefunden, denn er begann zu kichern. »Wir sind doch Freunde«, sagte er und knabberte an ihrem Ohrläppchen.

»Ich meine Freunde Freunde«, sagte Marissa und zog sich erneut von ihm zurück.

»Lass uns einfach nur Sex haben.«

»Einfach nur Sex geht bei dir nicht«, widersprach sie.

»O doch«, sagte er und versuchte, ihr in den Schritt zu greifen.

Sie stand auf. »Lass das.«

»Komm wieder her«, sagte er und öffnete seine Jeans.

Sie wollte gehen, aber er hielt sie am Arm fest.

»Scheiße, lass mich sofort los, du Arschloch!«

»Schon gut, nimm's easy.« Er ließ ihren Arm los.

Marissa floh aus dem Zimmer, eilte leicht schwankend ins Wohnzimmer und tippte Sarah auf die Schulter. »Ich will hier weg.«

»Jetzt schon?« Sarah rührte sich nicht vom Fleck.

»Schon gut, bleib ruhig. Ich nehm ein Taxi zur Penn-Station, von da kann ich die LIRR-Bahn nehmen.«

Darren kam in den Flur. »He, komm schon, alles easy«, sagte er, doch sie wollte nur noch weg, stürmte durchs Esszimmer und raus aus der Wohnung.

Darren würde ihr bestimmt nachlaufen, darum wartete sie nicht auf den Aufzug, sondern nahm die Treppe. Nach zwei Stockwerken oder so war ihr ziemlich schwindlig, das Gras, der Alk, kombiniert mit ihrer leichten Höhenangst. Sie musste ein paar Sekunden stehen bleiben und sich festhalten. Dann ging sie weiter nach unten und hinaus auf die Straße.

Sie marschierte geradewegs zum Broadway und winkte ein Taxi heran. Warum starrte sie dieser jamaikanisch aussehende Taxifahrer die ganze Zeit im Rückspiegel an? Scheiße, bestimmt fuhr er sie irgendwohin, wo er sie vergewaltigen konnte! Sie hatte im Internet einen Artikel gelesen mit einem Link zu einem Blog, wo jemand erzählte, wie ein falscher Taxifahrer in Manhattan eine Frau nach Connecticut oder Long Island oder so gefahren und sie dort vergewaltigt hatte. Was konnte sie bloß tun? Er sah groß und stark aus, sie würde sich gegen ihn nicht wehren können.

»Anhalten!«, schrie sie.

Der Mann drehte sich zu ihr um, musterte sie mit seinem Vergewaltiger-Blick. »Was wollen Sie?«

»Ich hab gesagt, Sie sollen sofort anhalten!«

Er gab Gas, schlängelte sich an anderen Wagen vorbei. »Bei diesem Verkehr kann ich nicht einfach anhalten, Lady.«

Scheiße, er machte Ernst. Er würde es tun. Das hier passierte wirklich.

Sie tastete nach dem Türgriff, bereit, aus dem fahrenden Auto zu springen, falls ihr keine andere Wahl blieb, da kam das Taxi mit kreischenden Bremsen zum Stehen. Eilig stieg sie aus.

»He, was ist mit meinem Geld?«, rief der Fahrer.

Sie riss ein paar zerknüllte Banknoten aus dem Portemonnaie und warf sie ihm durchs Fenster auf den Schoß.

»Verrückte Lady«, grummelte er und gab Gas.

Zitternd und den Tränen nahe eilte sie den Bürgersteig entlang. Als sie an einer Ampel wartete, sprach eine Frau sie an: »Ist alles in Ordnung mit Ihnen?« Marissa ignorierte sie, überquerte die Straße bei Rot und wurde beinah von einem Auto überfahren.

Nachdem sie ein paar Blocks zu Fuß gegangen war, erkannte sie, wie lächerlich sie sich benommen hatte. War sie tatsächlich aus dem Taxi gestiegen? Dabei hatte der Taxifahrer ihr überhaupt nichts getan. Er hatte sie noch nicht einmal wirklich angeglotzt, Herrgott noch mal. Das war eine ganz normale Taxifahrt gewesen, und sie war vollkommen ausgeflippt. Darren war schuld. Von seinem verdammten Gras kriegte sie Paranoia. Das war nun offiziell die beschissenste Woche ihres Lebens.

Sie nahm ein anderes Taxi zur Penn-Station und erwischte noch den Zug nach Forest Hills. Sie hätte auch die U-Bahn nehmen können, aber um diese Uhrzeit fuhr sie lieber mit der Long Island Railroad, weil sie sich im Zug sicherer fühlte und die Fahrt nur zwanzig Minuten dauerte. Auf dem Weg nach Hause spürte sie das Gras schon weniger, fühlte sich aber immer noch leicht betrunken. Bestimmt hagelte es wieder Vorwürfe von ihrem Vater, wenn er sie so nach Hause kommen sah. Dieses Mal hatte sie wirklich zu viel getrunken und gekifft, da würde er sich gleich bestätigt fühlen. ›Reiß dich endlich zusammen und kümmer dich um die wichtigen Dinge des Lebens, Marissa‹, würde sie sich bestimmt anhören müssen, oder so was wie ›Es ist höchste Zeit, dass du deine Prioritäten überdenkst‹.

Als Marissa um die Ecke bog, sah sie ein Polizeiauto in zweiter Reihe vor dem Haus parken. Was war denn nun schon wieder los? Zwei Cops saßen in dem Wagen und beobachteten sie, als sie zum Haus ging.

Im Haus waren Stimmen zu hören, ihre Mutter redete mit jemandem. O nein, schon wieder dieser Dick Clements. Marissa hatte keine Ahnung, ob der Detective tatsächlich Dick hieß, sie hatte ihn bloß für sich so getauft.

Clements saß mit ihren Eltern am Esszimmertisch.

»Wer ist denn nun schon wieder gestorben?« Marissa gab sich alle Mühe, nüchtern zu erscheinen. Sie wusste, dass sie nicht sehr überzeugend wirkte, aber das hielt sie nicht davon ab, es wenigstens zu versuchen.

»Keine Sorge, alles in Ordnung«, sagte ihr Dad rasch.

Dann sah er sie genauer an, registrierte ihre geröteten Augen. Auch Clements und ihre Mutter musterten sie nun.

»Warum gehst du nicht nach oben?«, schlug ihr Vater vor. Er klang peinlich berührt, beschämt. Als ob er sich nichts vorzuwerfen hätte.

Aber sie war froh, den dreien zu entkommen. Wahrscheinlich war gar nichts, und Clements wollte ihre Eltern nur auf den neuesten Stand der Ermittlungen bringen.

Sie lag im Bett und war fast schon eingeschlafen, als ihr Dad ins Zimmer kam. »Können wir kurz reden?«

Nun denn, das war ja zu erwarten gewesen.

»Ich bin echt müde.«

»Es ist wichtig«, sagte er und setzte sich auf ihren Schreibtischstuhl. »Leider hat sich die Situation ein wenig verkompliziert.«

»Wie meinst du das?« Sie war überrascht, dass er ihr keine Standpauke zum Thema Trinken und Kiffen hielt.

»Nun ja, jemand … jemand hat mir gedroht«, erklärte er.

»Was soll das heißen? Gedroht?«

»Es wurde ein Zettel unter der Haustür durchgeschoben. Detective Clements nimmt das nicht sonderlich ernst, aber Mum macht sich natürlich Sorgen.«

Sie setzte sich im Bett auf. »Du hast doch gesagt, dass alles in Ordnung sei.«

»Das ist es ja auch, daran hat sich nichts geändert.«

»Aha, bis auf die Kleinigkeit, dass du Morddrohungen kriegst.«

»Drohung – Singular, ich habe nur eine bekommen, und es war auch keine Morddrohung, eigentlich nicht mal eine konkrete Drohung. Keine Ahnung, ob man diesen Zettel bei Licht besehen überhaupt als Drohbrief bezeichnen kann.«

»Was stand drauf?«

»Dass ich bezahlen muss für das, was ich getan habe und so weiter. Wahrscheinlich ist da jemand den Lügen in den Zeitungen aufgesessen.«

Marissa konnte es nicht fassen, wie stark der Verdrängungsmechanismus bei ihrem Vater war. Was musste denn noch geschehen, damit er seine Angst endlich eingestand?

»Glaubst du, der Zettel stammt von der Person, die Gabriela umgebracht hat?«

»Nein, das glaube ich nicht. Die Polizei hat noch keinen Zusammenhang zwischen ihrer Ermordung und dem Einbruch bei uns gefunden.«

»Und was denkst du? Dass das alles nur ein großer Zufall war?«

Der Unterkiefer ihres Vaters bewegte sich, als mahle er mit den Zähnen. »Vielleicht«, sagte er.

»Und das glaubst du wirklich?«

»Es besteht kein Grund zur Panik«, erklärte ihr Vater mit erstaunlicher Ruhe. »Die Polizei kümmert sich um diesen Fall, um beide Fälle, mit höchster Priorität. Sie verfolgen eine Menge Spuren, und ich bin überzeugt, dass sie schon bald einen Verdächtigen festnehmen werden.«

»Hat Clements das gesagt, oder sagst du das?«

Der Kiefer ihres Vaters mahlte erneut. »Andererseits kann dieser Brief auch bloß ein dummer Streich sein. Als ich nach Hause kam, haben ein paar Jungs auf der Straße direkt vor unserem Haus Fußball gespielt. Die Polizei spricht mit ihnen, vielleicht haben sie ja was gesehen. Es könnte auch einer von denen gewesen sein. Justin Green war dabei. Seine Eltern hatten vor ein paar Jahren ziemliche Probleme mit ihm. Er wäre fast von der Schule geflogen. Sie haben mich sogar gefragt, ob ich ihnen nicht einen guten Kinderpsychologen empfehlen könnte, und ich habe ihnen ein paar Namen genannt.«

Unglaublich, wie ihr Vater diese Geschichten aus dem Ärmel schüttelte. Noch erstaunlicher aber war, dass er sie selbst glaubte.

»Nichts ist unmöglich«, sagte sie und legte sich wieder hin.

»Ich wollte dir nur sagen, dass es keinen Grund zur Sorge gibt.«

›Klar, bis auf die Tatsache, dass dich ein Verrückter umbringen will‹, dachte sie.

»Vielleicht hast du das Polizeiauto vor dem Haus bemerkt. Die Polizisten bleiben die ganze Nacht hier, und morgen auch, den ganzen Tag. Sie beschützen uns rund um die Uhr.«

»Und was ist mit morgen Nacht?«

»Wahrscheinlich bleiben sie ein oder zwei Nächte. Mum will eine private Sicherheitsfirma engagieren, und vielleicht tun wir das auch, damit sie sich besserfühlt. Aber mit ein wenig Glück nehmen sie vorher schon jemanden fest, und die Sache erledigt sich von selbst.«

Als er sich erhob, fiel sein Blick auf die Bong, die offen auf ihrem Schreibtisch stand, direkt neben ihrem Laptop.

»Ich habe mein ganzes Gras weggeschmissen«, sagte sie schnell.

Das stimmte sogar. Sie hatte die Tüte am Morgen fortgeworfen.

»Hast du dich heute Abend gut amüsiert?«

Sie dachte daran, wie Darren sie am Arm festgehalten hatte, und wie sie den Taxifahrer angeschrien hatte, er solle anhalten.

»Ja«, antwortete sie, »es war ganz nett.«

»Das freut mich«, antwortete er. Nach einem kurzen, unbehaglichen Schweigen verabschiedete er sich. »Dann wünsche ich dir eine gute Nacht.«

Marissa musste noch immer an die Taxifahrt denken, sie war echt total ausgeflippt.

Sie wälzte sich noch lange unruhig hin und her, bevor sie endlich einschlief.

Sie träumte von Prag. Sie war zwar noch nie dort gewesen, aber sie hatte jede Menge Fotos von den gepflasterten Straßen, den Häusern, dem Schloss und der Karlsbrücke gesehen und wusste, dass sie nicht in irgendeiner anderen osteuropäischen Stadt, sondern in Prag war. Sie war glücklich in ihrem Traum, hing herum, spielte Gitarre und dröhnte sich genüsslich die Birne zu. Auch wenn sie auf der Gitarre keinen einzigen Akkord spielen konnte, fühlte sich der Traum vollkommen real an.

Sie war enttäuscht, als sie zu Hause in ihrem Bett in Forest Hills aufwachte. Aber was hielt sie davon ab, einfach ihre Sachen zu packen und loszuziehen? Sie hatte keinen Job, keinen Freund, keine Verpflichtungen. Nach Prag zu gehen würde gleich zwei Probleme auf einen Schlag lösen: Sie wäre weit weg von ihren Eltern und deren Problemen, und sie könnte sich das Leben alleine dort leisten – zumindest für eine Weile. Sie hatte noch etwa sechstausend Dollar aus dem Treuhandfonds, den ihr ihre Großeltern mütterlicherseits hinterlassen hatten. In Manhattan reichte das gerade mal für zwei Monatsmieten für ein annehmbares Apartment, aber in Prag könnte sie davon sechs Monate oder sogar noch länger leben, wenn sie in einer Jugendherberge oder anderswo billig wohnte.

Marissa ging an den Computer und googelte ›nach Prag ziehen‹. Fasziniert betrachtete sie die Fotos. Ganz schön unheimlich, dass die Stadt in ihrem Traum der echten Stadt so sehr glich. Sie las alles über Prag und welche Dinge man beachten musste, wenn man dorthin zog. In ihrer Begeisterung war sie von ihrem Plan auf einmal so felsenfest überzeugt, dass sie einen Blog-Eintrag mit dem Titel ICH ZIEHE NACH PRAG schrieb.

Als sie nach unten ging, flitzte ihre Mutter wie eine Besessene mit dem Staubsauger herum. Offensichtlich musste sie überschüssige Energien loswerden, und Marissa überlegte, ob das wohl mit ihren Sorgen wegen des Einbruchs zusammenhing oder mit ihrer Affäre oder einer Kombination aus beidem. Als Marissa sich erkundigte, wie es ihr gehe, antwortete sie »Gut, gut«, sah dabei aber nicht einmal auf. Später, als Marissa wieder hinunterging, um Wäsche zu waschen, lag ihre Mutter in eine Decke eingekuschelt auf dem Sofa und guckte eine Fernsehserie. Ein Vater, der sich in Illusionen flüchtete, und eine Mutter, die sonderbare Verhaltensweisen an den Tag legte - Marissa hatte das Gefühl, mit zwei Gestörten unter einem Dach zu leben.

Sie konnte es kaum erwarten, nach Prag abzuhauen.

Marissa war noch immer sehr traurig wegen Gabriela, versuchte aber, nicht allzu viel darüber nachzudenken, und widerstand auch der Versuchung, nach Nachrichten über ihren Mord zu suchen. Wenn es neue, wichtige Informationen gab, falls die Polizei einen Verdächtigen festnahm zum Beispiel, würden ihre Eltern es ihr schon erzählen. Darüber zu lesen würde sie nur noch trauriger machen. Außerdem hatte sie Angst, weitere peinliche Artikel über ihren Vater zu entdecken und wieder über eine Namensänderung nachdenken zu müssen. Da konzentrierte sie sich doch lieber auf angenehmere Dinge wie Prag und ihre Pläne für den heutigen Abend. Tone Def spielten um zehn in Kenny's Castaways. Um nichts in der Welt würde sie diesen Auftritt verpassen. Gegen sechs wollte sie sich mit Sarah, Hillary und Beth, einer Arbeitskollegin von Hillary, im Bitter End auf einen Drink treffen. Sie hatte mit Lucas, dem Bassisten von Tone Def, mit dem sie damals im Bett gelandet war, ein paar SMS getauscht, und Lucas hatte sie und ihre Freundinnen eingeladen, nach dem Auftritt noch in eine Kneipe in der Lower East Side mitzukommen. Marissa freute sich auf einen netten Abend mit ihren Freundinnen, der hoffentlich bei Lucas im Bett enden würde.

Als sie das Haus verließ, sah sie sehr sexy und sehr hip aus mit ihren engen, zerrissenen Jeans, dem bauchfreien T-Shirt, das ihr Engel-Tattoo zur Geltung brachte, den hohen schwarzen Lederstiefeln, den klobigen Ethno-Ohrringen aus Holz und dem dunklen Gothic-Lippenstift, der so schön mit ihrer blassen Haut kontrastierte. Sie traf sich mit den Mädels in der

Bar, dann wollten ein paar von ihnen was essen, also gingen sie zu einem preiswerten Vietnamesen um die Ecke, und anschließend trudelten sie bei Kenny's ein. Marissa war leicht angetrunken, und damit dieses angenehme Schwebegefühl nicht nachließ, schlug sie ihren Freundinnen vor, zur Feier des Tages eine Runde Schnaps zu bestellen.

»Und was feiern wir?«, wollte Hillary wissen.

»Na, meinen Umzug nach Prag!«, sagte Marissa, als müssten alle Bescheid wissen.

Sarah und Beth winkten ab, aber Marissa und Hillary stießen miteinander an. Marissa hatte ganz schön einen sitzen. Wenn sie so weitermachte, würde sie über kurz oder lang sternhagelvoll sein. I'm Bernadette, eine nervige Retro-Punk-Band, beendete gerade ihren Auftritt. So langsam füllte sich der Club, Tone Def hatten eine ziemlich große Fangemeinde. Marissa kämpfte sich nach vorn zur Bühne durch, um Lucas zu begrüßen. Natürlich waren jede Menge Leute aus Vassar da, keine Chance, denen zu entkommen. Sie blieb kurz stehen, um mit Megan, Caitlin und Alison zu quatschen. Dann entdeckte sie Darren, der mit Zach Harrison an einem Tisch rechts von ihr saß. Was hatte der denn hier verloren, dieses Arschloch? Der war doch nur gekommen, weil er gehört hatte, dass sie auch da sein würde. Er konnte Tone Def nicht ausstehen! Was musste sie denn noch tun, damit er es endlich schnallte?

Sie stolzierte an Darrens Tisch vorbei in Richtung Bühne, wo die Band mit dem Aufbau beschäftigt war. Darren sollte sie mit Lucas sehen und grün vor Eifersucht werden.

»Hi, wo steckt Lucas?«, fragte Marissa Julien, den Schlagzeuger von Tone Def.

»Hi, wie geht's? Keine Ahnung, der muss hier irgendwo sein.«

»Ich glaub, der ist aufs Klo«, sagte ein Typ, der gerade den Verstärker verkabelte.

Marissa ging zur Herrentoilette und wartete auf dem Flur. Ein paar Jungs gingen rein und raus, aber Lucas tauchte nicht auf. In der Zwischenzeit hatte sich vor der Damentoilette eine Schlange gebildet. Marissa wollte nicht zur Bühne zurück, weil Darren dann bestimmt zu ihr kommen würde, und so blieb sie noch ein wenig im Flur stehen.

Ein Mädchen trommelte an die Tür der Damentoilette: »Nun mach schon!«

Nach ein paar weiteren Minuten kam Lucas aus der Toilette, ein Mädchen mit langen, wirren roten Haaren im Arm, das völlig zugedröhnt war. Seine Hose stand halb offen, und ihr Lippenstift war total verschmiert, als wäre nicht auch so schon klar genug gewesen, was die beiden hinter der verschlossenen Tür getrieben hatten.

Marissa hätte sich am liebsten verdrückt, aber Lucas und das Mädchen kamen geradewegs auf sie zu. Lucas' Augen wurden groß, als er sie erkannte, doch er sagte nur »Hi« und ging mit dem Mädchen weiter zur Bühne.

Marissa wurde ganz schwindlig, sie hatte Angst, jeden Augenblick umzukippen; der Schock in Kombination mit dem Schnaps war wohl zu viel für ihre Nerven. Sie musste sich einen Augenblick an die Wand lehnen und die Augen schließen, damit der Raum aufhörte, sich zu drehen. Als sie die Augen wieder aufmachte, kam Darren auf sie zu.

»Hi, was geht?«, fragte er mit einem dämlichen Grinsen im Gesicht. Erwartete er etwa, dass sie sich freute, ihn zu sehen? Sie wollte an ihm vorbei, da hielt er sie am Arm fest, genau wie am Abend zuvor.

»Hey, wohin willst du denn?«, fragte er.

»Lass mich in Ruhe«, fauchte sie und riss sich von ihm los.

»Welche Laus ist dir denn über die Leber gelaufen?«

»Du! Du läufst mir ständig über die Leber«, sagte sie, aber wahrscheinlich hatte er das nicht gehört, weil sie schon weitergegangen war und Tone Def zu spielen begonnen hatten. Ihre Freundinnen standen direkt vor der Bühne und winkten sie zu sich. Sie musste sich zu ihnen stellen und Lucas beim Spielen zusehen. So entspannt, wie der aussah, musste das wohl ein toller Blowjob gewesen sein. Sobald sie nach Hause kam, würde sie als Erstes sämtliche Songs von Tone Def von ihrem Computer und dem iPhone löschen.

Sie konnte Lucas' Anblick nicht länger ertragen und blickte nach links, aber da stand Darren. Also schaute sie rasch nach rechts, und da stand er, dieser unglaublich gutaussehende Typ, nur ein paar Meter von ihr entfernt, und guckte sich die Show an. Den hatte sie doch schon einmal irgendwo gesehen. Nein, jetzt wusste sie, warum er ihr so bekannt vorkam. Der Typ sah aus wie Johnny Depp. Ein paar Sekunden lang hielt sie ihn sogar für den echten Johnny Depp, aber dann dachte sie: ›Klar, Johnny Depp geht ganz bestimmt ins West Village, um sich mit einem Haufen Vassar-Leuten irgendeine Nullchecker-Band reinzuziehen.‹

Unauffällig musterte sie den Typen ein wenig genauer – er sah viel jünger aus als Johnny Depp. Da, er schaute zu ihr rüber und lächelte sie an! Sie sah sich um, ob sich jemand anders angesprochen fühlte, aber nein, er lächelte wirklich sie an. Sie lächelte zurück, schaute dann aber schnell wieder zur Bühne, wo Lucas gerade ein Bass-Solo spielte und dabei ein Gesicht machte, als würde ihm gleich noch mal einer abgehen. War für so lausige Musik wirklich so viel Energie nötig? Jemand tippte ihr auf die Schulter, sie drehte sich um – der Johnny-Depp-Typ stand neben ihr und sagte etwas, was sie nicht verstehen konnte, weil (a) ihr das Herz bis zum Halse schlug und (b) die Musik so verdammt laut war. Dann machte er mit der Hand eine Trinkgebärde. Sie nickte und ging vor zur Bar. Hoffentlich sah Darren sie weggehen und wurde eifersüchtig. Noch besser wäre es natürlich, wenn Lucas sie auch noch sehen könnte, aber das bezweifelte sie, so beschäftigt, wie der mit dem verdammten Bass war.

Als sie sich der Bar näherten und die Musik nicht mehr ganz so laut war, schloss der Johnny-Depp-Typ zu ihr auf. »Hi, ich bin Xan«, sagte er.

Er sprach es ›Sän‹ aus, und sie dachte, sie hätte sich verhört. »Wie bitte?«

»Xan. Eigentlich heiße ich Alexander, aber meine Freunde nennen mich Xan.«

Er hatte leuchtend blaue Augen, lange Koteletten und einen Dreitagebart. Ein paar pomadige Haarsträhnen fielen ihm ins Gesicht – cool, total cool der Typ. Der lässige Look und die dunkle Haut ließen seine blauen Augen irgendwie noch blauer strahlen.

»Ich hatte einen Freund auf dem College, Scott, der nannte sich Scuh«, sagte Marissa. »Das fand ich ziemlich bescheuert, aber Xan finde ich cool.«

Er schaute ihr lächelnd in die Augen. »Und wie heißt du?«

»Oh, ach ja.« Wie idiotisch, dass sie ihm nicht gleich ihren Namen genannt hatte. »Marissa.«

»Marissa oder Rissa?«

Sie lachte. »Rissa hört sich gar nicht so schlecht an.«

»Na wunderbar, dann sage ich in Zukunft nur noch Rissa zu dir.«

In Zukunft! Das gefiel ihr. Er schaute ihr schon wieder in die Augen. Wann war ein Typ ihr gegenüber das letzte Mal so aufmerksam gewesen? Geschweige denn ein so cooler und so heißer Typ wie Xan? Seine Lippen waren umwerfend, sahen unglaublich weich aus. Sie hätte ihn am liebsten auf der Stelle geküsst, nicht nur, um Darren und Lucas eifersüchtig zu machen, sondern einfach, weil sie es wollte.

Schließlich gelang es ihr, wieder einen klaren Gedanken zu fassen. »Du bist also ein Fan von Tone Def?«

Na ja, vielleicht nicht die cleverste aller Fragen, aber immerhin besser als nichts.

»Ich hab sie ein paarmal gesehen«, sagte Xan. »Wie findest du sie?«

Marissa hatte sogleich wieder das Bild vor Augen, wie Lucas mit der Blowjob-Königin vom West Village aus der Toilette kam. »Also ehrlich gesagt, finde ich sie ganz schön beschissen. Meine Freundinnen wollten unbedingt hierher, also bin ich mitgegangen. Spielst du in einer Band?«

»Sehe ich so aus?«

»Irgendwie schon.«

»Nein, ich bin Maler.«

»Machst du Witze?« Sie war ganz aufgeregt. »Was malst du denn?«

»Ziemlich verschiedene Sachen. Porträts, Straßenansichten, das wahre Leben halt.«

»Wow, das hört sich total spannend an. Ich habe Kunstgeschichte studiert.«

»Wirklich?«

»Ja, in Vassar, und im Sommer habe ich eine Weile im Met gearbeitet.« Sie erzählte ihm nicht, dass es nur für einen Monat war und dass ihr Job darin bestanden hatte, Kopfhörer an die Besucher auszuleihen. Sollte er ruhig denken, sie hätte dort eine wichtige Position bekleidet.

»Wirklich?« Er lächelte immer noch. »Das ist ja toll.«

O Gott, sie wollte ihn küssen, musste ihn küssen. Er sah einfach umwerfend aus – und endlich hatte sie in New York jemanden getroffen, der die gleichen Interessen hatte.

»Welche Maler magst du am liebsten?« Erst als sie damit herausgeplatzt war, wurde ihr klar, wie blöd sich die Frage anhörte.

»O Mann, da gibt es eine ganze Menge. Ich mag die verschiedensten Stilrichtungen, angefangen bei den Impressionisten, van Gogh, Monet, Cézanne, Degas, ja, Degas ist wirklich toll, aber ich mag auch andere, Edward Hopper zum Beispiel ...«

»O mein Gott, ich liebe Hopper. Seine Werke sind so einfach und doch so tiefgründig. Ich liebe überhaupt den Amerikanischen Realismus.«

»Dann mag ich noch Picasso, Warhol, hmm, Jackson Pollock ...«

»Das ist unglaublich. Das sind genau meine Lieblingskünstler.«

»O ja, und dann ist da natürlich noch Frida Kahlo.«

»Jetzt mach aber mal einen Punkt! Ich bin ganz verrückt nach Frida Kahlo. In meinem letzten Jahr habe ich eine Arbeit über sie geschrieben, fünfundzwanzig Seiten. Ich finde sie einfach umwerfend. Kennst du das Bild *Henry Ford Hospital*?«

»Ja, das ist nicht übel, aber mein Lieblingsbild von ihr ist das *Selbstporträt mit Äffchen*.«

»Aber ja, klar, das ist phantastisch. Die Darstellung der Tiere darin ist unglaublich kraftvoll und eindrücklich. Das Porträt ist ein hervorragendes und absolut typisches Beispiel für den Weltschmerz in Kahlos Œuvre.«

Weltschmerz in ihrem Œuvre? O Gott, hätte sie doch bloß ihre Klappe gehalten. Sie hoffte nur, dass sie nicht allzu sehr wie eine Angeberin, wie eine Besserwisserin geklungen hatte.

Er trank einen Schluck Bier, ließ sie dabei aber nicht aus den Augen.

»Was malst du denn so?«, wollte sie wissen.

»Schwer zu beschreiben. Ich probiere viel aus, fühle mich in den verschiedensten Stilrichtungen zu Hause. Ich habe ein paar Straßenszenen gemalt, aber auch Berge, Menschen, ein bisschen von allem eben.«

»Wow«, sagte sie. »Darf ich fragen, ob du deinen Lebensunterhalt noch mit was anderem bestreitest oder …?«

»Nein, ich arbeite ausschließlich als Maler. Ich finde, wenn man erst einmal herausgefunden hat, was man in seinem Leben tun will, dann muss man es auch tun, komme, was da wolle. Geld darf dem persönlichen Glück nicht im Wege stehen. Man muss es einfach tun, mit voller Hingabe, seinen Träumen folgen, verstehst du?«

»Das ist ja unglaublich. Das sage ich schon …« Marissa entdeckte Darren und Zach am Rand des Publikums.

»Was ist los?«, erkundigte sich Xan.

»Ach, nichts. Den Typen da drüben, den kenn ich. Ich hatte mal was mit ihm und versuche nun schon seit einiger Zeit, ihn abzuservieren, aber er kapiert es einfach nicht. Nervt ganz schön, dass er überhaupt hier aufgetaucht ist.«

Darren kam zu ihnen rüber. »Kann ich kurz mit dir sprechen?«, fragte er Marissa.

»Ich bin beschäftigt.«

»Tut mir leid«, sagte Darren zu Xan, »aber ich muss kurz mal mit meiner Freundin reden.«

»Ich bin nicht deine Freundin. Kannst du mich nicht endlich mal in Ruhe lassen?«

»Ich will doch nur –«

»He«, unterbrach Xan ihn, »sie hat gesagt, dass du sie in Ruhe lassen sollst.«

»Wer redet denn mit dir?«, sagte Darren.

Xan stellte in aller Ruhe sein Glas auf die Theke, dann packte er Darren an der Jacke und zerrte ihn zum Ausgang. Marissa hatte keine Ahnung, was er Darren sagte, weil er ihr den Rücken zuwandte und die Musik ihn übertönte. Aber sie konnte Darrens Gesicht beobachten. Zuerst sah er ziemlich wütend aus, als wolle er gleich auf Xan losgehen, aber während Xan zu ihm sprach, änderte sich sein Gesichtsausdruck. Erst wirkte er verwirrt, dann besorgt, und dann stand ihm nackte Angst ins Gesicht geschrieben.

Schließlich kehrte Xan lächelnd zu Marissa zurück. »Ich glaube nicht, dass er dich noch einmal belästigt.«

Marissa sah Darren zu Zach rübergehen. Sie redeten kurz miteinander, dann eilte Darren aus dem Club, ohne noch einmal in Marissas Richtung zu schauen.

»Wow, das war toll. Was hast du zu ihm gesagt?«

»Ich habe ihm nur ein wenig Nachhilfeunterricht darin erteilt, wie man sich einer Dame gegenüber zu verhalten hat«, sagte Xan. »Wollen wir hier mal raus?«

›Oho, er ist doch wohl hoffentlich nicht nur auf eine schnelle Nummer aus‹, dachte Marissa. ›Bitte lieber Gott, lass ihn nicht so einer sein.‹

»Ich meine nur, weg von hier, irgendwo anders hin, wo es ein bisschen ruhiger ist, wo man reden kann«, fügte er schnell hinzu.

»Ja klar, das hört sich toll an«, sagte Marissa.

Tone Def waren noch immer ziemlich am Anfang ihres Auftritts. Marissa ging zu Hillary hinüber und sagte ihr, dass sie für ein Weilchen verschwinden würde. Sie solle ihr eine SMS schicken, wenn sie noch woanders hingingen.

»Wo willst du hin?«

»Ich hab jemanden kennengelernt.«

»Wirklich? Wen?«

Marissa schaute zu Xan rüber, und Hillary folgte ihrem Blick. »Wow, der ist heiß!«

Marissa grinste stolz.

Sie verließ zusammen mit Xan den Club und ging mit ihm die Bleeker Street hinunter zum Café Figaro. Sie setzten sich draußen an einen Tisch, bestellten Cappuccino und unterhielten sich angeregt über Kunst und über

New York. Er erzählte, dass er nicht studiert habe, aber in Europa herumgereist sei und in Prag gelebt habe. Er hatte wirklich in Prag gelebt! Wenn das nicht ein Zeichen der Götter war! Sie erzählte ihm von ihrem Plan, nach Prag zu gehen, fragte sich aber im selben Augenblick, ob sie das wirklich noch wollte. Prag hatte sich nach einer tollen Idee angehört … bevor sie Xan kennengelernt hatte. Wenn sich das mit ihm so entwickelte, wie sie hoffte, wenn Xan und sie tatsächlich zusammenkamen, dann würde sie diese Idee vielleicht unter den Tisch fallen lassen.

Okay, gut, sie steigerte sich da wohl ein bisschen zu schnell rein, aber es machte Spaß, der Phantasie freien Lauf zu lassen.

Dann stießen sie auf einen noch viel größeren Zufall. Er erwähnte, dass er auch in England rumgereist war, und als sie ihm erzählte, dass sie ihr drittes Studienjahr in London verbracht hatte, an der University of the Arts, stellten sie fest, dass sie zur selben Zeit in London gewesen waren.

»Wo hast du gewohnt?«, wollte Marissa wissen.

»Bei einem Freund in Hampstead.«

»O mein Gott, da habe ich nach Ende des Semesters den Sommer verbracht. Wo genau in Hampstead?«

»Hmm, lass mich nachdenken. Ich glaube, die Straße hieß Kemplay Road.«

»Ich war in der Carlingford Road«, rief Marissa. »Ist das denn zu glauben, ich habe gerade um die Ecke von dir gewohnt.«

Sie bestellten sich noch eine Runde Cappuccinos und unterhielten sich so blendend, dass sie gar nicht merkten, wie die Zeit verflog.

Sie sprachen vor allem über sie, er stellte viele Fragen über ihr Studium, ihre Kindheit, ihre Pläne für die Zukunft. Ach, es war so erfrischend, mal mit einem Mann zusammen zu sein, der sich wirklich für sie interessierte, mit dem sie so viele Gemeinsamkeiten hatte. Und es schadete natürlich nicht, dass er auch noch umwerfend aussah. Sie hatte das Gefühl, im Lotto gewonnen zu haben.

Es war spät geworden. Sie sah auf die Uhr, gähnte demonstrativ und sagte: »Ich sollte mich langsam, aber sicher auf den Heimweg machen.«

Sie hoffte, dass er nach ihrer Telefonnummer fragen würde. »Ich bring dich nach Hause«, sagte er stattdessen.

»Das ist Wahnsinn, du wohnst doch in Brooklyn, oder?«

»Ja und?«

»Forest Hills liegt nun nicht gerade auf deinem Weg.«

»Es kommt überhaupt nicht in Frage, dass ich dich um diese Uhrzeit alleine mit der U-Bahn fahren lasse.«

Sie erklärte ihm, dass sie das ständig mache und auch den LIRR-Zug nehmen könne, der sicherer war, aber er bestand darauf, sie zu begleiten. Im Grunde hatte sie nichts dagegen. Sie fand es sehr romantisch und ausgesprochen aufmerksam. Keiner ihrer Freunde hatte je einen solchen Umweg für sie in Kauf genommen. Darren hätte sie schon vor Stunden an irgendeiner dunklen Ecke in Manhattan stehenlassen.

Als sie in Forest Hills ankamen, dachte sie, er würde sich nun von ihr verabschieden und umkehren, aber weit gefehlt. Er bestand darauf, sie bis zu ihrem Haus zu begleiten. Dieser ganze Abend mit ihm erinnerte sie an etwas. Sie wusste nicht so recht, woran, doch dann fiel es ihr ein: an diesen alten Schwarzweißfilm, *Marty*, den sie vor ein paar Wochen im Fernsehen gesehen hatte. Alles war genau wie in dem Film – sie lernte in einem Club einen Mann kennen, und er brachte sie spät in der Nacht nach Hause. In *Marty* allerdings küssten sich die beiden nicht zum Abschied, und sie hoffte doch sehr, dass Xan sie küssen würde.

Auf den letzten Metern wurde sie nervös, bekam Angst, dass alles schiefgehen würde. Das Polizeiauto stand wieder da, direkt gegenüber von ihrem Haus. Sie wusste nicht, ob Xan in den Nachrichten von dem Einbruch gehört hatte, aber sie befürchtete, dass er ihr beim Anblick des Polizeiautos Fragen stellen würde. Sie hatte Angst, dass er nichts mehr mit ihr zu tun haben wollte, wenn er erst einmal erfuhr, dass sie die Tochter von Adam Bloom war, dem durchgeknallten Revolverhelden.

Zu ihrer Erleichterung schien Xan das Polizeiauto gar nicht zu bemerken. Vielleicht war er ja auch nervös und abgelenkt.

»Wir sind da«, sagte sie schließlich und blieb vor ihrem Haus stehen.

»Wow«, staunte Xan. »Ganz schön groß. Muss toll gewesen sein, hier aufzuwachsen.«

»Na ja, war ganz okay.«

Er ergriff ihre beiden Hände, sah ihr in die Augen. Ihre Telefonnummer hatte sie ihm schon in der U-Bahn gegeben, und sie hatten verabredet, bald mal zusammen auszugehen.

»Ich ruf dich morgen an«, sagte er.

»Super«, sagte sie, und dann küsste er sie.

Schließlich riss sie sich von ihm los. »Ich muss gehen.«

»In Ordnung. Das war ein toller Abend, Rissa.«

Sie sagte ihm, das finde sie auch. Sie verabschiedeten sich und winkten sich noch einmal zu, als er schon die Straße hinunterging.

Als sie das Haus betrat, piepte die Alarmanlage. Sie tippte den neuen Code ein, den sie auswendig gelernt hatte, stellte die Anlage wieder scharf und ging nach oben.

Es war schon seltsam, was das Leben für Überraschungen in der Hinterhand hatte. Gerade noch hatte sie gedacht, schlimmer könne es nicht mehr werden, der absolute Tiefpunkt sei erreicht, da passierte etwas völlig Unerwartetes, Umwerfendes. Gab es einen besseren Beweis für die Existenz von Gott oder von irgendeiner höheren Macht?

Sie eilte nach oben und schrieb einen langen Blog-Eintrag zu diesem Thema.

13

Johnny Long hatte eine Gelegenheit gehabt, Dr. Bloom eine Kugel direkt in den Schädel zu jagen, und zwar kurz nach zwei am Mittwoch – an dem Tag, an dem Johnny Gabriela umgebracht hatte –, als er in einem gestohlenen Honda an der Ecke der Straße wartete, in der die Blooms wohnten. Johnny war schon seit einer Stunde, vielleicht auch anderthalb, in Forest Hills. Vor dem Haus standen noch immer ein paar Leute herum, wahrscheinlich Reporter, aber keine Bullen. Johnny hatte keine Ahnung, ob er an dem Tag überhaupt an den Kerl rankommen würde, wusste nicht, wo Bloom sich aufhielt, ob im Haus oder sonstwo. Am liebsten hätte er die Sache gleich hinter sich gebracht, er war müde und wollte nur noch nach Hause ins Bett.

Dann kam dieses Arschloch raus, stolzierte aus dem Haus wie ein Gockel, aber nicht nur das, auch seine Kleidung ärgerte Johnny maßlos. Der Kerl trug doch tatsächlich Jogginghosen und Sportschuhe, als sei er auf dem Weg zum Sportstudio. Zwölf Stunden nachdem er Carlos in seinem Haus erschossen hatte – nein, nicht erschossen, abgeknallt hatte er ihn, ein volles Magazin aus kürzester Entfernung auf ihn abgefeuert –, zog der Typ los, um seine Muckis zu trainieren?

Johnny machte es keinen Spaß, Menschen umzubringen. In seinem ganzen Leben hatte er drei Menschen umgebracht, vier mit Gabriela. Er tat es nur, wenn er keine andere Wahl hatte, wenn er seinen eigenen Arsch retten musste. Aber Adam Bloom umzubringen wäre was anderes. Dem Kerl eine Kugel in den Kopf zu jagen, ihn in der Gosse liegen zu sehen, blutend, mit einem Loch im Schädel, würde ihm ein Vergnügen sein.

Er sah, wie Bloom mit den Reportern sprach, als halte er Hof. Mein Gott, der Mann war ja so unglaublich eingebildet, fuchtelte mit den Händen herum, um seine Worte zu unterstreichen. Ganz klar, der Typ genoss die Vorstellung, kostete jede Sekunde davon aus, dem ging echt einer ab dabei. Nun ja, er sollte bloß warten, bald würde er auch eine Kugel im Kopf haben.

Schließlich hatte Bloom genug gequatscht und ging weiter, allein. An der nächsten Straßenecke bog er ab. Johnny hatte ein paar Sekunden gewartet, dann den Wagen angelassen und war langsam die Straße entlanggefahren. Als er um die Ecke bog, sah er Bloom fünfzig Meter vor sich. Johnny hatte sich bei Reynaldo, seinem Waffenhändler, eine saubere .38er Special besorgt. Er hielt sie in der rechten Hand, das Seitenfenster vom Beifahrersitz hatte er bereits runtergelassen. Weit und breit keine Menschenseele. Wenn Bloom die Stelle da vorn erreichte, wo keine Autos im Weg standen, würde Johnny kurz Gas geben und, sobald er freie Schussbahn hatte, abbremsen. ›Hi Doc, was geht‹, würde er vielleicht rufen, bevor er abdrückte, nur so zum Spaß.

Bloom hatte jetzt die optimale Stelle erreicht, und Johnny drückte aufs Gaspedal, war fast schon auf seiner Höhe. Er hielt die Pistole hoch, zielte auf Blooms linkes Ohr, da fuhr ihm ein Gedanke durch den Kopf. Warum ihn schon jetzt töten? Nun gut, dann war er tot, und Carlos konnte in Frieden ruhen, aber wäre das eine angemessene Rache? Töten war keine Rache. Dem Kerl weh tun, so richtig weh tun und ihn dann töten, das war Rache.

Johnny folgte Bloom weiter, hielt immer etwa einen halben Block Abstand. Er konnte sich nicht recht entscheiden, sollte er ihn jetzt gleich töten, damit er es hinter sich hatte, oder sollte er ihm erst das Leben zur Hölle machen und dabei vielleicht noch Geld abkassieren? Der Kerl hatte dieses Wahnsinnshaus, den ganzen Schmuck und den Diamantring. Wahrscheinlich lag da auch noch jede Menge Bargeld rum. Wäre wirklich toll, wenn er diesen Sommer eine Pause einlegen und für ein oder zwei Monate an die Küste könnte.

Dann hatte er eine Idee – wie er Rache, perfekte Rache an Bloom nehmen und gleichzeitig den größten Coup seines Lebens landen konnte. Es lag so auf der Hand, dass er sich fragte, warum er nicht schon früher darauf gekommen war.

Johnny verließ Forest Hills, fuhr den Queens Boulevard hinunter und fand seinen Plan immer besser.

O ja, das würde einfach perfekt werden!

Nachdem er den Honda in einer Seitenstraße in Kew Gardens stehen gelassen hatte, fuhr er mit der U-Bahn nach Brooklyn, erleichterte unterwegs einen Anzugheini um eine Brieftasche mit satten einhundertsechsundachtzig Dollar, ging in einen Burger King, in dem es auch Internetzugang gab, und machte sich daran, möglichst viel über Marissa Bloom herauszufinden.

In den Fernsehnachrichten hatten sie gesagt, dass Adam Blooms zweiundzwanzigjährige Tochter die Eltern geweckt und ihnen gesagt hatte, dass

Einbrecher im Haus seien. Johnny suchte nach Bildern von dem Mädchen, wollte wissen, mit wem er es zu tun hatte. Er stieß sofort auf das Foto einer Marissa Bloom, aber das musste die Falsche sein, denn die sah aus wie vierzig und arbeitete irgendwo in San Francisco. Eine andere Marissa Bloom, die Torhüterin einer Jugendfußballmannschaft in Parsippany, New Jersey, war zu jung, aber dann landete er einen Volltreffer. Ach du Scheiße, Marissa Bloom im Kreise ihrer Freundinnen auf einer Party in Vassar, einem dieser Colleges für Snobs. Sie war zwar nicht die hübscheste Frau, die Johnny Long je untergekommen war, aber verglichen mit denen, die er in letzter Zeit flachgelegt hatte, war sie 'ne absolute Sahneschnitte – hübsches Gesicht und schlanke Arme. Auf dem Bild waren die Beine nicht zu sehen, aber normalerweise konnte man bei Frauen von den Armen auf die Beine schließen. Wenn das die richtige Marissa Bloom war, dann war er dabei.

Er fand noch weitere Bilder von ihr in Vassar. Auf ein paar hatte sie langes Haar, dann trug sie es wieder kürzer. Auf einem der Fotos hatte sie eine stachelige Punk-Frisur. So langsam bekam er eine Vorstellung davon, was für ein Mädchen sie war, konnte sich schon denken, was für ein Typ Mann er sein musste, um ihr Herz zu erobern.

Aber wie konnte er sicher sein, dass sie die Richtige war? Er suchte weiter nach ›Marissa Bloom Forest Hills‹, überprüfte ein paar der Ergebnisse, konnte aber nichts Aufschlussreiches entdecken. Doch halt, was war das, ein Blog namens ›Artist Girl‹?

Auf dem Bild in der linken oberen Ecke erkannte er die Marissa Bloom aus Vassar wieder. Er scrollte weiter nach unten, überflog die Einträge der letzten paar Wochen, und da fand er es: ZEHN DINGE, DIE ICH AN FOREST HILLS HASSE.

Bingo, er hatte den Jackpot geknackt. Sie machte es ihm fast schon zu leicht: Alles, was er wissen musste, bekam er in ihrem Blog auf dem Silbertablett serviert. Das war keins der Blogs, die sich seitenlang zu aktuellen Nachrichtenthemen ausließen, dieses Blog drehte sich einzig und allein um Marissa Bloom, fast wie ein öffentliches Tagebuch. Sie postete beinahe jeden Tag was, die Einträge ließen sich über Jahre zurückverfolgen, bis zu ihrer Highschoolzeit. Johnny brauchte nichts anderes tun, als sich dieses Blog ein paarmal durchzulesen. Danach wäre er der größte Marissa-Bloom-Experte weltweit.

Er blieb fast vier Stunden im Burger King und las Marissas Blog, bis er das Gefühl hatte, sie schon seit Ewigkeiten zu kennen. Er erfuhr alles über ihre ehemaligen Freunde, über den Klatsch und Tratsch mit ihren Freundinnen, die Kurse, die sie am College belegt hatte, ihr Auslandsjahr in London, ihre Lieblingsmaler und Lieblingsgemälde. Wenn er Frauen irgendwo aufgabelte, musste er solche Informationen erst aus ihnen herauslocken und dann spontan entscheiden, wie er sie am besten einsetzte. Aber in Marissas Fall hatte er alle Informationen, die er brauchte, schon im Voraus. Er konnte jedes Detail planen, sicherstellen, dass er keine Patzer machte. Es war fast schon zu einfach.

Er fand noch mehr Bilder von ihr in dem Blog und auf ihrer MySpace-Seite, für die sie keine Zugriffsbeschränkungen eingestellt hatte. Auf ein paar Bildern war sie im Bikini, sie sah echt nicht übel aus. Wie erwartet hatte sie schlanke Beine und erstaunlich schöne Titten. Besser, er riss sich jetzt zusammen, er bekam ja schon einen Ständer, und der Burger King war nun wirklich nicht der Ort dafür. Aaah, er konnte sich bereits vorstellen, wie er dieses Mädchen verführte, wie er sie verwöhnte und ihr Wahnsinnsorgasmen bescherte.

Er las noch mehr Einträge, um zu entscheiden, was er sein sollte – Musiker oder Maler kamen in Frage. Beide Rollen würden ihm liegen, daher ging es nur darum, zu wem sie sich eher hingezogen fühlen würde. Er hatte beim Frauenaufreißen oft genug behauptet, er spiele in einer Band – er hatte was von einem Rockstar an sich, was eindeutig half, und die Frauen lagen heißen Typen mit Gitarren nun mal zu Füßen. Aber als er dann las, dass Marissa eine Band namens Tone Def toll fand und mit dem Bassisten der Band mal was hatte, war die Musiker-Rolle für ihn gestorben. Bestimmt wollte sie was anderes, was Neues. Einen Maler hatte sie noch nie gehabt, und damit war die Entscheidung gefallen.

Er ging auf Wikipedia und informierte sich über die Maler und die Bilder, die sie im Blog erwähnt hatte. Er hatte keinen blassen Schimmer von Kunst, aber nach einer Weile hatte er genug Grundwissen und Schlagworte aufgeschnappt, um grob zu verstehen, worum es ging. Niemand konnte besser bluffen als Johnny Long. Er brauchte nur zehn Prozent zu einem beliebigen Thema zu wissen, die anderen neunzig Prozent schüttelte er aus dem Ärmel, und jeder kaufte ihm den Experten ab.

Er sog so viele Informationen auf, wie er nur konnte, dann ging er nach Hause und fiel ins Bett. Am nächsten Morgen machte er sich sofort wieder an die Arbeit, er wusste, diese Marissa-Bloom-Sache war erheblich komplexer als ein normaler Aufriss. Wenn er das Ding richtig durchziehen wollte, wenn es so laufen sollte, wie er sich das vorstellte, dann brauchte er eine komplette neue Identität. Bei One-Night-Stands konnte er beliebige Geschichten über sich erfinden, die Frauen hatten ja keine Gelegenheit, sie zu überprüfen. Bei Marissa war das etwas anderes, er musste ihr Vertrauen gewinnen, sie sollte ihn wirklich mögen, ihn kennenlernen oder zumindest glauben, dass sie ihn kannte. Er würde sich regelmäßig mit ihr treffen, sie vielleicht sogar mit in seine Wohnung nehmen, also musste alles zusammenpassen.

Er fuhr nach Brighton Beach und traf sich mit einem Typen namens Slav, der russische Pässe verkaufte. Für dreihundert Kröten bekam er einen Sozialversicherungsausweis, einen Führerschein und eine nagelneue Identität: Alexander Evonov. Johnny hatte zwar irisch-italienische Wurzeln, doch sein Gesicht wies relativ kantige Züge auf. Man würde ihm die Geschichte, dass sein Großvater irgendwo aus der Nähe von Moskau stammte, problemlos abnehmen.

Wenn er als Maler durchgehen wollte, dann brauchte er ein paar Malutensilien in seiner Wohnung. Er ging in ein Geschäft für Künstlerbedarf und kaufte Farben, eine Staffelei, einen Malerkittel und Abdeckplanen. Ein paar Bilder sollte er wohl besser auch haben, und so ging er zur Heilsarmee und in einige Trödlerläden und kaufte sämtliche Gemälde, die er auftreiben konnte. Ein paar zeigten Berge, andere Menschen, wieder andere Straßenansichten, und ein paar waren darunter, die nur aus farbigen Formen bestanden und an diesen Typen erinnerten, den Marissa in ihrem Blog erwähnt hatte, irgendwie hatte der Name polnisch geklungen, was mit -sky am Ende. Kalinsky? Kazinsky? Nein, Kandinsky, ja, so hieß er. Natürlich sahen die Bilder nicht so aus, als seien sie alle von ein und derselben Person gemalt worden, aber Johnny hatte schon eine Geschichte parat, um das zu erklären. Er würde ihr sagen, dass er eben die verschiedensten – wie hieß das noch, er hatte das Wort auf Wikipedia gelesen, ach ja – Stilrichtungen ausprobiere. Ja, genau das würde er ihr sagen.

Johnny ging noch bei einer Videothek vorbei und holte sich die Filme *Frida* und *Pollock*. Nachdem er sie gesehen hätte, müsste er sich in Sachen Kunst keine Sorgen mehr machen. Nur mit seinem Namen war er noch nicht ganz zufrieden. Alexander Evonov – das hörte sich einfach nicht cool genug an, reichte bei weitem nicht an Johnny Long heran. Aber es war wohl ein bisschen zu viel verlangt, dass ein falscher Name ebenso cool klingen sollte wie der echte. An Evonov ließ sich nichts mehr ändern, aber mit

Alexander konnte er ein bisschen herumspielen, sich etwas einfallen lassen, das ein bisschen lässiger war. Alex? Nein, es gab Millionen Jungs, die so hießen. Dann vielleicht Al? Nein, auch nicht, das hörte sich zu sehr nach einem alten Mann an. Er dachte über Xander nach und sagte sich dann: Warum nicht Xan? Marissa Bloom, das Mädchen, das in diesem schicken Haus in Forest Hills lebte und sich alle Mühe gab, mit klobigem Schmuck und pinkfarbenen Haarsträhnen möglichst cool rüberzukommen, würde auf einen Kerl namens Xan voll abfahren.

Auf dem Weg nach Hause kam er an einem Zeitungskiosk vorbei und las die Schlagzeilen: SCHIESSWÜTIGER HAUSHERR TRIFFT UNBEWAFFNETEN EINDRINGLING UND WAFFENNARR BALLERT LOS.

Er überflog rasch die Berichte und musste so heftig lachen, dass ihm die Luft wegblieb. Adam Bloom war das Gespött der ganzen Stadt! Sie verglichen ihn mit Bernie Goetz! Das war zu schön, um wahr zu sein. Wie gut, dass er Bloom nicht sofort erschossen hatte. Da hätte er ihm ja direkt einen Gefallen getan, wenn er ihn vor dieser Scheiße bewahrt hätte. Schade nur, dass der arme Kerl nicht wusste, dass das bloß der Anfang war.

Mann, welch ein Hochgenuss, sich vorzustellen, wie dieser hochnäsige, reiche Fatzke die Zeitung las und sich wie der größte Idiot auf Gottes Erdboden fühlte. Der hatte sich bestimmt gewünscht, nie geboren worden zu sein. Nun ja, bald würde es auf das Gleiche hinauslaufen, aber erst wollte Johnny dieses Arschloch so richtig ins Schwitzen bringen. Er wusste schon, was er als Nächstes zu tun hatte.

Johnny nahm die U-Bahn nach Forest Hills, ging zu Fuß zum Haus der Blooms und schob den mitgebrachten Zettel unter die Tür. Es war ein erhebendes Gefühl, dem Haus so nahe zu kommen, dem Kerl unter die Nase zu reiben, dass er kein bisschen Angst vor ihm hatte, dass er ihm zu Leibe rücken konnte, wann immer es ihm gefiel. ›Und deine Tochter ficken kann ich auch, du Mistkerl, und du kannst nichts dagegen tun.‹

Es hatte ihm schon immer Spaß gemacht, andere zu manipulieren, aber das hier entwickelte sich zu seinem Meisterstück.

Als er wieder zu Hause war, schaute er sich *Frida* und *Pollock* an, wobei er bei den langweiligen Stellen – also ziemlich oft – in den Schnellvorlauf schaltete. Trotzdem schnappte er noch ein paar gute Informationsbrocken auf. Den Rest des Abends verbrachte er damit, seine Bude in eine Künstlerwohnung zu verwandeln. Die Signaturen der zusammengekauften Bilder –

sofern sie eine hatten – überschrieb er in dicken schwarzen Buchstaben mit XAN. Ein paar der Gemälde hängte er auf, er legte eine Plane auf den Boden und stellte die Staffelei mitsamt einer Leinwand darauf. Dann verteilte er Farben auf die Palette, und in einem Versuch, Pollocks Technik nachzuahmen, spritzte er schwungvoll Farbe auf die Leinwand und ließ sie dort tropfen und herunterlaufen. Hauptsächlich verwendete er Blau und Gelb, dann noch ein wenig Grün und für die Ecken ein bisschen Rot und Schwarz. Er trat einen Schritt zurück und betrachtete sein Werk. Hey, sah gar nicht mal so übel aus, mindestens ebenso gut wie das Zeug von Pollock.

Obwohl er sich noch um ein paar Details kümmern musste, hatte er inzwischen das Gefühl, dass er Marissa überzeugend den aufstrebenden Künstler Xan Evonov vorspielen konnte.

Am nächsten Morgen ging er ein paar Blocks weiter in ein Internetcafé. Er wollte noch ein bisschen mehr über Marissa lesen, nachschauen, ob sie erwähnte, was sie in den nächsten Tagen so vorhatte. Als er ihren Eintrag ICH ZIEHE NACH PRAG sah, bekam er einen Riesenschreck. Er dachte, sie würde mehr oder weniger sofort fahren und damit all seine Pläne zunichte machen. Erst als ihm klar wurde, dass die Idee noch völlig unausgegoren war, entspannte er sich wieder. Als er am Ende des Eintrags ankam, sah er die Überschrift WAS ICH HEUTE ABEND VORHABE. Darunter hatte Marissa geschrieben: *Ich gehe zu einem Auftritt der tollsten Band der Welt, Tone Def. Sie spielen um zehn Uhr in Kenny's Castaways. Kommt alle!*

Leichter konnte sie es ihm nicht mehr machen. Sie hatte ihm nicht nur verraten, wohin sie ging, sondern ihm auch noch die genaue Uhrzeit mitgeteilt. Was wollte er mehr?

In den nächsten beiden Stunden vertiefte sich Johnny noch einmal in Marissas Blog, entwarf in seinem Kopf eine Art Drehbuch von dem, was er sagen und tun wollte. Er war so gut vorbereitet und hatte so ungewohnt viele Informationen zur Verfügung, dass er schon befürchtete, es sei zu viel des Guten. Er musste aufpassen, dass er die Dinge ganz natürlich einflocht und dass ihm nicht versehentlich irgendetwas entschlüpfte, was er eigentlich nicht wissen konnte.

Gegen zehn betrat er den Club, zahlte den Eintritt von fünf Dollar und sah sich um. An der Bar konnte er Marissa nicht entdecken, und so ging er weiter in Richtung Bühne, die Band spielte schon. Mein Gott, waren die mies! Meinte sie das wirklich ernst mit der ›besten Band der Welt‹? Sie bumste wohl noch immer mit dem Bassisten, sonst würde sie diesen

Müll unmöglich gut finden. Als Johnny den Typen sah, wie er seinen Bass traktierte und einen auf Kurt Cobain machte – ausgebrannter Look, mit Haarsträhnen, die ihm über die Augen fielen –, musste er grinsen. Wenn sie auf so einen Möchtegern-Fuzzi abfuhr, dann würde sie einem echten Kerl wie Johnny Long niemals widerstehen können.

Johnny suchte die Zuschauerreihen direkt vor der Bühne ab, weil er sie bei den anderen Groupies vermutete, konnte sie aber nicht entdecken. Aber halt, da stand sie doch, zusammen mit ein paar anderen Mädchen. In Wirklichkeit sah sie noch besser aus als auf den Fotos. Sie hatte eine gute Figur und einen ausgesprochen sexy Hintern. Er sah nicht lang zu ihr hin, denn es war wichtig, dass sie zuerst auf ihn aufmerksam wurde. Er brachte sich in Position, seitlich von ihr, keine drei Meter entfernt, und blickte auf die Bühne. Nach einem Weilchen - er schaute zwar noch immer geradeaus und konnte sie nicht sehen - spürte er ihren Blick. Er wusste, dass sie ihn musterte, dass sie ihn heiß und sexy fand, aber er musste seine Karten richtig ausspielen. Timing war das A und O bei einem Aufriss. Er musste ihr Gelegenheit geben, ihn sich gründlich anzusehen, ihre Phantasie spielen zu lassen. Sie musste ihn nicht nur interessant finden, sie musste ihn haben wollen.

Genau im richtigen Augenblick, er spürte, dass sie gerade den Blick abwenden wollte, drehte er sich zu ihr um und schenkte ihr sein schönstes Johnny-Long-Lächeln. Die Reaktion einer Frau auf sein Lächeln war praktisch ihre Antwort auf die Frage, ob sie mit ihm schlafen wollte. Wenn sie schnell wegschaute, war die Antwort Nein, und die Sache war gegessen. Wenn sie nicht wegschaute, aber so reagierte, als sei sie bei etwas ertappt worden, bestand zumindest noch eine Chance, aber es würde eine Menge Arbeit erfordern. Aber wenn sie nicht wegschaute und zurücklächelte, dann stand die Tür offen. Bei Marissa gab es nicht den geringsten Zweifel, ihre Tür stand offen, sperrangelweit.

Er ging zu ihr rüber, ließ sie nicht aus den Augen und fragte sie, ob sie mit ihm an der Bar etwas trinken wolle. Natürlich wollte sie. Er ließ sie vorgehen, genoss den Anblick ihres süßen Hinterns in der engen Jeans. Er mochte auch ihr kurzes T-Shirt, das den Blick auf das Engel-Tattoo unten an ihrem Rücken freigab. Tattoos an dieser Stelle waren immer ein gutes Zeichen. Er hatte noch kein Mädchen mit so einem Tattoo getroffen, das keinen Spaß an Sex hatte.

An der Bar spielte er seinen größten Trumpf aus, seinen unwiderstehlichen Charme. Natürlich fand sie es toll, dass er sich Xan nannte und sie in Zukunft Rissa nennen wollte. Das war ein spontaner Einfall gewesen, aber ein ziemlich genialer. Er hatte ihr damit relativ deutlich zu verstehen gegeben, dass er sie wiedersehen wollte, dass er damit rechnete, sie wiederzusehen – ohne es aussprechen zu müssen, was zu diesem Zeitpunkt zu früh gewesen wäre.

Als das Gespräch auf die Kunst kam, übertraf er sich selbst. Sie war begeistert, einen Maler kennenzulernen. Damit hatte er sie mehr beeindruckt, als wenn er ihr gesagt hätte, sein Nachname sei Trump. Er ließ all die Namen ihrer Lieblingsmaler fallen, aber ganz beiläufig, nach dem Motto: ›Wow, wir mögen beide dieselben Maler, ist das nicht ein irrer Zufall?‹ Und sie ging ihm voll auf den Leim. Jedes Mal, wenn er Pollock, van Gogh, Kahlo oder sonst einen Namen nannte, kam er seinem Ziel einen Schritt näher. Er wusste so viel über sie, konnte sie so leicht um den Finger wickeln, dass es ihm fast schon unfair erschien. Aber dann rief er sich ins Gedächtnis, dass sie eben nicht irgendein nettes, unschuldiges Mädchen war, sondern die Tochter von Adam Bloom, die Tochter des Mannes, der Carlos kaltblütig ermordet hatte. Sie verdiente alles, was er für sie in petto hatte.

Es lief so gut, dass er sie noch am selben Abend hätte nageln können, wenn er gewollt hätte, aber er musste sich an sein Drehbuch halten. Das hier war eine langfristige Operation. Er würde sie schon noch flachlegen, aber damit er das zu Ende bringen konnte, was er sich vorgenommen hatte, musste sie ihm zunächst einmal blind vertrauen.

Also machte er weiter mit seinem Spielchen, sagte ihr all die Dinge, die sie hören wollte, als ihr Freund unvermutet auf der Bildfläche erschien. Das war zu schön, um wahr zu sein. Bestimmt war es dieser Darren, über den sie auch was im Blog geschrieben hatte. Johnny hatte so was schon tausend Mal erlebt, es gab kein besseres Mittel, ein Mädchen für sich zu gewinnen, als sie vor den Belästigungen ihres Ex zu beschützen. Natürlich war es von Vorteil, wenn dieser Ex ein schmalbrüstiger Schwächling war. Johnny zog Darren einfach beiseite, quetschte seine Hand, so fest er konnte, und sagte ihm in ruhigem Ton, dass er ihm zuerst den Schwanz abschneiden und ihn anschließend damit füttern würde, wenn er Marissa nicht in Ruhe ließe. Er sprach mit stählerner Stimme und sah diesem Warmduscher dabei direkt in die Augen, um sicherzugehen, dass er es schnallte. Dann erst ließ er die Hand des Typen wieder los und sah zu, wie er im Eiltempo verduftete.

Marissa war beeindruckt, und er kassierte weitere Pluspunkte, als sie ihrer Freundin Bescheid sagte, dass sie ging. Die Freundin sah zu Johnny rüber. Er grinste und konnte an ihren Lippen ablesen, was sie sagte: ›Wow, der ist heiß.‹ Also hatte er die auch auf seiner Seite. Wen wundert's, er war schließlich der weltbeste Weiberaufreißer.

Allerdings musste er vorsichtig bleiben, durfte nicht zu überheblich werden, damit er nicht noch ein Eigentor schoss. Im Café war er fast schon ein bisschen zu weit gegangen, als er behauptete, dass er zur selben Zeit in Hampstead gelebt habe wie sie. Das hatte er natürlich auch aus ihrem Blog, und er war clever genug gewesen, sich noch ein paar weitere Informationen zu besorgen, hatte sich die Karte von London angesehen und sich eine Straße gemerkt, die nicht allzu weit von der entfernt war, wo sie gewohnt hatte. Aber ansonsten hatte er keine Ahnung, und er musste das Thema gleich wieder wechseln, bevor sie ihm noch mehr Fragen stellte.

In Zukunft würde er vorsichtiger sein, damit er sich nicht noch einmal in so etwas hineinmanövrierte. Sie warf einen Blick auf die Uhr und sagte dann, dass sie heimmüsse. Natürlich machte sie nun auf ›braves Mädchen‹, wollte ihm zeigen, dass sie nicht so eine war, die mit einem fremden Mann gleich nach Hause ging. Von wegen. Wenn er sie überreden wollte, mit ihm zu kommen, wenn er noch einmal seinen Charme spielen ließe, würde sie mitgehen, keine Frage. Fast hätte er es getan, denn er hatte Lust, sie zu bumsen. Aber dann würde er Gefahr laufen, dass sie am nächsten Morgen Gewissensbisse bekam, ausflippte und ihn nicht wiedersehen wollte, und dieses Risiko wollte er nicht eingehen.

Also bestand er darauf, sie nach Forest Hills zu begleiten. Sie war beeindruckt. Sie hatte einen Typen kennengelernt, der nicht nur heiß aussah, sondern auch noch aufmerksam und rücksichtsvoll war. Wahrscheinlich glaubte sie, ihren Märchenprinzen vor sich zu haben. Welche Frau würde das nicht glauben?

Johnny freute sich, als er das Polizeiauto vor dem Haus der Blooms sah. Er hatte erwartet, dass Bloom in Panik geriet, wenn er den Zettel fand, und zusätzlichen Schutz verlangen würde – ohne zu ahnen, dass dieser Schuss voll nach hinten losgehen würde. Johnnys Plan ging auf, die Cops sollten ihn mit Marissa heimkommen sehen, sollten sehen, wie er sie zum Abschied küsste und dann wieder ging. Anschließend konnte er jederzeit wieder hier auftauchen, die Cops wussten ja nun, dass er der Freund der Tochter des Hauses war.

Er hatte Marissa all die richtigen Dinge gesagt und dass er sie unbedingt wiedersehen wollte. Er wusste, dass sie total scharf darauf war, ihn zu küssen, ließ sie aber noch ein bisschen länger zappeln, bis sie es kaum noch aushielt, und dann küsste er sie. Er hielt ihre beiden Hände, berührte sie sanft mit den Lippen, war vorsichtig mit seiner Zunge, gerade richtig. Sie drückte sich eng an ihn, signalisierte ihm, dass sie bereit für ihn war, aber er hielt sich an seinen Plan, sagte ihr gute Nacht und ließ sie zurück mit dem Wunsch nach mehr.

Als er sie verließ, sah er, wie die Bullen ihn musterten. Johnny schaute zu Boden, vermied jeglichen Blickkontakt. Er konnte sich nicht erinnern, wann er sich das letzte Mal so toll gefühlt hatte, und freute sich schon darauf, morgen Marissas Blog zu lesen. Bestimmt würde sie schreiben, dass sie Xan, einen Wahnsinnstypen, kennengelernt hatte und wie aufregend das alles war. Wenn Johnny nur schon an diesen Namen dachte, ›Xan‹, musste er laut losprusten … aber nichts war komischer, als sich Dr. Bloom in seiner Luxusvilla vorzustellen. Wahrscheinlich hatte er die Alarmanlage aufgerüstet, neue Türschlösser einbauen lassen und fühlte sich mit den Bullen vor der Haustür in Sicherheit. Ha, als ob ihm jetzt noch irgendwer oder irgendwas Schutz bieten konnte. Schon bald würde Johnny in sein Haus und in seine Tochter eindringen, und das wäre erst der Anfang der Qualen, die er für diesen Mann auf Lager hatte.

14

Am Freitagmorgen sah Adam ein, dass es wohl doch ein Fehler gewesen war, gleich zehn Mal auf Carlos Sanchez zu schießen. Die ersten beiden Schüsse waren notwendig gewesen, daran zweifelte er nicht, aber er wünschte, er könnte die anderen acht Schüsse ungeschehen machen.

Leider ließ sich daran aber nichts mehr ändern. Wie sagte Shakespeare noch? ›Was getan ist, ist getan und bleibt's.‹ Der Mann hatte recht. Ständig darüber nachzudenken machte ihn nur nervös und unsicher, da konnte er es auch gleich bleiben lassen.

Adam zog sich für die Arbeit an, als Dana sich im Bett aufsetzte: »Ich will nach Florida.«

Sie war gerade erst aufgewacht, und ihre Stimme klang tiefer als sonst, ein wenig rauh.

»Komm schon, du weißt, dass wir jetzt nicht wegkönnen.«

»Wir können tun, was wir wollen. Wir sind doch keine Gefangenen.«

Adam knöpfte sich das rotgestreifte Hemd zu. »Clements hat gesagt, dass wir hierbleiben sollen.«

»Ich will heute noch mit einem Anwalt sprechen. Wir sind doch keine Verbrecher, verdammt noch mal, wir stehen noch nicht einmal unter irgendeinem Verdacht. Wir müssen nicht hierbleiben und unser Leben aufs Spiel setzen, nur weil Clements es so will.«

»Ich fürchte, jetzt wirst du ein wenig melodramatisch.«

»Er kann uns jederzeit telefonisch erreichen oder per E-Mail. Wir könnten eine Konferenzschaltung machen. Schließlich leben wir im einundzwanzigsten Jahrhundert, verdammt noch mal.«

Adam setzte sich auf einen Stuhl und schlüpfte in die Slipper. »Wenn wir einen Grund hätten, nach Florida zu fliegen, würde ich es sofort tun.«

»Dein Leben ist in Gefahr, du wirst bedroht. Reicht das denn nicht als Grund?«

»Okay, entspann dich und hol ein paarmal tief Luft«, sagte Adam. »Es ist sehr schwierig, mit dir zu reden, wenn du in dieser Verfassung bist.«

Adam sah runter auf seine Schuhe, wusste aber trotzdem genau, was Dana tat – sie starrte ihn mit einer Mischung aus ungläubigem Spott und Verzweiflung an.

»Schön, dann tu eben, was du tun willst, aber ich gehe, und ich nehme Marissa mit. Wenn du hierbleiben willst, bitte.«

Adam trat einen Schritt zurück und betrachtete sich im Spiegel. Er hatte schon besser ausgesehen. Er wirkte müde, mitgenommen, ausgebrannt - der Stress der letzten Tage hatte seine Spuren hinterlassen. Sein Blick fiel auf Dana, die hinter ihm auf der Bettkante saß. Sie sah auch nicht gerade umwerfend aus.

»Lass uns später darüber reden, wenn du dich wieder beruhigt hast. Ich muss jetzt in die Praxis.«

»Ich sag dir Bescheid, in welchem Hotel wir absteigen«, sagte Dana.

»Mein Gott, würdest du bitte aufhören, dich so aufzuspielen?«

»Er benutzt uns als Köder, und ich habe absolut keine Lust, den Köder für ihn zu spielen.«

»Niemand benutzt uns als Köder. Dieser Zettel war ein dummer Streich.«

»Das war eine Morddrohung, Adam.«

»Da stand nichts davon, dass man mich umbringen will. Ich kann mich nicht einmal mehr an den genauen Wortlaut erinnern, aber es war so was wie, dass ich mir wünschen würde, nie geboren worden zu sein. Komm schon, das hat nichts zu bedeuten. So was schreibt doch höchstens ein Schuljunge.«

»Ich verstehe nicht, warum du das nicht ernst nimmst.«

»Ich nehme das nicht ernst? Jetzt mach aber mal einen Punkt! Ich habe auf der Stelle Clements hergerufen, ich habe dafür gesorgt, dass die Cops vor unserem Haus die ganze Nacht Wache schieben. Ich finde, dass ich den Wisch verdammt ernst genommen habe, aber ich glaube noch immer, dass es nichts weiter ist als ein dummer Streich.«

»Kein Kind aus dem Viertel hier würde so etwas tun.«

»Woher willst du das wissen? Es hört sich ganz nach einem Jugendlichen an, die Ausdrucksweise meine ich.«

»Für mich hat es sich nach jemandem angehört, der wütend auf dich ist, der dich verletzen will.«

»Dann erklär mir doch bitte mal, wie das alles zusammenpasst. Versuch's doch mal. Der Typ, der bei uns eingebrochen ist, kommt am nächsten Tag vorbei und schiebt uns diesen Brief unter der Tür durch? Warum? Um mir Angst einzujagen? Wenn jemand wütend auf mich ist und auf Rache sinnt, warum sollte er mir dann so eine Nachricht schicken? Wenn man vernünftig darüber nachdenkt, ergibt das überhaupt keinen Sinn. Also muss es ein dummer Streich gewesen sein. Vielleicht war es ja kein Kind aus der Nachbarschaft, sondern irgendein Verrückter, der die Berichte in der Zeitung gelesen hat. Bestimmt passiert so was öfter, wenn jemand in die Schlagzeilen gerät. Darum war auch Clements – wie du bemerkt haben dürftest – nicht sehr besorgt. Wahrscheinlich erlebt er so etwas ständig. Wetten, dass wir die ganze Nacht lang Drohanrufe bekämen, wenn unsere Nummer im Telefonbuch stünde.«

Dana wirkte seltsam abwesend, als wäre sie mit ihren Gedanken ganz woanders und sich seiner Anwesenheit gar nicht mehr bewusst.

»Was ist los?«, fragte Adam.

Gedankenverloren saß sie da. Dann blickte sie ihn an. »Nichts.«

»Du verstehst jetzt, warum ich hier nicht wegwill, oder?«

»Gabriela ist nicht bei uns eingebrochen«, erklärte sie tonlos, wie von weit her.

»Wie bitte? Wie kommst du denn jetzt darauf?«

»So etwas würde sie niemals tun. Dass sie verzweifelt war, ihrem Vater helfen wollte, das kann ich mir vorstellen, aber sie würde niemals selbst bei uns einbrechen. Das würde sie einfach nicht tun.«

»Ich bin da anderer Meinung«, sagte Adam und warf einen Blick auf die Uhr. 08:26 Uhr, so ein Mist, er musste dringend los. »Sie war mit Sanchez liiert, sie hat ihm unsere Schlüssel besorgt, damit er sie nachmachen lassen konnte, und sie hat ihm den Code für die Alarmanlage gegeben. Also kann man logischerweise davon ausgehen, dass sie auch bei uns eingebrochen ist.«

»Und wer hat sie dann ermordet?«

Darauf hatte Adam keine Antwort. »Ich gebe zu, dass da noch ein paar Fragen offen sind.«

»Ach wirklich?« Ihre Stimme triefte vor Sarkasmus. »Zu diesem Schluss bist du also gekommen, ja?«

Adam wusste nicht mehr, ob der Termin mit David Rothman für neun oder zehn Uhr angesetzt war. Bis neun würde er es niemals in die Praxis schaffen.

Er schaltete sein BlackBerry ein, um nachzusehen. »Du musst der Polizei ein bisschen mehr Zeit lassen. Clements war gestern Abend zuversichtlich, dass sie schon bald einen Durchbruch erzielen. Ich wette, sie nehmen noch heute jemanden fest. Außerdem schieben sie noch immer Wache vor unserem Haus.«

Dana erwiderte etwas, aber Adam war abgelenkt, starrte auf sein Black-

Berry. So ein Mist, der Termin war schon um neun. »Entschuldige, was hast du gesagt?«

»Ich habe gesagt, dass es hier ausschließlich um dich geht und sonst nichts. Du glaubst, wenn wir weglaufen, würdest du zugeben, dass du einen Fehler gemacht hast.«

Adam dachte darüber nach. »Als ich in der Mittelstufe war und die anderen Jungs mir jeden Tag nach der Schule Prügel angedroht haben, hatte ich überhaupt kein Problem damit, vor ihnen davonzulaufen. Glaub mir, wenn ich denken würde, dass ich auch nur im Entferntesten irgendeiner Gefahr ausgesetzt wäre, oder du und Marissa, hätte ich kein Problem damit, wegzulaufen. Aber in diesem Fall halte ich es einfach für unnötig.«

»Ach ja? Und wenn du dich irrst?«

Es war 08:28 Uhr.

»Ich weiß, dass du es nicht magst, wenn ich mitten in der Diskussion abhaue, aber ich habe keine andere Wahl, ich muss jetzt wirklich los.« Wie immer gab er ihr rasch einen Kuss zum Abschied. »Ich ruf dich später an«, versprach er.

Um fünf Minuten nach neun betrat Adam die Praxisgemeinschaft. David Rothman saß im Warteraum und las die *Newsweek*.

»Morgen David, ich bin in einer Minute bei Ihnen.« Adam eilte in sein Büro. Auf dem Flur traf er Lauren. Sie wünschten sich einen guten Morgen, und er hatte das Gefühl, dass sie nicht mehr ganz so kühl und distanziert war wie tags zuvor. Auf dem Weg zur Arbeit hatte sich Adam keine Zeitungen gekauft, aber er hatte in der U-Bahn Blicke auf diejenigen der anderen geworfen. Zumindest hatte er auf den Titelseiten keine Artikel über sich entdecken können. Mit ein wenig Glück wurde er in den Zeitungen von heute überhaupt nicht mehr erwähnt, und die ganze Geschichte würde allmählich in Vergessenheit geraten.

Adam bereitete alles vor, füllte den Wasserkrug auf und überflog rasch seine Notizen aus den vorherigen Sitzungen mit David. David hatte in der letzten Zeit gute Fortschritte gemacht und war nun schon über zehn Wochen bei ihm in Therapie. Er war kürzlich fünfzig geworden und in eine Art Midlife-Crisis geraten, seine Frau war Alkoholikerin, was ihn vor eine ganze Menge Probleme stellte, ihn zu einem Co-Abhängigen machte. Er hatte Schwierigkeiten, seinen Frust und seine Wut zu verbalisieren, nicht nur in seiner Ehe, sondern auch ganz allgemein. Als er die Therapie bei

Adam begann, zeigte er bereits ausagierende Verhaltensweisen und erste Anzeichen einer Sexsucht, er hatte eine Reihe von One-Night-Stands mit Frauen gehabt, die er in Kneipen und Bars aufgegabelt hatte. Adam hatte mit ihm verschiedene Techniken erarbeitet, die ihm halfen, seine Gefühle zu artikulieren, und mit Adams Hilfe war es David gelungen, seine Frau davon zu überzeugen, zu den Anonymen Alkoholikern zu gehen. Obwohl David noch immer einen gewissen Drang verspürte fremdzugehen, hatte er dank der neu erlernten Verhaltensstrategien seine Frau nicht mehr betrogen, seit er bei Adam in Behandlung war.

Adam ging in den Wartebereich und rief David in sein Büro.

David setzte sich auf die Couch, und sie begannen die Sitzung mit dem üblichen Small Talk. David arbeitete in der Werbebranche, seine Firma hatte eine Stadionloge im Madison Square Garden, und so unterhielten sie sich kurz über die Knicks. Adam hoffte sehr, dass das Gespräch nicht auf den Einbruch und die Schüsse kommen würde, aber da wurde er enttäuscht. »Ach ja, ich habe gehört, was passiert ist«, begann David, »tut mir echt leid. Ist so weit wieder alles in Ordnung bei Ihnen?«

»Ja, danke. Es ist eine schwierige Situation, aber meine Familie kommt klar damit.«

Er versuchte, möglichst professionell zu klingen, fasste sich kurz, wich David aber nicht aus, obwohl er am liebsten sofort das Thema gewechselt hätte.

»Das ist gut. Ich schätze mal, die Medien haben die Geschichte ziemlich aufgeblasen.«

»Das haben sie, das haben sie«, sagte Adam. »Aber erzählen Sie, wie geht es Ihnen inzwischen?«

David berichtete ihm von einem Problem mit einem Kollegen, mit dem er nicht auskam. Adam fand, dass David außergewöhnlich unruhig war, er konnte nicht stillsitzen, schlug ständig die Beine übereinander und wieder zurück. Es fiel Adam schwer, sich wie sonst in den Sitzungen voll zu konzentrieren. Die ganze Zeit fragte er sich, ob David so nervös war, weil er von der Schießerei gehört hatte, ob er sich mit Adam als Therapeut nicht mehr wohl fühlte. Er grübelte darüber nach, ob er in die Offensive gehen und David fragen sollte, was los sei, oder ob er dessen Unruhe besser ignorierte.

Aber dann erkannte Adam, dass er auf dem falschen Dampfer war. »Also, ähm, gestern Abend war ich mit einer Frau zusammen«, sagte David.

Immerhin erklärte das seine Nervosität. Was für ein Rückschlag.

Damit sein Patient sich beruhigte und besser fühlte, bemühte sich Adam um einen ganz normalen, unvoreingenommenen Ton. »Wo haben Sie sie kennengelernt?«

»Online«, sagte David, kreuzte die Beine und stellte sie wieder parallel. Auf seiner Stirn glänzte Schweiß. »Ähm, natürlich nicht online, ich wollte sagen, über einen Onlinedienst, Ashley Madison.«

Adam kannte Ashley Madison und auch andere, ähnliche Partnerbörsen. Mehrere seiner Patienten suchten sich über diese Agenturen Sexpartner.

»Okay«, sagte Adam und wartete darauf, dass David von sich aus weitererzählte.

David erklärte, wie er sich bei Ashley Madison registriert und sich dann mit einer Frau - Linda, verheiratet, zwei Kinder – in einem Hotel verabredet hatte. Während er beschrieb, was passiert war, besonders, wie wild und hemmungslos der Sex war, sprach David immer schneller und lauter. Adam begriff, wie tief ihn diese Erfahrung beeindruckt hatte. Sein Verhalten ähnelte dem von Junkies, die von ihren Rauscherlebnissen schwärmen. David hatte ihm erzählt, dass er vor ein paar Jahren eine Zeitlang gekokst hatte, was Adam nicht sonderlich überrascht hatte, da die meisten Sexsüchtigen weitere Süchte und nicht selten eine Co-Abhängigkeitssymptomatik entwickelten. Insgesamt war Davids Fall wie aus dem Lehrbuch.

Als David seine Geschichte zu Ende erzählt hatte, begannen seine Lippen zu zittern und Tränen rollten ihm über die Wangen. »Ich weiß nicht, warum ...« Er brach in lautes Schluchzen aus und musste sich erst einmal beruhigen. »Ich weiß nicht, warum ich das immer wieder tue. Keine Ahnung ... ich habe keine Ahnung, was mit mir los ist.«

David hatte auch schon in anderen Sitzungen geweint, er drückte gern auf die Tränendrüse und wollte Mitleid. Adam reichte ihm ein Taschentuch und tröstete ihn: »Schon gut, ist ja gut«, »Ich weiß, es ist schwierig«. Wie immer machte sich David wegen seines Verhaltens Vorwürfe, stellte sich als Opfer hin: »Ich fühle mich wie ein Stück Dreck. Ich weiß wirklich nicht mehr, was ich tun soll.« Adam riet ihm, sich nicht allzu sehr fertigzumachen, bestätigte ihm, dass das Internet eine große Versuchung darstelle, für jedermann, und dass solche Dinge eben passierten. Es war die Strategie, die er auch sonst in ähnlichen Situationen einsetzte: den Patienten beruhigen und bestärken. Aber die ganze Zeit fühlte er sich wie ein schamloser Betrüger. Wie kam er dazu, anderen Beratung und Hilfe anzubieten, wo er doch sein eigenes Leben in letzter Zeit überhaupt nicht mehr im Griff hatte? David das Fremdgehen auszureden war ja wohl der größte Witz des Jahrhunderts. David saß auf ebenjener Couch, auf der Adam Sharon Wasserman gevögelt hatte. »Jeder darf mal einen Fehler machen«, beruhigte er David und sah dabei das Bild vor sich, wie Sharon auf ihm saß, wie sie ihn ritt, während seine Hände ihre Brüste kneteten. »Nur weil Sie Sex mit einer anderen Frau haben wollen, heißt das noch lange nicht, dass Sie das auch in die Tat umsetzen müssen«, erklärte er und dachte daran, wie er immer wieder Sharons Namen gestöhnt hatte, als er kam.

Am Ende der Sitzung hatte Adam ein ziemlich schlechtes Gewissen, David dafür eine Rechnung zu stellen. Normalerweise war Adam voll konzentriert und versuchte vorauszusehen, in welche Richtung die Sitzung sich entwickelte, versuchte, die richtigen Fragen zu stellen, damit seine Patienten sich mit ihrem Verhalten kritisch auseinandersetzen konnten. Aber David hatte er dieses Mal nicht optimal unterstützen können. Er hätte strenger mit ihm sein müssen, als er in Selbstmitleid verfiel, hätte ihm so etwas unterstellen sollen wie: ›Das hört sich an, als wollten Sie sich von Ihrer Frau trennen.‹ Natürlich wollte David sich nicht scheiden lassen, aber damit hätte er ihm helfen können, die Gründe für seine Seitensprünge zu erkennen. Doch Adam war so sehr mit seinen eigenen Gedanken beschäftigt gewesen, so sehr in Selbstzweifel verstrickt, dass er versagt hatte und keine der Gelegenheiten, bei denen er hätte einhaken müssen, genutzt hatte.

An diesem Morgen hatte er noch zwei weitere Sitzungen, aber auch bei diesen Patienten hatte er das Gefühl, nicht voll da zu sein, neben der Spur zu laufen. Zweifelsohne hatten der Einbruch und die Schüsse einen negativen Einfluss auf seine Leistungsfähigkeit. Wenn er so weitermachte und das nicht schnellstens in den Griff bekam, nahm er sich besser ein paar Tage Urlaub, um den Kopf wieder freizubekommen. Vielleicht war Florida doch gar keine so schlechte Idee.

In einer Pause zwischen den Terminen holte er sich in dem kleinen Laden an der Ecke einen Kaffee und einen Muffin. Auf dem Rückweg rief er seine Mailbox ab. Drei Nachrichten und vier Anrufe von Dana! Sie hatte sogar in der Praxis angerufen und eine Nachricht hinterlassen. Was um Gottes willen war denn nun schon wieder passiert?

Er rief zurück, und gleich beim ersten Klingeln nahm sie ab. »Ich habe versucht, dich zu erreichen.«

»Ich hatte den ganzen Morgen Patienten. Was ist denn passiert?«

»Sie ist HIV-positiv.«

Er glaubte, sie spräche von Marissa, und fühlte sich einer Ohnmacht nahe. »Was sagst du da?«, brachte er noch heraus.

»Detective Clements hat gerade angerufen und mir gesagt, dass Gabriela auch HIV-positiv war. Sie haben die Medikamente in ihrer Wohnung gefunden.«

»Meine Güte«, er holte tief Luft. »Ich dachte schon, du …«

»Was?«

»Ach egal«, sagte Adam. Ihm war immer noch ganz schwindlig.

»Kannst du dir das vorstellen? Clements hat gesagt, dass nicht einmal ihre Schwester Bescheid wusste. Möglicherweise war sie schon seit Jahren infiziert.«

Adam begriff nicht, warum Dana ihm diese Neuigkeit so dringend mitteilen musste. »War das alles?«, wollte er wissen.

»Bist du nicht entsetzt?«

Eigentlich war Adam ganz und gar nicht entsetzt. Ihr Freund war HIV-positiv, warum sollte es da so erstaunlich sein, dass auch Gabriela sich angesteckt hatte?

»Und das ist noch nicht alles«, fuhr Dana fort. »Außerdem haben sie herausgefunden, dass sie ebenfalls drogensüchtig war, Heroin, wie ihr Freund. Kannst du dir das vorstellen? Als sie für uns gearbeitet hat, war sie ein Junkie und hatte Aids.«

»Lass uns deswegen jetzt nicht streiten, aber so einfach wird Aids, beziehungsweise das HI-Virus, nicht übertragen.«

»Mir geht es um ihre Falschheit. Diese Frau hat uns seit Jahren ins Gesicht gelogen. Ich kann dir gar nicht sagen, wie wütend ich bin.«

»Du hast allen Grund, wütend auf sie zu sein«, sagte Adam.

»Bist du denn gar nicht wütend?«

»Natürlich bin ich auch wütend.«

»Du hörst dich aber gar nicht wütend an.«

»Ich stehe hier an der Ecke Achtundfünfzigste Straße, Madison Avenue«, erklärte Adam. »Tut mir leid, aber im Moment fühle ich mich etwas eingeschränkt, was die Ausdrucksmöglichkeiten meiner Gefühle betrifft.«

Dana fand das offenbar nicht witzig. »Na gut, war nett, mit dir zu plaudern«, sagte sie und legte auf.

Als er kurz darauf mit dem Fahrstuhl in die Praxis hinauffuhr, fand er es zwar noch immer kindisch und theatralisch, dass Dana einfach aufgelegt hatte, aber sie hatte ihn mit Recht auf etwas aufmerksam gemacht. Er war in letzter Zeit so beschäftigt gewesen mit der Polizei und der Presse und dann auch noch mit diesem Drohbrief, dass er seine Gefühle gar nicht mehr richtig hatte zum Ausdruck bringen können. Bestimmt war das mit ein Grund für all die Selbstzweifel und die Unruhe, die er an sich beobachtete.

Helen, mit der er einen Termin um ein Uhr hatte, tauchte nicht in der Praxis auf. Da sie noch nie zuvor einen Termin verpasst hatte, ging Adam davon aus, dass sie wegen der schlechten Presse nicht kam und dass er eine weitere Patientin für immer verloren hatte. Patricia, eine Bankangestellte mit Panikattacken, erschien zwar um zwei Uhr, aber Adam hatte das Gefühl, dass er ebenso unkonzentriert und ineffektiv arbeitete wie am Morgen. Patricia schien am Ende der Sitzung auch nicht gerade glücklich zu sein, und als Adam sie fragte, ob sie gleich einen Termin für die nächste Sitzung vereinbaren wolle, beschied sie ihm kühl: »Nein, danke, ich melde mich.« Dabei hatte sie ihre Termine sonst immer persönlich mit ihm vereinbart. Wenn sich nicht schleunigst etwas änderte, würde er all die Patienten, die nicht von sich aus wegblieben, sehr bald auch noch vergrault haben.

Um vier Uhr ging Adam hinüber in Carols Büro. Diese Sitzung brauchte er wirklich dringend. Carol saß in ihrem Stuhl und wartete bereits auf ihn, sagte nicht einmal ›Hallo‹, sondern einfach nur: »Komm rein.«

Carol war eine schlanke Frau, Ende fünfzig, das graue Haar trug sie immer zu einem ordentlichen Knoten aufgesteckt. Sie war Adams Mentorin und Vertraute. Er beriet sich gerne mit ihr über seine Patienten und schätzte ihren klugen Rat. Obwohl er am liebsten gleich zum Thema gekommen wäre und über die Ereignisse der vergangenen Tage gesprochen hätte, entschied er sich, zunächst einmal seine Gefühle ihr und den anderen Kollegen gegenüber anzusprechen. »Bevor wir anfangen, möchte ich dir sagen, dass ich mich von allen hier in der Praxis kritisiert und vorverurteilt fühle.«

Carol, die ihren Block in der Hand hielt, blickte ihm ruhig ins Gesicht. »Kritisiert?«, fragte sie, als sei sie überrascht. »Inwiefern?«

Das Problem, sich als Therapeut einer Therapie zu unterziehen, bestand darin, dass Adam immer das Gefühl hatte, Carol einen Schritt voraus zu sein. Er wusste immer genau, worauf sie mit ihren Fragen abzielte, welche Emotionen sie bei ihm auslösen wollte – wie der Trainer einer Fußballmannschaft, der Zugriff auf das Spielkonzept der gegnerischen Mannschaft hat. Dennoch tat es ihm gut, mit ihr zu reden. Seine Gefühle zu verbalisieren war an sich schon ein sehr wichtiger Schritt, es half ihm, sich selbst besser zu verstehen, wenn er über seine Probleme sprach. Dennoch nagte es an ihm, dass er nie wirkliche Fortschritte machte, weil er immer auf der Hut war, sich nie ganz öffnete. Jetzt, in diesem Augenblick zum Beispiel, wusste sie ganz genau, warum er sich kritisiert fühlte. Dennoch stellte sie ihm diese rhetorische Frage, damit er seine Wut zum Ausdruck brachte. Er wusste genau, was sie da tat, denn bei seinen Patienten wandte er die gleiche Strategie an.

Er ließ sich darauf ein, verbalisierte seine Gefühle, wenn sie das schon so wollte. »Ich habe den Eindruck, dass mich alle bereits verurteilt haben, als sei ich so lange schuldig, bis ich meine Unschuld beweisen kann. Ich habe mich gestern hier in der Praxis den ganzen Tag äußerst unbehaglich gefühlt.«

»Fühlst du dich heute auch noch unbehaglich?«

»Ja, durchaus. Es ist schon ein wenig besser, aber ich fühle mich noch immer wie … keine Ahnung … wie ein Ausgestoßener.«

Adam war klar, dass er herumjammerte, ganz wie seine Patienten manchmal, aber andererseits fühlte er sich schon viel besser, nun, da er seine Gefühle in Worte gefasst hatte.

»Es tut mir leid, wenn du dich meinetwegen unwohl gefühlt hast. Das lag ganz bestimmt nicht in meiner Absicht«, sagte Carol.

Sie nahm sich zurück, gab ihm Raum, sich weiter Luft zu machen. Gleichzeitig versuchte sie, das Vertrauensverhältnis zwischen Patient und Therapeut wiederherzustellen, damit er sich sicher fühlte und sich entspannen konnte.

»Du kannst dir bestimmt vorstellen, dass das für mich keine einfache Situation war«, begann er.

»Ganz bestimmt nicht. Wahrscheinlich sind da gleich auch noch eine ganze Menge anderer Dinge mit hochgekommen.«

Es überraschte ihn, dass sie die Sitzung so schnell in diese Richtung lenkte.

»Welche anderen Dinge?«, fragte er zurück.

»Kontrolle und Kontrollverlust zum Beispiel. Und deine Familie, deine Frau und deine Tochter, aber auch deine Eltern. Du bist in diesem Haus aufgewachsen, nicht wahr?«

»Ja, das stimmt.« Er hatte schon lange nicht mehr an diese Verbindung zu seiner Vergangenheit gedacht, obwohl sie doch so offensichtlich war. »Es erinnert mich tatsächlich an das Verhältnis zu meinen Eltern, das Gefühl, kritisiert und verurteilt zu werden, ist mir nur allzu vertraut.«

»Und nun fühlst du dich wieder in der Opferrolle«, stellte sie fest.

Er hatte ihr in früheren Sitzungen erzählt, dass er als Kind oft gehänselt worden und in der Schule ziemlich unbeliebt gewesen war. Sie hatten darüber geredet, wie sehr ihn diese Erfahrungen verletzt hatten. Ihm fiel ein, dass er erst heute Morgen davon gesprochen hatte, als er Dana erklärte, dass er vor den Schlägertypen in der Schule immer Reißaus genommen hatte. Das hatte bestimmt etwas zu bedeuten.

Er berichtete Carol, was in der Nacht des Einbruchs passiert war, begann mit dem Alptraum von der Patientin, die sich in eine Riesenratte verwandelte, und erzählte dann, wie Marissa ihn geweckt hatte. Es gelang ihm, all die Ereignisse sehr klar und sehr sachlich zu beschreiben, und es tat ihm gut, in dieser sicheren, angstfreien Atmosphäre darüber zu sprechen. Das war etwas ganz anderes als die Gespräche mit der Presse oder der Polizei, wo er ständig das Gefühl hatte, auf jedes Wort achten zu müssen, weil alles, was er sagte, genau unter die Lupe genommen wurde.

Er erzählte ihr auch von Gabriela und dass die Polizei annahm, sie sei in den Einbruch verwickelt. Dabei achtete er sorgfältig darauf, seine Gefühle und seine Wut zu kommunizieren. Er beließ es nicht bei der Feststellung, dass er wütend war, spürte dieser Wut nach, bis er sie wirklich fühlte.

»Unfassbar, dass sie es fertiggebracht hat, uns alle so lange zu belügen und zu betrügen. Ich habe eigentlich ein gutes Sensorium, mit so etwas kommt man bei mir normalerweise nicht durch! Ich bin furchtbar wütend. Ich habe das Gefühl, dass mir Unrecht getan wurde.«

Das war gut, er drückte seine Gefühle gut aus, benutzte die ›Ich-Form‹.

»Du hast es nicht gewusst«, sagte Carol.

»Aber es tut weh, dass sie mir so etwas antun konnte. Wenn ich es früher erfahren hätte, hätte ich sie feuern und all das verhindern können. Es heißt, sie sei ein Junkie gewesen, ich begreife einfach nicht, wie sie das vor mir verbergen konnte. Ich merke sonst immer, wenn man mich anlügt. Das ist eine Fähigkeit, auf die ich besonders stolz bin.«

»Süchtige können äußerst clever sein«, wandte Carol ein. Wie oft hatte er genau diesen Satz schon zu seinen Patienten gesagt?

Er fuhr fort, beschrieb ihr, was nach den Schüssen passiert war, dass er erwartet hatte, als Held gefeiert zu werden, und wie sehr es ihn getroffen hatte, was die Presse über ihn schrieb.

»Ich weiß, es hört sich ziemlich bescheuert an, aber ich habe wirklich gedacht, dass ich berühmt werden würde, berühmt im positiven Sinne, natürlich. Du kannst dir ja nicht vorstellen, wie sehr ich mich da hineingesteigert habe. Ich dachte, ich werde der nächste Dr. Phil und kriege eine eigene Show. Ich habe tatsächlich geglaubt, man würde mein Leben verfilmen wollen.«

»Das war bestimmt sehr aufregend für dich, war gut für dein Selbstbewusstsein.«

»Ja«, sagte er. »Meine Glossophobie war fast ganz verschwunden, was ebenfalls ein tolles, aufregendes Gefühl für mich war. Und ich muss zugeben, dass ich all die Aufmerksamkeit genossen habe. Natürlich weiß ich, dass das kindisch ist, ich als Erwachsener sollte mir von meinen Mitmenschen Respekt wünschen, nicht Aufmerksamkeit, aber es ist ein unglaublich verführerisches, süchtig machendes Gefühl. Seltsam, denn sonst bin ich eigentlich nicht sonderlich suchtgefährdet.«

»Es ist so leicht, sich von seinen Gefühlen verführen zu lassen, ganz besonders dann, wenn das Selbstwertgefühl gerade am Boden ist oder wenn man in anderen Lebensbereichen unglücklich ist. Du hast ein psychisches Hoch erlebt, das ist ein überwältigendes Gefühl. Glaubst du, dass man dir sonst im Leben nicht genug Respekt zollt?«

Er wusste, worauf sie hinauswollte. Sie forderte ihn heraus, wollte ihm eine defensive Antwort entlocken, aber den Gefallen tat er ihr nicht. »Ja, manchmal glaube ich das tatsächlich. Du weißt ja selbst, wie undankbar unser Job sein kann.«

»Das mag sein, aber deine Kollegen respektieren dich.«

»Da bin ich mir nicht so sicher.«

»Nun ja, es war ja wohl kein Wunder, dass alle sich ein wenig hilflos gefühlt haben. Es war eine ungewohnte Situation, und jeder geht anders damit um.«

Carols Argumente leuchteten ihm ein.

»Wie sieht es zu Hause aus?«, erkundigte sie sich. »Wie läuft's mit deiner Frau? Wirst du zu Hause respektiert und geschätzt?«

Er dachte an die Zankereien mit Dana und die Schwierigkeiten mit Marissa.

»Nein, im Moment wohl eher nicht. Wahrscheinlich habe ich mir nicht genug Mühe gegeben, das zu ändern. Und die Geschichte mit dem Einbruch hat die Dinge sicher nicht gerade einfacher gemacht.«

»Du hast aber doch gesagt, dass du findest, du hast alles richtig gemacht in jener Nacht.«

»Das stimmt, nun ja, bis auf die Tatsache, dass ich so oft geschossen habe. Ich glaube, das war ein Fehler.«

»Nicht jede Entscheidung, die du triffst, muss hundertprozentig richtig sein, Adam. Du kannst nur versuchen, dein Bestes zu tun.«

»Ich weiß ja, dass du recht hast, aber … da ist noch etwas anderes.« Er trank einen Schluck Wasser und sammelte sich kurz. »Da ist noch etwas, worüber ich bis jetzt mit niemandem gesprochen habe, nicht mit der Polizei und auch nicht mit Dana.«

Als erfahrene Therapeutin, der nichts Menschliches fremd war, konnte Carol so schnell nichts aus der Fassung bringen, aber Adam registrierte ihre wachsende Besorgnis. »Hat es mit dem Einbruch zu tun?«, erkundigte sie sich.

»Ja.«

Sie wartete gespannt darauf, dass er weitersprach.

»Ich habe die Polizei in keiner Weise belogen«, fuhr er schließlich fort. »Alles, was ich gesagt habe, stimmt, sofern mich meine Erinnerung nicht getrogen hat. Aber ich … ich habe nicht alles gesagt. Eine Sache habe ich verschwiegen.«

Er hielt inne, überlegte, ob es richtig war, Carol davon zu erzählen. Er machte sich keine Sorgen, dass sie zur Polizei gehen könnte, sie durfte und würde ihre Schweigepflicht nicht brechen, aber er machte sich Sorgen, dass sein Geständnis Einfluss auf ihre berufliche Beziehung haben könnte. Nun ja, jetzt war es sowieso zu spät, und wenn er nicht mit seiner Therapeutin über diese Dinge reden konnte, mit wem dann?

»Bevor ich auf diesen Sanchez geschossen habe, hat er etwas gesagt. Alles passierte so schnell, dass ich es in dem Augenblick überhaupt nicht begriffen habe. Aber später habe ich mich daran erinnert. Er sagte … oder besser, ich glaube, dass er ›Bitte nicht‹ gesagt hat. Das ist alles, was ich gehört habe. Diese beiden Worte. Ich weiß, dass ich das Richtige getan habe, denn selbst wenn er ›Bitte nicht schießen‹ oder so gesagt hat, hätte ich ihm in diesem Augenblick sowieso nicht über den Weg getraut. Schließlich habe ich gesehen, wie er nach etwas gegriffen hat. Kann sein, dass es nur die Taschenlampe war, aber für mich hat es wie eine Pistole ausgesehen. Er hätte mich erschießen können. Er hätte meine ganze Familie erschießen können.«

»Weshalb genau fühlst du dich dann schuldig?«

»Ich glaube nicht, dass ›schuldig‹ das richtige Wort ist. Ich fühle ein … Bedauern. Ich habe das Gefühl, einen Fehler gemacht zu haben.«

»Du hast früher auch schon Fehler gemacht, Adam.«

»Aber keinen, der zum Tod eines Menschen geführt hat.«

»So etwas passiert jeden Tag, Adam. Glaubst du etwa, dass Polizisten oder Feuerwehrmänner nicht hin und wieder eine ihrer Entscheidungen bedauern? Du solltest ehrlich zur Polizei sein, aber du musst dir deswegen keine Vorwürfe machen, das darf keinen Einfluss auf andere Lebensbereiche haben. Außerdem warst du doch davon überzeugt, dass er eine Pistole hat, oder?«

»Ja.«

»Nun ja, gut, du hast ihn diese beiden Worte sagen hören, aber alles geschah so schnell, und du hast nicht wirklich gewusst, was er dir sagen wollte oder warum er dir etwas sagen wollte. Für mich sind das alles nur Vermutungen.«

Er wusste, dass sie ihm lediglich die Unterstützung gab, die er so dringend brauchte, dass sie nichts von dem, was sie sagte, ernst meinte. Trotzdem half ihm das Prozedere.

»Ich schäme mich für mein Verhalten. Ich bin wütend … ich fühle mich wie der letzte Depp.«

»Jeder bereut das eine oder andere, was er getan oder gesagt hat. Du darfst dich deswegen nicht so fertigmachen. Da war so viel unterdrückte Wut und Zorn in dir, und dann ist etwas geschehen, etwas, was du nicht beeinflussen konntest. Jemand ist bei dir eingebrochen, und du hast schnell entscheiden müssen. Unter den gegebenen Umständen war es die beste Entscheidung, die du in diesem Moment hast treffen können.«

»Ich brauche wohl doch Reparenting, oder?«

Die Notwendigkeit einer sogenannten Nachbeelterung hatten sie früher bereits ausführlich diskutiert. Carol wusste Bescheid über seine emotional zurückhaltenden Eltern, über seine darauf zurückgehende Neigung, sich selbst geringzuschätzen und immer erst die Schuld bei sich zu suchen.

»Ja, ich denke, es könnte helfen, einige dieser Techniken einzusetzen«, pflichtete ihm Carol bei. »Du darfst nicht so streng mit dir ins Gericht gehen, Adam. Vielleicht hast du einen Fehler gemacht, vielleicht aber auch nicht. Vergiss nicht, hin und wieder darf jeder einen Fehler machen. Nicht jede Entscheidung, die du triffst, muss hundertprozentig richtig sein.«

Ihr Rat war sehr allgemein gehalten und entsprach – mehr oder weniger wortwörtlich – dem, was er seinen Patienten ebenfalls gesagt hätte. Dennoch fiel er bei ihm auf fruchtbaren Boden, und er schien es endlich zu begreifen. ›Nicht jede Entscheidung, die du triffst, muss hundertprozentig richtig sein‹, wiederholte er im Geiste, ›nicht jede Entscheidung, die du triffst, muss hundertprozentig richtig sein.‹ Eine Welle der Energie durchströmte ihn, ein emotionales Hoch, wie er es manchmal nach einer besonders erfolgreichen Sitzung erlebte.

Er hatte noch zwei weitere Patienten an diesem Nachmittag, eigentlich hätten es drei sein sollen, aber der dritte tauchte nicht auf. Er hatte das Gefühl, wieder ganz der Alte zu sein und viel effektiver zu arbeiten als am Morgen. Jedes Mal, wenn sich leise Selbstzweifel regten, rief er sich ins Gedächtnis, dass ›nicht jede Entscheidung hundertprozentig richtig sein muss‹, und schon ging es ihm wieder besser.

Adam wusste, dass sich sein Hochgefühl rasch wieder verflüchtigen würde, dass er sich ernsthaft mit ein paar grundlegenden Problemen auseinandersetzen musste, wenn ihm an einem gesunden Selbstbewusstsein lag. Er musste nachsichtiger mit sich sein, sich nicht immerzu kritisieren, und – das war der wichtigste Punkt – er musste unbedingt damit aufhören, sich selbst weiter so zu vernachlässigen. Er war so sehr daran gewöhnt, auf die Wünsche anderer Menschen zu achten, so auf seine Patienten und die Lösung der Probleme anderer fixiert, dass er seine eigenen Bedürfnisse sträflich hintangestellt hatte. Er musste endlich anfangen, die Ratschläge, die er täglich Patienten erteilte, auch auf sich und sein eigenes Leben anzuwenden, und an oberster Stelle stand seine wichtigste emotionale Beziehung, seine Ehe. In letzter Zeit hatte er sich Dana kaum noch mitgeteilt, hatte viel zu viel Ärger und Groll in sich hineingefressen.

Als sein Arbeitstag zu Ende war und die anderen Therapeuten die Praxis schon verlassen hatten, ging er in sein Büro, schloss die Tür hinter sich, legte eine klassische CD ein – Bachs *Brandenburgische Konzerte* – und drehte die Lautstärke auf. Dann kniete er sich vor die Couch und schlug mit aller Kraft auf das Polster ein. Körperliche Betätigung war eines der besten Mittel zum Stressabbau. Er riet seinen Patienten immer, ihrer Wut auf kontrollierte Weise Luft zu machen, indem sie zum Beispiel laut schrien oder auf ein Kissen einschlugen. Das Polster stand stellvertretend für all die Menschen, die ihm Unrecht zugefügt hatten, wie Gabriela oder die Reporter von der *News* und der *Post*. Für Grace Williams vom *New York Magazine* setzte es ein paar besonders kräftige Hiebe.

Nachdem er etwa fünf Minuten auf das Polster eingeschlagen hatte, fühlte er sich viel entspannter und bereit, ein paar seiner Probleme anzugehen. Ein Bereich seiner Ehe, an dem er mit Sicherheit zu arbeiten hatte, war ihr Sexleben. Sie schliefen längst nicht oft genug miteinander. In seiner Eigenschaft als Therapeut würde er in so einem Fall vorschlagen, Termine für den Sex auszumachen, ihn zur Priorität zu erklären und kreativer zu werden. Bevor Adam das Büro verließ, rief er Dana an und sagte ihr, dass er heute um zehn Uhr mit ihr schlafen wolle.

»Warum?«, fragte sie.

Adam überlegte, ob sie wissen wollte, warum er mit ihr schlafen wollte oder warum er um zehn Uhr mit ihr schlafen wollte und nicht um elf oder um zwölf. Um jede Provokation zu vermeiden, sagte er: »Weil ich dich sehr liebe und ich mich nach deiner Nähe sehne.«

Nun ja, vielleicht hatte er es ein wenig übertrieben, aber er war ehrlich gewesen, hatte zu seinen Gefühlen gestanden.

Auf dem Weg zur U-Bahn ging Adam in einen Sexshop und kaufte ein scharfes Cheerleader-Kostüm in Danas Größe. Sie hatte ihm mehrmals von dieser Sexphantasie erzählt, aber sie hatten sie nie umgesetzt, weil er selbst nie von so etwas geträumt hatte. Wie egoistisch von ihm, ihre Phantasie rundweg zu ignorieren! Er hatte nun wirklich nichts dagegen, dass sie sich als Cheerleader verkleidete, wenn sie das antörnte. Es war ein Fehler gewesen, nicht schon viel früher darauf einzugehen.

Als er nach Hause kam, stellte er erfreut fest, dass Dana in deutlich besserer Stimmung war als am Morgen und in den Tagen zuvor. So langsam begann auch sie zu glauben, dass Gabriela der zweite Einbrecher gewesen war und der Drohbrief nur ein Dummer-Jungen-Streich. Geholfen hatte ihr wohl auch die neueste Theorie der Polizei, wonach Gabriela vielleicht von einem Drogenhändler umgebracht worden war, dem sie Geld geschuldet hatte und der höchstwahrscheinlich in keiner Verbindung mit Carlos Sanchez stand.

»Ich hab gedacht, sie brauchte Geld für ihren Vater«, sagte Adam.

»Das stimmt. Aber ihre Schwester glaubt nicht, dass sie bei uns einbrechen würde, um ihrem Vater das Geld für die Operation zu beschaffen. Und ich glaube das auch nicht. Ich weiß, dass sie uns von vorne bis hinten belogen hat, aber ich kann mir nicht vorstellen, dass sie tatsächlich bei uns einbricht, um uns zu bestehlen, es sei denn, sie war ein Junkie und schuldete ihrem Dealer Geld.«

Die Erklärung hörte sich für Adam vernünftig an, und er hoffte, dass sich nun alles langsam wieder normalisierte.

Dana kochte ein leckeres Abendessen, Hühnchenbrust, Reis-Pilaw und

Salat. Sie aßen im Esszimmer und leerten dabei die Flasche Merlot vom Vorabend. Marissa war mit ihren Freundinnen in Manhattan unterwegs, auf einem Konzert, und so hatten sie das Haus für sich. Adam konnte sich gar nicht erinnern, wann er das letzte Mal mit Dana in so harmonisch-romantischer Atmosphäre zu Abend gegessen hatte, und er gab sich alle Mühe, sich nach ihrem Tag und ihrer sonstigen Befindlichkeit zu erkundigen, denn sie hatte in der Vergangenheit häufig moniert, dass er zu wenig Interesse für sie bezeigte.

»Warum bist du gerade so nett?«, erkundigte sich Dana.

Obwohl da ein leicht aggressiver Unterton in ihrer Frage mitschwang, antwortete er ehrlich: »Ich weiß, dass ich in letzter Zeit nicht gerade der beste Ehemann der Welt gewesen bin. Ich möchte das ändern, ich möchte, dass es hier wieder besser läuft. Ich fände es gut, wenn wir unserer Ehe einen höheren Stellenwert einräumen würden.«

Er machte absichtlich möglichst viele Ich-Aussagen, damit sie das, was er sagte, nicht als Kritik auffasste. Ihr standen auf einmal Tränen in den Augen – vor lauter Glück, weil sie begriff, wie viel er ihr bedeutete. Er griff über den Tisch hinweg nach ihrer Hand. »Vergiss unsere Verabredung heute Abend nicht.«

»Ach, ich weiß nicht, ich bin ein bisschen müde.«

Letzte Woche hätte er wahrscheinlich gleich aufgegeben, aber nun verhielt er sich so, wie er es einem Patienten in einer ähnlichen Situation auch geraten hätte – seien Sie nicht passiv, zeigen Sie ruhig etwas Durchsetzungsvermögen; wenn Sie um das bitten, was Sie sich wünschen, dann werden Sie es auch bekommen –, und so sagte er: »Ich mag es, mit dir zu schlafen, wenn wir beide müde sind. Ich finde das sehr erotisch.«

Perfekt. Statt ihr vorzuwerfen, dass sie nicht mit ihm schlafen wollte, hatte er seine Wünsche positiv ausgedrückt, ohne sie zu provozieren.

»Na gut«, willigte sie ein, »aber zuerst muss ich hier noch aufräumen und das Geschirr spülen.«

»Ich helfe dir«, bot er eifrig an.

Er half ihr nur höchst selten beim Abräumen und Abwaschen, auch ein Punkt, den sie gerne monierte, und es war ganz offensichtlich, dass sie seine Bemühungen zu schätzen wusste.

Als er später zu ihr ins Schlafzimmer ging, hielt er die Tasche mit dem Cheerleader-Kostüm hinter seinem Rücken versteckt. Sie lag im Bademantel im Bett und las ein Buch.

»Ich habe etwas für dich.«

»Was denn?« Sie wirkte eher misstrauisch denn neugierig.

»Du musst die Augen schließen«, sagte er.

Sie lächelte, als hielte sie das für einen Scherz, und wandte sich wieder ihrem Buch zu.

»Ich meine es ernst.«

Sie blickte ihn an: »Was ist es denn?«

»Du musst zuerst die Augen schließen«, wiederholte er.

Sie atmete tief ein, als koste es sie erhebliche Anstrengung, und machte schließlich die Augen zu.

»Nicht schummeln«, bat er und holte das blaugoldene Kostüm aus der Tasche. »So, jetzt kannst du die Augen wieder aufmachen.«

Sie reagierte nicht ganz erwartungsgemäß, wirkte irgendwie schockiert, wenn nicht gar gekränkt.

»Was ist das denn?«

»Wonach sieht es denn aus?« Er grinste sie an in der Hoffnung, dass sie zurückgrinsen würde.

»Du glaubst doch wohl nicht im Ernst, dass ich das anziehe!«

»Wieso nicht? Du hast mir doch von dieser Phantasie erzählt …«

»Wann? Als ich fünfundzwanzig war? Glaubst du im Ernst, dass ich das Ding anziehe?«

Gut, es war ein paar Jahre her, seit sie ihm von dieser Phantasie erzählt hatte, aber nicht mehr als fünf. Einerseits wollte er deswegen nicht mit ihr streiten. Andererseits wollte er seinen Ärger aber auch nicht einfach hinunterschlucken.

Er gab sich alle Mühe, seine Gefühle ohne versteckte Vorwürfe auszudrücken. »Ich dachte, dass du dich freuen würdest. Aber wenn dir dabei unwohl ist, verstehe ich das, obwohl ich wirklich gedacht habe … na ja … dass es dich anmacht.«

»Was für eine Größe soll das denn sein? Vierunddreißig? Selbst wenn ich es anziehen wollte, bräuchte ich einen Schuhlöffel, um da hineinzukommen. Komm schon, was hast du dir dabei gedacht? Dass ich mich aufs Bett stelle und für dich Cheerleader spiele?«

Genau das hatte Adam erwartet, aber im Augenblick fühlte er sich angegriffen und gedemütigt. »Ich habe das Gefühl, dass du ohne jeden Grund böse auf mich bist, und darum bin ich gerade ziemlich wütend auf dich.«

»Hör bitte auf, so mit mir zu reden.«

»Wie mit dir zu reden?«

»Als sei ich deine Patientin. Ich bin aber nicht bei dir in Therapie, ich bin deine Frau!« Sie blockte wieder mal ab, um von dem eigentlichen Thema abzulenken.

»Ich kann es verstehen, wenn du das Kostüm nicht anziehen willst. Ich wollte doch nur Mittel und Wege finden, wie wir uns wieder näherkommen können.« Er wollte ihr zeigen, dass er sie ernst nahm, sie nicht weiter provozieren.

»So sollen wir uns näherkommen? Wir haben seit Ewigkeiten nicht mehr miteinander geschlafen, und da kommst du nach Hause und bringst ein Outfit mit, das höchstens einer magersüchtigen Sechzehnjährigen passt, und redest mit mir, als läge ich auf deiner Therapiecouch.«

»Ich habe das Gefühl, dass du ungerecht bist, ich habe das Gefühl, dass du mit Absicht alles verdrehst, was ich –«

»Hör doch endlich mit diesem Mist auf«, unterbrach sie ihn. »Wie würdest du dich denn fühlen, wenn ich aus heiterem Himmel mit einem Leoparden-String für dich heimkomme und verlange, dass du ihn für mich trägst?«

Wieder reagierte sie defensiv, aber er blieb ruhig und objektiv: »Erstens einmal verlange ich doch gar nicht, dass du irgendetwas tust, und zweitens, wenn ich dir zuvor von einer Phantasie mit einem Leoparden-String erzählt hätte, dann wäre ich keineswegs sauer.«

»Schön, dann besorge ich dir den String gleich morgen, und natürlich werde ich darauf achten, dass er mindestens vier Nummern zu klein ist.«

»Warum musst du immer …« Da war ihm doch tatsächlich das Wörtchen ›immer‹ rausgerutscht, eines der Zeichen für mangelnden Respekt. Er holte tief Luft und versuchte, seinen Ärger niederzukämpfen, er wollte keinen Streit. »Gut, wenn dir dabei nicht wohl ist, verstehe ich das. Ich kann das auch zurückbringen, kein Problem.«

Er stopfte das Kostüm zurück in die Tasche und legte sich zu ihr ins Bett. Er küsste ihren Nacken, ihren Hals, aber sie blieb stocksteif, reagierte überhaupt nicht.

»Da hast du uns wirklich toll in Stimmung gebracht«, sagte sie schließlich.

»Tut mir leid«, sagte er. Seinen Patienten riet er immer, ihren Partnern Komplimente zu machen. »Du bist wunderschön heute Abend«, sagte er darum.

»Das sagst du doch nur so.«

»Nein, das finde ich wirklich. Ich weiß, ich habe es dir in letzter Zeit längst nicht oft genug gesagt, aber es stimmt wirklich, du siehst wunderschön aus.«

Er küsste sie wieder, öffnete ihren Bademantel. Auch während er mit ihr schlief, küsste er sie weiter und sah ihr so viel wie möglich in die Augen, denn in der Paartherapie hatte sie gesagt, dass es sie störe, wenn er sie beim Sex nicht ansah, dass sie dann das Gefühl habe, ihm nicht wirklich nahe zu sein. Vielleicht übertrieb er es ein wenig und verunsicherte sie damit, denn sie wich seinem Blick immer wieder aus.

»Stimmt was nicht?« Besser, er vergewisserte sich gleich.

»Du starrst mich so komisch an.«

»Tut mir leid«, sagte er wieder. »Du bist so wunderschön, dass ich einfach nicht aufhören kann, dich anzusehen.«

Nachdem sie mehrmals von der Missionar- in die Reiterstellung und zurück gewechselt hatten, schien Dana endlich einen Orgasmus zu haben. Seine Erektion ließ nach, was ihm in den letzten Jahren ziemlich oft passierte, und so behalf er sich mit einem Trick, der manchmal funktionierte: Er kniff die Augen zusammen und stellte sich vor, Dana wäre Sharon.

»Ist alles in Ordnung?«, wollte nun Dana wissen.

Adam wusste nicht, ob sie seine Erektion meinte oder seinen merkwürdigen Blick.

»Alles okay«, gab er zurück und rief sich Sharons große, schwere Brüste in Erinnerung, ihr Parfüm. Fast hätte er Sharons Namen gerufen, als er kam, konnte sich aber noch im letzten Moment bremsen.

Adam lag neben Dana im Bett, berührte sie aber nicht. Sie schlief tief und fest, schnarchte leise, aber er fand keine Ruhe. Schließlich ging er nach unten, aß eine Kleinigkeit und setzte sich vor den Fernseher.

Es war schon nach Mitternacht, und Marissa war noch immer nicht nach Hause gekommen. Nun, da er schon dabei war, seine Ehe wieder in die richtige Bahn zu lenken, konnte er ebenso gut Nägel mit Köpfen machen und an der Beziehung zu seiner Tochter arbeiten.

Er war Marissas provozierendes, Aufmerksamkeit heischendes Verhalten ziemlich leid. Höchste Zeit, andere Saiten aufzuziehen. Ab sofort würde sie – zumindest solange sie in seinem Haus lebte – nicht mehr kommen und gehen, wie es ihr passte. Ab sofort hatte sie ihm mitzuteilen, wo sie hinging, mit wem sie unterwegs war und wann sie wieder nach Hause kam. Drogen waren in diesem Haus ab sofort verboten, und die Bong würde er eigenhändig in den Mülleimer werfen, und zwar bei allernächster Gelegenheit. Ihre seltsamen Männerbekanntschaften kamen ihm auch nicht mehr ins Haus, es sei denn, sie stellte ihm ihre Freunde vorher vor, und wenn ihr das nicht passte, konnte sie ihre Sachen packen und ausziehen.

Ihm fielen auf der Couch so langsam die Augen zu, darum ging er wieder hoch ins Schlafzimmer. Kaum dass er sich hingelegt hatte, hörte er Stimmen draußen vor dem Haus, Marissa und noch jemand, ein Mann. Er ging ans Fenster, konnte die beiden aber nicht sehen. Wahrscheinlich standen sie vor der Haustür, direkt unter ihm. Was sie sprachen, konnte er nicht verstehen, und eine Weile lang drang kein Laut mehr zu ihm herauf. Das Polizeiauto stand noch immer vor dem Haus, hoffentlich war das die letzte Nacht, der Polizeischutz erschien ihm im Augenblick völlig überflüssig.

Adam hörte Marissa »Gute Nacht« rufen, und dann ging ein Mann mit Lederjacke und relativ langen Haaren vom Haus zum Bürgersteig. Den hatte er noch nie zuvor gesehen, und er wirkte nicht gerade wie ein angehender Arzt oder Anwalt. Wo gabelte sie nur immer diese Versagertypen auf?

Adam hörte Marissas Schritte auf der Treppe. Er wartete, bis sie die Tür zu ihrem Zimmer geschlossen hatte, und ging dann nach unten nachsehen, ob die Alarmanlage wieder scharf gestellt war.

15

JOHNNY LIESS MARISSA KEINE ZEIT, groß zur Besinnung zu kommen. Gleich am Samstagmorgen schickte er ihr eine SMS: *hi, war super mit dir gestern abend, wollen wir heute zusammen abhängen? sag bloß nicht nein! xan*

Xan, schon beim Tippen des Namens bekam er einen Lachanfall.

Es bestand nicht die geringste Gefahr, dass sie ihn hängenließ. Sie war nicht der Typ, der Spielchen spielte und sich groß zierte. Nein, Marissa war ein Alles-oder-nichts-Mädchen, das sich rasch entschied, ob es einen Typen wollte. Und wenn sie ihn wollte, dann konnte ihr der Rest der Welt gestohlen bleiben.

Wie immer lag er goldrichtig. Sie hatte ihm gleich geantwortet: *freu mich drauf! ruf an!!*

Mit lauter Ausrufezeichen! Die Frau war ja so was von fällig.

Sie telefonierten fast eine halbe Stunde. Sie hätten noch viel länger quatschen können, den ganzen Tag lang, aber Johnny wusste, wie wichtig es war, Telefongespräche genau dann abzubrechen, wenn sie am schönsten waren, um den Topf am Köcheln zu halten. Am Telefon konnte Johnny keiner schlagen. Er wusste, was er den Frauen sagen musste, damit sie – nun ja, wie sollte er es anders ausdrücken – so richtig schön feucht wurden. Er war so charmant, so lustig und so – wie sagt man noch? – gewinnend, ja, genau, gewinnend, dass die Mädchen ihm jeden Mist abkauften. Selbst wenn er sich einen beliebigen Namen aus dem Telefonbuch herauspickte und die Frau anrief, hatte er gute Chancen, sie flachzulegen. Er hatte es zum Spaß mal versucht, nur um zu sehen, ob er das schaffte. Er rief ein paar Dutzend Frauen an und behauptete, er sei von der Kabelgesellschaft, als Aufhänger sozusagen. Wenn die Frauen erst einmal mit ihm redeten, schaltete er den Johnny-Long-Charme ein. Klar, einige legten einfach wieder auf, ein paar wollten ihn in die Wohnung lassen, damit er den Kabelanschluss überprüfte, aber er war nicht sicher, ob er sie rumgekriegt hätte. Aber er hatte das Gesetz der großen Zahl auf seiner Seite. Schließlich landete er bei einer Frau auf Staten Island einen Treffer. Sie war schon über sechzig, und Mutter Natur hatte ihr ziemlich übel mitgespielt, aber das kümmerte ihn nicht. Sie bat ihn vorbeizukommen – und es gelang ihm sogar, ein Problem beim Empfang der Pay-TV-Sender zu beheben. Dann bumste er sie zwei Mal und machte sich mit ein paar hundert Dollar und ein bisschen Schmuck davon. Johnny Long punktete also nicht nur, weil er eine Augenweide war. Er konnte Frauen auch mit seiner Stimme und seinem Charme rumkriegen.

Johnny schlug Marissa vor, am Nachmittag mit ihm ins Metropolitan Museum zu gehen, und natürlich fand sie die Idee super. »Wow, eine super Idee!«, sagte sie sogar.

Er traf sie um zwei Uhr an der Treppe zum Haupteingang. Als sie auf ihn zueilte, war er beeindruckt, wie gut sie aussah. Im hellen Sonnenlicht glänzte ihr Haar viel mehr als gestern Abend, und es gab keinen Zweifel, dass sie eine astreine Figur hatte. Sie trug zerrissene Jeans, ein hippes, schwarzes Spitzentop und eine schwarze Lederjacke.

Damit er auch wie ein Kenner klang, war er vorher noch mal zu Burger King gegangen, hatte die Website des Museums aufgerufen und die Informationen zu etwa zwanzig Gemälden verinnerlicht. Als sie das Museum betraten und sie fragte: »Was willst du als Erstes sehen?«, hatte er die Antwort schon parat: »Wie wär's mit *Der Sturm*? Das ist eines meiner absoluten Lieblingsbilder.«

»O ja, das ist toll, ich liebe die französischen Romantiker des neunzehnten Jahrhunderts.« Offenbar versuchte sie ihn zu beeindrucken.

Er hatte sich *Der Sturm* nur ausgesucht, weil es so rührselig, so kitschig aussah, wie der Typ das Mädchen vor dem Sturm zu schützen versuchte, der ihnen die Kleider vom Leib wehte. Erinnerte ihn an die schwülstigen Umschläge von Liebesromanen am Kiosk. Wahrscheinlich sehnte sich jedes Mädchen nach einem Kerl, der sie rettete, der alles für sie tun würde, um sie zu beschützen, selbst wenn sie relativ fett und nicht gerade zum Anbeißen aussah.

Während sie das Gemälde betrachteten, verzapfte er ihr den Mist, den er sich im Internet angelesen hatte, sprach über die Liebe und die Leidenschaft in dem Bild und über seine eigenen Bemühungen, diese Gefühle in seinen Werken umzusetzen. Sie sagte ganz ernst, dass sie *Der Sturm* an Rodins Skulpturen erinnere, insbesondere an *Ewiger Frühling*. Natürlich wiederholte sie bloß, was ihr irgendein hochnäsiger Lehrer in Vassar vorgesülzt oder was sie in einem schlauen Buch gelesen hatte. Johnny fragte sich, wie viel Geld Adam Bloom wohl geblecht hatte, damit Marissa aufs College gehen konnte – wahrscheinlich um die hunderttausend. Hunderttausend Eier, und dabei hatte sie kein bisschen mehr drauf als Johnny nach einem Vormittag im Burger King.

Sie gingen in einen der kleinen Seitenräume, in den ›Impressionistenflügel‹, wo sie ihm ein paar ihrer Lieblingsbilder zeigte und sich als Museumsführerin aufspielte. In einer Tour erging sie sich in diesem hochtrabenden College-Geschwafel und schmiss mit Wörtern wie ›Symmetrie‹, ›Ästhetik‹ oder ›illusionär‹ um sich. Johnny verstand nicht die Hälfte von dem, was sie sagte, und fragte sich, ob sie es überhaupt verstand. Sie schleppte ihn weiter in andere ›Flügel‹ des Museums, bis ihm die Füße weh taten. Für Johnny sahen die Bilder alle gleich aus, die Künstlernamen hörten sich alle gleich an, Monet, Manet, Pissarro, Picasso – wie sollte man sich da merken, wer was gemalt hatte? Während sie ihn immer weiter volllaberte, ihn damit zu beeindrucken versuchte, wie viel sie über Gemälde wusste, für die sich – abgesehen von ein paar hochnäsigen Lackaffen – kein Schwanz interessierte, tat Johnny, als sei er völlig gefesselt. Dabei lachte er sich innerlich schlapp, stellte sich vor, was er mit ihr und ihrer Familie alles anstellen würde, wenn die Zeit reif war.

Er hatte erwartet, dass sie ihn nach dem Museum zu sich nach Hause einladen würde. Er hatte das Bild *Der Sturm* ausgewählt, um ihr seine ernsthafte, einfühlsame Seite zu zeigen, und die gewünschte Wirkung war nicht ausgeblieben. Als sie die Fifth Avenue am Central Park entlang hinunterspazierten, hakte sie sich sogar bei ihm unter und sagte: »Es ist unglaublich. Ich fühle mich so wohl mit dir, ich kann mit dir ganz ich selber sein.«

»Ja, mir geht es genauso«, antwortete er in möglichst aufrichtigem Ton.

Sie fragte ihn, ob er später zu einer Party mitkommen wolle, aber er sagte, dass er leider schon andere Pläne habe. Er hatte nichts Besonderes vor, höchstens eine Frau aufreißen oder zwei, aber er war für heute schon lang genug mit Marissa zusammen gewesen und musste darauf achten, dass er nicht zu schnell zu viel Zeit mit ihr verbrachte. Wenn sein Plan funktionieren sollte, musste er es langsam angehen lassen.

Sie gingen zu Starbucks einen Frappuccino trinken, und dann brachte er sie zur U-Bahn-Station an der Neunundfünfzigsten Straße. Er bot ihr an, sie nach Hause zu begleiten, aber sie sagte, das sei nicht nötig, und so beließ er es dabei. Am Eingang zur U-Bahn knutschte er ziemlich lange mit ihr rum, brachte sie so richtig schön in Fahrt, so dass sie sich beim Abschied nach mehr sehnte.

Für Sonntag schlug er ihr keine Verabredung vor, drei Tage in Folge wäre vielleicht ein bisschen zu heftig. Mädchen durfte man es nicht zu leicht machen, selbst wenn sie einem am liebsten schon längst die Kleider vom Leib gerissen hätten. Aber am Montag verabredeten sie sich fürs Kino. Er hatte gehofft, dass sie ihn bitten würde, sie zu Hause abzuholen, damit er ihren Vater kennenlernen konnte, aber aus einem ihm unerfindlichen Grund bestand sie darauf, ihn vor dem Kino in der Zweiundvierzigsten Straße Ecke Eighth Avenue zu treffen. Sie sahen sich einen Horrorfilm an, ein Vorschlag von ihr, den er super fand, denn sie setzten sich ganz nach hinten und machten miteinander rum wie Teenager, befummelten sich, als wären sie total ausgehungert.

»O Gott, ich bin so heiß auf dich, ich will dich ficken«, flüsterte sie ihm ins Ohr.

Damit hatte er nicht gerechnet, was für ein kleines Luder! Er war überrascht.

Doch er durfte jetzt keinen Fehler machen und flüsterte zurück: »Ich möchte das mit dir gerne langsam angehen.«

Am Dienstag traf er sie zum Mittagessen bei Dojo im Village. Es war ein sehr einfaches, billiges Lokal, das er mit voller Absicht ausgewählt hatte. Schließlich machte er einen auf halbverhungerter Künstler, und genau das war es ja, was sie so reizvoll an ihm fand. Hätte er eine Paris Hilton aufreißen wollen, wäre er im Armani-Outfit dahergekommen und hätte sie natürlich ins Le Cirque ausgeführt. Aber für so ein Möchtegern-Boheme-Mädchen wie Marissa, dem er weisgemacht hatte, dass er nächsten Monat wohl die Miete nicht zahlen könnte und sich zwischenzeitlich nur von Asia-Nudeln und Spaghetti ernährte, war dies genau das richtige Lokal.

Am Mittwoch kam es allerdings zu einem Zwischenfall, der fast seinen ganzen Plan hätte platzen lassen. Johnny hatte sich mit Marissa im East Village getroffen. Nach ein paar Drinks in einer Kneipe an der Avenue A gingen sie in die Knitting Factory, wo die Limons spielten, eine neue Retro-Latin-Punk-Band, auf die Marissa abfuhr und die sie mit »ein Ramones-Ricky-Martin-Verschnitt« beschrieben hatte. Sie waren noch nicht lange dort, da tippte jemand Johnny auf die Schulter: »Frederick? Bist du das?«

Johnny drehte sich um. Eine gar nicht mal schlecht aussehende Frau hatte sich vor ihm aufgebaut, Ende zwanzig, Anfang dreißig, glattes braunes Haar mit Pony. Sie kam ihm überhaupt nicht bekannt vor, aber er hatte sich gelegentlich Frederick genannt, wenn er Frauen aufriss.

»Tut mir leid, Sie müssen mich mit jemandem verwechseln«, gab er zurück und wandte sich, die Augen verdrehend, wieder zu Marissa um. Aber er hatte das Gefühl, dass die Frau ihn nicht so einfach davonkommen lassen würde.

So war es auch. »Verdammt noch mal, nein, ich verwechsle dich ganz bestimmt nicht, du Arschloch. Wo ist mein Geld?«

Er drehte sich zu ihr um. »Ich habe keine Ahnung, wovon Sie reden.« Inzwischen kam sie ihm bekannt vor, nur wusste er noch nicht, woher.

Als er sich wieder von ihr abwandte, griff sie nach seinem Arm. »Du hast mir zweihundert Dollar geklaut und, ach ja, noch ein bisschen Schmuck, aber der war keinen Penny wert.«

Jetzt fiel bei ihm der Groschen. Er hatte sie vor ein paar Monaten in einer Kneipe ganz in der Nähe aufgerissen, im Max Fish in der Ludlow Street, und hatte bei ihr ein bisschen Bares und Schmuck abgegriffen. Der Schmuck war ein totaler Reinfall, war nur vergoldet gewesen und hatte ihm nichts eingebracht. Pure Zeitverschwendung. Normalerweise achtete er darauf, eine Gegend, in der er abkassiert hatte, mindestens sechs Monate lang zu meiden.

»Ich habe Ihnen doch schon gesagt, das muss eine Verwechslung sein«, wiederholte er und machte sich von ihr los. Marissa schaute ziemlich besorgt drein – weil er belästigt wurde oder weil sie der Frau die Geschichte abnahm?

»Gib mir sofort mein Geld zurück, oder ich ruf die Bullen«, drohte die Frau und holte ihr Handy raus.

»Sie sind doch verrückt«, sagte Johnny. »Komm.« Er führte Marissa ans andere Ende der Kneipe.

Die Frau folgte ihnen. »Ich will mein Geld wiederhaben, Frederick!«

Einer der Rausschmeißer kam zu ihnen rüber und erkundigte sich, was das Problem sei. Johnny blieb ganz ruhig und erklärte, dass er die Frau noch nie im Leben gesehen habe. Sie allerdings hörte nicht auf, Johnny des Diebstahls zu bezichtigen, wurde immer hysterischer. Als sie den Rausschmeißer wegzuschubsen versuchte, packte er sie und bugsierte sie aus der Kneipe. Anschließend kehrte er zu Johnny und Marissa zurück, entschuldigte sich für den Zwischenfall und spendierte ihnen eine Runde aufs Haus. Johnny schaltete seinen Charme ein und verstand sich sofort blendend mit dem Rausschmeißer, sie waren im gleichen Alter und kamen beide aus Queens – nach ein paar Minuten waren sie die besten Kumpel.

Auch mit Marissa lief es nach wie vor blendend. Sie redeten ein bisschen darüber, wie seltsam es war, dass diese Frau ihn verwechselt hatte und dermaßen ausgeflippt war. Bald schon fanden sie die Sache nur noch lustig, und er konnte Marissa ansehen, dass sie es kaum erwarten konnte, ihren Freunden davon zu erzählen. Bestimmt schrieb sie auch in ihrem Blog darüber. Das bewies nur mal wieder, was für ein Goldjunge Johnny war, er konnte einfach nichts falsch machen. Was bei anderen zu einer Katastrophe geführt und alle Pläne zunichte gemacht hätte, brachte ihm nur weitere Pluspunkte ein. Es hatte Marissa und ihn sogar noch enger zusammengeschmiedet.

Johnny hoffte, dass Marissa ihn an diesem Abend mit nach Hause nehmen würde, aber wieder wollte sie allein mit der U-Bahn zurückfahren. Er bestand darauf, sie zu begleiten, denn es war schon nach Mitternacht, und man konnte schließlich nie wissen, was für kranke Typen sich um diese Zeit in der U-Bahn herumtrieben. Sie war einverstanden, aber auf dem Weg von der Station bis zum Haus benahm sie sich komisch, wurde ganz einsilbig. Zum Abschied küsste sie ihn nur flüchtig und eilte ins Haus. Was war denn mit der los? Er war sich sicher, dass sie auf ihn abfuhr – das war sonnenklar –, es musste also irgendeinen Grund geben, dass sie ihn nicht hineinbat. Dabei wäre es nicht das erste Mal, dass sie einen Typen mit nach Hause brachte. Sie hatte ihm von ein paar Jungs erzählt, die sie seit der Rückkehr vom College mit nach Hause genommen hatte, einer davon war dieser Volltrottel Darren. Johnny hätte sie gerne gefragt, was das Problem war, entschloss sich dann aber zu warten, bis sie das Thema selbst anschnitt. Er wollte sie nicht zu sehr drängen und dadurch möglicherweise seine Pläne gefährden.

Am nächsten Tag, dem Donnerstag, rief Johnny Marissa gleich morgens an und lud sie ein, mit ihm in Brooklyn zu Mittag zu essen. Wie erwartet sagte sie erfreut zu, und so holte er sie von der U-Bahn-Station Smith/Neunte Straße ab. Sie fuhren mit dem Bus rüber nach Red Hook, wo Johnny eine trendige Künstlerkneipe kannte. Sie unterhielten sich lange, hielten die ganze Zeit Händchen, und schließlich nahm Johnny sie mit zu sich nach Hause.

Er hatte sich riesige Mühe gegeben, damit seine kleine Wohnung nach einem Künstleratelier aussah. Er hatte beim Trödler noch ein paar weitere Bilder ergattert und vor ein paar Tagen über eBay von einem Typen, der nur etwa zehn Blocks entfernt wohnte, eine Serie von vier Gemälden mit Obst in einer Schale gekauft. Außerdem hatte er selbst noch ein paar Bilder im Jackson-Pollock-Stil gemalt, die mindestens so gut waren wie der Mist, der im Metropolitan Museum hing.

Auf dem Weg zu seiner Wohnung sagte er ihr, wie »nervös« es ihn mache, ihr seine »Arbeiten« zu zeigen. Sie sagte ihm, er solle nicht albern sein, seine Bilder seien bestimmt ganz phantastisch.

In seiner Wohnung beobachtete er sie ganz genau, während sie sich umsah. Sie war zutiefst beeindruckt.

»Wow«, sagte sie schließlich. »Deine Bandbreite ist erstaunlich.«

»Danke.«

»Und du arbeitest mit Öl und Acryl?«

Er hatte keine Ahnung, was sie meinte. »Ja, ich mache halt ein bisschen von allem. Ich will mich nicht einschränken, sondern die ganze Palette nutzen.« War das nicht ein Zitat aus *Pollock*? Nun ja, zumindest so ähnlich.

Sie bewunderte die Bilder, die er bei eBay ersteigert hatte. »Deine Porträts, benutzt du dafür Fotografien als Vorlage oder Modelle?«

»Modelle«, behauptete er.

»Wow, beeindruckend, wirklich beeindruckend.«

Sie wandte sich der Wand zu, an der er ein paar seiner eigenen Werke aufgehängt hatte. »Und in abstrakter Kunst versuchst du dich auch?«

»Ja klar. Der Einfluss von Pollock ist nicht zu übersehen, was?«

Einfluss, ha, das lief ja wieder wie geschmiert.

»Ja, ich finde sie auch sehr pollockesk«, sagte sie. »Bei euch beiden findet man diese kontrollierte Freiheit im Stil. Ich mag, wie du das Grau eingesetzt hast – erinnert mich an Jasper Johns. Und dieses Blau ist doch bestimmt eine Hommage an Picasso.«

»Ja, genau, Wahnsinn, dass du das auf Anhieb siehst. Johns und Picasso, die beiden hatte ich im Kopf, als ich das hier gemalt habe.«

Sie bewunderte seine Bilder weiter. Welch ein Glück, dass er sich für die Rolle als Maler entschieden hatte, der Schuh passte perfekt. Kunst war Bluff in Reinkultur, und wer auf dieser Welt konnte besser bluffen als Johnny Long?

Als seine Bilder genug gefeiert worden waren, machte er zwei Dosen Heineken auf und setzte sich mit Marissa aufs Sofa.

Ein paar Minuten später hatte sie sich an ihn gekuschelt und ihre Beine über seine gelegt. »Ich würde dir gerne mal bei der Arbeit zusehen«, sagte sie.

»Das wäre wirklich toll, aber das durfte bis jetzt noch niemand. Es macht mich nervös, das verstehst du doch, oder?«

»Wegen mir brauchst du doch nicht nervös zu werden«, meinte sie und stellte das Bier auf den Beistelltisch. Sie küsste ihn, rieb seine Brust mit einer Hand. »Vielleicht … vielleicht könnte ich dir ja helfen.«

»Wie stellst du dir das vor?«, ging er auf ihr Spielchen ein.

»Vielleicht so«, sie küsste ihn auf den Mund, »oder so«, sie küsste ihn auf den Nacken. Nach einer Weile fuhr sie mit ihrer Hand über seinen Schritt, öffnete schließlich den Reißverschluss und fasste ihm in die Hose.

Natürlich war er mehr als bereit für sie, er zog sich aber ein wenig von ihr zurück. »Findest du nicht, wir sollten noch warten?«

»Worauf?«, keuchte sie erregt.

»Bis wir uns ein bisschen besser kennen.« Es war wirklich nicht einfach, bei dieser Unterhaltung den Ernst zu wahren. »Wir kennen uns noch nicht mal eine Woche.«

»Hast du noch nie mit jemandem geschlafen, den du weniger als eine Woche gekannt hast?«

So in etwa vierhundertundfünfzig Mal, Baby.

»Schon, aber das hier mit uns … ist was anderes, etwas Besonderes.«

Errötend schenkte sie ihm ein Lächeln. »Findest du wirklich?«

»Ja, warum fragst du? Fühlt es sich für dich nicht nach etwas Besonderem an?«

»Nach etwas ganz und gar Besonderem«, antwortete sie. »Ich bin es nur nicht gewohnt, dass mir Jungs so was sagen. Ich bin's eher gewohnt, dass sie mir gleich an die Wäsche gehen.«

»Ich bin eben anders.«

»Du bist ganz bestimmt anders als die anderen«, sagte sie.

Sie küssten sich wieder. Zum Glück, denn wenn er hätte weiterreden müssen, hätte er laut herausgelacht.

»Irgendwie fühle ich mich nicht ganz wohl in meiner Haut«, begann er, als er sich wieder einigermaßen im Griff hatte.

»Weshalb?«

»Nun ja, du wohnst noch zu Hause bei deinen Eltern. Ich finde, ich sollte sie kennenlernen, bevor wir … du weißt schon.«

Ja, genau so war es richtig – so tun, als sei er zu schüchtern, das Wort Sex in den Mund zu nehmen, jawohl, das war er, Johnny Schüchtern.

Marissa nahm ihr Bein herunter und rückte ein wenig von ihm ab. Sie schien etwas verstimmt. Johnny hoffte nur, dass er das So-einfach-bin-ich-nicht-zu-haben-Spielchen nicht zu weit getrieben hatte.

»Was ist los?«

»Nichts. Es ist nur … ich weiß nicht, ob das eine gute Idee ist.«

Johnny hielt ihre Hand, drückte sie ein wenig, um ihr zu zeigen, wie wichtig sie ihm war. »Irgendwann werde ich sie ja doch kennenlernen müssen, oder? Wenn meine Eltern nicht so weit weg wohnen würden, hätte ich dich ihnen schon längst vorgestellt.« Am Abend zuvor hatte er behauptet, seine Eltern lebten in San Diego.

»Es ist bloß schrecklich kompliziert. Ich wünschte wirklich, ich müsste nicht mehr zu Hause wohnen. Es ist verdammt hart, vor allem mit meinem Vater und seinen Launen.«

»Launen?«

»Nun ja, er ist nicht gerade manisch-depressiv, aber an einem Tag ist er völlig unnahbar und nur mit sich und seiner eigenen Welt beschäftigt, und am nächsten Tag meint er, den engagierten Vater geben zu müssen. Urplötzlich stellt er tausend Regeln auf, ich darf zu Hause nicht trinken, nicht mal ein Glas Wein, und er hat mich gezwungen, mein Dope wegzuwerfen, obwohl ich zu Hause so gut wie nie geraucht habe. Als ich neulich vom Museum nach Hause gekommen bin, war meine verdammte Bong verschwunden. Sie war handgearbeitet, aus Guatemala, und er wirft sie einfach in den Müll. Ach ja, und wenn ich ausgehe, muss ich ihm sagen, wann ich wieder zu Hause bin, auf die Minute genau, als wäre ich sechzehn. Er weiß, dass ich mich mit dir treffe, und deshalb hat er vor ein paar Tagen ein Riesenfass aufgemacht, dass ich dich nicht mit auf mein Zimmer nehmen darf, ehe er dich nicht kennengelernt hat.«

»Nun, dann stell mich ihm doch vor. Wo ist das Problem?«

Sie blickte ihn unsicher an. »Nun ja, da gibt es etwas, was ich dir noch nicht erzählt habe.«

Oh, oh, Nachtigall ich hör dir trapsen … bestimmt hatte sie sich was eingefangen. Nicht, dass ihn das ernsthaft störte. Er selbst hatte alles Mögliche gehabt, erst letztes Jahr hatte er sich einen Tripper geholt. Geschlechtskrankheiten musste man eben in Kauf nehmen, wenn man als Casanova in die Geschichte eingehen wollte.

»Wahrscheinlich hast du in den Nachrichten davon gehört, aber vielleicht hast du es nicht mit mir in Zusammenhang gebracht«, fuhr sie fort. Sie suchte nach den richtigen Worten. »Bei uns ist letzte Woche eingebrochen worden.«

»Wirklich?« Johnny fand, sein Erstaunen klang überzeugend.

»Ja, mitten in der Nacht, als wir schon geschlafen haben. Ich habe die Einbrecher gehört und meine Eltern geweckt, und dann hat mein Vater einen von ihnen erschossen.«

›Einen von ihnen‹, als seien er und Carlos zwei Kakerlaken. War es nicht genau das, was man sagte, wenn man Ungeziefer jagte: Einen habe ich erwischt, aber der andere ist entkommen?

»O ja, stimmt, jetzt fällt's mir wieder ein.« Johnny tat, als denke er nach. »Ja, ich glaube, ich hab da was in der Zeitung über einen Seelenklempner in Forest Hills gelesen, über eine Schießerei. Wow, ist das tatsächlich dein Vater?«

»Ich hatte Angst, dir davon zu erzählen«, gestand Marissa. Vor lauter Nervosität sprudelten die Worte nur so aus ihr heraus. »Ich hatte Angst, dass du mich … keine Ahnung … verurteilen würdest oder so. Vielleicht habe ich mich da nur in was reingesteigert, manchmal bin ich leicht neurotisch und paranoid und überlege mir alles dreimal … aber ich habe wirklich gedacht, du würdest mich verurteilen. Das war doch Quatsch, oder? Du nimmst es mir nicht übel, oder?«

»Beruhige dich, Baby.« Johnny drückte ihre Hand, ließ sie spüren, dass er immer für sie da war. »Ganz bestimmt nicht, das weißt du doch.« Er nahm sie in den Arm und küsste sie eine Weile.

»Ich bin immer noch so sauer auf meinen Vater, dass er das getan hat«, erklärte sie dann. »Es war so dumm, so gedankenlos, und das Schlimme ist, dass er es nicht einmal bereut.«

»Echt?«

»Ja, er ist gerade in so einer komischen Verleugnungsphase oder wie man das nennt. Am Morgen danach hat er so getan, als sei nichts passiert! Man sollte doch meinen, dass man als Psychologe besonders gut über seine Gefühle Bescheid weiß, aber bei ihm ist es gerade umgekehrt. Ich glaube, er hat keine Ahnung, wie es wirklich in ihm aussieht.«

Johnny musste daran denken, wie er vor dem Haus der Blooms mit der Pistole in der Hand im Auto gewartet hatte und wie Bloom im Trainingsanzug die Straße entlanggegangen war, als hätte er keine Sorge auf der Welt.

Freu dich nicht zu früh, du Arschloch, bald gebe ich dir Grund zur Sorge. »Dann glaubst du also, dass es stimmt, was sie in den Nachrichten gesagt haben? Dass dein Vater den Einbrecher töten wollte?«

»Unter uns gesagt glaube ich das tatsächlich, ja. Ich glaube, dass mein Dad für einen Moment die Kontrolle verloren hat, dass er ihn in diesem

Augenblick wirklich erschießen wollte. Er ist nicht verrückt oder so, ich meine, kein Psychopath, aber er verdrängt so viel, er steht ständig unter einem enormen Druck. Es war mitten in der Nacht, er war müde, und ja, bestimmt konnte er nicht logisch denken. Er war wütend, weil jemand bei uns eingebrochen ist, da ist bei ihm eine Sicherung durchgebrannt. Das passiert manchmal, dann macht er Sachen, ohne zu überlegen, was er tut.«

Johnny konnte es kaum erwarten, Adam Bloom umzubringen, ihn qualvoll krepieren zu sehen.

»Das ist echt hart. Das war bestimmt nicht leicht für dich.«

»Ja, ein einziger Alptraum, ich hab schreckliche Angst gehabt. Aber am furchtbarsten ist, dass in dieser Nacht noch eine zweite Person in unserem Haus war.«

»Wirklich?« Johnny mimte Entsetzen.

»Ja, die Cops glauben, es war unsere Haushaltshilfe. Hast du schon gehört, was ihr passiert ist?«

»Nein, ich glaube nicht … oder doch, warte mal, sie ist verletzt worden, oder?«

»Ermordet, sie ist in ihrer eigenen Wohnung ermordet worden.«

»O Mann, das ist ja furchtbar.« Er hoffte sehr, dass Marissa nicht hysterisch wurde und wie ein kleines Mädchen in Tränen ausbrach.

»Ja, das war schlimm, und furchtbar traurig. Aber ich kapiere noch immer nicht, warum unsere Haushaltshilfe bei uns eingebrochen sein soll. Wir waren zwar nicht beste Freundinnen oder so, aber wir haben uns sehr gut verstanden. Ach ja, und dann haben wir noch diesen Zettel bekommen, einen Drohbrief, der bei uns unter der Tür durchgeschoben wurde.«

»Wirklich? Von wem?«

»Das weiß keiner so genau. Mein Dad ist überzeugt, dass es nur ein dummer Streich war, aber er versucht ständig, alles zu rationalisieren, und legt sich passende Erklärungen zurecht. Er ist so was von verkorkst – vielleicht ist es ja tatsächlich so, dass man selbst ein wenig verrückt sein muss, um Verrückte behandeln zu können.«

Johnny nahm Marissa wieder in den Arm. »Deine Familie scheint im Augenblick schwere Zeiten durchzumachen. Wenn du mich deinen Eltern noch nicht vorstellen willst, kann ich das verstehen, aber ich finde, irgendwann sollte ich sie kennenlernen … ich meine, wenn wir zwei ein Paar werden.«

Sie strahlte ihn an. »Meinst du das ernst?«

»Natürlich, oder glaubst du etwa, ich würde mich mit jedem Mädchen, das mir über den Weg läuft, so oft treffen?«

Endlich hatte er einen Satz gesagt, der nicht gelogen war.

»Du bist der tollste Mann, den ich je kennengelernt habe.«

Dem hatte er nichts hinzuzufügen.

Am nächsten Morgen schickte Marissa Johnny eine SMS: *meine eltern wollen dass du heute abend zum essen kommst, kannst du um 7?*

Um nicht übereifrig zu erscheinen, ließ Johnny sich eine Viertelstunde Zeit, bevor er antwortete. *ich fühle mich geehrt.*

Es war so weit – sein großer Auftritt stand bevor. Er beschloss, sich ein bisschen schick zu machen, aber nicht zu sehr. Er rasierte sich die Koteletten, ließ das Haar jedoch lang, wirr und pomadig. Sorgfältig wählte er seine Kluft aus, schwarze Jeans, ein schwarzer Rolli, Doc-Martens-Schuhe. Ganz in Schwarz, das fand er toll, einfach perfekt – für einen Künstler wie für einen Killer.

Er kam mit einer leichten Verspätung von knapp zehn Minuten bei ihnen an, wie es sich bei den Reichen und Schönen gehörte. Er sah sich um, weit und breit keine Bullen, aber das hatte er auch nicht erwartet. Der Einbruch war eine Woche her und wahrscheinlich längst nicht mehr der dringendste Fall. Johnny vergewisserte sich, dass die .38er Special und das Springmesser in der Innentasche der Lederjacke sicher verstaut waren, und drückte dann auf den Klingelknopf.

Ein paar Sekunden später öffnete Marissa ihm die Tür, in einem roten Kleid mit einem tiefen, runden Ausschnitt, der einen herrlichen Blick auf ihr Dekolleté freigab. Dazu trug sie schwarze Leggings und schwarze Stiefel mit hohen Absätzen, die sie mindestens fünf Zentimeter größer machten. Sie hatte tiefer in den Schminktopf gegriffen als sonst und sogar einen knallroten Lippenstift aufgelegt, der zu ihrem Kleid passte.

Sie küsste ihn flüchtig auf die Lippen. »Freut mich, dass du da bist«, begrüßte sie ihn.

»Ich freue mich auch.«

»Soll ich dir die Jacke abnehmen?«

»Ja klar.« Er zog die Jacke aus und schaute zu, wie sie sie im Garderobenschrank im Eingang verstaute.

»Komm, ich geb dir ’ne kleine Führung.«

Sie dirigierte ihn geradeaus in die Küche, aber Johnny blickte suchend zur Treppe, zu der Stelle, wo Bloom Carlos ermordet hatte. Es sah alles wieder ganz normal aus, als sei nichts geschehen. Der Boden war makellos, keine Blutflecken, keine Einschusslöcher in der Wand. So war das eben bei reichen Leuten, sie töteten einen Menschen in ihrem Haus, ließen die Wände ausbessern und streichen und lebten dann ihr reiches, glückliches Leben weiter. Abschaum wie Johnny und Carlos scherte die einen Dreck. Die glaubten, sie stünden meterhoch über allen anderen, aber sieh an, wer jetzt das Sagen hatte! Sie glaubten vielleicht, sie wären ihre Probleme nun los, fühlten sich sicher und beschützt, aber jetzt war Johnny wieder da, in ihrem Haus – als geladener Gast! Wer außer Johnny Long hätte so ein Kunststück fertiggebracht? Er hielt sich ja schon für den größten Casanova auf dem Erdball und den neuen Jackson Pollock, aber jetzt hatte er das Gefühl, dass für ihn nichts unmöglich war.

Johnny folgte Marissa von der Küche ins Esszimmer. Sie witzelte, dass er dem Einrichtungsstil ihrer Eltern besser keine Beachtung schenken sollte, dabei war dieses Haus ein Palast verglichen mit den Löchern, in denen er gelebt hatte. Die Küche ganz in Edelstahl, mit einem dieser Kühlschränke, in denen der Eiswürfelbereiter gleich in der Tür eingebaut war. Johnny hatte schon immer davon geträumt, sich eine Cola mit Eis holen zu können, wann immer er Lust darauf hatte. Wenn er zum Beispiel mitten in der Nacht Eis haben wollte, dann wäre es da, bereit für ihn, und er müsste nicht mehr daran denken, die Eiswürfelschale rechtzeitig nachzufüllen und sich später abmühen, um die Würfel herauszubekommen. Das Eis wäre einfach da, die ganze Zeit, würde auf ihn warten. Johnny hätte alles gegeben, um an einem Ort wie diesem aufwachsen zu können und nur die Hälfte von dem zu besitzen, was Marissa hatte. Ahnte sie überhaupt, was für ein Glück sie hatte?

Nun ja, das war jetzt auch egal, denn sie würde schon sehr bald tot sein. Nach dem Essen wollte er rauf mit ihr in ihr Zimmer, sie ficken und anschließend umbringen. Dann würde er ihre Eltern töten, vielleicht würde er sie zuerst noch ein wenig mit dem Springmesser quälen, nur so zum Spaß, dann rasch die Wertsachen zusammensuchen und in sein altes Leben zurückkehren.

Sie ging weiter und erklärte in gelangweiltem Ton: »Und das hier ist das Wohnzimmer.« Johnny hielt nach Wertsachen Ausschau. Die Vasen da drüben sahen ziemlich kostbar aus, und er durfte nicht vergessen, das Silberbesteck zu suchen, von dem Carlos gesprochen hatte, und natürlich den Diamantring. Zu schade bloß, dass er sich auf das beschränken musste, was er tragen konnte. Diese lederne Couchgarnitur mit dem Sofa, dem Zweisitzer und dem Sessel war einfach super! Johnny hatte das Gefühl, in der Möbelabteilung von Macy's oder Bloomingdale's gelandet zu sein. Manchmal ging er sich dort ein bisschen umschauen und malte sich aus, wie reiche Leute lebten. Er setzte sich dann auf einen dieser zweitausend Dollar teuren Massagesessel und fragte sich, wie es wohl wäre, jeden Tag heimzukommen, sich in einen solchen Sessel zu setzen und sich anschließend in den Whirlpool sinken zu lassen. Bestimmt hatten die Blooms ein Luxusbad da oben, alles in Marmor, mit Whirlpool oder zumindest mit einer riesigen Badewanne.

Als sie wieder in den Eingang zurückgingen, kam Adam Bloom gerade die Treppe herunter. Er guckte noch hochnäsiger und eingebildeter als beim letzten Mal. Johnny nahm ihn ein bisschen genauer unter die Lupe: Jeans, Jackett und ein schwarzes Hemd, das er locker über der Hose trug, um seinen Bauch zu kaschieren. Für einen Augenblick sah Johnny ihn wieder oben an der Treppe stehen und schreien: »Raus hier, sofort, oder ich schieße!«

»Hallo«, sagte Adam mit einem breiten Grinsen, als er unten angekommen war. »Du musst Xan sein.«

Der Typ war so was von eingebildet, hielt sich für was Besseres, bloß weil er in dieser tollen Hütte in Forest Hills lebte und einen Dr. vor seinem Namen hatte. Glaubte er wirklich, diese beiden Buchstaben stellten ihn über alle anderen? Glaubte er etwa, sie würden ihm Schutz bieten?

Ja, höchstwahrscheinlich glaubte er das.

Johnny sah, wie Marissa leicht die Augen verdrehte. »Xan, das ist mein Vater.«

»Adam Bloom.« Er streckte Johnny die Hand hin.

Johnny nahm sie und drückte sie kräftig – ihm wurde zwar übel dabei, aber er ließ sich nichts anmerken. »Es ist mir eine Ehre, Sie kennenzulernen, Sir.«

Sir! Johnny hatte es wirklich drauf heute Abend.

»Ganz meinerseits, ganz meinerseits.« Würde er seine Hand nun endlich loslassen? Da, na endlich. »Ich habe schon ziemlich viel von dir gehört, nur Gutes natürlich.«

Der Mann redete gequirlte Scheiße. Marissas Beziehung zu ihrem Vater war bestimmt nicht so, dass sie ihm haarklein erzählte, was in ihrem Leben so alles passierte. Wahrscheinlich hatte sie ihrem Dad so gut wie nichts über ihn erzählt.

Dabei fiel ihm wieder ein, wie schlecht Marissa gestern von Adam gesprochen hatte, wie sie ihn praktisch als gefühllosen Killer hingestellt hatte. »Ja, und ich habe auch schon jede Menge Tolles über Sie gehört.«

Johnny blickte auf. Eine ältere, extrem scharfe Frau kam da gerade die Treppe herunter. Das musste Marissas Mutter sein – sie sah ihr ähnlich, hatte die gleiche schmale Figur, aber er hatte überhaupt nicht damit gerechnet, dass Marissas Mutter so unglaublich sexy war. Sie trug ein schwarzes Top und enge Jeans, die ihre Figur betonten, und da gab es einiges zu betonen. Sie musste Ende vierzig sein, hatte aber schöne, straffe Arme, Wahnsinnsbeine und wundervoll pralle Brüste – zumindest sah es so aus, wen wundert's bei all den modernen Hilfsmitteln. Johnny hatte schon immer eine Schwäche für ältere Frauen gehabt, und Mrs. Bloom war auf jeden Fall um einiges schärfer als Marissa.

Während sie die Treppe herunterkam, wandte Johnny den Blick nicht von ihr. »Xan, das ist meine Mutter, Mum, das ist Xan«, sagte Marissa.

Johnny spürte sofort, dass Mrs. Bloom ihn mochte. Wäre er in einer Kneipe, um eine Frau aufzugabeln, wäre sie sein bevorzugtes Opfer. Die Anziehung zwischen ihnen war da, ganz klar, aber da gab es noch mehr. Viele Frauen fühlten sich von Johnny angezogen – Scheiße, fast jede Frau auf diesem Planeten war scharf auf ihn –, aber die, die ihn wirklich wollten, strahlten mehr aus, eine Art verzweifelte Sehnsucht. Er spürte es, wenn eine Frau unglücklich war, wenn einer Frau etwas in ihrem Leben fehlte und sie nur darauf wartete, dass ein Kerl vorbeikam und es ihr besorgte. Mrs. Bloom war so eine Frau.

»Wow, Marissa, du hast mir ja gar nicht erzählt, was für eine wunderschöne Mutter du hast.« Er hatte genau den richtigen Ton getroffen, Mrs. Bloom errötete leicht, und Adam war sichtlich stolz.

»Ich mag ihn schon jetzt«, sagte Mrs. Bloom geschmeichelt.

»Ich freue mich wirklich sehr, Sie kennenzulernen, Mrs. Bloom.« Sanft umschloss Johnny ihre Hand. Sie trug nur ihren Ehe-, nicht aber den Verlobungsring. Wahrscheinlich lag der oben in ihrem Schlafzimmer, wie Carlos gesagt hatte.

»Ich freu mich auch.« Sie lächelte ihn an. »Sag doch bitte Dana zu mir.«

O ja, sie stand auf ihn, kein Zweifel. Vielleicht würde er sie später bumsen, nur so aus Jux und Dollerei, und Adam würde er fesseln und zusehen lassen.

»Komm mit, ich hol uns was zu trinken«, forderte Adam Johnny auf.

Johnny ließ Adam auf dem Weg ins Esszimmer den Vortritt. Marissa schaute etwas genervt, aber Johnny lächelte ihr zu, ihr und ihrer Mutter – seinen beiden Frauen.

»Was möchtest du? Einen Wodka mit Orangensaft? Ein Glas Wein?«

»Oh, ich trinke eigentlich nur ganz selten Alkohol.«

»Tatsächlich?« Das schien Adam zu beeindrucken.

»Ja, da dies aber ein besonderer Anlass ist, wäre ein Glas Wein vielleicht das Richtige.«

Adam schenkte zwei Gläser Wein ein – ein billiger Merlot, das Preisschild, 6.99 Dollar, klebte noch immer auf der Flasche –, hob dann sein Glas und sagte: »*Za vas.*«

Sie tranken einen Schluck. »Du kommst also aus Russland?«

»Ich selbst nicht, aber der Vater meines Vaters war Russe.«

»Unsere Familie stammt ursprünglich auch aus Russland, Weißrussland, um genauer zu sein, Minsk.«

»Moskau«, gab Johnny mit einem Grinsen zurück.

»Toll, das ist toll«, meinte Adam. »Und woher stammt der Rest deiner Familie?«

»Frankreich und Deutschland mütterlicherseits, Italien und Irland väterlicherseits. Da gibt es sogar einen Schuss Indianerblut auf der Seite meines Vaters.« Locker schüttelte Johnny die Antwort aus dem Ärmel, obwohl er auf die Frage nicht vorbereitet gewesen war.

»Wow, das nenne ich mal eine multikulturelle Familie. Du musst eine interessante Kindheit gehabt haben.« Wenn da nicht der Seelenklempner aus ihm sprach!

»Das stimmt, es war eine sehr glückliche Zeit«, erklärte Johnny. He, wenn er schon dabei war, konnte er die Geschichte auch noch ein wenig ausschmücken.

»Wie schön«, erwiderte Adam, »das ist selten heutzutage.«

Er lachte herablassend, er erinnerte Johnny an irgendjemanden, aber an wen bloß?

»Wo lebt deine Familie jetzt?«

»Kalifornien.«

»Und wo da genau?«

»San Diego.«

»Ich habe gehört, du bist … Maler?«

Maler, als ekle es ihn, dieses Wort in den Mund zu nehmen. Genauso gut hätte er Penner oder Schwuchtel sagen können.

»Das stimmt«, erwiderte Johnny stolz.

»Und du hast vor, die Malerei richtig als Beruf auszuüben?«

»Aber ja, auf jeden Fall.«

»Darf ich fragen, wovon du lebst?«

›Nun ja, die nächsten paar Jahre von deinem Geld, Dr. Bloom‹, hätte er am liebsten gesagt. »Ich habe eine Mäzenin«, antwortete er stattdessen.

Danke, *Pollock*!

»Tatsächlich? Das ist ja wunderbar. Hat man von ihr vielleicht schon mal gehört?«

»Sie ist eine Freundin der Guggenheims und eine berühmte Kunstsammlerin auf der Upper East Side. Sie ist begeistert von meinen Werken.«

»Wow, das ist ja alles sehr beeindruckend.«

Marissa kam ins Esszimmer. »Ich hoffe, das hier wird kein Kreuzverhör, oder doch?«

»Nein, nein«, winkte Adam ab. »Xan hat mir gerade von seiner vielversprechenden Malerkarriere erzählt.«

»Seine Bilder sind einfach umwerfend«, sagte Marissa voller Stolz und legte einen Arm um Johnnys Taille. »Er ist so vielseitig.«

»Ich würde deine Bilder gerne einmal sehen«, erklärte Adam. »Hast du vielleicht gerade irgendwelche Ausstellungen laufen oder bald eine Vernissage?«

»Dad!«

»In ein paar Monaten kommt was«, sagte Johnny.

»Dann musst du uns auf jeden Fall einladen.«

»Aber selbstverständlich.« Johnny lächelte Adam zu. Nicht mehr lange, dann besorge ich es deiner Frau und deiner Tochter, aber richtig, du Arschloch.

Dana kam zu ihnen und sagte, dass das Essen fertig sei. Johnny entschuldigte sich sofort bei den anderen und ging mit Dana in die Küche, um ihr beim Auftragen zu helfen. Sie hatte Salat gemacht, eine Art Tomatensuppe mit Gemüse, Hackbraten mit Soße und Kartoffelbrei. Er bedankte sich bei ihr, dass sie sich so viel Mühe mit dem Essen gegeben hatte, und machte ihr Komplimente über die Einrichtung des Hauses. Dana freute sich sehr darüber, und etwas später, als sie glaubte, er bemerke es nicht, musterte sie ihn gründlich von oben bis unten. Als sie im Kühlschrank etwas suchte, hatte Johnny Gelegenheit, ihren Hintern zu bewundern, der wirklich vom Feinsten war. Marissa hatte einen flachen Po, aber Danas Hinterbacken waren prall, und sie hatte breitere Hüften. Cool, heute Abend würde er ein wenig Abwechslung geboten bekommen.

Am Esstisch kehrte Johnny wieder den sympathischen, charmanten jungen Mann heraus. Er brachte alle zum Lachen, und sowohl Marissa als auch Dana waren scharf auf ihn. Adam bestritt einen Großteil der Unterhaltung, erzählte viel von sich, wollte Johnny offensichtlich beeindrucken. Marissa hatte recht gehabt, als sie vorhin von einem Kreuzverhör gesprochen hatte, denn genau so fühlte sich Johnny, als Adam wieder damit begann, ihm Fragen zu stellen wie ein Bulle. Jetzt fiel Johnny auch ein, an wen Adam ihn erinnerte, nein, nicht an einen Bullen, an Pater Hennessy.

Pater Hennessy, dieser verdammte Scheißkerl, hatte Johnny jeden Donnerstagnachmittag in seinem Büro in der Kirche vergewaltigt und ihm gedroht, dass er Riesenärger bekommen würde, wenn er ihn verpfiff, dass er aus St. John's fliegen und auf der Straße landen würde, ganz allein. Hennessy war genauso ein hochnäsiger Typ wie Adam Bloom, hatte genauso viele Fragen gestellt. Er hatte in einem Apartment in Queens gelebt, hatte aber auch noch ein Sommerhaus irgendwo auf Long Island gehabt, wahrscheinlich irgendwo in den Hamptons. Er hatte ein Bild davon auf dem Schreibtisch in seinem Büro stehen, und wenn Johnny sich mit runtergelassenen Hosen über den Tisch beugen musste und stillzuhalten versuchte, starrte er auf dieses Bild, stellte sich vor, wie es wäre, dort zu leben, wie glücklich er dann sein würde. Wenn er fertig war, wurde Hennessy stinkfreundlich, erkundigte sich nach der Schule, nach Johnnys Lieblingsfach oder nach seinen Zukunftsplänen. Die Fragen nahmen kein Ende. Johnny hatte sich damals vorgenommen, Hennessy eines Tages umzubringen, sich an ihm zu rächen, aber dazu bekam er keine Gelegenheit mehr. Hennessy starb an einem Schlaganfall, als Johnny dreizehn war. Die anderen Jungs gingen zu seiner Beerdigung, nur Johnny blieb in seinem Zimmer in St. John's. Später in der Nacht schlich Johnny sich auf den Friedhof und hinterließ auf Hennessys Grab einen schönen, großen Scheißhaufen.

»Noch ein wenig Wein?«, fragte Adam mit der Flasche Merlot in der Hand. Er war bereits beim vierten Glas und nuschelte leicht.

»Nein, danke.« Johnny nippte noch immer an seinem ersten Glas. Er hatte eine Menge Arbeit vor sich und wollte dabei nüchtern sein.

Adam schenkte sich ein und erklärte den anderen: »Xan trinkt nur selten Alkohol. Das ist beeindruckend, du musst sehr diszipliniert sein, Junge.«

»Als Künstler braucht man bestimmt eine Menge Disziplin«, warf Dana ein.

»Das stimmt.« Johnny lächelte ihr zu, mit Begehren im Blick. »Und natürlich auch viel Leidenschaft.«

Er ließ diesen Satz in der Luft hängen, blickte ihr dabei ein, zwei Sekunden lang tief in die Augen.

»Aber ich finde es doch ziemlich ungewöhnlich, ich meine, eine Laufbahn als Maler einzuschlagen, wenn man eine glückliche Kindheit erlebt hat. Ich dachte immer, Maler seien eigenbrötlerisch, unglücklich, depressiv – ihr wisst schon, was ich meine, selbstquälerische Seelen wie van Gogh zum Beispiel.«

Den Namen van Gogh sprach er wieder in diesem seltsam hochnäsigen Ton aus, als käme ihm jeden Augenblick das Essen hoch.

»Komm schon Dad, hör auf damit«, sagte Marissa.

»Wieso? Das stimmt doch, und ich habe nur gefragt, wie Xan damit klarkommt.«

»Wie er mit seiner glücklichen Kindheit klarkommt?«

»Ja, genau, das ist meine Frage.«

»Es war nicht einfach«, antwortete Johnny gelassen. »Wenn ich eine unglückliche Kindheit gehabt hätte, hätte ich möglicherweise leichter den Zugang zur Kunst gefunden. Aber andererseits ist niemand vollkommen glücklich, glaube ich. Sehen Sie sich doch selbst an, Dr. Bloom. Sie haben dieses tolle Haus hier, eine wundervolle Familie, bestimmt verdienen Sie nicht schlecht, aber ich wette, dass es dennoch eine Menge Dinge gibt, die Sie unglücklich machen, oder? Sie sind auch nicht hundertprozentig glücklich, oder würden Sie mir da widersprechen?«

Diese Frage bereitete Adam offenbar Unbehagen, Dana starrte auf ihren Schoß, und Marissa lächelte vielsagend in sich hinein.

»Nein«, sagte Adam schließlich. »Ich glaube tatsächlich, dass niemand rundum glücklich ist.«

»Eben, ich denke, dass jeder seine wunden Punkte hat, nur müssen einige ein wenig tiefer graben, um sie zu finden.«

Jetzt hatte er Adam mal so richtig beeindruckt und die Frauen auch. Was für ein sensibler, tiefgründiger Mensch er doch war!

Während des ganzen Essens sprach Adam kräftig dem Wein zu, stellte Frage um Frage, und Johnny spielte brav mit, gab ihm die richtigen Antworten, sammelte Sympathiepunkte bei der gesamten Familie. Es war ja so leicht, beliebt zu sein, man musste nur die richtigen Dinge sagen, nämlich das, was die anderen hören wollten. Als Dana erwähnte, dass sie am Morgen im Garten gearbeitet hatte, stieg Johnny sofort darauf ein, sagte ihr, wie faszinierend er das fand, wie sehr er Gartenarbeit mochte, und stellte ihr Fragen zu den Blumen, die sie angepflanzt hatte. Bevorzugte sie ein- oder mehrjährige Pflanzen, zog sie auch Obst und Gemüse? Im weiteren Verlauf der Unterhaltung ließ Adam fallen, dass er sich beim Golfen einen Rückenmuskel gezerrt hatte. Johnny griff das Thema auf, fragte ihn nach seinem Handicap, nach seinem Lieblingsplatz und behauptete, er hätte als Teenager ein wenig Golf gespielt.

Er nutzte jede sich bietende Gelegenheit, den Blooms Komplimente zu machen, ihnen zu sagen, wie nett und freundlich und interessant sie doch seien. Natürlich musste Adam mindestens vier- oder fünfmal erwähnen, dass er Seelenklempner war, er war ja so stolz auf sich, und Johnny kroch ihm in den Arsch, sagte ihm, wie aufregend sich seine Arbeit anhöre und dass er großen Respekt habe vor Leuten, die anderen halfen. Die Schmeicheleien stiegen Adam geradewegs zu Kopf.

Es machte ihm einen Heidenspaß, die Blooms dazu zu bringen, ihn zu mögen, sie für sich zu gewinnen, ihnen vorzugaukeln, er wäre ein toller Kerl. Nur er kannte die Wahrheit, nur er kannte die Spielregeln, wusste, was geschehen würde. Er allein wusste, dass sie nur noch wenige Stunden zu leben hatten. Er fühlte sich mächtig, wie Gott, er hatte die totale Kontrolle, hatte ihr Leben in der Hand.

Johnny half Dana beim Tischabräumen und stellte mit ihr das Geschirr in die Spülmaschine. Dann half er ihr, den Tisch für Kaffee und Nachtisch zu decken, es gab Schokoladenkuchen. Adam gönnte sich als Digestif einen kleinen Brandy und war nun vollends betrunken. Dana und Marissa hatten auch einen kleinen Schwips, nur Johnny war noch immer stocknüchtern.

Als er mit Dana die Dessertteller in die Küche gebracht hatte, kehrte Johnny ins Esszimmer zurück. Adam musste wohl im Bad sein oder so. Zum ersten Mal an diesem Abend war er mit Marissa allein. Sie kam zu ihm rüber und legte die Arme um seine Taille. Ihr Atem roch nach Schokolade und Wein.

»Na, wie war ich?«, wollte Johnny wissen.

»Unglaublich! Mein Dad hat mir gerade erzählt, wie sehr er dich mag. Das hat er noch nie über einen meiner Freunde gesagt.« Sie schmiegte sich an ihn, schaute auf seine Lippen und flüsterte: »Sollen wir nach oben gehen?«

»Ja, das wäre toll«, sagte Johnny. »Kannst du mir bitte meine Jacke geben? Ich brauch da was aus der Tasche«, bat er sie am Fuß der Treppe.

»Klar.« Marissa grinste, wahrscheinlich glaubte sie, es ginge um Kondome.

Sie brachte ihm die Jacke, und sie gingen hoch in ihr Zimmer. Da sie vorausging, konnte er sich in aller Ruhe orientieren. Dort drüben, am Ende des Flurs im ersten Stock, war bestimmt das Elternschlafzimmer.

Sie legte *Watermark* von Enya auf – besaß eigentlich jede Frau auf der Welt diese CD? –, schloss dann die Tür ab, nahm ihn bei der Hand und führte ihn zum Bett. Wie gestern wanderte ihre Hand wieder zu seinem Schritt hinunter, als sie sich küssten, doch dieses Mal entzog er sich ihr nicht.

»Kannst du die Musik ein bisschen leiser stellen? Sie lenkt mich ab«, bat er sie.

In Wahrheit lenkte ihn die Musik kein bisschen ab, nichts konnte ihn ablenken, wenn es zur Sache ging, aber er wollte, dass Adam und Dana sie beim Sex hören konnten, dass sie alles laut und deutlich mitbekamen.

Im Bett gab es für Marissa das volle Johnny-Long-Liebesprogramm. Er ließ sich Zeit, wandte all die Tricks und Techniken an, die er sich im Laufe der Jahre erarbeitet hatte. Er liebkoste jeden Zentimeter ihres Körpers, achtete darauf, was sie anmachte und was nicht. Schließlich, als sie ihn fast schon darum anflehte, machte er es ihr mit dem Mund. Zuerst stöhnte sie nur leise, aber als er dann richtig loslegte, verlor sie jegliche Kontrolle, vergaß offenbar ganz und gar, wo sie sich befanden. Er blieb eine ganze Weile da unten, verwöhnte sie unermüdlich.

Als er schließlich mit ihr fertig war, brauchte sie ein paar Minuten, bis sie wieder zu sich kam und reden konnte, sie war hin und weg, hatte endlich einmal erlebt, was echte Befriedigung war.

»O mein Gott«, flüsterte sie. »Das war der Wahnsinn. So bin ich noch nie gekommen, noch nie.«

Mag ja sein, dass Frauen das im Bett immer zu den Männern sagten, aber wenn sie es zu Johnny sagten, dann meinten sie es auch.

»Das war nur der Anfang«, sagte Johnny.

Und dann bumste er sie, gab es ihr wie noch kein Mann zuvor. Nun ja, so berauschend war die Konkurrenz ja wohl nicht. Sie war erst zweiundzwanzig, hatte vermutlich gerade mal mit zehn Männern geschlafen, wenn überhaupt, höchstwahrscheinlich alles so unreife, unerfahrene Liebhaber wie dieser Darren. Als hätte dieser kleine Hosenscheißer auch nur die geringste Ahnung von Frauen. Sie war noch nie mit einem richtigen Mann zusammen gewesen, einem echten Casanova, und sie konnte einfach nicht genug von ihm bekommen. Als er sich schließlich seinem eigenen Orgasmus näherte, stöhnte er lauter und lauter, schrie beinahe, damit Adam und Dana keine Zweifel blieben, was in dem Schlafzimmer ihrer Tochter vor sich ging.

Danach lag Johnny neben Marissa, wartete darauf, dass sie einschlief, um sie zu erschießen und seinen Plan in die Tat umzusetzen. »Ich glaube, ich bin dabei, mich in dich zu verlieben«, flüsterte sie ihm zu.

Jedes Mal, wenn Johnny das Wort Liebe hörte, hätte er am liebsten laut herausgelacht. Liebe war die reine Verarschung. Ein Wort, das man sagte, weil es erwartet wurde, weil man es in Filmen gehört hatte.

»Wirklich?« Johnny spielte das Spielchen noch ein bisschen mit. »Glaubst du nicht, dass das ein wenig früh ist?«

»Nein. Ich weiß, was ich empfinde. Es ist anders als bei den anderen Jungs. Ich fühle mich wirklich verbunden mit dir.«

Wow, Johnny war beeindruckt – von sich selbst. Er hatte seine Rolle perfekt gespielt. Es war eine Sache, eine Frau in einer Kneipe aufzureißen und sie flachzulegen – das brachte fast jeder fertig –, aber wie viele Männer schafften es, ein beliebiges Mädchen innerhalb einer Woche dazu zu bringen, ihm eine Liebeserklärung zu machen?

»Mir geht es genauso«, erwiderte er ernst.

»Wirklich?« Sie starrte ihn mit großen Augen an.

»Ja. Ich weiß, wir kennen uns noch nicht sehr lange, aber da ist eine echte Verbindung zwischen uns. Ich hätte nicht gedacht, dass man sich so rasch verlieben kann.«

Es überraschte ihn selbst, dass er das alles herausbrachte, ohne sich übergeben zu müssen. Sie war so überglücklich, dass sie ihn wild küsste und mit ihm im Bett hin- und herrollte. »O mein Gott, das ist ja so aufregend«, japste sie. Johnny kapierte nicht, wie dieses Wort, ›Liebe‹, die Menschen in einen derartigen Glückstaumel versetzen konnte. Manchmal hatte er das Gefühl, der letzte normale Mensch auf diesem Planeten zu sein.

Doch auch Johnny spürte so langsam eine freudige Erregung – allerdings aus ganz anderen Gründen als Marissa. Dieses Spielchen bereitete ihm unglaubliches Vergnügen – ein Mädchen dazu zu bekommen, ihm ihre Liebe zu gestehen, und sie und ihre Eltern anschließend umzubringen, ihrem dummen, leeren Leben ein Ende zu setzen, besser konnte es doch gar nicht mehr kommen. Blöd nur, dass das Ganze in ein oder zwei Stunden vorbei wäre. Er würde zwar den Diamantring und den anderen Schmuck einsacken und alles, was er sonst noch so tragen konnte, aber er hatte so viel Arbeit in dieses Projekt gesteckt, Marissa war ihm total verfallen, ihre ganze Familie war ihm verfallen, da war es doch eine Riesenverschwendung, sich mit so wenig zufriedenzugeben. Johnny nahm an, dass Adam Bloom einige Millionen schwer war, allein das Haus war ein oder zwei Millionen wert. Er wäre doch verrückt, sich das entgehen zu lassen.

Das Problem mit Marissa war, dass sie sich gerne reden hörte, und jetzt war sie so »glücklich« und »verliebt«, dass sie überhaupt nicht mehr aufhören konnte. Endlos laberte sie über lauter dämliches Zeug, dass sie nicht wusste, was sie mit ihrem Leben anstellen sollte, dass sie die Kunst liebte, aber sich nicht sicher war, ob sie wirklich in einer Galerie arbeiten wollte, blubberblubberblubber, blubberblubberblubber. Eigentlich hatte sie ja nach Prag gewollt, aber jetzt, da sie Johnny getroffen hatte, war sie sich da nicht mehr so sicher. Vielleicht sollte sie doch noch weiterstudieren, wenn sie keinen Job in einem Museum bekam. Johnny tat interessiert, gab hin und wieder Bemerkungen von sich wie: »Du solltest das tun, was dich glücklich macht«, oder »Du musst der Stimme deines Herzens folgen«.

»Wie findest du meine Eltern?«, erkundigte sich Marissa schließlich.

»Die sind klasse.«

»Ja, findest du? Ich weiß nicht, sie sind schon in Ordnung, und ich liebe sie, aber manchmal ist es nicht so einfach, mit ihnen unter einem Dach zu leben.«

Er nickte bedächtig, voller Mitgefühl. Armes Kind.

»Es war ganz schön komisch, als du gesagt hast, auch sie wären vielleicht nicht vollkommen glücklich, wo sie doch in letzter Zeit nur unglücklich sind und sich ständig streiten. Klar, sie hatten ziemlich viel Stress, die Sache mit dem Einbruch und dem Toten und der ganze Presserummel und so, aber sie sind nicht gerade ein glückliches Paar.« Sie blickte ihn an, als hüte sie ein Riesengeheimnis. »Soll ich dir verraten, was ich neulich herausgefunden habe? Du wirst es nicht glauben.«

»Was denn?« Johnny sah nach seiner Lederjacke, die auf dem Stuhl am Schreibtisch lag.

»Meine Mutter betrügt meinen Vater«, flüsterte sie.

»Wirklich?« Johnny tat, als sei er überrascht, dabei hatte er sofort erkannt, dass sie zu der Sorte Frauen gehörte, die ganz gerne mal einen Seitensprung riskierte. Johnny Long irrte sich nie, was Frauen anging, niemals.

Marissa erzählte ihm, eine Freundin habe ihr verraten, dass Dana eine

Affäre mit Tony, einem Trainer aus dem Fitness-Studio, hatte. Aha, sie stand also auf Muckis. Auch das überraschte Johnny nicht sonderlich. Frauen, die fremdgingen, suchten sich häufig das genaue Gegenteil von dem, was sie zu Hause hatten.

Marissa wollte schon wieder. Johnny stöhnte innerlich, was musste er denn noch tun, damit dieses Mädchen endlich einschlief? Ein weiterer himmelsstürmender Orgasmus erfüllte schließlich diesen Zweck. Sie kuschelte sich an Johnny, den Kopf auf seiner Brust, und döste ein. Es war schon fast Mitternacht, also schliefen Adam und Dana sicher auch in ihrem Schlafzimmer, oder sie schliefen gerade ein.

Als Marissa leise schnarchte, hatte Johnny eigentlich freie Bahn. Jetzt konnte er sie alle umbringen. Die erste Kugel für Marissa, danach kamen die Eltern dran. In fünf Minuten wäre alles vorbei, zehn Minuten höchstens. Aber dann würde er nur das bisschen Bargeld und den Schmuck bekommen, den sie hier im Haus aufbewahrten. Er hatte eine bessere Idee, eine Idee, wie er an Adam Blooms ganzes Geld herankommen konnte, inklusive Autos und Haus und allem anderen.

Der einzige Nachteil war, dass er sie nicht heute Nacht noch alle umbringen konnte. Nein, damit der neue Plan funktionierte, würde er sie einen nach dem anderen töten müssen.

16

DANA BLICKTE KRITISCH in den Badezimmerspiegel und cremte sich das Gesicht mit einer Feuchtigkeitslotion ein, als Adam hereinkam. »Hör dir bloß die beiden da drin an, das ist lächerlich.«

»So schlimm ist es nun auch wieder nicht«, widersprach Dana.

»Das ist ja wohl nicht dein Ernst! Sie will nur wieder provozieren, ich finde dieses passiv-aggressive Verhalten äußerst unpassend.«

»Ich glaube, du bist da nicht fair«, widersprach Dana.

»Wirklich? Dann bin ich also schuld?«

»Sie ist aber auch nicht schuld, schließlich macht nicht sie den Lärm, sondern er. Was also macht sie verkehrt?«

Adam dachte über ihren Einwand nach. »Was ist los mit ihm? Warum muss er dabei so laut sein?«

»Vielleicht glaubt er, die Wände seien dicker, als sie sind, vielleicht kann er sich nicht beherrschen, keine Ahnung. Ich finde, dass du in letzter Zeit viel zu streng mit ihr bist. Du hast ihr gesagt, du möchtest ihre Freunde kennenlernen, bevor sie bei uns übernachten dürfen, und sie hat dir ihren Freund vorgestellt. Was soll sie denn noch tun?«

»Es gibt ein paar Dinge, die ein Vater nicht mit anhören sollte«, sagte Adam.

»Versuch es zu ignorieren.«

»Wie kann ich das ignorieren, wenn ich das Gefühl habe, mit ihnen in einem Zimmer zu sein?«

Dana massierte die Creme in die tiefen Stirnfalten ein. Vielleicht sollte sie sich doch Botox spritzen lassen.

»Sie ist ein hübsches, zweiundzwanzigjähriges Mädchen. Du kannst ihr nicht verbieten, Sex zu haben.«

»Doch, das kann ich.«

»Ach ja? Und wie willst du das anstellen? Sie in einen Keuschheitsgürtel stecken?«

»Ich verbiete ihr einfach in Zukunft, unter meinem Dach Sex zu haben, genau das werde ich tun.«

»Hör dich doch bitte selbst einmal an, du willst es ihr *verbieten*! Ist es dir lieber, wenn sie es im Auto macht oder in einem Hotel?«

Wieder hörten sie Xan hemmungslos stöhnen.

»Das ist ja lächerlich«, wiederholte Adam und stürmte aus dem Bad.

Als Dana fertig war, ging sie ins Schlafzimmer, wo Adam ruhelos auf und ab marschierte. Xan stöhnte und grunzte in unverminderter Lautstärke.

»Am liebsten würde ich an die Tür klopfen.«

»Unmöglich, sie würde sich in Grund und Boden schämen.«

»Soll ich mir das etwa die ganze Nacht anhören?«

»Schlaf unten oder schalt Jay Leno ein, wenn du es nicht hören willst.«

»Warum sollte ich den Lärm, den meine Tochter beim Sex macht, übertönen müssen?«

»Wir sprechen morgen mit ihr und fragen sie, ob sie ihn bitten kann, in Zukunft leiser zu sein, aber heute Abend können wir nichts machen. Wahrscheinlich ist es ihr furchtbar peinlich. Was soll sie denn tun? Bestimmt hat Xan keine Ahnung, wie laut er ist, und wenn sie erst einmal mit ihm geredet hat, kommt alles in Ordnung. Du magst Xan doch auch, oder?«

Adam blieb stehen. »Ja, er ist ein netter Kerl«, erklärte er mit einem tiefen Seufzer, als gestehe er dies nur höchst ungern ein.

»Ich mag ihn auch. Ich finde, er ist unglaublich höflich, charmant und attraktiv. Wir haben wirklich keinen Grund zur Klage, sie hätte eine wesentlich schlechtere Wahl treffen können.«

Dana merkte, dass Adam sie mit einem seltsamen Ausdruck musterte, die Augen dabei zusammenkniff, als denke er über etwas nach.

»Was ist los?«, wollte sie wissen.

»Nichts«, antwortete er und schaltete die *Tonight Show* ein, Leno hielt gerade seinen Monolog. Der Fernseher übertönte Xan nicht ganz, aber es war schon viel besser.

Adam saß am Fußende des Bettes und starrte mit leerem Blick auf den Bildschirm. Eine paranoide Unruhe befiel Dana, wie so oft in letzter Zeit. Jedes Mal, wenn Adam diese abwesende Miene zur Schau trug oder sie komisch ansah oder sich seltsam benahm, fragte sie sich unwillkürlich, ob er das mit ihr und Tony herausgefunden hatte oder ob er etwas ahnte.

»Ich finde es bloß … interessant«, sagte er.

»Was findest du interessant?« Das Herz klopfte ihr bis zum Hals.

»Wie du Xan beschrieben hast. Ich habe schon seit Ewigkeiten nicht mehr von dir gehört, dass du einen anderen Mann attraktiv findest.«

»Was redest du denn da?« Dana spielte die Empörte und schoss dabei wohl ein wenig über das Ziel hinaus. »Ich habe dir nur meine Meinung gesagt, mehr nicht. Er ist ein gutaussehender junger Mann, sieht ein bisschen aus wie Johnny Depp, findest du nicht?«

»Er hat ziemlich mit dir geflirtet.«

»Das hat er nicht«, widersprach sie, obwohl sie ihm insgeheim recht gab. Sie wollte aber nicht darüber reden.

»Komm schon, das war nicht zu übersehen.«

»Ja, es stimmt, er war mir gegenüber sehr aufmerksam, aber das würde ich nicht als Flirten bezeichnen. Was soll das? Er ist Marissas Freund!«

»Ich habe doch nur gesagt, was ich gesehen habe, und ich wollte dir sagen, wie ich mich gefühlt habe. Es hat mich nervös gemacht, nervös und eifersüchtig.« Adam befand sich noch immer in dieser höchst unerfreulichen Phase, in der er ständig verkündete, was er fühlte, immerzu in ›Ich-Sätzen‹ redete. So langsam ging ihr das gewaltig auf die Nerven.

»Das tut mir leid«, sagte Dana und versuchte das Thema zu wechseln: »Ich finde aber trotzdem, dass du nicht so streng zu Marissa sein solltest. Du kannst ihr nicht eine Verhaltensregel nach der anderen aufzwingen. Irgendwann musst du zurücktreten und sie ihr Leben leben lassen.«

Wie aufs Stichwort hörten sie Xan in dem anderen Raum, er schrie geradezu.

»Ich gehe eine Runde spazieren«, verkündete Adam und verließ das Schlafzimmer.

Dana ging zu Bett und löschte das Licht. Sie fand es schon merkwürdig, dass Adam plötzlich Anwandlungen von Eifersucht zeigte, und hoffte sehr, dass nicht mehr dahintersteckte, dass er nichts ahnte. Sie hatte gedacht, sie hätte sich in letzter Zeit völlig normal verhalten, längst nicht so depressiv wie in den Tagen, nachdem sie mit Tony Schluss gemacht hatte. Aber vielleicht hatte er doch was mitgekriegt und projizierte nun seine Ängste auf sie. O Gott, was geschah da mit ihr? Sie hatte in letzter Zeit so viel Psychokauderwelsch von Adam gehört, dass sie nun schon wie er dachte.

Auch wenn Dana seit jenem letzten Mal in Tonys Wohnung nicht mehr mit ihm gesprochen hatte, vermisste sie ihn sehr. Es fiel ihr schwer, gar keinen Kontakt mehr zu ihm zu haben. Er hatte ihr SMS geschickt, sie angerufen, ihr auf die Mailbox gesprochen, und ein paarmal wäre sie fast schwach geworden. Ja, es lief in letzter Zeit besser mit Adam, aber sie wusste nicht mehr, was ›besser‹ genau bedeutete. Besser als was? Besser als zu der Zeit, als es miserabel lief? Vielleicht reichte einigen Frauen ja eine Ehe, die ein wenig besser als miserabel war, ihr reichte das nicht. Sie hatte das Gefühl, mit Adam in der Falle zu sitzen, und die Vorstellung, diese Ehe ohne Nähe weiterführen zu müssen, bis ans Ende ihrer Tage immer wieder die gleichen Auseinandersetzungen auszufechten, kam ihr unerträglich vor.

Sie wusste Adams Bemühungen, ihre Beziehung zu verbessern, zu schätzen, aber sie hatte nicht das Gefühl, dass er mit vollem Herzen dabei war. Hatte er sie zu einem schönen Abendessen eingeladen oder sie mit einem Wochenendtrip überrascht? Nein, stattdessen hatte er ihr ein Cheerleader-Kostüm mitgebracht. Der Psychologe, der sogenannte Experte für Eheprobleme, versuchte seine eigene Ehe zu retten, indem er seine Frau zu einem Cheerleader-Tänzchen im Schlafzimmer aufforderte, wie aus einem Pornofilm. War das etwa alles, was er auf Lager hatte? Das war armselig, ARMSELIG. Sie hatte behauptet, sie käme sich albern vor in so einem Kostüm, die Wahrheit aber war, dass sie sich nur albern vorkam, wenn sie es für *ihn* anzog. Für Tony hatte sie sich oft verkleidet, als Schulmädchen, als Dienstmagd, als Stewardess und ja, einmal sogar als Cheerleader. Ihre Phantasien mit einem jungen Sexobjekt wie Tony auszuleben fiel ihr viel leichter als mit ihrem in die Jahre gekommenen Psychologen-Gatten. Und mit Sicherheit würden Kostüme ihre Eheprobleme nicht auf magische Weise lösen.

Allerdings war die einzige Alternative zur Fortsetzung ihrer Ehe die Scheidung, und die Vorstellung, wieder Single zu sein, machte ihr große Angst. Ein paar Frauen in der Nachbarschaft waren frisch geschieden, und alle waren sie unglücklich und einsam. Was würde sie tun? Wieder mit Männern flirten? Sie wusste gar nicht mehr, wie das ging. Wo lernte man heutzutage überhaupt Männer kennen? Im Internet? Was musste man da machen? Ein Bild ins Netz stellen, retuschiert und perfekt ausgeleuchtet, auf dem sie zehn Jahre jünger aussah, nur um dann die Enttäuschung und den Widerwillen im Gesicht der Männer zu sehen, wenn sie sich das erste Mal trafen? Das würde ihr Selbstbewusstsein nicht überstehen. Jeden Tag bekam sie neue Falten, sie hatte keine Chance, mit Zwanzig- oder Dreißigjährigen mitzuhalten, die sich für die gleichen Männer interessierten. Und in ein paar Jahren, wenn sie Mitte fünfzig war, würde es noch schwerer werden, jemanden zu finden. Wenn sie Glück hatte, unglaubliches Glück, dann würde sie vielleicht in fünf oder zehn Jahren, wenn sie auf die sechzig zuging, jemanden gefunden haben, der bestenfalls ganz genau wie Adam war, ein relativ anständiger Kerl mit ein paar ziemlich lästigen Macken. Warum also sich all das antun – wahrscheinlich würde allein der damit verbundene Stress sie um Jahre altern lassen –, wenn sie im günstigsten Fall doch nur genau wieder da landete, wo sie jetzt war?

Adam war von seinem Spaziergang oder von wo auch immer er gewesen war, zurückgekehrt und legte sich zu ihr.

»Sind sie fertig?«, fragte er.

»Ja.«

»Gott sei Dank.« Er drehte sich um und schlief ein, ohne ihr gute Nacht zu wünschen.

Als Dana aufwachte, war Adam schon aufgestanden. Sie ging in die Küche und sah, dass er zwar Kaffee gekocht hatte, aber wie immer hatte er ihr nur knapp eine Tasse übriggelassen. Der sollte ihr noch mal vorwerfen, sie verhalte sich passiv-aggressiv! Er wusste ganz genau, dass sie morgens gerne zwei bis drei Tassen Kaffee trank.

Dana füllte gerade das Kaffeepulver in die Maschine, als sie jemanden in die Küche kommen hörte. Sie drehte sich um in der Erwartung, Adam zu sehen, und erblickte Xan. Er trug dieselben Jeans wie gestern und ein einfaches, weißes Unterhemd. Das Haar war noch ganz wirr von der Nacht, aber bei ihm wirkte das fast wie kunstvolle Absicht. Er sah verdammt gut aus. Irgendwie machte ihn der verschlafene Morgenlook noch attraktiver, er hätte als Unterwäsche-Model sein Geld verdienen können – bei dem Gedanken wurde ihr peinlich bewusst, dass sie noch nicht einmal geschminkt war.

»Entschuldigung, ich hoffe, ich habe Sie nicht erschreckt«, sagte er mit einem Lächeln.

»Nein, alles klar. Ich hatte bloß gedacht, es wäre mein Mann.«

Er betrachtete sie wieder mit dem gleichen Blick wie am Abend zuvor, irgendwie aufreizend, so wie Tony sie manchmal auch angesehen hatte. »Scheint ein wunderschöner Tag zu werden, nicht wahr?«, sagte er dann.

Da lag eine versteckte Emphase in seiner Stimme, insbesondere als er »wunderschön« sagte, so als meine er gar nicht den Tag, sondern nur sie allein, zumal das Wetter draußen nicht so besonders war, wolkig und relativ kühl.

»Ja, sieht ganz danach aus«, erwiderte sie dennoch. »Ist Marissa schon wach?«

»O ja. Sie hat mich gebeten, ihr eine Tasse Kaffee hochzubringen.«

»Na, das nenn ich gutes Timing. Soll ich für dich auch welchen kochen?«

»Nein danke, ich trinke keinen Kaffee. Ich brauche morgens kein Koffein, um in die Gänge zu kommen.«

Er lächelte sie vielsagend an. Bei jedem anderen Mann, insbesondere bei jedem anderen Freund von Marissa, wäre Dana empört gewesen, aber nicht bei Xan. Irgendwie passte diese charmante Art zu ihm, das Flirten schien ihm im Blut zu liegen, und außerdem schmeichelte ihr seine Aufmerksamkeit auch ein bisschen. Es tat gut, sich sexy zu fühlen, auch wenn es noch früh am Morgen war und sie Trainingshosen und einen Schlabberpulli trug.

Während der Kaffee durchlief, unterhielt sich Xan mit ihr, fragte, wo sie aufgewachsen sei und ob sie sich in Forest Hills wohl fühle. Sie fand es nett, wie interessiert er ihr zuhörte und sie ansah, nicht wie Adam, der immer mit den Gedanken ganz woanders war, wenn sie mit ihm redete. Sie verstand sehr gut, warum Marissa Xan so mochte. Er war nicht nur attraktiv, intelligent und talentiert, er war aufrichtig und schien ein wirklich guter Mensch zu sein. Vor zwanzig oder dreißig Jahren hätte sich Dana auch auf der Stelle in ihn verliebt.

Später, als Xan wieder oben bei Marissa war und Dana allein in der Küche einen Joghurt mit Bananen und Rosinen löffelte, kam Adam durch die Hintertür ins Haus, Schweiß tropfte ihm vom Gesicht. Offenbar war er joggen gewesen.

»Guten Morgen«, grüßte er ziemlich außer Atem.

»Morgen.« Dana überlegte, ob sie die Sache mit dem Kaffee ansprechen sollte. Sie wusste, dass er das Ganze zu einer riesengroßen ›Diskussion‹ aufblasen und die Gelegenheit nutzen würde, ihr ›seine Gefühle mitzuteilen‹. Sie war noch nicht richtig wach und hatte auch nicht die Energie für so was. Auf einmal erkannte sie, dass Adams ›Therapieversuche‹ das Gegenteil bewirkten und sie zum Schweigen brachten, sie wollte gar nicht mehr über ihre Gefühle sprechen. Möglicherweise glaubte Adam ja tatsächlich, auf diese Weise mehr Offenheit in ihre Ehe zu bringen, aber in Wahrheit waren all diese Diskussionen so ermüdend, dass sie überhaupt keine Lust mehr hatte, mit ihm zu reden. Letzten Endes hatte also sein Wunsch, besser zu ›kommunizieren‹, dazu geführt, dass die Kommunikation gänzlich zum Erliegen kam.

»Ist Xan noch da?«, erkundigte er sich sogleich.

»Ja.« Sie starrte auf ihren Joghurt.

Er holte tief Luft.

»Denk einfach nicht dran«, sagte sie.

»Es gehört sich einfach nicht.«

O Gott, nicht schon wieder.

»Früher haben ihre Freunde doch auch hier übernachtet«, wandte sie ein.

»Ja, aber diesen Kerl kennt sie ja kaum.«

Dana hatte keine Lust, sich in eine weitere, sinnlose Auseinandersetzung verstricken zu lassen. Für derlei Dramen war es noch viel zu früh am Morgen. Ohne ein weiteres Wort nahm sie den Kaffee und die Schale mit dem Joghurt und ging ins Esszimmer. ›Du bist nicht der Einzige in dieser Ehe, der den anderen zum Schweigen bringen kann!‹, dachte sie.

Nach dem Frühstück machte Dana im Haus ein wenig sauber und kümmerte sich um die Wäsche. Sie musste sich so schnell wie möglich nach einer neuen Haushaltshilfe umsehen, hatte bisher aber noch keine Zeit dazu gehabt. Jetzt wurde es tatsächlich doch noch ein schöner Tag, die Sonne war rausgekommen, und so ging sie hinters Haus, um noch ein bisschen im Garten zu arbeiten. Die meisten Zwiebeln für das nächste Frühjahr hatte sie schon gesteckt, aber sie setzte noch mehr Tulpen und Narzissen und beschnitt die Rosen und die Forsythien. Während sie mit der Heckenschere hantierte, klingelte ihr Handy. Tonys Nummer blinkte auf dem Display, und ihr wurde ganz heiß. Das passierte in letzter Zeit jedes Mal, wenn er sie zu kontaktieren versuchte. Ihr Körper reagierte sofort, sie war erregt, wurde sogar feucht, aber dann schaltete sich ihr Verstand ein, und sie ärgerte sich darüber, dass er sie belästigte und sie nicht in Ruhe ließ. Sie ließ den Anruf auf die Mailbox laufen und schaltete das Handy auf Vibrationsalarm. Ein paar Minuten später rief er wieder an. Auch diesen Anruf ignorierte sie, doch als er zum dritten Mal anrief, begann sie sich Sorgen zu machen. Das ging zu weit, das wurde langsam obsessiv. Sie musste an die Blumen denken, die er ihr nach Hause geschickt hatte, und hatte Angst, dass er wieder so etwas tun oder – noch viel schlimmer – höchstpersönlich vor ihrer Haustür auftauchen würde. Sie schaltete das Telefon aus und ärgerte sich über sich selbst, dass sie es so weit hatte kommen lassen. Nur weil sie in ihrer Ehe unglücklich war, musste sie ja nicht gleich losrennen und ihr Leben ruinieren. Sie hätte mit einem Therapeuten reden, wenigstens probieren können, ihre Ehe wieder ins Lot zu bringen. Die Probleme waren schließlich nicht unlösbar.

Sie ließ das Handy ausgeschaltet, machte sich aber Sorgen, dass Tony auf dem Festnetz anrufen oder gar vorbeikommen könnte. Adam war den ganzen Tag zu Hause, las, sah fern, und es fiel ihr schwer, sich in seiner Nähe normal zu benehmen. Ein paar Mal erkundigte er sich, ob es ihr gutgehe, und sie versicherte ihm, dass es nichts sei, dass das Wetter ihr ein wenig zu schaffen mache. Xan war bereits am Morgen gegangen, und Marissa verließ das Haus gegen fünf mit ihrem Rucksack, den sie immer mitnahm, wenn sie anderswo übernachtete. Adam schien nicht sonderlich begeistert, aber immerhin machte er auch keinen Stunk. Vielleicht begriff er ja doch langsam, dass Marissa erwachsen und in der Lage war, ihre eigenen Entscheidungen zu treffen, dass er sie nicht davon abhalten konnte, zu tun, wonach ihr der Sinn stand.

Dana und Adam aßen zusammen zu Abend – Reste von gestern –, und es war sogar recht nett, ein wenig Zeit zu zweit zu verbringen. Vielleicht war sie ja doch langsam über Tony hinweg, denn zum ersten Mal seit Monaten – oder war es sogar noch länger her? – amüsierte sie sich mit Adam. Sie sprachen über unwichtige Dinge, Filme, Fernsehshows, Klatsch und Tratsch aus der Nachbarschaft, aber es war eine echte Erleichterung, zur Abwechslung einmal nicht über den Einbruch zu reden und sich auch nicht gegenseitig an die Gurgel zu gehen. Vielleicht war sie in letzter Zeit auch einfach zu kritisch gewesen, hatte Adams Fehler aufgebauscht und seine guten Seiten ignoriert. Er gab sich alle erdenkliche Mühe, ihre Beziehung zu verbessern, zeigte deutlich mehr Interesse an ihr als noch vor kurzem. Auch sie wollte sich von nun an mehr Mühe geben, schließlich war sie in dieser Ehe nicht gerade das Unschuldslamm.

Im Bett ergriff sie die Initiative. Nach so langer Zeit war es natürlich ein bisschen heikel. Das erste Mal kam er zu schnell, schon seit Jahren hatte er bisweilen mit vorzeitiger Ejakulation zu kämpfen. Sie ließ sich ihre Enttäuschung nicht anmerken, denn sie wusste, dass ihm sein gelegentliches Versagen schwer zu schaffen machte. Dann war's das eben für heute, vielleicht würde sie sich mit ihrem Vibrator Befriedigung verschaffen, oder einfach einschlafen – aber erstaunlicherweise kriegte er noch eine Erektion, und sie liebten sich ein zweites Mal. Zwei Mal in einer Nacht – es war mindestens zehn Jahre her, dass das vorgekommen war. In der zweiten Runde hielt er deutlich länger durch, und sie genoss es, so sehr sie konnte. Sie hatte ihn nie unglaublich sexy gefunden, aber sie hatte immer seinen Oberkörper gemocht, als er noch nicht so schwabbelig war. Also konzentrierte sie sich darauf und stellte sich einfach vor, er sähe noch immer so aus wie früher. Natürlich kam sie mit ihrer Phantasie über einen gewissen Punkt nicht hinaus. Es fiel ihr schwer, Adam nicht mit Tony zu vergleichen. Auch wenn Tony in intellektueller Hinsicht nichts zu bieten hatte, strahlte er pure Erotik aus. Sex mit Tony war immer spontan, wild und äußerst intensiv. Sex mit Adam war, nun ja, Sex mit Adam eben. Wie ein Film, den sie schon tausendmal gesehen hatte, sie wusste immer ganz genau, was als Nächstes kam. Aber wenn sie ihre Erwartungen ein wenig zurückschraubte, sich nur auf das Gute und nicht auf das Schlechte konzentrierte - der Sex mit ihm war auf jeden Fall wesentlich sanfter als mit Tony –, dann war es ganz okay.

Am nächsten Morgen brach Adam früh auf, um pünktlich zur verabredeten Abschlagszeit auf dem Golfplatz in Great Neck zu sein. Später am Vormittag fuhr Dana mit dem Offroader in den Supermarkt und erledigte die Einkäufe für die Woche. Sie blieb eine Weile in der Buchabteilung und blätterte durch ein paar Selbsthilfe-Bücher mit Titeln wie *Eine Affäre heil überstehen* oder *Wenn der Lover Schluss macht*. Ein paar schuldbewusst aussehende Leute sahen sich ähnliche Bücher an. Erwarteten die Verlage tatsächlich, dass Bücher mit solchen Titeln gekauft wurden? Der allgemeine Konsens der Ratgeber war offenbar, dass eine Affäre für alle Beteiligten immer schlimm endete. Was sie da las, überzeugte sie nur noch mehr davon, dass es richtig gewesen war, das Abenteuer mit Tony zu beenden, es gleich im Keim zu ersticken, bevor es außer Kontrolle geriet.

Als sie nach Hause kam, stand der Mercedes in der Einfahrt. Adam war nicht unten, also war er wohl im ersten Stock, wusch sich oder sah fern. Marissa war in ihrem Zimmer, denn die Stereoanlage dröhnte durchs ganze Haus. Dana brachte die Einkäufe aus dem Auto in die Küche – sie musste mehrmals hin und her – und räumte sie gleich fort. Sie hatte nicht schlecht zugeschlagen, eine Großpackung Toilettenpapier, eine weitere mit Haushaltspapier und so viele Riesenpackungen Cornflakes, dass sie bis zum Ende des Jahres reichen würden.

Sie stellte gerade zwei große Gläser Mango-Salsa in den Schrank, als sie die Haustür zuschlagen hörte. Sekunden später stürmte Adam in die Küche, das Gesicht übel zugerichtet und blutig, die Haare klatschnass. »Du verdammte Hure!«

Dana war total perplex und starrte ihn an. »Mein Gott, was … was ist denn mit dir passiert?«

»Warum?«, schrie er, Speichel spritzte ihm aus dem blutigen Mund. »Warum? Sag mir einfach warum, verdammt noch mal!«

›Er weiß Bescheid‹, schoss es ihr durch den Kopf.

»Warum hast du nicht mit mir geredet? Ich tue das immer, ich komme immer zu dir und rede mit dir, oder etwa nicht?«

Sie war sich nicht hundertprozentig sicher, ob er wirklich von Tony sprach, und beschloss, kein Risiko einzugehen.

»Ich weiß wirklich nicht, was …«, spielte sie weiter die Ahnungslose.

Adam packte sie am Arm. »Warum? Sag mir einfach nur warum. Nach allem, was ich getan habe. Ich habe alles versucht, um unsere Ehe zu retten, und was tust du? Du demütigst mich. Findest du nicht, dass ich in letzter Zeit genug Demütigungen einstecken musste? Habe ich das verdient?«

»Du machst mir Angst!« Ihre Stimme zitterte. »Ich weiß wirklich nicht …«

»Ich weiß Bescheid, okay?« Er hielt sie noch immer am Arm fest und starrte ihr in die Augen. »Du kannst mit dem Lügen aufhören, klar? Ich weiß es, ich weiß verdammt noch mal alles.«

O mein Gott, das durfte einfach nicht wahr sein. Sie hatte das Gefühl, zu stürzen, in einen tiefen Abgrund zu fallen.

Sie starrte Adam an, der völlig außer sich war. Die linke Wange war so schlimm geschwollen, dass er das linke Auge gar nicht mehr aufmachen konnte. Blut tropfte von seiner Unterlippe.

»Ich … ich habe keine Ahnung, wovon du redest«, sagte sie schließlich.

»Hör auf mit dem Scheiß, tu mir den Gefallen, ja? So viel Respekt habe ich ja wohl noch verdient, verdammt.«

»Du tust mir weh.«

»Ich tu dir weh? Das ist ein guter Witz.« Er drückte ihren Arm noch ein wenig fester und ließ sie dann los.

Sie hielt sich den Arm, schaute auf den Boden, überallhin, nur nicht zu Adam. ›Vielleicht irre ich mich ja‹, dachte sie. ›Vielleicht hat es gar nichts mit Tony zu tun.‹

»Warum tust du das? Was ist los mit dir?«, sagte sie.

»Verdammt noch mal, warum kannst du es nicht einfach zugeben?«

»Was zugeben?« Ihre Stimme klang ganz schwach.

»Dass du ihn fickst!«, schrie er und fuchtelte mit einem Zettel vor ihrem Gesicht herum. Seine Hand zitterte so sehr, dass sie die Schrift darauf nicht entziffern konnte. Jemand musste ihn zerknüllt haben, und es waren rote Flecken –Blut? – darauf. Der Zettel sah genauso aus wie der Drohbrief, den sie bekommen hatten. Jetzt war ihre Verwirrung perfekt.

»Was … was ist das?«

»Lies.«

»Ich … ich kann es nicht lesen. Du hältst nicht still.«

»Das hier ist von dem Kerl, mit dem du vögelst, von Tony«, spie er hervor.

Sie fühlte sich völlig benommen, alles drehte sich, und ihre Beine zitterten, drohten jeden Moment nachzugeben.

»Wie konntest du mir das antun? Nenn mir bitte einen Grund. Ich will wissen, warum. Warum? Warum?«

»Es ist nicht, wie du denkst.«

»O Gott, halt die Klappe«, schrie er, »halt bloß die Klappe!«

So hatte sie ihn noch nie erlebt, so wütend und völlig außer sich. Gott sei Dank waren sie unten und nicht in ihrem Schlafzimmer, er hatte ja noch immer die Pistole im Schrank.

»Da war nichts«, sagte sie in ihrer Verzweiflung.

Er starrte sie an, hasserfüllt, als wolle er sie am liebsten umbringen. »Glaubst du wirklich, du wärst die Einzige? Glaubst du wirklich, nur du warst unglücklich in dieser Ehe?«

»Ich habe nie gesagt, ich sei ungl –«

»Glaubst du, du bist die Einzige, die ausbrechen wollte? Glaubst du etwa, dass ich glücklich verheiratet war, als ich dich zur Paartherapie geschleppt habe?«

Dana fing an zu weinen, nicht aus Selbstmitleid, sondern weil sie begriff, wie sehr sie Adam verletzt hatte. »Es tut mir leid«, sagte sie, »aber du brauchst nicht –«

»Glaubst du wirklich, du hast als Einzige Leichen im Keller? Dass nur du Geheimnisse hast? Hier bitte, ich verrate dir mein Geheimnis. Ich war auch nicht immer treu. Na, wie fühlt sich das an? Fühlt sich das gut an, oder tut es weh?«

Er starrte sie an, wartete auf ihre Reaktion, aber sie blieb ganz ruhig. Sie dachte, er lüge, nur um ihre Reaktion zu sehen.

»Bitte, du musst so etwas nicht sagen, um dich zu rächen. Ich will dir doch nur erklären, dass ich –«

»Es war mit Sharon.« Sein triumphierendes Grinsen erinnerte an die Fratze eines Wahnsinnigen. »Ja, das stimmt, mit deiner Freundin Sharon. Wir haben's in meinem Büro getrieben, auf der Therapiecouch.«

Dana glaubte ihm kein Wort. »Hör auf damit.«

»Was? Du glaubst, ich erfinde das nur? Ich schwöre beim Grabe meines

Vaters und bei Marissas Leben, dass nichts davon erfunden ist. Ich habe deine beste Freundin gefickt, ordentlich durchgefickt habe ich sie.«

»Was ist denn hier los?«

Marissa stand in der Küchentür, Dana hatte keine Ahnung, seit wann sie schon da war.

»Nichts, lass uns bitte für ein paar Minuten allein«, bat Dana.

»O mein Gott, Dad, was ist denn mit deinem Gesicht passiert?«

Adam grinste Dana noch immer an, als gehöre er in die Klapsmühle.

»Geh nach oben«, befahl Dana ihrer Tochter.

»Warum?«, sagte Adam. »Es ist jetzt eh raus, sie wird ja doch alles erfahren, da können wir es ihr auch gleich sagen.«

»Was wollt ihr mir sagen? Und was ist mit deinem Gesicht passiert?«

»Es hat sich herausgestellt, dass deine Mutter mich mit Tony betrügt«, erklärte Adam, »dem Trainer aus dem Fitness-Studio.«

»Ich habe dich nicht betrogen«, widersprach Dana.

»Warum kannst du noch nicht einmal ein Minimum an Anstand aufbringen und es zugeben?«

»Könnt ihr beide damit aufhören! Was ist los mit euch?«

Jetzt kam Dana ins Grübeln. Hatte er vielleicht doch nicht gelogen? Würde er es so weit treiben, wenn es nicht die Wahrheit war? Sie erinnerte sich an eine Zeit – wann war das noch? – vor etwa fünf Jahren, da hätte sie sich mit Sharon fast verkracht. Sharon war auf Abstand gegangen, wollte kaum noch was mit ihr unternehmen, und Dana hatte nie herausgefunden, warum.

»Zwischen dir und Sharon war nie was«, sagte Dana.

»Warum sollte ich das erfinden? Nur um mich an dir zu rächen?«

»Warte«, mischte sich nun Marissa ein. »Du hattest eine Affäre mit Sharon Wasserman?«

Dana fiel die Episode bei der Silvesterfeier wieder ein, sie war in die Küche gekommen und hatte gesehen, wie Adam einen Arm um Sharons Hüfte gelegt und sie zu sich rangezogen hatte. Oder damals, als sie mit Sharon und Michael im Kino gewesen waren und Adam und Sharon ständig Blicke gewechselt hatten. Es passte alles zusammen, fügte sich zu einem klaren Bild, dennoch wollte sie es noch immer nicht wahrhaben.

»Sharon würde mir so etwas niemals antun, nie im Leben.«

»Du glaubst mir nicht? Dann frag sie doch selbst, auch wenn das jetzt keinen Unterschied mehr macht.«

Er hatte nicht gelogen, er hatte es wirklich getan. Dana wurde übel.

»O mein Gott«, sagte Marissa und schlug die Hand vor den Mund.

Dana musste raus, an die Luft. Nur Sekunden später lief sie über die Einfahrt zur Straße. Zuerst wollte sie einfach nur weg, einfach nur frische Luft atmen, aber dann hatte sie ein Ziel.

Sie rannte über die Straße zur Ecke, klingelte ein paarmal an Sharons Tür, dann schlug sie, so fest sie konnte, mit der Faust dagegen.

Mike, Sharons Mann, machte auf. »Was ist passiert?«, erkundigte er sich alarmiert.

»Wo zum Teufel ist die Nutte? Wo steckt sie?«

»Wie bitte?« Mike war völlig entgeistert, aber Dana schob ihn einfach beiseite und marschierte ins Haus. »Wo ist sie? Wo steckt die verlogene, kleine Hure?«

Dana ging in die Küche, machte aber gleich wieder kehrt, als sie sah, dass Sharon nicht da war, und lief geradewegs Michael in die Arme. »Was ist los? Was ist denn passiert?«

»Dana?«

Da war sie ja, oben also!

Dana stürmte die Treppe hoch. »Du verdammte Nutte! Du Hure!«

Sharons Gesicht bestätigte es ihr – alles stimmte, jedes Wort war wahr.

Als Dana fast schon oben war, drehte sich Sharon um und rannte in Richtung Schlafzimmer, aber Dana war zu schnell. Sie griff sich die Scheißverräterin von hinten und warf sie zu Boden.

»Hör auf! Bitte, hör auf!«, schrie Sharon.

Dana schlug auf Sharon ein, auf den Hinterkopf und auf den Nacken. Dann legte sie die Hände um ihren Hals.

Mike war hinter Dana, versuchte sie von seiner Frau herunterzuziehen, aber Dana drückte nur noch fester zu, grub die Nägel tief ins Fleisch, ließ nicht los.

17

Adam hatte beim Golf das beste Ergebnis seit Jahren erzielt. Auf den ersten neun Löchern war er eher schlecht gestartet, am dritten vermasselte er einen ganz einfachen Putt, und dann brauchte er drei Schläge, um aus dem Sandbunker an Loch sechs zu kommen, aber in der zweiten Hälfte kam er voll in Fahrt. Ihm gelangen zwei Birdies, einer davon an Loch fünfzehn, wo er auf dem Rough ein Dreier-Eisen benutzte und den Ball über zweihundert Meter weit schlug, der dann mit einem großartigen – okay, ehrlich gesagt war es mehr Glück als Können – Bounce gut einen Meter vor dem Loch landete, und den er sicher einlochte. Insgesamt kam er auf zweiundneunzig, nur drei Schläge über seinem bisherigen Rekord, den er vor fünf oder sechs Jahren auf einem viel einfacheren Platz in Fort Lauderdale aufgestellt hatte.

Nach ein paar Bieren mit seinem Freund Jeff und einigen anderen Mitgliedern im Clubhaus fuhr er nach Queens zurück. Er war noch immer ganz aufgedreht, rief sich wieder und wieder diesen Wahnsinnsschlag am fünfzehnten Loch in Erinnerung. Den hatte er astrein versenkt. In ein paar Wochen wurde die Clubmeisterschaft ausgetragen. Er hatte eigentlich nicht teilnehmen wollen, aber wenn ihm solche Abschläge gelangen, dann …

Als er zu Hause ankam, stand der Offroader nicht in der Einfahrt. Wahrscheinlich war Dana noch einkaufen. Er wollte sie anrufen und ihr von seiner großartigen Partie berichten, beschloss dann aber doch zu warten, bis sie nach Hause kam. Sie interessierte sich nicht sonderlich für Golf, und er bezweifelte, dass er auf große Begeisterung stoßen würde. Er parkte den Mercedes in der Einfahrt und rief seinen Freund Stu an, mit dem er aufs College gegangen war, der jetzt aber in Los Angeles lebte. Stu war ein leidenschaftlicher Golfer, ihm würde die Geschichte gefallen.

»Ich muss dir was erzählen«, sagte er zur Begrüßung, als Stu abnahm, und begann dann sogleich, ihm detailliert die Runde zu beschreiben. Er war durch die Hintertür hineingekommen und ging, während er sprach, in den Vorderteil des Hauses. »Also, am fünfzehnten Loch geht mein zweiter Schlag voll ins Rough …« Da entdeckte er einen Zettel auf dem Boden vor der Haustür. Er ging hinüber und hob ihn auf, ohne sich etwas dabei zu denken. »Und dann habe ich mich für das Dreier-Eisen entschieden«, fuhr er fort. Stu fragte ihn, warum er bei der Distanz kein Zweier-Eisen genommen habe. »Ich hatte mit dem Dreier schon den ganzen Tag super geschlagen«, antwortete er und warf dabei einen Blick auf den Zettel:

ICH BUMSE DEINE FRAU
ICH LIEBE SIE
TUT MIR LEID
TONY AUS DEM SPORTSTUDIO

Adam war noch ganz in das Gespräch mit Stu vertieft und verstand gar nicht, was er da las. »Ich wusste, dass der Ball geradewegs bei der Fahne landen würde«, erzählte er weiter, da machte es klick. Der Zettel sah doch genauso aus wie der Drohbrief, den er nach dem Einbruch erhalten hatte, das gleiche Papier, die gleichen Großbuchstaben und die gleiche Handschrift. Stu sagte etwas, aber Adam verstand kein Wort. Der Hund der Nachbarn bellte plötzlich wie verrückt, er konnte keinen klaren Gedanken mehr fassen. »Du, ich ruf dich später noch mal an«, unterbrach Adam Stu kurzerhand, legte auf und las den Zettel wieder, versuchte zu begreifen, was da stand.

Seit Jahren hörte er von seinen Patienten, was für ein Schock es war, herauszufinden, dass der Partner fremdgeht. Sie hatten ihm beschrieben, wie sie zu Anfang einfach nur blankes Entsetzen empfanden, sich verraten und verkauft fühlten, und wie dann eine unglaubliche Welle der Wut sie überrollte. Erst vor ein paar Monaten hatte Richard, ein Patient mit Alkoholproblemen, seine Frau in Verdacht gehabt. Er sagte, wenn er herausfände, mit wem sie ihn betrog, würde er den Kerl umbringen. Adam glaubte, dass Richard bloß das Maul aufriss, um sich stark zu fühlen. Mit kognitiv-behavioristischen Standardtechniken hinterfragte er Richards Beweggründe und half ihm zu begreifen, dass mit einer gewalttätigen Konfrontation keine Probleme gelöst werden können, dass alle Beteiligten nur noch mehr leiden würden, vor allem aber er selbst.

Adam wusste sehr wohl, dass es beträchtlich einfacher war, die Probleme anderer zu lösen. Jetzt aber, da er selbst all die Gefühle eines gehörnten Ehemannes durchlitt, war er genauso hilf- und ratlos wie seine auf Rache sinnenden Patienten.

»Dana!«, schrie er. »Da-na!«

Er stürmte schon die Treppe hinauf, da fiel ihm ein, dass sie wahrscheinlich noch im Supermarkt war.

Er starrte wieder auf den Zettel, überlegte, ob jemand ihm einen Streich spielen wollte, vielleicht die Jungs aus der Nachbarschaft. Es war völlig absurd, dass Dana eine Affäre mit diesem jungen Muskelprotz haben sollte. Er war überhaupt nicht ihr Typ, und was würde er wohl an ihr finden?

Aber warum sollte ein Nachbarsjunge so eine Geschichte über Tony erfinden? Nun, da er darüber nachdachte, sprangen ihm eine ganze Menge verräterischer Anzeichen dafür in die Augen, dass Dana fremdging. Sie war oft mit recht fadenscheinigen Entschuldigungen spät heimgekommen, war voll auf dem Fitness-Trip, hatte im letzten Jahr an die fünf Kilo abgenommen und kümmerte sich sehr um ihre äußere Erscheinung, unterzog sich diesen Hautverjüngungsbehandlungen und ließ sich per Laser lästige Haare entfernen. Adam wusste, dass die heimlichen Geliebten sich meist deutlich vom Ehepartner unterschieden, und Tony war ja wohl in jeder Beziehung das absolute Gegenteil von ihm.

Wut stieg in ihm hoch. Dieser verdammte Hurenbock! Diese Dumpfbacke hatte nicht nur seine Frau gefickt, er hatte sich in sein Leben gedrängt, ihm diesen Drohbrief geschrieben, wollte ihm und seiner Familie Angst einjagen. Er machte sich einen Spaß daraus und versuchte nicht einmal, es zu verbergen.

Adam war so wütend, so außer sich, dass er auf dem Weg zum Fitness-Studio nicht eine Sekunde daran dachte, dass es vielleicht keine so gute Idee war, auf einen Kerl loszugehen, der doppelt so groß war wie er und auch über mindestens doppelt so viel Muskelmasse verfügte. Wie seine Patienten hatte er sich so in seine Wut verrannt, war so versessen auf Rache, dass für Rationalität kein Raum blieb.

Er erreichte das Studio. In dem cremefarbenen Poloshirt – die Zählkarte und der Stift vom Golf steckten noch in der Brusttasche – sah er nun wirklich nicht sonderlich bedrohlich aus, doch er marschierte geradewegs in den Raum mit den Gewichten, in dem sich ein paar der Trainer aufhielten, Tony war nicht dabei. Wo zum Teufel steckte der Scheißkerl? Ganz ehrlich, der Typ war doch ein totaler Schwachkopf. War das vielleicht Danas ganz spezielle Art, auf sich aufmerksam zu machen? Mit einem Debilen ins Bett zu gehen?

»Wo ist Tony?«, erkundigte er sich bei dem Trainer mit den blonden Haaren.

»Keine Ahnung, vielleicht in der Umkleide.«

Adam stürmte so brachial in die Umkleide, dass die Schwingtür einen

Jungen, noch ein Teenager, ziemlich heftig an der Seite traf. »Was ist denn mit dir los, du Arsch?«, hörte er ihn rufen, doch er war schon weiter, lief die Reihen der Spinde entlang. Er stellte sich vor, wie er Tony gegen einen der Spinde presste und ihm die Schnauze polierte, den Deppen so richtig verdrosch. Nicht eine Sekunde dämmerte es ihm, dass er nicht die geringste Chance gegen Tony hatte.

Tony war nicht bei den Spinden, deshalb ging Adam zu den Toiletten. Eine der Kabinen war belegt. Adam trommelte gegen die Tür und schrie etwas.

»He, was soll das?« Wer immer da drin hockte, Tony war es nicht.

Adam sah im Saunabereich nach, aber auch dort fand er Tony nicht. Er wollte die Umkleide schon wieder verlassen, da hörte er einen Kerl äußerst falsch singen. Hörte sich nach einem schmalzigen Popsong an, irgendwas darüber, dass jemandem die Luft wegblieb. Es kam aus der Dusche. Adam marschierte rüber, und da stand Tony, gleich in der ersten Duschkabine. Adam blickte ihm in die Augen, registrierte seine erschrockene, ertappte Miene, dann glitt sein Blick langsam zu Tonys muskelbepackten Armen, zur kräftigen Brust und hinunter zu seinem Schwanz. Er tat das mit Absicht, versuchte Tony zu demütigen, wie Vergewaltigungsopfer oft davon träumen, ihre Peiniger zu demütigen. Er hatte gedacht, auf den Schwanz des Mannes zu starren, der mit seiner Frau geschlafen hatte, würde ihm ein gewisses Maß an Genugtuung verschaffen, ihm ein Gefühl der Macht geben. Wenn Tony einen kleinen Penis gehabt hätte, einen Schwanz wie ein Bleistiftstummel, hätte das vielleicht Adams Ego Auftrieb gegeben. Aber unglücklicherweise war Tonys Schwanz selbst im schlaffen Zustand viel länger und dicker als Adams, und so verschlimmerte der Blick auf den Penis seines Rivalen nur sein Gefühl der Unzulänglichkeit und seine Selbstzweifel.

»He, was soll das?«, fragte Tony, als Adam sich auf ihn stürzte und ihm ins Gesicht zu schlagen versuchte, dabei aber stolperte, wahrscheinlich über die Duschkante, und böse auf die Knie fiel. Wenn jemand in dem Augenblick reingekommen wäre, hätte er den Eindruck gewonnen, Adam blase Tony gerade einen.

»Was soll das werden?«, wollte Tony wissen, während Adam sich aufzurappeln versuchte.

Adam hielt sich am Seifenspender fest und hatte sich fast wieder zur Gänze aufgerichtet. Er war Tony ganz nahe, klebte fast an seinem nassen, eingeseiften Körper. Mit der freien Hand versuchte Adam noch einmal,

Tony ins Gesicht zu schlagen, so wie er es sich ausgemalt hatte, aber er brachte nicht genug Kraft auf und traf Tony nur leicht am Kinn.

Tony drückte Adam zurück an die Wand. »He, Mann, mach dich locker, ganz locker, ja?«

Adam spuckte Tony auf die Stirn.

»He, bist du komplett durchgeknallt?« Tony stupste Adam, der spuckte wieder, und traf dieses Mal Tonys linkes Auge. Das reichte Tony, er griff sich Adam und katapultierte ihn aus der Dusche. Adam stürzte auf die Seite, rappelte sich hoch und ging erneut auf Tony los. Aber Tony, der nun aus der Dusche getreten war, hielt Adam einfach mit einer Hand fest und donnerte ihm mit der anderen einen rechten Haken ins Gesicht. Adam hörte ein lautes Krachen, und dann spürte er nur noch Schmerz. Aber das stoppte ihn nicht. Im Nachhinein fragte er sich, ob er vielleicht verletzt werden wollte, ob er Schmerz empfinden, bestraft werden wollte. Wie auch immer, Adam steckte fest in dieser Situation, hilflos attackierte er Tony immer wieder, der ihn jedes Mal wie ein lästiges Insekt zurück auf den nassen Boden warf.

Als Adam aus dem Sportstudio nach Hause kam, grün und blau geschlagen und aus mehreren Wunden blutend, stellte er Dana in der Küche zur Rede. Sie sollte zugeben, was sie getan hatte. Als sie es nicht tat, erzählte er ihr von der Affäre mit Sharon. Im ersten Augenblick genoss er es, zu sehen, wie tief getroffen Dana war, zu beobachten, wie ihre Welt zusammenbrach. Er hatte das Gefühl, für Ausgleich gesorgt zu haben, jetzt waren sie beide verletzt, litten sie beide. Und es war auch eine große Erleichterung, dieses Geheimnis, das er schon so lange mit sich herumschleppte, endlich loszuwerden. Endlich lag alles offen auf dem Tisch, nun gab es nichts mehr zu verheimlichen.

Erst als Dana aus dem Haus gerannt war, wahrscheinlich rüber zu Sharon, erkannte er, wie unglaublich dumm, gedankenlos und verletzend dieses Geständnis gewesen war.

Er hatte schon so vielen Patienten erklärt, wie gefährlich es sein konnte, dem Partner aus Rachsucht eine Affäre zu beichten. Es mochte ja sein, dass es ihnen anfänglich guttat, hatte er ihnen gesagt, aber letztlich bedeutete es nur zusätzlichen Schmerz für alle Beteiligten. Er hatte seinen Patienten sogar geraten, für ein paar Stunden wegzugehen, um sich zu beruhigen, wenn sie Rachegedanken hegten, und auf keinen Fall impulsiv zu handeln.

Genau wie vorher hatte er wieder all die Dinge getan, von denen er seinen Patienten so dringend abriet. Er hatte eine schreckliche Situation noch weiter verschlimmert, hatte nicht nur seiner eigenen Ehe zusätzlichen Schaden zugefügt, sondern womöglich auch noch Sharons Ehe ruiniert.

»Stimmt das wirklich? Das mit dir und Sharon?«, wollte Marissa wissen, die noch immer in der Küche stand. »Hattest du wirklich eine Affäre mit ihr?«

Höchste Zeit, sich endlich wieder wie ein vernünftiger Erwachsener zu benehmen, die Situation wieder in den Griff zu bekommen. Es reichte jetzt mit dieser Hitzköpfigkeit und dieser kindischen und höchst unangebrachten Wut. Er musste zu seinen Gefühlen stehen und Verantwortung übernehmen.

»Es war keine richtige Affäre, nur ein One-Night-Stand … oder besser gesagt, ein One-Day-Stand.«

Marissa starrte ihn fassungslos an. Erst da wurde Adam bewusst, wie sehr er damit auch sie getroffen hatte. Den Ehebruch ihrer Mutter zu verkraften wäre für sie schon schwer genug gewesen, und jetzt musste sie feststellen, dass beide Eltern Ehebrecher waren. Was für ein Beispiel gaben sie ihr da bloß?

»Was bist du doch für ein verdammter Heuchler! Mir vorzuschreiben, wie ich zu leben habe, mir all diese Regeln aufzuzwingen, während du selbst nur Scheiße baust. Wie konntest du Mum das antun? Ausgerechnet Sharon, die Mutter meiner besten Freundin! Was zum Teufel ist in dich gefahren?«

Adam wusste, dass sie recht hatte, in jeder Beziehung. Sie hatte jeden Grund, sauer auf ihn zu sein, ihn zu hassen. Er brauchte einen Augenblick, um ihre Worte zu verdauen. »Tut mir leid«, sagte er dann.

»Nicht zu fassen, das ist echt nicht zu fassen!«, sagte sie und verließ die Küche. Er hörte sie nach oben gehen und die Tür zu ihrem Zimmer zuknallen.

Nach all dem Geschrei empfand er die plötzliche Stille in der Küche als ohrenbetäubend, aber auch als eine Art Vorbote. So, wie die Dinge sich gerade entwickelten, war diese Stille wohl eine Art Vorgeschmack auf die Zukunft, wenn er geschieden war und allein in einem leeren Haus lebte.

Während des Streits mit Dana hatte er sein Gesicht kaum gespürt, jetzt aber kehrten die Höllenschmerzen mit aller Macht zurück. Er wusch sich das Gesicht an der Spüle, sah das rosa gefärbte Wasser im Abfluss verschwinden. Jedes Mal, wenn er mit der Hand vorsichtig die Platzwunden und die blauen Flecke berührte, ließ ihn der Schmerz zusammenfahren. Das Gesicht fühlte sich ziemlich geschwollen an, und aus dem linken Auge sah er kaum heraus. Wahrscheinlich war es jetzt sowieso zu spät, aber er nahm trotzdem ein paar Advils, packte Eiswürfel in ein Geschirrtuch und drückte es so fest auf die geschwollenen Stellen, wie er es ertragen konnte. Er wagte es gar nicht, sich im Spiegel zu betrachten, aus Angst, noch viel furchtbarer auszusehen, als er ohnehin schon annahm.

Als sein Gesicht sich allmählich taub anfühlte und die Eiswürfel größtenteils geschmolzen waren, ließ er das Geschirrtuch in der Spüle liegen und ging nach oben. Er konnte nicht fassen, was er in der letzten Stunde getan hatte, einen Fehler nach dem anderen hatte er gemacht. Er hasste sich, fühlte sich schuldig, Gefühle, die ihm schrecklich vertraut waren. Als Kind hatte er oft darunter gelitten, und auch, nachdem er auf Sanchez geschossen hatte. Er hatte keine Ahnung, weshalb er sich so verhielt, warum er anscheinend absichtlich immer wieder die gleichen Fehler machte. Warum ließen ihn all seine Kenntnisse und Fähigkeiten ausgerechnet dann im Stich, wenn er sie am meisten brauchte?

Er sollte Sharon wohl warnen, dass Dana Bescheid wusste. Er rief sie auf dem Handy an, aber sie ging nicht ran. Wahrscheinlich war es sowieso zu spät. Dana war bestimmt schnurstracks zu ihr rübergelaufen und hatte noch mehr Unheil angerichtet. Adam zog es vor, sich die Szene lieber nicht weiter auszumalen. Sharon würde nie wieder mit ihm reden. Er hatte versprochen, dass er, komme was wolle, niemals jemandem von ihrer Affäre erzählen würde. Das Versprechen hatte er nun wirklich toll gehalten.

Als Adam wieder auflegte, sah er, dass er eine Mailbox-Nachricht bekommen hatte. Er überprüfte die verpassten Anrufe, es war bloß Stu gewesen, der noch das Ende der Golfgeschichte hören wollte. Adam fiel wieder ein, wie glücklich er gewesen war, als er den letzten Ball am achtzehnten Loch versenkt hatte. Es kam ihm vor wie Jahre her.

Die Advils und das Eis halfen nicht, sein Gesicht pochte. Als er versehentlich einen Blick in den Spiegel warf, war er entsetzt, wie furchtbar er aussah. Die linke Seite seines Gesichts war grün und blau und geschwollen, und die Oberlippe war ganz dick und hatte sich lila-blau verfärbt.

Er wollte sich gerade unten neues Eis holen, als es an der Tür Sturm klingelte, fünf oder sechs Mal hintereinander. Bestimmt war das Dana, die ohne Schlüssel hinausgestürmt war. Er hoffte, dass sie vielleicht gar nicht zu Sharon gegangen war, sondern genau das getan hatte, was er zuvor auch hätte tun sollen, dass sie spazieren gegangen war, um sich zu beruhigen und ihre Gefühle wieder in den Griff zu bekommen. Er hatte keine Ahnung, was er ihr sagen sollte, sofern es überhaupt noch etwas zu sagen gab.

Er öffnete die Tür, ohne durch den Spion zu schauen, und stand Mike, Sharons Ehemann, gegenüber. Mike funkelte ihn wütend an und knirschte mit den Zähnen – Adam musste nicht groß überlegen, weshalb er so aufgebracht war. Mike war ein hochgewachsener, kräftiger Kerl – auf dem College in Stony Brook war er in der Ringermannschaft gewesen –, und Adam hatte Angst vor einer zweiten Tracht Prügel.

»Bitte tu mir nicht weh«, flehte er ihn an. »Es tut mir ja so leid. Bitte, bitte tu mir nicht weh.«

Mike starrte ihn bestürzt an, als hätte er gerade erst bemerkt, wie Adam aussah. »Was hast du denn mit deinem Gesicht gemacht? War das deine durchgeknallte Frau?«

Adam hatte keine Ahnung, wieso Mike dachte, Dana habe ihn so zugerichtet, aber er verspürte keinerlei Lust, weitere Erklärungen abzuliefern. »Nein, Dana war das nicht. Das war … Es tut mir ja so leid. Ich weiß nicht, was ich sonst sagen kann.«

Mike starrte Adam böse an. »Ihr beide seid ja so was von erbärmlich. Sorg dafür, dass deine durchgeknallte Frau meine Frau in Ruhe lässt. Wenn sie das nächste Mal bei uns auftaucht, rufe ich die Bullen, sobald sie den Finger auf den Klingelknopf legt, ist das klar?«

»O mein Gott. Was hat sie getan?«

»Sie hat versucht, meine Frau zu erwürgen.«

»O nein. Geht es ihr gut?«

»Mit Sharon ist alles in Ordnung, aber deine Frau gehört in die Klapsmühle.« Mike stieß mit dem Zeigefinger gegen Adams Brust. »Und du hältst dich besser auch von meiner Frau fern, du Hurensohn, sonst bringe ich dich um, das schwöre ich bei allem, was mir heilig ist.«

Er ließ diese nicht gerade verschleierte Drohung einen Augenblick wirken und stieß dabei den Zeigefinger wie zur Bestärkung noch ein paar Mal heftig gegen Adams Brust. Dann stürmte er davon, ohne sich noch einmal umzuschauen.

Adam blieb lange an der offenen Tür stehen – er hatte jegliches Zeitgefühl verloren – und schloss sie dann schließlich, am Boden zerstört.

Marissa war noch immer oben in ihrem Zimmer, hatte ihre Anlage auf volle Lautstärke gedreht. Adam hatte keine Ahnung, wie er die Beziehung zu seiner Tochter wieder in Ordnung bringen sollte, wie er jemals ihr Vertrauen und ihren Respekt zurückgewinnen konnte. Seine Beziehung zu Dana schien noch hoffnungsloser. Wenn sie nach Hause kam – wenn sie überhaupt zurückkehrte –, was konnten sie sich dann noch sagen? Seine Ehe war am Ende, das stand wohl außer Frage. Die Erfahrung hatte ihn gelehrt, dass Paare, die sich derart verletzen, einen Punkt erreichen, an dem eine Versöhnung nicht mehr möglich ist. Er und Dana waren über diesen Punkt schon weit, weit hinaus.

In der Küche lag der Zettel von Tony noch auf der Theke. Adam las ihn noch einmal, nun ein wenig ruhiger und nicht mehr ganz so aufgebracht. Obwohl er noch immer wütend war, sich furchtbar manipuliert und betrogen fühlte, war er nun doch in der Lage, diese Nachricht nüchterner zu betrachten. Gleich zu Beginn war ihm die Ähnlichkeit mit dem Drohbrief ins Auge gefallen, das gleiche weiße Papier, die gleiche Handschrift – also hatte ihm Tony mit dem Drohbrief wahrscheinlich bloß Angst einjagen wollen. Oder steckte da vielleicht noch mehr dahinter? War Tony der zweite Mann bei dem Einbruch? Gab es eine Verbindung zwischen Tony und Sanchez? War Tony mal bei ihnen im Haus gewesen, hatte Gabriela kennengelernt und mit ihr und Carlos dann gemeinsame Sache gemacht?

Die Vorstellung, dass Tony Gabriela und Carlos kannte, schien ziemlich weit hergeholt, aber Tatsache war, dass jemand ihnen einen Drohbrief unter der Tür hindurchgeschoben hatte, vielleicht die Person, die an dem Einbruch beteiligt gewesen war, und dass Tony ihm eine sehr ähnlich aussehende Nachricht hinterlassen hatte.

Adam tat, was er gleich hätte tun sollen, statt zu Tony zu laufen und statt Dana ein so dummes und völlig überflüssiges Geständnis zu machen. Er rief Detective Clements an und sagte ihm, er habe womöglich einen wichtigen Hinweis.

Ihr Vater und Sharon Wasserman?

Marissa saß am Schreibtisch in ihrem Zimmer und scrollte gedankenverloren durch die iTunes-Liste auf ihrem Computerbildschirm, während sie sich vorzustellen versuchte, wie ihr Dad und Sharon es miteinander trieben. Sich vorzustellen, dass ihr Vater überhaupt Sex hatte, fiel ihr schon ziemlich schwer, und das nicht bloß, weil allen Kindern bei dem Gedanken, dass ihre Eltern sexuell aktiv sind, übel wird. Bei ihrem Vater konnte sie es sich einfach nicht vorstellen, er war so scheißseriös, analysierte immer alles und jeden, Marissa konnte nicht glauben, dass er loslassen und solche leidenschaftlichen Gefühle zulassen konnte. Besonders in den letzten paar Jahren war er ihr völlig asexuell vorgekommen. Umso schwerer war es, sich vorzustellen, dass er eine Affäre hatte, einen ›One-Day-Stand‹, ausgerechnet mit Sharon Wasserman. Sharon war so locker, so offen, so cool, so vollkommen anders als Marissas Vater. Außerdem wirkten sie und Mike wie das absolut perfekte Paar. Warum sollte Sharon das wegwerfen wollen?

Marissas Handy klingelte. »Hast du gerade angerufen?«, wollte Hillary wissen.

»Ja, deine Mailbox ist angesprungen, aber ich habe dir keine Nachricht hinterlassen. Wo bist du?«

»In der Stadt, mit Brendon auf einen Drink in der Wetbar. Was ist los?«

Marissa kannte Brendon noch nicht, aber angeblich war er ein ziemlich süßer Typ, den Hillary kürzlich kennengelernt hatte.

»Hast du schon gehört, was los ist?«

»Was wo los ist?«

»Also nicht.«

»Was ist denn los?«

»Ich habe schlimme Neuigkeiten für dich«, erklärte Marissa. »Nun, eigentlich nicht wirklich schlimm, aber verdammt schräg. Scheißneuigkeiten sind es, verdammte Scheißneuigkeiten.«

»Jetzt sag schon, was los ist!« Hillary klang beunruhigt.

Marissa beschloss, lieber gleich mit der ganzen Geschichte rauszurücken. »Mein Vater hatte was mit deiner Mutter.«

Laut ausgesprochen klang das Ganze noch viel absurder, fast schon lächerlich.

Hillary schwieg. »Nie im Leben«, sagte sie dann.

»O doch.«

»Das ist ein Witz, oder?«

»Ich schwör's, ich hab's selbst erst gerade erfahren. Total beschissen, das alles. Mein Vater weiß jetzt auch über meine Mum und Tony Bescheid. Meine Eltern wären sich fast gegenseitig an die Gurgel gegangen.«

»Ich glaube dir kein Wort«, sagte Hillary hitzig.

»Warum sollte ich dich anrufen und dir so eine Lügengeschichte –«

»Keine Ahnung, aber ich finde das nicht lustig.«

»Ich lüge nicht«, erklärte Marissa, so ernst sie konnte.

»Ich muss Schluss machen«, erwiderte Hillary kühl.

»Hill, komm schon, sei doch nicht –«

»Tschüss.« Hillary hatte aufgelegt.

Marissa war ganz schön stinkig, dass Hillary sie so abgewürgt hatte – frei nach dem Motto ›Töte den Boten‹ –, aber sie konnte ihre Reaktion verstehen. Diese Affäre war schon ein starkes Stück, und für Hillary war es noch viel schwerer zu akzeptieren, weil ihr Leben bislang vollkommen perfekt verlaufen war. Ihre Eltern waren immer so gut miteinander klargekommen, ihre Familie war eine der wenigen Vorzeigefamilien in der ganzen Nachbarschaft gewesen.

»Willkommen im Club«, sagte Marissa, da klingelte es an der Tür.

Sie schlich aus ihrem Zimmer und bis zum Treppenabsatz, beugte sich nach unten, um freie Sicht auf die Haustür zu haben, wo ihr Vater sich mit … ach du Scheiße … mit Mike Wasserman, Hillarys Vater, unterhielt. Hörte sich ganz so an, als drohe der ihrem Vater … Himmel, das wurde ja immer schlimmer! Hoffentlich musste ihr Dad nicht schon wieder Prügel einstecken. Wer hatte ihm eigentlich die erste Tracht verpasst? Ihre Mum? Wütend genug wäre sie gewesen, das stand fest.

Marissa kehrte in ihr Zimmer zurück und klickte wahllos auf ein Lied in der iTunes-Liste – sie erwischte ausgerechnet *Lips of an Angel* von Hinders, ein Lied über einen Kerl, der sein Mädchen betrügt.

Sie drehte die Musik leiser und rief Xan an.

»Hi«, meldete sich Xan.

Es tat gut, seine Stimme zu hören, die Stimme eines ganz normalen Menschen.

»Ich weiß, dass du viel zu tun hast und malen willst, tut mir leid, wenn ich dich störe, aber hier passieren gerade die irrsten Sachen.«

Sie erzählte ihm, wie ihr Vater von der Affäre ihrer Mutter mit Tony, dem Trainer, erfahren hatte und dass er dann seine eigene Affäre gebeichtet hatte.

»Hier herrscht Chaos pur.«

»Tut mir echt leid, wie schrecklich«, sagte Xan.

»Meine Mutter war furchtbar verletzt, so habe ich sie noch nie gesehen, und du hättest mal das Gesicht von meinem Vater sehen sollen. Er sah aus, als würde er es genießen! Es war so krank!«

»So ein Mist, tut mir echt leid, Rissa.«

»Ich weiß, du hast zu tun, und ich will dir nicht zur Last fallen, aber ich möchte im Augenblick lieber nicht allein sein. Könnte ich vielleicht …«

»Aber ja, natürlich, komm her. Oder soll ich zu dir kommen?«

»Nein, auf keinen Fall, glaub mir, unser Haus ist der letzte Ort auf dieser Welt, wo du dich aufhalten möchtest. Aber ist es wirklich in Ordnung, wenn ich komme? Ich könnte auch …«

»Aber ja, natürlich. Du musst raus aus diesem Tollhaus, und ich möchte jetzt gern bei dir sein.«

»Danke«, sagte Marissa, »du bist wirklich ein Schatz.«

Während sie ein paar Sachen für die Nacht in ihren Rucksack stopfte, ging ihr Xan nicht aus dem Kopf. Wie einfühlsam er war! Und was für ein Glück, dass sie ihn kennengelernt hatte. Wenn Lucas an jenem Abend in Kenny's Castaways nicht mit diesem anderen Mädchen in der Toilette rumgemacht hätte, hätte sie Xan vielleicht nie getroffen, und sie wollte sich lieber nicht vorstellen, wie es ihr jetzt ohne ihn ergangen wäre. Xan war das Beste, was ihr seit langem passiert war, der einzige Lichtblick in ihrem Leben.

Dass sie jetzt schon so an ihm hing, war erstaunlich; normalerweise verfiel Marissa den Jungs nicht so schnell. Sonst war sie immer diejenige, die Panik schob und so Sachen wie ›Ich brauch mehr Freiheit‹ oder ›Ich will es langsam angehen‹ oder ›Bloß keine Besitzansprüche‹ sagte, um Beziehungskisten aus dem Weg zu gehen. Aber bei Xan hatte sie weder das Gefühl, in der Falle zu sitzen, noch unter Druck zu stehen. Mit ihm abzuhängen fühlte sich so gut, so richtig, so natürlich an. Er sah nicht nur umwerfend aus, sondern war darüber hinaus auch noch locker, aufrichtig, aufmerksam, freundlich, großzügig und lustig, und sie hatten so viele Gemeinsamkeiten, es war der reinste Wahnsinn. Sie fand es toll, dass er Maler war und gerne über Kunst sprach. Manchmal, wenn sie miteinander redeten, hatte sie das Gefühl, dass er wusste, was sie dachte, noch bevor sie es ausgesprochen hatte, sie tickten absolut gleich. Am meisten aber erstaunte sie, dass sie sich nun schon seit über einer Woche kannten, und noch immer war kein rotes Warnlicht aufgeblinkt, es hatte noch kein einziges ›Oha-Erlebnis‹, wie sie es nannte, gegeben. Wenn sie sonst Jungs kennenlernte, fand sie die beim ersten Date immer supertoll, vielleicht auch noch beim zweiten. Aber spätestens danach platzte die erste Bombe, gab es das erste ›Oha-Erlebnis‹, und sie fand heraus, dass er ein fanatischer Hockeyfan war, spielsüchtig, drogenabhängig oder Republikaner – auf jeden Fall was ganz Furchtbares.

Gleich am nächsten Morgen, nachdem sie Xan kennengelernt hatte, tat sie, was alle Mädchen tun, wenn sie einen neuen Mann treffen, sie googelte ihn. Sie hoffte, alte Fotos von ihm zu finden, Informationen über ihn als Maler, vielleicht sogar ein Blog. Er hatte gesagt, sein Nachname sei Ivonov, aber die Suche nach ›Xan Ivonov‹ brachte keine Ergebnisse, ebenso wenig wie die nach ›Alexander Ivonov‹. Vielleicht hatte sie den Namen ja falsch geschrieben, oder es gab ganz einfach keine Info über ihn im Netz, da er ja noch ganz am Anfang seiner Karriere stand. Sie probierte es noch mit ein paar anderen Schreibweisen – Ivonof, Ivonoff, Evonof –, brach dann aber ab, als sie eine SMS bekam. Xan fragte, ob sie mit ihm ins Metropolitan Museum gehen wolle. Wenn das nicht der perfekte Ort für ihr erstes Date war! Es machte ihr Riesenspaß, ihn herumzuführen und ihm all ihre Lieblingsbilder zu zeigen. Als er von dem Bild *Der Sturm* schwärmte, tat er das nur, um sie zu beeindrucken, da war sie sich sicher, aber genau das war es, was sie so sehr an ihm mochte, was ihn so besonders machte im Vergleich zu den anderen. Er gab sich die Mühe eben, sie war ihm wirklich wichtig.

In der ersten Woche wollte er sie praktisch jeden Abend treffen. Bei anderen hätte sie sich sofort eingeengt gefühlt, aber nicht bei ihm. Am liebsten hätte sie jede Sekunde mit ihm verbracht. Wenn sie nicht zusammen waren, fehlte er ihr so sehr, sie konnte nicht aufhören, an ihn zu denken. Wenn sie sich dann sahen, war das so intensiv, dass sie sich nicht wieder von ihm trennen wollte. Das Timing war perfekt, sie hatte Xan zum genau richtigen Zeitpunkt kennengelernt, als sie dringend Abstand von ihren Eltern und dem ganzen Mist zu Hause brauchte. Xan bot ihr da die perfekte Ablenkung.

Aber sie wollte nicht zu schnell mit ihm ins Bett. Sie sollten sich erst besser kennenlernen, sich wenigstens ein paarmal getroffen haben. Als er sie dann aber das erste Mal in seine Wohnung einlud, war sie bereit und hatte für alle Fälle eine Packung Kondome eingesteckt.

Natürlich war er aufgeregt und unsicher, bevor er ihr seine Bilder zeigte – es war wirklich süß, ihn so zu erleben –, und sie tat alles, um sein Selbstwertgefühl aufzubauen, sagte ihm, dass die Bilder bestimmt umwerfend seien. Sie hatte auch wirklich Tolles erwartet, hatte geglaubt, dass er ein großes, unentdecktes Talent sei, der nächste Stern, der schon bald am Kunsthimmel aufgehen würde. Deshalb fiel es ihr nicht ganz leicht, ihre Riesenenttäuschung beim Anblick seiner Bilder zu verbergen.

Seine Bilder waren wie Kraut und Rüben, ein paar waren total laienhaft, grenzten an Kitsch, andere zeigten wenigstens einen Ansatz von Talent. Sein größtes Problem war wohl, dass er sich nicht auf eine Sache konzentrierte, keine eigene Vision hatte. Er hatte sie zwar vorgewarnt, dass er verschiedene Stilrichtungen ausprobiere, dennoch war sie völlig perplex, wie unterschiedlich seine Bilder waren. Realistische, moderne, abstrakte und postmoderne Werke, scheinbar wahllos in Öl oder Acryl. Das Bild, an dem er gerade arbeitete, war totaler Mist. Es sah aus, als hätte er ohne Sinn und Verstand Farbe auf die Leinwand gespritzt, als versuche ein Kind Pollock nachzuahmen. Die Bilder waren so unterschiedlich in Stil und Motiven, dass sein größtes Talent als Maler wohl darin bestand, die Techniken anderer Künstler nachzuahmen, aber selbst darin war er nicht sonderlich gut. Kein Wunder, dass sie im Internet nichts über ihn gefunden hatte.

Natürlich hütete sich Marissa, offen ihre Meinung zu sagen. Xan war so unsicher mit seiner Kunst - ihre Beziehung wäre zu Ende, noch bevor sie richtig begonnen hatte, wenn sie ihre ehrliche Meinung kundtat. Also gab sie sich enthusiastisch und gutgelaunt, lobte übertrieben die wenigen guten Punkte und ignorierte alles Negative. Sie trieb es eindeutig zu weit, als sie ihn mit Picasso und Johns verglich, aber immerhin schien er nicht zu merken, dass sie seine Arbeiten bestenfalls für mittelmäßig hielt. Wenn es mit Xan funktionierte und sie ein Paar wurden, würde sie ihm natürlich irgendwann die Wahrheit sagen müssen, aber sie hoffte, dass er bis dahin vielleicht selbst begriffen hatte, dass er als Maler keine Zukunft hatte. Was zählte – und das gehörte zu den Dingen, die sie so anziehend an ihm fand –, war seine Leidenschaft für die Kunst. So vielen Leuten heutzutage fehlte die Leidenschaft; sie lebten ihr langweiliges, egoistisches Schmalspurleben und interessierten sich für nichts. Xan war anders. Wenn er seine Leidenschaft für die Kunst auf etwas anderes richtete, würde er unglaublich erfolgreich sein.

Als sie sich auf dem Sofa küssten, hätte sie wahnsinnig gern mit ihm geschlafen, doch er wollte warten, bis er ihre Eltern kennengelernt hatte. Das war echt süß von ihm, aber sie bekam furchtbare Angst, dass ihre Eltern ihr alles verderben würden. Ihre Mutter war in letzter Zeit so launisch und depressiv, und ihr Vater nervte nur noch mit all seinen Regeln. Er hatte gesagt, dass er andere Saiten aufziehen müsse, dabei wollte er sie nur ärgern und ihr das Leben zu Hause so zur Hölle machen, dass sie auszog und sich einen Job suchte. Was für ein Heuchler! Markierte den Überlegenen und Allwissenden und warf ihr vor, sie sei passiv-aggressiv, provoziere ihn ständig und – das Lächerlichste von allem – sie wolle mit aller Gewalt Aufmerksamkeit auf sich lenken. Wer schoss denn Leute über den Haufen?

Wer war denn der neue Bernie Goetz? Wer hatte sich in dem Interview für *Daily Intel* zum Idioten gemacht?

Marissa hatte erwartet, dass das gemeinsame Abendessen in einer Katastrophe enden würde. Natürlich würde ihr Vater Xan einem Verhör unterziehen, und sie hatte Angst, dass ihre Mutter wieder einmal deprimiert dasitzen und kein Wort sagen würde. Aber dank Xan und seinem Charme war das Essen ein voller Erfolg. Xan kam mit ihrem Vater wunderbar zurecht, nahm seine Fragen ernst, ließ sich nicht in die Defensive drängen, und gegen Ende des Essens redeten sie wie alte Freunde miteinander. Ihre Mutter war erstaunlich gesprächig und schien Xan ebenfalls sehr zu mögen. Eigentlich sogar ein bisschen zu sehr, sie flirtete geradezu mit ihm. Ein paar Mal hatte Marissa beobachtet, wie ihre Mutter Xan schöne Augen machte. Was hatte die denn zur Zeit mit den jungen Männern? War die Midlife-Crisis nicht ein Privileg der Männer? Was würde sie als Nächstes tun? Einen Sportwagen kaufen?

Es war toll, als sie nach dem Abendessen endlich allein mit Xan im Bett lag. Während sie sich gegenseitig auszogen und während des Vorspiels fühlte es sich mit Xan ganz anders an als mit ihren früheren Freunden. Das war kein einfacher Fick mit einem beliebigen Typen. Das hier war der Anfang von etwas ganz Besonderem.

Aber leider war dann der Sex – ähnlich wie seine Bilder – eine Riesenenttäuschung. Nicht etwa, weil er nicht leidenschaftlich genug war, Xan gab sich alle Mühe. Wenn überhaupt, tat er zu viel des Guten. Und er war schrecklich laut dabei. Es war peinlich wegen ihrer Eltern nebenan, sie konnte sich kein bisschen locker machen und auf ihn konzentrieren. Mehrmals wisperte sie ihm »Schschschscht!« ins Ohr und »Wir müssen leise sein«, aber offenbar konnte er sich nicht beherrschen, und irgendwann wagte sie nichts mehr zu sagen. Sie spürte, dass er den Sex – ähnlich wie die Kunst – sehr ernst nahm, jeglichen Kommentar ihrerseits hätte er als Kritik aufgefasst. Auf keinen Fall wollte sie ihn gleich beim ersten Mal vor den Kopf stoßen. Außerdem schien Xan ziemlich wenig Erfahrung zu haben – er hatte erwähnt, dass er nur ein, zwei richtige Freundinnen gehabt hatte –, und sie wollte ihn nicht in Verlegenheit bringen, er sollte nicht denken, dass er was falsch machte und Nachhilfeunterricht brauchte. Wenn sie den Körper des anderen erst einmal kennengelernt hatten und die Nervosität und die Unsicherheit ein wenig nachließen, würde der Sex schon besser werden. Und alles andere in dieser Beziehung lief einfach perfekt.

Sie verließ das Haus, ohne ihrem Vater Bescheid zu geben, wohin sie ging, und fuhr mit der U-Bahn nach Brooklyn, zu Xan. Auf dem Weg zu seiner Wohnung malte sie sich aus, wie es wäre, mit ihm zusammenzuwohnen. Sie dachte da wohl ein bisschen weit voraus, aber wen störte das? Es machte Spaß, der Phantasie freien Lauf zu lassen. Xans Wohnung war klein, aber nicht schlecht für den Anfang. Wenn man sie gut einrichtete und den Platz besser nutzte, konnte man durchaus was daraus machen. Mit einem Mann zusammenzuleben wäre der Hammer, und mit Xan lief es bestimmt total locker und problemlos. Sie hatte genug Geld, um sich wenigstens ein paar Monate lang an der Miete zu beteiligen, und irgendwann würde sie ja wohl einen Job finden, wieder auf die Uni gehen oder sonst was machen. Wenn der richtige Zeitpunkt gekommen war, würde sie ihn vorsichtig davon überzeugen, sich einen anderen Job zu suchen. Es war ihr egal, womit er sein Geld verdiente, denn für sie war viel wichtiger, wer er war, als was er tat. Sie war nicht sonderlich materialistisch veranlagt und wollte keinen Arzt heiraten und den Rest ihres Lebens unglücklich sein – das Beispiel ihrer Mutter war abschreckend genug.

Xan ließ sie ins Haus. Sie waren zwar nur ein paar Stunden getrennt gewesen, aber sie hatte das Gefühl, es wären Tage vergangen. Es war toll, wieder mit ihm zusammen zu sein, ihn zu umarmen, sich ihm nahe zu fühlen.

Sie gingen geradewegs ins Bett, lagen Gesicht an Gesicht, küssten sich und kicherten, wenn ihre Nasen sich berührten.

»War ganz schön schlimm daheim, was?«

»Einfach unfassbar. Als ich in die Küche kam, haben die beiden sich angestarrt, als wollten sie sich jeden Moment an die Gurgel gehen. Das Gesicht meines Vaters war total blutig, meine Mutter muss ihn geschlagen haben oder so, und dann hat mein Vater gesagt, dass er sie auch betrogen hat. Wenn meine Mutter heimkommt, gibt's ein Riesenunglück.«

Sie machte sich weiter Luft, erzählte ihm, was daheim passiert war. Xan sagte nicht viel, nickte nur hin und wieder und brummelte so was wie »Hmmm, schlimm«, »Du Arme!« oder »Mann, so ein Mist«. Sie fühlte sich bereits viel besser, allein schon, weil sie mit jemandem reden konnte, mit jemandem, der sich wirklich um sie sorgte.

»Ich bin ja so froh, dass wir uns gerade jetzt gefunden haben«, erklärte sie, während sie die Nasen aneinanderrieben. »Ich glaube, ich bin das glücklichste Mädchen der Welt.«

18

Dana sass im Starbucks in der Austin Street in Forest Hills, trank bereits den zweiten Latte und brütete über ihren trüben Zukunftsaussichten. Nicht zum ersten Mal versuchte sie sich ein Leben ohne Adam vorzustellen, aber dieses Mal war der Gedanke, dass alles auf eine Scheidung hinauslief, viel realer, bedrohlicher, und die Alternativen waren so beklemmend und schaurig wie eh und je.

Sie hatte keine näheren Verwandten in New York und wollte auch nicht ihren Freunden zur Last fallen. Wenn sie auszog, musste sie also in ein Hotel. Sie konnte für eine Weile da wohnen, ein, zwei Monate vielleicht, aber was sollte sie dann tun? Adam würde aufs Ganze gehen und Neil Berman engagieren, ein alter Freund aus College-Tagen und ein hochbezahlter, halsabschneiderischer Scheidungsanwalt. Berman war so schleimig und aalglatt, wie Anwälte nur sein konnten. Um ihm Paroli zu bieten, würde auch sie einen Hardliner anheuern müssen, und Adam und sie würden schließlich Tausende, Zehntausende Dollar für widerwärtige Anwaltskorrespondenz ausgeben. Natürlich würde er um das Haus kämpfen, wahrscheinlich sogar mit Erfolg, schließlich hatte es schon vor der Heirat seiner Familie gehört. Sie hingegen würde sich vermutlich mit der Hälfte seiner Ersparnisse und Aktien zufriedengeben müssen – insgesamt bloß ein paar hunderttausend Dollar, weil sie sich noch immer nicht von den Verlusten nach dem Dotcom-Crash erholt hatten. Sie besaßen beide eine eigene Altersvorsorge, aber sie hatte keine Ahnung, wie hoch Adams Rücklagen insgesamt waren und ob sie Anspruch auf einen Teil davon hatte. Wahrscheinlich würde es auf eine Unterhaltsvereinbarung hinauslaufen, aber Neil Berman war so ein Blutsauger, dass für sie mit Sicherheit nicht viel dabei herausspringen würde. Und selbst wenn es ihr gelänge, eine halbwegs vernünftige Vereinbarung durchzusetzen, würde es wohl kaum für eine Wohnung in New York plus Lebenshaltungskosten reichen. Sie würde arbeiten müssen, bezweifelte aber sehr, dass sich die Firmen darum rissen, eine siebenundvierzigjährige Frau mit geringer Qualifikation einzustellen, die seit zwei Jahrzehnten nicht mehr im Berufsleben gestanden hatte. Natürlich würde sie versuchen, einen anderen Mann kennenzulernen, zweifelte aber, ob das klappen würde. In ein paar Jahren wäre sie fünfzig und Single und würde Schwierigkeiten haben, die Miete für ein mickriges Apartment aufzubringen.

So düster hatte ihre Zukunft noch nie ausgesehen. Sie stand nicht nur kurz davor, wieder allein zu sein, vielleicht für den Rest ihres Lebens, sondern hatte noch dazu ihre beste Freundin verloren. Sie würde Sharon niemals verzeihen können. Dana hatte dieser Frau vertraut, sich auf sie verlassen. Erst vor ein paar Tagen war sie bei ihr gewesen und hatte sie um Rat gebeten, wie sie die Affäre mit Tony am besten beendete. Dana hatte *sie* um Rat gebeten. Und was hatte die hinterhältige Hure getan? Sie hatte ihr ganz scheinheilig gesagt, dass Affären immer eine miese Sache seien und dass sie an Adam und seine Gefühle denken müsse. Dabei hatte diese Nutte Adams Schwanz gelutscht. Noch nie in ihrem Leben war Dana so wütend gewesen wie in dem Moment, als sie die Hände um Sharons Hals gelegt hatte. Zum ersten Mal hatte sie das Gefühl gehabt, dass sie tatsächlich jemanden umbringen könnte, dass sie diese Grenze überschreiten könnte. Es war ganz leicht, dazu brauchte es nicht viel. Man musste nicht verrückt sein, um töten zu können, nur ein bisschen kopflos.

Mit einem großen Schluck leerte Dana den Lattebecher. Da klingelte das Handy. Tony, dieser verdammte Hurensohn.

»Lass mich in Ruhe, du Scheißkerl«, sagte sie so laut, dass die Frau hinter der Theke, eine junge Schwarze, sie hörte und zu ihr rüberschaute.

Unfassbar, dass er den Nerv besaß, sie jetzt auch noch anzurufen, nachdem er ihr Leben ruiniert hatte. Sie wollte ihre Mailbox drangehen lassen, dachte dann aber ›Scheiß drauf‹, nahm ab und schrie ins Telefon: »Was zum Teufel ist los mit dir, du Arsch? Warum kannst du mich nicht einfach in Ruhe lassen?« Er wollte etwas sagen, aber sie unterbrach ihn gleich wieder: »Lass mich einfach in Frieden.« Sie legte auf. Ein paar Sekunden später rief er wieder an. »Bist du noch ganz dicht? Du hast sie ja wohl nicht mehr alle«, schimpfte Dana gleich wieder los. »Ich habe keine Ahnung, was –«, setzte er an, doch wieder unterbrach sie ihn: »Natürlich nicht, wie auch?«, und er: »Lass mich doch mal –«, aber sie schrie: »Fick dich ins Knie!«, und legte auf.

Natürlich rief er wieder an, aber dieses Mal ging sie nicht ran. Eine Minute später summte ihr Telefon und meldete, dass sie eine Nachricht erhalten hatte. Sie wollte sie schon löschen, aber dann fiel ihr ein, was Tony gesagt hatte: »Ich habe keine Ahnung, was –«, und aus irgendeinem Grund fühlte sie sich verpflichtet, die Nachricht abzuhören, den Daumen sicherheitshalber auf der Löschtaste.

Ich habe keine Ahnung, was da abgeht, klar? Ich weiß nur, dass dein Mann plötzlich bei mir aufgetaucht ist und in der Dusche auf mich losgegangen ist. Ich wollte ihm nicht weh tun, aber er hat mir ins Gesicht gespuckt. Soll ich mir das etwa gefallen lassen? Ich habe keine Ahnung, was mit euch los ist, ob du ihm von uns erzählt hast oder so. Ich wollte nur wissen, ob alles okay ist mit dir. Ich vermisse dich. Hass mich ruhig, aber so ist es nun einmal. Du weißt, wie sehr ich dich liebe, Dana. Mach, was du tun musst, aber tu mir einen Gefallen, sag deinem Mann, dass er mich besser in Ruhe lässt. Ich will ihm nicht wieder weh tun müssen.

Dana löschte die Nachricht und entschied, dass Tony jetzt völlig verrückt geworden war, und sie musste es ja wohl auch gewesen sein, als sie sich mit ihm eingelassen hatte. Im Nachhinein wurde ihr bewusst, dass er schon immer labil und obsessiv gewesen war und zu Gewalt neigte. Dass er so grob beim Sex war, seine Liebesbeteuerungen, obwohl sie ihm von Anfang an erklärt hatte, dass es ihr nur um Sex ging, seine Anrufe und SMS zu den unmöglichsten Zeiten, dass er ihr Blumen nach Hause geschickt hatte – all das hätte ihr eine Warnung sein müssen. Er hatte ihr von Prügeleien erzählt, von Typen, die er in Kneipen und Clubs zusammengeschlagen hatte, und auch wenn sie damals nichts gesagt hatte, war ihr sofort die Frage durch den Kopf geschossen, ob diese Aggressivität auf die Anabolika zurückzuführen war, die er nahm. Er hatte ihnen diese Nachricht unter die Tür geschoben, Adam grün und blau geprügelt, und nun spielte er das Unschuldslamm und tat, als wisse er von nichts! Und dann setzte er dem Ganzen die Krone auf, indem er noch immer von Liebe faselte, obwohl sie ihm klipp und klar gesagt hatte, dass sie nichts mehr von ihm wissen wollte.

»Herrgott noch mal«, seufzte Dana laut und die Bedienung schaute wieder zu ihr rüber. Dana bedachte sie mit einem wütenden Blick, der besagte: ›Ja, ich rede mit mir selbst, na und? Hast du ein Problem damit?‹

Wenn Tony sie weiter so belästigte, würde ihr nichts anderes übrigbleiben, als eine einstweilige Verfügung gegen ihn zu erwirken. Als hätte sie noch nicht genug am Bein! Dass Adam jetzt so was wie eine Vendetta mit Tony laufen hatte, half auch nicht gerade. War er tatsächlich in der Dusche auf ihn losgegangen? Das erklärte natürlich, warum er so übel zugerichtet war. Typisch Adam, ins Fitness-Studio zu platzen und etwas so vollkommen Hirnloses zu tun. Was hatte er sich dabei gedacht? He, ich geh mal eben einen Bodybuilder verdreschen? Als hätte er auch nur den Hauch einer

Chance! Genauso unbedacht hatte er gehandelt, als er die Pistole aus dem Schrank geholt hatte. Der Mann lernte einfach nicht aus seinen Fehlern.

Dana musste raus an die Luft, sie war ohnehin schon nervös genug, und der Koffeinschub tat ein Übriges.

Die Frau hinter der Theke beäugte sie misstrauisch.

»Was glotzt du mich so an, du dumme Kuh?« Dass Dana das tatsächlich laut ausgesprochen hatte, wurde ihr erst bewusst, als sie schon auf der Straße war.

Als Dana nach Hause kam, rechnete sie damit, dass Adam gleich wieder auf sie losgehen würde, aber es war ganz still im Haus. Sie ging nach oben. Vor der Schlafzimmertür stand ihr plötzlich in aller Deutlichkeit vor Augen, was sie alles verloren hatte. Sie hatte ein so schönes Leben gehabt, alles, was sie brauchte und noch vieles mehr, und all das hatte sie aufgegeben. Warum? Weil sie gelangweilt war? Weil sie sich vernachlässigt gefühlt hatte?

Sie begann zu weinen, die Tränen strömten ihr die Wangen hinunter. Sie lehnte sich an die Wand, sank auf den Boden, saß da, den Kopf zwischen den Knien. Es war Jahre her, dass sie so geweint hatte, noch nie hatte sie sich so wertlos und so hilflos gefühlt.

Nach etwa einer halben Stunde haltlosen Schluchzens fühlte sie sich taub und benommen. Sie wollte nicht, dass ihre Ehe endete. Klar, ihre Beziehung war verfahren, mehr als das, aber sie glaubte nicht, dass ihre Probleme unlösbar waren. Sie waren doch schon auf dem Wege der Besserung gewesen, und es war ja nicht so, dass einer sich verliebt oder noch eine Affäre am Laufen hatte. Sie hatte mit Tony Schluss gemacht, und offenbar hatte Adam nur ein einziges Mal mit Sharon geschlafen. In gewisser Weise war ihre Affäre – und ja, sie gab zu, dass die Sache mit Tony eine Affäre war und nicht bloß ein kurzes Abenteuer - viel schlimmer gewesen, denn auch wenn sie Adam nicht mit seinem besten Freund betrogen hatte, so war sie doch Dutzende Male mit Tony im Bett gewesen. Was er getan hatte, ließ sich erklären – eine Art Kurzschlusshandlung, die eben einfach passiert war –, sie hingegen hatte mit Bedacht und Absicht gehandelt. Wenn er ihr verzeihen konnte, dann gab es keinen Grund, warum sie nicht auch ihm verzeihen konnte. Gut, sie hatten sich gegenseitig furchtbar verletzt, aber viele Ehepaare verletzten sich gegenseitig und bekamen ihre Probleme dennoch in den Griff. Sie liefen nicht einfach davon!

Durstig und völlig fertig vom vielen Weinen ging sie hinunter in die Küche. Sie wollte schon den Kühlschrank öffnen, da hörte sie im Wohnzimmer den Fernseher laufen. Vorsichtig ging sie näher und sah Adam auf der Couch liegen. Sie stand hinter ihm, und er blickte geradeaus, wahrscheinlich hatte er sie gar nicht bemerkt. Er sah wohl nicht wirklich fern, denn Rachael Ray flimmerte über den Bildschirm, und er konnte die Frau nicht ausstehen.

Sie wollte gehen, ihm ein wenig Ruhe gönnen, hatte aber ein mieses Gefühl dabei, sich ohne ein Wort wieder davonzustehlen.

»Was macht dein Gesicht?«, erkundigte sie sich.

Er antwortete nicht, zog es vor, sie zu ignorieren.

Sie wartete ein paar Minuten, sah Rachael Ray zu, die erklärte, wie man eine ›extra-herzhafte Salsa‹ machte, und sagte dann: »Ich wollte dir nur sagen, dass es mir nichts bedeutet hat. Es war dumm von mir, und ich habe keine Ahnung, warum ich es getan habe. Vielleicht sollte ich wieder in Therapie gehen.«

Sie hoffte, wenn sie Bereitschaft für eine Therapie signalisierte, würde er wenigstens antworten. Sie wollte ihm zeigen, dass sie bereit war, Verantwortung für ihr Tun zu übernehmen, aber er reagierte nicht.

»Ich liebe dich immer noch«, fuhr sie fort. »Ich möchte mit dir zusammenbleiben, wenn du es willst. Wir sind schließlich seit dreiundzwanzig Jahren verheiratet. Es wäre doch verrückt, das alles aufzugeben, ohne wenigstens den Versuch zu machen, es wieder in Ordnung zu bringen.«

Er antwortete noch immer nicht. Sie überlegte, ob er vielleicht schlief, und ging ein wenig weiter ins Zimmer hinein, damit sie sein Gesicht sehen konnte. Plötzlich schoss ihr ein furchtbarer Gedanke durch den Kopf: ›Er schläft nicht, er ist tot!‹ Einen schrecklichen Augenblick lang stellte sie sich vor, was als Nächstes passieren würde: wie sie seinen Körper berührte, die kalte Haut spürte, ihr Entsetzen … Vielleicht hatte er Tabletten genommen oder sich die Pulsadern aufgeschnitten. Sie rechnete schon mit einer Blutlache auf dem Boden, und dann sah sie seine Augen, weit offen und ganz starr.

»Adam!« Sie hatte nicht geschrien, aber so plötzlich gesprochen, als hätte sie ›Buuuuh‹ gesagt, ihn erschrecken wollen.

Adam drehte sich zu ihr um. »Gott sei Dank«, sagte sie. Das Herz schlug ihr bis zum Halse. »Tut mir leid, ich dachte schon, du wärst … ach egal.«

Er drehte sich wieder zum Fernseher und starrte weiter auf den Bildschirm.

Dana blieb, wo sie war, bis ihr Herz wieder einigermaßen normal schlug, und wandte sich dann zum Gehen um.

»Ich habe mit Clements gesprochen«, sagte Adam da.

»Weswegen?« Sie war stehen geblieben.

Adam sah sie noch immer nicht an, starrte auf Rachael Ray. »Wegen dieser Nachricht, von …« Er hielt inne, als suche er nach den richtigen Worten, und stieß dann voller Ekel hervor: »… von Tony.«

Erneut wurde Dana bewusst, wie sehr sie Adam verletzt hatte.

»Was ist damit?«, fragte sie zaghaft

»Wie? Was soll schon damit sein?«, schnauzte er sie hasserfüllt an. »Diese Nachricht sah genauso aus wie die erste, wie dieser Drohbrief.«

Daran hatte Dana überhaupt nicht mehr gedacht, bei all dem anderen Mist, der ihr im Kopf herumging. Warum hätte Tony Adam diesen Drohbrief schicken sollen? Schließlich konnte er als Beweis gewertet werden, dass er etwas mit dem Einbruch zu tun hatte. Tony mochte ja Gefallen daran finden, Dana und ihre Familie zu belästigen, aber ein solcher Drohbrief war nicht seine Kragenweite.

»Bist du dir sicher, dass die beiden Nachrichten gleich aussehen?«

»Ja, allerdings, gleiches Papier, gleiche Schrift, alles genau gleich.«

»Das ist merkwürdig.«

»Was hast du gesagt?« Adam hatte sie mit Sicherheit sehr wohl verstanden, er war absichtlich gemein zu ihr, wollte sie auf die Palme bringen.

»Ich begreife nicht, warum er das hätte tun sollen«, erklärte sie.

»Clements hat mich gefragt, ob Tony schon mal hier im Haus war«, sagte Adam. »War er schon mal hier?«

Dana musste sofort an die Blumen denken. Sie wollte Adam nichts davon verraten, hatte Angst vor weiteren Fragen und dem Vorwurf, dass sie es unter seinem Dach mit Tony getrieben habe, in ihrem Ehebett, und im Augenblick wollte sie es auf keinen Fall zu einer weiteren Auseinandersetzung dieser Art kommen lassen.

»Nein«, sagte sie.

»Nie?«

»Soweit ich weiß, war er niemals hier.«

»Kannte er Gabriela?«

»Woher sollte er sie kennen?«

»Kannte er sie oder kannte er sie nicht?«

»Ich habe keine Ahnung. Aber ich glaube wirklich nicht, dass er …«

»Glaubst du, dass er bei uns eingebrochen ist?«

»Nein.«

»Wieso nicht?«

»Weil ich einfach nicht glaube, dass er so etwas tun würde.«

»Wieso nicht?«

»Weil ich es einfach nicht glaube.«

Adam schwieg einen Augenblick. »Ich rufe Clements an und sag es ihm. Er schickt später jemanden vorbei, der die Nachricht abholt.«

Verlegene Stille machte sich breit. Schließlich fragte Dana Adam, der ihr noch immer den Rücken zuwandte: »Was willst du also tun?«

»Wie meinst du das?«

Wieder hatte sie das Gefühl, dass er es sehr wohl wusste und sie nur ärgern wollte.

»Was sagst du? Ich wäre bereit, es zu versuchen, wenn du es auch willst. Ich fühle mich furchtbar, und ich weiß, dass wir eine Menge aufzuarbeiten haben, aber ich glaube, dass wir es schaffen können. Du hast doch ständig Patienten mit solchen Problemen, und du hilfst ihnen, ihre Ehe zu retten. Menschen machen Fehler, das muss ja nicht gleich das Ende sein.«

»Manchmal ist es eben doch das Ende«, sagte Adam.

Die Kälte in seiner Stimme signalisierte ihr in aller Deutlichkeit, dass dieses Gespräch von seiner Seite aus beendet war. Es gab nichts mehr zu diskutieren.

Völlig perplex blieb Dana einen Augenblick stehen, dann verließ sie rasch das Wohnzimmer, bevor sie wieder in Tränen ausbrach.

Adam kam nicht ins Bett. Auch wenn normalerweise jeder auf seiner Seite schlief und sie sich kaum berührten, fühlte sich das Bett ohne ihn schrecklich leer an. Sie wachte in der Nacht ein paar Mal auf und weinte in ihr Kissen, bis sie wieder einschlief.

Am Morgen wurde sie davon wach, dass Adam eine der Kommodenschubladen schloss. Gleich darauf verließ er das Schlafzimmer wieder, ging wahrscheinlich zum Duschen ins Gästebad. Später, als Dana die Haustür zufallen hörte, stand sie auf.

Sie ging nach unten. Adam hatte ihr keinen Kaffee übriggelassen, aber dieses Mal empfand sie das nicht als Ausdruck passiver Aggressivität, das war Aggressivität pur.

Er hatte auch die Krümel von seinem Bagel auf der Theke liegen lassen und nicht einmal das Geschirr in die Spüle gestellt. Auf der Küchentafel, wo sie öfter Nachrichten füreinander hinterließen, stand etwas. Sie trat ein wenig näher: *Ich will, dass du ausziehst.*

Dana weinte lange. Es gab nichts, was sie sagen oder tun konnte, damit Adam seine Meinung änderte. Sie würde noch einmal versuchen, mit ihm zu reden, aber sie wusste, dass es zwecklos war. »Manchmal ist es eben doch das Ende.«

Das Schlimmste war, dass sie das alles ganz allein durchstehen musste. Sharon war die Einzige, mit der sie über so traumatische, persönliche Dinge hätte reden können. Sie überlegte, eine andere Freundin anzurufen, vielleicht Deborah, mit der sie in Dix Hills auf Long Island aufgewachsen war, oder Geri vom Elternausschuss, aber es war ihr schrecklich peinlich, diesen Satz zu sagen: »Mein Mann will sich von mir scheiden lassen.« Wenn sie diese Worte erst einmal ausgesprochen hätte, dann würden sie wahr werden, dann gäbe es kein Zurück mehr. Sobald sie es jemandem erzählte, würde sich die Neuigkeit blitzschnell in der Nachbarschaft herumsprechen, und das würde alles nur noch schlimmer machen. Sie würden sich das Maul über sie zerreißen, selbst die Nachbarn, die sie kaum kannten. »Habt ihr schon gehört? Dana Bloom wurde von ihrem Mann rausgeschmissen! O nein, wie furchtbar.« Sie würden über sie reden, als sei sie ein armes, wehrloses Opfer. Geschieden sein wäre ab sofort ihre neue Identität, was auch sonst? Sie hatte keinen Job, keine kleinen Kinder. Ihr Leben hatte keinen Sinn.

Dana ging zurück ins Bett und wollte nicht mehr aufstehen, Angst lähmte sie, nicht Kummer, aber sie spürte bereits erste Anzeichen einer Depression, die bestimmt rasch schlimmer werden würde. Nie im Leben konnte sie das alles allein bewältigen, ausziehen, eine Wohnung suchen und dann noch dieser rechtliche und finanzielle Alptraum, der mit einer Scheidung einherging. Sie musste sich wieder Prozac besorgen. Mit jemandem zu reden, einem Profi, war bestimmt auch keine schlechte Idee. Es kostete sie ein wenig Überwindung, aber dann rief sie Dr. Feldman an, ihren Psychiater, den sie seit mindestens drei Jahren nicht mehr aufgesucht hatte. Sie vereinbarten den ersten freien Termin, den sie bekommen konnte, am kommenden Mittwochnachmittag.

Irgendwann am Nachmittag hörte Dana Marissa die Treppe hochkommen und in ihr Zimmer gehen. Dana hatte überhaupt noch nicht daran gedacht, welche Auswirkungen eine Scheidung auf das Leben ihrer Tochter haben würde. Okay, Marissa war zweiundzwanzig und kein kleines Kind mehr, aber es würde dennoch ein großer Einschnitt in ihrem Leben sein. Dana fühlte plötzlich eine enorme Schuld auf sich lasten, weil sie Marissa allein gelassen hatte und in letzter Zeit eine schlechte Mutter für sie gewesen war. War sie überhaupt für ihre Tochter da gewesen, seit sie vom College nach Hause zurückgekehrt war? Nein, sie hatte in ihrer Phantasiewelt mit Tony gelebt und nur an sich gedacht, wie immer. Unfassbar, wie umnebelt sie gewesen sein musste, dass sie nicht erkannt hatte, welche Auswirkungen ihre Affäre nicht nur auf Adam und ihre Ehe haben würde, sondern auf ihre ganze Familie.

Dana erhob sich schwerfällig aus dem Bett und klopfte bei Marissa an die Tür. »Was ist?«, ertönte es von drinnen.

»Ich muss mit dir reden.«

Marissa schwieg. »Komm rein«, sagte sie schließlich.

Marissa lag rücklings auf dem Bett und schrieb gerade eine SMS auf ihrem iPhone. Plötzlich sah Dana Marissa wieder als Fünfjährige vor sich, die mitten in der Nacht einen Alptraum hatte und nach ihrer Mummy rief. Jedes Mal stand Dana auf - Adam schlief so tief und fest, er hätte sie die ganze Nacht weinen lassen –, legte sich zu Marissa ins Bett, nahm sie fest in die Arme und versicherte ihr, dass alles in Ordnung war. Manchmal schlief Marissa sofort wieder ein, aber manchmal musste Dana ihr selbstausgedachte Geschichten über die Abenteuer von Marissel und Marissels Eltern Arthur und Diana erzählen. Die Helden der Geschichte waren nur notdürftig getarnte Kopien von Dana, Adam und Marissa, und am Ende jeder Geschichte lag Marissel glücklich und zufrieden daheim im Bett und ihre Eltern gleich im Zimmer nebenan.

»Was willst du?« Marissa wirkte genervt, wie so oft in letzter Zeit.

»Darf ich mich setzen?«

»Wenn du willst«, sagte Marissa und fügte dann hinzu: »Du siehst nicht gut aus.«

Dana setzte sich auf die Bettkante. »Zuerst einmal möchte ich dir sagen, dass es mir leid tut.«

»Was tut dir leid?«

»Wegen gestern, dass du das alles miterleben musstest. Ich weiß, wie sehr dich das … durcheinandergebracht haben muss.«

»Durcheinandergebracht?« Marissa lachte höhnisch. »Ich begreife nicht, warum ihr so lange dazu gebraucht habt.«

»Du weißt es schon?«

»Dad hat mich vorhin angerufen und es mir gesagt.«

»Was hat er dir gesagt?« Dana befürchtete, dass Adam schon jetzt schlecht über sie sprach.

»Dass ihr euch scheiden lasst. Um ehrlich zu sein, ich finde, dass es höchste Zeit war. Seit Jahren macht ihr beide euch doch schon das Leben zur Hölle.«

»Doch nicht seit Jahren.«

»Doch«, widersprach Marissa. »Warum zusammenbleiben, wenn man miteinander nicht glücklich sein kann? Ihr solltet euch beide jemanden suchen, der besser zu euch passt.«

»Das ist leichter gesagt als getan.« Dana war sich nicht sicher, ob sie damit die Scheidung oder das Finden eines neuen Partners meinte oder beides.

»Jetzt mach aber mal halblang. Du siehst immer noch verdammt gut aus. Selbst Xan findet das.«

»Wirklich?« Ein paar Streicheleinheiten für ihr Ego konnte sie gerade gut gebrauchen.

»Ja, ich zitiere wörtlich: ›Deine Mum sieht ganz schön scharf aus.‹«

»Das ist nett von ihm. Er ist echt süß, aber ich bin mir da nicht so sicher. Ich denke, die meisten Männer in meinem Alter halten Ausschau nach Mädchen in deinem Alter.«

»Du hattest kein Problem, dir einen Kerl wie Tony an Land zu ziehen, und der ist doch mindestens zwanzig Jahre jünger als du, oder?«

»Also, zunächst einmal, zwischen Tony und mir war nie etwas Ernstes, es ist mir wichtig, dass du das weißt. Dad wird dir natürlich erzählen, dass wir uns scheiden lassen, weil ich mich mit einem anderen Mann eingelassen habe, aber das stimmt so nicht. *Ich* verlasse ihn nicht. So etwas beruht immer auf Gegenseitigkeit, niemand trägt allein die Schuld. Ich möchte auch, dass du weißt, wie leid es mir tut, dass du es auf diese Weise erfahren musstest. Ich kann mir vorstellen, wie furchtbar das für dich war.«

»O biiiiiiittte, dass ihr euch scheiden lasst, kommt nicht gerade überraschend. Außerdem wusste ich schon über dich und Tony Bescheid.«

»Wirklich? Woher?«

»Hillary hat dich mit Sharon darüber sprechen hören. Ich kann es noch immer nicht fassen, ich meine, die Sache mit Dad und Sharon. Das war mal eine echte Überraschung, das hätte ich nie von ihm gedacht.«

Dana traten Tränen in die Augen, aber sie wollte nicht wieder weinen, schon gar nicht vor Marissa, und wandte deshalb den Blick ab.

»Mach dir keine Sorgen, Mum, es kommt schon wieder alles in Ordnung. Ich habe Dad gesagt, wie scheiße es ist, dass es ausgerechnet Sharon war. Sie ist schließlich deine Freundin, und Hillary ist meine Freundin. Das hätte er nicht tun dürfen.«

Dana legte einen Arm um ihre Tochter. »Ich möchte nur, dass es dir trotz allem gut geht und dass du nicht böse bist, weder auf mich noch auf deinen Vater.«

»Mach dir um mich keine Sorgen«, beruhigte Marissa sie. »Tut, was ihr tun müsst, ich komme schon damit klar.«

Jetzt konnte Dana die Tränen nicht mehr zurückhalten. Sie senkte den Kopf auf die Schulter ihrer Tochter und schluchzte.

Dana kehrte in ihr Zimmer zurück und legte sich wieder ins Bett. Irgendwann döste sie ein. Sie war ganz überrascht, dass es schon Viertel nach sechs war, als sie wieder aufwachte. Sie hatte fast drei Stunden geschlafen, aber sie fühlte sich überhaupt nicht erfrischt.

Obwohl sie nicht hungrig war und keine Lust verspürte aufzustehen, wusste sie, dass sie etwas essen musste. Sie neigte zu einem niedrigen Blutzuckerspiegel, und wenn er zu stark absank, wurde sie nervös, reizbar und deprimiert.

Als sie nach unten ging, sah sie, dass Marissa nicht mehr in ihrem Zimmer war. Unten an der Treppe rief sie nach ihr, aber Marissa antwortete nicht. Wahrscheinlich hatte sie sich mit einer Freundin verabredet oder so.

Blackie, der Schäferhund von nebenan, bellte aufgeregt. Manchmal bellte Blackie den Postboten oder andere Lieferanten an.

Dana ging in die Küche und machte sich ein Sandwich, Putenbrust mit Salatblättern und Tomate auf Vollkornbrot. Dabei hatte sie nicht den geringsten Appetit. Sie schaffte ein paar Bisse und legte dann den Rest in den Kühlschrank. Als sie die Geschirrspülmaschine einräumte, klingelte es an der Hintertür.

Das war ungewöhnlich. Adam, Marissa und auch sie selbst kamen zwar gelegentlich zur Hintertür herein, hauptsächlich wenn sie in der Einfahrt parkten, aber sie hatten ja Schlüssel. Zuerst dachte sie, dass es ein Lieferant sei oder der Stromableser. Das würde auch erklären, warum Blackie noch immer bellte wie verrückt. Dana hatte aber nichts bestellt, und klingelte der Stromableser sonst nicht immer vorn an der Haustür?

Sie war viel zu erschöpft, um weiter darüber nachzudenken, und zog die Gardine vor dem Türfenster beiseite. Es war Xan.

Er trug eine dunkle Sonnenbrille. Als er sie entdeckte, lächelte er und winkte ihr zu.

Sie ließ die Gardine sofort wieder los. Scheiße! So konnte sie sich unmöglich sehen lassen, ungeschminkt und in diesem uralten, ausgeleierten T-Shirt und den furchtbaren Schlabberhosen.

»Augenblick«, rief sie und rannte nach oben.

So schnell sie konnte, schlüpfte sie in ein Paar Jeans, zog einen hübscheren BH und ein enges, schwarzes T-Shirt mit langen Ärmeln an. Dann schminkte sie rasch ihre Lippen, legte ein wenig Rouge auf und band das Haar zu einem Pferdeschwanz zusammen. Ein prüfender Blick in den Spiegel auf ihrer Kommode sagte ihr, dass sie noch immer beschissen aussah, aber immerhin besser als vorher. ›Schuhe, so ein Mist‹, fiel ihr gerade noch rechtzeitig auf, und sie suchte schnell ein Paar mit ein wenig Absatz heraus – schwarze Lederstiefeletten –, dann ging sie nach unten.

Sie öffnete die Hintertür, und Xan strahlte sie mit einem breiten Grinsen an. »Hi«, sagte er.

Sie hatte völlig vergessen, wie gut er aussah. Er schob die Sonnenbrille ins Haar zurück, und für einen Augenblick verwirrten sie seine unglaublich blauen Augen.

»Hi, tut mir leid, dass ich dich habe warten lassen, aber ich musste noch rasch … ähm … was erledigen.«

Blackie bellte noch immer wie verrückt.

»Schon in Ordnung. Das bisschen Warten hat mir nichts ausgemacht.«

»Marissa ist nicht da. Möchtest du reinkommen?«

»Wenn Sie nichts dagegen haben?«

»Aber natürlich nicht.«

Sie ließ Xan herein und verriegelte die Tür hinter ihm.

»Ich habe keine Ahnung, wann Marissa gegangen ist oder wann sie wiederkommt. Seid ihr verabredet?«

»Ja, genau für jetzt, um ehrlich zu sein.«

»Oh, aha, aber setz dich doch. Kann ich dir was zu trinken anbieten?«

Er blieb ganz in der Nähe des Tisches stehen. »Was haben Sie denn da?«

»Was du willst. Cola, Cola light, Orangensaft, Wasser, Eistee …«

»Eistee wäre toll.«

Sie machte den Kühlschrank auf, und wie an jenem Abend, als er zum Essen da war, hatte sie wieder dieses Gefühl, dass er sie beobachtete, sie von oben bis unten ansah. Sie holte den Krug mit dem Eistee heraus. Xan hatte sich ja noch immer nicht gesetzt. Sie griff hinauf in den Schrank nach einem Glas für ihn. »Nur dass du's weißt, fürs nächste Mal, normalerweise benutzen wir die Vordertür.«

»Ach so, tut mir leid.«

»Nein, nein, das macht nichts, kein Problem. Es ist nur, weil wir die Klingel von der Hintertür nicht immer hören. Wann ist dieser verdammte Hund denn endlich mit Bellen fertig?«

»Ich habe an der Haustür geklingelt, aber niemand hat aufgemacht«, sagte Xan.

»Wirklich? Das ist seltsam.«

Hatte er vielleicht geklingelt, als sie noch schlief? Nein, das konnte nicht sein. Nachdem sie wach geworden war, war eine ganze Weile verstrichen, bis es an der Hintertür geklingelt hatte.

Sie goss den Tee in das Glas. »Nun ja, ist auch nicht so wichtig.«

Als sie ihm das Glas reichte, bedankte er sich höflich und trank einen Schluck.

»Ist Mr. Bloom zu Hause?«

Sie fragte sich, warum er das wissen wollte, sagte aber: »Du kannst Adam zu ihm sagen. Nein, er ist auch nicht hier.«

»Und zu Ihnen darf ich Dana sagen, richtig?« Er lächelte sie an, sah ihr direkt in die Augen.

»Ja, das ist in Ordnung.«

»Sie hätten sich wegen mir aber nicht solche Mühe machen müssen, Dana.«

Es irritierte sie ein wenig, wie unverhohlen er sie anstarrte. »Was für Mühe?«

»Umziehen und schminken und so«, antwortete er. »Nur wegen mir hätten Sie das wirklich nicht tun müssen.«

Jetzt brachte er sie in Verlegenheit. »Nun ja, ehrlich gesagt, ich war gerade dabei, mich umzuziehen, als du geklingelt hast, und …«

»Ich wollte doch nur sagen, dass Sie zu den Frauen gehören, die das nicht nötig haben. Sie sehen einfach immer schön aus.«

Unglaublich, wie er mit ihr flirtete, ganz und gar inakzeptabel, aber in diesem Augenblick – die drohende Scheidung vor Augen und das Selbstbewusstsein am Boden – fühlte sie sich einfach nur geschmeichelt.

»Danke«, sagte sie.

»Darf ich Sie etwas Persönliches fragen?«

War er einen oder zwei Schritte auf sie zugekommen, ohne dass sie es bemerkt hatte? Musste wohl so sein.

»Ähhmm, klar.«

»Fühlen Sie sich zu mir hingezogen?«

»Wie bitte?«, fragte sie schneidend zurück, um ihm deutlich zu machen, dass er gerade zu weit gegangen war.

»Ich will Sie nicht beleidigen«, erklärte er. »Ich beobachte nur. Ich bin Künstler, das gehört zu meinem Metier – beobachten, meine ich. Ich sehe doch, wie Sie mich anschauen, wie Sie mich an dem Abend angeschaut haben, als ich zum Essen hier war, und wie Sie mich jetzt anschauen. Ich weiß, was in Ihrem Kopf vorgeht.«

Sie fühlte sich nun ausgesprochen unwohl, bekam regelrecht Angst vor ihm. Das war nicht mehr der charmante Xan, den sie kannte. Er kam ihr unheimlich vor, bedrohlich.

»Vielleicht solltest du besser im Wohnzimmer auf Marissa warten«, sagte sie.

»Ich will Sie nicht beleidigen, Dana«, wiederholte er und machte einen weiteren Schritt auf sie zu, war aber noch immer ein Stück von ihr entfernt. »Ich finde das nur, ich weiß nicht … aufregend.«

»Ich möchte, dass du im Wohnzimmer wartest«, wiederholte Dana bestimmt.

»Warum sind Sie denn so nervös?«

»Ich bin nicht nervös«, behauptete sie, obwohl sie am ganzen Körper zu zittern begann.

»Entspannen Sie sich.« Er kam noch einen Schritt näher.

Sie konnte eine seiner Hände nicht sehen, er hatte sie hinter dem Rücken. Versteckte er etwas vor ihr?

Doch da packte er sie schon, drehte sie um und presste sie gegen die Spüle. Sie konnte nicht glauben, dass ihr das wirklich passierte. Er riss ihren Kopf am Pferdeschwanz nach hinten. Vielleicht hatte sie ›Nein‹ oder ›Stopp‹ gesagt, sie wusste es nicht. Sie war völlig benommen, in Panik, zu schockiert, um das Wort ›Vergewaltigung‹ überhaupt zu denken, aber sie wusste, genau das würde jetzt passieren, es passierte gerade. Sie dachte, er würde ihr die Jeans runterreißen, da stöhnte er laut auf, und ein unglaublicher Schmerz durchfuhr ihren Rücken, sie spürte ihre Beine nicht mehr, stürzte zu Boden. Diese rote Lache … o Gott … das musste ihr Blut sein! Die Schmerzen in ihrem Rücken, ihrer Brust und ihrem Nacken waren unerträglich, sie wollte schreien, aber da war etwas in ihrem Hals, sie würgte. Sie konnte ihn sehen, in einiger Entfernung, wie er sie beobachtete.

»Ist schon gut Baby, lass los, Baby, lass es einfach geschehen«, flüsterte er.

19

Das musste so was wie ein Höhepunkt in Johnny Longs Leben sein. Vielleicht hatte das Schicksal ja noch ein paar andere tolle Sachen für ihn in petto – schließlich war er noch relativ jung –, aber im Augenblick konnte er sich nur schwer vorstellen, dass er später einmal, wenn er mit achtzig oder neunzig Jahren Rückschau hielt, eine schönere Erinnerung haben würde als die an jene Zeit, als er Dr. Adam Bloom und seiner ganzen hochnäsigen Familie das Leben zur Hölle gemacht hatte.

Es war perfekt gelaufen, sogar besser, als Johnny geplant hatte. Am Samstag war Marissa zu ihm gekommen. Sie hatten den ganzen Tag und die ganze Nacht gevögelt und waren sich nähergekommen. Sie hatten ziemlich viel geredet. Ohne ihr Misstrauen zu wecken, war es ihm gelungen, ihr ein paar wichtige Informationen über sie, ihre Eltern und deren Gewohnheiten zu entlocken, die er wahrscheinlich später gut gebrauchen konnte. Als sie zum Beispiel von ihrem Vater sprach, erkundigte er sich, ob er jeden Tag zur Arbeit fuhr und um welche Uhrzeit er normalerweise wieder nach Hause kam. Er ging sehr vorsichtig dabei vor, tat so, als sei er einfach nur neugierig, als plauderten sie über belanglose Dinge. Sie erzählte ihm, dass Adam Bloom gewöhnlich gegen acht zur Arbeit ging und zwischen sieben und acht Uhr abends wieder heimkam. Bald schon stellte sich heraus, dass ihm diese Information wesentlich früher von Nutzen war, als er gedacht hatte.

Marissa verließ die Wohnung erst wieder am Sonntagmittag so gegen halb zwölf. Nachdem sie zwei Nächte hintereinander zusammen verbracht hatten, wollten sie einen Tag Pause einlegen, damit Johnny sich der Malerei widmen konnte. Johnny wusste bereits, dass Adam an diesem Morgen Golf spielen wollte, er hatte an dem Abend, als Johnny zum Essen dort war, erwähnt, dass er um halb acht Abschlag hatte – und Marissa hatte gesagt, dass ihre Mutter einkaufen gehen wollte, wie jeden zweiten Sonntag. Könnte die perfekte Gelegenheit sein, den ersten wichtigen Punkt auf seinem Plan abzuhaken.

Etwa zwanzig Minuten nachdem Marissa gegangen war, verließ auch Johnny seine Wohnung. Um 12:52 Uhr kam er aus der U-Bahn-Station in Forest Hills und ging eilig zu den Blooms. Er ging zwar ein gewisses Risiko ein, baute aber darauf, dass Dana noch einkaufen war, Adam noch

Golf spielte und Marissa längst zu Hause war. Wenn einer der drei ihn sah, musste er sich eine Ausrede einfallen lassen, warum er da war. Wenn sie ihm die abkauften, kein Problem, dann konnte er kurzerhand zu Plan B übergehen, aber wenn einer von ihnen misstrauisch wurde, konnte er seinen ganzen schönen Plan in die Tonne treten.

Weder der Mercedes noch der Offroader standen in der Einfahrt – ein gutes Zeichen. Johnny hatte die Nachricht von ›Tony aus dem Sportstudio‹ bereits vorbereitet und schob sie rasch unter der Haustür durch. Er wollte schon gehen, da sah er Blooms Mercedes die Straße entlangkommen.

Gut, dass Johnny die Augen offen gehalten hatte, wäre er noch ein oder zwei Schritte weitergegangen, hätte Bloom ihn bestimmt entdeckt. Rasch drehte sich Johnny um und lief nach hinten ums Haus herum.

Mist, und jetzt? Ein hoher Lattenzaun umschloss den Garten auf allen Seiten. Er konnte sich nirgends verstecken, und Blooms Wagen würde in höchstens fünf Sekunden in die Einfahrt einbiegen.

Als Kind hatte Johnny gelernt, vor Cops und vor anderen Kindern zu flüchten, die ihm die Seele aus dem Leib prügeln wollten. Er war schon immer ein guter Kletterer gewesen, Zäune, Bäume, er kam überall hoch. Er sprang an dem Zaun hoch und versuchte, sich hinaufzuziehen. Wenn er mehr Zeit gehabt hätte, wäre es kein Problem gewesen, aber in der Eile fand er keinen Halt für die Füße, und die Latten waren oben zugespitzt. Er konnte das Auto schon hören, wahrscheinlich bog es gerade um die Ecke. Er sammelte all seine Kraft, zog sich hoch und brachte mit einem Schwung seine Beine über den Zaun. Dann ließ er los, aber er hatte es noch nicht ganz geschafft. Seine Lederjacke hatte sich an einer Zaunspitze verfangen. Er griff nach oben, befreite sich und fiel genau in dem Augenblick auf seinen Hintern, als Blooms Auto in die Einfahrt einbog.

Der Po und der Rücken taten ihm höllisch weh, aber das nahm er in Kauf, viel wichtiger war, dass er es gerade noch rechtzeitig über den Zaun geschafft und Bloom ihn nicht gesehen hatte.

Allerdings hatte ihn der Schäferhund im Nachbarhaus entdeckt. Der blöde Köter ging auf die Hinterbeine und kratzte mit den Pfoten am Fenster herum. Natürlich konnte er nicht raus, aber Johnny säße ganz schön in der Tinte, wenn jemand im Haus war und nachsah, warum der Hund so bellte. Johnny, der noch immer auf seinem Hintern saß, war da im Garten wie auf dem Präsentierteller.

Johnny stand auf, rannte in Richtung Einfahrt und drückte sich dann an die Hausmauer, verhielt sich ganz still, aber der verdammte Hund war auf die andere Seite gekommen und bellte weiterhin wie verrückt, kratzte wieder mit den Pfoten am Fenster.

Dann hörte Johnny die Stimme einer Frau – wahrscheinlich war da bloß ein Fliegengitter vor dem Fenster. »Was ist denn los, Blackie? Was hast du denn?«

Johnny glaubte zwar nicht, dass die Frau ihn sehen konnte, war sich aber nicht sicher. Wenn sie das Gitter öffnete und den Kopf herausstreckte, würde sie ihn sofort entdecken. Er konnte aber auch nicht einfach weglaufen, weil er nicht wusste, ob Bloom bereits ins Haus gegangen war. Es blieb ihm nichts anderes übrig, als dort zu bleiben, wo er war, und auf das Beste zu hoffen.

»Was? Wo denn? Ich sehe nichts«, sagte die Frau, aber der Hund bellte noch immer wie ein Wahnsinniger. »Komm schon, hör auf damit«, sagte die Frau. »Schluss jetzt, AUS!«

Das Hundegebell hörte nicht auf, aber es entfernte sich, so als zöge die Frau den Hund vom Fenster weg.

Johnny blieb noch ein paar Minuten reglos stehen, um ganz sicherzugehen, dass Bloom auch wirklich im Haus war, eilte dann zur Straße und bog nach links ab, weg vom Haus der Blooms, in Richtung des Zentrums von Forest Hills.

Insgesamt war Johnny zufrieden mit sich. Er hatte erledigt, was er sich vorgenommen hatte. Jetzt brauchte er nur noch nach Hause zu gehen und abzuwarten, wie sich das Ganze entwickelte.

Und wie es sich entwickelte!

Gegen zwei, er hatte gerade Brooklyn erreicht und stieg aus der U-Bahn, rief Marissa ihn an. Sie war völlig verzweifelt und erzählte ihm, dass ihre Eltern einen Riesenstreit gehabt hätten. Johnny tat natürlich, als wisse er von nichts. »Sie haben sich gestritten? Weswegen?« Marissa erzählte ihm, wie ihr Vater herausbekommen hatte, dass ihre Mutter ihn mit Tony betrog, und – man stelle sich das vor – ihr Vater war ebenfalls fremdgegangen, und zwar mit der Mutter von Marissas bester Freundin! Was für eine durchgeknallte Familie. Mutter und Vater Ehebrecher und die Tochter ein unglückliches, verzogenes Gör. Die schrien doch förmlich nach jemandem, der ihrem Unglück ein Ende bereitete.

Johnny bestand darauf, dass Marissa zu ihm kam, damit sie ›diesem Tollhaus‹ für ein Weilchen entfliehen konnte. Das war zu schön, um wahr zu sein. So sehr hing sie schon an ihm, dabei kannten sie sich erst seit einer Woche! Johnny hatte ja schon einige dreiste Dinger gedreht, aber dieses Mal übertraf er sich selbst.

Als Marissa bei ihm eintraf, umarmte sie ihn und hielt ihn fest, als wolle sie ihn nie mehr loslassen. »Nur bei dir bin ich glücklich«, seufzte sie.

Später, nachdem sie ein paarmal gebumst hatten, schlief Marissa ein, den Kopf auf seine Brust gebettet. Johnny war total aufgedreht, hellwach, dachte über seinen Plan nach, feilte noch an ein paar Details. Die Sache mit Adam und Dana hatte ja hervorragend geklappt. Jetzt musste er so schnell wie möglich seinen nächsten Zug machen.

Am nächsten Morgen – es war Montag – schlug Johnny Marissa vor, sich später in Manhattan zu treffen.

»Wirklich? Ich will nicht, dass du mich irgendwann satt hast«, sagte sie, obwohl Johnny genau gesehen hatte, wie sehr sie sich über diesen Vorschlag freute.

»Wie sollte das denn bitte gehen?«, fragte er zurück.

Sie wurde rot. »Ich meine es ernst, vielleicht ist es ja doch keine so tolle Idee?«

»Ich möchte dich wiedersehen, und außerdem ist es vielleicht ganz gut, wenn deine Eltern ein bisschen Zeit für sich allein haben, meinst du nicht?«

Den Satz hatte er sich nicht zurechtgelegt, aber er war perfekt.

»Ja, wahrscheinlich hast du recht«, meinte sie schließlich. »Im Augenblick möchte ich tatsächlich so wenig wie möglich zu Hause sein, aber ich will mich auch nicht aufdrängen.«

»Spinnst du? Ich will so viel Zeit wie möglich mit dir verbringen. Ich würde jede Sekunde mit dir zusammen sein, wenn ich könnte.«

Das ging ihr runter wie Öl. Sie küssten sich lange, dann aber sagte sie: »Ich muss nach Hause, duschen, frische Klamotten besorgen und ein paar Sachen erledigen. Wir können uns ja so gegen fünf wieder hier bei dir treffen.«

Er hatte gehofft, dass sie erst noch nach Hause wollte. »Ich hab eine Idee. Warum treffen wir uns nicht gleich in der Stadt, so um halb sieben? Wir könnten zusammen eine Kleinigkeit essen und anschließend ins Kino gehen.«

Sie war einverstanden, und sie verabredeten sich vor der U-Bahn-Station Neunundfünfzigste Straße/Lexington Avenue.

Marissa verließ die Wohnung um kurz vor eins. Er wollte noch am selben

Tag den nächsten wichtigen Punkt auf seinem Plan abarbeiten, aber erst musste er herausfinden, wie der Tagesablauf ihrer Eltern genau aussah. Schließlich war er kein Dilettant, er kümmerte sich um jedes Detail.

Johnny suchte sich eine Telefonzelle etwa zehn Blocks von seiner Wohnung entfernt – er wollte diese Anrufe lieber nicht in der Nähe bei sich machen –, rief die Auskunft an und erhielt die Nummer von Dr. Adam Bloom in Manhattan. Er rief in der Praxis an und verlangte Dr. Bloom zu sprechen. Die Frau am anderen Ende der Leitung sagte ihm, das sei leider unmöglich, da Dr. Bloom gerade einen Patienten behandle. Natürlich hätte Johnny sofort aufgelegt, wenn sie ihn zu Bloom durchgestellt hätte. »Das ist schon in Ordnung, ich rufe später wieder an. Wann macht er denn heute Schluss?«

»Sein letzter Patient kommt um fünf.«

Mist, das war zu spät. Wenn Bloom um sechs die Praxis verließ, würde er erst gegen sieben zu Hause sein.

»Okay, vielen Dank auch«, verabschiedete sich Johnny.

»Wenn Sie mir Ihre Nummer geben, dann kann ich –«, sagte die Frau noch, aber da hatte Johnny schon aufgelegt.

Als er wieder in seiner Wohnung war, rief Johnny Marissa an und fragte sie, ob halb acht auch okay wäre.

»Aber ja, das passt mir wunderbar in den Kram. Ich wollte dich sowieso gerade anrufen. Hillary will sich mit mir um halb sechs auf einen Drink treffen, und halb sieben könnte da etwas knapp werden.«

Hervorragend, sie war es sogar, die die Verabredung auf später verschob!

»Super. Der Film fängt um halb neun an, das ist also kein Problem.«

Er hatte nicht die geringste Ahnung, wann die Filme liefen, machte sich aber deswegen keine Gedanken. Wenn nötig, würde er sich später eben was einfallen lassen.

Sie erzählte ihm, dass ihre Eltern sich scheiden lassen wollten – schon wieder großartige Neuigkeiten, zumindest fand Johnny das.

»Ist deine Mum zu Hause?«, erkundigte sich Johnny.

»Ja, sie war gerade bei mir im Zimmer, hat mich gefragt, ob ich mit der Scheidung klarkomme oder ob ich deswegen ein Trauma kriege.« Sie lachte. »Warum?«

Er glaubte nicht, dass sie misstrauisch geworden war, sie fragte einfach nur so.

»Ich bin bloß neugierig«, sagte er, musste aber noch ein wenig mehr Erklärung liefern. »Ich mein halt, glaubst du, sie und der Trainer … treffen sich noch?«

»Keine Ahnung. Sie sah nicht so aus, als ob sie heute noch irgendwo hinwollte. Ehrlich gesagt, sah sie ziemlich beschissen aus.«

»Dann glaubst du, dass sie den ganzen Tag zu Hause bleibt?«

»Ja, warum?«

Jetzt lag doch ein Hauch Misstrauen in ihrer Stimme. Johnny musste vorsichtiger sein. Er wollte nicht, dass Marissa sich später daran erinnerte und ins Grübeln kam.

»Ich meine nur … es wäre bestimmt nicht gut, wenn dein Vater sie mit dem Trainer erwischt, oder?«

»Nicht gut für meinen Vater, meinst du wohl«, sagte Marissa. »Ehrlich gesagt, kann ich mir nicht vorstellen, dass die Beziehung zwischen den beiden noch schlechter werden kann. Ich denke, sie haben den absoluten Tiefpunkt erreicht.«

›Von wegen!‹, dachte Johnny, sagte dann aber: »Du hältst dich wirklich tapfer. Ich bin stolz auf dich.«

Gegen vier Uhr verließ Johnny seine Wohnung. Alles, was er brauchte, hatte er in den schwarzen Rucksack gepackt. Er musste ein bisschen suchen, bis er schließlich einen älteren Saturn ohne Alarmanlage und Ortungssystem fand. Er brach den Wagen auf, schloss ihn kurz und machte sich auf den Weg.

Für die Fahrt nach Forest Hills brauchte er wegen des Berufsverkehrs länger als erwartet, aber er lag noch immer gut in der Zeit. Er parkte das Auto so nah wie möglich, etwa einen halben Block entfernt vom Haus der Blooms, und rief Marissa noch einmal vom Wagen aus an, um sich zu vergewissern, dass sie auch wirklich mit ihrer Freundin Hillary in der Stadt war. Er behauptete natürlich, dass er sie schrecklich vermisse und nur ihre Stimme hören wolle. Er sah sich sorgfältig um, und erst als er sicher war, dass niemand ihn beobachtete, stieg er aus.

Es war 18:22 Uhr, und Adam war bestimmt schon auf dem Heimweg. Wenn er wegen des Berufsverkehrs fünfzehn Minuten dazurechnete und Adam nicht noch irgendeine Besorgung erledigte, würde er gegen sieben Uhr zu Hause eintreffen. Johnny wollte, dass Adam erst heimkam, wenn er Dana umgebracht hatte. Wenn Adam aus irgendeinem Grund früher auf der Matte stand, konnte das problematisch werden.

Johnny trug schwarze Lederhandschuhe und eine schwarze Wollmütze. Es war zwar nicht unbedingt das richtige Wetter für Mützen und Handschuhe, so um die zehn Grad, aber er wollte möglichst nicht erkannt werden. Dana würde er mit seinem Charme und seinem guten Aussehen so ablenken, dass sie das erst gar nicht wahrnehmen würde.

Als er sich dem Haus näherte, vergewisserte er sich noch einmal sorgfältig, dass niemand ihn beobachtete. Da, am anderen Ende des Blocks, stieg ein Mann aus seinem Auto und ging ins Haus, aber er hatte nicht einmal in Johnnys Richtung geblickt. Dennoch zögerte Johnny, ging langsamer, bis der Mann im Haus verschwunden war. Erst dann bog er zu den Blooms ein.

Der Offroader und der Mercedes standen in der Einfahrt – Johnny hoffte, dass Dana zu Hause war. Er wollte lieber nicht an der Haustür klingeln und riskieren, dass jemand sah, wie er das Haus betrat, darum ging er zum Hintereingang. Das hätte er gewiss nicht getan, wenn er an den Hund der Nachbarn gedacht hätte. Der wahnsinnige Köter musste ihn gehört oder gerochen haben, denn auf halbem Weg in der Einfahrt ging das Gebell los. Umzukehren und an der Haustür zu klingeln brachte nichts, und das Gebell an sich störte ihn auch nicht weiter. Er machte sich nur Sorgen, dass jemand nebenan aus dem Fenster schaute, ihn sah und später der Polizei davon erzählte.

So schnell er konnte, ging er weiter bis zum Garten der Blooms und zu dem schmalen Vorbau. Dort war er vor den Blicken der Nachbarn geschützt, und er war sich ziemlich sicher, dass ihn niemand gesehen hatte.

Er klingelte, und gleich darauf spähte Dana durch die kleine Scheibe in der Tür. ›Hi Baby‹, dachte er, schenkte ihr sein schönstes Lächeln und winkte ihr zu. Aber sie hielt einen Finger hoch, als bitte sie ihn kurz um Geduld, und bevor er etwas sagen konnte, war sie verschwunden.

Mist, das hatte ihm gerade noch gefehlt. Der Hund bellte jetzt noch lauter, und auch wenn seine Besitzer Johnny nicht sehen konnten, so hatte man vom Nachbargarten auf der anderen Seite freie Sicht auf die Hintertür der Blooms. Wenn jemand in dem Haus das wütende Gebell des Hundes hörte und raus auf die Terrasse trat, würde er Johnny dort sehen.

Wieso zum Teufel brauchte Dana so lang? Wahrscheinlich zog sie sich rasch um und schminkte sich. Er hatte das Gefühl, dass sie ihn mindestens zehn Minuten warten ließ, aber wahrscheinlich stimmte das nicht einmal annähernd.

Er behauptete, dass er mit Marissa verabredet sei. Natürlich sagte sie ihm, dass Marissa nicht da war, aber er hatte keine Ahnung, ob Marissa ihrer Mutter erzählt hatte, dass sie später noch in die Stadt wollte. In diesem Fall würde er eben behaupten, dass sie ihre Pläne kurzfristig geändert hatten, aber Dana schien nicht Bescheid zu wissen und bat Johnny ins Haus.

Er war froh, als er im Haus war und dieser verdammte Hund endlich mit dem Bellen aufhörte. Sofort knipste er seinen Charme an, damit sie seine Handschuhe nicht bemerkte, nicht erkannte, dass ihr Mörder vor ihr stand. So wie sie ihn anflirtete, wie sie ihn ansah, zweifelte er keine Sekunde daran, dass sie scharf auf ihn war und er sie jederzeit flachlegen konnte. Zu gerne hätte er Dana der langen Liste seiner Eroberungen hinzugefügt. Mann, wäre das nicht der Hammer, Adam Blooms Alte auch noch zu bumsen, bevor er sie tötete? Aber Johnny war kein Idiot. Er wusste, dass es von wegen DNA ziemlichen Ärger geben konnte, wenn er sie jetzt poppte. Nein, dieses Spielchen hier würde er hundertprozentig korrekt spielen.

Trotzdem wollte er noch ein wenig Spaß haben. Wenn er die Frau schon nicht bumsen durfte, dann konnte er ihr wenigstens weismachen, dass er es tun würde. Als sie ihm den Eistee einschenkte, schnappte er sich das Fleischmesser aus dem Messerblock auf der Küchentheke, das eine etwa zwanzig Zentimeter lange Klinge hatte. Das gehörte zu seinem Plan, die Messer waren ihm aufgefallen, als er zum Essen bei den Blooms war. Obwohl sie ihn bat, sich zu setzen, blieb er stehen. Offenbar merkte sie nicht, dass er das Messer hinter seinem Rücken versteckt hielt. Dann sagte er ihr einfach, wie attraktiv er sie fand, und er wusste, dass sie ihn begehrte, auch wenn sie so tat, als wäre das nicht der Fall. Doch er musste verhindern, dass sie durchdrehte, vielleicht sogar losschrie, und so beschloss er, die Sache rasch zu Ende zu bringen.

Er hatte noch nie mit einem Küchenmesser getötet, aber schon einmal mit einem Springmesser und einmal, während seiner Zeit in Rikers, mit einer selbstgebastelten Klinge aus Blech. Wer mit dem Messer töten wollte, durfte keine halben Sachen machen. Jeder konnte ein Messer ein paar Zentimeter tief in den Körper eines anderen stechen – selbst eine schwache, alte Dame konnte jemandem auf diese Weise eine nette, kleine Wunde verpassen. Aber wer es ernst meinte, der musste entschieden vorgehen, sich durch die Muskelschichten und vielleicht auch Knochen kämpfen, um die wichtigen Organe und Arterien zu treffen. Deshalb stieß Johnny kräftig zu, als er Dana in den Rücken stach, bis mehr als die Hälfte der Klinge in ihrem Rücken steckte, dann stieß er noch einmal nach. Er musste wohl etwas durchtrennt haben, denn nun rutschte die Klinge ganz leicht weiter hinein, etwa fünfzehn Zentimeter tief. Als es nicht mehr weiterging, ließ er Dana los.

Er wich ein wenig zurück, beobachtete, wie sie sich in ihrem Blut auf dem Küchenboden wand. Er war erschrocken, sie leiden zu sehen. Am liebsten hätte er das Messer aus ihrem Rücken gezogen und ihr die Kehle durchgeschnitten oder ihr direkt ins Herz gestochen, damit es endlich aufhörte, aber er wollte nicht alles mit Blut vollspritzen, vor allem nicht sich selbst. Soweit er es sehen konnte, hatte er nur ein paar Spritzer auf die Handschuhe und auf den rechten Ärmelbund seines Pullis abbekommen, und so sollte es auch bleiben.

Wichtig war nur, dass Dana, auch wenn sie noch lebte und stöhnte und von ihm wegzukriechen versuchte, nicht schrie. Vielleicht war sie zu schwach und bekam nicht genug Luft in die Lunge, wahrscheinlich war das Messer in einen ihrer Lungenflügel gedrungen, oder es schoss ihr zu viel Blut in den Mund. Johnny zog sich zurück, wartete darauf, dass sie endlich verblutete, und redete ihr dabei gut zu: »Kämpf nicht dagegen an«, sagte er, oder: »Lass es einfach geschehen.«

Es dauerte furchtbar lange, bis sie endlich tot war. Irgendwann hörte sie auf zu stöhnen, zuckte aber noch. Es fiel ihm schwer, sie so leiden zu sehen, aber das Blut, das viele Blut sah irgendwie wunderschön aus. Vielleicht hatte er sich ja zu sehr in die Rolle des Malers hineingesteigert, aber er fand den Kontrakt … nein, Kontrast war das richtige Wort, er fand den Kontrast von dem dunklen Rot zu dem Weiß der Fliesen einfach faszinierend. Und es sah toll aus, wie das Blut vom Körper wegfloss, die kleinen Pfützen, die langsam größer wurden, dabei aber ihre perfekte, gerundete Form bewahrten. Wenn er nachher nach Hause kam, würde er versuchen, dieses Bild wiederzugeben, versuchen, den gleichen Rotton zu finden. Wahrscheinlich würde er ein wenig Weiß ins Rot mischen und Öl benutzen, kein Acryl. Vielleicht malte er ja eine ganze Serie solcher Bilder, die er dann ›Blutwerke‹ nennen würde. O ja, kein Zweifel, er hatte was von einem Genie. Er sah seine Bilder schon im Metropolitan Museum hängen oder in dem anderen Museum direkt gegenüber, sah all diese eingebildeten Kunstliebhaber begeistert über sein Genie diskutieren. Ja, sie würden große Reden über die ›Botschaft‹ seiner Bilder schwingen. Er hörte sie schon sagen, dass er damit die Gesellschaft kommentiere, ›unsere Zeit‹. Bestimmt luden sie ihn zu ihren Partys ein, und all die reichen Fatzkes würden sich überschlagen, um mit dem Mann reden zu können, der die ›Blutwerke‹ gemalt hatte.

Schließlich rührte sie sich nicht mehr. Er ging zu ihr, so nah, wie es möglich war, ohne in die Blutlachen zu treten, und schaute ihr ins Gesicht, in die weit offen stehenden Augen. ›Ja, sie ist tot. Endlich!‹

Er ließ das Messer, wo es war, in ihrem Rücken, und zog ein neues aus dem Block, eines mit einer längeren Klinge, so um die fünfundzwanzig Zentimeter, trat einen Schritt zurück und wartete auf Adam.

Die Uhr über dem Herd zeigte 18:52. Hoffentlich hatte Adam die Praxis gleich nach seinem letzten Patienten verlassen. Wenn er direkt zur U-Bahn gegangen war, musste er jeden Augenblick auftauchen. Sobald Johnny ihn die Haustür aufschließen hörte, würde er zur Seite gehen, in die Ecke zwischen Tisch und Durchgang zum Esszimmer. Adam würde seine Frau auf dem Boden liegen sehen und vor Schreck gelähmt sein. In dem Augenblick würde Johnny zuschlagen. Er würde nur so oft wie absolut nötig zustechen, obwohl es mit Adam schwieriger werden würde, weil der sich bestimmt zur Wehr setzen und Johnny Mühe haben würde, fest genug zuzustechen und das Herz oder die Lunge zu treffen. Das Wichtigste aber war, ihn so schnell wie möglich zu töten, bevor er um Hilfe rufen konnte. Wenn Johnny dafür drei, vier oder fünf Mal zustechen musste, dann würde er das eben tun. Unterm Strich war das Einzige, was zählte, dass Adam und Dana tot auf dem Küchenboden lagen, abgeschlachtet wie Vieh. Die Polizei würde ›Tony aus dem Sportstudio‹ zu ihrem Hauptverdächtigen machen. Johnny tat es leid, dass er dem armen Kerl das Leben zur Hölle machte, aber was blieb ihm anderes übrig?

Johnny ging zwar davon aus, dass er kein Blut an den Schuhen hatte, dennoch wollte er kein Risiko eingehen, indem er im Haus herumlief. Er betrachtete die Leiche eine Weile lang, freute sich wieder an dem dunklen Rot des Bluts. Dann entdeckte er die Tafel, auf die jemand – wahrscheinlich Adam – *Ich will, dass du ausziehst* geschrieben hatte.

Das war perfekt. Die Blooms halfen ihm nicht nur bei ihrer eigenen Ermordung, sie verschafften ihm auch noch das perfekte Alibi. Ihre Ehe war dermaßen im Eimer, dass die Cops schnurstracks zu diesem Tony marschieren und ihn festnehmen würden. Johnny wollte cool bleiben, alles hübsch unter Kontrolle behalten, aber so langsam wurde er doch ganz schön aufgeregt. Er war seinem großen Ziel, der Erfüllung all seiner Träume so nahe, dass er dieses Haus schon gar nicht mehr als das der Blooms betrachtete. Sein Haus war es, und er konnte es kaum erwarten, den ganzen Krempel der Blooms rauszuschmeißen und dann einen Großeinkauf zu machen, fünfzig-, hundert- oder vielleicht sogar zweihunderttausend Dollar auszugeben und das Haus mit all dem Zeug vollzustellen, von dem er schon immer geträumt hatte.

Allerdings musste Adam dafür tot sein, und der Kerl tauchte einfach nicht auf. Johnny hatte sich ausgerechnet, dass Adam die Praxis gegen sechs verlassen haben musste. Selbst wenn er sich Zeit ließ, würde er bis Forest Hills kaum länger als eine Stunde brauchen. Er hoffte, dass es keinen Störfall bei der U-Bahn gegeben hatte und dass Adam an diesem Abend nicht noch was vorhatte. Johnny hatte sein Möglichstes getan, damit alles nach Plan lief, aber es gab immer ein paar Dinge, die er nicht beeinflussen konnte.

Um sieben Uhr, Dana war schon seit einer Viertelstunde tot, war noch immer nichts von Adam zu sehen. Um sein Alibi nicht zu gefährden, musste er Marissa um halb acht treffen. Ein paar Minuten Verspätung konnte er sich wohl leisten, aber er wollte unter keinen Umständen später als zwanzig vor acht, allerhöchstens Viertel vor dort sein. Wenn er sich zu sehr verspätete, würde Marissa misstrauisch werden und Fragen stellen, und er wollte alles nicht noch komplizierter machen.

Johnny starrte auf seine Uhr, gab Adam noch genau zehn Minuten, bis höchstens zehn nach sieben, dann würde er abhauen. Da klingelte das Telefon. Im ersten Augenblick war er so verwirrt, dass er dachte, die Alarmanlage sei losgegangen. Nachdem das Telefon vier Mal geläutet hatte, legte der Anrufer auf, oder der Anrufbeantworter hatte sich eingeschaltet. Johnny wartete bis zehn nach sieben, gab sich noch mal fünf Minuten, aber dann konnte er keine Sekunde länger warten. Er beschloss, es von der positiven Seite zu sehen – der Tag war kein totaler Reinfall gewesen; immerhin war er einen der Blooms losgeworden. Einer weniger, jetzt standen noch zwei auf seiner Liste.

Johnny hatte in seinem Rucksack ein komplettes Outfit zum Wechseln dabei, inklusive Schuhe, Lederjacke und ein zweites Paar Lederhandschuhe. Aber er glaubte nicht, dass er, abgesehen von dem Pullover, noch woanders Blutspritzer abbekommen hatte. Also brauchte er nur die Jacke.

Johnny steckte das unbenutzte Messer zurück in den Block. Als er den Pulli über den Kopf zog, dachte er an Haare und mögliche andere DNA-Spuren. Er versuchte, besonders vorsichtig zu sein, aber selbst wenn er ein Haar verlor, wäre das kein Problem. Es war ja nicht so, dass er noch nie in diesem Haus gewesen wäre. Das Haar konnte schließlich schon länger dort liegen.

Für alle Fälle ging er dennoch kurz in die Hocke, als er den Pulli ausgezogen hatte, und inspizierte den Boden sorgfältig. Nein, da war kein Haar.

Er zog die Jacke und die anderen Lederhandschuhe an und packte den Pulli in den Rucksack, dann machte er einen großen Bogen um die Leiche und das Blut, verließ die Küche und ging zur Haustür. Echt Mist, dass er nicht durch die Hintertür verschwinden konnte, da war die Gefahr, gesehen zu werden, um ein Vielfaches geringer. Aber er wollte nicht riskieren, dass dieser Hund wieder so einen Aufstand machte.

Draußen war es inzwischen stockdunkel. Vorsichtig öffnete Johnny die Haustür. Wenn Bloom jetzt auftauchte, müsste Johnny ihn auf der Stelle beiseite schaffen, ihn erwürgen oder ihm mit irgendwas den Schädel einschlagen. Er hatte seine Pistole dabei, aber er wollte ihn nicht erschießen. Wenn die Bullen Dana mit dem Messer im Rücken fanden und Adam mit einer Kugel im Kopf, würden sie Tony vielleicht doch nicht zu ihrem Hauptverdächtigen machen. Für Johnnys Plan aber war es wichtig, dass die Bullen glaubten, Tony hätte nach dem Messer gegriffen und Dana im Affekt erstochen. Wenn er Adam erschoss, würden die Cops sich fragen, warum Tony Dana nicht auch erschossen hatte. Tja, Johnny dachte eben immer mit. Er war den Bullen stets einen Schritt voraus.

Johnny warf einen prüfenden Blick die Straße hinauf und hinunter. Adam war nirgends zu sehen. In beiden Richtungen war die Luft rein. Kein Auto war zu hören, also verließ er in aller Seelenruhe das Haus, wandte sich nach rechts und ging die Straße runter zu dem Saturn. Er fuhr aus der Parklücke und bog in die Hauptstraße ein, da entdeckte er Adam, diesen Scheißkerl, auf dem Bürgersteig gegenüber, zwei große Einkaufstüten im Arm.

Johnny hoffte nur, dass dieses Arschloch wusste, was für ein unglaubliches Glück er hatte.

20

AUF DEM WEG ZUR ARBEIT überredete Adam Carol zu einer Ad-hoc-Notfallsitzung. Er erreichte sie auf dem Handy, als sie noch im Metro-North-Zug von New Rochelle in die Stadt saß, und erklärte ihr, dass er gerade in einer furchtbaren Krise stecke und sofort einen Termin mit ihr brauche.

»Ich habe heute aber keinen Termin mehr frei«, sagte sie.

»Aber ich muss dich sehen«, bat er verzweifelt. »Mein Leben ist ein Scherbenhaufen.«

Ein paar Minuten später rief sie zurück, sie hatte ihren Zehn-Uhr-Termin verschieben können und war bereit, sich da mit ihm zu treffen.

Das war für Adam die schwierigste Sitzung seit Jahren. Während er Carol haarklein berichtete, was tags zuvor nach seiner Rückkehr vom Golfplatz geschehen war, brach er ein paar Mal in Tränen aus, vor allem, als er ihr beschrieb, wie wütend und hilflos er sich fühlte. Natürlich blieb Carol distanziert und versuchte, ihm Selbstvertrauen und Halt zu geben. Patienten in Krisensituationen muss man reden lassen, keinesfalls darf der Therapeut Lösungen anbieten. Im Wesentlichen hörte Carol ihm also zu und trug die ganze Zeit diese interessiert-betroffene Miene zur Schau, die alle Therapeuten aus dem Effeff beherrschen. Nur wenn er gänzlich die Fassung verlor, unterstützte sie ihn mit ein wenig allgemein gehaltenem Zuspruch, erklärte ihm, dass er sich völlig normal verhalten habe und dass er sich für seine Gefühle nicht entschuldigen müsse. Als er sich alles von der Seele geredet hatte, stellte sie ihm einige herausfordernde Fragen, unterstützte ihn dabei aber weiter, erklärte ihm, dass er sich furchtbar verletzt und verraten gefühlt habe, und versicherte ihm, dass er so gut reagiert habe, wie es ihm unter den gegebenen Umständen eben möglich gewesen sei.

Im Verlauf der Sitzung empfand Adam immer mehr Frust und Ärger. Er war sich des therapeutischen Prozesses so überdeutlich bewusst, dass es ihm unmöglich schien, einen echten Fortschritt zu erzielen. Er wollte von seiner Analytikerin nicht gehätschelt und manipuliert werden. Er kaufte ihr nicht ab, dass sein Verhalten zu rechtfertigen sei, dass er richtig gehandelt habe. Er hatte sich wie ein totaler Schwachkopf aufgeführt, hatte jede Kontrolle verloren, nur noch reagiert und seine Wut nicht adäquat zum Ausdruck gebracht. Es war beschämend genug, dass er auf Tony losgegangen war, aber dass er dann auch noch seine Affäre mit Sharon offenbart hatte, war das Allerletzte gewesen. Es gab keinen Grund, sie da mit hineinzuziehen und ihre Ehe zu gefährden oder Dana und auch Marissa noch zusätzlich zu verletzen.

»Es funktioniert nicht«, erklärte Adam.

»Was funktioniert nicht?«, fragte Carol völlig ungerührt. Sie gab ihrem Patienten die Möglichkeit, sich mitzuteilen.

»Das hier«, antwortete Adam. »Was du hier tust. Ich weiß genau, was du tust, weil ich genau das Gleiche tun würde. Du versuchst, mich zu therapieren, und ich will nicht therapiert werden.«

»Was willst du denn?«

»Ich will Lösungen, ich will Antworten, aber auf diese Weise werde ich sie nie bekommen.«

»Wie kannst du sie dann bekommen?«

»Siehst du? Du kannst mit dem Analysieren nicht aufhören, nicht eine Sekunde. Bei mir funktioniert das nicht. Ich kann anderen helfen, ich weiß, dass ich anderen geholfen habe, aber ich will, dass man mir sagt, was ich tun soll, ich will, dass man mich repariert. Ich mache gerade mein Leben kaputt, und ich kann nicht damit aufhören. Ich hab das Gefühl, ich habe diese negativen Verhaltensschemata einfach im Blut.«

»Du weißt, dass ich dir nicht sagen kann, was du tun sollst, Adam.«

»Kannst du nicht einfach mit mir reden wie ein normaler Mensch?«

»Wenn du mit einem normalen Menschen hättest reden wollen, hättest du mich heute Morgen nicht angerufen.«

Sie sahen sich eine Weile schweigend an. Dann mussten sie lachen, was die Situation auf gute Weise auflockerte.

»Okay, du willst, dass ich dir helfe. Ich sage dir, du brauchst meine Hilfe nicht. Was hältst du von dieser Hilfe?«

»Ich bin kein Opfer, okay. Ich habe mein Leben im Griff, nicht umgekehrt.«

»Siehst du? Du kennst die Antworten.«

»Aber das hilft mir nicht weiter.«

»Das ist ganz allein deine Entscheidung. Willst du wirklich deine Ehe aufgeben?«

»Nein«, antwortete er, ohne zu zögern. Endlich hatte er das Gefühl, einen Durchbruch erzielt zu haben. Echte Durchbrüche sind selten in der Therapie, aber die Erfahrung mit seinen Patienten hatte ihn gelehrt, dass sie immer dann passieren, wenn man sie am wenigsten erwartet. Indem er Carol vorgeworfen hatte, dass er keinen Schritt weiterkam, hatte er ironischerweise einen so großen Schritt vorwärts gemacht wie seit Jahren nicht mehr.

Adam hätte dringend einen freien Tag gebraucht, um mit sich ins Reine zu kommen, aber er konnte nicht einfach gehen. Es hatte zwar noch ein paar Absagen gegeben und ein paar weitere Patienten, die nicht zu ihren Sitzungen erschienen waren, aber er hatte noch immer einige Termine in seinem Kalender stehen. In seiner gegenwärtigen Verfassung fiel es ihm schwer, in die Rolle des Therapeuten zu schlüpfen und anderen Menschen Rat zu geben, aber er tat sein Bestes, ihnen seine ganze Aufmerksamkeit zuteil werden zu lassen, und schaffte es irgendwie durch den Tag.

Nach dem letzten Patienten erledigte er rasch noch ein bisschen Papierkrieg mit den Krankenversicherungen und verließ dann das Büro so gegen Viertel nach sechs. Als er aus der U-Bahn-Station in Forest Hills kam, rief er zu Hause an. Er wollte sich bei Dana entschuldigen, ihr sagen, wie leid es ihm tat, dass er sie am Abend zuvor angeschwiegen und dass er ihr diese Nachricht auf der Küchentafel hinterlassen hatte, aber er geriet an den Anrufbeantworter. Er fragte sich, ob sie vielleicht zu Hause war, seine Nummer gesehen hatte und nicht mit ihm sprechen wollte. Er wollte schon aufs Band sprechen, ihr sagen: ›He, wenn du da bist, geh ran, ich muss mit dir reden‹, aber dann legte er auf. In wenigen Minuten würde er ja zu Hause sein.

Er ging noch rasch in den Supermarkt, um ein paar Sachen für den Haushalt zu besorgen. An der Kasse war eine lange Schlange, und dann beschwerte sich die Frau vor ihm auch noch über den Preis für ein Päckchen Kaffee, so dass die Kassiererin, die wohl noch relativ neu war, sich den Preis bestätigen lassen musste. Sie piepte den Filialleiter an, aber es dauerte ein paar Minuten, bis der endlich auftauchte, und dann noch ein paar, bis er den korrekten Preis ermittelt und den falschen storniert hatte. Schließlich hatte auch Adam bezahlt und machte sich auf den Heimweg.

Er konnte es kaum erwarten, Dana zu sehen und mit ihr über alles zu sprechen. Er hatte genug von seinem kindischen Verhalten in den letzten Tagen. Es war höchste Zeit, sich wie ein Erwachsener zu benehmen und den Stier bei den Hörnern zu packen. Es würde mit Sicherheit nicht einfach werden. Er wollte sich bei ihr für sein unangebrachtes Verhalten entschuldigen – ihr aber keine Vorwürfe machen – und ihr vorschlagen, die

Paartherapie wiederaufzunehmen. Er war noch immer wütend, fühlte sich noch immer verraten, aber er war bereit, Dana die Hand zu reichen und seiner Ehe eine zweite Chance zu geben. Wenn sich dann herausstellte, dass sie ihre Differenzen nicht überwinden konnten, gut, dann sollte es wohl so sein, aber er wollte es wenigstens ernsthaft versuchen.

Er schloss die Haustür auf. Oben und in der Küche brannte Licht, aber ansonsten war das Haus dunkel.

»Dana?«

Keine Reaktion.

»Dana?«, rief er nun ein wenig lauter, erhielt aber noch immer keine Antwort. Bestimmt hatte sie ihn gehört, antwortete aber nicht, um ihm sein Schweigen am Abend zuvor und am Morgen heimzuzahlen. Sie neigte zu solchen kindischen Rachespielchen, und in der augenblicklichen Situation konnte er es ihr nicht einmal verübeln.

Als er seinen Mantel in den Garderobenschrank im Flur hängte, durchfuhr ihn ein Gedanke: ›Und wenn sie bei Tony ist?‹ Es war nicht ausgeschlossen, dass die beiden entschieden hatten, ihre Affäre fortzusetzen. Es fiel den meisten Menschen ausgesprochen schwer, eine Affäre zu beenden. Ein Patient hatte ihm einmal gesagt, dass dies eine der furchtbarsten Erfahrungen seines Lebens gewesen war, ähnlich verstörend wie der Tod seiner Eltern.

»Dana!«, rief er nach oben. »Dana! Bist du da?«

Es war vollkommen still im Haus, nur der Wind rüttelte an den Fenstern im Esszimmer.

Er versuchte, ruhig zu bleiben. Schließlich war nichts passiert. Er hatte sich in seiner Phantasie eine mögliche Situation ausgemalt und reagierte jetzt darauf. Er musste sich seinen Zorn bewusstmachen und auf die Auswirkungen achten. Gefühle sind vergänglich, daran erinnerte er seine Patienten oft genug. Niemand blieb auf ewig zornig, und niemand blieb auf ewig glücklich. Wer sich zu sehr auf seine Gefühle fixierte, würde mit Sicherheit enttäuscht werden.

Er hatte sich vollkommen unter Kontrolle, war ruhig und gefasst, als er die Küche betrat.

Zuerst begriff er gar nicht, was er da sah. Es war etwas Seltsames, etwas, das er noch nie zuvor gesehen hatte. Er registrierte die dunkelrote Flüssigkeit und den Körper – den Körper einer Frau – und das Messer in ihrem Rücken.

Es dauerte noch mindestens weitere zehn Sekunden, bevor ihn die Erkenntnis traf, dass er seine tote Frau anstarrte.

Er hatte keine Ahnung, wie die Polizei hergekommen war. Er erinnerte sich nicht daran, sie gerufen zu haben, er erinnerte sich an gar nichts mehr seit dem Augenblick, als er Danas Leichnam entdeckt hatte. Es war, als versuche er sich an einen Traum zu erinnern, den er schon fast wieder vergessen hatte.

»Mr. Bloom?«

Adam konzentrierte sich auf das Gesicht von Detective Clements. Er stand vor ihm, Adam saß auf der Couch im Wohnzimmer, neben ihm ein Sanitäter.

»Ich muss kurz mit Ihnen sprechen«, sagte Clements. »Geht das?« Dann sprach er den Sanitäter an: »Kann ich kurz mit ihm reden? Jetzt sofort?«

»Sein Blutdruck ist noch immer ziemlich hoch, aber ansonsten sollte es gehen«, erklärte der Sanitäter, stand auf und ging in die Eingangshalle.

Wie in der Nacht des Einbruchs war das Haus wieder voll mit Polizisten, Ermittlern und den Spezialisten der Spurensicherung. Adam erinnerte sich jetzt, dass er den Notruf gewählt und in das Telefon geschrien hatte, voller Verzweiflung, weil die Frau am anderen Ende der Leitung nichts begriff.

»Ich bin Ihnen sehr dankbar, dass ich kurz mit Ihnen sprechen kann«, begann Clements. »Ich weiß, wie schwer das für Sie sein muss, aber wir müssen rasch handeln, und alles, was Sie mir jetzt schon sagen können, kann für die Ermittlungen von entscheidender Bedeutung sein. Ich werde Ihnen nur ein paar kurze Fragen stellen, okay?«

Adam nickte, er hatte das Gefühl, gar nicht richtig da zu sein.

Clements stellte eine Frage, aber Adam verstand kein Wort. Er sah, wie der Detective den Mund bewegte, hörte, dass er etwas sagte, aber die einzigen Worte, die er verstand, waren ›Zeit‹ und ›gefunden‹.

»Wie bitte?«, fragte er.

»Ich habe Sie gefragt, wann Sie die Leiche Ihrer Frau gefunden haben.«

»Oh.« Adam war noch immer verwirrt. »Ich habe keine Ahnung.«

»Sie müssen sich konzentrieren, Dr. Bloom … Ich weiß, wie schwierig das ist …«

»Sie wissen, wie schwierig das ist?«

»Wie bitte?«

»Sie haben behauptet, Sie wüssten, wie schwierig das ist.« Adam lachte, ein unfrohes Lachen. »Es tut mir leid, aber ich bezweifle sehr, dass Sie wissen, wie schwierig das hier ist, Detective.«

»Sie haben recht«, räumte Clements ein. »Ich habe keine Ahnung, wie schwierig das ist, aber Sie müssen sich jetzt zusammenreißen, sich ein paar

Minuten lang konzentrieren, so gut Sie können, und mir sagen, was ich wissen muss. Meinen Sie, Sie schaffen das, Dr. Bloom?«

Adam hasste es, wie Clements von oben herab zu ihm sprach.

»Ich habe Ihnen gestern Bescheid gesagt«, flüsterte Adam. »Ich habe Ihnen gesagt, dass er diese Nachricht geschrieben hat, und ich habe Ihnen gesagt, dass er vielleicht bei uns eingebrochen ist. Haben Sie sich überhaupt die Mühe gemacht, dem nachzugehen?«

»Das haben wir getan, Doktor.«

»Sie hätten das hier verhindern können, Sie hätten ihn festnehmen können, irgendwas tun können.«

»Ich verstehe, dass Sie wütend und frustriert sind, aber wir können nicht einfach jemanden festnehmen, nur weil wir vermuten, dass er vielleicht etwas getan haben könnte.«

»Ich habe Ihnen von der Nachricht erzählt. Sehen Sie, was er mit mir gemacht hat? Was glauben Sie, wer mein Gesicht so zugerichtet hat?«

»Ich wollte Sie gerade danach fragen.«

»Das war Tony, gestern, im Sportstudio. Ich war wütend, als ich die Nachricht gefunden habe, also bin ich rüber, um … mit ihm zu reden, und das war dann das Ergebnis.«

»Dass er Sie geschlagen hat, haben Sie gestern Abend am Telefon aber nicht erwähnt.«

»Nicht?« Adam dachte, er hätte es gesagt, aber vielleicht irrte er sich auch. Das Denken fiel ihm im Moment sehr schwer.

»Wenn Sie mir das erzählt hätten, hätte ich ihn vielleicht wegen tätlichen Angriffs festnehmen können, zumindest aber hätten wir einen Grund gehabt, ihn ausführlicher zu vernehmen. Aber ich habe gestern mit ihm geredet, habe ihn in seiner Wohnung aufgesucht und ihn gefragt, wo er am letzten Donnerstag gewesen ist, das war der Tag, an dem Sie den Drohbrief bekommen haben. Er hat behauptet, er sei den ganzen Tag bei seinem Schwager auf Long Island gewesen und habe ihm geholfen, das Haus zu streichen. Wir haben das überprüft, und es gab keinen Grund zur Annahme, dass er gelogen hat. Außerdem behauptet er, dass er Ihnen gestern keine Nachricht unter der Tür durchgeschoben hat.«

»Das ist doch gelogen!«, schrie Adam. »Er hat diese Nachricht geschrieben, er hat beide geschrieben, und dann ist er hergekommen und hat meine Frau umgebracht.«

»Okay, Mr. Bloom, versuchen Sie sich wieder zu beruhigen. Wir sind schon einen Schritt weiter. Wir sind bereits unterwegs zu Tony Ferretti, um ihn abzuholen, und wir werden ihn gründlich überprüfen, okay? Wenn er unser Mann ist, dann kommt er nicht davon, klar?«

»Er war's. Ich weiß es«, sagte Adam.

»Ich würde jetzt gerne von Ihnen wissen, ob Sie irgendwelche Hinweise darauf haben, dass Tony heute hier war. Hat Ihre Frau vielleicht gesagt, dass er vorbeikommen würde? Wissen Sie vielleicht, ob er angerufen hat oder vorbeigekommen ist, um mit ihr zu reden?«

Adam fühlte sich plötzlich ganz benebelt, ihm war schwindlig.

»Alles in Ordnung mit Ihnen, Doktor?«

»Ja, alles okay«, sagte Adam. »Was haben Sie gefragt?«

Clements wiederholte die Frage.

»Ich habe keine Ahnung«, antwortete Adam.

»Wir überprüfen die Anruflisten der Telefongesellschaft«, sagte Clements. »Ich dachte bloß, dass Sie vielleicht etwas gehört haben, oder zufällig …«

»Ich habe nichts gehört«, sagte Adam. »Aber ich weiß, dass er es war. Das liegt ja wohl auf der Hand.«

Clements schien nicht überzeugt. »Wo ist die Nachricht, die Tony gestern angeblich gebracht hat?«

»Oben, in meiner Kommode, oberste Schublade.«

Clements rief einen Kollegen und bat ihn, die Nachricht oben zu holen. »Behandeln Sie sie wie ein Beweisstück«, befahl er ihm.

»Ich bin furchtbar aufgewühlt, ich brauche mehr Valium«, sagte Adam.

»Sie fühlen sich bestimmt gleich besser«, behauptete Clements.

»Ich brauche mehr Valium«, wiederholte Adam. »Er hat mir vorhin nicht genug gegeben.«

Der Sanitäter hörte Adam und wollte herüberkommen, aber Clements hieß ihn mit einem Handzeichen stehenbleiben. »Sie fühlen sich bestimmt gleich besser, okay? Entspannen Sie sich und versuchen Sie, sich zu konzentrieren. Wann haben Sie Ihre Frau das letzte Mal gesehen?«

»Heute Morgen, als ich zur Arbeit ging. Sie hat noch geschlafen.«

»Haben Sie tagsüber mit ihr gesprochen?«

»Nein. Ich hatte es vor, aber …« Plötzlich fühlte er sich unsäglich mies, weil er Dana gestern so barsch abgewiesen hatte. Er hatte gute Gründe für sein Verhalten gehabt, aber das machte es nicht besser. Er brauchte ein paar Augenblicke, um sich zu sammeln. »Ich wollte sie anrufen, um mit ihr zu reden ... ich habe gestern einen Fehler gemacht, als ich zu Tony bin, ich habe ihr furchtbare Dinge gesagt und ... Kann ich bitte noch ein Valium haben? Ich habe Ihnen doch schon gesagt, dass die Dosis zu niedrig war.«

»Wann sind Sie heute Abend nach Hause gekommen?« Clements ignorierte Adams Bitte.

»Ich bin mir nicht sicher.«

Adam dachte wieder an den Schock, als er in die Küche kam und den Körper auf dem Fußboden entdeckte. Er hatte zuerst gar nicht begriffen, was er da sah.

»Sie haben den Notruf um fünf nach halb acht angerufen. Haben Sie die Leiche gleich entdeckt, als Sie nach Hause kamen?«

Adam erinnerte sich an den Schock, als er in die Küche kam, an den Anblick des Körpers auf dem Fußboden, an seine Verwirrung, er hatte zuerst nicht begriffen, was er da sah.

»Ja«, sagte Adam leise.

»Was ja?«

»Ich habe die Leiche gleich entdeckt. Kann ich jetzt endlich mehr –«

»Sind Sie mit dem Auto zur Arbeit gefahren?«

»Nein ... ich fahre nie mit dem Auto. Ich nehme immer die U-Bahn.«

»Haben Sie auf dem Heimweg von der U-Bahn irgendetwas Verdächtiges bemerkt? Ist Ihnen irgendetwas aufgefallen?«

Er dachte darüber nach, versuchte es zumindest, und verneinte dann.

»Also, ich fasse dann mal zusammen«, sagte Clements. »Sie sind nach Hause gekommen, haben die Leiche entdeckt und sofort den Notruf angerufen.«

»Richtig«, bestätigte Adam. Sein Herz raste, er brauchte dringend mehr Valium – sofort.

»Und wann genau haben Sie die Leiche angefasst?«

»Angefasst?«, fragte Adam verwirrt.

»Sie haben der Leitstelle gesagt, dass Sie nachgesehen haben, ob sie tot ist. Daher kommt wohl auch das Blut an Ihren Ärmeln, oder?«

Adam starrte auf seine Hemdsärmel, da waren tatsächlich Blutflecken, Danas Blut. Ihm wurde schwindlig, und er befürchtete, in Ohnmacht zu fallen.

»Ich brauche wirklich mehr Valium«, insistierte er. »Ich habe eine Panikattacke.«

Clements winkte den Sanitäter her, der Adam noch ein Valium gab. Kaum dass er es runtergeschluckt hatte, ihm war noch immer ganz schwindlig, machte Clements auch schon weiter. »Also, was ist mit dem Blut …«

Dass Clements derart unsensibel vorging, erstaunte Adam nun doch. Er wartete einen Augenblick, bevor er antwortete: »Direkt nachdem ich sie entdeckt habe, glaube ich. Ich stand wohl unter Schock, was ganz natürlich ist, und bin rüber zu ihr, um zu sehen … keine Ahnung … ob ich noch irgendwas tun kann.«

Adam wurde bewusst, dass er noch keine Träne vergossen hatte, seit er Danas Leiche gefunden hatte, dabei sollte er weinen, um ein wenig von all dem Druck loszuwerden.

»Ich weiß, dass es furchtbar für Sie sein muss, aber je schneller wir hier durch sind, umso eher kann ich Sie allein lassen, damit Sie in Ruhe trauern können.«

›Damit Sie in Ruhe trauern können‹ – als könne man Trauer abarbeiten, auf einer Liste abhaken und, simsalabim, mit dem Leben weitermachen. War Kaltschnäuzigkeit ein Fach auf der Polizeischule? Adam schenkte sich die Antwort. Sein Kopf schmerzte, und ihm war immer noch ganz schwindlig. Wann würde das Valium endlich wirken?

»Auf der Küchentafel stand eine Nachricht«, fuhr Clements fort. »Da stand ›Ich will, dass du ausziehst‹. Wer hat das geschrieben?«

»Ich.«

»Also wollten Sie sich von Ihrer Frau trennen?«

Wieder bekam Adam furchtbare Gewissensbisse, dass er Dana in den vergangenen Tagen so mies behandelt hatte, dass er die ganze Situation so hatte eskalieren lassen. Wenn er nicht zu Tony gegangen wäre, wäre Tony vielleicht nicht hergekommen, und Dana wäre noch am Leben.

»Ich war sehr wütend auf sie heute Morgen, wegen der Sache mit Tony«, sagte Adam, »aber ich wollte …« Er räusperte sich, holte ein paarmal tief Luft: »Aber ich wollte mit ihr an unseren Problemen arbeiten, ich wollte sie nicht verlassen, ich wollte mit ihr zusammenbleiben.«

»Sind Sie von der Arbeit direkt nach Hause gekommen, Dr. Bloom?«

Bildete Adam sich das nur ein, oder hatte Clements einen neuen Ton angeschlagen? Er klang irgendwie schärfer, als verdächtige er ihn insgeheim.

»Ja. Warum?«

»Wann haben Sie die Praxis verlassen?«

»Nach meinem letzten Patienten.«

»Und wann war das?«

»Gegen sechs? Nein, etwas später, Viertel nach vielleicht.«

»Sie sind also um Viertel nach sechs gegangen, und um fünf nach halb acht haben Sie den Notruf angerufen, kurz nachdem Sie die Leiche gefunden haben, richtig?«

»Ja, aber ich war noch kurz im Supermarkt.«

»Ich dachte, Sie wären direkt nach Hause gegangen.«

Jetzt zeigte er sogar offen, dass er ihn verdächtigte.

»Wie bitte?«

»Ich versuche nur, die Fakten zusammenzutragen, Dr. Bloom.«

»Warum interessiert es Sie, ob ich noch einkaufen war oder nicht?«

»Bitte beantworten Sie einfach meine Fragen.«

»Das ist ja wohl lächerlich. Schlimm genug, dass Sie den Einbruch noch immer nicht aufgeklärt haben, dass Sie die Polizisten zu unserem Schutz oder zu unserer Überwachung oder was auch immer wieder abgezogen haben, und jetzt kommen Sie hier an, nach allem, was passiert ist, und erdreisten sich, erdreisten sich, mir zu unterstellen, dass ich …« Er konnte es nicht aussprechen. »Haben Sie sie nicht mehr alle? Sind Sie völlig durchgedreht oder was?«

Es war toll, laut zu schreien, sich Luft zu machen. Dies war nicht unbedingt die produktivste Art, Wut rauszulassen, aber im Moment tat es ihm einfach gut.

»Sie müssen sich wieder beruhigen, Dr. Bloom.«

»Beruhigen? Wie soll ich mich beruhigen, wenn ich nicht genug Valium bekomme?«

»Bitte beruhigen Sie sich …«

»Statt Ihre Zeit hier mit mir zu verschwenden, sollten Sie mit Tony reden, mit dem Kerl, der meine Frau umgebracht hat. Ich bin das Opfer und nicht –«

»Ich leite hier die Ermittlungen«, erklärte Clements mit autoritär erhobener Stimme. Er hielt inne, ließ das erst einmal wirken. Offensichtlich fand er Gefallen daran, seine Machtposition auszuspielen. »Ich entscheide, was ich frage und wen ich frage, ist das klar? Und jetzt frage ich Sie noch einmal, Dr. Bloom: Wie lange waren Sie in dem Supermarkt?«

Adam beantwortete den Rest von Clements' lästigen Fragen. Er sagte ihm, dass er etwa eine Viertelstunde in dem Laden gewesen sei, dass er mit niemandem dort gesprochen habe und dass er anschließend direkt nach Hause gegangen sei.

»Gut, ich will nur sichergehen, dass ich alles richtig verstanden habe. Sie haben um Viertel nach sechs die Praxis verlassen. Würden Sie mir zustimmen, dass Sie – die Dauer der U-Bahn-Fahrt und den Einkauf mit eingerechnet – etwa eine Stunde bis nach Hause gebraucht haben?«

»Das hört sich einigermaßen richtig an.«

»Dann ist da noch ein Zeitraum von zirka zwanzig Minuten zwischen der Entdeckung des Leichnams und dem Anruf in der Notrufzentrale, der ungeklärt ist.«

Adam fiel wieder ein, dass er draußen im Flur auf dem Boden gesessen hatte, unfähig, irgendwas zu unternehmen. Er hatte keinen Schimmer, wie lange er da gesessen hatte.

»Vielleicht war ich ja doch ein wenig länger unterwegs«, sagte er darum.

»Aber Sie haben gesagt, dass Sie die Notrufzentrale nicht sofort angerufen haben?«

»Ich stand unter Schock, ich konnte nicht gleich reagieren.«

»Zwanzig Minuten lang?« Clements klang äußerst skeptisch.

Es dauerte einen Augenblick, bevor Adam Clements' Worte begriffen hatte. Vielleicht wirkte das Valium jetzt endlich.

»Vielleicht waren es keine zwanzig Minuten, vielleicht waren es nur fünf … oder zehn.«

»Gut, vielen Dank für Ihre Geduld. Ich melde mich später noch einmal. Mein herzliches Beileid«, verabschiedete sich Clements schließlich.

Als Clements aufgestanden war, saß Adam allein auf der Couch und sah der Spurensicherung bei der Arbeit zu. Clements sprach mit einem anderen Polizisten, daneben suchte ein Techniker nach Fingerabdrücken oder anderen Beweismitteln. Für eine Weile fühlte Adam sich als Beobachter, völlig losgelöst von allem, als sähe er einen Film. ›Das hier hat nichts mit mir zu tun, das ist alles überhaupt nicht real‹, dachte er.

Dann aber erkannte er, dass er – auch wenn das Ganze ihm völlig unwirklich erschien – eine Hauptrolle darin spielte. Dana war tot, und er stand unter Verdacht. Vielleicht war er nicht der Hauptverdächtige, aber er war ein Verdächtiger. Adam konnte es Clements nicht verübeln, dass er sich auf ihn konzentrierte, die Umstände sprachen schließlich deutlich gegen ihn. Seine Ehe befand sich in einer tiefen Krise, sein Verhalten in der letzten Zeit war – milde ausgedrückt – unberechenbar gewesen, und oh, er hatte auch noch Blut am Ärmel. Das ließ ihn alles nicht gerade gut dastehen. Seit er Sanchez erschossen hatte, sah ihn die Polizei sowieso schon als potentiellen Mörder, warum also sollten sie nicht der Hypothese nachgehen, dass er seine eigene Frau umgebracht hatte? Außerdem nahm die Polizei immer zuerst den Ehemann unter die Lupe, wenn eine Frau ermordet wurde. Es war also völlig normal, dass Clements ihn verhörte.

Dennoch fragte sich Adam, wie sein Leben plötzlich an einen derartigen Tiefpunkt gelangt war. Was war passiert? Noch vor ein paar Wochen lief es doch relativ gut. Okay, er und Dana hatten ein paar ungelöste Eheprobleme, aber die hatte doch praktisch jedes zweite Paar auf dieser Welt, insbesondere Ehepaare, die über zwanzig Jahre verheiratet waren. Klar, auch Marissa hatte die üblichen Krisen ihres Alters durchgemacht, aber im Großen und Ganzen waren sie eine glückliche Familie gewesen, bis zu jener Nacht, in der Marissa sie geweckt und ihnen gesagt hatte, dass Einbrecher im Haus waren. Das war der Wendepunkt in seinem Leben gewesen, seitdem ging alles den Bach runter.

›Marissa!‹, dachte Adam. Er musste es ihr sagen.

Er holte das Handy heraus, brachte es aber nicht über sich, sie anzurufen. Wie sagte man seiner Tochter, dass ihre Mutter ermordet worden war? Grausam ermordet. Ihr Leben würde nie wieder so sein wie vorher. Sie würde jahrelang in Therapie gehen müssen, um auch nur ansatzweise damit klarzukommen. Er hatte ein schlechtes Gewissen, weil er ihr darüber hinaus das Leben schwergemacht hatte, weil er gemeint hatte, ›andere Saiten‹ aufziehen zu müssen. Jetzt sah er ein, wie schäbig er sich ihr gegenüber in letzter Zeit benommen hatte. Er hatte seine Gefühle auf sie übertragen und sie bestraft, statt sich selbst. Warum hatte ihn diese Bong so sehr gestört, wo sie doch so gut wie nie kiffte? War das wirklich so ein Riesenthema? Adam bedauerte, dass er die Bong weggeworfen hatte. Er hätte sich jetzt gern selbst ein paar Züge genehmigt.

Er war sich nicht sicher, ob er diesen Anruf schaffen würde, und wollte schon einen Polizisten bitten, für ihn anzurufen. Aber dann riss er sich zusammen und zwang sich, es selbst zu tun. Sie hatte ein Anrecht darauf, diese Nachricht von ihrem Vater zu hören statt von irgendeinem Fremden.

Sie ging nicht ran, und da er ihr keine Nachricht hinterlassen wollte, legte er auf, er würde es ein wenig später noch einmal probieren. Wahrscheinlich war sie mit Xan unterwegs. Gut, dass sie einen Freund hatte, einen netten, anständigen Kerl. Sie würde ihn brauchen, um das hier durchzustehen.

Adam ging langsam durch das Haus, aus irgendeinem Grund hatte er den Refrain von Pink Floyds *Comfortably Numb* im Ohr. Vielleicht hatte er diesen Song unbewusst gewählt, weil der Text ihn an seinen gegenwärtigen Geisteszustand erinnerte, oder vielleicht auch, weil er ihn an seine Jugendjahre in diesem Haus erinnerte, als sein Leben um einiges erfreulicher und sicherer gewesen war. Verdammt noch mal, konnte er denn nicht eine Sekunde aus seiner Analytiker-Haut? Warum musste alles noch eine tiefere Bedeutung haben? Warum konnte er die Dinge nicht einfach als das nehmen, was sie waren?

Er warf einen Blick in die Küche, hinter das Absperrband. Die Jungs von der Spurensicherung waren noch immer bei der Arbeit. Danas Leichnam lag noch auf dem Boden, und ein Fotograf schoss jede Menge Bilder. Adam spürte nichts, und während er mehr oder weniger ziellos durchs Haus irrte, wurde ihm klar, dass er noch immer unter Schock stand. Er hatte vielen Patienten bei einem Trauerfall beigestanden und arbeitete nach den fünf Trauerphasen von Kübler-Ross. Aber es hatte noch gar nicht angefangen, er hatte noch gar nicht richtig begriffen, dass Dana ermordet worden war. Ihr Tod war im Moment ein Abstraktum, er konnte sagen und denken, dass sie tot war, aber es war ihm unmöglich, etwas zu fühlen oder gar die Konsequenzen zu begreifen.

Er spähte im Esszimmer durch die Jalousie nach draußen. Er hatte natürlich damit gerechnet, dass draußen Reporter warteten, war aber dann doch über die Menschenmenge erstaunt. Das war ja schon fast wie bei einer Pressekonferenz des Präsidenten. Ein Reporter entdeckte Adam und schrie: »Da ist er!« Sofort begannen alle Journalisten gleichzeitig zu sprechen, und einige riefen ihm zu, er solle herauskommen. Entsetzt ließ Adam die Jalousie los und trat vom Fenster weg. Anders als nach dem Einbruch hatte Adam nicht das geringste Interesse an dem Medienrummel. Er wollte nicht berühmt werden. Er hoffte sehr, seinen Namen nie wieder gedruckt zu sehen, nirgendwo. Er wusste, dass sie keine Ruhe geben würden, ganz egal, ob er ein Statement abgab oder nicht. Wahrscheinlich hatten sie ihre Artikel sowieso bereits geschrieben. Die Frau von Adam Bloom, dem durchgeknallten Revolverhelden, war mit einem Messer im Rücken auf dem Boden ihrer Küche aufgefunden worden, tot. Mehr brauchten die doch gar nicht zu wissen.

Adam wurde es wieder schwindlig. Ein Polizist fragte ihn, ob alles in Ordnung sei, aber Adam ignorierte ihn und setzte sich an den Esszimmertisch. Die Valiumtabletten wirkten nicht. Er brauchte Xanax oder Klonopin. Er glaubte nun nicht mehr, dass er stärker als andere war, dass er Krisen besser bewältigen konnte als andere, er war eines Besseren belehrt worden. Nur weil er Psychologe war, nur weil er sich seiner Denkprozesse bewusst war, war er nicht immun gegen seine Gefühle. Die vergangenen Wochen hatten ihn Demut gelehrt, ihm gezeigt, dass er sich nicht besser schlug als die meisten seiner Patienten. Er war ein schwacher, verstörter Mann, und er würde diesen Alptraum ohne starke Medikamente nicht durchstehen.

21

Marissa war mit Xan im Kino in der Neunundfünfzigsten Straße, Ecke Third Avenue. Sie sahen sich die neue Matthew-McConaughey-Komödie an, als ihr Handy vibrierte. Das Display zeigte DAD an, Marissa verdrehte die Augen und schaltete das Telefon ab. Wahrscheinlich wollte er mal wieder wissen, wo sie war, wollte sie kontrollieren, ihr das Leben sauer machen. Sie kuschelte sich enger an Xan und begann, wieder mit ihm herumzumachen.

Nach dem Film ging Xan kurz zur Toilette. Während sie in der Lobby auf ihn wartete, nahm sie ihr Handy heraus und sah, dass ihr Vater zwei Nachrichten hinterlassen hatte. Sie las gerade ein paar Nachrichten von Freundinnen, als ihr Dad wieder anrief. Dieses Mal ging sie ran: »Ich wollte dich gerade zurückrufen.«

»Ich muss dir was ganz Furchtbares sagen«, begann er.

›Was kommt denn jetzt schon wieder‹, dachte sie. ›Neues von der beschissenen Scheidung?‹ Sie begriff nicht, warum sie ständig in die Eheprobleme ihrer Eltern hineingezogen wurde, warum sie über jede kleine Entwicklung informiert werden musste.

»Also ehrlich, ich möchte damit eigentlich gar nichts zu tun haben«, sagte sie. »Ihr beide macht, was ihr für richtig haltet, und dann ist gut.«

Sie wollte schon auflegen, aber ihr Vater stoppte sie. »Es ist wegen Mum.«

Wahrscheinlich wollte er ihr sagen, dass ihre Mum auszog oder dass sie bereits ausgezogen war. Und natürlich musste er mit dieser Grabesstimme sprechen, um ihr Angst einzujagen, als ginge es um Leben oder Tod. Und das von einem Mann, der ihr vorwarf, sie dramatisiere alles.

»Ja, ich weiß, dass es wegen Mum ist, aber das geht mich echt nichts an, Dad. Musstest du mich deswegen wirklich drei Mal im Kino stören? Weil Mum auszieht? Konntest du nicht einfach warten und es mir zu Hause sagen, oder besser noch, es mir überhaupt nicht sagen?«

»Mum ist tot«, sagte ihr Vater da.

»Wie bitte?« Sie musste sich verhört haben.

»Sie ist tot«, wiederholte er. »Du musst sofort nach Hause kommen. Die Polizei ist immer noch da. Ist Xan bei dir?«

»Was redest du da, verdammt noch mal?« Sie kapierte gar nichts mehr. Tot? Was sollte das heißen? Meinte er, dass ihre Ehe tot war?

»Du musst nach Hause kommen, Marissa. Sofort.«

Xan kam von der Toilette zurück.

»Sag mir jetzt sofort, was los ist. Auf der Stelle. Sag's mir!«, schrie sie ins Telefon.

Die Leute starrten sie an. Ein Mann vom Sicherheitspersonal in einer roten Jacke tippte ihr auf die Schulter. »Sie müssen leiser sprechen, Ma'am.«

»Sie ist erstochen worden«, erklärte ihr Vater. »Du musst nach Hause kommen. Sag Xan, er soll dich herbringen. Ich will nicht, dass du jetzt allein bist.«

Marissa verlor vollkommen die Fassung, als sie mit dem Taxi nach Forest Hills fuhren. Sie weinte und schrie, konnte nicht glauben, dass das wirklich passiert war. Vielleicht hatte sie sich ja doch verhört, hatte ihr Vater wirklich ›tot‹ gesagt? Vielleicht hatte er was anderes gesagt, was nur so ähnlich klang. Sie hatte immer so einen schlechten Empfang auf ihrem Handy. Ja, so musste es sein.

Gott sei Dank war Xan bei ihr. Er sprach ihr gut zu, sagte ihr, dass alles wieder gut werden würde, dass sie das durchstehen würde, ganz bestimmt. Er war so ruhig, so gelassen und gab ihr Trost. Ohne ihn wäre sie vollkommen verloren gewesen.

Als das Taxi sich dem Haus näherte, sah sie schon von weitem die Polizeiautos, den Krankenwagen, die Ü-Wagen und die ganzen Reporter. Also musste es doch stimmen. Sie weinte haltlos, und obwohl Xan den Arm um sie gelegt hatte und sie stützte, verlor sie auf dem Weg zum Haus ein paar Mal das Gleichgewicht und geriet ins Stolpern. Die Reporter stürzten sich auf sie, umringten sie und bombardierten sie mit Fragen. Marissa hielt den Kopf gesenkt, konnte kein Wort sagen, während Xan sie zum Haus führte und die Reporter immer wieder bat, »zurückzubleiben« und »die Privatsphäre des Mädchens zu respektieren«.

Schließlich hatten sie es geschafft und waren im Haus. Sie hatte gedacht, das würde eine Erleichterung für sie sein, aber weit gefehlt. Alles war wieder genauso wie in der Nacht des Einbruchs. Bullen, Fremde, überall im Haus. Dann kam ihr Dad zu ihnen. ›Er sieht aus wie ein kleines Kind‹, war ihr erster Gedanke. Irgendwie erinnerte er sie an ein Foto von ihm, als er noch ein kleiner Junge war. Es war am Strand aufgenommen, vielleicht auf Fire Island, er hatte wohl gerade geweint und sah so schwach aus, so traurig, so verletzlich.

Er nahm sie fest in die Arme, und sie begannen beide zu weinen. Lange

Zeit verharrten sie so. Sie dachte daran, wie sehr sie ihre Mutter vermissen würde, sie konnte gar nicht begreifen, dass sie tatsächlich nicht mehr da war. Sie würde sie nie wiedersehen. Ihr Vater war nun alles, was sie noch hatte. Die Familie ihrer Mutter war übers ganze Land verstreut und spielte keine große Rolle in ihrem Leben. Auf der Seite ihres Vaters war die engste Verwandte Grandma Ann, die über achtzig und herzkrank war. Also war ihr Dad so ziemlich alles, was ihr blieb. Sie umarmte gerade ihre gesamte Familie.

»Wir schaffen das«, versuchte ihr Dad sie zu trösten. »Wir stehen das durch.«

Sie registrierte, wie ›normal‹ ihr Vater reagierte, wie zutiefst erschüttert er war. Dieses Mal schien er sich nicht in diese merkwürdigen Selbsttäuschungs- und Verdrängungsmanöver zu flüchten.

Schluchzend lehnten sie sich aneinander. »Ich liebe dich, Marissa«, sagte ihr Vater. »Ich liebe dich so sehr.«

Nach einer Weile blickte Marissa auf und sah Xan, der ein paar Meter weg stand und auch weinte. Sie ging zu ihm und umarmte ihn, dann trat er auf ihren Vater zu und schloss ihn in seine Arme.

»Es tut mir ja so leid, Adam«, sagte Xan, »so furchtbar leid.«

Marissa beobachtete ihren Vater und Xan, die sich gegenseitig trösteten, als einer der Polizisten aus der Küche kam. Die Tür stand einen Moment offen, und ihr Blick fiel auf das Blut am Boden und auf ein Bein ihrer Mutter. »Nein, Mummy, nein! Nein, nein, nein!«, schrie sie auf, sie verlor vollends die Beherrschung.

Es dauerte lange, bis ihr Vater, Xan und einer der Sanitäter sie wieder beruhigen konnten. Sie brachten sie ins Esszimmer, und kaum hatte sie sich mit Xan auf die Couch gesetzt, da kam auch schon dieses Arschloch Clements zu ihnen rüber und meinte, er müsse mit ihr sprechen. Das war nun wirklich das Letzte, wonach ihr der Sinn stand, aber sie wusste, dass sie keine Wahl hatte.

»Kann mein Freund hierbleiben?«

»Selbstverständlich, kein Problem«, sagte Clements. Dann wandte er sich an ihren Vater, der ganz in der Nähe stand. »Aber es wäre mir lieb, wenn Sie in einem anderen Zimmer warten würden, Dr. Bloom.«

Ihr Vater wirkte ziemlich sauer, und Marissa begriff nicht, warum Clements ihn wegschickte. Wahrscheinlich wieder eines seiner Machtspielchen. Der Kerl war ja so ein Riesenarschloch.

Ihr Vater verließ das Zimmer, und Marissa beantwortete die Fragen des Detectives, während Xan ihre Hand hielt. Am Anfang ging es ziemlich glatt, sie hatte ihm ja auch nicht sonderlich viel zu erzählen. Sie erklärte ihm, dass sie ihre Mutter das letzte Mal so gegen drei Uhr nachmittags gesehen hatte, als diese sich zu einem Mittagsschläfchen zurückzog, und dass ihre Mum noch geschlafen hatte, als sie das Haus verließ. Nein, sie hatte ihre Mutter nicht telefonieren hören, und nein, niemand war im Haus, als sie ging.

Aber dann stellte er ihr Fragen über ihre Eltern, ob sie sich in letzter Zeit viel gestritten hätten. Sie erzählte ihm, dass es in letzter Zeit öfter mal Kabbeleien gegeben habe, bis dann die Bombe mit den Affären geplatzt sei.

»Affären? Plural?«

»Ja, sie sind beide fremdgegangen.«

»Wirklich?«

Marissa kapierte nicht, warum Clements das so sehr interessierte oder was das mit den Ermittlungen zum Mord ihrer Mutter zu tun hatte.

»Sie wissen Bescheid über meine Mutter und Tony, nicht wahr?«

»Ja, Ihr Vater hat mir davon erzählt, aber ich habe nicht gewusst, dass er auch eine Affäre hatte.«

»Ja, mit Sharon, der Mutter meiner Freundin Hillary.«

»Sharon wer?« Clements hatte seinen Block rausgeholt.

»Sharon Wasserman.«

»Wissen Sie, wie ich sie kontaktieren kann?«

Marissa gab ihm die Telefonnummer. »Aber warum interessieren Sie sich für meinen Dad und Sharon?«

»Es ist wichtig, dass wir alles über Ihre Mutter wissen.«

Marissa kaufte ihm das nicht ab, sie hatte das Gefühl, dass er in Wahrheit ein Motiv zu finden versuchte, warum ihr Vater ihre Mutter umgebracht haben könnte. Entsetzt blickte sie rüber zu Xan, der genauso bestürzt war wie sie. Es war schon toll, wie sie sich ohne Worte mit ihm verständigen konnte, wie ein altes Ehepaar.

Clements fragte, ob ihre Mutter Angst gehabt oder etwa gesagt hätte, dass ihr Leben in Gefahr sei. »Nein, ganz bestimmt nicht. Sie war ganz normal, nun ja, deprimiert und durcheinander wegen der Scheidung, aber normal.«

»Und heute? Hat sie irgendwas davon gesagt, dass sie sich mit Tony Ferretti treffen wollte? Oder hatte sie Angst davor, Tony Ferretti zu treffen?«

Marissa schüttelte den Kopf. »Nein, davon weiß ich nichts.«

»Um auf Ihren Vater zurückzukommen – hatten Sie jemals das Gefühl, dass Ihre Mutter sich von Ihrem Vater bedroht fühlte? Hat sie jemals angedeutet, dass sie Angst vor ihm hatte, oder hat sie Ihnen erzählt, dass er ihr gedroht hat oder dass sie sich in irgendeiner Weise bedroht fühlte?«

»Das kann doch wohl nicht wahr sein. Das meinen Sie nicht ernst, oder?«

»Ja oder nein?«, insistierte Clements.

Fassungslos sah Marissa zu Xan rüber und dann wieder zu Clements. »Nein, sie hat nichts in dieser Richtung erwähnt«, sagte sie dann.

»Haben Sie jemals gesehen, dass Ihr Vater Ihre Mutter geschlagen hat oder ihr gedroht hat, sie zu schlagen?«

»Nein, niemals«, erklärte sie überzeugt. Dann aber fiel ihr ein Vorfall ein, bei dem tatsächlich so etwas wie Gewalt im Spiel gewesen war.

Clements musste ihr Mienenspiel beobachtet haben, denn er fragte sofort nach: »Etwa doch?«

»Nein, nicht wirklich. Ich glaube, ein Mal hat er sie gestoßen.«

Clements Augen weiteten sich. »Wirklich? Wann war das?«

Warum hatte sie das nur erwähnt, wo es doch überhaupt keine Bedeutung hatte? Was war los mit ihr?

»Es war nichts«, sagte sie. »Das war, als ich noch zur Highschool gegangen bin. Meine Eltern hatten sich gestritten, mein Vater hat meine Mutter gestoßen, und sie ist hingefallen. Aber das war ein Unfall. Er wollte ihr nicht weh tun oder so.«

»Und in letzter Zeit?«

»Nein, und das ist total absurd. Mein Vater hat meine Mutter nicht umgebracht, niemals. Er hat sie geliebt. Okay, gut, sie wollten sich scheiden lassen, aber er hat sie trotzdem immer noch geliebt. Sie hat ihm sehr, sehr viel bedeutet.«

Marissas Stimme versagte, sie brach wieder in Tränen aus. Rasch legte Xan seinen Arm um sie und hielt sie fest. Nach ein paar weiteren Fragen sagte Clements, dass sie gehen könne.

Später, im Flur, als Clements in einem anderen Zimmer war, kam Marissas Vater zu ihr und erkundigte sich, wie die Befragung gelaufen war.

»Alles in Ordnung«, sagte sie. Es fiel ihr schwer, ihn anzusehen. »Ich konnte ihm ja nicht wirklich viel erzählen. Er wollte wissen, ob Mum heute mit Tony gesprochen hat, und ich habe ihm gesagt, dass ich das für eher unwahrscheinlich halte.«

»Ich habe gerade erfahren, dass die Polizei Tony zum Verhör abgeholt hat. Ich hoffe also sehr, dass wir bald sein Geständnis haben.«

»Ja, das hoffe ich auch«, meinte Marissa.

Sie umarmten sich, aber Marissa fühlte sich ihm nicht mehr so nahe wie zuvor.

»Du solltest dich hinlegen, dich ein bisschen ausruhen«, empfahl er ihr.

»Ich kann heute Nacht unmöglich hierbleiben«, widersprach sie.

»Ich habe auch schon überlegt, in ein Hotel zu gehen«, sagte Adam, »aber dann müssten wir uns durch all die Reporter da draußen kämpfen. Clements hat gesagt, die Cops hätten noch die ganze Nacht hier zu tun. Bis wir wissen, was passiert ist, ist das Haus der sicherste Ort für uns.«

»Wenn du meinst, dann bleibe ich eben.« An Xan gewandt fuhr Marissa fort: »Wenn du nach Hause musst, kann ich das verstehen.«

»Machst du Witze? Ich lass dich doch heute Nacht nicht allein.«

Marissa brachte ein Lächeln zustande. »Ich hab echt keine Ahnung, was ich ohne dich tun würde.«

»Ich möchte dir auch danken, dass du dich so gut um meine Tochter gekümmert hast«, sagte Adam.

»Nicht der Rede wert«, erwiderte Xan. »Das war ja wohl das mindeste.«

Natürlich konnte Marissa nicht schlafen. Xan hielt sie in den Armen, während sie sich unruhig hin und her warf, weinte oder laut aufheulte. Was für eine chaotische, verrückte Welt. Sie sagte sich immer wieder ›Meine Mutter ist tot, meine Mutter ist tot‹, in der Hoffnung, dass sie so akzeptieren könnte, was passiert war, aber sie erlebte den Schock immer wieder, als wäre sie noch im Kino, als hörte sie die schlimme Nachricht zum ersten Mal.

Gegen Morgen war Marissa noch immer wach und fühlte sich schrecklich. Xan hatte auch keine Minute geschlafen, er hatte sie die ganze Nacht gehalten. Sie schaute in diese wunderbaren, liebevollen blauen Augen. »Ich bin ja so froh, dass ich dich habe«, sagte sie.

»Ich habe gerade dasselbe gedacht«, antwortete er. Sie wollte ihn unbedingt in sich spüren, ihm näher sein, so nah wie möglich.

»Schlaf mit mir«, bat sie. »Bitte, schlaf mit mir.«

Er tat es, und obwohl sie die ganze Zeit weinte, war es sehr schön.

Danach lagen sie auf der Seite und schauten sich an. »Glaubst du, dass es dieser Tony war?«

»Muss ja wohl, oder?«, sagte er sanft.

»Keine Ahnung, dieser beschissene Detective hat mich die ganze Zeit wegen Dad ausgefragt.«

»So sind die Bullen nun mal. Ich denke, sie müssen einfach alle Möglichkeiten in Betracht ziehen, du weißt schon.«

»Ich weiß, aber genau das macht mir Angst. Er ist ein Bulle, er weiß, was er tut. Warum sollte er auf Dad herumreiten, wenn, nun ja, wenn es keinen Grund dafür gibt? Warum sollte er seine Zeit mit so was verschwenden?«

»Dein Vater ist ein wunderbarer Mensch«, sagte Xan. »So etwas würde er deiner Mutter niemals antun.« Er strich mit seinen Fingern sanft über die Innenseite ihres Arms. Das fühlte sich toll an. »Oder etwa doch?«

»Wie meinst du das?«

»Ich sage nicht, dass ich das denke, also versteh es bitte nicht falsch, aber ... es stimmt ja wohl, dass deine Eltern in letzter Zeit ernsthafte Probleme hatten, oder?«

»Ja.« Marissa fiel wieder ein, mit welcher Gehässigkeit ihr Vater ihrer Mutter an den Kopf geworfen hatte, dass er mit Sharon Wasserman geschlafen hatte.

»Nun ja, ehrlich gesagt, auf mich als Außenstehenden wirken diese ganzen Zufälle schon ein wenig seltsam.«

»Ich weiß«, sagte Marissa.

»Überleg doch mal. Deine Eltern verkünden, dass sie sich scheiden lassen wollen, und noch am selben Tag wird deine Mutter ermordet. Da kommt man schon ins Grübeln. Man will nicht daran denken, aber trotzdem geht einem der Gedanke nicht aus dem Kopf.«

Bei dem Wort ›ermordet‹ schreckte Marissa zusammen, rückte von Xan ab und setzte sich auf. »Ja, deswegen glaube ich auch, dass es Tony war. Vielleicht hat Mum ihm ja gesagt, dass sie sich von Dad trennt, aber trotzdem nicht mit ihm zusammen sein will. Und dann ist er so wütend geworden, dass er hergekommen und vollkommen ausgerastet ist. Der Kerl ist verrückt, ein Psycho. Du hast doch gesehen, was er mit meinem Vater gemacht hat, oder?«

Xan küsste sie sanft auf die Lippen – o Gott, sie hatte schon wieder Lust auf ihn. »Wahrscheinlich hast du recht, aber du hast selbst gesagt, dass dein Vater ins Fitness-Studio gegangen ist und die Schlägerei mit Tony angefangen hat. Und diesen Riesenstreit mit deiner Mutter hat er auch ...«

»Aber mein Vater sagt, die Nachricht von Tony sieht genauso aus wie der Drohbrief, den er letzte Woche bekommen hat, gleich nach dem Einbruch.«

»Dass Tony diese Nachrichten geschrieben hat, heißt doch noch lange nicht, dass er auch deine Mutter umgebracht hat.«

»Aber es beweist, dass er verrückt ist, dass er vielleicht bei uns eingebrochen ist, verdammt noch mal. Vielleicht war er ja sauer, weil mein Vater diesen anderen Kerl, diesen Sanchez erschossen hat. Also ist er zurückgekommen und hat meine Mutter umgebracht, um sich zu rächen. Oder vielleicht war mein erster Gedanke doch richtig, dass er es getan hat, weil meine Mutter mit ihm Schluss machen wollte.«

»Bestimmt hast du recht, höchstwahrscheinlich war es Tony«, stimmte Xan ihr zu. »Aber ... das ist jetzt nur so ein Gedanke, der mir gerade durch den Kopf geht, also versteh mich bloß nicht falsch ... aber was ist, wenn dein Vater diese Nachrichten selbst fabriziert hat?«

»Warum sollte er das tun?«

»Um Tony die Schuld in die Schuhe zu schieben. Vielleicht hat er herausgefunden, dass deine Mutter ihn betrügt. Dann hat er diese Nachrichten geschrieben und die Schlägerei mit Tony angezettelt. Er hat gewusst, dass er eins auf die Nase bekommt und Tony dann nicht gut dasteht. Verstehst du?«

»Aber würde mein Vater wirklich so weit denken? So weit vorausplanen?«

»Ich hab keine Ahnung, aber er hat schon einmal getötet, richtig? Und wenn er es schon einmal getan hat, nehme ich an, könnte er es auch ein zweites Mal tun.«

Marissa konnte es nicht länger abstreiten – was Xan sagte, ergab Sinn, hörte sich vernünftig an. Sie konnte es sich gut vorstellen, insbesondere wenn sie sich in Erinnerung rief, wie ihr Vater sich in letzter Zeit benommen hatte. Wie oft war er ausgerastet und hatte herumgeschrien? Es konnte doch sein, dass er einen Streit mit ihrer Mutter gehabt und aus einem Impuls heraus nach dem Messer gegriffen hatte, so, wie er in jener Nacht aus einem Impuls heraus zum Schrank gegangen war und die Pistole geholt hatte.

»O mein Gott«, rief Marissa aus. »Er war's!«

»Wow, he, *das* habe ich nicht gesagt.«

»Ich habe die ganze Zeit die Augen davor verschlossen, wollte es nicht sehen. O mein Gott, ich glaub einfach nicht, dass das hier wirklich passiert!«

Xan beugte sich über sie, auf Knie und Ellbogen gestützt, und sah ihr tief in die Augen. »Hier passiert gar nichts. Du weißt nichts, und die Polizei weiß auch noch nichts.«

»Damit komme ich nicht klar, das sage ich dir gleich, das stehe ich nicht durch.«

»Mach dir keine Sorgen, ich bin bei dir. Egal, was passiert, ich pass auf dich auf. Aber wenn sich herausstellt, dass Tony es nicht war, dass er ein Alibi hat oder so, dann ist es besser, wenn du dich darauf einstellst, dass die Polizei deinen Vater unter die Lupe nehmen wird, verstehst du. Ich will nicht, dass das völlig überraschend für dich kommt.«

Sie stellte sich vor, wie ihr Vater nach dem Messer griff und es ihrer Mutter in den Rücken rammte.

»O Gott, nein, nein, nein«, heulte Marissa und schlang Arme und Beine, so fest sie konnte, um Xans warmen Körper.

Später wollte Marissa nicht, dass Xan nach Hause fuhr. Sie hatte Angst, mit ihrem Vater allein zu sein.

»Ich bleibe bei dir, so lange du willst«, sagte Xan.

»Aber du hast nichts zum Wechseln dabei und ...«

»Das ist egal. Nur du bist jetzt wichtig.«

Xan war einfach umwerfend, perfekt in jeder Hinsicht.

Sie gingen nacheinander ins Bad. Als Marissa an der Reihe war, hörte sie ihren Vater unten telefonieren.

»Wahrscheinlich solltest du nach unten gehen«, sagte Xan.

»Ich will aber nicht. Am liebsten würde ich den ganzen Tag hier mit dir im Bett bleiben.«

»Ich würde ja mit dir runtergehen, aber das ist eine Familienangelegenheit, ihr zwei solltet zusammen sein, allein.«

»Aber ich will nicht allein mit ihm sein.«

»Ich bin doch da«, sagte Xan. »Wenn du mich brauchst, ruf einfach, und ich komme sofort nach unten, okay? Du brauchst dir wirklich keine Sorgen zu machen.«

Da sie ihrem Vater ja doch irgendwann gegenübertreten musste, konnte sie es auch gleich hinter sich bringen.

Auf der Treppe hörte sie ihren Vater im Esszimmer telefonieren. Sie hatte keine Ahnung, wie sie jemals wieder die Küche betreten sollten, sie würde in nächster Zeit ganz bestimmt keinen Fuß dort hineinsetzen. Wenn es sein musste, würde sie eben jeden Tag beim Chinesen Essen bestellen.

Sie ging ins Esszimmer. Er sah sie an, während er sprach. Der Ton seiner Stimme ließ sie vermuten, dass er wohl gerade mit seinem Freund Stan redete.

Sie stand da, beobachtete ihn beim Telefonieren und suchte nach einem

Hinweis, der seine Schuld oder seine Unschuld bewies. Er schien am Boden zerstört, aber was besagte das schon? Entweder war er so fertig, weil Mum ermordet worden war, oder er spielte ihnen was vor. Wenn er wirklich verrückt war, wenn er ein durchgeknallter Psychopath war, dann wäre er sehr gut darin, Trauer vorzutäuschen.

Nach etwa einer Minute legte er auf. »Das war Stan. Himmel, das ist unglaublich schwer.«

Marissa fiel nichts darauf ein – es war seltsam, aber sie hatte tatsächlich Angst, bei ihrem Vater zu sein. »Ich kann dir ein paar Anrufe abnehmen, wenn du willst«, sagte sie dann.

»Nein, nein, schon gut. Ich habe fast alle gesprochen, die es erfahren müssen. Ein paar unserer Freunde sagen es weiter, und die meisten Verwandten habe ich erreicht. Grandma kommt noch heute Abend. Ich hatte ziemliche Angst, es ihr zu sagen, so wie es im Augenblick um ihr Herz steht, aber ich hatte ja wohl keine Wahl. Die Beerdigung ist übrigens morgen früh um zehn.«

Marissa war nicht überrascht, dass die Beerdigung so schnell stattfinden würde. Sie waren zwar keine besonders religiöse Familie, aber sie befolgten ein paar jüdische Traditionen, unter anderem die, Tote so schnell wie möglich zu beerdigen. Marissas Großvater war auch schon zwei Tage nach seinem Tod bestattet worden.

Ihr Vater erzählte ihr, dass ihre Mutter im Familiengrab auf Long Island beerdigt werden würde und welche Vereinbarungen er mit dem Rabbi und dem Beerdigungsinstitut getroffen hatte. »Der einzige Verwandte, den ich nicht eingeladen habe, ist Mums Bruder. Ich glaube nicht, dass sie gewollt hätte, dass er kommt.«

»Das glaube ich auch nicht«, stimmte Marissa ihm zu.

Marissa hatte ihren Onkel Mark nur ein paar Mal gesehen, und das war schon Ewigkeiten her. Mark hatte ihre Mutter anscheinend missbraucht, als sie noch Kinder waren, und ihre Mutter hatte den Kontakt zu ihm so gut wie abgebrochen.

»Das alles ist noch so unwirklich. Ich meine immer, sie müsste jeden Augenblick zur Tür hereinkommen. Als ich vorhin deine Schritte auf der Treppe gehört habe, habe ich gedacht, dass sie es sei.«

Er stand kurz davor, in Tränen auszubrechen, riss sich aber mit aller Gewalt zusammen. Marissa hielt weiter nach Anzeichen Ausschau, dass er Theater spielte, konnte aber keine entdecken. Sie fühlte sich mies, weil sie ihn verdächtigte, weil sie kein Vertrauen zu ihm hatte. »Ach ja, Clements hat vorhin angerufen, leider gab es noch immer keine Festnahme«, sagte er da.

»Was ist mit Tony?«

»Er hat ein Alibi, und offenbar ist es wasserdicht. Ich weiß noch nichts Genaues, aber Clements hat gesagt, er war mit einem Freund zusammen, als Mum, als sie … Clements sagt, dass er es nicht gewesen sein kann, aber ich glaube ihm nicht. Wenn es ein Freund ist, woher will er wissen, ob der nicht für Tony lügt? Clements sagt, sie untersuchen noch andere Möglichkeiten, und was glaubst du wohl, was das heißt? Dass ich mich mit so einem Mist befassen muss, während ich Mums Beerdigung organisiere! Aber eines sage ich dir, ohne einen Anwalt werde ich kein Wort mehr mit ihm reden. Wenn ich letzte Nacht bei klarem Verstand gewesen wäre, hätte ich mir sofort einen Anwalt genommen und diesem lächerlichen Unsinn gleich ein Ende gesetzt.«

Marissa sah ihren Vater an, achtete auf seine Augen, um herauszufinden, ob er sie belog.

»Hinzu kommt noch dieser Presserummel und der ganze Mist, den sie jetzt wieder über uns schreiben werden.«

»Steht was in der Zeitung?« Daran hatte Marissa überhaupt noch nicht gedacht.

»Ich habe nur die *Post* gesehen, online, ja, sie bringen's auf der ersten Seite, wahrscheinlich ist es bei allen anderen Zeitungen das Gleiche. Der *Post* hat Clements gesagt, dass ich die Polizei bei ihren Ermittlungen unterstütze, was, wie jeder weiß, bedeutet, dass ich ein Tatverdächtiger bin. Ich verstehe ja, dass er mich überprüfen muss, aber es ist schon schlimm genug, seine Frau zu verlieren, da muss ich nicht auch noch so einen Mist in der Zeitung lesen. Kannst du dir vorstellen, was das für meine Praxis bedeutet, für meine Karriere? Ich darf gar nicht daran denken, sonst stehe ich die Beerdigung und das alles nicht durch. Die Reporter sind noch immer da draußen, und meinetwegen können sie sich die Beine in den Bauch stehen, ich rede kein Wort mit denen, und ich denke, du solltest das auch nicht tun. Ich finde, sie sind eine furchtbare Plage. Ich werde meinen Anwalt fragen, ob man was dagegen unternehmen kann. Man hört ja immer wieder, dass die Presse Leute bedrängt und drangsaliert, Prominente und so. Man wird dagegen immun, hört gar nicht mehr hin, als sei das Teil unserer Kultur, denn man glaubt natürlich nicht, dass es einen selbst treffen kann. Man meint, dass es nur anderen Leuten passiert, dass man selbst sicher davor wäre. Welch ein Irrtum! Es kann absolut jeden treffen … Warum guckst du mich so an?«

»Wie gucke ich denn?«

»Keine Ahnung, seltsam eben.«

»Ich habe nur nachgedacht.«

»Worüber?«

»Wie schrecklich das hier alles ist.«

Ihr Vater schaute skeptisch, als nähme er ihr die Erklärung nicht ganz ab, fuhr dann aber fort: »Oh, Clements hat gesagt, er habe mit den Millers von nebenan gesprochen. JoAnne hat zu Protokoll gegeben, dass ihr Hund gestern um halb sieben gebellt hat wie ein Verrückter.«

»Und?«

»Nun ja.« Ihr Vater wirkte plötzlich ziemlich erregt. »An dem Tag, an dem ich die Nachricht von Tony gefunden habe, hat der Hund auch gebellt. Ich fand das damals ziemlich seltsam. Der Hund kennt uns doch, er bellt uns nie an.«

Marissa war mit ihren Gedanken woanders, hatte gar nicht richtig zugehört. »Ich kann dir nicht ganz folgen.«

»Das heißt, dass Tony wieder hier war.« Ihr Vater war so aufgeregt, dass er fast schon schrie. Marissa erschrak und trat ein paar Schritte zurück. »Der Hund hat beide Male gebellt, und wir wissen, dass Tony das eine Mal hier war, nicht wahr? Clements fand das auch interessant, aber ich glaube nicht, dass er das richtig kapiert hat. Darüber muss ich auch unbedingt mit meinem Anwalt sprechen. Es muss noch andere Zeugen geben, Zeugen, die Tony kommen oder gehen gesehen haben. Was ist los? Warum weichst du vor mir zurück?«

»Tu ich doch gar nicht.«

Ihr Vater starrte sie an, etwas in seinen Augen erinnerte sie an jenen Augenblick, als er ihr und ihrer Mutter hasserfüllt entgegengeschleudert hatte, dass er ebenfalls fremdgegangen war. »Du glaubst mir doch, oder?«

»Natürlich glaube ich dir«, erwiderte sie.

»Ich fasse es nicht. Du glaubst mir nicht, du glaubst mir wirklich nicht!«

»Hi«, sagte Xan.

Sie hatte ihn nicht kommen sehen und war so erschrocken, dass sie beinahe aufgeschrien hätte.

»Tut mir leid«, entschuldigte sich Xan. »Wollte nur mal sehen, wie es euch beiden so geht.«

Marissa nahm seine Hand, erleichtert, dass er da war. »Wir … wir haben gerade über die Beerdigung gesprochen«, sagte sie. »Sie ist für morgen früh angesetzt.«

»Wenn ich irgendetwas tun kann, Ihnen irgendwie helfen kann, sagen Sie es einfach«, bot Xan Adam an.

»Danke, aber ich denke, wir kommen klar.« Adam schaute Marissa an. »Zumindest hoffe ich das.«

Marissa ging mit Xan nach oben.

Als sie die Tür hinter sich geschlossen hatten, flüsterte sie: »O mein Gott, er hat es getan. Er hat es wirklich getan. So eine verdammte Scheiße!«

22

JOHNNY SAH DAS PAAR aus der F-Linie nach Coney Island aussteigen und folgte ihnen die lange Rolltreppe hinunter und auf die Straße. Das Pärchen passierte den kleinen Lebensmittelladen an der Ecke und bog nach rechts ab. Johnny ließ sich ein wenig weiter zurückfallen, bis die beiden in eine dunklere, verlassenere Gegend kamen. Dann schlug er zu.

Er zog sich die schwarze Skimaske übers Gesicht und ging schneller, bis ihn nur noch knapp zwanzig Meter von dem Paar trennten. Dann, genau in dem Moment, als der Kerl sich umsah, sprintete Johnny mit der .38er in der Hand auf die beiden zu. Bevor sie weglaufen, um Hilfe rufen oder sonst wie reagieren konnten, hielt Johnny dem Kerl die Pistole unter die Nase. »Rück den verdammten Ring raus«, befahl er.

Johnny war der Ring der Frau in der U-Bahn aufgefallen. Es war ein Verlobungsring mit einem Diamanten, mindestens ein Karat. Die Frau war blond, blauäugig und wahrscheinlich keine echte New Yorkerin, wie die meisten Leute in Brooklyn. Wahrscheinlich kam sie aus dem Mittleren Westen, Kansas oder so. Kein Mädchen, das in der Stadt groß geworden war, würde nachts um elf in der U-Bahn ihren Verlobungsring mit dem Diamanten nach oben tragen.

»Bitte … erschießen Sie ihn nicht«, flehte die Frau.

Er hatte sich nicht geirrt, die kam definitiv nicht aus New York.

»Rück einfach den verdammten Ring raus, du Nutte«, fuhr er die Frau an. Er hasste es, so pöbelhaft auftreten zu müssen, nicht wie der charmante Frauenheld, der er sonst war, aber bei einem Raubüberfall empfahl es sich, so wenig wie möglich von seiner wahren Natur zu zeigen.

»Immer mit der Ruhe«, meldete sich nun ihr Freund zu Wort. Er war groß und schlank, und sein Akzent verriet, dass auch er ein Landei war. »Wir wollen keinen Ärger, klar Mann?«

›Klar Mann‹. Glaubte der etwa, er käme ungeschoren davon, wenn er so mit ihm redete?

Johnny drückte dem Typen die Pistole noch ein wenig heftiger in die Wange. »Sag der Schlampe, sie soll mir endlich den verdammten Ring geben.«

»Gib ihm den Ring«, sagte der Mann.

»Ich kann nicht. Der gehörte meiner Großmutter.«

»Jetzt gib ihn dem Mann schon, verdammt noch mal.«

»Bitte«, flehte die Frau Johnny an. »Nehmen Sie unser Geld. Ich habe zweihundert Dollar im Portemonnaie, und mein Verlobter hat auch noch Geld. Sie können alles haben, aber bitte, den Ring kann ich Ihnen –«

Johnny schlug dem Kerl die Pistole so heftig auf den Hinterkopf, dass der in die Knie ging, dann schlug er noch mal zu, dieses Mal voll in sein Gesicht, dass es laut krachte. Die Frau schrie auf. Was zum Teufel war nur los mit den Leuten? Wollten sie unbedingt sterben?

Johnny griff nach der Hand der Frau und versuchte, ihr den Ring abzuziehen. War das zu glauben, die wehrte sich noch immer! Sie schrie Johnny die Ohren voll und wollte sich losreißen. Johnny spielte schon mit dem Gedanken, ihr eine Kugel in den Kopf zu jagen, damit sie endlich Ruhe gab, da glitt der Ring endlich von ihrem Finger in seine Hand.

»Danke Leute«, verabschiedete sich Johnny.

Er hatte bekommen, was er wollte. Warum nicht also ein bisschen Höflichkeit an den Tag legen?

Er entfernte sich rasch von den beiden. Nachdem er um eine Ecke gebogen war, joggte er ein paar Blocks weit und ging dann in normalem Tempo weiter.

Am liebsten hätte er den Ring sofort verkauft. Jeder Pfandleiher würde einen Tausender dafür rausrücken, vielleicht sogar mehr. Grundsätzlich behielt er gestohlene Ware nicht gern, und Schmuck schon gar nicht. Schmuck, insbesondere Ringe, wollten die Bestohlenen meist zurückhaben. Manchmal verkaufte er das Zeug für den Bruchteil seines Wertes, weil er es einfach nur loswerden wollte. Schließlich war er kein Idiot. Das war es, was ihn von all den anderen Kriminellen auf dieser Welt unterschied.

Aber er brauchte den Ring für Marissa, sobald der richtige Zeitpunkt gekommen war. Später, wenn sie ebenso tot war wie ihre Eltern, konnte er ihn immer noch versetzen und die Kohle kassieren, obwohl ihn solche Summen dann längst nicht mehr interessieren würden.

Ja, es wäre nicht übel gewesen, wenn Adam Bloom rechtzeitig nach Hause gekommen wäre und Johnny ihn wie geplant hätte umbringen können, aber anschließend war alles andere so gut gelaufen, dass Johnny keinen Grund zur Klage sah. Nachdem er das Bloom'sche Haus am Montagabend verlassen hatte, ließ er den Wagen auf dem Parkplatz eines Supermarkts weit draußen in Flushing stehen und entsorgte den Rucksack mitsamt dem Sweatshirt, das ein paar Blutspritzer abbekommen hatte. Dann wusch er sich in der Toilette einer Tankstelle und fuhr mit einem Taxi zu dem Kino in der Neunundfünfzigsten Straße, den Fahrer instruierte er, eine Ecke vorher anzuhalten. So kam er kurz vor acht, nur eine knappe halbe Stunde zu spät am vereinbarten Treffpunkt an. Er erzählte Marissa, dass die U-Bahn Verspätung und er da unten keinen Netzempfang gehabt hätte. Sie war überhaupt nicht sauer, denn sie war auch spät dran gewesen und erst vor wenigen Minuten eingetroffen. Der Film fing gerade an, und so beschlossen sie, erst nach dem Kino etwas essen zu gehen. Dabei schien sie sich nicht gerade brennend für den Film zu interessieren. Sie hatten sich ganz hinten hingesetzt, und während sie ein wenig herumfummelten, ging er den Mord noch einmal in allen Einzelheiten durch. Hatte er irgendwas vergessen? Ihm fiel nichts ein. Alle Beweise hatte er inzwischen vernichtet, und wahrscheinlich hatten die Bullen Tony schon festgenommen. Hoffentlich kriegte Tony lebenslänglich oder besser noch die Todesstrafe. Wenn Tony allerdings ein Alibi hatte, dann würden die Bullen vielleicht versuchen, Adam den Mord anzuhängen. Das käme Johnny und seinen Plänen sehr entgegen. Er musste Adam loswerden, damit der Rest des Plans funktionierte, und es war ziemlich egal, ob Adam im Knast verschimmelte oder die Radieschen von unten betrachtete, Hauptsache, er verschwand von der Bildfläche.

Nach dem Film ging Johnny kurz auf die Toilette. Als er zurück ins Foyer kam, sprach Marissa aufgeregt in ihr Handy, offensichtlich erfuhr sie gerade die Neuigkeit. Johnny lebte für Momente wie diesen. Er musste seine Rolle spielen, ein anderer Mensch sein, und das Schöne daran war, dass er dieser tolle Kerl sein durfte, den alle mochten.

Er musste sich jetzt um Marissa kümmern und spielte seinen Part bewundernswert. Er bugsierte sie in ein Taxi und sagte ihr all die tröstlichen Dinge, die man so sagte. Zu Hause in Forest Hills fiel auch Adam voll darauf rein. Johnny traf genau den richtigen Nerv, als er ihn umarmte und ihn sich an seiner Schulter ausheulen ließ – knapp drei Stunden, nachdem er Adams Frau mit eigenen Händen ermordet hatte. Im Ernst, wie sollte das noch überboten werden?

Während Adam und Marissa sich in den Armen lagen und heulten wie Babys, belauschte Johnny das Gespräch zwischen einem grauhaarigen Detective – später erfuhr er, dass er Clements hieß – und einem anderen Bullen.

Johnny schnappte zwar nur ein paar Worte auf, doch sie schienen nicht sonderlich davon überzeugt, dass Tony Dana Bloom umgebracht hatte. Johnny hatte nicht mitgekriegt, warum, aber er verschwendete keine Sekunde, Plan B in die Wege zu leiten. Schließlich war es das, was Johnny von den Schmalspurkriminellen unterschied, die die Gefängnisse im ganzen Land füllten. Johnny war nie selbstgefällig, in seinem Kopf arbeitete es ständig, er plante stets voraus.

Natürlich bat Marissa ihn, bei ihr zu bleiben, während Clements sie verhörte. Sie brauchte ihn jetzt, konnte es nicht ertragen, auch nur wenige Minuten von ihm getrennt zu sein. Johnny triumphierte, als Clements Adam bat, ›in einem anderen Zimmer zu warten‹. Seine Miene war einfach unbezahlbar, als wüsste er schon, dass er untergehen würde, dass sein Schiff bereits sank und er nichts, aber auch gar nichts dagegen tun konnte. Dann fragte Clements Marissa über Adam aus, ob sie je mitbekommen habe, dass er Dana bedrohte, und es war einfach grandios, als Marissa erzählte, wie Adam Dana einmal so gestoßen hatte, dass sie gestürzt war. Jetzt glaubte Clements langsam tatsächlich, dass Adam sein Mann war.

Als Johnny sich schließlich mit Marissa in ihr Zimmer zurückzog, sagte sie ihm, wie glücklich sie sei, dass sie ihn hatte, und dass sie mit ihm schlafen wolle. Sie gehörte ihm, das war nun amtlich, er hatte sie so fest an der Angel, sie würde sich nie von ihm befreien können. Er schlief mit ihr, langsam und leidenschaftlich, besorgte es ihr, wie es nur Johnny Long konnte, und dann machte er da weiter, wo Clements aufgehört hatte, redete ihr ein, dass ihr Vater ihre Mutter umgebracht hatte. Natürlich musste er vorsichtig vorgehen, durfte ihren Vater nicht offen beschuldigen. Sie sollte glauben, dass sie von ganz allein auf diesen Gedanken gekommen war. Und es funktionierte. Unglaublich. Er hatte dieses Mädchen total in der Hand, konnte alles mit ihr machen, sie denken und tun lassen, was ihm gerade in den Sinn kam. Wenn die eigene Tochter Adam für schuldig hielt, wer würde da noch zu ihm halten?

War Adam aus dem Weg, würde Johnny Marissa um ihre Hand bitten. Als wäre sie dann noch in der Lage, ihm einen Korb zu geben! Sie war schon jetzt auf ihn angewiesen, und wenn erst einmal Mutter und Vater tot waren, würde sie ganz versessen darauf sein, eine eigene, neue Familie zu gründen. Nach der Hochzeit – und so wie es augenblicklich lief, waren es nur noch wenige Monate bis dahin – würde er dafür sorgen, dass sie ihn in ihrem Testament zum Alleinerben bestimmte, sie hatte ja sonst niemanden. Ganz bestimmt würde sie nicht wollen, dass ihr Vater, der Mörder, etwas erbte. Schon bald darauf würde Marissa bei einem ›tragischen Unfall‹ ums Leben kommen – die armen Blooms, so viele Tragödien in der Familie! –, und Johnny würde endlich alles besitzen, wovon er schon immer geträumt hatte.

Marissa war so von der Schuld ihres Vaters überzeugt, dass sie Angst hatte, mit ihm allein zu sein. Johnny versicherte ihr, dass er bei ihr bleiben würde, so lange sie es wolle, »für immer, wenn nötig«, aber dann erschien ihre Großmutter, Adams Mutter, auf der Bildfläche, und Johnny wollte nur noch weg. Vom ersten Augenblick an spürte er, dass die alte Dame ihn nicht mochte, dass sie ihm nicht so leicht auf den Leim gehen würde wie die anderen Blooms.

»Sie hasst mich«, verkündete er Marissa.

»Blödsinn, so war sie zu allen meinen Freunden«, sagte Marissa. »Du bist halt ein *Shagetz*.«

»Ein was?«

»Du bist kein Jude. Meine Grandma hat sich in den Kopf gesetzt, dass ich eines Tages einen Juden heiraten soll, obwohl unsere Familie mit der Religion überhaupt nichts am Hut hat.«

»Woher weiß sie, dass ich kein Jude bin?«

»Sie weiß es halt«, sagte Marissa, und genau das machte Johnny Sorgen. Wenn die alte Dame wusste, dass er kein Jude war, was wusste sie dann noch? Johnny wollte kein Risiko eingehen, schon gar nicht jetzt, wo alles wie am Schnürchen lief.

Nun, da die Großmutter sich im Gästezimmer eingerichtet hatte, schien es Marissa nichts mehr auszumachen, mit ihrem Vater im Haus zu sein. Also ließ sich Johnny eine gute Ausrede einfallen, um wieder nach Hause zu fahren, behauptete, er müsse einen Anzug für die Beerdigung holen. Marissa wollte ihn zuerst begleiten, entschied sich dann aber doch, bei ihrer Familie zu bleiben.

Als Johnny das Haus verließ, bombardierten ihn sofort die vielen Reporter, die den ganzen Tag draußen campiert hatten, mit zahllosen Fragen. Johnny sagte ihnen, dass er nur »ein Freund der Familie« sei, und ging weiter, ohne ihre Fragen zu beantworten. Am Kiosk an der U-Bahn kaufte er sich die *Post* und die *News*. Marissa hatte ihm schon erzählt, dass Tony ein Alibi für die Tatzeit hatte und wahrscheinlich nicht mehr unter Verdacht stand, dass Adam jetzt wohl der Hauptverdächtige war. Obwohl die Reporter das bei Drucklegung noch nicht gewusst haben konnten, machten sie Adam bereits in den Morgenzeitungen nieder. Jedes Blatt berichtete auf zwei oder drei Seiten über den Mord, strich groß heraus, dass Adam Bloom, der durchgeknallte Revolverheld, der erst vor zwei Wochen einen Einbrecher in seinem Haus erschossen hatte, nun des Mordes an seiner Frau verdächtigt wurde. In den meisten Artikeln wurde zwar Tony als Hauptverdächtiger gehandelt, doch die *Post* stellte die Blooms als »lasterhafte Ehebrecher« dar und schrieb, dass ihre Ehe nach dem Einbruch in eine tiefe Krise geraten und Adam möglicherweise wieder »ausgerastet« sei und seine Frau umgebracht habe. Besonders freute sich Johnny über Clements' Aussage, dass Adam von der Polizei noch befragt werde und er sie »bei ihren Ermittlungen unterstütze«. Als Johnny das in der U-Bahn auf dem Weg nach Brooklyn las, lachte er laut heraus. Seit Jahren rannte er vor den Cops weg, und jetzt half ihm plötzlich ein Bulle dabei, den größten Coup seines Lebens zu landen. Eigentlich sollte er Clements fast ein Stück von dem Kuchen abgeben, das hatte er sich verdient.

Etwas später fiel ihm in der Bahn das Paar mit dem Verlobungsring auf. Er würde den Ring noch eine ganze Weile nicht brauchen, aber er hatte bereits vor langer Zeit gelernt, jede Gelegenheit zu nutzen, denn man konnte nie wissen, wann sich wieder eine ergab.

Als er in seiner Wohnung den Ring genauer untersuchte – er konnte keinen Makel daran entdecken, vielleicht war er ja sogar noch mehr wert, als er ursprünglich gedacht hatte –, erhielt er eine SMS von Marissa: *Ich vermisse dich!!*

Mann, war das Leben schön!

Am nächsten Morgen traf Johnny Marissa vor dem Bestattungsinstitut in Forest Hills. Schon jetzt sah sie völlig fertig aus, dunkle Ringe, rote Augen, schwarze Mascara-Spuren auf den Wangen – sofort schaltete er in den ›Freund und Helfer‹-Modus. Anderen wäre das vielleicht schwergefallen, aber Johnny machte das mit links. Ihm gelang es sogar, ein paar Tränen hervorzuquetschen.

Die Beerdigung dauerte eine Ewigkeit, der Rabbi hörte nicht auf zu erzählen, was für eine wunderbare, fürsorgliche Frau Dana doch gewesen sei und wie sehr sie vermisst werden würde. Einmal nannte er sie sogar eine »liebende Ehefrau«! ›Fragt sich nur, wem ihre Liebe galt!‹, schoss es Johnny und wohl auch den meisten anderen Trauergästen durch den Kopf.

Alle schluchzten, ganz besonders natürlich Adam und Marissa. Adam übertrieb es ziemlich. Johnny glaubte, dass er eine Show abzog. Klar, er trauerte wirklich um Dana, aber er wusste auch, dass er beobachtet wurde, von Marissa, von den Reportern, die sich unter die Trauergäste geschmuggelt hatten, und vielen anderen mehr. Er gab sich alle Mühe, so viele Tränen zu vergießen, wie es von einem trauernden Ehemann erwartet wurde. Ein paar Mal beobachtete Johnny, wie Marissa zu ihrem Vater hinübersah und Adam sogleich zu weinen begann oder sich vernehmlich die Nase putzte oder sonst etwas tat, das bewies, wie sehr ihn der Verlust getroffen hatte.

Johnny fuhr mit Adam, Marissa und Marissas Großmutter – Grandma Ann – zum Friedhof. Er spielte den betrübten Freund wirklich gut, aber es war verdammt harte Arbeit. Auf der Rückbank des Wagens glotzte die alte Hexe ständig zu ihm rüber, bedachte ihn durch ihre Flaschenboden-Brillengläser mit bösen Blicken. Es lag nicht nur daran, dass er kein Jude war, da steckte mehr dahinter.

Am Grab spürte Johnny das erste Mal so etwas wie echte Trauer. Wie schade, dass Dana gestorben war, bevor er sie hatte bumsen können, dass sie keine Gelegenheit mehr gehabt hatte, die unvergleichlichen Johnny-Long-Orgasmen zu erleben. Tragisch, wirklich tragisch.

Johnny musste Marissa weiterhin trösten, aber so langsam ging ihm der Text aus. Wie oft konnte er noch sagen ›Ich weiß‹, ›Sie ist jetzt an einem besseren Ort‹ oder ›Alles wird gut‹? Adam übertrieb es immer noch. Als sie den Sarg ins Grab hinunterließen, brach er weinend zusammen und trommelte wie ein wütendes Kleinkind mit der Faust auf den Boden. Lächerlich, einfach lächerlich. Einmal verdrehte selbst Marissa die Augen.

Auf der Fahrt zurück zum Haus der Blooms sah Marissa die ganze Zeit weg, starrte mit leerem Blick aus dem Fenster. Johnny ließ sie in Ruhe, sie brauchte jetzt ein wenig Zeit für sich.

Marissa sagte kein Wort, bis sie wieder zu Hause waren. Sie nahm ihn mit hinauf in ihr Zimmer und schloss die Tür. »Ich glaube, du hast recht. Er hat es getan, ich bin mir sicher.«

»Das habe ich nie gesagt, ich habe nie gesagt, dass ich das glaube«, sagte Johnny.

»Aber du hast es vermutet, dein Instinkt hat es dir gesagt, und auf den Instinkt ist meist Verlass.«

Da widersprach Johnny natürlich nicht. Er blickte sie betroffen an, drückte mitfühlend ihre Hand.

»Wie er sich heute benommen hat, das war alles so unecht, so aufgesetzt.

Hast du gesehen, wie er mit der Faust auf den Boden getrommelt hat? Wenn er glaubt, dass er damit durchkommt, hat er sich geschnitten, das werde ich nicht zulassen. Wenn er es getan hat, wird er dafür bezahlen. Er wird nicht einfach weiterleben, als wäre nichts geschehen, während meine Mutter die Würmer fressen.«

Johnny war begeistert, wie bereitwillig sie sich von ihrem Vater abwandte, ihn fallenließ.

Die Blooms veranstalteten so ein komisches jüdisches Ding, das sie Schiwa nannten oder so ähnlich. Freunde und Bekannte kamen mit Essen und Trinken vorbei, saßen herum und trauerten mit der Familie. Die Hölle! Und das sollte volle sieben Tage so gehen. Hatten die Juden einen an der Klatsche? Hatten die Spaß daran, ihr Elend in die Länge zu ziehen?

Möglicherweise blieben die Leute wegen der ›Gerüchte‹ um Adam in den Medien aus, denn am ganzen Tag kamen gerade mal zehn Leute vorbei, dabei waren mindestens hundert bei der Beerdigung gewesen. Adam schien völlig neben der Spur, er wanderte aus dem Wohnzimmer hinaus und wieder hinein, holte hin und wieder sein BlackBerry hervor, schüttelte den Kopf und murmelte etwas vor sich her. Grandma Ann bedachte Johnny weiterhin mit misstrauischen Blicken. Johnny versuchte ein paar Mal, mit ihr ins Gespräch zu kommen, stellte ein paar Fragen zu Florida, aber die alte Dame sah ihm nicht einmal in die Augen. Etwas später sah Johnny, wie sie Adam etwas ins Ohr flüsterte. Adam schaute zu Johnny rüber, tat aber, als sei nichts. Egal was Marissa sagte, die alte Dame benahm sich ihm gegenüber nicht nur deshalb so komisch, weil er kein Jude war.

Marissa wollte, dass Johnny die Nacht über blieb, wie konnte er sie da enttäuschen? Im Bett sagte sie ihm, dass sie ihn liebe, und er antwortete, dass er sie auch liebe, ›mehr als alles auf der Welt‹. Es war natürlich noch viel zu früh, um ihr einen Antrag zu machen, aber es war der ideale Zeitpunkt für einen kleinen Versuchsballon, um zu testen, ob er sie wirklich so fest an der Angel hatte, wie er glaubte. »Willst du eigentlich später mal Kinder?«, fragte er.

»Auf jeden Fall. Später irgendwann. Und was ist mit dir?«

»Ja klar«, antwortete Johnny und fügte dann hinzu: »Ich glaube, wir beide könnten wunderschöne Babys machen.«

Wenn sie überrumpelt reagiert hätte, hätte er sofort einen Rückzieher gemacht, das Thema gewechselt und behauptet, er hätte nur gescherzt. Aber das war ganz und gar unnötig.

»Zufällig habe ich heute selbst daran gedacht«, gestand sie ihm.

»Wirklich?«

»Ja. Ich weiß, es ist noch früh, aber ich habe ein echt gutes Gefühl mit dir.«

Johnny war tief beeindruckt von sich. Natürlich war Marissa an diesem Tag, an dem ihre Mutter beerdigt worden war, besonders empfänglich für Zuwendung, aber er hatte es geschafft, sie war ihm voll und ganz verfallen.

»Ich möchte dir etwas zeigen«, sagte er, ging zu seinem Jackett hinüber, das am Schreibtischstuhl hing, und holte den Diamantring aus der Innentasche. »Ich weiß, dass das jetzt nicht der richtige Zeitpunkt ist, und ich bin mir überhaupt nicht sicher, ob du das jemals willst, aber wenn doch … irgendwann … sieh mal, was ich hier habe.«

Er öffnete seine Hand und sah, wie ihre Augen groß wurden. Es war schon erstaunlich, wie Frauen auf Diamanten reagierten.

»O mein Gott, ist der schön!«

»Meine Großmutter hat ihn mir gegeben, bevor sie an Krebs gestorben ist. Sie hat mir gesagt, dass ich eines Tages dem Mädchen, das ich liebe, damit einen Antrag machen soll.«

Marissa lächelte, und Johnny wusste, was sie dachte: ›Bitte lass mich dieses Mädchen sein, bitte lass mich Mrs. Xan Evonov werden.‹

Plötzlich änderte sich der Ausdruck in ihrem Gesicht: »Der Ring gehörte deiner Großmutter?«

»Ja.«

»Das ist aber komisch, die Fassung sieht überhaupt nicht alt aus.«

»Weil ich eine neue Fassung habe machen lassen. Ich wollte, dass er etwas moderner aussieht, der Stein ist doch das Wichtigste.«

Wie gut, dass Johnny so schnell schalten konnte.

»Der ist wirklich hübsch, und der Stein ist einfach wunderschön.«

Sie wollte den Ring natürlich anprobieren, aber er steckte ihn zurück in die Tasche, getreu seinem Motto: ›Immer hübsch dann aufhören, wenn es am schönsten ist.‹

Er küsste sie zärtlich, da klopfte es an die Tür.

»Ja?«

»Das Essen steht auf dem Tisch«, rief Grandma Ann.

»Danke, wir kommen.«

»Es wird kalt.«

»Wir sind gleich da.«

Johnny hörte Grandma Ann nicht weggehen. Bestimmt lauschte sie an der Tür.

»Vielleicht sollte ich besser gehen«, schlug Johnny mit gedämpfter Stimme vor, fast schon flüsternd.

»Warum?«, fragte Marissa besorgt und ebenso leise.

»Ich glaube, dass ihr als Familie einfach ein wenig Zeit für euch haben solltet.«

»Bitte geh nicht. Ich brauche dich heute Nacht hier bei mir.«

Johnny beschloss, Marissa durch einen Stromschlag zu töten. Es würde noch ein Weilchen dauern, bis es so weit war, Monate wahrscheinlich, und er musste noch über die Einzelheiten nachdenken, aber wenn der Zeitpunkt gekommen war, würde er sie so aus dem Weg räumen.

Er strich ihr ein paar Haarsträhnen aus dem Gesicht. »Ich glaube wirklich, dass deine Großmutter mich nicht hier haben will.«

»Aber ich sag dir doch, dass sie sich immer so benimmt, das ist ihre Art.«

Jetzt erst hörte Johnny Grandma Ann die Treppe hinuntergehen. ›Da hast du's!‹, bedeutete er ihr mit einem Blick.

»Sie ist absolut harmlos, ganz sicher.«

Johnny glaubte Marissa kein Wort, beschloss aber, sich auf das Positive zu konzentrieren. Dana war tot, Marissa hatte sich in ihn verliebt, sie wäre sogar jetzt schon bereit, ihn zu heiraten. Alles lief wie geschmiert. Es war an der Zeit, den nächsten Punkt des Plans in Angriff zu nehmen, es war der beste überhaupt, der Punkt, der ihm die meiste Freude bereiten würde.

Es war Zeit, Adam Bloom ins Jenseits zu befördern.

23

Hallo Dr. Bloom, hier ist Lisa DiStefano. Es tut mir sehr leid, aber … ich muss die Therapie bei Ihnen abbrechen … Tut mir wirklich leid, Doktor, aber ich habe keine andere Wahl. Vielen Dank für alles, was Sie für mich getan haben, und …

ADAM KONNTE ES NICHT mehr hören. Er löschte die Nachricht und auch all die anderen, die er noch nicht abgehört hatte, und schaltete sein BlackBerry aus.

Er hatte keine Ahnung, wie viele Patienten er inzwischen verloren hatte, zehn oder fünfzehn? Das waren aber nur die, die den Anstand hatten, ihn anzurufen, die schon seit Jahren bei ihm in Behandlung waren und sich ihm verpflichtet fühlten. Die anderen würden einfach nicht zu ihren Terminen erscheinen.

Und es gab keine Aussicht auf Besserung. Selbst wenn die Polizei jemanden festnahm, selbst wenn Adam voll und ganz rehabilitiert wurde, der Schaden war längst angerichtet. Sein Ruf war auf ewig ruiniert, denn die Leute würden immer glauben, dass an all den Gerüchten etwas Wahres gewesen sein musste. Vielleicht hatte er ja doch seine Frau getötet und die Polizei hatte bei der Beweisaufnahme geschlampt. Aber selbst wenn er seine Frau nicht umgebracht hatte, dann hatte er immer noch diesen Kerl in seinem Haus erschossen, oder etwa nicht? Also war und blieb er unberechenbar, ein Verrückter eben. Als Klempner oder Schreiner hätte er vielleicht irgendwann seine Arbeit wiederaufnehmen können, aber als Psychologe? Niemals! Die Patienten vertrauten ihm ihre geistige Gesundheit an, sie brauchten die Gewissheit, dass ihr Therapeut nicht verrückter war als sie selbst.

Beerdigungen sind immer ein Alptraum, aber Danas Beerdigung war für Adam ein Horror. Schlimm genug, die eigene Frau zu Grabe tragen zu müssen, eine Frau, deren Leben auf tragische Weise ein vorzeitiges Ende gefunden hatte, mit nur siebenundvierzig Jahren, aber darüber hinaus musste er auch noch die Demütigung ertragen, von aller Welt beargwöhnt und verurteilt zu werden, nicht nur von Presse und Öffentlichkeit, sondern selbst von der eigenen Familie. Nicht einmal Marissa glaubte an seine Unschuld! Adam wurde übel bei dem Gedanken, und er bezweifelte, ob sich ihr Verhältnis je davon erholen würde. Während der Trauerfeier und auf dem Friedhof starrten ihn die Leute misstrauisch an und benahmen sich merkwürdig. Selbst wenn sie ihm ihr Beileid aussprachen, war es offensichtlich, dass sie es nicht ehrlich meinten. Es tat ihnen leid wegen Dana, aber für ihn empfanden sie kein Mitgefühl – und das waren die Menschen, die ihm angeblich nahestanden, Menschen, mit denen er aufgewachsen war, mit denen er zur Schule gegangen war, mit denen er zusammengearbeitet hatte. Er war für sie da gewesen in schwierigen Zeiten, wenn einer ihrer Lieben krank geworden oder gestorben war, aber jetzt, da er sie am meisten brauchte, ließen sie ihn im Stich. Er fühlte sich verraten und verkauft, von Gott und der Welt verlassen.

Immerhin, eine Ausnahme gab es. Er war froh, dass seine Mutter gekommen war. Wie jeder andere Mensch hatte auch Adam Probleme mit seiner Mutter. Trotz jahrelanger Bemühungen, diese Probleme aufzuarbeiten und das Kapitel abzuschließen, hegte er noch immer einen Groll gegen sie, der sich inzwischen in Bitterkeit verwandelt hatte. Zwar versuchte er regelmäßig, sich mit seinen Gefühlen auseinanderzusetzen, dennoch fiel es ihm schwer, nicht die Nerven zu verlieren und gereizt zu reagieren, wenn er längere Zeit mit ihr verbrachte – ein oder zwei Tage genügten. Aber nun brauchte er die Unterstützung und bedingungslose Liebe seiner Mutter, und er wusste es sehr zu schätzen, dass sie ihn kurz nach ihrer Ankunft auf die Seite nahm und sagte: »Ich weiß, dass mein Sohn kein Mörder ist.«

Das war genau das, was er brauchte. Endlich hatte er eine Verbündete.

»Danke, Mum, du weißt ja nicht, wie viel mir das bedeutet.«

Als seine Mutter ihn in die Arme nahm, fühlte er sich wie ein kleines Kind, das sich das Knie auf dem Bürgersteig aufgeschlagen hatte und heim zu seiner Mami gelaufen war.

»Mach dir keine Sorgen, alles wird wieder gut«, tröstete sie ihn.

Einen Augenblick lang glaubte er ihr.

Dann – vielleicht weil er sich bei seiner Mutter beschützt und sicher fühlte – verspürte er das Bedürfnis, reinen Tisch zu machen. »Ich habe einen Fehler gemacht in jener Nacht«, gestand er ihr, »ich hätte diesen Mann nicht umbringen müssen.«

Adam hatte mit seiner Mutter nach dem Einbruch mehrmals telefoniert, aber er hatte ihr nur die groben Zusammenhänge erklärt, damit sie sich nicht allzu sehr aufregte.

»Oh, hör auf, du hast getan, was du tun musstest«, sagte seine Mutter.

»Jemand ist in dein Haus eingedrungen, mitten in der Nacht. Was hättest du denn tun sollen? Darauf warten, dass er dich zuerst erschießt?«

»Aber ich hätte nicht so oft auf ihn schießen müssen.«

»Ja und? Wen kümmert das? Hör endlich auf, für alles und jedes die Schuld bei dir zu suchen, das treibt dich höchstens in den Wahnsinn. Sei nicht so hart zu dir.«

Ihr Rat war gar nicht so verkehrt. Sich selbst zu verzeihen war immer eine gute Idee, aber es war nicht einfach, sich unschuldig zu fühlen, wenn alle anderen vom Gegenteil überzeugt waren. Es war auch nicht ganz einfach, die Schlammschlacht der Medien nicht an sich herankommen zu lassen, ganz besonders wenn sie verkündeten, dass er einer der Verdächtigen sei. Er wollte lieber nicht über die gar nicht so unwahrscheinliche Möglichkeit nachdenken, dass die Polizei genug Indizien gegen ihn zusammenbekam und er tatsächlich wegen des Mordes an seiner Frau festgenommen und angeklagt wurde. Wenn er solche Gedanken zuließ, würde er vollends zusammenbrechen. Während der ganzen Beerdigung hatte er sich verstört und wirr gefühlt – vielleicht hatte er einfach nicht genug Valium genommen. Er wusste nicht mehr genau, wer da gewesen war, wer was gesagt hatte oder was er getan hatte. Er erinnerte sich daran, dass Carol zu ihm gekommen war, um ihm ihr Beileid auszusprechen, dass er Marissas Hand gehalten hatte, als er weinen musste, und dass er vor dem Grab zusammengebrochen war, aber das war auch schon alles.

Als er nach Hause kam, hatte er alle Symptome einer massiven Panikattacke: erhöhter Puls, heftiger Schwindel und dröhnende Kopfschmerzen. Er rief Dr. Klein an, einen Psychiater, den er einmal aufgesucht hatte. Der verschrieb ihm Klonopin und leitete das Rezept direkt zu einer nahegelegenen Apotheke weiter. Adam, der sich nicht mit den Reportern auseinandersetzen wollte – er würde wohl noch tagelang im eigenen Haus gefangen sein –, dachte schon, er müsse sich das Medikament nach Hause bringen lassen. Aber dann bot Xan an, es für ihn zu holen.

Es wirkte, gleich nach der ersten Dosis begann Adam sich besser zu fühlen. Er war noch immer völlig am Boden, aber immerhin hatte er nicht mehr das Gefühl, jeden Augenblick einen Herzanfall zu bekommen. Er gesellte sich zu den Freunden und Verwandten, die zur Schiwa gekommen waren, und registrierte, dass einige fehlten, so auch Sharon und Mike. Aber das war ihm im Grunde egal. Er war lieber allein als mit einer Horde Leute, die ihn bereits für schuldig befunden hatten.

Als Adam sich ein Glas Wasser holte, kam seine Mutter zu ihm.

»Ich mag ihn nicht«, flüsterte sie ihm zu.

»Wen?«

»Na wen wohl? Ihren Freund natürlich.«

Adam sah zu Xan rüber, und ihre Blicke trafen sich. Dann sah Adam wieder seine Mutter an, verdrehte die Augen ein wenig und ging kopfschüttelnd davon. Seine Mutter hatte immer etwas an Marissas Freunden auszusetzen, besonders wenn sie keine Juden waren.

Natürlich ließ sie nicht locker. Als Marissa und Xan sich später nach oben zurückgezogen hatten, griff sie das Thema wieder auf: »Es ist mir egal, ich mag ihn einfach nicht.«

»Komm schon, er ist ein netter Kerl.«

»Wo hat sie ihn kennengelernt?«

»In der Stadt, ich glaube in einer Kneipe oder einem Club, keine Ahnung.«

Sie sah ihn vielsagend an.

»Viele Leute lernen sich in einer Kneipe kennen, Mum, und Marissa scheint sehr glücklich mit ihm zu sein. Er war toll – hat ihr bei alldem hier wunderbar zur Seite gestanden. Ich hatte zuerst auch meine Zweifel, aber er ist ein guter Junge.«

»Wieso hattest du Zweifel?«

»Nun ja, nicht wirklich Zweifel, ich war ein wenig skeptisch am Anfang, hauptsächlich wohl, weil er Künstler ist, Maler, um genau zu sein. Ich wollte nicht, dass Marissa sich mit einem Versager einlässt. Aber das scheint nicht der Fall zu sein. Wie es aussieht, ist er sehr engagiert und mit Leib und Seele bei der Sache.«

»Er erinnert mich an Howard Gutman.«

»Jetzt mach aber mal halblang.«

Seine Mutter hatte die Geschichte von Howard Gutman mindestens tausendmal erzählt und erzählte sie auch jetzt gern wieder.

»Er hat bei der Hochzeit von Sheila, einer Cousine deines Vaters, an unserem Tisch gesessen. Alle haben sich mit ihm unterhalten und dachten, was für ein toller, sympathischer junger Mann, aber ich habe von Anfang an gewusst, dass mit ihm etwas nicht stimmt. Er hatte so eine seltsame Art, die Leute anzuschauen, als sähe er gar nicht richtig hin. Ein paar Monate später hat er seine Frau umgebracht, hat sich einen Hammer geholt und sie im Schlaf erschlagen.«

»Und was hat das mit Xan zu tun?«

»Ich mag es nicht, wie er die Leute ansieht. Ich kann nicht genau sagen, was es ist, aber mit dem stimmt auch etwas nicht.«

»Bitte sprich nicht mit Marissa darüber, okay?«, bat Adam. »Lass sie einfach für ein Weilchen in Ruhe. Sie macht im Moment eine Menge durch, und wie es aussieht, ist sie mit Xan sehr glücklich.«

»Xan.« Seine Mutter rümpfte die Nase.

»Viele junge Leute kürzen heutzutage ihre Namen ab«, protestierte Adam.

»Wegen des Namens mache ich mir die wenigsten Sorgen«, sagte seine Mutter.

Am nächsten Morgen, etwa eine Stunde, nachdem Adam die erste Klonopin-Tablette genommen hatte, ließ die Wirkung nach. Deshalb nahm er gleich noch eine und zusätzlich noch ein paar Valium. Er machte sich erst gar nicht die Mühe, den Beipackzettel auf Warnhinweise zu möglichen Wechselwirkungen mit anderen Medikamenten hin zu lesen, im Augenblick war seine Gesundheit nicht sein wichtigstes Anliegen.

Als er in die Küche kam, war seine Mutter bereits dabei, alles für den zweiten Tag der Schiwa vorzubereiten. Es fiel ihm schwer, sich in der Küche aufzuhalten und nicht ständig daran zu denken, was dort passiert war. Dass der Boden an der Stelle, wo der Leichnam gelegen hatte, rosa verfärbt war, half auch nicht gerade. Auch auf der Treppe musste er immer an die Schüsse und das viele Blut denken.

»Wie hast du geschlafen?«, erkundigte sich seine Mutter.

»Gar nicht.«

»Ach du Ärmster, warum machst du nicht ein Nickerchen?«

»Wenn ich schlafen könnte, hätte ich das in der Nacht getan.«

»Dann leg dich doch wenigstens auf die Couch. Du musst dich ausruhen.«

Das Einzige, was er brauchte, war mehr Klonopin.

»Ich möchte bloß einen Kaffee. Kannst du mir einen Gefallen tun und mir die Tasse ins Esszimmer bringen? Ich halt's hier drinnen nicht aus.«

Ein paar Minuten später brachte ihm seine Mutter den Kaffee. »Ich bin erst nach Mitternacht zu Bett gegangen, aber Xan war immer noch da.«

»Ich weiß, er hat hier übernachtet.«

»Er übernachtet hier? Wie lange kennt er sie schon?«

Adam nahm einen Schluck Kaffee und zuckte zusammen. Seine Mutter machte den Kaffee immer viel zu stark.

»Brauchst du noch etwas Zucker? Ich habe schon zwei Stück reingetan, aber …«

»Schon gut, alles in Ordnung.«

»Wirklich? Ich kann …«

»Ich hab gesagt, dass es in Ordnung ist.« Er zwang sich zu einem weiteren Schluck. »Ich habe mit Dana darüber gesprochen. Wir fanden es nicht in Ordnung, wenn sie Jungs hierherbringt, die wir nicht kennen, aber wir haben Xan kennengelernt und ihn akzeptiert.«

»Akzeptiert«, wiederholte sie.

Gott, sie fing schon wieder an zu nerven, sagte ständig Sachen, die ihn auf die Palme brachten. Wen wundert's, inzwischen hatten sie die Zwei-Tages-Marke erreicht. Es fiel ihm schwer zu glauben, dass sie diese passiv-aggressiven Verhaltensstrategien nicht ganz bewusst gegen ihn einsetzte. In diesem Fall war er allerdings ausnahmsweise einmal auf ihrer Seite. Es gefiel ihm nicht, wenn Marissa Männer mit nach Hause brachte, aber seine Mutter hatte diese unheimliche Gabe, ihr Gegenüber praktisch zu Widerspruch zu zwingen.

»Müssen wir das jetzt wirklich diskutieren? Tut mir leid, für mich hat Marissas Beziehung im Moment nicht unbedingt die oberste Priorität.«

Sie saßen schweigend da, ein paar Minuten lang. Adam wusste, dass seine Mutter ihn nicht so einfach davonkommen lassen würde. In ihrem Kopf arbeitete es, und er sah, wie ihre Lippen sich bewegten, sie murmelte tonlos etwas in sich hinein.

»Was soll ich sagen?«, brach sie schließlich das Schweigen. »Ich habe da eben so ein Gefühl.«

»Du hattest nie etwas dagegen, wenn meine Freundinnen bei mir übernachtet haben.«

»Was sagst du da?«

»Du und Dad. Ich habe jede Menge Mädchen mit auf mein Zimmer genommen, und du hast nie etwas dagegen eingewendet.«

»Wann soll das gewesen sein?«

»Die ganze Zeit, komm schon, du erinnerst dich doch wohl an meine Freundinnen! Stacy Silverman? Julie Litsky?«

Seine Mutter sah ihn verwirrt an. Sie hatte schon wieder ins Schwarze getroffen, in eine offene Wunde. Als Kind hatte er sich emotional vernachlässigt und unbeachtet gefühlt. Seine Eltern waren viel zu sehr mit sich selbst beschäftigt gewesen und hatten sich kaum darum gekümmert, was in seinem Leben passierte. Hatte er etwa diese Dynamik in seiner Beziehung mit Marissa wiederholt?

»Du erinnerst dich wirklich nicht an Julie Litsky?«, fragte er aufgebracht.

»Hatte sie rotes Haar?«

»Nein, braunes.«

»Oh, ach so, ja, ich glaube, ich weiß jetzt, wen du meinst«, behauptete sie, aber es war klar, dass sie noch immer keinen Schimmer hatte, wer Julie Litsky war.

»Und du erinnerst dich auch nicht mehr daran, dass du und Dad mir erlaubt habt, Mädchen mitzubringen in meiner College-Zeit. In den Sommerferien, in den Herbstferien und so weiter haben meine Freundinnen ständig hier übernachtet.«

»Das war etwas ganz anderes. Du kanntest diese Mädchen, bist mit ihnen zur Schule gegangen, die kamen alle aus gutem Hause. Aber wer ist dieser Xan? Ein Fremder, den sie auf der Straße aufgelesen hat?«

»Du kennst seine Familie doch gar nicht.«

»Du aber auch nicht.«

»Okay, schon gut. Ehrlich gesagt, möchte ich das hier im Moment nicht weiter diskutieren.«

Adam verließ das Esszimmer und ging in die Küche, nur um seiner Mutter zu entkommen. Aber dann fiel sein Blick auf die rosa verfärbten Fliesen, und er machte auf dem Absatz kehrt, ging zurück in den vorderen Teil des Hauses, wobei er es vermied, zur Treppe zu schauen. Mein Gott, konnte man sich denn noch eingesperrter fühlen? Er spähte nach draußen, da standen noch immer ein paar Ü-Wagen. ›Ja, schlimmer geht immer‹, dachte er. Es waren weniger Journalisten da als gestern, aber es war ja auch noch ziemlich früh. Wahrscheinlich kamen später mehr dazu, und dann würden sie wieder an der Tür klingeln, versuchen ihn herauszulocken, damit er einen Kommentar abgab. Diese Geschichte würde sich nicht einfach in Luft auflösen. Bis die Polizei Tony oder jemand anderen wegen des Mordes festnahm, würde es unaufhörlich Spekulationen darüber geben, ob nicht doch er der Täter war. Zeitungen und Zeitschriften würden darüber berichten, Fernsehshows und weiß der Teufel wer sonst alles. Das absolute Horrorszenario wäre natürlich, wenn die Polizei überhaupt niemanden festnahm und der Mord ungelöst zu den Akten gelegt wurde – in diesem Fall würde sich niemand mehr für Beweise oder Fakten interessieren, dann bliebe er für den Rest seines Lebens der mutmaßliche Mörder seiner Frau.

Adam ging nach oben, nahm ein Klonopin und mehrere Advils. Ein paar Minuten darauf wurde ihm übel, und er fragte sich, ob er diese Übelkeit seinen Sorgen oder den Tabletten zuzuschreiben hatte. Er legte sich für ein Weilchen hin, stellte dann aber fest, dass das nicht half. Im Gegenteil, er fühlte sich noch schlechter, und so ging er wieder nach unten.

Seine Mutter saß allein im Wohnzimmer, die Teller mit den Bagels und den Donuts für die Schiwa standen unberührt da.

»Das ist ungeheuerlich«, sagte sie.

Sie meinte das Fernbleiben der Freunde und Verwandten. Gestern waren es weniger als zehn Leute gewesen und heute war noch niemand gekommen.

»Was hast du denn erwartet? Die Leute lesen Zeitung und sehen fern.« Er stellte fest, dass der Fernseher lief, nahm die Fernbedienung in die Hand und schaltete ihn aus. »Sei mir nicht böse, aber ich würde mich gerne eine Weile von allem da draußen abschotten.«

»Aber es geht hier nicht um dich, es geht um Dana«, wandte seine Mutter ein. »Das sind Menschen, die sie geliebt haben, denen sie angeblich etwas bedeutet hat, und die können jetzt nicht für sie hier sein?«

Wieder legte seine Mutter den Finger auf eine offene Wunde. Er hatte furchtbare Gewissensbisse, weil er Dana so schlecht behandelt hatte vor ihrem Tod. Schlimm genug, dass sie nicht mehr miteinander geredet und kurz vor der Scheidung gestanden hatten, aber auch davor, in den vergangenen paar Monaten, war er nicht gerade der beste Ehemann gewesen. Sie musste sehr gelitten und alle möglichen inneren Konflikte ausgefochten haben, die im Endeffekt zu ihrer Affäre geführt hatten. Wie oft hatte sie mit ihm zu reden versucht, aber er war blind gewesen. Und das als Psychologe! Er hätte die Anzeichen einer Ehekrise erkennen und darauf bestehen müssen, dass sie zur Paartherapie gingen. Dafür gab es keine Entschuldigung, gar keine.

»Du hast keinen Einfluss darauf, was andere tun oder lassen«, sagte er, teilte gedankenlos einen Bagel und biss in die eine Hälfte hinein. Ihm war es ziemlich egal, dass niemand gekommen war. Er war ohnehin nicht in Stimmung für Small Talk, schon gar nicht mit Menschen, die ihn hassten.

Adam biss erneut in den Bagel, stellte dann fest, dass er keinen Appetit hatte, und legte den Rest auf den Teller zurück. Er ging im Esszimmer auf und ab, als Marissa und Xan hereinkamen. Sie wünschten sich alle einen guten Morgen, aber seine Mutter sah nur Marissa dabei an, nicht Xan.

»Kann ich kurz mit dir reden?«, fragte Marissa Adam.

»Aber ja.«

»Unter vier Augen.«

»Ich warte draußen im Flur«, sagte Xan. Ganz offensichtlich wollte er mit Adams Mutter nicht allein bleiben.

Adam und Marissa gingen ins Esszimmer. »Tut mir leid, aber ich muss heute hier raus.«

»Wo willst du hin?«

»Zu Xan. Ich brauche Luft zum Atmen, ich halt's hier nicht mehr aus.«

»Das verstehe ich«, sagte Adam, überlegte aber, ob sie mit dem ›hier‹ nicht ›hier bei dir‹ meinte.

»Vielleicht komme ich zum Schlafen wieder her, aber vielleicht bleibe ich auch bei Xan und komm erst morgen früh zurück. Gibt es schon was Neues?«

»Nein, nichts«, antwortete Adam.

Marissa sah ihn nicht an, sie hielt ihn also noch immer für schuldig. Er war so frustriert, dass er tief seufzte und so versehentlich einen Schlusspunkt unter das Gespräch setzte. Marissa reagierte sofort und kehrte ins Wohnzimmer zurück. Als sie sich von ihrer Großmutter verabschiedete, kam Xan rüber und umarmte Adam herzlich. »Ich fühle mit Ihnen.«

»Danke, ich weiß das zu schätzen.«

»Ruf uns später an«, bat Adams Mutter, als Marissa und Xan aufbrachen.

»Ja klar, mach ich«, sagte Marissa.

Seine Mutter blieb auf dem Sofa sitzen. Adam nahm die andere Bagelhälfte, biss hinein und kaute verbittert. Es verstörte ihn sehr, dass Marissa ihn so behandelte, und er fragte sich, ob sie wohl ahnte, wie sehr sie ihn damit verletzte.

Dann hörte Adam Gebell. Hörte sich ganz nach Blackie an, dem Hund von nebenan, aber das Bellen schien von der Straße vor dem Haus zu kommen. Der Hund gebärdete sich wie wild, so hatte er auch gebellt, als Adam vom Golfspielen nach Hause gekommen war und die Nachricht von Tony gefunden hatte.

»Hörst du das?«, fragte Adam seine Mutter, sprach aber eigentlich mehr zu sich selbst, dachte laut.

»Was soll ich hören?«

Adam eilte zu einem Fenster, das zur Straße hinausging, und spähte durch die Jalousie. JoAnne Miller zerrte an der straff gespannten Hundeleine, hielt Blackie zurück, der mit aller Kraft versuchte, sich loszureißen und auf Xan loszugehen.

24

Am frühen Nachmittag, als klar wurde, dass keine Trauergäste mehr zu erwarten waren, hielt Adams Mutter den Film an, den sie sich gerade anschaute - *Notting Hill* –, und räumte die Bagels, den Käsekuchen und das andere Essen wieder weg. Adam hatte zwar die ganze Zeit neben ihr gesessen, von dem Film aber nicht das Geringste mitbekommen, er war mit seinen Gedanken woanders, immer wieder stand er auf und ging auf und ab.

»Okay, du kannst ihn weiterlaufen lassen«, sagte seine Mutter, als sie in der Küche fertig war.

»Mach nur, ich gucke sowieso nicht.«

»Alles okay? Möchtest du dich hinlegen?«

»Mir geht es gut. Guck du nur.«

»Ich sehe doch, dass dich irgendetwas beschäftigt, seit Marissa und Xan gegangen sind.«

Adam hatte seiner Mutter nichts sagen wollen, zum einen, weil er durcheinander war und keineswegs sicher, ob es da überhaupt etwas zu besprechen gab, und zum anderen, weil sie eine Riesensache daraus machen würde.

Aber er musste mit jemandem darüber reden, vielleicht hatte sie ja einen Rat, konnte ihm helfen, die Sache richtig zu beurteilen. Er bezweifelte, dass er in seiner momentanen Verfassung eine vernünftige Entscheidung treffen konnte.

»Ich mache mir Gedanken«, sagte er.

»Worüber?«

»Hast du vorhin den Hund der Nachbarn bellen hören?«

»Ich wusste doch, dass es etwas mit dem Hund zu tun hat. Was ist mit ihm?«

Adam erzählte ihr, dass er Blackie auch gehört hatte, als er die Nachricht von Tony fand, und dass JoAnne Miller zu Protokoll gegeben hatte, der Hund habe an dem Abend, an dem Dana umgebracht worden war, ebenfalls wie verrückt gebellt.

»Und was hat das mit dem Gebell vorhin zu tun?«

»Der Hund hat Marissa und Xan angebellt, aber Marissa kennt den Hund seit Jahren, sie ist früher mit ihm Gassi gegangen, wenn die Millers in Urlaub waren.«

»Du denkst, er hat Xan angebellt?«

»Ich hab keine Ahnung, was ich denken soll.«

»Ich hab's ja gesagt, dass mit Xan was nicht stimmt.«

War ja wohl klar, dass seine Mutter ihm ein Ich-hab's-ja-gesagt reindrücken würde.

»Ich finde es schon seltsam, dass dieser Hund so außer Rand und Band war. Ich kenne ihn seit Jahren und habe noch nie erlebt, dass er grundlos Passanten auf der Straße anbellt. Seit Tagen schon stehen Reporter vor dem Haus herum, und der Hund hat nicht ein Mal gebellt, oder?«

»Der Hund mag Xan also nicht«, stellte seine Mutter fest. »Cleverer Hund. Ich mag ihn auch nicht.«

»Ich glaube, du hast noch nicht ganz verstanden, worauf ich hinauswill.«

Seine Mutter starrte ihn an. »Du meinst, es war Xan, den der Hund auch damals angebellt hat?«

»Das sind wahrscheinlich nur Hirngespinste, aber ...«

»Aber du hast gesagt, die Nachricht sei von Tony.«

»Sie war von Tony. Es war die gleiche Schrift, das gleiche Papier wie bei der anderen Nachricht, die wohl auch von Tony war, so eine Art Drohbrief.« Er erzählte seiner Mutter von der ersten Nachricht.

»Du meinst also«, fragte sie, »dass beide Nachrichten von Xan stammen könnten und nicht von Tony?«

»Ich habe keine Meinung dazu, ich denke nur darüber nach, das ist alles.«

»Warum sollte er so etwas tun? Und woher sollte er wissen, dass Dana und Tony eine Affäre hatten?«

»Keine Ahnung, das ergibt alles irgendwie keinen Sinn.«

»Ich habe zwar gesagt, dass ich Xan nicht leiden kann, aber ich habe ihm nie unterstellt, dass er Dana umgebracht hat.«

»Ich glaube das auch nicht.«

»Natürlich glaubst du das. Darum reden wir ja jetzt darüber.«

»Xan ist kein Mörder. Tony hat Dana umgebracht. Sein Alibi ist nicht wasserdicht, wart's ab. Wir verschwenden mit diesen Gedankenspielchen nur unsere Zeit«, erklärte Adam, der plötzlich so etwas wie einen Energieschub verspürte.

»Ich glaube nicht, dass wir unsere Zeit verschwenden. Du solltest sicherheitshalber die Polizei anrufen und es ihnen erzählen.«

»Was soll ich denn erzählen? Dass ein Hund den Freund meiner Tochter angebellt hat? Die halten mich doch für verrückt, für noch verrückter, als sie es ohnehin schon tun.«

»Ich mache mir Sorgen um Marissa.«

»Dazu gibt es keinen Grund.«

»Und wenn du doch recht hast und Xan ein Mörder ist?«

»Würdest du jetzt bitte damit aufhören? Er ist kein Mörder, klar? Ich hätte nicht einmal ansatzweise darüber nachgedacht, wenn du mich mit deinem Gerede nicht auf die Idee gebracht hättest.«

»Ach, jetzt bin ich also schuld?«

»Nein, ich will nur sagen, dass es keinerlei Basis für eine derartige Vermutung gibt. Er hatte nicht den geringsten Grund, Dana Böses zu wollen. Sie verstanden sich gut, sie mochte ihn …«

Plötzlich hatte er eine Eingebung, einen kurzen Gedankenblitz. Seine Mutter hatte sein Mienenspiel beobachtet.

»Was ist los?«, wollte sie wissen.

»Sie mochte ihn sehr.«

»Und? Was soll das heißen?«

»An dem Tag, an dem Xan zum Essen hergekommen ist, haben wir ihn das erste Mal getroffen, und anschließend hab ich mich mit Dana gestritten, nun ja, es war kein richtiger Streit, eine kleine Reiberei, du weißt schon. Das klingt jetzt total lächerlich, aber sie fand, dass Xan gut aussah, und ich war eifersüchtig. In Wirklichkeit aber war ich eifersüchtig, weil ich sie beim Abendessen beobachtet hatte. Xan ist ein sympathischer junger Mann, ein Charmeur, der gerne Komplimente macht, Leute für sich einnimmt, das ist so seine Art. Aber ich habe gesehen, wie sehr Dana seine Aufmerksamkeiten genossen hat.«

»O mein Gott, du glaubst, sie hatten eine Affäre?«

»Nein, das ist unmöglich.«

»Wieso? Schließlich hatte sie auch eine Affäre mit dem anderen Kerl.«

Das war ein guter Einwand – Xan war auch ein junger Mann, genau wie Tony.

Es machte ihn krank, dass er diese Möglichkeit nicht völlig ausschließen konnte. »Ich glaube nicht, dass sie so etwas tun würde, nicht mit Marissas Freund. Das würde sie Marissa niemals antun.«

»Man kann nie genau wissen, wozu jemand fähig ist«, sagte seine Mutter.

»Nein.« Adam schüttelte den Kopf. »Nein, das hätte sie nie getan, da bin ich mir sicher.« Er war sich ganz und gar nicht sicher, fühlte sich aber schon besser, nachdem er das gesagt hatte. »Aber das heißt ja nicht, dass das auch für ihn gilt.«

»Du meinst, er …«

»Ich frage mich nur, ob Xan sich vielleicht für sie interessierte. Ich meine, sich mehr für sie interessierte als sie sich für ihn.«

»Warum sollte er sie dann umbringen?«

»Vielleicht ist er in der Hoffnung hergekommen, sie allein anzutreffen. Vielleicht hat der Hund von nebenan darum so gebellt, es war ungefähr zur Tatzeit.«

»Ruf die Polizei an«, sagte seine Mutter aufgeregt.

»Nein, warte, das ergibt keinen Sinn. Xan war an dem Abend mit Marissa im Kino. Nur weil er ein bisschen mit Dana geflirtet hat, wenn man das überhaupt flirten nennen kann, heißt das noch lange nicht, dass er herkommt, um sie zu vergewaltigen. Das ist eine ziemlich gewagte Vermutung. Es gab keinerlei Hinweise auf einen sexuellen Übergriff. Die Polizei hätte sich sofort darauf gestürzt. Nein, das ist einfach lächerlich, wenn man die Fakten betrachtet. Das hat alles überhaupt keine Grundlage.«

»Ruf trotzdem die Polizei an. Die sollen entscheiden, ob das Hirngespinste sind oder nicht.«

»Vielleicht, ich werde es mir überlegen«, erwiderte er. »Das ist alles im Moment so verwirrend.«

Adam ging nach oben, er fühlte sich noch angespannter als zuvor. Er stellte sich unter die Dusche und durchdachte das Ganze noch einmal gründlich. Ein paar der Vermutungen ergaben Sinn und schienen vollkommen logisch, aber ihm fiel einfach kein vernünftiges Motiv ein, warum Xan Dana hätte umbringen wollen, eine Frau, die er kaum kannte. So etwas machte höchstens ein Psychopath, und Xan war kein Psychopath. Adam hätte doch sofort erkannt, wenn Xan psychisch labil oder gar ein verkappter Psychopath wäre. Schließlich war es sein Job, abnormes Verhalten zu diagnostizieren. Auch war er nicht sicher, ob Xan vom zeitlichen Ablauf her den Mord überhaupt hätte begehen können. Hätte er Dana umbringen und dann Marissa rechtzeitig im Kino treffen können? Wahrscheinlich nicht. Adam versuchte, das Ganze zu vergessen, an etwas anderes zu denken, aber das wütende Gebell des Hundes ging ihm einfach nicht aus dem Sinn. Außerdem musste er ständig daran denken, was seine Mutter gesagt hatte, dass Xan im Grunde genommen ein völlig Fremder war.

Als er fertiggeduscht hatte, beschloss er, sich zu vergewissern, und schaltete den Computer ein. Mal sehen, was er im Netz so über Xan Evonov fand. Er hatte erwartet, dass es eine ganze Menge sein würde, dass er vielleicht sogar eine eigene Website haben würde, schließlich war der Mann Maler – aber die Google-Suche nach Xan Evonov brachte keinen einzigen Treffer. Das war merkwürdig. Warum stellte ein Künstler keine Informationen über sich ins Netz? Xan hatte zwar gesagt, dass er seine Arbeiten noch nicht ausgestellt hatte, aber heutzutage vermarktete sich doch jeder selbst übers Internet, vor allem Künstler, und hatte er nicht gesagt, er hätte eine Mäzenin? Er fand mehrere hundert Ergebnisse für ›Alexander Evonov‹, aber die meisten waren auf Russisch, und die wenigen englischen Einträge hatten nichts mit Xan zu tun.

Adam versuchte es mit einer anderen Suchmaschine, da klingelte es an der Tür. Er nahm an, dass es wieder Reporter waren, die ihn belästigten, und als ihn seine Mutter wenige Augenblicke später rief, fluchte er leise in sich hinein. Er hatte ihr doch gesagt, dass sie den Journalisten unter keinen Umständen die Tür öffnen durfte. Was sollte das? Wütend stiefelte er die Treppe hinunter, bereit, beim kleinsten Anlass in die Luft zu gehen.

Aber es waren keine Reporter, es war Detective Clements. Beim Anblick des Detective hatte Adam ein erdrückendes Gefühl von Déjà-vu.

»Was ist los?« Adam hoffte auf ein paar gute Neuigkeiten. Vielleicht hatten sie einen Durchbruch erzielt, Tony oder jemand anderen festgenommen.

Aber Clements wirkte kühl und reserviert. »Ich muss mit Ihnen sprechen, Dr. Bloom.«

›O nein, nicht schon wieder‹, dachte Adam.

»Wenn Sie Neuigkeiten haben, wäre ich Ihnen dankbar, wenn Sie mir die einfach mitteilen könnten. Das alles ist im Augenblick nicht ganz leicht für mich.«

»Ich verstehe, und ich verspreche Ihnen, dass es nicht lange dauert.«

»Wenn Sie mich verhören wollen, dann nur im Beisein meines Anwalts.«

»Ganz wie Sie wollen. Aber das hier ist kein offizielles Verhör. Ich brauche nur noch ein paar zusätzliche Informationen. Wenn Sie Ihren Anwalt anrufen wollen, steht Ihnen das natürlich frei, aber ich kann nicht ewig warten, bis er hier auftaucht. Sie müssten dann schon mit aufs Revier kommen.«

Adam gab sich geschlagen. Wenn die Reporter draußen Wind davon bekamen, dass der Detective ihn zum Verhör mit aufs Revier nahm, was würde dann morgen wohl in den Zeitungen stehen? Adam beschloss, erst einmal abzuwarten, wie es lief. Wenn der Detective ihm nur allgemeine Fragen stellte, würde er die beantworten, wenn nicht, konnte er immer noch seinen Anwalt anrufen.

Sie gingen ins Esszimmer und nahmen dieselben Plätze ein wie damals nach dem Einbruch – an der Mitte des Tisches, Clements direkt gegenüber von Adam.

»So langsam wissen Sie, wie das läuft, was?«

»Das ist ja wohl kein Wunder, wenn man zum Kreis der Verdächtigen gehört.«

Adams Stimme triefte vor Sarkasmus, aber entweder entging das Clements oder er fand es nicht witzig, auf jeden Fall verzog er keine Miene.

»Machen Sie sich keine Sorgen, Sie sind kein Verdächtiger in diesem Fall.«

»Ach, wirklich?« Adam glaubte ihm kein Wort. »Haben Sie das auch den Reportern da draußen mitgeteilt?«

»Wie gesagt, das hier dauert nicht lange. Ich muss mit Ihnen nur noch mal durchgehen, wo Sie sich am Montagabend genau aufgehalten haben, von dem Moment an, als Sie die Praxis verlassen haben, bis hin zum Notruf.«

»Machen Sie Witze? Wir sind das doch schon keine Ahnung wie oft durchgegangen.«

»Ja, ich weiß, aber wir machen das mit allen Beteiligten. Wir müssen uns vergewissern, dass es keine Unstimmigkeiten gibt.«

»Was ist mit Tony? Haben Sie sein Alibi auch doppelt und dreifach überprüft?«

»Ja, wir reden noch immer mit Tony, und wir reden auch mit einer ganzen Menge anderer Leute. Sie haben die Praxis gegen Viertel nach sechs verlassen. Ist das richtig?«

Adam erzählte Clements mehr oder weniger wortwörtlich das Gleiche, wie tags zuvor, dass er die Praxis verlassen hatte, mit der U-Bahn nach Forest Hills gefahren und anschließend im Supermarkt einkaufen gewesen war, dann die Leiche entdeckt und ein paar Minuten später den Notruf angerufen hatte. Was die Zeiten betraf, gab er die gleichen Schätzungen ab wie bei der ersten Vernehmung.

»Ist es möglich, dass das Einkaufen weniger als zehn Minuten gedauert hat?«, wollte Clements wissen.

»Nein, das hat mindestens zehn Minuten gedauert, eher sogar fünfzehn bis zwanzig. Vor mir war eine Frau an der Kasse, die reklamiert und den ganzen Betrieb aufgehalten hat.«

»Dann sind Sie also nicht später als fünf vor halb oder halb acht zu Hause angekommen?«

»Das ist bloß eine Schätzung, aber das müsste in etwa hinkommen.«

Clements schrieb das auf seinen Block.

»Darf ich fragen, warum es so wichtig ist, wo ich war, wenn ich nicht mehr unter Verdacht stehe?«

»Bei einer Morduntersuchung ist alles wichtig«, wich Clements der Frage aus. »Wir müssen für Montagnacht einen genauen Zeitplan erstellen. Der Gerichtsmediziner schätzt, dass der Tod zwischen halb sieben und halb acht eingetreten ist, deshalb gehen wir davon aus, dass Ihre Frau noch keine Stunde tot war, als Sie ihren Leichnam entdeckt haben. Wir haben die Aussage, dass der Schäferhund Ihrer Nachbarn gegen halb sieben laut gebellt hat, was auch zum Todeszeitpunkt Ihrer Frau passt. Deswegen sprechen wir jetzt mit den Nachbarn, ob jemand was gesehen hat –«

»Dazu wollte ich Ihnen noch unbedingt etwas sagen«, unterbrach Adam den Detective aufgeregt.

»Zu den Nachbarn?«

»Nein, zu dem Hund. Ich glaube, ich habe da eine Information, die … nun ja, die interessant für Sie sein könnte.«

Er erzählte Clements, dass der Hund an diesem Morgen Xan furchtbar angebellt hatte, dass er auch so wütend gebellt hatte, als Adam die Nachricht von Tony gefunden hatte, dass Xan ein paar Tage vor Danas Tod mit ihr geflirtet hatte und dass es seltsamerweise keinerlei Informationen über Xan im Internet gab. Während Adam die Fakten zusammenfasste, kam ihm die Geschichte so wirr, so fadenscheinig, so weit hergeholt vor, dass er fest davon überzeugt war, Clements würde mit einem höflichen Lächeln darüber hinweggehen.

Es überraschte ihn, dass Clements seinen Bericht sehr ernst zu nehmen schien. »Warum sollte Xan die Nachricht fälschen und so tun, als wäre er Tony?«

»Dafür habe ich keine Erklärung«, räumte Adam ein. »Ich gebe zu, da bleiben jede Menge Fragen offen, aber ich wollte es Ihnen einfach sagen, weil … irgendwie … keine Ahnung, ich kenne den Jungen halt kaum. Meine Tochter ist erst seit etwa einer Woche mit ihm zusammen.«

»Wenn Sie mir das von Anfang an gesagt hätten, hätte ich ihn gleich beim ersten Mal richtig vernommen. Das war der langhaarige Typ, der dabeisaß, als ich mit Ihrer Tochter geredet habe, richtig?«

Adam nickte. »Wenn ich auch nur im Entferntesten an so etwas gedacht hätte, hätte ich es Ihnen natürlich sofort gesagt.«

»War sie schon mit ihm zusammen, als Sie die erste Nachricht bekommen haben?«

Adam musste kurz nachdenken. »Nein, ich glaube nicht«, sagte er dann.

»Dem müssen wir auf jeden Fall nachgehen. Kann gut sein, dass es eine Sackgasse ist, aber in meiner gesamten Laufbahn bei der Polizei haben mir Hunde oft die besten Hinweise gegeben. Ich war eine Zeitlang bei der Hundestaffel.«

»Wirklich?« Adam interessierte sich nicht die Bohne für Clements' Karriere, aber er war froh, dieses Mal auf der richtigen Seite zu stehen und nicht als Verdächtiger vernommen zu werden, zumindest für den Augenblick.

»Ja, fünf Jahre lang«, fuhr Clements fort. »Ich mag Hunde, ich komme gut mit ihnen aus, auf jeden Fall besser als mit meinen Arbeitskollegen. Und sogar besser als mit meinen Exfrauen.«

Adam zwang sich zu einem Grinsen.

»Das Ganze interessiert mich, weil Tony noch immer abstreitet, diese Nachrichten geschrieben zu haben. Gut, dem werden wir nachgehen. Wo steckt Xan jetzt?«

»Er ist mit meiner Tochter unterwegs. Sie sollten inzwischen wohl bei ihm zu Hause in Brooklyn angekommen sein.«

»Haben Sie die Telefonnummer oder die Adresse von Xan?«

»Nein, tut mir leid. Aber Marissa hat gesagt, er wohnt in Red Hook.«

»Schon gut, das werden wir herausbekommen. Buchstabieren Sie mir doch bitte seinen Namen.«

Adam gehorchte und riet Clements, auch unter Alexander zu suchen. Während Clements sich das aufschrieb, fragte Adam: »Wenn die beiden Nachrichten von ein und derselben Person stammen und diese Person nicht Tony ist, wäre es dann möglich, dass der Verfasser dieser Nachrichten der zweite Einbrecher war?«

»Alles ist möglich«, sagte Clements.

»Dann sollten Sie vielleicht auch überprüfen, ob es eine Verbindung zwischen Xan und Carlos Sanchez gibt. Ich weiß, das klingt ziemlich weit hergeholt, aber …«

»Machen Sie sich keine Sorgen, wir überprüfen das alles«, beruhigte Clements ihn und steckte den Block weg. »Ach übrigens, sind Sie eigentlich Linkshänder oder Rechtshänder, Dr. Bloom?«

»Ich bin Rechtshänder.«

»Danke, das war's fürs Erste. Ich melde mich dann wieder.«

Clements ging, aber seine letzte Frage hing noch immer im Raum. Adam vermutete, dass es etwas mit der gerichtsmedizinischen Untersuchung zu tun hatte; vielleicht hatten sie herausgefunden, oder versuchten zumindest herauszufinden, ob der Mörder Rechts- oder Linkshänder war. Nun ja, so viel zu der Illusion, nicht mehr als Verdächtiger gehandelt zu werden. Wie lange hatte das angedauert, eine Minute?

Adams Mutter hatte das Gespräch vom Nebenzimmer aus belauscht. Warum überraschte Adam das nicht? »Siehst du, er findet es nicht verrückt, Xan zu überprüfen. Ich hab doch gesagt, dass ich bei ihm ein schlechtes Gefühl habe«, triumphierte sie.

»Was soll ich sagen? Vielleicht solltest du Polizistin werden.«

»Vielleicht sollte ich das wirklich«, gab sie ganz im Ernst zurück. »Aber was ist mit Marissa?«

»Was soll mit ihr sein?«

»Mir gefällt es nicht, dass sie mit Xan allein ist.«

»Mir auch nicht. Aber wenn die Polizei erst einmal seine Adresse hat, werden sie nicht lange fackeln. Bestimmt schicken sie gleich jemanden zu ihm.«

»Ich finde, wir sollten sie wenigstens anrufen und ihr sagen, was los ist. Oder noch besser, wir sagen ihr, dass sie nach Hause kommen soll. Sag ihr, dass sie heimkommen soll.«

»Und wie soll ich das anstellen?«

»Bitte ruf sie an. Ich möchte sie hier bei uns haben, unbedingt.«

Adam wusste zwar, dass seine Mutter maßlos überreagierte, aber sie durfte sich wegen ihres Herzens nicht so aufregen, und inzwischen hätte auch er Marissa lieber zu Hause gewusst.

Er rief sie vom BlackBerry aufs Handy an.

»Hallo«, sagte Marissa.

»Wo bist du?«

»Bei Xan, was ist los?«

»Ist er jetzt bei dir?«

»Ja, warum?«

»Kannst du bitte für einen Augenblick in ein anderes Zimmer gehen?«

»Warum? Was ist passiert?« Panik schwang in ihrer Stimme mit.

»Nichts, gar nichts«, beschwichtigte Adam sie. »Ich möchte nur kurz mit dir allein sprechen.«

Marissa holte tief Luft. »Was ist passiert?«

»Bist du in einem anderen Zimmer?«

»Ja.« Sie war sauer.

»Wir möchten, dass du nach Hause kommst.«

»Warum?«

»Weil Grandma und ich dich hier bei uns haben wollen, darum.«

»Weshalb?«

»Wir wollen es einfach, okay?«

»Ich hab dir doch gesagt, dass ich eine Auszeit brauche ...«

»Bitte streite jetzt nicht mit mir, Marissa. Ich möchte, dass du heimkommst, sofort, ohne Xan.«

»Warum kann ich Xan denn nicht mitbringen?«

»Kann er dich hören?«

»Nein, aber warum hast du –«

»Bitte sprich leiser. Ich möchte dich einfach hier zu Hause haben, okay? Ich möchte, dass die Familie zusammen ist, und nur die Familie.« Seine Erklärungen waren furchtbar fadenscheinig, aber auf die Schnelle fiel ihm nichts Besseres ein.

»Ich komme nicht nach Hause, und ich glaube dir nicht. Du hast mir Angst gemacht. Ich hab schon gedacht, es sei was passiert oder so.«

Adam schüttelte den Kopf und schaute seine Mutter an. »Sag es ihr«, flüsterte sie ihm zu.

»Du darfst Xan nichts davon verraten, aber da läuft was mit der Polizei.«

»Warum darf ich Xan nichts davon sagen?«

»Sprich leiser.«

»Warum tust du so geheimnisvoll?«

»Sie wollen mit ihm reden.«

»Mit Xan?«

»Ja.«

Für einen Augenblick hatte es ihr wohl die Sprache verschlagen. »Warum?«, wollte sie dann wissen.

»Reine Routine, nehme ich an, aber wir hätten es lieber, wenn du hier bei uns bist. Lass uns jetzt bitte nicht deswegen streiten.«

»Komm nach Hause, Marissa«, sagte seine Mutter so laut, dass Marissa es hören konnte.

»Ich verstehe nicht, was los ist. Was hat Xan mit alldem zu tun, und warum dreht ihr beide auf einmal durch?«

»Wir drehen nicht durch«, widersprach Adam. »Wir machen uns nur wegen ein paar Dingen Sorgen und –«

»Warte mal, jetzt kapier ich's, du steckst dahinter!«

»Ich habe nichts –«

»Was hast du der Polizei über Xan erzählt?«

»Kann er dich hören?«

»Du würdest alles Mögliche über ihn in die Welt setzen, oder? Was soll denn das, willst du etwa behaupten, er habe Mum umgebracht?«

»Ich hab dir doch gesagt, dass du leise sprechen sollst, verdammt noch mal!«, schrie Adam ins Telefon.

»Du tust mir echt leid, weißt du das? Ich fasse es nicht, dass du mir das antust.«

»Es gibt Dinge, die du nicht weißt, okay? Dinge, die sehr merkwürdig –«

»Merkwürdig, merkwürdig find ich gut. Weißt du, was ich merkwürdig finde? Dich. Du kommst mir merkwürdig vor. Du hast dich die ganze letzte Woche merkwürdig benommen, erst warst du auf dem großen Egotrip, dann ist das mit Mum passiert, und jetzt versuchst du meinem Freund, den ich liebe, die Schuld in die Schuhe zu schieben. Du bist derjenige, von dem ich mich fernhalten sollte.«

»Marissa, bitte –«

»Lass mich verdammt noch mal in Frieden.«

»Marissa … Marissa? … Marissa!!!« Sie hatte aufgelegt. »Scheiße.«

»Was ist los?«, fragte seine Mutter.

»Sie hat aufgelegt.«

»Ruf noch mal an.«

Adam versuchte es, aber die Mailbox sprang sofort an.

»Scheiße. So ein verdammter Mist.«

»Was ist?«

»Ich glaube, sie hat das Handy ausgestellt.«

»O mein Gott, wie sollen wir sie denn jetzt erreichen?«

»Okay, lass uns Ruhe bewahren. Du steigerst dich da hinein. Es gibt keinen Grund zur Panik. Sie ist nicht in Gefahr.«

»Woher willst du das wissen?«

»Lass uns einfach abwarten. Clements ist wahrscheinlich schon auf dem Weg zu ihr. Die Polizei hat Mittel und Wege, um –«

Adams Festnetzanschluss klingelte. Auf dem Display blinkte ›Unbekannt‹.

»Wer ist es?«

»Keine Ahnung«, antwortete Adam und hob ab. »Hallo?«

»Dr. Bloom?«

»Hi, Detective Clements«, sagte Adam, damit seine Mutter wusste, mit wem er sprach.

»Wohnt Xan mit jemandem zusammen, oder hat er vielleicht noch einen anderen Namen?«

»Nicht das ich wüsste. Warum?«

»Wir können ihn nicht finden, in der ganzen Stadt nicht. Es gibt einen Alexander Evonov in Brighton Beach, aber Sie haben gesagt, dass er in Red Hook lebt, richtig?«

»So habe ich meine Tochter verstanden, ja.«

»Der in Brighton Beach ist bestimmt jemand anders, aber wir überprüfen das. Könnten Sie unterdessen bitte versuchen, Ihre Tochter zu erreichen?«

»Das versuche ich bereits.«

»Wenn Sie mit ihr sprechen, fragen Sie sie doch nach Xans Adresse, und geben Sie sie mir dann bitte gleich durch.«

Adam versprach es.

Mit seiner Mutter im Rücken versuchte Adam noch ein paar Mal, Marissa zu erreichen, geriet aber immer gleich beim ersten Klingeln an die Mailbox. Zweifelsohne hatte sie das Telefon ausgeschaltet.

»Okay, nur keine Panik«, sagte Adam. »Clements schien nicht beunruhigt. Er weiß wahrscheinlich, dass all diese Vermutungen über Xan ziemlich weit hergeholt sind.«

»Und was ist, wenn du dich irrst? Wenn Xan Dana tatsächlich umgebracht hat? Was ist, wenn er ein Psychopath ist?«

»Mach dir keine Sorgen, es geht ihr gut«, behauptete Adam. »Da bin ich mir sicher.«

25

»O MEIN GOTT, dieser Mann raubt einem den letzten Nerv«, stöhnte Marissa. »Stell dir vor, er hat der Polizei gesagt, dass sie mit dir reden soll! Ich würde wirklich gern wissen, was auf einmal in den gefahren ist.«

Sie saßen auf Xans Couch, es war Nachmittag. Er hielt ihre Hand, fuhr zärtlich mit den Fingerspitzen über die Innenseite ihres Handgelenks.

»Warum sollte er der Polizei so was sagen? Ich war bei dir, als du mit dem Bullen geredet hast, und wenn der mich was hätte fragen wollen, hätte er es doch gleich da tun können.«

»Ich weiß, aber ich muss zugeben, dass mir die Sache ganz schön Angst macht.«

»Angst? Wieso?«

»Ich glaube, mein Dad dreht langsam durch. Warum sonst sollte er ausgerechnet dich ins Spiel bringen? Als Nächstes sagt er den Bullen, sie sollen meine verdammte Großmutter mal genauer unter die Lupe nehmen.«

»Du glaubst, er versucht, von sich abzulenken und jemand anderem die Schuld in die Schuhe zu schieben?«

»Genau. Ich hab echt keine Ahnung, wie ich damit klarkommen soll – wenn mein Vater wirklich meine Mutter umgebracht hat, meine ich.«

»Schschscht, mach dir keine Sorgen, das stehst du durch.« Xan drückte beruhigend ihre Hand.

»Ich will ihn nie wieder sehen. Schon beim Klang seiner Stimme wird mir übel.«

»Weiß er, wo ich wohne?«

»Mein Vater? Ich glaube nicht. Warum?«

»Ich hab mich gefragt, ob er den Bullen meine Adresse gegeben hat, das ist alles.«

»Ich hab sie ihm nicht gesagt, aber die Bullen werden dich eh finden. Tut mir echt leid, dass mein Vater dich da mit reinzieht, und das nach allem, was du für mich getan hast. Du warst so wunderbar.«

»Mach dir meinetwegen keine Gedanken«, beruhigte Xan sie. »Nur du bist jetzt wichtig. Hast du das Handy ausgeschaltet?«

Marissa nickte.

»Gut, lass es aus. Für heute reicht es mit den Anrufen.« Er küsste sie zärtlich auf die Wange. »Möchtest du was zu trinken? Wasser? Cola light?«

»Cola light wäre toll.«

Er küsste sie wieder auf die Wange und ging in die Küche. Sie blieb auf der Couch und grübelte über den Anruf ihres Vaters nach. Dabei wanderte ihr Blick zu der Staffelei, zu Xans neuestem Werk. Es war ein großes, abstraktes Bild, er hatte ausschließlich Rot benutzt. Ein paar ähnliche Werke hingen bereits an der Wand. Möglicherweise lag es ja daran, dass er sie als Gruppe arrangiert hatte, aber diese Bilder hatten tatsächlich eine gewisse Kraft. Zum ersten Mal dachte sie, dass er vielleicht doch etwas Talent als Maler besaß.

»Mir gefallen deine neuen Bilder«, sagte sie.

»Wirklich?« Er schenkte die Cola ein.

»Ja, besonders das, an dem du gerade arbeitest. Es ist so gefühlvoll und leidenschaftlich. Wann hast du die gemalt?«

»Die sind noch ganz neu, damit hab ich kurz vor der Beerdigung deiner Mutter angefangen. Ja, ich bin auch ziemlich zufrieden mit ihnen. Ich hatte da wohl so was wie eine Inspiration.«

»Inspiration? Was hat dich denn inspiriert?«

»Ich denke das, was deiner Mutter zugestoßen ist. Das ging verdammt tief.«

Marissa schaute sich das Bild auf der Staffelei an, das dunkle Rot. »Es ist schon seltsam, findest du nicht, dass etwas so Entsetzliches Kunst hervorbringt, dass Tragödie sich in Kunst verwandelt … ach, ich rede Blödsinn. Ich bin vollkommen am Ende, fürchte ich.«

»Hier.« Er reichte ihr das Glas und setzte sich wieder zu ihr.

Sie trank einen großen Schluck. »Ich weiß wirklich nicht, warum alle auf dir herumhacken, wo du doch so großartig bist.«

»Wer ist alle?«, wollte Xan wissen.

»Du hast doch selbst gesagt, dass meine Großmutter dich auf dem Kieker hat, oder?«

»Ja, aber ich würde nicht behaupten, dass sie auf mir herumhackt. Du hast gesagt, sie kann mich nur nicht leiden, weil ich kein Jude bin, oder?«

»Ja, aber trotzdem. Und dann ist da noch Darren und seine Bemerkung bei der Beerdigung.«

»Was hat er gesagt?«

»Hab ich dir das nicht erzählt?«

Xan schüttelte den Kopf.

»Ach, ich war so fertig an dem Tag, dass ich überhaupt gar nicht mehr weiß, was ich getan oder gesagt habe. Aber ja, er kam zu mir, ich glaube, das war noch vor der Trauerfeier, und hat mir sein Beileid ausgesprochen und so. Du warst da wohl gerade bei meinem Vater.«

»Und dann hat er was gesagt?«

»Ja, aber reg dich bloß nicht auf. Das ist typisch Darren. Manchmal nervt der total. Egal, er hat mich gefragt, ob ich noch immer mit diesem durchgeknallten Typen zusammen sei, nein, ich glaube, er hat ›Geistesgestörter‹ gesagt. Wenn ich nicht so fertig gewesen wäre an dem Tag, hätte ich ihm ordentlich den Kopf gewaschen. Was bildet der sich ein? Wir waren auf einer Beerdigung, der Beerdigung meiner Mutter, um genau zu sein, was muss er da von dir anfangen? Das ist respektlos. Außerdem wusste ich sowieso, dass er das nur sagt, weil er eifersüchtig ist. Ich hatte seit Tagen nicht mehr mit ihm gesprochen, aber er hat wohl mein Blog gelesen oder von den anderen erfahren, dass ich mich Hals über Kopf in dich verknallt habe.«

»Und was hast du ihm gesagt?«

»Ich weiß es nicht mehr«, erwiderte Marissa. »Ich hab ihn wohl gefragt, was er von mir will oder so. Und dann hat er mich gefragt, ob ich wissen will, was du an dem Abend damals zu ihm gesagt hast. Er meinte den Abend, als er mich am Tresen so genervt hat und du mit ihm geredet hast, du weißt schon, der Abend, an dem wir uns kennengelernt haben. Er hat behauptet, du hättest gesagt, wenn er mich nicht zufriedenlässt, würdest du ihm den Schwanz abschneiden und ihn anschließend damit füttern.«

Marissa grinste, um zu zeigen, wie absurd sie das fand, aber Xan blieb ungerührt. »Du hast ihm aber nicht geglaubt?«

»Natürlich nicht. Ich wusste doch, dass er mich bloß ärgern wollte, aber das macht das Ganze nur noch schlimmer, wieso macht er das, am Tag der Beerdigung meiner Mutter?«

»Ich habe ihm gesagt, dass er es auf eine Prügelei anlegt und besser aus dem Club verschwindet, bevor die Türsteher ihn rauswerfen.«

»Ja, ich weiß, ich hab mir schon gedacht, dass du ihm so etwas in der Art gesagt hast, etwas völlig Harmloses. Meine Güte, was für ein armseliges Würstchen Darren doch ist, dass er so etwas erfindet! Ist es heiß hier drinnen?«

»Finde ich nicht. Hier, trink noch ein bisschen Cola.«

Marissa trank noch einen Schluck. »Irgendwie ist mir schwindlig.«

»Soll ich das Fenster aufmachen?«

»Ja, das wäre toll. Vielleicht macht es mich ja einfach krank, von Darren zu reden.«

Xan öffnete das Fenster, die frische Luft tat ihr gut.

»Tut mir leid, bitte ärgere dich nicht darüber. Ich habe gleich gewusst, wie lächerlich das ist, ich wollte bloß, dass du es weißt.«

»Ich ärgere mich überhaupt nicht.« Er setzte sich wieder zu ihr. »Fühlst du dich schon besser?«

»Nein, nein, nicht wirklich. Ich hab den ganzen Tag noch nichts gegessen. Wahrscheinlich liegt's daran.«

»Trink noch ein bisschen. Das wird helfen.«

Sie trank noch ein paar Schlucke. »Das ist wirklich seltsam.«

»Was meinst du?«

»Keine Ahnung.« Sie fühlte sich total benommen. »Dass mein Vater und Darren ausgerechnet auf dir herumhacken. Du bist das Beste, was mir seit langem passiert ist. Ehrlich … Ich weiß überhaupt nicht, was ich ohne dich täte … Wow, jetzt ist mir aber wirklich schwindlig.«

»Komm her, halt dich an mir fest«, bot Xan an.

Sie konnte kaum noch klar sehen und wusste nicht mehr, wo sie war. Sie sah ein Gemälde, ein Gemälde mit sehr viel Rot.

Alles war perfekt gelaufen, bis der verdammte Hund zu bellen begann. Johnny hatte es nicht fassen können, als er mit Marissa das Haus verließ und die Frau mit dieser Töle Gassi gehen sah. Musste sie das ausgerechnet jetzt tun? Wie standen die Chancen für so ein Riesenpech, eins zu tausend oder was? Er hatte gehofft, dass der Hund ihn vielleicht nicht bemerken würde, aber denkste. Kaum dass er Johnny entdeckt hatte, ging der ab wie eine Rakete, als würde er ihn am liebsten zerfleischen.

Die Frau hatte ganz schön mit ihm zu kämpfen, hielt die Leine mit beiden Händen fest, wie beim Tauziehen.

»Das war jetzt aber wirklich sonderbar. Ich kenne Blackie seit Jahren, so habe ich ihn noch nie erlebt«, sagte Marissa, als sie auf dem Bürgersteig weitergingen.

»Ich weiß, aber so ist das nun mal mit Hunden und mir«, sagte Johnny und versuchte, das Ganze mit einem Scherz abzutun: »Ich muss wohl nach Katze riechen oder so.« Er konnte nur hoffen, dass Marissa die Sache mit dem verdammten Hund so rasch wie möglich wieder vergaß und dass auch sonst niemand auf dumme Gedanken kam.

Wie geht dieser Spruch noch mal, ein Unglück kommt selten allein? Nummer zwei folgte auf dem Fuß – der Anruf ihres Vaters. Sie war in die Küche gegangen, um mit ihm zu reden, aber Johnny hatte von der Couch aus die ganze Unterhaltung mit anhören können, zumindest alles, was sie sagte … und das genügte, um zu erkennen, dass da was völlig aus dem Ruder lief. Ihr Vater war bestimmt nicht ohne Grund plötzlich misstrauisch geworden, und noch schlimmer, es schien ganz so, als glaubten ihm die Bullen. Johnny überlegte, ob er etwas übersehen oder ein Beweisstück vergessen hatte.

Johnny wollte kein Risiko eingehen. Er würde nicht in seiner Wohnung hocken bleiben und darauf hoffen, dass die Bullen ihn nicht fanden. Nein, Johnny hielt nichts von Glücksspiel, schon gar nicht, wenn es um seinen eigenen Kopf ging. Selbst ihm konnten unter Umständen Fehler unterlaufen, die die Bullen auf seine Spur brachten. Aber er war clever genug, um zu wissen, dass hin und wieder Mist passierte, der nicht zu verhindern war, und darum hatte er für den Notfall immer noch einen Plan zur Hand, und zwar nicht nur einen Plan B, sondern auch Plan C, D, E und F.

Nur gut, dass Marissa ihrem Vater nicht verraten hatte, wo er wohnte. Der Name Xan Evonov half den Cops nicht weiter, wahrscheinlich würden sie Tage brauchen, um festzustellen, dass sein richtiger Name Johnny Long war. Bis dahin hätte er sich längst aus dem Staub gemacht, einen neuen Namen angenommen und würde irgendwo weit, weit weg von New York sein. Er musste sich zwar von der Idee verabschieden, das Haus der Blooms zu übernehmen, aber er konnte noch immer das Geld abkassieren und zusehen, wie Adam Bloom verreckte, frei nach dem Meatloaf-Song: *Two out of three ain't bad.*

Als Marissa das Gespräch mit ihrem Vater beendete, vergewisserte sich Johnny, dass sie das Handy ausschaltete. Es war ein iPhone, und er wusste, dass die GPS haben. Johnny hatte zwar keine Ahnung, wie dringend die Bullen mit ihm reden wollten, aber er würde nicht das Risiko eingehen, dass sie ihn über Marissas Handy aufspürten. Als Nächstes musste er Marissa ruhigstellen. Als er ihr eine Cola einschenkte, mischte er ein paar K.o.-Tropfen hinein. Hin und wieder musste Johnny die Frauen betäuben, die er ausrauben wollte, darum hatte er immer Rohypnol und Chloroform vorrätig. Er benutzte das Zeug aber nur, um die Frauen auszurauben, niemals, um sie zu vergewaltigen. Jede Frau, die Johnny gehabt hatte, war freiwillig mit ihm ins Bett gegangen. Für Johnny war Vergewaltigung das Furchtbarste, was man einem Menschen antun konnte. Verglichen damit war Mord eine Gnade. Wenn man jemanden umbrachte, war der weg vom Fenster, brauchte nicht mehr zu leiden. Aber wenn man jemanden vergewaltigte, hörte die Qual nie auf. Außerdem wollte er seinen Ruf als Casanova nicht versauen. Eines Tages, wenn jemand ein Buch über ihn schrieb oder einen Film über ihn drehte – vielleicht gab es ja sogar mehrere Filme –, wenn Johnny Long erst einmal zu einer Legende geworden war, dann wollte er nicht so enden wie die Sportler, die des Dopings überführt wurden. Seine Leistung sollte von niemandem angezweifelt werden können.

Als Marissa das Bewusstsein verlor, trug Johnny sie ins Bett, fesselte sie und klebte ihr den Mund zu. Ja, er hatte Seil und Klebeband bereit, war auf alle Eventualitäten vorbereitet. Er vergewisserte sich, dass er ihr die Nase nicht zugeklebt hatte und dass sie noch atmete. Er brauchte sie lebendig, eine Weile noch zumindest.

Er verließ die Wohnung, stahl einen Toyota und parkte ihn direkt vor dem Mietshaus. Er war knapp eine Stunde unterwegs gewesen, und Marissa war noch immer bewusstlos. Er lief in der Wohnung herum und packte ein paar Klamotten ein, Toilettenartikel und was sonst noch so in den Rucksack hineinpasste. Es stank ihm gewaltig, dass er die Blutwerke zurücklassen musste, und er hoffte sehr, dass der Vermieter beim Ausräumen der Wohnung die Bilder retten oder sie zumindest an eine Galerie oder einen Kunsthändler geben würde. Wenn Johnny Long erst einmal der weltberühmte Casanova war, wie viel wären die Bilder dann wohl wert? Ein paar hunderttausend pro Bild? Mehr? Schon möglich.

Als es dunkel wurde, band Johnny Marissa los und entfernte das Klebeband von ihrem Mund. Sie stöhnte, war aber noch immer bewusstlos. Dann führte er sie – na ja, trug sie eher – aus der Wohnung, die Treppe hinunter und auf die Straße hinaus. Perfekt. Wer immer sie sah, würde annehmen, sie wäre betrunken und er würde ihr nach Hause helfen.

Endlich hatte er sie im Auto und war bereit zum Losfahren, aber er brachte es nicht über sich, die Bilder oben zurückzulassen. Er eilte hinauf und nahm alle sechs Blutwerke mit. Sie passten nicht in den Kofferraum, aber es gelang ihm, sie mit Ach und Krach auf dem Rücksitz zu verstauen. Gott sei Dank. Ihm fiel nichts mehr ein, was er sonst noch brauchte, und so fuhr er, die bewusstlose Marissa an seiner Seite, zufrieden mit sich und der Welt aus New York hinaus.

26

Adam hatte wohl fünfzig Mal versucht, Marissa zu erreichen, erfolglos. Er hatte ihr ein paar Nachrichten aufs Band gesprochen, ansonsten aber aufgelegt, sobald die Mailbox angesprungen war.

»Da passiert was Schlimmes«, unkte seine Mutter. »Ich weiß es.«

Adam hatte die Nase gestrichen voll von seiner Mutter und ihren Vorahnungen. Ohne sie wäre er nicht halb so in Panik. Mit seiner Mutter im Nacken, die kurz vor einem hysterischen Anfall stand, war es unmöglich, Ruhe zu bewahren.

»Ruf Clements an«, befahl sie ihm.

»Ich habe ihm vor zehn Minuten eine Nachricht hinterlassen.«

»Vielleicht hat er sie ja nicht bekommen.«

»Er hat sie bekommen.«

»Woher willst du das wissen?«

»Weil ich es eben weiß.«

»Vielleicht hat er herausgefunden, wo Xan wohnt. Vielleicht weiß er schon etwas.«

»Dann hätte er angerufen.«

»Vielleicht auch nicht. Vielleicht hat er –«

»Das reicht jetzt«, unterbrach Adam sie. »Wir müssen uns beruhigen.« Ohne sonderlich darauf zu achten, drückte er die Wahlwiederholungstaste, kam wieder an Marissas Mailbox und legte auf. »Wir haben uns viel zu sehr in diese Sache hineingesteigert. Wahrscheinlich hat das alles überhaupt nichts mit Xan zu tun, und wir veranstalten hier ein Riesendrama …«

Adams Handy klingelte, vor lauter Schreck wäre er fast aufgesprungen. Er sah auf das Display. »Clements«, stellte er fest. »Hallo?«, meldete er sich dann.

»Wie oft haben Sie mich angerufen?«, fragte Clements.

»Ein paar Mal. Wissen Sie schon –«

»Es gibt keinen Grund, mich mehr als einmal anzurufen. Hinterlassen Sie mir eine Nachricht, und ich melde mich bei Ihnen. Alles, was darüber hinausgeht, stiehlt Ihnen und mir nur kostbare Zeit.«

Adam nahm Clements diese Strafpredigt übel. »Haben Sie nun herausgefunden, wo Xan wohnt, oder nicht?«, verlangte er zu wissen.

»Er ist nirgendwo in Brooklyn gemeldet. Wir haben inzwischen auch diesen Alexander Evonov aus Brighton Beach überprüft, der ist vor drei Wochen gestorben. Was ist mit Ihnen? Haben Sie Ihre Tochter erreicht?«

»Ich versuche es die ganze Zeit. Ich glaube, sie hat das Handy ausgeschaltet.«

»Warum?«

Adam hatte keine Lust, Clements die Geschichte zu erzählen. »Keine Ahnung, vielleicht ist die Batterie leer.«

»Gib ihm die Nummer, gib ihm ihre Nummer«, mischte sich Adams Mutter ein.

»Wollen Sie ihre Nummer?«, fragte Adam.

»Ja, bitte.« Adam gab Clements die Nummer. »Aber versuchen Sie es bitte weiter, und wenn Sie durchkommen, rufen Sie mich sofort an«, instruierte Clements ihn. »Aber quatschen Sie mir nicht wieder die Mailbox voll, dadurch verliere ich nur Zeit.«

Während der nächsten Stunden versuchte Adam, mit seiner Mutter fernzusehen, und wählte etwa alle fünf Minuten Marissas Nummer. Nach wie vor geriet er nur an ihre Mailbox, und seine Mutter, die vor lauter Sorge und Nervosität ganz aufgelöst war, trieb ihn schier in den Wahnsinn. Er musste weg von ihr, und so verzog er sich nach oben an seinen Computer und startete noch ein paar Onlinesuchen zu Xan, fand aber rein gar nichts. Da vibrierte sein Telefon, eine SMS von Marissas Handy.

»Gott sei Dank«, murmelte Adam.

Dann las er die Nachricht: *wenn du die kleine schlampe wiedersehen willst ruf mich in einer minute an die uhr läuft*

Er war so verdattert, dass er gar nicht kapierte, was er da gelesen hatte. Nach ein paar Sekunden fiel der Groschen. Nicht Marissa hatte ihm diese Nachricht geschickt, das hier war eine Nachricht über Marissa. Er las sie noch ein paarmal, unfähig, sich zu konzentrieren. Schließlich begriff er, dass jemand drohte, seine Tochter umzubringen, aber Adam war noch immer so entgeistert, dass er nicht wusste, wie der verlangte Rückruf vonstatten gehen sollte, er hatte ja keine Nummer. Sollte er etwa Marissas Handy anrufen? Eilig wählte er die Rückrufoption, wahrscheinlich war die Minute schon abgelaufen.

»Das war haarscharf«, sagte Xan.

Um Gottes willen, sie hatten recht gehabt!

»Wo ist meine Tochter?«, fuhr Adam ihn an.

»He, immer hübsch langsam, Doc. Du willst doch nicht, dass ich etwas tue, was ich bereuen könnte, oder?«

»Ich will mit ihr sprechen.«

»Ich schlage vor, wir sprechen zuerst einmal darüber, was ich will.«

»Lass sie ans Telefon, verdammt noch mal.«

»Sind die Bullen bei dir?«

»Ich hab gesagt, dass du sie ans Telefon lassen sollst.«

»He, willst du die kleine Schlampe lebend wiedersehen oder nicht? Willst du das? Willst du sie lebend wiedersehen?«

Adam wurde sich plötzlich der furchtbaren Angst bewusst, die ihn erfasst hatte, er zitterte am ganzen Körper.

»Bitte tu ihr nicht weh. Bitte, bitte, tu ihr nichts.«

»Das liegt ganz bei dir, Doc. Wenn du tust, was ich sage, und mich nicht ständig unterbrichst, wirst du sie wiedersehen. Wenn nicht …«

»Du gottverdammter Hurensohn.« Adam wollte nicht glauben, dass dies hier tatsächlich geschah, dass Xan ihm das angetan hatte, ihnen das angetan hatte.

»Siehst du? Genau das meine ich.«

»Ich höre ja schon zu, verdammt noch mal, ich höre ja zu.«

»Das ist gut, aber wenn die Bullen mithören, wenn du dieses Gespräch mitschneidest oder wenn du den Bullen auch nur mit einer Silbe verrätst, dass du mit mir gesprochen hast, wirst du deine Tochter nie wiedersehen. Tut mir leid, aber das sind die Bedingungen. Wenn ich einen einzigen Bullen am Treffpunkt entdecke, werden sie den Leichnam deiner Tochter nie finden. Das garantier ich dir.«

»Treffpunkt? Welcher Treffpunkt?«

»He, hab ich dir nicht gesagt, dass ich derjenige bin, der hier die Fragen stellt?«

Adam hörte Schritte im Flur – seine Mutter.

»Sag mir einfach, was ich tun soll, und ich werde es tun.« Er ging an die Tür, streckte den Kopf in den Flur und flüsterte seiner Mutter zu: »Ein Freund vom College.«

»Was für ein Freund?«

Offensichtlich glaubte sie ihm nicht.

»Ich bin gleich fertig«, sagte er und schloss die Tür.

»War das die alte Schachtel?«

Am liebsten hätte Adam Xan angeschrien, aber er zwang sich, Ruhe zu bewahren, senkte die Stimme beinahe zu einem Flüstern, für den Fall, dass seine Mutter an der Tür lauschte: »Ich werde tun, was du verlangst.«

»Ja, das wirst du, denn das hier ist mein Spiel, ich hab hier das Sagen. Das bist du nicht gewohnt, was Doc? Du bist es gewohnt, die Klappe aufzureißen und zu bestimmen, wo's langgeht, was? Wetten, deine Patienten kommen bei dir kaum zu Wort, wetten, das Reden übernimmst vor allem du. Weißt du, ich habe einmal einen Seelenklempner kennengelernt, im Waisenhaus. Sie meinten, ich hätte Probleme, und deshalb haben sie mich gezwungen, mit diesem alten Knacker zu reden, nun ja, damals fand ich ihn alt, aber wahrscheinlich war er nicht älter als du jetzt. Mann, hab ich den Kerl gehasst, bildete sich ein, was Besseres zu sein. Nur weil er auf dem Stuhl saß und ich auf der Couch lag, glaubte der, er hätte Macht über mich. Der ist voll darauf abgefahren. Aber jetzt hab ich den Spieß umgedreht, jetzt sitze ich auf dem Stuhl und du bist auf der Couch. Was ist das für ein Gefühl, auf der Couch zu sein, Dr. Bloom?«

»Kein gutes Gefühl.« Adam versuchte, Xan zu beschwichtigen, so, wie er es auch bei einem Patienten getan hätte. Carol hatte ihm einmal den Rat gegeben: »Wenn der Patient sich mächtig fühlen will, dann gib ihm das Gefühl, mächtig zu sein.«

»Da hast du verdammt noch mal recht, das ist kein gutes Gefühl. Das fühlt sich beschissen an, und genauso sollst du dich fühlen, wie das Stück Scheiße, das du bist.«

»Ich verstehe.«

»Du verstehst? Was meinst du damit? Was zum Teufel soll das schon wieder heißen?«

»Das heißt, ich verstehe, wie du dich fühlst.«

»Du hast keine Ahnung, wie ich mich fühle, niemand versteht, wie ich mich fühle.«

Xan hatte die Stimme erhoben. Er hörte sich instabil an, wahnsinnig. Konnte das derselbe junge Mann sein, der bei ihnen zu Abend gegessen hatte, den er akzeptiert hatte, den er gemocht hatte?

»Ich will dir ja geben, was du verlangst«, sagte Adam. »Sag einfach, was du willst, und es gehört dir.«

»Ach ja? Und wenn ich dir sage, dass ich den Kopf deiner Tochter auf einem Silbertablett haben will, bekomme ich den dann von dir?«

Adam presste das Telefon in seiner Hand so heftig, dass etwas krachte.

»Tu meiner Tochter nicht weh«, bat er, so ruhig er konnte, aber wahrscheinlich hörte es sich trotzdem wie eine Drohung an.

»Jetzt geht das schon wieder los, du sagst mir, was ich zu tun habe. Spricht man etwa so mit einem Mann, der eine Pistole an die Schläfe deiner Tochter hält?«

»Wie soll ich dann mit dir reden?«, fragte Adam. Er zitterte wieder, begann zu weinen.

»Ich will, dass du die Schnauze hältst und mir zuhörst. Schaffst du das?«

Adam wusste, dass Xan keine Antwort hören wollte, und so schwieg er.

»Gut«, lobte Xan, »du hast es kapiert. Morgen Mittag um zwölf will ich eine Million Dollar in bar, Fünfziger und Hunderter, unmarkierte Scheine. Du bringst mir die Kohle auf den Parkplatz des ShopRite-Supermarkts in der Miron Lane in Kingston, New York. Wenn die Scheine markiert sind, wenn ich einen Bullen sehe, einen einzigen, oder irgendjemand, dessen Fresse mir nicht passt, dann tauche ich nicht auf, und die kleine Hure stirbt.«

»Ich habe keine Million Dollar«, sagte Adam.

»Dann besorg sie dir.«

»Wie soll ich das bis morgen Mittag schaffen?«

»Dein Problem, nicht meins.«

»Ich brauche mehr Zeit.«

»Die bekommst du nicht.«

»Bitte, ich –«

»Halt die Schnauze. Du hast Riesenglück, dass du überhaupt eine Chance hast, deine Tochter wiederzusehen. Du hast Carlos umgebracht, er gehörte zu meiner Familie. Dafür sollte ich deine Frau *und* diese kleine Göre hier töten.«

Adam hatte sich so auf Xans Drohungen gegen Marissa konzentriert, dass ihm erst jetzt aufging: Er sprach mit dem Mann, der seine Frau umgebracht hatte! Warum nur hatte er das getan? Aus Rache? Aus Spaß? Und warum hatte er sich an Marissa rangemacht? Wie hatte er sie kennengelernt? Das alles ergab doch keinen Sinn.

»Ich bitte dich, ich flehe dich an. Gib mir mehr Zeit, nur einen Tag, einen einzigen Tag … Hallo, bist du noch da? … Bist du noch da?«

Xan hatte aufgelegt. Adam versuchte zurückzurufen, erreichte aber wieder nur die Mailbox: »Hi, hier ist Marissas Mailbox. Tut mir leid, bin gerade nicht da. Hinterlass einfach –«

Adam legte ebenfalls auf. Er saß an seinem Schreibtisch, das Handy in der Hand, und zitterte noch heftiger als zuvor. Er hatte keine Ahnung, was er tun sollte. Noch nie hatte er solche Angst gehabt und sich so allein gefühlt.

»Adam?«

Seine Mutter kam ins Zimmer. Sofort wandte er sich ab, damit sie sein Gesicht nicht sah.

»Lass mich allein, Mum.«

»Wer war das am Telefon?«

»Hab ich doch schon gesagt, ein alter Freund.«

»Warum bist du –«

»Ich weine wegen Dana, okay? Lass mich einfach ein bisschen in Ruhe, bitte.«

Seine Mutter blieb ein paar Sekunden lang stehen, wo sie war. »Okay«, sagte sie dann voller Misstrauen und ging.

Wenn er seiner Mutter erzählte, was passiert war, würde sie darauf bestehen, die Polizei zu rufen. Er bezweifelte, dass das der richtige Weg war. Xan war ganz offensichtlich ein Psychopath und wahrscheinlich im höchsten Grade paranoid. Adam war überzeugt, dass er es ernst meinte, dass er Marissa ohne zu zögern umbringen würde, wenn er einen Polizisten sah oder auch nur glaubte, dass die Polizei ihre Hand ihm Spiel hatte. Dana hatte er schon umgebracht, was sollte ihn also davon abhalten?

Aber Adam wollte sichergehen, dass er die richtige Entscheidung traf. Schließlich wäre es nicht das erste Mal, dass er aus einem Impuls heraus handelte. Es fiel ihm zwar noch immer schwer, sich zu konzentrieren, trotzdem versuchte er sich vorzustellen, was passieren würde, wenn er die Polizei einschaltete. Er würde Clements alles haarklein berichten, aber was, wenn Clements Xan falsch einschätzte und ein ganzes Einsatzteam nach Kingston beorderte? Was, wenn Xan dann Marissa umbrachte, wie er es angedroht hatte? Wie sollte Adam damit leben?

Kein Zweifel, die Polizei zu informieren könnte ein Riesenfehler sein. Seine einzige Chance, Marissa zu retten, bestand darin, Xan zu beschwichtigen, ihm zu geben, was er wollte. Aber wie sollte er bis morgen Mittag an eine Million Dollar kommen? Er hatte gelogen, er besaß so viel Geld – konnte es zumindest auftreiben. Das Problem war, dass er nur auf ein paar tausend Dollar in bar Zugriff hatte. Aber wenn er Aktien und Fonds flüssigmachte, einen Teil seiner Rücklagen für die Rente auflöste, konnte er eine Million zusammenbekommen. Doch dafür brauchte er Zeit. Auf keinen Fall würde er das bis morgen Mittag hinkriegen und dann auch noch rechtzeitig in Kingston sein können.

Da schoss Adam ein Gedanke durch den Kopf, bei dem ihm vor Angst speiübel wurde. Was, wenn er Xan das Geld gab und er Marissa trotzdem umbrachte? Warum sollte er das nicht tun? Was würde ihn davon abhalten?

Adam hatte alle Hoffnung verloren, als ihm eine andere Idee kam. Sie war riskant, äußerst riskant, aber sie hatte bessere Chancen zu funktionieren, als alle anderen Pläne. Er dachte darüber nach und entschied dann, dass er keine andere Wahl hatte. Er würde es genau so durchziehen.

27

Johnny fuhr durch New Jersey nach Norden. In Tuxedo hielt er am Straßenrand und schaltete Marissas Handy ein. In der Anrufliste fand er DAD HANDY und wählte die Option KURZMITTEILUNG. Dann schrieb er Adam, dass er die kleine Schlampe töten würde, wenn er nicht innerhalb von einer Minute zurückriefe. Johnny hätte sie nicht umgebracht – warum sollte er das tun, bevor er abkassiert hatte –, aber er genoss es unendlich, Adam herumzukommandieren, endlich einmal selbst am Drücker zu sein.

Natürlich rief Adam zurück, völlig verzweifelt. Johnny konnte die Angst in seiner Stimme hören, den Kerl hatte er bei den Eiern. Es war ein tolles Gefühl, die Macht zu haben, zu sagen, wo es langging. Dass Bloom ihn hasste, machte es nur noch besser. Johnny war der letzte Mensch auf dieser Welt, mit dem Bloom reden wollte, aber er hatte keine andere Wahl, er musste am Telefon bleiben, ihm zuhören und brav tun, was er ihm befahl.

Dann gab er Bloom die Instruktionen, beendete das Gespräch, während der Doc noch auf ihn einredete, und schaltete das Handy wieder aus. Nachdem er sorgfältig sämtliche Fingerabdrücke abgewischt hatte, warf er das Handy so weit wie möglich in den Wald hinein.

Er fuhr noch etwa eine Stunde weiter, bis er ein Städtchen namens Accord erreichte. In der Zeit in St. John's war Pater Hennessy mit ihm und den anderen Kids jeden Sommer für ein Wochenende in eine alte Feriensiedlung namens Max's gefahren. Auch wenn die Bungalows abbruchreif waren und das Gras viel zu hoch stand, liebten es die Jungs, aus der heißen Stadt rauszukommen und den ganzen Tag an der frischen Luft herumzutoben. Johnny hatte auch sehr viel Spaß dort draußen, außer, wenn Hennessy ihn auf lange Wanderungen in den Wald mitnahm und ihn dort vergewaltigte. Er drohte Johnny, dass Gott ihn bestrafen würde, wenn er das Geheimnis ausplauderte. Johnny hatte es niemandem erzählt, aber nicht aus Angst vor der Strafe Gottes. Er wollte nicht, dass die anderen Jungs sich lustig machten über ihn und ihn Tunte nannten.

Diese Feriensiedlung würde ein perfektes Versteck für ihn und Marissa abgeben. Hennessy hatte ihm erzählt, dass außerhalb der Saison niemand dorthin käme, und meilenweit um die Siedlung herum wohnte kein Mensch.

Kilometer um Kilometer folgte er der schmalen, kurvigen Landstraße.

Das Schild mit dem Schriftzug MAX'S an der Abzweigung zur Siedlung war vom dichten Laub der Bäume und von hochgeschossenem Unkraut verdeckt, so dass Johnny es beim ersten Mal übersah und wenden musste. Der Weg, der zur Feriensiedlung hinaufführte, war früher eine Schotterstraße gewesen, aber jetzt war sie so von Unkraut überwuchert, dass man sie kaum noch erkennen konnte. Johnny hatte angenommen, dass das Waisenhaus die Siedlung noch immer nutzte, aber es schien, als sei seit Jahren niemand mehr dort gewesen.

Johnny parkte den Wagen an der Stelle, wo Pater Hennessy früher immer den Minibus der Schule abgestellt hatte, am Fuß des Hügels in der Nähe einer alten Scheune. Schon damals war die Scheune baufällig gewesen, Fledermäuse nisteten dort, aber Johnny, Carlos und die anderen Jungs verbrachten die Abende hier, sahen fern und spielten Poker oder Blackjack.

Als Johnny die Scheinwerfer ausmachte, war es stockdunkel. Er konnte weder Marissa sehen noch das Armaturenbrett oder sonst irgendwas. Er schaltete die Taschenlampe ein, die er mitgebracht hatte. Vielleicht blendete das Licht Marissa, oder sie wurde zufällig gerade wach. »Wo … wo bin ich?«, stöhnte sie leise. »In Sicherheit, schlaf weiter«, flüsterte Johnny. »Wieso bist du –«, setzte sie an, aber Johnny unterbrach sie: »Halt deine verdammte Klappe und schlaf.« Das war wohl ein Fehler, denn nun begann sie, laut zu schreien. Johnny machte sich deswegen keine Sorgen, sie waren am Arsch der Welt, hier war seit Jahren niemand mehr gewesen, aber sie schrie so laut, dass es ihm in den Ohren weh tat, und er wollte, dass sie ihre Klappe hielt.

»Schnauze, hab ich gesagt!«, schrie er sie an, aber sie setzte sich zur Wehr, versuchte, ihm das Gesicht zu zerkratzen. Dann schlug sie ihm die Taschenlampe aus der Hand, was ihn echt sauer machte. Er musste eine Weile auf dem Boden herumsuchen, während sie ihm weiter die Ohren vollbrüllte. »Hilfe! Helft mir doch! Hilfe!« Endlich fand er die Taschenlampe wieder und schlug sie ihr hart ins Gesicht. Er hatte fester zugeschlagen als beabsichtigt und hörte das Splittern von Knochen – wahrscheinlich die Nase. Aber selbst das brachte sie nicht zum Schweigen, sie schrie nur noch lauter.

Er fand einen Lappen auf dem Boden, tränkte ihn mit Chloroform und drückte ihn ihr aufs Gesicht, mit Gewalt, direkt auf die vermutlich gebrochene Nase, was furchtbar weh tun musste, aber nach zehn Sekunden hörte sie endlich auf, sich zu wehren, und sank in die Bewusstlosigkeit.

Er wartete ein paar Sekunden, genoss die plötzliche Stille. Dann schulterte er seinen Rucksack und zerrte Marissa aus dem Wagen. Hier oben war es etwa fünf Grad kühler als in der Stadt, so zwischen null und fünf Grad. Er hätte eine wärmere Jacke, einen Pulli und ein paar Decken mitbringen sollen. Lebensmittel und Wasser wären auch nicht schlecht gewesen. Aber gut, man konnte ja nicht an alles denken. Außerdem würden sie nur eine Nacht hier verbringen.

Er schleppte Marissa den Hügel hinauf und dann die wackligen Stufen zu einem der Bungalows hoch. Es war derjenige, den er damals mit Carlos und ein paar anderen Jungs bewohnt hatte. Einige der Dielenbretter waren so lose, morsch und wahrscheinlich von Termiten zerfressen, dass er befürchtete, der Boden der kleinen Veranda würde einbrechen. Die Tür klemmte, und als er mit mehr Kraft daran zog, riss er sie aus der oberen Angel.

Es war eiskalt in dem Bungalow, kälter als draußen, und muffig, als sei hier seit Jahren nicht mehr gelüftet worden. Hustend leuchtete er voraus und zerrte Marissa in den hinteren Schlafraum. Unter seinen Schuhen knirschte es, als gehe er über Sand oder Kies. Als er die Taschenlampe auf den Boden richtete, sah er, dass er mit Mäusedreck übersät war.

Die Matratze auf dem alten Einzelbett, in dem er früher geschlafen hatte, war ebenfalls voller Mäusedreck, aber daran ließ sich wohl nichts ändern. Er legte Marissa aufs Bett, holte das Seil aus dem Rucksack und band sie so fest, dass ihr das Seil vermutlich ins Fleisch schnitt. Aber lieber kein Risiko eingehen. Er wollte ihr den Mund wieder zukleben, aber da war so viel Blut von der gebrochenen Nase, dass er befürchtete, sie würde vielleicht keine Luft mehr bekommen und ersticken. Am liebsten hätte er sie auf der Stelle erschossen. Sie war eine verzogene Göre und hatte noch vor wenigen Minuten versucht, ihm die Augen auszukratzen, aber im Grunde hatte er nichts gegen sie. Ihr Vater war es, den er hasste. Für sie wäre es das Beste, wenn er ihr eine Kugel in den Kopf jagte.

Aber hier war nicht Menschlichkeit gefragt, sondern Cleverness. Außerdem würde er schon bald ihrem Leiden ein Ende setzen. Wenn alles nach Plan lief, hatte sie noch vierzehn Stunden zu leben, allerhöchstens.

Johnny wachte auf mit dem Gedanken: ›Nicht vergessen: Bei der nächsten Entführung auf keinen Fall ein eiskaltes, von Mäusen verschissenes Ferienhaus als Versteck wählen.‹ Er hatte so gut wie nicht geschlafen. Ein paar Mal hatte er aufstehen und Marissa erneut chloroformieren müssen, aber er hätte sowieso nicht schlafen können. Es war viel zu kalt, und er war viel zu aufgeregt, wenn er an die Million Dollar dachte, die er nun bald besitzen würde. Er überlegte bereits, wie er sie ausgeben wollte. Er wollte irgendwohin, wo es warm war, an den Strand, das stand fest. Wenn er das Land nicht verlassen konnte, musste er sich eben eine neue Identität besorgen und sich in Kalifornien oder Florida verstecken, wohl eher Florida. Er hatte relativ dunkle Haut und würde bestimmt als Kubaner durchgehen. In Fort Lauderdale und South Beach warteten jede Menge Mädchen auf ihn. Man stelle sich Johnny Long am Strand in Südflorida vor … da würde die Post abgehen.

Es war ein wolkenverhangener Tag. Es sah zwar nicht nach Regen aus, aber die Sonne würde wohl auch nicht durchkommen. Johnny stand auf der Treppe vor dem Bungalow und tankte frische Luft, versuchte, den modrigen Mäusedreckmief aus den Lungen zu bekommen, da regte sich Marissa.

»Nervensäge«, schimpfte er, als er zu ihr hineinging.

Sie schrie und versuchte sich zu befreien, aber vergeblich. Ihr Gesicht war puterrot, ihre Nase ungefähr auf die doppelte Größe geschwollen, und Blut, zum Teil schon dunkel und verkrustet, klebte ihr um die Nasenflügel und auf der Oberlippe.

»He, willst du wohl die Klappe halten?«, sagte Johnny. »Schnauze, verdammt noch mal.«

Sie schrie noch immer weiter. Johnny schnappte sich den Lappen mit dem Chloroform. »Du hast die Wahl, entweder du hältst die Klappe, oder du kriegst eine neue Ladung Chloroform. Was darf's sein?«

»B …b …bitte«, flehte sie schluchzend, »b …b …bitte …«

»So ist's schon besser. Du kannst dir das Geschrei wirklich sparen. Hier hört dich sowieso niemand, du erreichst höchstens, dass wir beide Kopfschmerzen kriegen.«

»Wo … wo … sind wir?«

»Das ist doch vollkommen egal.« Dann fügte er hinzu: »Wir sind an einem sicheren Ort.«

»Warum?« Sie weinte. »Warum? … Warum?«

»Das ist ziemlich kompliziert, Baby. Aber mach dir keine Sorgen. Wenn du hübsch ruhig bleibst und alles tust, was ich dir sage, werde ich dir nicht weh tun.«

Er hatte sie von der ersten Sekunde an belogen, warum sollte er ausgerechnet jetzt damit aufhören?

Sie schluchzte noch heftiger, plötzlich stieg ihm ein fürchterlicher Gestank in die Nase. Zuerst dachte er, da verrotte irgendwas, vielleicht unter dem Bett, aber dann dämmerte ihm, dass sie sich in der Nacht in die Hose geschissen hatte. Vielleicht schrie sie ja deswegen so herum.

»Oha, da hatten wir wohl einen kleinen Unfall, was? Tut mir echt leid, wie unangenehm. Ich würde dir ja gerne erlauben, dich sauberzumachen, aber du bist jetzt gerade so schön verschnürt, ich will doch nicht riskieren, dass du mir davonläufst. Ich weiß zwar, dass du von hier aus nirgendwo hinkommst, aber trotzdem.«

»Du bist ein verdammtes Arschloch!«, brüllte sie. »Ein durchgeknallter Irrer!«

»Du schreist mich nicht noch einmal an.« Er wedelte mit dem Lappen vor ihrem Gesicht herum, um ihr zu zeigen, dass er es ernst meinte. Sie drehte sich zur Wand und begann zu weinen.

»Tut mir echt leid, dass du dich so beschissen fühlst«, sagte er.

Den ganzen Morgen grinste er noch über diesen kleinen Scherz. Am besten schrieb er sich das auf, begann eine Materialsammlung für sein Casanova-Buch. Ein bisschen Humor gab einer Geschichte erst die rechte Würze. Er konnte doch nicht auf fünfhundert Seiten ausschließlich von seinen Eroberungen erzählen. Nun ja, er konnte schon, aber trotzdem.

Gegen elf chloroformierte er Marissa ein letztes Mal. Sie wehrte sich, schrie und biss ihn in die Hand, dabei hatte sie vor ein paar Tagen noch richtig gute Manieren an den Tag gelegt. Schließlich gab sie auf und verlor das Bewusstsein. Er hoffte, dass sie ein paar Stunden bewusstlos bliebe. Bis dahin hätte er das Geld und würde zurückkommen, um sie zu erschießen. Wenn alles klappte, würde sie nie wieder aufwachen.

Johnny verließ den Bungalow und ging hinunter zum Auto. Als er zur Scheune hinübersah, musste er daran denken, wie ihn damals ein paar Jungs in die Zange genommen und mit Klappmessern bedroht hatten. Carlos war mit einer Pistole rübergekommen und hatte die Jungs zum Teufel gejagt. Das erinnerte Johnny wieder daran, warum er das alles tat. Es ging nicht um die Kohle. Hier ging es um Rache, um Gerechtigkeit.

Gegen halb zwölf parkte Johnny am Straßenrand vor dem Parkplatz des ShopRite in Kingston. Er sah weder den Mercedes noch den Offroader von Adam Bloom, aber er hielt vor allem Ausschau nach Bullen. Wenn welche hier waren, waren sie undercover und würden nicht so einfach zu entdecken sein, darum war er ja auch eine halbe Stunde zu früh gekommen. Jeder, der sich auf dem Parkplatz herumtrieb, konnte ein Cop sein. Bisher hatte er nur eine verdächtige Person ausgemacht, eine ältere, grauhaarige Frau, die mit einem Lexus in zweiter Reihe parkte. Sie sah zwar nicht aus wie eine Polizistin, aber das machte sie nur umso verdächtiger. Dann stieg ein alter Mann zu ihr in den Wagen, wahrscheinlich ihr Ehemann, und sie fuhren davon.

Johnny glaubte nicht, dass Bloom die Bullen informiert hatte. Er würde nicht den Tod seiner Tochter riskieren, und außerdem war das nicht sein Stil. Nein, Bloom hatte seine Karten schon in der Nacht des Einbruchs aufgedeckt. Er war der Typ Mann, der die Dinge selbst in die Hand nahm, er wollte das Kommando haben, den Helden spielen. Loszurauschen und seine Tochter aus den Händen eines ›irren Kidnappers‹ zu befreien war eine viel zu große Versuchung für ihn. Der würde er niemals widerstehen können.

Um zwölf hatte Johnny noch immer keine Bullen entdeckt, aber wo zum Teufel steckte Bloom? Um zehn nach war er noch immer nicht aufgetaucht. Johnny konnte sich nicht vorstellen, dass er zu spät kam und das Leben seiner Tochter aufs Spiel setzte, aber gab es eine andere Erklärung?

Johnny entdeckte eine Telefonzelle bei einer Pizzeria am anderen Ende der Einkaufsstraße. Er fuhr hinüber, ließ den Motor laufen und rief Bloom auf dem Handy an. Er hatte die Nummer auswendig gelernt, bevor er Marissas Handy weggeworfen hatte. Blooms Mailbox schaltete sich noch vor dem ersten Klingeln ein. Hatte der Scheißkerl etwa sein Handy ausgemacht?

Johnny stieg wieder ins Auto und wartete weitere zehn Minuten. Bloom würde nicht mehr auftauchen. Damit hatte Johnny nun überhaupt nicht gerechnet. Er hatte sich vorgestellt, dass Bloom vielleicht mit weniger Geld ankam, den Preis runterzuhandeln versuchte, aber dass er ihn einfach versetzen würde, darauf war er nicht gefasst gewesen. Was glaubte Bloom eigentlich, wer hier der Boss war? Wer hier das Sagen hatte?

Wutentbrannt fuhr Johnny davon. Zeit für Plan C oder D oder welcher Buchstabe inzwischen dran war. Er würde jetzt zur Feriensiedlung zurückfahren und Marissa erschießen. Die Frau und die Tochter von dem Kerl zu erledigen war Rache genug. Klar, die Million Dollar wäre eine nette Draufgabe gewesen, aber Johnny wusste ja, dass Geld für ihn schon bald kein Problem mehr sein würde, wenn das Casanova-Buch erst einmal auf den Markt kam, und außerdem würde er eines Tages Hunderttausende, wenn nicht gar Millionen für seine ›Blutwerke‹ bekommen. Okay, er musste Adam leben lassen, aber vielleicht war das gar nicht mal so schlecht. Das Leben war so viel schlimmer als der Tod. Warum sollte er dem Kerl die ewige Ruhe gönnen?

Als Johnny ein paar Minuten später in den Rückspiegel schaute, entdeckte er einen roten Mittelklassewagen etwa hundert Meter weiter hinten. Es war noch ein anderes Auto dazwischen, deshalb konnte er den Fahrer nicht richtig erkennen, aber dann, als sie um eine Kurve fuhren, hatte Johnny einen Moment lang freie Sicht auf ihn. Er traute seinen Augen nicht. Was glaubte der denn, wen er da zum Narren hielt?

Adam verließ Forest Hills bei Sonnenaufgang. Die Reporter waren endlich weg, aber sie würden sehr bald wieder da sein, egal wie seine Mission ausging.

Für seine Mutter hatte er eine Nachricht auf dem Küchentisch hinterlassen: *Habe ein paar Dinge in der Stadt zu erledigen*. Natürlich würde sie sich Sorgen machen, wenn er nicht wieder nach Hause kam und sie ihn nicht erreichen konnte. Aber er hatte keine andere Wahl. Wenn er ihr erzählt hätte, dass er in die Catskill Mountains fuhr, um seine Tochter im Alleingang zu befreien, hätte sie die Polizei gerufen und Marissas Leben in Gefahr gebracht.

Adam fuhr zum La-Guardia-Flughafen, parkte auf dem Langzeitparkplatz und mietete sich bei einer Leihwagenfirma einen Taurus. Xan würde nach dem Mercedes oder dem Offroader Ausschau halten, und er wollte möglichst unerkannt bleiben.

Unterwegs war er ein paarmal kurz davor, anzuhalten und umzudrehen. Es war ein großes Risiko, allein dorthin zu fahren, aber er sah keine Alternative. Wenn er die Polizei einschaltete, konnte er nur darauf hoffen, dass sie Xan schnappten, bevor er Marissa umbringen konnte, oder dass Xan ihn belogen und gar nicht vorhatte, sie umzubringen. Er hatte Xan von Anfang an falsch eingeschätzt, sie alle hatten ihn falsch eingeschätzt, dieser Fehler würde ihm nicht ein zweites Mal unterlaufen.

Adam verließ die Autobahn in Kingston und folgte der Wegbeschreibung, die er ausgedruckt hatte, bis er vor dem ShopRite stand. Es war früh, noch vor zehn, aber er war froh, dass er da war und nicht irgendwo unterwegs in einem Stau festsaß und Angst haben musste, den Termin um zwölf zu verpassen. Er wollte aber nicht zu lange an einer Stelle warten und riskieren, dass Xan ihn entdeckte. Deshalb kurvte er in der Gegend herum und wartete dann ein Weilchen auf dem Parkplatz einer Einkaufspassage ganz in der Nähe. Um halb zwölf kehrte er zum ShopRite zurück. Als er auf den Parkplatz fuhr, entdeckte er Xan in einem Wagen an der Straße direkt davor. Er war ziemlich sicher, dass Xan ihn nicht gesehen hatte, aber er war haarscharf an der Katastrophe vorbeigeschlittert. Wenn Xan ihn sah, war sein ganzer Plan im Eimer. Er hätte auf der anderen Straßenseite warten und den Parkplatz mit einem Fernglas beobachten sollen oder so. Er war sauer, dass er sich so einen Patzer erlaubt hatte, sein Puls raste. Am Morgen hatte er in der Eile das Klonopin vergessen, dabei hatte er seit gestern Abend nichts mehr genommen. Klonopin hatte eine lange Halbwertzeit, aber da er gestern die doppelte Dosis genommen hatte, traten jetzt schon vielleicht die ersten Entzugserscheinungen auf – schwere Angst- und Erregungszustände, Panikattacken. Er hatte mal einen Patienten gehabt, der einen epileptischen Anfall bekam, als er das Klonopin unkontrolliert absetzte. Ein epileptischer Anfall war nun wirklich das Letzte, was er jetzt brauchte.

Er parkte das Auto zwischen einem LKW und einem Offroader. Das war perfekt, so war der Wagen nicht mehr in Xans Blickfeld, er aber hatte den Kofferraum von Xans Auto im Auge und würde es mitkriegen, wenn er davonfuhr.

Adam ließ Xans Wagen nicht eine Sekunde aus den Augen, nicht mal, um auf die Uhr zu schauen. Er versuchte, so wenig wie möglich zu blinzeln, mit dem Ergebnis, dass seine Augen schon nach kurzer Zeit brannten.

Adam hatte keine Ahnung, wie spät es war, aber es musste schon nach zwölf sein. So langsam wurde Xan wohl unruhig und begriff, dass er versetzt worden war.

Da fuhr Xan auf einmal aus der Parklücke. Adam hatte den Motor die ganze Zeit laufen lassen, aber just in jenem Augenblick versperrte ihm eine Frau mit einem vollbeladenen Einkaufswagen den Weg. An der einen Hand hielt sie ein kleines Mädchen, ein Baby trug sie in einer Bauchtrage.

»Mach schon«, schrie Adam, »beeil dich ein bisschen!«

Er hätte besser die Klappe gehalten. Sein Wutausbruch hatte nur zur Folge, dass die Frau sich umdrehte und ihn sekundenlang anstarrte, als sei er einer Irrenanstalt entlaufen.

»Jetzt mach schon, aus dem Weg!«, schrie er und ruderte wild mit den Armen. Endlich bewegte sich die Frau, und Adam konnte aus dem Parkplatz rausfahren. Fast wäre er mit einem anderen Auto zusammengekracht, das in der Nähe der Ausfahrt rückwärts aus einer Parklücke setzte.

Adam entdeckte Xans Wagen weiter vorn und folgte ihm in einigem Abstand. Xan bog mehrmals ab, und als er den US-Highway 209 erreichte, gab er Gas. Adam fuhr ebenfalls auf den Highway, verlor aber Xans Wagen aus den Augen. Er konnte nicht schneller fahren, denn auf der zweispurigen Straße war viel los, und überholen ging nicht. Er scherte immer wieder auf die Gegenfahrbahn aus, aber es war viel zu viel Verkehr, um ein Überholmanöver zu riskieren. Das Schlimmste aber war, dass er Xans Wagen immer noch nicht sehen konnte. Wenn Xan den Highway wieder verlassen hatte, war das das Ende, Marissa würde sterben.

»Bitte, lieber Gott«, flehte Adam, »bitte nicht, nein, nein, nein.«

Adam atmete tief durch, versuchte, sich auch ohne Klonopin wieder zu beruhigen.

Da ließ auf einmal der Gegenverkehr nach. Adam drückte aufs Gas, überholte drei Autos und schaffte es in letzter Sekunde, rechtzeitig wieder einzuscheren und einen Frontalzusammenstoß mit einem Lieferwagen zu vermeiden. Das Herz schlug ihm bis zum Hals, als er endlich Xans Auto entdeckte, knapp hundert Meter vor ihm.

Dennoch verspürte er kaum Erleichterung, wie auch? Der gefährlichste Teil seines Plans stand ja noch bevor. Er musste genügend Abstand halten, damit Xan nicht merkte, dass er verfolgt wurde, gleichzeitig durfte er ihn aber nicht noch einmal verlieren. Es half nicht gerade, dass der US-Highway 209 ziemlich kurvenreich war und Xans Wagen hinter jeder Biegung zu verschwinden schien. Nach etwa dreißig Minuten bog Xan nach rechts auf eine schmale, holprige, noch kurvigere Straße ab. Adam verlor Xan bei einer alten, verfallenen Feriensiedlung aus den Augen. Er fuhr an einem heruntergekommenen Tennisplatz vorbei und über eine alte, sehr schmale Holzbrücke, konnte Xans Wagen aber nirgendwo sehen. Er hatte so ein Gefühl, dass Xan von der Straße abgebogen war, deshalb wendete er rasch und fuhr zurück, wieder am Tennisplatz vorbei. Wenn sein Gefühl ihn täuschte, hatte er einen fatalen Fehler gemacht, dann hatte er Xan vielleicht endgültig verloren. Aber dann, weiter vorne rechts, oben auf dem Hügel, in der Nähe mehrerer verfallener Bungalows, entdeckte er Xans Auto.

Adam fasste wieder Mut. Xan zu folgen, statt das Lösegeld zu zahlen oder die Polizei zu informieren, stellte sich Gott sei Dank doch als die richtige Taktik heraus. Alles lief so, wie er es am Abend zuvor und am Morgen geplant hatte. Er würde Marissa retten und zurück in die Stadt bringen. Schon heute Abend würde sie wieder in ihrem eigenen Bett schlafen, da, wo sie hingehörte.

Adam parkte am Fuß des Hügels am Straßenrand. Er vergewisserte sich, dass die Glock geladen war und er genug Reservemunition dabeihatte, drei weitere Magazine in seiner Jackentasche. Dann stieg er aus dem Auto und schloss die Tür so leise wie möglich.

Er wollte den Hügel nicht auf dem Pfad hinaufgehen, allen Blicken ausgesetzt, darum schlug er sich am Straßenrand in die Büsche und ging geduckt.

Zeit war ein entscheidender Faktor. Er war am vereinbarten Treffpunkt nicht aufgetaucht, und Xan würde nun genau das tun, was er angedroht hatte, er würde Marissa umbringen. Adam sah Xan schon mit einem Messer vor sich, dem gleichen, mit dem er Dana getötet hatte. Er beeilte sich und rannte schließlich den Hügel hinauf, immer noch geduckt, im Bemühen, außer Sicht zu bleiben.

Als er die Stelle erreichte, wo das Gestrüpp aufhörte, waren seine Arme von den Dornen furchtbar zerkratzt, aber Adam merkte es nicht einmal. Er blickte sich rasch um, konnte Xan weder bei seinem Auto noch sonst wo entdecken. Er griff mit der rechten Hand in die Jackentasche nach der Pistole, dann rannte er durch das hohe Gras zu dem Bungalow, neben dem der Wagen geparkt war. Er lief an die Seite des Häuschens und wartete einen Augenblick. Kein Laut drang von innen an seine Ohren, kein schlechtes Zeichen, alles war besser, als Marissa schreien zu hören. Er konnte nur beten, dass er am richtigen Ort war, dass Xan und Marissa sich in diesem Bungalow befanden und sich nicht irgendwo anders versteckten. Er musste auch die Möglichkeit in Betracht ziehen, dass Marissa vielleicht gar nicht hier war und Xan aus einem ganz anderen Grund zu dieser heruntergekommenen Feriensiedlung gefahren war. Das wäre furchtbar, denn wenn Xan allein zu seinem Wagen zurückkehrte und wegfuhr, würde Adam nicht schnell genug den Berg hinunter und zu seinem Auto kommen, um die Verfolgung aufnehmen zu können.

Adam machte ein paar Schritte und spähte an der Rückseite des Bungalows durch ein schmutziges, mit Spinnweben verhangenes Fenster. Er sah in eine alte Küche, konnte aber niemanden entdecken. Dann hörte er ein Geräusch, wahrscheinlich das Knacken einer Fußbodendiele, aus dem Innern des Bungalows. Adam schreckte zurück.

Da drinnen war jemand. Adam verlor keine Zeit, eilte zur Vorderseite des Hauses, die Pistole im Anschlag. Seit der Nacht, in der er Carlos Sanchez erschossen hatte, hatte er weder die Glock noch eine andere Pistole abgefeuert. Er hatte das Bild wieder vor Augen, hörte die Schüsse, spürte den Rückstoß, schüttelte das alles aber gleich wieder ab.

Die Haustür stand leicht offen. Er drückte sie weiter auf, gerade weit genug, dass er in das Haus schlüpfen konnte. Er machte Lärm dabei, die Dielen knarrten, aber das war jetzt auch egal. Er hielt den Zeigefinger am Abzug, schussbereit.

»Wir sind hier hinten, Doc.«

Das war Xan. Zumindest befand er sich hier im Haus – und er hatte ›wir‹ gesagt, was auch ein gutes Zeichen war. Aber er klang so sorglos und entspannt, als hätte er Adam erwartet. Das war kein gutes Zeichen.

»Marissa, bist du da?«, rief er. »Marissa?«

Es blieb eine Weile still, doch dann antwortete sie leise: »Ja, Daddy.«

Ihre Stimme klang ganz schwach, sie musste furchtbare Angst haben.

»Mach dir keine Sorgen, Liebes, alles wird gut, versprochen.«

Er näherte sich langsam dem hinteren Zimmer, rechnete mit einer Falle. Xan hätte ihm niemals verraten, wo sie waren, wenn er nicht noch etwas in der Hinterhand hatte. Was immer das war, Adam war bereit. Unter keinen Umständen würde er zulassen, dass dieser Hurensohn seinem kleinen Mädchen weh tat.

Plötzlich tauchte Xan vor ihm auf. Adam hätte fast geschossen, doch in dem Moment, da er den Finger krümmen wollte, sah er, dass Xan nicht allein war. Er hielt Marissa vor sich, als Schutzschild, drückte ihr eine Pistole an die Schläfe.

»He, ganz locker, Doc, nicht gerade der ideale Zeitpunkt, um deine Schießwut an mir auszulassen, was?«

Marissa wirkte total verängstigt. Ihre Augen waren blutunterlaufen, ihre Lippen zitterten, und ihre Nase war ganz blutig.

»Lass sie los«, befahl Adam.

»Jetzt geht das schon wieder los«, sagte Xan. »Du sagst mir, was ich zu tun habe. Wann kapierst du endlich, dass es so nicht funktioniert? *Ich* bin hier derjenige, der *dir* sagt, was *du* zu tun hast.«

Adam zielte auf Xans Kopf, zumindest versuchte er das. Er hatte Schwierigkeiten, die Hand mit der Pistole ruhig zu halten.

»Keine Sorge«, versuchte er Marissa zu beruhigen. »Es ist gut, alles wird gut.«

»Wo ist mein Geld?«, fragte Xan.

»Lass sie los, dann geb ich's dir.«

Xan presste den Lauf der Pistole fester gegen Marissas Wange. Marissa begann zu schreien, hörte aber gleich wieder auf.

»Zwing mich ja nicht, dich noch einmal zu fragen«, drohte Xan.

»Es ist in meinem Motel in der Nähe. Wenn du sie gehen lässt, können wir zusammen hinfahren, du und ich, mit deinem Auto, wenn du willst. Lass sie einfach gehen. Das ist alles, was ich will.«

»Du musst mich ja für einen totalen Idioten halten, für schwachsinnig oder so. Glaubst wohl, nur weil du diese zwei Buchstaben vor deinem Namen hast, wärst du – was denn? Was Besseres als ich?«

»Gib ihm einfach das Geld«, schrie Marissa, sprach dann mit leiser, zittriger Stimme weiter: »Bitte, Dad … gib ihm das Geld. Bitte … gib es ihm einfach.«

»Er kann es mir nicht geben«, sagte Xan. »Und weißt du auch, warum? Weil er es nicht mitgebracht hat, darum. Warum sagst du ihr nicht die Wahrheit, Doc? Du hast nicht einen Penny dabei, oder?«

Adam versuchte, mit der Pistole auf den Punkt zwischen Xans Augen zu zielen. »Ich hab's dir doch schon gesagt, das Geld ist in meinem Zimmer.«

»Du lügst, verdammtes Arschloch. Du hast kein Geld mitgebracht, weil du das Ding auf deine Weise durchziehen wolltest. Du hast geglaubt, du könntest billig davonkommen, deine verzogene Göre retten und ganz groß als Held rauskommen. Und jetzt nenn mir bitte einen Grund, warum ich deine Tochter nicht auf der Stelle umbringen soll. Nenn mir einen einzigen Grund.«

»Gib ihm das Geld, Dad«, flehte Marissa, sie weinte. »Gib es ihm … bitte, gib es ihm … bitte … bitte.«

Ein Teil von Xans Kopf war nun hinter Marissas, Adam war nicht mehr sicher, ob er einen Treffer landen konnte.

»Die Polizei weiß, dass ich hier bin«, sagte Adam verzweifelt, ihm fiel nichts Besseres ein.

»Na, da habe ich aber ernsthafte Zweifel. Wenn du die Bullen gerufen hättest, wären sie schon längst hier aufgetaucht, und ganz bestimmt hätten die dich nicht in einem knallroten Mietwagen losziehen lassen. Hast du wirklich gedacht, dass ich dich nicht entdecke? Genauso gut hättest du obendrauf ein großes Schild befestigen können: *Ich bin's, hier bin ich!*«

Marissa schluchzte.

»Die Bullen.« Xan grinste. »Ich hab gewusst, dass du die Bullen nicht rufst. Das ist nicht dein Stil, Doc, was? Nein, du nimmst die Sache natürlich selbst in die Hand. Wer braucht schon die Bullen? Du schnappst dir die Pistole und machst Schlagzeilen – Dr. Bloom, der Held des Tages. Nur leider läuft es nicht immer so, wie du es gerne hättest. Ja, genau so wie in der Nacht bei dir im Haus, als du meinen Bruder Carlos umgebracht hast. Er war nicht mein leiblicher Bruder, nein, aber er gehörte zu meiner Familie. Weißt du, wie es sich anfühlt, jemanden aus der Familie zu verlieren, Doc? Nun ja, vielleicht weißt du es ja inzwischen.«

Adam hätte ihn am liebsten auf der Stelle erschossen, das ganze Magazin auf ihn abgefeuert, so wie er es bei Sanchez getan hatte, aber er blieb ruhig, so gut es ging.

»Du kommst damit nicht durch, niemals. Die Bullen werden jeden Augenblick hier sein. Lass sie einfach gehen. Das hier ist was zwischen dir und mir. Es hat nichts mit ihr zu tun.«

»Ich hab mir deinen Mist jetzt lange genug angehört«, sagte Xan. »Lass die Kanone fallen, oder ich schieße der kleinen Nutte hier ein Loch in den Kopf.«

Xan hatte sich ein wenig bewegt, Adam hatte sein rechtes Auge voll im Visier.

»Lass sie gehen«, wiederholte Adam.

»Hör sich das einer an, glaubt immer noch, er könnte mir sagen, was ich zu tun habe. Ist dir wohl scheißegal, dass deine Tochter jetzt sterben muss, was? Hauptsache, du hast recht.«

»Lass die Pistole fallen, Dad!«, schrie Marissa. »Verdammt noch mal, lass sie fallen!«

Adam konnte die Pistole nicht fallen lassen. Wenn er das tat, würde Xan zuerst ihn und dann Marissa erschießen, da war er sicher.

»Wenn du sie erschießt, erschieße ich dich«, drohte Adam.

»Glaubst du wirklich, dass mich das interessiert? Was für ein Seelenklempner bist du eigentlich? Du hast keine Ahnung, wer ich bin, was?«

Adam dachte an den Schießstand, wie oft hatte er dort ins Schwarze getroffen, obwohl das Ziel viel weiter weg war als Xan jetzt. Alles, was er tun musste, war, noch einmal ins Schwarze zu treffen …

»Du glaubst, ich verarsche dich? Ich hatte kein Problem damit, deine Frau umzubringen, die übrigens voll auf mich abgefahren ist. Mann, war die scharf auf mich. Ich wünschte wirklich, ich hätte sie noch …«

Adam schoss. In der Millisekunde, als sein Finger den Abzug drückte und die Kugel aus dem Lauf schoss, merkte er, dass seine Hand sich leicht nach unten und nach rechts bewegt hatte. Aber es war zu spät, er konnte nichts mehr tun. Hilflos musste er mit ansehen, wie die Kugel Marissa in die Brust traf.

Der Rest lief wie in Zeitlupe ab. Marissa stürzte zu Boden, das viele Blut, die Erkenntnis, dass er seine Tochter erschossen hatte. Adam schrie ›Nein‹ oder wollte es schreien, da hörte er den zweiten Schuss.

Marissa hatte sich die ganze Zeit nur an einen Gedanken geklammert: ›Du musst überleben.‹ Auf dem Weg hierher hatte sie nicht richtig gewusst, wann sie wach war und wann sie schlief, alles war total verschwommen, ein einziger Alptraum. Ein paarmal lichtete sich der Nebel, und sie begriff, was geschah, dass Xan, *ihr* Xan, sie betäubt hatte und sie irgendwohin brachte. ›So eine Scheiße!‹ Sie wusste auch, dass er sehr wahrscheinlich ihre Mutter umgebracht hatte, aber sie kapierte nicht, was dahintersteckte. Sie hatte keine Ahnung, was mit ihm los war, wie das überhaupt passieren konnte, aber sie würde alles tun, um da lebend wieder rauszukommen.

Im Auto hatte sie ihn angefleht, sie gehen zu lassen, aber er hatte ihr diesen Lappen aufs Gesicht gedrückt, und als sie wieder aufwachte, war sie an ein Bett gefesselt. Als sie um Hilfe schrie, hatte er sie geschlagen und wieder betäubt. Sie musste so dringend zur Toilette, dass sie kaum zu atmen wagte. Wahrscheinlich war ihre Nase gebrochen, aber er wollte sie noch immer nicht gehen lassen. Es hatte keinen Sinn, sich weiter zur Wehr zu setzen, er war zu stark und sie zu schwach, sie hatte keine Chance. Es blieb ihr nichts anderes übrig, als am Leben zu bleiben und abzuwarten. Entweder würde er sie umbringen, oder jemand würde sie retten kommen. Sie selbst konnte sich aus ihrer Lage nicht befreien.

Als sie wieder aufwachte, war sie allein, völlig benommen und nach wie vor ans Bett gefesselt. Ihre Nase tat unglaublich weh, sie lag in ihrem eigenen Kot, das Seil schnitt ihr ins Fleisch, und sie hatte furchtbare Angst, dass er nicht wiederkommen würde, dass er sie hier sterben ließe. Ihr Hals war schon ganz rauh vom vielen Rufen und Weinen, aber sie schrie weiter, bis sie keinen Ton mehr rausbrachte.

Schließlich kehrte Xan zurück. Seltsamerweise war sie froh, ihn zu sehen. Zumindest hatte er sie nicht im Stich gelassen.

Dann fiel ihr Blick auf die Pistole in seiner Hand, sie schrie oder versuchte es zumindest: »Bitte nicht schießen.«

»Ich erschieße dich nicht, Baby, bleib locker.«

Er war total verrückt, war die ganze Zeit so ruhig und gelassen, als ginge ihn das alles gar nichts an. Wie konnte das derselbe Mann sein, den sie so großartig gefunden, zu dem sie ›Ich liebe dich‹ gesagt hatte?

Er band sie los. »Wenn du heil hier rauskommen willst, dann tu einfach, was ich dir sage. Schaffst du das? Ich glaube, das ist gar nicht so schwer, du musst einfach nur dein hübsches kleines Maul halten.« Er zuckte zurück. »Mein Gott, du stinkst. Wenn es hier eine Dusche gäbe, würde ich dir erlauben, dich zu waschen. Tut mir wirklich leid. Ich kann mir vorstellen, wie eklig das für dich ist.«

Sein Gesicht war dem ihren ganz nah, als er das Seil über ihrer Brust löste. Am liebsten hätte sie ihn in die Wange gebissen, sie wollte *ihn* schreien hören. Aber sie riss sich zusammen, wiederholte im Stillen ihr Mantra: ›Du musst überleben, du musst überleben.‹

»Wohin gehen wir?«, wollte sie wissen, als er sie losgebunden hatte.

»Nirgendwohin«, war die knappe Antwort.

Das klang unheimlich, bedrohlich. Er hob sie aus dem Bett und hielt ihr die Pistole an den Kopf. Wollte er sie jetzt etwa erschießen? Warum hatte er sie losgebunden, wenn er sie erschießen wollte?

Dann hörte sie ein Geräusch, eine Tür, die aufgestoßen wurde.

»Wir sind hier hinten, Doc«, sagte er.

War das wirklich ihr Vater? Tatsächlich, sie sah ihn, die Pistole im Anschlag. Bestimmt hatte er die Polizei gerufen. Wahrscheinlich war das Haus schon umstellt. In ein paar Minuten, Sekunden, würde dieser Alptraum endlich vorüber sein.

Aber warum war Xan noch immer so überheblich? Warum hatten die Bullen ihren Vater allein ins Haus geschickt? Mit einer Pistole?

Mit einem Schlag begriff sie, dass er es wieder getan hatte. Es waren überhaupt keine Bullen da.

Xan befahl ihrem Vater, die Pistole fallen zu lassen, sonst würde er sie erschießen. Sie wusste, dass Xan es tun würde, und schrie ihren Vater an, so laut sie konnte, endlich die Pistole fallen zu lassen.

Natürlich hörte er nicht auf sie, er hörte nie auf jemanden.

Dann schoss er. Alles geschah so schnell. In der einen Sekunde stand sie noch, in der nächsten lag sie auf dem Boden, blutete, furchtbare Schmerzen zerrissen ihr die Brust.

Dann hörte sie noch einen Schuss, verschwommen sah sie ihren Vater auf dem Boden liegen, ein Teil seines Kopfes fehlte.

Geschah das hier wirklich?

Die Schmerzen wurden schlimmer, und sie wurde schwächer und schwächer, doch sie klammerte sich an den Gedanken: ›Du musst überleben, du musst überleben.‹

Wenn sie sich jetzt bewegte oder schrie oder etwas sagte, würde Xan sie umbringen. Er ging an ihrem Vater vorbei, verließ den Raum. Wahrscheinlich dachte er, sie wäre tot. Es kostete sie all ihre Kraft, trotz der furchtbaren

Schmerzen still liegen zu bleiben, nicht laut herauszustöhnen. Sie zitterte, und das Blut, ihr Blut, breitete sich weiter auf dem Boden aus, erreichte fast schon ihr Gesicht.

›Du musst überleben, du musst überleben.‹

Sie hörte, wie die Haustür geöffnet und wieder geschlossen wurde. Ihr Vater hielt noch immer die Pistole in der Hand, nur knapp einen Meter von ihr entfernt.

Marissa kroch durch ihr Blut, durch das Blut ihres Vaters, zur Pistole. Jede Bewegung, jeder Atemzug war die reinste Hölle.

Sie hörte Geräusche von draußen, Schritte auf der Vortreppe, dann ging die Tür wieder auf. Sie griff nach der Pistole. Da war Blut am Griff, sie rutschte ihr aus der Hand, während sich die Schritte näherten. Sie griff noch einmal danach.

Als sie aufsah, blickte Xan auf sie nieder, die Pistole auf ihr Gesicht gerichtet.

»Wolltest du irgendwohin?«

Johnny ging ein paar Schritte auf Marissa zu, blieb am Rande der Blutlache stehen.

»O Mann, sieh dich bloß an«, sagte er lächelnd. »Du siehst wunderschön aus gerade, wunderschön. Das hier tue ich wirklich ungern.«

Es lief perfekt – in wenigen Augenblicken hätte er die gesamte Familie ausgelöscht, genau so, wie er es geplant hatte. Okay, fast genau nach Plan.

»Heute Abend werde ich ein Bild von dir malen, so wie du jetzt aussiehst. So möchte ich dich für immer im Gedächtnis behalten.«

Er lächelte immer noch, als sie abdrückte und eine Kugel seine rechte Schulter traf. ›Was zum Teufel war das?‹

Seine Pistole fiel zu Boden, Marissa schoss wieder. Sie traf ihn am Oberschenkel, nah am Schritt. Als er zu schwanken begann, fasste sie die Pistole mit beiden Händen und schoss ihm mitten in die Brust. Er fiel auf die Knie, sah sie an. Blut floss aus seinem noch immer lächelnden Mund, dann stürzte es nur so hervor.

»Komm schon, Baby, ich weiß doch, dass du mich liebst.«

Sie wollte wieder schießen, hatte jedoch keine Munition mehr. Das machte aber nichts. Er brach zusammen, stürzte mit dem Gesicht voran zu Boden.

28

Marissa war es leid, dass jeder meinte, ihr erzählen zu müssen, was für ein Glück sie doch gehabt hatte. Die Schwestern und Ärzte im Mount Sinai Hospital in Manhattan hatten wochenlang dieselbe Platte abgespielt: »Wenn die Kugel Sie nur zwei Zentimeter weiter links getroffen hätte, wären Sie auf der Stelle tot gewesen« oder »Wenn Sie nicht an das Handy Ihres Vaters gekommen wären, um den Krankenwagen zu rufen, und wenn der Krankenwagen nicht so schnell dort hingefunden hätte, wären Sie nicht mehr am Leben«. Das verstanden die unter Glück haben? Wenn sie Glück gehabt hätte, dann hätten ihre Eltern Gabriela nie als Haushaltshilfe eingestellt. Wenn sie Glück gehabt hätte, dann hätte dieser Sturm nicht Kurs auf Florida genommen und sie wären in der Nacht des Einbruchs nicht zu Hause gewesen. Wenn sie Glück gehabt hätte, wäre sie mit ihren Freundinnen nie zum Tone-Def-Konzert gegangen und hätte Xan alias Johnny Long nie kennengelernt. Im Krankenhaus hatte sie reichlich Zeit, sich noch einmal alles in Erinnerung zu rufen, was in ihrem Leben schiefgelaufen war und zu diesem Alptraum in dem Bungalow in den Catskill Mountains geführt hatte. Und immer kam sie zu demselben Schluss: Glück war dabei nun wirklich nicht im Spiel gewesen.

Obwohl sie Zeitungen und die Fernsehnachrichten weitestgehend mied, wusste sie, dass die Medien sie zur Heldin erklärten, alles hochjubelten, was sie getan hatte. Dabei hatte sie nur versucht zu überleben, wieso machte sie das zur Heldin?

Während die Presse sie in den Himmel lobte, stampfte sie ihren Vater in Grund und Boden, nannte ihn ›Adam Bloom, der Psychopath aus Forest Hills‹. Sie stellte ihn als durchgeknallten Gerechtigkeitsfanatiker dar, der in die Catskill Mountains gefahren war, um seine Tochter zu befreien, besessen von dem Gedanken, dabei den Mord an seiner Frau zu rächen und seinen angeschlagenen Ruf wiederherzustellen. Die Presse kritisierte auch die Polizei, insbesondere Detective Clements, der weder dafür gesorgt hatte, dass Blooms Zurechnungsfähigkeit überprüft wurde, noch dafür, dass man ihm den Waffenschein entzog. Nur wegen dieser Versäumnisse hatte Bloom sich überhaupt zu diesem Feldzug aufmachen können. Marissa freute es, dass Clements angegriffen wurde, und stimmte auch der Berichterstattung über ihren Vater im Großen und Ganzen zu.

Eines Tages – es waren schon ein paar Wochen seit der Schießerei vergangen – kam Grandma Ann sie im Krankenhaus besuchen. »Du kannst deinem Vater doch nicht ewig die Schuld geben. Du kannst doch nicht dein Leben lang diesen Groll mit dir herumtragen.«

Ihre Großmutter wirkte furchtbar mitgenommen und gebrechlich. Marissa machte sich Sorgen um sie.

»Ich möchte darüber nicht mehr reden, Grandma.«

Marissa hatte bereits zwei Operationen hinter sich, um die Kugel zu entfernen, die Schäden am tiefer liegenden Gewebe zu beheben und mehrere gebrochene Rippen zu reponieren. Trotz all der Schmerzmittel, die sie bekam, litt sie noch immer unter schlimmen Schmerzen.

»Dein Vater hat dich geliebt«, erklärte ihre Großmutter, der Verzweiflung nahe. »Er wollte einfach nur das Richtige tun.«

»Das Richtige tun? Er hat mich angeschossen, verdammt noch mal.«

»Er wollte dein Leben retten.«

»Das hat er wirklich toll hingekriegt.«

»Du hast überlebt, oder?«

»Das habe ich aber nicht ihm zu verdanken.«

»Er hatte Angst, war in Panik. Wenn er nicht dort hingefahren wäre, hätte Xan, ich meine Johnny, dich erschossen.«

Sie hatten in den Nachrichten gebracht, dass Xan ein Berufsverbrecher namens Johnny Long gewesen war. Er war im selben Waisenhaus wie Carlos Sanchez aufgewachsen, und die Polizei ging davon aus, dass er der zweite Mann bei dem Einbruch gewesen war und Marissas Mutter und Gabriela umgebracht hatte. Marissa war sich bewusst, dass sie Johnny in ihr Haus und in die Familie gebracht hatte, das war ihre Schuld, aber alles andere, absolut alles andere war die Schuld ihres Vaters.

»Ich weiß, dass dein Vater Fehler gemacht hat«, sprach ihre Großmutter weiter, »aber stell dir doch vor, stell dir nur einmal vor, was er in den letzten Sekunden seines Lebens durchgemacht hat, wie furchtbar das für ihn gewesen sein muss. Er ist in dem Glauben gestorben, dass er dich umgebracht hat, dass er seine eigene Tochter umgebracht hat! Das war sein letzter Gedanke, das Letzte, was er gesehen hat …«

Ihre Großmutter schluchzte. Marissa ließ ihr ein paar Minuten Zeit, damit sie sich wieder fassen konnte. »Ich weiß, dass es dir schwerfällt, das zu akzeptieren, Grandma«, sagte sie dann, »aber mein Vater hat einen Riesenfehler gemacht. Ich wünschte wirklich, er wäre ein besserer Mensch gewesen, ich wünschte, ich könnte etwas zu seiner Verteidigung vorbringen, rechtfertigen, was er getan hat, aber das kann ich nicht. Er war ein egoistisches Arschloch und hielt sich für Superman. Ich war ihm egal, Mum war ihm egal und alle anderen auch, er hat immer nur an sich gedacht. Wenn er die Polizei eingeschaltet hätte, wäre ich vielleicht gerettet worden, hätte ich vielleicht keine Kugel abbekommen, und wenn er die Polizei angerufen hätte, als bei uns eingebrochen wurde, dann würde Mum vielleicht noch leben und ich wäre mit diesem Scheißkerl Johnny Long nie ins Bett gegangen. Verstehst du das denn nicht? Mein Vater ist an allem schuld, und mir ist ganz egal, was du sagst, ich werde ihm das nie verzeihen, niemals.«

Am Tag, als Marissa entlassen wurde, kam Grandma Ann wieder zum Krankenhaus. Sie sah sehr gebrechlich aus, hatte seit Adams Tod zehn oder gar fünfzehn Pfund abgenommen.

»Alles in Ordnung mit dir, Grandma? Ich mache mir wirklich Sorgen um dich.«

»Es geht mir gut«, antwortete sie knapp. »Bist du fertig?«

Sie wollten mit dem Taxi ins Mansfield Hotel nach Midtown Manhattan fahren, wo Marissa eine Suite reserviert hatte. Marissa würde nie mehr auch nur einen Fuß in das Haus in Forest Hills setzen. Es stand bereits zum Verkauf, und demnächst würde sie eine Firma beauftragen, sämtliche Kleider und Möbel zu verkaufen und alles Übrige einzulagern. Die Lebensversicherungen ihrer Eltern und die Erlöse aus dem Hausverkauf machten sie zur Multimillionärin. Sie hatte noch keine Ahnung, was sie mit ihrem Leben anfangen wollte, aber ganz bestimmt würde sie ihre Zeit nicht damit verschwenden, arbeiten zu gehen. Sobald die finanziellen Angelegenheiten geregelt waren, wollte sie nach Prag. Sie würde dort für eine Weile leben und dann vielleicht nach Paris, Barcelona oder in irgendeine andere Stadt weiterziehen. Sie wollte nur noch weg, weg von New York, weg von Amerika, weg von allen, die jemals von Adam Bloom gehört hatten. Der Gedanke, für immer als Tochter von Adam Bloom durch das Leben gehen zu müssen, war ihr so zuwider, dass sie bereits den Papierkrieg in Angriff genommen hatte, um ihren Nachnamen in Stern abzuändern. Das war der Mädchenname ihrer Mutter, es wäre eine schöne Hommage an sie.

Sie erhob sich aus dem Bett und setzte sich in den Rollstuhl. Sie konnte problemlos laufen, aber es war eine strikte Regel des Krankenhauses, dass alle Patienten, ganz egal, in welcher Verfassung sie waren, am Tag der Entlassung mit dem Rollstuhl zum Ausgang gefahren wurden. Die Schwester schob sie ganz langsam, damit Grandma Ann mit ihnen Schritt halten konnte.

An der Schwelle des Krankenhauses stand Marissa auf und ging neben ihrer Großmutter zu dem Taxi, das bereits am Straßenrand wartete.

Reporter rannten auf sie zu. Einer der lautesten schrie: »Miss Bloom, was ist das für ein Gefühl, eine Heldin zu sein?«

Marissa blieb einen Moment stehen, starrte den Typen an, der nur wenig älter war als sie selbst, und sagte dann: »Ich bin keine Heldin, und mein Nachname ist nicht Bloom, sondern Stern. Ich heiße Marissa Stern. Haben Sie das kapiert?«

Sie gingen weiter zu dem Taxi. »Miss Stern! Miss Stern!«, riefen die Reporter jetzt.

Marissa half ihrer Großmutter ins Auto und stieg dann auch ein. Als sie auf der Fifth Avenue losfuhren, hörte sie die Reporter noch immer rufen.

»Ich schwöre bei Gott, wenn ich morgen in irgendeiner Zeitung den Namen Marissa Bloom lese, mach ich denen die Hölle heiß.«

Ihre Großmutter schaute weg, sagte kein Wort. Die Reporter liefen jetzt neben dem Taxi her, schlugen mit der Hand gegen die Scheibe.

»Ich würde wirklich gern wissen, was mit den Leuten los ist«, sagte Marissa.